U0868748

岳麓書社

读名著　选岳麓

中国古典小说普及文库

小五义

[清]石玉昆著

岳麓书社·长沙

襄陽王

小侠艾虎

徐良

白芸生

出版说明

《小五义》《续小五义》是《三侠五义》(即《七侠五义》)的续作,光绪十六年(1890)北京文光楼刊《绣像忠烈小五义传·小五义序》有言:“适有友人,与石玉昆门徒素相往来……即将石先生原稿携来,共三百余回,计七八十本,三千多篇,分上、中、下三部,总名《忠烈侠义传》。原无大小之说,因上部《三侠五义》为创始之人,故谓之大五义;中、下二部五义,即其后人出世,故谓之小五义。”鲁迅先生认为,此三部写作风格各异,“因疑草创或出一人,润色则由众手”。

“小五义”指的是五鼠后人钻天鼠卢方之子粉面子都卢珍、彻地鼠韩彰之义子霹雳鬼韩天锦、穿山鼠徐庆之子山西雁徐良、锦毛鼠白玉堂之侄玉面小专诸白芸生以及北侠欧阳春之义子小义士艾虎五人。他们疾恶如仇,凭借一身惊人的本领除暴安良、济困扶危。作者围绕这五人构筑故事,在纷繁曲折的情节发展中刻画出栩栩如生的人物形象:身为翩翩公子的卢珍,老成持重;天生老实鲁朴的韩天锦具有满腔血性;徐良则性情豪爽、胆大心细,极具机谋;性格柔弱的白芸生有着一颗至诚孝心;艾虎性情朴实,聪明机警但略带鲁莽。这样的描写手法承《三侠五义》而来,鲁迅先生评价:“写草野豪杰,辄奕奕有神,间或衬以世态,杂以诙谐,亦每令莽夫分外生色。”

《小五义》最初源于清代著名说书艺人石玉昆的说书底本,故其语言势必口语化、通俗化,也只有这样才能为广大市井细民所爱听。例如第五回中“白义士坠网亡身”一节,作者从白玉堂的视角写出铜网的构造,又写白玉堂因身陷铜网而引发的一番愧对颜大人、包公、皇上、陷空岛兄弟的慨叹,这一切都进行得那么自然流畅,没有丝毫矫揉造作之感。作者以平实自然的语言,让景物描写与心理描写巧妙地融合到情节发展之中,使人仿佛身临其境。又第七回描写沙员外二女儿的丑陋："不多时，听外面喊一声，如巨雷一般"，可谓未见其人，先闻其声；"先走的如天仙一样，后走的如夜叉一般"，又做出鲜明对比；"蒋爷一瞧，差点没吓掉了魂儿。虽是个女子，气死个男人儿"，更加以侧面烘托；"高九尺，有神威儿。头上发，像金丝儿。罩着块，青绢子儿。并未带，什么花朵儿。漆黑的脸，赛过乌金纸儿。扫帚眉，入鬓根儿。大环眼，更有神儿。高鼻梁，大鼻翅儿。生一张，火盆嘴儿。大板牙，乌牙根儿。耳朵上，虎头坠儿。顶宽的肩膀，顶壮的胳膊根儿"，最后的直接描写，以说唱的句法，或直写，或比喻，或夸张，使得秋葵儿的容貌尽现眼前，其形象愈发生动逼真。

从内容上看，《小五义》基本于公案无涉，侠义之士已成为主角。他们于忠协助平定藩王作乱、于义惩治为恶盗匪，在一定程度上符合了市井细民们对理想中的英雄人物的期待。诸位读者若是也有一腔豪情，想体验那种行侠仗义之乐，就请打开书本，同侠士们一同闯荡江湖吧！

此次出版的《小五义》以光绪年间北京文光楼初刊本为底本，原刊本插图、赞语皆已删去，以便提供给读者较为纯粹的阅读体验。

目 录

第一回　颜按院奉旨上任　襄阳王兴心害人

诗曰：

清晨早起一炉香，谢天谢地谢三光。
国有贤臣扶社稷，家无逆子恼爷娘。
惟求处处田禾熟，但愿人人寿命长。
八方宁静干戈息，我遇贫时亦无妨。

话说襄阳王赵珏赵千岁，乃天子之皇叔，因何谋反？皆因上辈有不白之冤由。宋太祖乾德皇帝，乃兄弟三人：赵匡胤、赵光义、赵光美。惟宋室乃弟受兄业，烛影摇红，太宗即位。久后，光美应继太宗之位。不想宁夏国作乱，光美奉旨前去征伐，得胜回朝。太宗与群臣曰："朕三弟日后即位，比孤强盛百倍，可称马上皇帝。"内有老臣赵普谏奏："自夏传子，家天下，子袭父业，焉有弟受兄业之理？一误不可再误。"人人皆有私心，愿得传于子，不愿传于弟。得胜之人，并不犒赏，加级进禄。光美见驾，请旨犒赏。天子震怒："待等尔登基后，由尔传旨。今且得由朕。"光美含羞回府，悬梁自尽。

赵珏乃光美之子，抱恨前仇，在京招军买马。有九卿共议，王苞老大人奏闻万岁降旨，将赵珏封为外藩，留守襄阳作镇，以免反意。不想更得其手，招聚四方勇士，宠幸镇八方王官雷英，设摆铜网阵，招聚山林盗寇、海岛水贼。暗约君山飞叉太保钟雄，挡住洞庭湖水路八百里。黑狼山金面神栾肖、黑煞帅葛明、花面太岁葛亮等，挡住旱路。水路有洪泽湖高家堰，镇湖蛟吴泽。水旱路塞断太宗的气脉，南北不能通商，东西不能畅行。并有王府招来群寇：金鞭将盛子川，三手将曹得玉，赛玄坛崔平，小灵官张保、李虎、夏侯雄，金枪将王善，银枪将王保。并有邓家堡群寇：青脸虎李集，双枪将祖茂，铜背猿猴姚锁，赛白猿杜亮，飞天夜叉柴温，插翅彪王录，一枝花苗天禄，柳叶杨春，神火将军韩奇，神偷皇甫轩，出洞虎王晏桂，小魔王郭进，钻云燕申虎，过度流星灵光，小瘟蝗徐畅，赛方朔方雕，圣手秀士冯渊，小诸葛沈中元，神手大圣邓车，辅佐王爷，共成大事。

焉能知晓，京都拿来金面神栾肖，破了黑狼山，灭了高家堰，拿来吴泽，解往京都，供招王爷谋反之事。天子诏九卿共议，开封府府尹龙图阁大学士包公，跪奏彻水拿鱼之法，天子旨准，派来代天巡守天使钦差颜按院大人，察办荆襄九郡。在金殿讨下开封府一文一武：文臣主簿先生公孙策，武将御前带刀四品右护卫锦毛鼠白玉堂，赐上方宝剑，先斩后奏，路上代理民词。是日请训出都，浩浩荡荡，扑奔襄阳而来。一路无话。

至襄阳，文武官员俱各免见。上院衙投递手本，单叫襄阳太守轿前回话。大人见金辉，单问襄阳王之事，金太守一一回明，方才告辞。当颜巡按入城之时，襄阳城军民人等纷纷瞧看。不料，黑妖狐带领小义士艾虎，也在人丛之内偷瞧。智化因在暗地保护金大人上任，巧遇小义士艾虎活瓦盗刀，追杀赛方朔方雕，病太岁张华泄机，智爷探知襄阳王府内铜网阵之虚实，放走病太岁。师徒会在一处，正问艾虎君州的来历，听店中人员言道："按院大人到省。"师徒在人丛中，矮身而瞧。但见开道锣鸣，龙旗牌棍，金锁提炉，采亭内供奉万岁圣旨，上方宝剑，如君亲临。金牌后边厢，是大人的大轿，轿前的引马，乃系御前四品带刀右护卫。看他戴一顶粉绫包六瓣壮帽，上绣三色串枝莲，花朵烂漫，银抹额二龙斗宝，两朵素绒桃，顶门上秃秃地乱颤。穿一件粉绫色箭袖袍，周身宽片锦边，五采丝鸾带束腰，套玉环佩。内衬葱心绿夹衬袄。青缎压云根薄底鹰脑窄腰快靴。天青色的跨马服，锦簇花团。肋下佩带一口轧把峭尖雁翎钢刀，绿鲨鱼皮鞘。金什件，金吞口，兰挽手绒绳飘摆，悬于左肋。看品貌，真是面如美玉，白中透亮，亮中透紫，紫中透光，光中透润，润中单透出一种粉爰爰的颜色，如同是出水的桃花，吹弹得破。黑真真两道眉，斜入天仓；二眸子皂白分明，黑若点漆，白如粉淀，神情足满。鼻如玉柱，口赛涂朱，牙排碎玉，大耳垂轮，细腰窄臂，双肩抱拢，庄严气概，有若天神。胯下一匹白马，鞍韂鲜明，项带双踢胸，乃大人的官坐。五爷与大人是生死弟兄，故此要这个威严。他右手拿定打马藤鞭，进襄阳城旁若无人，哼哼地冷笑，把襄阳看作弹丸之地。智爷与艾虎言道："看你五叔多大威严，今非昔比，福随貌转。"艾虎道："师傅你教我的，不是常说'将相本无种，男儿当自强'么？"智爷暗喜："此子日后必成大器。"观看轿马车辆等，俱都入上院衙。顷刻间，文武官员拥拥塞塞入上院投递手本。

智爷与艾虎回店用晚饭。智爷只身奔上院衙与五弟送信，言讲襄阳王府铜网阵之事。不想至上院衙，轿马围门不能往里带信。自思无非听张华所言，倘若不实，岂不是妄说，不如自己今夜晚亲身至王府探探虚实，明日再来送信。想罢，自己转身回店，晚间派艾虎至金知府署内，保护金大人，不时防备刺客。艾虎去后，自己等二鼓之半，将灯移在前窗台，换夜行衣靠时，怕外边人看见，故将灯移在窗台上，脱去长大衣襟，头上戴软包巾，绢帕拧头斜拉，茨菇叶三叉通口。夜行衣靠寸排骨头纽，周身纽盘纽扣，俱已扣齐。青缎裤裤，青缎子袜，大叶搬尖头鱼鳞靸，倒纳千层底。青绑腿青护膝，青绉绢束腰，勒系百宝囊内装应用的物件，钢铁家伙，千里火筒，飞抓百练索。将刀由鲨鱼皮鞘内抽出，插入牛皮软鞘之中。皮鞘上有罗汉股装丝条，胸前双系蝴蝶扣，脊背后走穗飘垂，伸手掖于胁下，为的是蹿房越脊利落。拾掇妥帖，将灯吹灭，移于案上。起单窗观看外面无人，将双门倒带，由窗棂纸伸手将插管拉上，怕有店中人前来看破，故此将门倒带不露痕迹，越身出店墙之外，直奔王府，探看铜网的虚实。

若问铜网如何摆法，且听下回分解。

第二回 智化夜探铜网阵 玉堂涉险盗盟单

且说智化行至王府后身，将百宝囊中飞抓百练索取出，如意钩搭住墙头，揪绳而上。至墙头，起飞抓，绕绒绳，收入囊内，取问路石打于地上，一无人声，二无犬吠。飘身脚站实地看了看，黑夜之间，星斗之下，空落落杳无人声。垫双人字步，弓磕膝盖，鹿伏鹤行，瞻前顾后，瞧左看右，不住频频回头。忽然间，抬头一看，黑威威，高耸耸，木板连环八卦连环堡。智爷一瞧，西北方向木板墙，极其高大。听张华所言，上有冲天弩，不能依墙头而入，若依墙头而入，被毒弩射着溃烂身死。下有大门两扇，按八方立八门。八大门内，各套七个小门，按的是八八六十四卦，三百八十四爻。内分凶卦、吉卦；六合、六冲；归魂、游魂。走吉卦则吉，无阻无碍；走凶卦，内有翻板，自家人从地道中出入，使进阵人首尾不能相顾，足下斜卐字势，总要踏在当中。如若一歪，登在滚板之上，坠落下去，坑内有犁刀窝刀、毒弩药箭，立刻倾生。故此智爷到木板连环八卦连环堡外，瞧了又瞧，看了又看。心中转侧，回手拉刀，点于大门之上，里面并无横闩立锁，一点即开。果然内有连环，七个小门斜，斜棱掉角。自己寻思，大门乃乾为天，天：风垢天，山遁天；地：否风地，观山地，剥火地。晋火天大有。智爷看的明白，未敢进去。扑奔正北，也是两扇大门。用刀点开，也是小门。智爷一瞧，大门乃是北方坎为水。七个小门是水：泽节水，雷电水。火：既济泽火，革雷火，丰地火。明夷地水师。智爷乃是精细之人，仍然扑奔东北。刀点双门，乃艮为山：小门山，火贲山，天大畜山。泽：损火泽，睽天泽，履风泽。中孚风山渐。智爷仍不肯进去，行至正东。刀点双门，大门乃震为雷：小门雷，地豫雷，水解雷。风：恒地风，升水风，井泽风。大过泽雷随。智爷行至东南，不用开门，知是巽为风。风：天小畜风，火家人风；雷：益天雷，无妄火雷，噬嗑山雷。颐山风蛊。正南离为火。火：山旅火，风鼎火；水：未济山水，蒙风水，涣天水。讼天火同人。西南坤为地。地：雷复地，泽临地；天：泰雷天，大壮泽天，厖水天。需水地比。智爷行至正西，刀点双门，用意细看，乃兑为泽。泽：水困泽，地萃泽；山：咸水山，蹇地山，谦雷山。小过雷泽归妹。心中忖度：由地山谦而入，按卦爻说，“逢谦而吉，遇泰而昌。”入地山谦数了又数，算了又算。可见智爷是胆愈大而心愈细，智愈圆而行愈方。

智爷来到此地，皆是生发着自己。由西方而入，西方庚辛金，金能生水。智爷穿一身夜行衣靠，尽是黑色，属水。北方壬癸水，金能生水，生发着自己。又入的是地山谦吉卦，又是生发着自己。故此吉祥。脚着卐字势当中，心神念着定不偏也不歪。行至当中，见正北高耸耸冲霄楼三层，有五行栏干，左有石象，上驮宝瓶；右有石犼，上驮聚宝盆。宝瓶、聚宝盆两物当中，有两条毛连铁链，当中交搭十字架，两边挂于三层瓦楼檐之上。此楼三层按三方，下面栏干按五行，外有八卦连环堡：位列上中下，才分天地人，五行生父子，八卦定君臣。前有两个圆亭，左为日升，右为月恒。铜网阵在于楼下。

智爷看明，意欲扑奔楼去，他想尽三层的上面，现有王爷大众的盟单，吾今既然到此，何不将盟单盗将下来，明日见了五弟之时，说王府的利害，他倘若不信，现有盟单为证。智爷意欲向前，忽然听东南嗖的一声，由风火家人进来一条黑影，智爷吃惊，伏身细看，原来是一人，也奔中央而来。一身夜行衣靠，白脸面，背插单刀，行似猿猴，脚着卐字势当中，轻而且快，疑是五弟到了。智爷收刀，击掌两下，对面言：“二哥因何到此？”智爷方知，果是白五弟。智爷知晓陷空岛弟兄五人的暗令，每遇黑夜见面，大爷击一下，二爷击二下，按次序击掌，故此假充二义士韩彰。

不表此事。且说白玉堂因何到此？只因五爷跟随大人上院衙，大人升堂，五爷与公孙先生站班，所有襄阳的文武鱼贯而入。细细盘察为官的来历，再问襄阳王的好歹，若有王爷的保举，不是削去前程，就是明升暗降。故此耽延时刻，夤夜方散。五爷抽身告便，换便服出上院衙，至王府前后踩道，以备晚间至王府窥探虚实。回至上院衙，与大人同桌而食。颜大人再三嘱咐，不许只身夜晚入襄阳王府。五爷遂满口应承,心中早有准备。劝大人安歇后,自己换好夜行衣靠,嘱咐手下人张祥儿,大人若问,不许说出。自己施展夜行术,出上院衙,至王府。飞抓百练索搭墙,掏问路石问路,并无人声犬吠。下墙至木板连环八卦进连环堡,一看乾、坎、艮、震四大门皆开,各套七个小门。自己早已明白,就知道乾为天。天:风垢天,山遁天;地:否风地,观山地,剥火地。晋火天大有。坎为水。水:泽节水,雷电水;火:既济泽火,革雷火,丰地火。明夷地水师。艮为山。山:火贲山,天大畜山;泽:损火泽,睽天泽,履风泽。中罕风山渐。震为雷。雷:地豫雷,水解雷;风:恒地风,升水风,井泽风。大过泽雷随。行至东南,巽为风。五爷一笑,刀点双门,心中忖度:可惜襄阳王不知道听了什么人的蛊惑,作此无用之物,难道说还是个阵势不成么?据我一看,除非三岁的顽童不晓,但要稍知生克治化之理,如踏平地一般。此乃巽为风,吉卦走风火家人,脚踏卐字势当中。

忽然听前边击掌两下,知是二哥在此,倒觉吃惊:二哥不懂消息的。身临切近,原是智兄在此,急忙施礼。智爷搀住言道:“你好大胆量。”五爷勃然大怒:“智兄怎么说小弟好大胆量,你莫非比小弟胆量还大不成?”智爷深知五爷的性情:好高骛远,妄自尊大;只知自己,不知有人,藐视天下的能人。智爷满脸陪笑说:“五弟莫怒,劣兄非是胆大到此,因有王府人泄机,方敢前来。五弟听何人所说此阵?”五爷大笑:“小小的八卦,何足道哉?不是小弟说句大话,我们陷空岛七窟四岛,三峰六岭,三窍二十五孔,各处全都是西洋八宝螺丝转弦的法子,全是小弟所造。这个小小的连环堡,玩艺一般。”智爷吃惊不小:“五弟,既然你明白,我问问你,这个楼叫什么楼?这个栏杆怎么讲?这两个亭子何用外头的木板?咱们走的道路是什么消息?”

五爷大笑说:“智兄你好愚!这个楼他喜叫什么楼就是什么楼。横竖我知道他的用意。三层必是三才,栏杆必是五行好合,外面的木板是八卦,两个圆亭必是阵眼。脚下所走之地,明显卐字势,走当中,两边必是滚板坠落,下去轻者带伤,重者废命。八卦者,走吉卦则吉,走凶卦则凶。不是有人,就是弩箭齐发。”话言未了,智爷连连点头,甘心佩服，名不虚传也。就不必往下再问。焉知净晓说了上头，没说底下铜网阵之事。智爷言道："你我二人，既入宝山，焉肯空返？何不将冲霄楼上王爷的盟单盗来，拿获王爷时作干证。"五爷点头："待小弟上楼，兄与小弟巡风。"将至楼下，二人说话声音太高，早被看阵人听见。在石象、石犼两旁边地板一起上来二人，形如怪鬼，手持利刃，杀奔前来。

要问二位的生死，且听下回分解。

第三回　青脸虎看阵遇害　白玉堂失印追贼

且说二人正奔冲霄楼，石象石犼两边地板一起上来二人。左边宝蓝缎子，八瓣壮帽，绢帕拧头。宝蓝缎子绑身小袄，宝蓝裤裤，薄底靴子，蓝生生的脸面，红眉金眼，一口钢刀，此人乃青脸虎李吉。右边一人穿黑挂皂短衣襟，黑挖挖脸面，一口钢刀，此人乃双枪将祖茂。叱喝声音："好生大胆，敢前来探阵。"冲着五爷摆刀就剁。智爷在后着急，两个人首尾不能相顾，五爷在前，智爷在后。智爷耳中听见磕咤卜一声，原来是青脸虎李吉早被五老爷一刀杀死，双枪将祖茂头巾被五老爷一刀砍掉。祖茂奔命翻身扎入地板中去了。待智爷赶到，死的死，逃的逃。五爷一阵哈哈狂笑："智兄，想襄阳王府有几个鼠寇毛贼，又有多大本领？半合未定，结果了一个性命，砍去了一个头巾，哈、哈、哈……岂不叫人可发一笑？智兄与小弟巡风，待小弟上楼盗盟单去。"智爷说："且慢，五弟请想，两个逃走一个，岂不前去送信？襄阳王府手下余党，岂在少处？倘若前来，你我若在平坦之地，还不足为虑。你我若在高楼之上，那还了得？以劣兄愚见，暂且出府再作计较。"五爷明知智化胆小，又不肯违背智兄的言语，只得转身向前。智爷仍然在后，出正西地山谦小门，仍由兑为泽大门而出。扑奔王府北墙窜出墙外，寻树林而入，暂歇片刻。

智爷言道："得意不可再往，等欧阳兄、丁二弟，大家奋勇捉拿王爷。"五爷闻说笑答道："小弟在德安府与欧阳兄、丁二爷言道，说你们三位各有专责：他们二位押解金面神栾肖入都，兄台保护金大人上任，各无所失，定准俱在卧虎沟相会。兄台明日起身上卧虎沟，会同欧阳兄、丁二爷一同奔襄阳，在上院衙相会。"智爷言："我走，金大人有事，如何对得起欧阳兄、丁二弟？"五爷言道："无妨。"智爷说："我嘱咐你的言语，也要牢牢谨记。"说罢分手。智爷不住回头，心中发惨，总要落泪，焉知晓这一分手想要相会，势比登天还难。

五爷回到上院衙蹿墙进去，回到自己屋内，问张祥儿："大人可曾呼唤于我？"回道："大人已睡熟了。"五爷更换衣巾，换了白昼的服色，去到公孙先生的屋内。先生还未安歇，让五老爷坐。五爷就将上王府，与智化进木板连环，欲要盗盟单，杀了一人事，细说了一遍。先生一闻此言，吓了一跳，颜色大变，说："大人再三拦阻于你，怎么还是走了？"五爷大笑："先生不知王府纵有几个毛贼，俱是无能之辈，何足挂齿？先生此话，明日千万不可对大人言讲。"先生略略点头，待承五爷吃酒。五爷言道："夜已深了，请先生安歇。"

五爷告辞回到自己屋内，盘膝而坐，闭目合睛，吸气养神。不时的还要到外头前后巡逻，以防刺客。不料天交五鼓，正遇打更之人，五爷微喝："从此上院衙内不许打更。"更夫跪言道："奉头目所差。"五爷道："有你们坏事。若有刺客将你们捆起，用刀微喝，你们怕死，就说出大人的下落。若无你们更夫，他倒找不着大人的所在。"更夫连连叩头而出，回禀他们上司去了。一夜晚景不题。

次日早间，大人办毕公事，仍与五老爷、公孙先生同桌而食。酒过三巡，先生将昨日晚间五老爷上王府的事说了一遍。大人一闻此言，吃惊非小。五老爷在旁，狠狠瞪了先生两眼，哼了一声。大人叫道："五弟，劣兄再三不叫你上王府，仍是这般的任性。"五爷道："从今小弟再不上王府去了。"大人言道："去也在你，不去也在你，倘若再上王府，愚兄立刻寻一自尽，吾弟归回，悔之晚矣。"遂将印信交与五老爷，派他护印的专责。五老爷当面谢过差使。大人虽是一番美意，缚住五老爷的身子，不想却要了五老爷的性命。

早饭吃毕，大人仍然和五老爷在此谈话，直到晚餐仍不放走。天交三鼓，五爷告便，回自己屋内稍歇。外面一阵大乱。五爷叫张祥儿外面看来。祥儿回头言道："马棚失火。"五爷一惊，就知道是调虎离山计，总怕大人有失。解磨额，脱马褂衣襟，挽袖裤勒刀，并不往外看失火之事，竟往大人屋中观看。行至穿堂，公孙先生言道："五老爷，大势不好，印所失火。"五老爷点头，窜房过去，见大人在院内抖衣而战，玉墨搀架。五爷在房上言道："大人请放宽心，小弟来也。"大人战战兢兢道："吾……吾……吾弟，大……大……大势不好了，印所失火。”五爷说:“大人放心。”飞身下房,纵身窜于屋内,至印所荷叶板门。由门缝内瞧,早见火光满地,就知道是夜行人的法子,其名就叫做硫火移光法。一抬腿,铛锒一声,双门粉碎,抖身蹿入屋中,伸手桌案一摸,印信踪迹不见。

若问印被何人盗去,且听下回分解。

第四回　颜大人哭劝锦毛鼠　公孙策智骗盗印贼

且说见印信丢失，五爷暗暗的叫苦。回头一看，贼人由后窗棂进来，撒下硫光火，虽是遍地的火光，有烟有火，绝不能烧什么物件，也不烫手，乃夜行人的诡计。五爷返身而出言道："大人，印信丢失，谅他去之不远，待小弟追赶下去，将印信夺回。"大人道："五弟，印信丢失不要了，只要有五弟在，印信丢失不妨。"五爷哪里肯听，早就踊身蹿上房去，一看东西厢房北山墙，有一黑影一晃。五爷用飞蝗石子打去，卜一声响亮，虽然打在身上，此人未能坠落下去。五爷纵在东房之上，赶上前去就是一刀，只听见哧的一声，原来不是个真人(也是夜行人用计)，乃是江鱼皮作成的，有四肢，一个头颅。无用时将其折叠起来，赛一个包袱；若要用时，腿上有个窟窿，用气将他吹鼓，用螺丝将他捻住，不能走气。脑后有皮套一个，挂于墙壁之上，被风一摆，来回的乱晃。其名叫做映身。五爷上当，刀剁皮人。转向扑奔正西。大人连叫："不可追赶。"

五爷哪里肯听。出上院衙往西追赶，见一人在前施展夜行术。细看肩头上，高耸耸背定印匣。五爷赶上前来，一刀正中腿上，哎哟一声，红光崩现，满地乱滚。五爷磕膝盖点住后腰，先拔贼人背后之刀，抛弃远方。解贼人的丝絛，四马倒攒蹄，寒鸭子浮水势，将贼捆好。解胸前麻花扣，将印匣解将下来，双手捧定，在耳边先一摇，只听见咣当当地乱响，就知道印信在里面。五爷暗暗欢喜。猛然抬头一看，前边还有一个夜行人。五爷意欲追赶那人，自思印已到手，便宜那厮去罢。

后边厢灯火齐明，原是上院衙官人赶到，本是公孙先生至马棚救火，一浸而灭。先生进里边见大人，诉言其事。大人命先生派官人追赶白护卫，故此前来。远远问道："前边什么人？"五老爷答道："是吾追贼人，不上半里之遥，将贼拿获。尔等来的甚巧，将他抬至上院衙，以备大人审讯。”众人答言：“五老爷先请。我等随后就到。”

五爷提印匣就原路而归，仍是蹿房越脊，不由大门而入。至大人屋中，见公孙先生在旁解劝。大人呆磕磕发怔。五爷捧定印匣说道：“大人印信丢失，小弟追出上院衙，不上半里之遥，将贼捉获，将印信得回，请大人过目。”将印信放于桌案之上。大人欢喜非常，言道：“到底是我五弟呀，到底是我五弟。倘若印所门户已坏，就将印匣暂放先生屋内。”先生点头，不肯去收。自忖道：“印已到贼人之手，不知印信可在里面？倘若不在，糊里糊涂将印收讫，倘若用印之时，里面无印信，岂不是交接不清，一人之罪么？”故此问五爷说：“是怎样将印信得回？”五爷道：“行不到半里之遥，一刀将贼砍倒，将印信得回。”先生道：“就是这样得回？”五爷说：“正是。”先生说：“印信已到贼人之手，没有什么差错？”五爷冷笑道：“先生若怕有什么舛错，当着大人面前，大家一观，也省了日后有交接不清之患。”大人道：“先生收起去。虽然将印信丢失片刻的光景，依然追回，还有什么舛错？”

大人论的是个人，即五爷不会办错事；先生论的是公事。五爷得了印匣之时，晃了两晃，知道印依然在内。他本就是狂傲的性分，哪时也没让过人，先生一问就觉得气哼哼的冷笑。暗道：“先生，咱在一处当差，念书的人实属厉害。既然这样，更得当着大人面前看明方好。”于是便对公孙策先生说道：“先生不肯收印，小弟虽把印信得回，不知里面印信在与不在，在大人面前务必看明方好。”先生无奈，将包袱打开偷看，就知道事情不好，印匣上锁头不在了。说：“不必打开看了。”五爷按住印匣一定要看。大人言道：“就打开看看何妨？”将印匣盖打开一看，那一颗黄澄澄的角端印踪迹不见，有一块黑脏脏的铅饼子在内。大人看见一急，将包袱望上一搭，吩咐收起去。料着五爷未看见，岂不想夜行人眼快，早已看见，言道：“他们盗印的原是二人，小弟捉着一人，走脱一人。印匣既是空的，印信必在那人身上。谅那厮去之不远，待小弟将他捉获回来，自然就有了大人印信。”大人用手一揪，死也不放，叫道：“五弟呀，五弟！想你我当初在镇上相会，你也无官，我也无官，事到如今，你身居护卫，我特旨出都。丢了国家印信，不至于死，无非罢职丢官，你我回到原籍，野鹤闲云，浪迹萍踪，游山玩水，乐伴渔樵，清闲自在，无忧无虑，胜似在朝内为官。朝臣待漏，伴君如伴虎。一点不到，自家性命难保。五弟不至于不明此理。印信丢失不要了。”大人揪住五老爷死也不放，并有那边主管玉墨挡住，也是苦苦地将五爷解劝。五爷干着急不能出去，又不敢和大人动粗鲁，只好坐在那里低着头哼哼地生气。

大人和五老爷说起私话来了，讲论当初三吃鱼的故事。公孙先生一听大人与五老爷说起私话来了，转身出得房外，看见外头有许多人对面站定。公孙先生至前一问，原来是观看盗印之贼。

看此人夜行衣靠，腿上血痕。黄澄澄的脸面，倒捆四肢，是个浑人。吩咐官人：“搭在我屋里去。”先生跟走至屋中，取止痛散与他敷上。便问：“朋友，我看你堂堂一表人才，为何作出这样事来，岂不把自己的性命饶上？若肯改邪归正，我保你在大宋为官。”贼言：“我今前来盗印，万死犹轻，焉有做官之理，休来哄我。”先生道：“我们开封府，众校尉与护卫等，哪一个不是夜行人？何况你有说词。”贼言：“我说什么？”先生道：“你们来几个？”回答：“两个。”先生说：“少时见大人，你说他盗印，你巡风，本要将他拿住以作进见之功，不料他已跑远。”贼人说：“此言错矣。我现背定印匣，怎么说是他盗印哩？”先生笑道：“你好糊涂，印是他早已拿着报功去了，你的印匣是空的。此人陷害于你，你还不省悟！”贼言：“此话当真？”“焉能与你撒谎？”“哈哈哈哈，好邓车，原来是兴心害我。先生若肯引荐于我，愿与大人牵马随蹬，泄王府之机，说印信的来历。”先生道：“兄弟，你先把话对我说明，我好在大人面前与你禀报。”贼言：“我乃襄阳王府与王爷换帖弟兄，姓申，名虎，匪号人称钻云雁。皆因是昨天大人手下不知是谁，前去至王府探阵，杀府内一人。我们那里有一个镇八方王官雷英出主意，叫王爷差派人来盗印。就是神手大圣邓车叫我与他巡风，命我马棚放火，他去盗印，事毕树林相会，将印匣叫我背定，见王爷报功。我只当是一番美意，不想插刀死狗娘养的害的我好苦！”先生问：“得印回去放在什么地方？”申虎道：“雷英的主意，放在冲霄楼三天，以作打鱼的香饵；第四天抛弃君山后身逆水寒潭。此处水汹猛，鹅毛沉底，就是神仙也不能捞上来。”先生随问，早记在心中。说大人已经睡觉，明天再见。叫官人与申虎解开绦子，上了锁子，交知府衙门收监。

申虎次日知是诓他的清供，也就无法了。先生交申虎去后，细写清供，入内见大人。大人劝五老爷将今比古，好容易有点回嗔作喜模样。不想先生把口供一递，大人一瞧，恶狠狠瞪了先生一眼。先生也觉无趣，喏喏而退。

大人颇知五爷的性情，他若不知印的下落还好；他若一知下落，破着性命也要去找寻回来。

此时五爷倒不是满脸愁容了，反倒笑嘻嘻的言道："夜已深了，请大人安歇睡觉吧。"大人泪汪汪的言道："我安歇倒是一宗小事，只怕吾弟要追印去。"五爷道："小弟谨遵大人言语，焉敢前往!"大人道："去也在你，不去也在你。你若要一走，随后我就寻了自尽。纵然将印得回，若想见吾一面，势比登天还难。那时节，只怕你悔之晚矣！天已不早，你也往外面歇息去罢。"五爷告辞，这才是：满怀心腹事，尽在不言中。任凭大人说破舌尖，自己的主意已定，回到屋中，更换衣巾，上王府找印。

若问白玉堂的生死，且听下回分解。

第五回　王爷府二贼废命　白义士坠网亡身

且说五老爷与大人分手，回归自己屋内。五鼓，意欲上王府，天已太晚，明日再去。叫张祥儿备酒，再也吞吃不下，如坐针毡，如芒刺背。唤张祥儿取笔来，书写字柬，折叠停妥，交与祥儿，言道："今晚间不归，明日早晨交与先生，叫他一看便知分晓。少刻天亮我就出去。大人和先生若问，你就说你老爷去出时，未曾留话，不知去向。倘若一时之间说将出来，大人将我追回，你也知道你老爷的性情，一刀将你杀死，然后再走。"张祥儿一闻此事，脑袋直出了一股凉气，焉敢回答什么言语，只是吓的浑身乱抖，泪汪汪地道："大人不是不叫你去么？"五爷道："你休管闲事。"

天已大亮，五爷怕大人起来，换了一身崭崭新的衣服，武生相公的打扮。张祥儿说："老爷你可早点回来。"五爷哼了一声，扬长而去。衙门口许多官人问道："老爷为何出门甚早？"他并不理会大众，自己出上院衙。不敢走大街，净走小巷，总怕大人将他追赶回去；以至吃饭吃茶，尽找小铺面的茶馆饭店，也是怕大人将他追赶回去。整游了一天，天已初鼓之后，人家要上门咧，将自己跨马服寄在饭店，如数给了饭钱、酒钱。

天到二鼓，出饭店直奔王府后门而来。未带夜行衣靠，也没有飞抓百练索。掖衣襟，挽袖裤，倒退数十步，往前一纵，蹿上墙去。并不打问路石，飞身而下，看了看，黑夜之间并无人声犬吠。奔木板连环，行至西方，并不周围细看，就从西方而入。自己说过拿此处看作玩艺一样，又来过一次，公然就是轻车熟路一般。亮刀点开双门，用眼一看，乃西方兑为泽。泽；水困泽，地萃泽；山，咸水山，蹇地山，谦雷山。小过雷泽归妹。自己想：必须入地山谦方好。里边本是七个小门。逞聪明并不细数，总是艺高人胆大。

五爷一生的性情，凭爷是谁也难相劝。这就是俗言"河里淹死会水的”。智爷来的时节，俱是生发自己；五爷这次来，是克着自己。西方本是一层白虎；本人又穿白缎衣襟，又是白虎；又叫白玉堂，又是一个白，岂不是又一层白虎；犯三层白虎。抖身窜入小门，本欲进地山谦，不想错入七门中，乃雷泽归妹。五爷一瞧，说：“不好。”按说雷泽归妹可也是吉卦，可看什么事情。若要儿女定婚，乃大吉之卦。有批语就是不利于出征。虽不是出征，也要分个优劣，强存弱死，真在假亡。五爷一瞧，卦爻不吉，抽身欲回，焉得能够？早有两边底板叭嗒一响，上来了两个全都是短衣襟，六瓣帽，薄底靴，手持利刀，怒目横眉，声音叱吼说：“好生大胆，前来探阵。”五爷未能出去，两个人已到，立刻交手。未走半合，就把过度流星灵光、小瘟蝗徐畅两个人杀了。五爷一笑：“哈哈哈，王府的毛贼就是这样无能之辈，就不必反身回去咧！凶卦中的贼人已死，又何必多虑！不如早早上冲霄楼，将大人印信得回，省得大人在衙中提心吊胆。”脚着卐字势当中，尽是如走平地一样，并不格外仔细留神。过日升亭，走月恒亭，奔石象、石狁，看见黑巍巍，高耸耸，位列上中下，才分天地人，好一座冲霄楼！

五爷暗暗欢喜，想大人印信必在头层楼上。细想上楼之法。见石象、石狁上的宝瓶与聚宝盆当中，有两条毛连铁链，当中交搭十字架，上边挂于头层瓦檐之上。五爷想：掐铁链而上。行至中间，将刀反倒插入鞘内，归身一纵，伸双手揪铁链，随掐随上，掐至中间，耳轮中忽听见喀喇喇哗喇喇往下一松，说声：“不好！三环套索。”五爷深知那个厉害。上身躲过，腰腿难躲；腰腿躲过，上身难躲。若要稍慢，上中下三路，尽被铁链绕住。五爷在陷空岛拾掇过此物，焉有不认识的道理?！有个躲法，除非是撒手抛身。说的可迟，那时可快。声音响，早就撒手抛身，不敢脚沾于地，怕落于卐字势旁，滚板之上，那还了得。故此拧身踹腿，脚沾于石象的后胯。谁知那石象全都是假作，乃用藤木铁丝箍缚，架子上用布纸糊成。淡淡的蓝色，夜间看与汉白玉一般。腹中却是空的，乃三环套索的消息。底下是木板托定，有铁横条、铁轴子，也是翻板，前后一沾就翻。五爷不知是害，登上此物一翻，这才知晓中计，说声“不好”，已经坠落下去。仗自己身体灵变，半空中翻身，脚冲下沾实地，还要纵身上来，焉知晓不行，登在了天宫网上。

此石象、石犼，乃是两个阵眼。上是三环索，下面是天宫网同地宫网。若要有人登上，就是往下一拍、一扇、一动，十八扇全动（五爷同智爷双探铜网阵时，不容智爷说，就自逞奇能，故此前文表过，净说了上头，没说下头。智爷以为五爷全知，就不必往下再说了。看此也是定数，非人力所为）。

五爷一登，翻身坠落盆底坑中。挺身拉刀，见四面八方，哗喇喇哗喇喇地类若钟表开闸的声音。五爷早被十八扇铜网罩住在当中。

若问十八扇铜网的形势：二指宽铜扁条打成，高够一丈二尺，上头是尖的，两旁是平的，下有一根横铁条。两边有两个大石轮子，按的是阴阳八卦，共十六扇。连天宫网、地宫网共十八扇。扁铜条造就有胡椒眼的窟窿，上带倒须钩。十八扇网俱在盆底坑上，倒放着单有十八把大辘轳，黄绒绳绕定，挂住钩环，下边并有总弦副弦十八条。小弦绕于消息之上。盆底坑何为？盆底上宽下窄，消息一动，网起一立，往下一拍，石轮走动，由高往下，比箭还疾。顷刻间，就把五爷罩在当中。四面八方，缘丝合缝。铜网罩紧，就类似回回的帽子一样。网一罩齐，下面金钟响亮：咚咚咚咚。

五爷一瞧把自己罩在铜网的当中，却看铜网的形势，吓了一跳。你道这铜网阵在冲霄楼的底下，怎么会看的这么真切？皆因是冲霄楼头层，搁的是盟单、兵符、印信、旗纛、认标等物。二层是王爷的议事庭，议论军国大事的所在。末层下面有铁方篦子。四角有四个大灯，昼夜不灭，故此五爷在下面看得明白。用手中刀一支铜网，纹风不动。用力一砍，单臂发痛。盆底坑上，四面八方一乱。东西南北，四面有四个更道地沟小门。有一面弓弩手，一面二十五人，每人一个匣弩，一匣十支竹箭，俱有毒药喂成，着身一支，毒气归心，准死。内中有一个头目，如今就是神手大圣邓车，因盗印有功，王爷赏给弓弩手的头目。听金钟一响，由更道而入，手拿梆子，一阵梆响，众人齐出；二回梆响，众人将坑围满；三阵梆子响，乱弩齐发。

五爷在内，刀砍不动铜网，就知不好。横刀自叹，想起大人衙内无人保护，自己亦死如蒿草一般。大人有失，自己死后阴魂也对不起大人。再包相爷待我恩重如山,想不到一旦之间,性命休矣,不能报答恩相提拔之恩。是吾闹东京开封府,寄柬留刀,御花园题诗杀命,奏折搀夹带,万岁爷不加罪于我,反倒褒封,万岁爷龙天重地之恩,粉身难报。再有陷空岛弟兄五人,惟我年幼。大哥二爷三爷四爷,纵有得罪他们的地方,并不嗔怪于我,可见得哥哥们俱有容人的志量。五爷想从此再要弟兄们重逢,除非是鼓打三更,魂梦之中相会。五爷只顾想起了满腹的牢骚,不提防浑身上下弩箭钉了不少。那见得?有赞为证:

白五义瞪双睛,落坑中挺身行。单臂起动,刀支铜网毫无楞缝。直觉得膀背疼,直闻得咯嘣嘣。在耳边不好听,似钟表开闸的声。哗啰啰、唰喇喇,隐隐的鸣。金钟响嗡嗡,锦毛鼠,吃一惊。这其间,有牢笼。无片刻,忽寂静。哧哧哧,嘣嘣嘣,飞蝗走,往上钉。似这般百步的威严,好像那无把的流星。纵有刀,怎避锋。着身上,冒鲜红。五义士,瞪双睛,可怜他,中雕翎,这一种的暗器,另一番的情形。立彪躯,难转动;不怕死,岂畏疼?任凭你穿皮透肉起幽冥,还有这一腔热血苦尽愚忠!白护卫,二目红。思想起,不加罪,反褒封。身临绝地,难把礼行。报君恩,是这条命。看不得而今虽死,以后留名。难割舍,拜弟兄;如手足,骨肉同。永别了,众宾朋。恨塞满,寰宇中。黄云霄,豪气冲。群贼子,等一等,若要是等他恶贯满盈时,将汝等杀个净,五老爷纵死在黄泉也闭睛。

若问五老爷的生死如何,且听下回分解。

第六回　襄阳王帅众观义士　白护卫死尸斩张华

且说五爷在铜网之中，被乱弩攒身，横冲竖撞，难以出网。磕哧哧咬碎钢牙，浑身是箭，恨不得把双睛瞪破。横着刀，弩箭毒气心中一攻，就觉着迷迷离离的咧，后背脊早被铜网钩挂住。霎时间，万事攻心，什么万岁、包公、朋友、拜兄弟，也就顾不得遮挡毒箭了。霎时间，射成大刺猬相仿。众弓弩手想：怎么还不死哩！神手大圣邓车，将弓弩手的弓弩接在手中，对着铜网胡椒眼的窟窿，一搬弩弓，一双弩箭对着窟窿射将进去，正中五老爷的面门。五老爷就觉着眼前一黑，渺渺茫茫神归那世去了。

只听更道地沟小门中，一阵大乱，灯火齐明。原来是王爷带领着镇八方王官雷英，通臂猿猴姚锁，赛白猿杜亮，飞天夜叉柴温，插翅彪王禄，一枝花苗天禄，柳叶杨春，神火将军韩奇，神偷皇甫轩，出洞虎王彦桂，小魔王郭进，小诸葛沈中元，金鞭将盛子川，三手将曹德裕，赛玄坛崔平，小灵官周通、张宝、李虎、夏侯雄，金枪将王善，银枪将王保，还有许多的文官围护着王爷，由西边地沟门而入。

王爷言道："银安殿听金钟所响，必是网内拿住人了。"邓车见王爷，言道："网内拿住一人，已被乱弩射死。死尸不倒，王爷请看。"王爷言："怪道！怪道！什么人敢入孤家的铜网。众位卿家可有认识此人的无有？"病太岁张华言道："上回小臣约智化前来投效王爷，据小臣一看，此人大半是智化到此。"王爷一听言道："若是智化，可惜呀，可惜！"命张华去看，若是智化，死后追封。命一百弓弩手放下弓弩，奔大辘轳，将十八扇铜网绞起，惟有五爷挂在铜网之上。绞上盆底坑，弓弩手将辘轳搬住。张华对面细瞧，皆因浑身是箭，拿着刀，龇着牙，瞪着眼，令人可畏。张华细看不是智爷，倒要细细瞧瞧。往前一趋，只见五爷的五官乱动，耳轮中只听见磕嚓一声，绒绳崩断，铜网往下一落，五爷的这口刀正中张华胸间。只听见噗哧一声，张华仰面朝天，红光崩现，连五爷带铜网全压在张华身上。那两名弓弩手也教镰铲把打一个跟头。群贼一乱，连王爷都大吃一惊，令人将铜网揭起，将五爷摘拢下来。王爷叹息了一会："可惜孤家的活人叫死人扎死，到底看看果是何人？"众人多不认识，惟有小诸葛沈中元，微微一笑："王驾千岁，也不用小臣过去细看，大略必是此人。"王爷问道："你既知晓，倒底是何人？"小诸葛言道："乃是御前带刀四品右护卫白玉堂。"王爷一听，连连赞叹："耳闻他闹过东京，盗过三宝，在龙图阁和过诗。丧在孤铜网阵内，可惜呀，可惜！也罢，孤将他尸首埋在盆底坑，封他个镇楼大将军，与他烧钱挂纸。"

旁边有一人言道："千万使不得，千万使不得。"王爷回头一看，是相面的先生，此人姓魏名昌，人称他赛管辂魏昌。请他与王爷相面，王爷问他："看看孤有九五之尊没有？"魏昌道："王驾千岁，不可胡思乱想，若要胡思乱想，怕不能够落于正寝。"王爷大怒，命将魏昌推出砍了。魏昌连连喊冤说："人有内五行取贵，有外五行取贵。"王爷说："何以看来？"魏昌言："我看王爷三天吃、喝、拉、撒、睡，可有取贵之处？"果然看了三天，辨别言道："王爷有九五之尊。"王爷道："分明你怕杀，奉承于我。"魏昌道："不然，相书上云：'口能容拳，目能顾耳，定是君王之相。'"王爷本不懂相书，反倒欢喜说："孤坐殿之后，封你个护国大军师。"魏昌言："谢主龙恩。"由此不让魏昌出府。

此时魏昌一想："我是大宋的子民，今现有白护卫死在此处，若要埋在盆底坑，永世不能翻身，也不能和五太太并骨，后辈儿孙也不能烧钱挂纸。我既在王府，我明里向着王爷，暗向着白五爷。"言道："王驾千岁，万不可将此人埋在盆底坑中。既是两国的仇敌，他又在二十岁的光景，要将他埋在此处，岂不要终朝作祟，使我君臣终朝不安。"王爷言："依你之见如何？""依臣之见，将他装在铁箱子内用火焚化，尸身装在坛子里，送往君山交与飞叉太保钟雄，平地起坟，立个石碑，镌上他的名字，坟前挖下战壕，必有侠义前来祭墓。来一个拿一个，来两个拿一双。"王爷连连点头说："此计甚妙！"命人将张华、灵光、徐畅尸首搭将出去，次日用棺木成殓，与他们烧钱挂纸。五老爷的尸身用火焚化，装在古瓷坛内，送往君山。君臣等出地道，暂且不表。

且说自从五爷去后，日色将红。大人起来梳洗整衣，请五弟讲话。公孙先生道："五老爷出衙去了。"大人一听，如高楼失脚，大海覆舟。"哎哟"一声，半晌无言，不觉泫然泪下。言道："吾弟此去，凶多吉少。"先生在旁劝解。不时的着先生出去打听，总无音信。大人立志滴水不下，茶饭不餐，要活活饿死。

日已垂西，大人要叫张祥儿细问。先生出来威吓："张祥，你家主人出去，你不至于不知，必然有话，你不肯说，大人要把你叫将进去，责罚于你。"祥儿又不敢见大人，又不敢现出字来，直是要哭的样子。先生苦苦地追问，这才说出："我要说出，先生救我之命。"先生说："全有我一面承当，怎么个缘故罢？"祥儿说："我家老爷临行，留下一个字柬。我家老爷今天不回，叫我明天献于先生。今日若献，大人将我家老爷追回，先杀了我，日后还走。"先生道："你把字柬拿来，你家老爷杀你有我哩！"祥儿这才把字柬呈上。大人打开一看，上写着字："奉大人得知，小弟玉堂今晚到襄阳王府冲霄楼探探印信虚实。有印则回，无印也回。"大人一看，"哎哟"扑倒躺于地上，四肢直挺，浑身冰冷。

不知大人生死如何，且听下回分解。

第七回　卧虎沟蒋平定丑女　上院衙猫鼠见钦差

且说大人一见字柬，摔倒在地，众人忙乱，将大人双腿盘上，耳边喊叫："大人醒来！大人醒来！"大人悠悠气转。哭道："五弟呀，五弟！狠心的五弟，不管愚兄了。"先生在旁劝解："五老爷既往王府去过，轻车熟路，此去到王府也无什么妨碍。大人若提名道姓，哭哭啼啼，五老爷反觉肉身不安。"大人哪里肯听，众人搀大人至里间屋内，仍是哭泣。

先生出来，至自己屋内着急：今上院衙，五爷一走，倘若王府差人前来行刺，我乃是文人，如何抵挡？大人有失，我万死犹轻。上院衙中更夫，又被五爷赶出，只是为难，也是无法。一连两日无信。大人类若疯迷一般。先生提心吊胆。外面官人报道："蒋护卫到。"先生一闻喜信，连忙迎出。

蒋爷从卧虎沟来，皆因水面救了雷振，丢了艾虎，不知下落。他在卧虎沟见铁背熊沙龙。沙爷礼让至家中，将艾虎之事，如此恁般、恁般如此地说了一遍。蒋爷这才放心，知艾虎没死。又提欧阳爷的事，沙爷也就将大破黑狼山事细说了一番。蒋爷一听，原来将沙老爷家大姑娘给了艾虎。问到："二姑娘可曾择婿？"沙员外道："不曾不曾，丑陋不堪，没人要。"蒋爷说："我给说个人家。"沙爷道："昏浊粗鲁，膂力胜似男子。"蒋爷说："何不请来一见。"老员外吩咐婆子请二位小姐。

不多时，听外面喊一声，如巨雷一般。起帘栊进来二位姑娘。蒋爷一瞧，先走的如天仙一样，后走的如夜叉一般。怎见的，有赞为证：

沙员外，叫女儿，快过来，行个礼儿。蒋爷瞧，一咧嘴儿。大姑娘，叫凤仙姐儿，似天仙，生的美儿。二姑娘，叫秋葵儿。蒋爷一瞧，差点没吓掉了魂儿。虽是个女子，气死个男人儿。高九尺，有神威儿。头上发，像金丝儿。罩着块，青绢子儿。并未带，什么花朵儿。漆黑的脸,赛过乌金纸儿。扫帚眉,入鬓根儿。大环眼,更有神儿。高鼻梁,大鼻翅儿。生一张,火盆嘴儿。大板牙,乌牙根儿。耳朵上,虎头坠儿。顶宽的肩膀,顶壮的胳膊根儿。穿一件男子的衣儿,叫箭袖,青缎地儿,不长不短正合身,不瘦又不肥儿。皮挺带系腰内儿,宽了下,够四指儿。夹衬袄,黑色灰儿;绿绸裤,花裤腿儿。蓝带子,扎了个紧儿。小金莲,真有趣儿。横了下,够三寸儿。大红鞋,没花朵儿。扁哈哈,像鲇鱼儿。扑叉扑叉,登山越岭如平地儿。常入山,去打围儿。拿猛兽,如玩艺儿。走向前,施了个礼儿。一个揖作半截,往旁边,一闪身儿。蒋爷一见,把舌头一伸,缩不回儿。

二位姑娘见礼已毕。员外说:“回避了!”蒋爷说:“我给二侄女说门亲事。”老员外说:“四弟何必取笑,什么人要我那丑丫头?”蒋爷说:“是我二哥之子,准是门当户对,品貌也相当,膂力也合式。哥哥也不用见人,我告诉你这个外号就知道了。外号人称他霹雳鬼。”老员外一听,反觉大笑。蒋爷取一块玉佩以作定礼。住两日,四爷自觉心神不安,惦念五弟,告辞上襄阳。一路无话。

至上院衙,叫官人回禀。不多时见先生出来。四爷就知五弟不好。他若在,不能叫先生迎我。连忙问先生:“我五弟怎样?”先生道:“里面再说。”四爷知道更不好了。至里面先生屋中落座。先生就将大人到任、丢印、拿盗印贼以及五爷走的事细说一遍。四爷不禁叹道:“哎哟,五弟休矣!”落泪问:“大人哩?”先生说:“大人滴水不下,非见五老爷不吃饭,要活活饿死。”蒋爷说:“我去大人就吃饭了。”先生带领蒋四爷去见大人。叫玉墨回明,蒋护卫到。大人正在哭涕之时,一闻“护卫”二字,只说是五爷到来:“快请!”蒋爷见大人道:“大人在上,卑职蒋平行礼。”大人只想着五爷,忽道:“啊!我细看却是蒋护卫。”不觉泪下,道:“蒋护卫,你我的五弟死了!”蒋爷道:“大人何出此言?方才卑职遇见五弟,他说大人丢印,他上王府去找。那冲霄楼确实利害,他不敢上去。他想,今日乃是第四天了,王府必定将印抛弃逆水寒潭。他在逆水潭卧牛青石之上等候。掷印之时,掰手夺来,岂不胜似在冲霄楼上涉险?他是个精细人,为什么办那样险事？大人疑他死咧，岂不是多虑？并且卑职还劝他，上院衙没人，你这一走，岂不叫大人提心吊胆？他说：'你见了大人，替我说明。叫大人放心，我在此等印。'我说：'我在此替你等印，你先见见大人为是。'他说：'大人派我护印，将印信丢去，无脸面见大人，非得印不能见大人。'故此卑职准知他的下落。"大人说："既然知道他的下落，烦劳蒋护卫辛苦一遭，将他找来一见。"蒋爷连连点头说："这有何难？卑职替他等印，将他换回来。"

蒋爷意欲要走，故装腹中饥饿。言道："卑职由五鼓起身，至此时茶饭未进，在大人跟前讨顿饭吃，然后再去。"大人说："使得，使得！"吩咐摆饭，叫先生作陪。饭已摆好。蒋爷叫给大人预备座位。大人道："不见我那五弟，立志滴水不进。四老爷不必让了。"四爷道："大人赏饭，大人不用，卑职也就不敢吃了。我是立刻就去，与大人办事，哪怕就是饿死也不要紧。大人立志不吃，是不知道五弟的生死；如今五弟有了下落，大人何必一定不吃？就是这时不吃，片刻间五弟来了，难道大人不吃吗？"大人被蒋爷一套言语说的倒觉难过，便说："我陪着就是了。"四爷叫给大人斟酒。大人说："我几日未餐，酒可吞吃不下。"蒋爷说："预备羹汤、馒头。"蒋爷苦劝，自己端起酒杯，大吃大喝，连说带笑。大人见这个景况，是见着五弟了，如其不然，他不能这样的欢喜，招惹的自己也就吃了点东西。蒋爷暗喜，吃毕道："谢谢大人赏饭！"大人说："务必将我五弟早早找来。"蒋爷回答："今天不到，明天也就来到了。"大人知道蒋爷说话无准，受了他的骗了。

蒋爷告辞，同先生出来。先生也信以为实，说："你遇见五老爷了？"蒋爷说："谁遇见咧？不是这样，大人焉肯吃饭？"先生说："你吃的痛快！好像真遇见了。"蒋爷说："我吃的都打脊梁骨下去了。今已四天，我去捞印要紧。"先生说："莫走，你若一走，有刺客前来，什么人保护大人？"蒋爷说："哎哟！保大人也要紧，捞印也要紧，除非我会分身法才成哩！也罢，先生快写告病的禀帖，向开封府求救。"正要写信，官人报道："现有开封府展护卫老爷、卢老爷、韩老爷、徐老爷到，外边求见。"

若问几位来意，且听下回分解。

第八回　穿山鼠小店摔酒盏　蒋泽长捞印奔寒泉

且说展、卢、韩、徐，在开封府自从拿获了栾肖，水路的吴泽，两个人口供一样，共招作反之事，将他们收监。待拿了王爷对辞，再将他们的口供奏闻万岁天子。皇上降旨着开封府派校护卫上襄阳，帮大人办事。几位爷各带从人，乘跨坐骑赶奔襄阳，晓行夜宿，饥餐渴饮。

那日离襄阳不远，忽然天气不好，前边又不是个镇店。紧紧催马到了一个所在，没有大店，就是一个小店。嘱咐下马进店。徐三爷嚷道："店小子，打脸水，烹茶。"店小二说："不成不成。我们是小店，那些事不管。"徐庆骂道："小子不要脑袋了。"展爷一拦："三哥使不得，此处比不得大店。伙计莫听他的。"店小二说："你们众位老爷们，要吃什么须先拿出钱来，是你们自己做，我们做可做不好。"展爷随即拿银子，连喂马带酒肉一齐预备。饭熟放桌子上，端酒茶。徐庆喝道："小子没长着眼睛么？"小二说："怎么了？"三爷说："四位老爷为何三个酒盏子？"小二说："还是现借来的，再多也没有了。"三爷说："没有，将脑袋拧下来。"举起拳头就要打，小二跑了。

不多时，店小二双手捧定一个大酒杯走来，言道："错过老爷们。这是我们掌柜的至爱物件，我借来要是摔了，这命就得跟了它去。"卢大爷说："怎么这么好？"小二说："我们这里的隔房都知道，这玩艺小名叫白玉堂。"卢爷骂道："小辈还要说些什么？"小二说："我说白玉堂！"展爷拦道："莫说了，重了老爷的名字了。"小二道："这个酒盏子是粉锭的地儿，一点别的花样也没有，底儿上有五个蓝字，是'玉堂金富贵'。故此人称叫白、白、白、白……"三爷一瞪，他就不敢往下说了。三爷接来一看，果有几个字，叫展爷念念。展爷说："不错，不错。是'玉堂金富贵'。"三爷说："人物同名实在少，有我与五爷对近，就使他喝酒。"小二说："黑爷爷，你可莫给摔了。"大家饮酒，三爷随喝随瞧。忽然一滑，摔了个粉碎。店小二哭嚷道："毁了白玉堂了,毁了白玉堂了。”三爷抓住要打。展爷解劝方才罢手。小二哭泣。展爷说:“我赔你们就是。”小二说:“一则买不出来,二则掌柜的要……要我的命。”展爷说:“我见你们掌柜的,没有你的事就是了。”回头一看,卢爷一旁落泪,饭也就不吃了。展爷亲身见店东说明。人家也不叫赔钱,言道:“人有生死,物有毁坏。”卢爷更哭起来了。店钱连摔酒杯共给了二十两银子。

天已二鼓,大家睡觉,惟有大爷净是想念老五。直到三鼓,忽觉灯光一暗,五弟从外进来,叫道:“大哥,你们到襄阳,多多拜上大人。小弟回去了,单等拿了王爷回都之时,多多照应你那弟妇侄男,你我弟兄不能长聚了。”卢爷一惊:“你死了不成?你是怎么死的?快些说来。”五爷说:“小弟仇人就是他。”从外进来了一个大马猴,前爪往五爷身上一抓。再看五爷浑身血人一样。卢爷意欲上前,马猴早被徐三爷揪住,探一双手,把马猴的双睛挖将出来,鲜血淋淋。大爷把五爷一抱,哭叫道:“五弟呀,五弟!”焉知把展护卫抱住了。展爷说:“大哥,是我。”卢爷这才睁眼一看,却是南柯一梦,放声大哭,把二爷惊醒,言讲梦里之事,大家凄惨。展爷劝说:“大丈夫梦寐之事,何可为论?无非大哥想念五弟而已。”

次日起身,出店上马,奔襄阳而来。到了襄阳入城,上院衙外下马,叫官人进去回禀。卢大爷目不转睛净看着五弟出来。四爷出来行礼,并未看见。四爷叫“大哥”。卢爷低头看见言道:“五弟死了吗?”四爷言:“丧不丧,好好的人,因何说他死了?”大爷说:“为何不出来见我?”四爷说:“出差去了,有话里面说去。”

大家入衙至先生屋内,大爷要见大人。蒋爷使眼色,先生说:“大人歇了觉了。”展爷就知道不好。四爷叫看酒说:“三哥喜大杯饮酒,看大杯。”三爷与大家吃酒,四爷问大家的来历。展爷将奉旨的事细说一遍。三爷大醉,说:“我醉了,如何见大人?”四爷说:“你先睡觉,回头再见。”三爷点头,真就睡了。

不多时,呼声阵阵。大爷便问:“五弟倒是如何?”四爷说:“先把三哥灌醉就好说了。”大爷言:“快说!”四爷就提大人丢印之事,五爷追印未回。大爷哭道:“五弟死了。”四爷问:“何出此言?”大爷将摔杯梦中事细言一遍。四爷心惨,又把哄大人的话哄了大爷。大爷半信半疑。四爷说:“好了,你们来得巧。我要上寒潭,无人保大人。众位一来,有看家的了。二哥同我去,与我巡风。”大爷也要去。四爷道:“逆水潭在君山之后,你老人家爱哭,倘若被君山喽兵看见,岂不是祸患不小?”大爷说:“我不哭,我可得去。”四爷说:“你看家吧,家里头也要紧。”大爷说:“不叫去我就寻死。”四爷说:“你说话就不吉利。”二爷说:“去,就叫大哥去。”三爷怪叫了一声,由梦中起来,说:“我也去。”蒋爷说:“又醒了一位。三哥要哪里去?”三爷说:“该哪里去,我就上哪里去。可是你们上哪里去呢?”蒋爷说:“三哥,我告诉你,你可莫着急。大人到任把印丢了,叫襄阳王府的人盗去。”三爷说:“我走。”蒋爷说:“三哥上哪里去?”三爷说:“我找襄阳王要印去。”蒋爷说:“咳!没在王府,他们撂在逆水寒潭了。又不是在山上,水里头是我去,山上才该你去呢!”徐庆说:“对。你是翻江鼠,我是穿山鼠。我给巡风去还不行么?”四爷说:“大哥,二哥都给我巡风,何用全去?看家要紧。”三爷说:“看家有展护卫。”蒋爷说:“不行。展爷的本领不如你。”三爷说:“怎么?我比展护卫的本领还大?是我比你的本领还大么?”展爷说:“大多咧!”蒋爷说:“你那个本领有考校啊!就是刺客前来,慢说动手拿贼,就是大喊一声:‘穿山鼠徐三老爷在此!’就能够诸神退位。”三爷大笑:“那不成了姜太公了吗?既然如此,我就看家。我睡觉可死啊,要是刺客前来,你可叫醒了我。我好嚷诸神退位。”可见得蒋平一辈子不能长肉,自己哥们还阴他呢!

四爷带上水湿衣靠,大爷、二爷各带夜衣的包袱。四爷嘱咐展爷:“保大人全在你一人,别指望我们三人。”说罢三人起身,出上院衙,走襄阳西门。一路无话。

日已垂西,遇一樵夫,打听寒潭所在。樵夫说:“过北边一段山梁,过山梁平坦之地,有一村名叫晨起望。东西穿村而过,出东村口有个涧,叫鹰愁涧;有个崖,叫锦绣崖。往东北有个小山口,千万可别进去。小山口通君山后身。如若进山口,叫喽兵看见,立刻就绑押,解见大寨主。问你的来历,虽不至于死,可不吓一大跳?过了小山口往北，路东有个岭，叫蟠龙岭。上有五棵大松树，密密杂杂，枝叶接连，年深日远，其名叫五接松。树下有新坟。由蟠龙岭前往北，有个大三神山；再往北，有小三神山。大三神山有山；小三神山无山，有庙。由庙东山墙往北，地名叫上天梯。先前上不去，如今有钟寨主找石匠镌出一蹬一蹬的台阶来，其名就叫上天梯。站在上天梯的上头往下一看，在东北有个大水池子，方圆够三里地。此水寒则透骨，鸭毛沉底，一味的乱转，其名就叫逆水寒潭。听见说是当初禹王治水的一个海眼。公然就是一个大水池子，有什么看头。遇见喽兵就要涉险，我可是多说。"蒋爷陪笑说："借光，借光！"樵夫担柴扬长而去。

三位爷过山梁，穿晨起望，走鹰愁涧，过锦绣崖。远远看见小山口，往里一瞧！山连山、山套山、也不知道套出多远去。往北奔大三神山，正东蟠龙岭上有五棵大松树，树下新起的一个大坟头儿。前面有石头祭桌。上有石头五供。旁边有石竭一个，上头刻着字。字是"皇宋京都御前带刀四品护卫大将军讳玉堂白公之墓"。卢爷看见哭道："原来五弟死去，坟墓却在此处。待我向前哭奠他一番便了。"二爷哭道："正是！"四爷一见说："不好！坟前一哭被喽兵看见，俱都是杀身祸。"

要知三位的生死如何，且听下回分解。

第九回　逆水潭中不见大人印　山神庙内巧遇恶喽兵

且说卢爷、韩爷二义，要奔坟前痛哭，被蒋四爷揪住言道："二位哥哥，你们看见坟，以为是五弟的，要过去哭，是也不是？"大爷哭哭啼啼地言道："见着五弟的坟墓，焉有不恸之理？"蒋爷说："要真是五弟的坟，哭死也应当。无奈五弟没死，我实对二位哥哥说吧，五弟追印叫王爷拿住了。王爷爱他，劝他降王爷。他焉肯降？因君山钟雄是王爷的一党。他文中过进士，武中过探花，有些个韬略。他出主意把老五幽囚起来，假作坟墓，立上石碣，以作钓鱼的香饵。他知道，五弟交的都是侠义的朋友，知晓坟墓在此，必要前来祭墓，岂不是来一个拿一个？"卢爷问："怎见得？"四爷说："你看，前面那里明显有埋伏，不是战壑，就是陷坑。"大爷问："怎么看出？"四爷说："你瞧，祭桌前明亮亮的一块黄土地，山上那里有平平的黄土地？必是下面有埋伏。过去被捉，死倒不怕，幽囚起来全归降他们，求生不得，求死不能，那还了得！"卢爷一看，果然山上各处皆是石头，惟有坟前一块土地，可见得是有假，只得半信半疑，被蒋爷拉住。往北走小三神山、山神庙、东山墙，至上天梯，就听见水声大作，类如牛吼。再瞧上天梯，一蹬一蹬的石阶，直上直下，如梯子一样。果然东北有个大水潭。水势乱转，哗喇哗喇的，声如鼎沸。卢爷说："此潭厉害！"四爷道："果然是厉害，我看过天下的水图，真是个水眼，寒彻透骨。"大爷道："不好就别下去。"四爷说："谁叫印信在潭中？就是开水锅我也得下去。"卢爷大哭："下去就没活的了。"四爷说："多么丧气！你别下去了，在此巡风，遇喽兵辨别辨别。你可也别哭，叫人看见全走不了。"卢爷无奈，只得点头，瞧着二爷、四爷下去。

至寒潭，四爷换了水湿衣服，下潭工夫甚大，不见上来。卢爷知道四爷身体弱，若水又凉，工夫又大，准死，叫道："四爷阴魂在前少等片刻，愚兄在五爷坟上哭他一场，也就不管巡风了。"他转头至山神庙前,在一旁有块卧牛青石上一坐,把夜行衣包袱一丢,就听见庙内呼救说:“救人哪,救人!”大爷生来是侠肝义胆,专爱管人间不平之事。他听妇女呼救,就站起来到庙门口。门隔扇半掩,由缝内一看;有一男子喽兵的打扮,面向西北;有一妇女年近三旬,面向东南。虽是乡间妇女,倒也素净。眼含痛泪,口中嚷道:“救人哪!杀了人了!”正被卢爷看见。那喽兵笑嘻嘻地言道:“嫂嫂不用嚷,左右无人,天气已晚。你要喊了,我们伙计来更不好了。不如就是你我二人在此,到也无人知晓。”卢爷连瞧带听,喽兵说了好些不是人行的话,把他肺都气炸了。一抬腿“咔嚓”地一声,那隔扇上端踹折,恰巧往下一拍,正把喽兵压在底下,闹了个嘴扎地。卢爷蹿进来,用足一踢,将隔扇踢开。解喽兵的腰带,将二臂捆起。再看妇人,由那边半开隔扇斜身跑出去了,并未给卢爷道劳。大爷也不嗔怪。

喽兵叫隔扇压了一下,又将二臂捆起,只当是一块的伙伴,说:“别开玩笑,有这么着玩的么?”抬头一瞅卢大爷,吓了一跳。只见他头上戴紫缎子六瓣壮帽,绢帕拧头斜拉茨菇叶,紫缎子箭袖袍,鸭黄丝鸾带,墨色灰底衬衫,青缎压云根薄底鹰脑窄腰快靴。肋下佩带一口轧把峭尖雁翎势钢刀,绿鲨鱼皮鞘子,金什件,金吞口,紫挽手绒绳,飘泊悬于左肋之下。晃荡荡身高九尺,紫巍巍一张脸面,类如紫玉一般。两道箭眉斜入天仓,一双虎目圆翻,皂白分明。面形丰满,大耳垂轮。五绺长髯,根根见肉。故此未做官人,称为美髯员外。这位爷秉性刚直诚笃,仁人君子之风,排难解纷,济困扶危,有求必应。喜忠正,恼奸佞;爱的孝子贤孙,义夫节妇;恨的赃官污吏,土豪恶棍,到处专管不平之事。可巧遇见他老人家。喽兵吓的真魂出壳,连连往上叩头,说道:“爷爷你打哪里来?”卢爷哼了一声,把刀拉出约有三寸有余,言道:“你与那妇人方才讲些什么,做此伤天害理之事,当在刀下作鬼。”喽兵说:“爷爷慢着。方才那是我盟嫂,嫂子、小叔偶然游戏,我和她闹着玩,她就急了。可巧叫爷爷瞧见。你别生气,叔嫂玩笑,古之常理。”卢爷唾了他一口:“呸!呸!什么东西?你叫什么名字,哪里的喽兵?”“爷爷要问,我是君山旱八寨头一寨,是巡捕寨的喽兵。姓毛,叫毛嘎嘎。”大爷说:“听你这个名,就不是好人。

我且问你,前边五接松这坟地是甚么人的?”

毛嘎嘎道:“这个人,提起来英名贯宇宙。你横竖也听见说过,是金华府人氏,后在陷空岛五人结拜,人称五义,号曰五鼠。有个锦毛鼠白玉堂。身居护卫之职,闹过东京,龙图阁和诗,万岁一喜封官。如今跟随颜按院大人,至襄阳查办事件,不料王爷派人去将按院大人的印盗来。此人一怒,追至王府,进八卦连环堡,上冲霄楼拿印。一旦失脚,由天宫网坠落下去,叫十八扇网罩住。更道地沟内,有一百弓弩手围住铜网,乱弩齐发。”卢大爷说:“可射在致命处没有!你…你…你…你…你快些说来!”毛嘎嘎说:“岂止射在致命处,射成大刺猬一般。弩箭上全有毒药,毒气归心,可怜老爷子一命呜呼!称得起是为国尽忠。他死后还拉了个垫背的,把个张华拿刀扎死。依王爷埋在盆底坑,封他个镇楼将军,与王爷镇楼。有个魏先生出的主意,送往君山,交与我们寨主爷,平地起坟,前头挖下战壑,招侠义前来祭墓好拿人。我们寨主接着这个古瓷坛,念他是个英雄。常言道:‘好汉爱好汉,惺惺惜惺惺’,找了一块风水所在,可着我们君山的人一晚晌的工夫,修得了一块坟地。每天派我们奠祭一次,烧钱挂纸,还得真哭,不哭回去还得挨打。皆因我带着小童,一个叫三多,一个叫九如,担着食盒,可巧我遇见路大嫂子,挤在庙中,二人说笑两句,被爷爷看见,这就是以往从前……”

毛嘎嘎跪在那里,低着头说了半天。一抬脸看卢爷靠着那扇隔扇,按着刀,瞪着眼,一语不发。“呀!爷爷睡着了!”

哪知道,卢爷听到射成大刺猬那句话时,心里一痛就死过去了。耳边听见嗯噜嗯噜的,再不知说些什么?你道为何不倒?有那扇隔扇靠住身子。嘎嘎看大爷不言语,就起身跑出去了。卢爷被阵风一吹,醒过来了,叫:“嘎嘎”,再找不见。出庙随叫随找:“那边有人!”在五接松松树之下,两个小童儿将盒打开,摆上祭礼,烧钱纸叩头大哭:“五老爷呀!”大爷一见,心中一疼,“咕咚”一声,躺于地上,又死过去了。

若问卢大爷的生死,且听下回分解。

第十回 卢方自缢蟠龙岭 路彬指告鹅头峰

且说两个小童儿，奉寨主令，跟嘎嘎前来上祭。半路一晃，不知嘎嘎哪里去了。天气不早，只好两人去祭奠，摆祭礼，奠茶酒，烧钱纸，叩头。诸事完毕，将家伙撤下来，搁在食盒之内，抬将起来。由坟后头土山子过去，不等嘎嘎，回寨交令去了。

却说卢爷瞧着小童儿哭的甚恸，自己就把这口气挽住了。冷风一吹，悠悠气转，他抬头一看，童儿等踪迹不见。自思：五弟准是死咧，四弟也活不了。我们当初有言在先，不能同生，情愿同死，到如今我就等不得二弟、三弟了。一瞧对面有棵大树，正对着五爷之坟。他自己奔到树下，将刀解将下来，放在地上，将丝鸾带解将下来。可巧此树正有一个斜曲股叉，一纵身将带子搭好，结了一个死扣。卢爷跪祷神祇，向着京都地面，拜谢万岁爵禄之恩，谢过包相提拔之恩。接着，向着逆水潭叫了两声四弟，向着坟前叫了两声五弟，向着陷空岛又叫了两声夫人，又叫道："娇儿呀，卢方今生今世不能相见了。"用手将带子一分，两泪汪汪地说："苍天哪，苍天哪，我命休矣！"大义士把头颈一套，身子往下一沉，耳内生风，心似油烹，眼一发黑，手足乱动乱踹，渺渺茫茫。忽然，耳内有人呼唤，微睁二眼，看见两个人在面前蹲着。一个是蓝布裤袄，腰系蓝布纱包靸鞋；一个是青布裤袄，青布纱包靸鞋；一个是白脸细条身材；又一个是黑脸面，粗眉大眼。全都未戴头巾，高挽发纂。黑脸面的手中一条木棍，眼前又放着一个包袱。卢爷自思：方才上吊，怎么这时我坐在这里？必是这两个人将我救了。他连忙问道："二位，方才我在此树上自缢，可是二位将我救下？"二人说："你偌大年纪，又不是穷苦之状，因何行此拙志？"大爷说："哎哟！二位若要救人一命，胜造七级浮图。奈因阳世三间，没有我脚踏之地，是生不如死。"黑脸的说："你瞧，这个不是他吗？"白脸面的说："准是吧！老人家方才出神庙可救了妇人吗？"卢爷道：

“不错，也是出其不意，听见庙里有人呼救，是吾将毛嘎嘎捆上。那位大嫂跑了，是二位的什么人？”两个说：“这个包袱可是你的吗？”卢爷说：“是我的。”卢爷在石头上坐着，进庙救人，追赶毛嘎嘎，见小童儿上祭，然后上吊，哪里还顾包袱？谁知被二位拾来。

你道二位是谁？居住晨起望，打柴为生。一位姓路叫路彬；一位姓鲁，叫鲁英，是姐夫郎舅。皆因鲁氏险些被嘎嘎污染，遇卢爷解围逃回家去，正遇路、鲁卖柴回家，一闻路鲁氏之言。路彬是个聪明人，伶牙俐齿。舅爷是粗莽庸愚。鲁英提了一条木棍，同路彬至山神庙找寻了一回，并没遇见毛嘎嘎。大石头旁边撂着个包袱，拾将起来正要回家，遇卢爷上吊。鲁英过去将卢爷解将下来，盘腿耳边呼唤，卢爷才悠悠气转。鲁英听姐姐所言，救他之人与卢爷面貌无差，连包袱俱都不错。两人与卢爷行礼，称卢爷为恩公。卢爷问：“二位贵姓？”一人说：“我叫路彬。”一人说：“我叫鲁英。”卢爷问：“那位大嫂是你们什么人？”路彬说：“是我贱内。”鲁英说：“是我的姐姐。”二位问卢爷说：“恩公贵姓？”大爷不肯说。路彬明白，言道：“恩公有话请说。我们虽与君山甚近，可是大宋的子民，有什么请说，绝无妨碍，到底恩公贵姓？”大爷说：“我姓卢，单名一个方字。”路彬说：“莫非是陷空岛卢大爷么？大爷说：“正是。”路彬说：“到此何事？”卢爷说：“方才你们说是大宋的子民，我方敢告诉你们。皆因按院大人丢失印信，教贼人抛弃逆水潭中，我特来捞印。”鲁英说：“甚么，是你捞？”卢爷说：“不是，我们来了三个人呢！有我二弟四弟捞印，是我四弟下去。”鲁英说：“下去了没有？”大爷说：“下去了。”鲁英说：“淹死了。”卢爷说：“哎哟！”只听吧嗒一声，路彬打了鲁英一掌，说：“你胡说！”鲁英说：“下去就死。上回六月间，我们十几个人，就是我水性好，拿绳子把我腰系上，他们几个人揪着绳子，我往水里一扎，叫浪头一打，我就喝了两口水，幸亏他们拉的快，不然我就淹死了。”路彬说：“四老爷那个水性像你吗？御河里头捎过蟾，高家堰治过水，拿过吴泽，江海湖河，沟壑池淀溪坑涧，无论多大水也不足为虑，何况此潭？”问卢爷：“他从哪方下去的？”卢爷说：“从正西。”路彬说：“不行。活该凑巧。今天早晨他们将印抛将下去，正是我们在上天梯下打柴。瞧他们在鹅头峰抛下一样东西，恰是日色将出的时候。黄澄澄系着一块红绸子抛将下来。我们只是纳闷。你老人家说出，我才省悟是印。你老人家收拾一路前往，我指告四老爷方位。”卢爷点头，由树上将带子解下来系在腰中，将刀挎将起来，包袱拿起来，奔小神山一边走着。

路彬、鲁英问卢爷因为何故在此自尽？卢爷又问他俩说：“方才这个坟可是我五弟坟吗？”鲁英刚要答言，路彬怕他说出来，言道：“这个坟不是五老爷的坟。我听说五老爷被捉劝降君山，五老爷不降。假作一个坟，暗地里有人；若有人前去祭墓，那是准被他们拿住。五老爷不降，被捉的人降了，那就像五老爷降的一样。这是钟雄用意，你老可莫认真。”

会撒谎人真说的圆全。蒋爷说的话，卢爷还不深信；路彬的谎，卢爷倒信以为真。你道路彬何故撒谎？是聪明人一见而明，他想卢爷上吊必是为他五弟之事。鲁英在旁发怔，他也不知道他姐夫是什么意思，又不叫他说话。

走到上天梯上，鲁英说：“小猴！小猴！”卢爷说：“不是小猴，是我们老四。”路彬又打了鲁英一下。路彬对卢爷嚷：“莫下去！”焉知四爷头次下水，自己穿上鱼皮革，摘去头巾，拿尿脬皮儿罩住脑袋。藤子箍儿上有活螺丝，持上两把牛耳尖刀，把自己的衣服包袱盖好，叫二爷给巡风。四爷扎入水中，被浪头一打，自觉晕头转向，不能随水乱转，逆着水力往下坐，水寒彻透骨，霎时间力尽筋出。

前文说过，逆水潭鹅毛沉底。难道说蒋平比这鹅毛还轻么？不然。有个情理：这水是乱转，不是鹅毛到水就沉下去，是转来转去转在当中，往下一旋，即旋入海眼去了，故此鹅毛沉底。蒋爷下水是活人，讲究下水就得知道水性，凭它怎么的转也不顺着它去，若要顺它到当中，也就旋入海眼去了。只是一件寒彻透骨，蒋爷禁受不得。坐了五六气水，在水中看大人印信，影色皆无。大略着再坐二气水，冷就冷死了。往上一翻上岸来，浑身乱抖。叫二哥拉出刀来，砍些柴薪，拿自来火筒挖出火点起柴薪。四爷前后地乱烘，方觉着身体发暖，说道：“厉害呀，厉害！”二爷问：“可见着印没有？”四爷说：“没有，没有，再看这回。”二爷说：“不好！莫下去了。”四爷说：“不下去，焉能行的了？”听大爷嚷道：“莫下去！”四爷说：“大哥一来，又该絮絮叨叨的呀！”一跃身扎入水中去了。大爷又嚷：“不行了，四爷又入水中去了。”

三人下上天梯至逆水潭涯，叫道：“二弟，我与你荐两个朋友。”二爷猛回头，倒吓了一跳，问此二位是谁？卢爷将自己事说了一遍，也把路、鲁二位的事说了一回。二爷反倒与路、鲁二位道劳。卢爷问二爷四弟捞印之事，二爷也把四弟捞印毫无影色说了一回。等够多时，四爷上来仍去烤火，暖了半天。卢爷与路、鲁见四爷，把鹅头峰抛印之事说了一回。蒋爷一听，说：“这可是天假其便！”要奔鹅头峰捞印。

至于印捞得上来捞不上来，且听下回分解。

第十一回 樵夫巧言哄寨主 大人见印哭宾朋

且说蒋爷一听路、鲁之言:今日早晨看见王府之人把印系着一块红绸,由鹅头峰抛下。四爷听说就要前去下水。路彬一把拉住说:“且慢,我有个主意:水性太凉,如何禁得住?叫我们鲁英取些酒来,我再打下点柴薪,四爷外面烤透了,腹中有酒,准保在水中半个时辰不冷。”就叫鲁英去家中取酒。路彬自己借韩二老爷的刀,砍了些柴薪搁在火上,叫蒋爷过来烘烤。

不多时,鲁英到来,拿着个大皮酒葫芦,拔去了塞儿,蒋爷嘟嘟嘟嘟地喝了一气。又喝又烤,顿时间浑身发热,内里发烧。酒也不喝了,火也不烤了,直奔东南。

到鹅头峰下,卢爷嚷:“到了。”蒋爷高声嚷道:“大哥、二哥听着:多蒙路、鲁二位指告我的所在,托赖天子之福,大人的造化,就能捞将上来;再若见不着印信,我可就不上来了。”大家一闻此言,惊魂失色。卢爷就要大哭,被大家劝住。

单说蒋四爷扎入水中,坐了两三气水,觉着不似先前那般冷法,总是腹中有酒的好处;又坐了几气水,睁眼一看,前边红赤赤的一溜红绸子,唰唰、唰唰地被浪头打的乱摆。蒋爷就知道是印,迎着水力往前一扑,探手一揪,红绸一丝也不动。蒋爷吃一大惊。

你道印信拿不过来是什么缘故?这个印要扔在潭中,不用打算上来。前文说过,此潭水势乱转,鹅毛转在当中,都要沉下海底,何况是印!总有个巧机会,又道是:“不巧不成书。”一者大宋洪福齐天,二则大人造化不小,三来蒋爷的水性无比,四来又是路、鲁二位的指告,活该蒋四爷作脸。这印被山石缝儿夹住,若不是这个石缝儿夹住,也就被水旋入当中海眼去了。

蒋爷尽力往上一提,提出石缝。蒋爷往上一翻,钻出水来。路、鲁、卢、韩四人在鹅头峰下,眼巴巴地看着。听水中呼隆一声,四爷上身露出，手捧金印，举了个过顶。卢爷过去要拉，被二爷揪住说："失脚下去，性命休矣！"蒋爷上来，路、鲁二位与大众道喜。四爷将印交与大爷，仍奔正西前去烤火。路、鲁二人催道："天晚了，换衣裳快走罢！不然君山撒下巡山喽兵，可不是当要的。"蒋爷点头，又喝了些酒，拔了刀子，去了尿胞皮，摘了滕箍，脱了鱼皮靰，换了白昼的服色，包起鱼皮靰。大爷解了印上的红绸子，收了印信。鲁英提携着酒葫芦，路彬紧催道："不早了，快走，快走。"

大家上天梯，走到山神庙。卢爷一指道："我就在这遇见路大嫂。"蒋爷道："若不遇见路大嫂，你也就早死多时了。"说毕大家反倒笑了一回。

忽然间，听见前边铜锣阵阵，呛啷啷声音乱响，满山遍野，灯笼火把，亮子油松，照彻前来。喽兵嚷道："拿奸细呀！"叱啷啷叉盘乱响，大喊一声说："拿奸细。"此人乃是君山巡山大都督，外号人称亚都鬼，名叫闻华。蒋爷一看，此人身高九尺，蓬头勒金额子二龙斗宝，两朵红绒桃顶门上秃秃地乱颤，紫缎子绑身小袄，寸排骨头钮紫纱包，大红中衣，薄底靴子，虎皮的披肩，虎皮的战裙。黑沉沉的脸面，粗眉大眼，半部钢髯。蒋爷叫："大爷，把印给我罢！你们迎上去。"路彬低声说："不可，我二人迎上去，不行你们再出去。"蒋爷点头暗道："两个人本领还不错呢！"蒋爷三人暗暗隐避身去。

路、鲁迎到上面，喽兵嚷道："什么人？"路彬言道："是我们两个。"喽兵报道："前面有晨起望卖柴的路彬、鲁英挡住去路，禀寨主的示下。"闻华道："列开旗门！"喽兵一字儿排开。路、鲁二人施礼道："寨主爷意欲何往？"闻华说："方才喽兵报道，上天梯下逆水潭旁火光大作，怕有奸细，是我看看虚实。"路彬说："没有。我二人方才在上天梯下边打柴，天气太晚，潭中水寒气逼人，点了些柴薪烤了一烤。刚打下边上来，并无别人。若有陌生之人，我们还不急急的报与寨主知道！寨主若不凭信，就自己去看。"闻华一听此言，说："火是二人点的，我就不必去看了。"说罢将手中三股叉一摆，众喽兵尾作头、头作尾，别处巡山去了。

蒋四爷暗地听明，说："好一个路彬！此人大大的有用，乃吾之膀臂也。”待喽兵等去后，与路、鲁会在一处，走小路，穿山道，至路彬门首要告辞。路彬问：“上哪里去？”四爷说：“回上院衙。”路彬说：“走不的，此时巡山人多了，若遇上可不好办了。明日起身，我有万全之计。今日且在我的家中住下，明日再走。”四爷点头。

至路彬家，到里面上房屋中坐下。有路鲁氏过来见卢大爷，叩头行礼。卢爷言：“不敢当！”行礼毕，入后去了。大家用饭。

次日，路彬与大家换了樵夫的衣巾，担着几担柴，连路、鲁二人共五个樵夫。有像的，有不像的。二爷就像；大爷不很像，长髯的樵夫很少；四爷更不像了，痨病鬼的樵夫哪里有过？南山梁幸而没遇见一名喽兵。到树林内换衣服，仍是本来的面目。大爷拿印施礼作别。四爷说：“我们见了大人，必说二位的好处。印可是我捞的，功劳实是二位的。你们从此也不必打柴了。大人正在用人之时，保二位大小总可以有个官职就是了。”路彬连道：“不行！我们焉有那样造化？”四爷说：“还有用二位之处。”那五担柴改作两担又挑回去了。

再说大爷三位走旧路而回，进襄阳城。四爷叫大爷、二爷揣印，由后门而入，自己由前门而进。到了上院门首，官人见四爷归回，个个垂手侍立。到里边见公孙先生满脸愁容。四爷说：“何故如此不高兴么？”先生说：“可了不得，你早回来也好。王府人来，一个个如狼似虎一般，衙前乱嚷乱闹，拿着文书，请定了大人的印了。怎么说也不行，好容易天晚了，把他们央及走了。今日虽走了，明日还来呢！要定了用印的日子，我焉敢应承，怎么样办呢？”蒋爷言：“你说明天用。”先生说：“无印明日拿什么用？”蒋爷笑说：“得回来了。”先生说：“得回来了？哎哟！万幸，万幸！现在哪里？”四爷说：“我大哥拿着呢！”随说随往后走，见着大爷、二爷、展爷正讲论印信之事。

四爷问：“我三哥呢？”展老爷说：“早就吃醉了。”蒋爷说：“好趁着他睡觉，咱们先见大人。”卢大爷将印交与蒋平。先生回话，连玉墨也是欢喜。不多时，里面传话说：“有请众位。”大家进去。蒋爷见大人行礼道喜。大人泪汪汪地说道：“众位见着五弟了么？”蒋爷回禀大人道：“未曾见着五弟。将大人的印信由逆水潭中捞出来，岂不是一喜？”四爷将印往上一献。大人不看印倒还罢了，一见印信，见物思人,想起五弟就为此印至今未见,大概早死多时。大人哭道:“不见我那苦命的五弟,要此印信何用?我五弟为我无印而死,我若还坦然做官,居心不安。你们大众外面歇息去吧。”含泪道:“五弟呀,五弟!”

大众出来。蒋爷说:“可好。自己舍生忘死,费了多大的事,在逆水潭中三次才把印信捞出,指望见着大人,往上一呈,必是欢喜;那知反倒落了个无趣。”蒋爷可也不责怪大人。大人与五弟义气太重,这也难责怪于他。

蒋爷对展南侠道:“我可不敢派你差使,这个护印专责非你不可。”展南侠点头道:“小弟情甘愿意。可有一件,我可一人不当二差。我只管护印,外面什么事我都不管。”蒋爷说:“就是。”只顾交付展爷护印,别的不大要紧。外边一阵大乱,喝喊的音声甚众。

要知什么缘故,且听下回分解。

第十二回　王官仗势催用印　蒋平定计哄贼人

诗曰：

开卷闲将历代评，褒忠贬佞最分明。

稗官也秉春秋笔，野史犹知好恶情。

忠佞各异，褒贬不同。史笔昭然若揭：有褒于一时而即褒于万世者；亦有贬于一时而不贬于万世者。这套书褒忠贬佞，往往引古来证据。西汉时，高帝既定天下，置酒宴群臣于洛阳之南宫。因问群臣说："尔诸侯诸将等，试说我所以得天下者何故！项羽所以失天下者何故？"高起、王陵二人齐对说："陛下使人攻打城池，略取土地；既得地，就封那有功之人，与天下同其利。因此，人人尽力战争，以图功赏，此陛下之所以得天下也。项羽则不然，妒贤嫉能，虽战胜而不录人之功，虽得地而不与人同利。因此，人人怨望，不肯替他出力，此项羽所以失天下也。"高帝说："公等但知其一，不知其二。夫运筹策、定计谋于帷幄之中，而决胜于千里之外，这事我不如张良；镇定国家，抚安百姓，供给军饷，不至乏绝，这事我不如萧何；统百万之兵，以战则必胜，以攻则必取，这事我不如韩信。张良、萧何、韩信都是人中的豪杰，我能一一信用他。得此三人之助，此所以取天下者也。项羽只有一个谋臣范增，而每事疑猜，不能信用，是无一人之助矣。此所以终被我擒获也。"群臣闻高帝之说，无不欣悦敬服。夫用人者，恒有余；自用者，恒不足。汉高之在当时，若论勇猛善战，地广兵强，不及项羽远甚，而终能胜之者，但以其能用人故耳。故智者为之谋，勇者尽其力，而天下归功焉。汉高自谓不如其臣，所以能驭驾一时之雄杰也。闲言少叙，书归正传。

且说蒋爷把印交给展爷，展爷实心任事，叫公孙先生装了印匣，包在包袱里。展爷将印所打扫干净，将印放在桌上。展爷在旁一坐，佩定宝剑，目不转睛净看着印匣，似此护印，万无一失。

外面一乱，蒋四爷出去一瞧，原来是两个王官，带定王府兵丁二十余人。这两个王官，全都是六瓣甜瓜巾，青铜的磨额，箭袖袍，丝鸾带，薄底靴，跨马服，肋下佩刀。一个是黄脸面，一个是白银面。全都是粗眉大眼，半部钢髯。其一托着个黄包袱，兵丁给他拉着马匹，直是喊叫要请大人用印。蒋爷到面前与他们道了个辛苦，冲着两个王官一龇牙。两个王官一瞧，蒋爷这长相：戴一顶枣红的六瓣壮帽，枣红的箭袖袍，丝鸾带，薄底靴子，身不满五尺，形同鸡肋，瘦小枯干，软弱弱病夫一般，骨瘦如柴，青白面目。两道眉，远瞧是两道高岗，近瞧稀稀的几根眉毛。尖鼻子，尖峰棱头骨。薄片的嘴，芝麻牙，圆眼睛，单眼皮、黄眼珠，窄脑门，小下巴壳，两腮无肉，瘪太阳，高颧骨，细脖梃，大咳啦嗉溜肩膀，大脚吧丫。正像是：走着跳着是活的，倒卧像能吃能喝的骷髅骨，紧七慢八，痨病够了月份的了，小名叫："对付着活着。"一阵风来了，迎风而扑，附风而僵。里头没有骨头架子支着，还能往里瘦；外头没有人皮包着，能把人散了。王官如何瞧的起蒋爷这个样儿？对着蒋爷，拿着小架子抱拳笑嘻嘻的。

蒋爷问道："二位老爷贵姓？"王官说："我叫金枪将王善；他是我兄弟，叫银枪将王保，我们奉王驾之旨，特来请印。昨日有位先生告诉我们说：'大人病了，不能用印。'可也倒是的：人吃五谷杂粮，能不生病吗？到底给我们个准信，是几时用印？我们也好回复王爷。"蒋爷道："明天二位再辛苦一次。"王官说："慢说明天，就是下月明天也不要紧。到是有个准日子，别像昨日那个先生，说定了不能用印就跑了。明天用印你作的了主吗？"四爷说："我作不了主，是我们大人的吩咐。"王官说："你贵姓？"四爷说："我姓蒋。"王官回头，叫带马连兵丁俱回王府去了。

蒋爷入内求见大人，见大人提说王府差官请印的事："明天正午大人必要亲身升堂用印，使奸王他们就死了心了。"大人无奈点头。蒋爷出来见先生说："明日王府请印，你把用印差使让与我罢。"先生连连点头说："使得！使得！"等明日用印，一夜无话。

到第二天巳牌时候，外边一阵喧哗，王府的差官前来请印。蒋爷吩咐，将官人传到，大人正午升堂用印。王府众人纳闷，一个个交头接耳，兵丁暗禀差官说："上院衙能人甚多，可莫叫他们拿在里头，用上个假印。老爷们用印时，必须要亲身瞧着才好。"王官说："那是自然的。"

天色正午，大人升堂，传话出来，叫差官报门而入。王善、王保至堂前报名行礼，将文书呈上。先生接过文书，展开放在公案上。大人看了看，是行兵马钱粮的文书。大人吩咐用印。蒋爷打开了包袱，请钥匙开锁，从印匣请出宝印，冲着王府二位差官特意显显，叫他们看的清清楚楚，明明白白。王善、王保二人一看宝印，把舌一伸，浑身是汗。暗说："怪道啊，怪道！"将印用完，交与王府。二位差官出得衙外，将文书包好，吩咐带马，兵丁过来说："印文没用上罢？"王官正在气恼之间，喝道："少说话！"催马回王府去了。

再说上院衙大人办理些公事退堂。先生将印信包好收拾起来，仍交与展南侠护印。先生对着蒋爷说："哎哟！这可就没有事了。"蒋爷道："哎哟！这可就有了事了。"先生说："这可有什么事？"蒋爷说："这事更多了。不用印，王爷还不想害人；这一用印，他必是害怕。今日晚间必遣人来行刺。"先生说："遣人前来行刺，还是没我的事，用你们武将拿人。"蒋爷说："虽是我们武夫拿人，还得用先生。什么缘故呢？今日晚间，把大人安置后楼睡觉。你假扮大人坐在前庭，同着主管玉墨等候着刺客前来。"先生说："哎哟，哎哟！我可不能，不能。"蒋爷说："你不能也不行。你愿意把大人杀了吗？"先生说："哎哟，你愿意把我杀了？"蒋爷说："有我啊！"先生说："有你可就没了我了。"四爷说："无妨！要是你有好歹，我们该当何罪？连管家玉墨还得辛苦呢！大人平安，大家全好。"先生道："你同管家说去吧，他点头就行。"

四爷到后面见大人，叫大人晚上在后楼睡觉。大人道："不用。我情愿早早的死了。方遂吾意。"四爷说："卑职等身该何罪？大人天才，还要借主管同先生假扮大人，等候贼人。"大人道："既然这样，玉墨同四老爷去前面。"听差玉墨吓了一身冷汗，说："四老爷，我那炷香儿没烧到，怎么找在我身上来了？别的可以当，刺客来了准是害人。"四爷笑道："不怕，有我呢！"玉墨道："有你准没我。"四爷说：

“你要死了，我们剐罪。”童儿无法，出来见先生。先生说：“你愿意么？”玉墨说：“愿意，也是命该如此。”蒋爷说：“不怕，二位放心，先充样充样。”先生说：“好。”四爷说：“我当刺客，拿着个小棍当刀，先生坐在当中，叫玉墨看茶来。”管家答应。四爷说：“我进来一砍，只要跑的快就行了”。二人点头。四爷出去。二人将门对上。玉墨在旁，先生当中。四爷往里一看，二人直勾勾的四只眼睛，直瞪着外面。蒋爷笑道：“那如何行的了？你们二位直看着外头，哪里行得了！”玉墨说：“闭着眼睛等死？”四爷说：“贼看见不下来了。”玉墨说：“下来有你什么便宜？”四爷说：“下来好拿，不下来难拿。”二人又低头不看，听门一响，玉墨站着，回身跑的快；先生坐着，衣服又长，一下踹住，往前一扑，倒于地上。先生说：“我不行，我不行！贼来准死。”四爷说：“把衣服撩起，用手一拢，自然下身就利便了，要跑就快了。”蒋爷出去，仍把隔扇带上，往里一瞧。先生受了蒋爷的指教，将衣服撩起，用手一拢，先生把一条腿迈出半步。蒋爷再进来，一看两个人早跑在东西屋中去了。蒋爷说：“行了，行了！”又演习了几次，大家放心。

可巧，正遇穿山鼠睡醒，打听蒋爷什么事情。蒋爷说：“三哥来得甚巧，今日晚间必有刺客前来。”三爷说：“你怎么猜着？”蒋爷说：“不是我猜着，是我预料着来，安排着叫先生假扮大人。你我大家分前后夜，好好保护着先生。若伤着先生，你我吃罪不起。”徐庆说：“是，我可就是爱困。”随手将韩二义、卢爷俱都请到了，谁前夜，谁后夜。卢爷说：“不管前后夜，我不和三爷在一处。”四爷说：“我同大哥在一处。”大爷点头说：“好。”二爷说：“必是我同三爷在一处了。”三爷说：“二哥，咱们在一处倒好。”二爷百依百随，三爷占了前夜。四爷说：“四更天换更，前夜有事，前夜人承当。”三爷说：“那是自然。”

吃毕晚饭，掌灯后，韩二爷、徐三爷带着刀在里间屋住。二爷把隔扇戳出梅花孔，搬了一张椅子一坐，一语不发。徐庆是性如烈火的人，声音宏亮，说：“少时刺客前来，二哥莫动。我出去嚷：‘徐三老爷在此，诸神退位。’”二爷说：“你休胡说，那是四弟冤你呢！莫嚷了，等刺客罢。”

天交二鼓，三爷性急，恨不得一时刺客来才好，说："怎么还不来？不来我要困了。"玉墨说："你可莫睡觉。"焉知三爷的性情与众侠义不同，睡觉总脱了大睡。这时还算好，不肯全脱光，把袜子脱了，一歪着躺在床上。不多时，打起呼来了，鼾声如雷。玉墨说："可好！睡觉了一位了。二老爷可莫睡！"二爷说："莫说话咧，要来可是时候了。先生，叫管家吧！"玉墨把隔扇对上，把腿叉开，手扶着桌子；先生把衣裳撩好，叫玉墨看茶来。正打三更，忽然间，嗯喇一声，隔扇一开，闯进一人，摆刀就砍。

不知二人生死如何，且听下回分解。

第十三回　神手圣奋勇行刺　沈中元弃暗投明

且说上院衙防备刺客,果不出蒋爷之料。就打用印后,王府的王官回去,王爷等正在银安殿与大家议论:王善、王保是白跑一番。再去一次还不用印,专折本入都奏闻万岁,就说他半路途中,将国家印信丢失,赃官必要罢职,趁此行兵杀奔东京。

正说间,两个王官归回,将文书呈上。雷英说:"大半又是白跑一次。"两个王官说:"早已用上了,请王驾千岁一看。"王爷说:"你们可看着印来着?"二人说:"大堂上用印,我们是亲眼所见,并且还看的清楚。"王爷说:"必是假的。"王官说:"据小臣看可不假。"王爷回头问雷英:"你可识认真假么?"雷英说:"识认。"雷英去不多时,取来三张,往文书上一对,分毫不差。王爷问:"这三张是印么?"雷英道:"正是!皆因邓勇士盗了印来,我就印了三张,恐怕日后有这件事。如今一对不差,必是当初邓车盗来的是假的。"

邓车一听急了,来到王爷面前说:"回禀王驾千岁得知,小臣盗来是真的。雷王官送往君山,抛弃逆水潭时,在半路途中卖与上院衙的人了。"雷英说:"分明你盗来是假,怎么讹是我卖了呢?"邓车说:"分明你是卖了,如不然哪里又有真印用来?"

两个人口角分争,旁边一人微微冷笑说道:"小事不明,焉能办起大事?又道是圣人有云:'不患人之不己知,患不知人也。'"王爷一看,原来是小诸葛沈中元说话。问什么叫:"不患人之不已知?"圣手秀士冯渊说:"这两句话王爷不懂,就是炕大,睡觉人少,不挤着。"沈中元说:"你胡说!"冯渊说:"谁要转文,谁是混账东西。"雷英说:"沈爷分派分派,到底这印是我卖了,是他盗来假的?"沈中元说:"盗来的是真印,抛于潭中的也是真的,用来的更是真的了。"冯渊说:"那不成了三块真印了么?"沈中元说:"你知道什么!"雷英说:"倒要分析明白。"沈中元说:"邓爷盗来,你抛在潭中,就不许人家捞出来吗?”雷英说:“他们怎么知道在潭中?”沈爷说:“邓兄盗印几个人去的?”雷英说:“两个人。”沈爷说:“回来了几个?”雷英说:“一个。”沈爷说:“那一个被捉的又不是哑巴。申虎的性分,杀剐他倒不怕,就怕人家拿住,和他一说,有什么就告诉人家什么。”雷英说:“就是告诉人家,逆水潭鹅毛沉底,也是捞不上来。”沈爷道:“曾闻兵书有云:‘知己知彼,百战百胜。知己不知彼,百战百败。’岂不闻上院衙能人甚多,有个翻江鼠蒋平,治过水,捕过蟾,天子钦封水旱带刀四品护卫,捞印必是此人。”

王爷说:“这印出水可不好。赃官一恨,必要专折本入都,孤大大的不便。”雷英说:“无妨!一不作,二不休,今晚派人前去将贼官杀死,以除后患。”王爷说:“哪位御弟愿往?”邓车说:“上院衙我是轻车熟路,今夜晚小臣前往。”王爷一听大喜。沈中元说:“邓大哥一人前去势孤,小弟与大哥巡风。”邓车一听,更觉欢喜说:“沈贤弟前往,大事准成!”

焉知沈中元不安好心。皆因为白五爷死在阵中以后,王爷的气色一日不似一日。沈中元与申虎又是个至亲。他拿话套邓车的实话,才知道申虎被邓车哄骗被捉,只惦念与申虎报仇。今日逢着这个机会,自己拿了邓车投在大人那里,求取大宋的功名,胜似在王府早晚势败,玉石俱焚。又与申虎报仇,又是自己一条道路。邓车焉能猜得出他的心思。

用晚饭时,王爷与二位亲身递酒。吃毕,天交二鼓之半,各自更换衣巾。邓车换了夜行衣靠。沈中元就是自己原来的衣服,背着条口袋。邓车问:“怎么不换衣服呢?”沈中元说:“杀人是你去砍下头来,我好背着。”邓车欢喜,心里说:“是我时运来了。聪明人都糊涂了。他背脑袋,人家不追便罢;倘若追来,总是捉拿背脑袋的。”沈中元则想:不换衣服去见大人,准是成心投大人来的;若穿夜行衣,怕大人反想。

别了王爷,二人出府到上院衙,窜房进去,见里面并无动静。沈爷想:“不好,莫是大人无福了,因何连看着大人的都没有?全睡了?我是慎重慎重,若杀了大人,我还是保王爷吧!”邓车上房,听屋中呼声甚大。里面叫玉墨看茶来。邓车想:“大人睡觉,可待到几更时候,又是一个文人,不如早早地下手行事。”由窗外一看,大人正坐,主管一旁立,双门未关。他亮刀,往里一跃,举刀就砍。大人往东屋一跑,主管往西屋便去。一刀未砍着。早有一个人出来,手持利刃前来交手。邓车方知不好,一刀先把灯烛台砍落在地上。屋中一黑,二人再交手杀在一处。

先生进屋中叫三爷不醒,打也不醒。先生着急咬了三爷大腿一下,三爷才醒。先生说:“有了刺客了。”三爷问:“在哪里?”先生说:“现在外间屋中动手。”三爷问:“我的刀呢? 我的刀呢?”寻着了刀,光着脚往外一踊,脚踹在蜡上一滑,险些摔倒,大嚷道:“好刺客,哪里走?”

二爷看三爷出来,两人拿贼不费事了。别看三爷粗鲁,武艺甚好。邓车与二爷动手就不行,又来了个穿山鼠,如何行的了! 不如卖个破绽,窜出房外。

三爷嚷:“好小子,跑了!”至院内,二爷追出院动手。三爷出来时,邓车窜上西厢房去了,跃脊至后房坡,出上院衙飞跑。二爷随后上房追去。三爷上房,脚心上有蜡油一滑,由房上咕咚一声掉下来了,当啷当啷,舒手丢刀。立起身来,将脚心的蜡油用手抠出,在地上蹭了一蹭,然后蹿上房也就追出随后赶来,看看临近,嚷道:“二哥,可别放走了这小子。”二爷回头一看三爷追来,再扭身细看,邓车踪迹全无,吓了一跳。

只见前边有一片蓬蒿乱草,二爷心想:“刺客必然在内。”三爷来问:“二哥,刺客在哪?”二爷说;“追至此间就不见了。你看怪不怪?我看必在乱草之中。”三爷说:“我进去找他。”二爷说:“且慢,他在暗处,咱们在明处,进去就要吃亏。”三爷说:“怎么样?”二爷说:“等着天亮就瞧见他了。”三爷说:“咱们等着。”就听西面树林内有人说道:“邓大哥,邓大哥,破桥底下藏不住你!”二爷一看,西边可有一个破桥。邓车心里说:“人家没有瞧见我,你何必嚷?”撒脚就跑。二爷看见追下来了,三爷在后也就追赶。追来追去,又不见了。西南上有人叫:“邓大哥,邓大哥,那个坟后头藏不住你!”二爷一瞧又追。追来追去,又不见了。西南嚷:“邓大哥,邓大哥,庙后头藏不住你!”邓车心内说:“人家没瞧见我,你替我担什么心? 哎哟! 是了,怪不得上回他问我申虎之事。想起来了,申虎与他系亲,这是与申虎报仇。沈中元,沈中元! 我若有三寸气在,不杀你誓不为人。”

沈中元巡风,本欲投大人,又怕无福,两相犹豫。有意保大人,又想无有进身之功。只好跟下来,屡屡指告,心中说:“邓车也明白了。你怎么害申虎来着,我也怎么害你。这就叫‘临崖勒马收缰晚,船到江心补漏迟’。”又嚷道:“邓大哥,邓大哥,小心人家拿那砖头石子打你。”一句话把二爷指省。自说当局者迷,何用石子,现有袖箭。回手把袖箭一装,只听见“噗哧”一声,“哎哟”“噗咚”,邓车中箭躺在地上,扔手中刀。二爷过去拔袖箭,搭胳膊拧腿,四马倒攒蹄捆将起来。三爷说:“我拿那个说话的去。”二爷说:“算了吧,没有说话的,咱们还拿不住他呢!”

对面沈爷听见他们拿了邓车,必然前来请我。等了半晌,并无音信,只得往对面问:“二位拿住刺客了?”二爷说:“拿住了。”沈爷说:“二位贵姓?”二爷说:“姓韩,单名彰字,人称彻地鼠。”沈爷问:“那位呢?”说:“姓徐,我叫徐庆,外号人称穿山鼠,开封府站堂听差铁岭卫带刀六品校尉穿山鼠徐三老爷就是我。”沈中元指望他们回问,连一个说话的也没有。沈爷无奈说:“小可叫中元,匪号人称小诸葛。我乃王爷府之人,特地前来泄机,弃暗投明,改邪归正。”说了半天无人答言,沈爷明白了,自己要是投大人,这个功劳岂不是我的么? 这两个人不肯引见,怕我占了他们的功劳。一笑哈哈哈! 好个五鼠义,名不虚传。你们拿住刺客报功去吧,咱们后会有期。

三爷同着二爷正说着往回搭刺客之事,沈中元说了好些个话,他们全没听见。正要搭刺客回衙,忽然前边来些灯笼、亮子、油松,照彻前来。

要问来者何意,且听下回分解。

第十四回　树林气走巡风客　当堂哭死忠义人

且说徐、韩二位拿住刺客，正要回衙。前面一派灯光，看看临近，原来是蒋四爷同大爷后夜坐更，听里面嚷喝的声音，一同到后面来。至庭房叫人点起灯火，一腿将蜡台也踹扁了。东西两屋内一看，一张桌子底下有一个人：东屋内是先生，西屋内是玉墨。将他们拉出来，仍还是战战兢兢的说："他们追赶刺客去了。"

四爷叫大爷看着先生，自己出得衙外，正遇打更的人，又有下夜的官兵掌灯火追来，远远看见有人，原来是三爷、二爷。问他们的缘故，二爷就将有人泄机，拿住刺客，细述一遍。蒋爷咳了一声说："这个机会哪里去找？那个说话的人哪里去了？"三爷说就在这对面树林子里。蒋爷往树林找了一遍，气哼哼地回来说："方才有我，就不错过这个机会了。"三爷说："不要紧，咱们把邓大哥搭回去。"四爷问："哪个邓大哥？"三爷说："就是这个。"蒋爷低头细细一看说："原来是他！搭回去。"官人过来，抬回衙署。

蒋爷说："抬在我屋内去。"蒋爷跟将进去，叫官人外边伺候，蒋爷把邓车的头往上一搬说："邓寨主，你可识认于我。"邓车说："不识认。"蒋爷说："你是贵人多忘事，可记得在邓家堡，我去拿花蝴蝶时，与你相过面，你可记得？"邓车说："哎！可相过面是个老道。"蒋爷说："我学一声，你就想起来了：'无量佛。'"邓车说："对对对！你还了俗了。"四爷说："我不是还俗。我当初为拿花蝴蝶巧扮私行，你不认识我，我姓蒋，名平，字泽长，小小的外号翻江鼠。"邓车说："印是你捞出来的？四老爷，你救我罢！"蒋爷说："知恩不报，非为君子。当初花蝴蝶杀我，没有你，我早死多时了。我先给你敷点止痛散。"说毕，转身取来，给邓车敷在伤处，果然不疼了；又把他的腿撒开，就绑着二臂。说："你降了我们大人，立点功劳，做官准比我的官大。连我还是护卫呢！"邓车一听，喜欢非常，说："只怕大人忌恨我前来行刺，我就得死。”蒋爷说：“无妨，有我替你说话。你就说他行刺，你巡风，特意前来泄机。可有一样，大人问你王府事，你可得说。”邓车说：“那是自然。王府之事，我是尽知。”蒋爷说：“我可不给你解绑，等着大人亲解，岂不体面！”邓车点头。蒋爷说：“你先在此等候，我去回禀大人。”

蒋爷出来告诉外面官人，仍是在此看守。

到后面，大人早下楼，在庭房坐定。蒋爷就将拿住刺客话回禀一遍。大人吩咐：“将刺客带来，本院亲自审问。”蒋爷出来，正遇着展爷抱着印匣，也来大人跟前听差。蒋爷回自己屋中带邓车听审，刚走到院内，就遇见徐三爷，也要听大人审事。蒋爷知道叫他听去不好，就说道：“你这个样儿，也不看看成什么体统！大人是钦差官，你这么光着脚，短衣裳，也不戴帽子，像什么官事？穿戴去罢。”三爷果然走了。

四爷带着刺客进屋中，叫官人把午门挡住，莫叫三老爷进来。蒋爷把刺客带到桌前跪下。大人说：“下面可是刺客？”刺客说：“罪民是邓车。”大人说：“抬起头来。”邓车说：“有罪不敢抬头。”大人说：“赦你无罪。”邓车抬头一看，叫：“蒋老爷，这不是大人。”四爷说：“怎么？”邓车说：“我方才看见，大人不是这个模样。”四爷说：“你方才瞧的那位大人，就是旁边站的那位。”刺客说：“这是什么缘故？”蒋爷说：“算计你们今天前来，故此安下招刺客人。那位是先生，这位才是大人呢！”大人一看刺客，戴一顶马尾透风巾，绢帕拧头，穿一身夜行裤袄、靸鞋。面赛油粉，粗眉大眼，半部钢髯，凶恶之甚。

大人问道：“邓车，本院可有什么不到之处？”邓车说：“大人乃大大忠臣，焉有不到之处！罪民久处王府，深知王府的来历。今夜前来，不为伤害大人，情意弃暗投明，改邪归正。大人恩施格外，小人愿效犬马之劳。”大人问：“王府之事，你可知晓？”四爷在旁说：“问你王府之事，你可说吧。”邓车道：“说，说，说。”大人问道：“白护卫之事，你可知晓？”邓车说：“更知晓了。就皆因追大人印，坠落天宫网，吊在盆底坑，被十八扇铜网罩在当中。一百弓弩手乱弩齐发。”大人站起来扶着桌子问道：“乱弩齐发，五老爷怎样？你、你、你，你快些说来!”蒋爷暗地与邓车摆手,邓车错会了意。说:“我说,我全说。一阵弩箭,把五老爷射成大刺猬一般。可叹他老人家,那个岁数为国亡身!”底下的话未曾说完,大人“哎哟”一声,咕咚、咕咚、咕咚,一句话躺下了三个。

大人、卢方、韩二义一闻此言,三个人一齐都死过去了。邓车一怔,蒋爷真急了,说:“你这个人真糊涂,我这里直摆手使眼色,你老不明白。你看,这可好了,死过去了三口。”邓车说:“你叫我把王府事说出,问什么,说什么!”蒋爷说:“去罢,先到我屋中等我去罢!”叫官人带邓车送四老爷屋中去。回头将大爷、二爷搀起。大人那里,早有人把他唤醒过来了。大人放声大哭,数数落落地净哭五弟;大爷、二爷大放悲声,也是哭起五弟来了。蒋爷一瞧真热闹,赶紧搀将出去。说:“人死不能复生,咱们应劝解大人才是,怎么咱们哭的比大人还恸?”大爷说:“谁像你是铁打的心肠!”蒋爷说:“净哭,要哭得活五弟,哭死我都愿意,就怕哭不活。”大爷说:“你劝大人去吧。”蒋爷说:“别哭了,咱们大家想主意,与五弟报仇才是正理。”

蒋爷进屋中,口称:“大人,到如今,五弟事也就隐瞒不住了。五弟是早死了。大人可得想开些。你要有舛错,我们大众什么事也就不能办了。若有大人在,我们大众打听铜网阵是什么人摆的?五弟的尸骨在什么地方?去盗五弟的尸骨;拿摆阵的人活活祭灵;捉王爷。大人入都复命,这叫三全齐美,又尽了忠,又全了义。那时节无事时,我与大人说句私语。咱们全与五弟是拜兄弟,磕头时不是说过,不愿同生,情愿同死。完了事咱们全是搭裢吊。大人请想如何?”大人被蒋爷说了几句话,反觉甚喜,说:“护卫言之有理。我是文官,与五弟报仇,全在你们众人身上。”蒋爷说:“亏了我三哥未来,他若听见,他是非上铜网那里去不可。”

焉知晓三爷穿了箭袖袍,登了靴子,戴了帽子,带子没有系好,也没带刀,往外就跑,到窗外有许多官人挤住。自己就在窗外撕了个窟窿往里一看,正是邓车说到为国亡身那句话。三爷纳闷说:“五弟死了。他死了,我也不活着了,我向谁打听打听才好?哎哟!他们谁也不肯告诉我。有了,我去问邓大哥去。”

又见官人拥护着邓车上四爷屋内去了。自己也来到四爷屋中，把官人喝将出去，到屋中把两个小童儿也喝出去："你们若在外面听着，把你们脑袋拧下。"把人全都喝退，三爷这才坐在邓车一旁说："邓大哥，你好啊！"（三爷打算刺客姓邓，名叫大哥。他错会了意。邓车打算是称呼他呢！）邓车说："好。"二人就一问一答的说。三爷说："你才说是五老爷死了？"邓车道："是五老爷死了。"三爷说："邓大哥，你知道是怎么死的？"邓车说："吊在铜网内，乱弩攒身，尚且没死；我按过弩匣，一下儿就死了。"三爷说："邓大哥，你好本事！"邓车说："本不错。"三爷说："五老爷埋在哪里了？"邓车说："火化尸身，装在古瓷坛子内，送在君山后身，地名五接松、盘龙岭。"三爷说："很好！"邓车见三爷在满屋中乱转，不知找什么物件。问道："你找什么哪？"三爷说："找刀。"邓车说："何用？"三爷说："杀你。"邓车以为是取笑。

焉知三老爷真是找刀。可巧四爷屋内没有刀。三爷要上自己屋中拿刀，又怕有人来了不好办事。不由气往上一冲："有了，把脑袋拧下来罢！"往上一扑，将邓车按倒。一捏脖子，一手就拧。邓车仰面，捆着二臂，躺在炕上不能动转，又不能嚷。瞪着二目看着徐庆。三爷拧了多时，拧不下来，皆因邓车也是一身的工夫，再说脖子又粗。如何拧的动。三爷大怒，嚷道："你还瞪着我哪！"有了，把眼睛挖出来便了。只听见"砰"的一声，三爷二指尖挑定两个血淋淋的一对眼珠子，蹿下炕来。邓车"哎哟"疼痛难忍，"咕咚"一声，摔于地下，满地乱滚。眼是心之苗，焉有不疼的道理。

若问邓车的生死，且听下回分解。

第十五回　挖双睛邓车几乎死　祭拜弟侠义坠牢笼

且说徐三爷提了邓车的眼珠子，要奔五接松祭墓。正走在厨房门口，自己一想，打屋里找一张油纸将眼珠包上，不然到坟前岂不干了？启帘来至厨房，正有一个厨役王三在那里喝酒，见三老爷进去，嚷道："老爷喝酒。"三老爷说："不喝。"叫道："王三，你知道不知道五老爷死了啊？"王三问："怎么死的？"三爷说："在王府着人乱弩射死了。"王三听说大哭道："可惜老爷那个岁数，但不知埋在哪里？"三爷说："在五接松。我这就是去祭墓。"王三说："我在厨房与老爷备点祭礼。"三爷说："有了。"王三说："什么祭礼？"三爷道："是脑眼。"王三问："是猪的，羊的？"三爷说："人的。"王三说："哎哟，我的妈呀！哪个人的？"三爷说："你看，是邓大哥的。你拿点油纸来我包上。"王三说："你老自己去取罢，吓的我腿转了筋了，就在那箱子底下呢！"三爷自己去拿，也有绳子，也有油纸。三爷将眼睛包好要走，又怕厨子与四爷送信。不容分说就把个厨子四马攒蹄捆上，拿过一块拈布把嘴塞上，说："暂且屈尊屈尊你。"出门去了。

走在夹道，听屋中有人说笑。到里面见是展爷的两个小童。小童一瞧说："三老爷，请坐！"三爷说："找你们老爷去，我这里等。"那个小童跑去送信。

展爷正与大家劝解大人之时，小童进来回话说："三老爷在咱们屋中，请老爷说话。"展爷说："我无有工夫。"四爷说："幸亏我三哥没来。请大弟你就去罢！将他绊住，千万别叫他上来。"展爷点头说："印可先交给你看着。"四爷说："是了，你去罢！"

展爷回到自己屋中，见三爷落座。三爷说："大弟，我们老五死了。"展爷一惊，心中说："他怎么知道咧？"遂问道："三哥听谁说的？"三爷说："邓大哥说的。"展爷说："你知怎么死的？"三爷说："乱弩箭射死的。"展爷方知徐三爷知道了，不觉泪下哭道："五弟呀，五弟！"

三爷说:“你别闹这个猫儿哭耗子了。”展爷着急道:“三哥,这时候还说戏言。”三爷说:“本来你是个猫,他是个鼠,岂不是猫哭耗子了呢?”展爷说:“五弟一死,焉能不恸?”三爷说:“你要能恸,到坟上哭一场去。”展爷说:“就是五接松坟上么?”三爷说:“是。”展爷说:“去不的,听四哥捞印回来说,坟上有埋伏。若叫人拿住,大丈夫死到不怕,就怕囚起来,求生不得,求死不行,可不是玩的。”三爷说:“我知道你不去。你听见他死,你更愿意了。当初在陷空岛将你囚在通天窟,改名叫闭死猫,差点把你的猫尿没闭出来。你听他死了,更趁了你的愿了。会说:‘可死了小短命儿。’是不是啊?”展爷气愤愤地说:“倒是哪个人对你说的?”三爷笑说:“我想着是这样,没有人说,你别着急呀!”展爷听了说:“这就是了。我二人左右护卫,焉有不惨的道理!”三爷说:“同我上坟去,我方信是真交情。”展爷被个浑人说的无法,只好点头,暗想:“得便与四爷送信去,四爷若知道,准不叫去了。”

展爷道:“我备些祭礼前往。”三爷说:“有了。”展爷说:“什么祭礼?”三爷说:“脑眼。”展爷问:“是猪的、羊的?”三爷说:“人的。”展爷问:“谁的?”三爷道:“邓大哥的。”展爷说:“就是刺客邓车的眼睛?”三爷说:“就是他的。”展爷说:“三哥,你太粗鲁了。四哥还要问他襄阳的事情,你怎么把他的眼睛挖出来了?他还肯说吗?”三爷说:“我这就要死了,谁管襄阳不襄阳的哪!”展爷问:“你去死去呀,不回来了?”三爷说:“我不回来了。”展爷说:“我哪?”三爷说:“你别不回来呀!你回来好送信。”展爷说:“使得。”展爷用了一个眼色,叫童儿好好的看家。小童儿答言说:“是,老爷放心吧!”三爷说:“你二人看家。”童儿说:“是,我们看家。”三爷说:“先捆起来,口中塞物,不然你们与四老爷去送信。”小童儿说:“不敢送信,三老爷捆我们可忍不的。”三爷说:“便宜你们吧!跟我们前去祭墓。”小童儿只得点头答应,想着:三老爷一个不留神,就暗地与四老爷送信,焉能知晓三老爷素常是个浑人,一点细微地方没有。这天他偏留上神咧!

他叫小童儿、展老爷在前,他在后面跟着。小童儿不敢抽身,直奔马号,叫马号人备上四匹马,大家乘跨坐骑,仍是徐庆在后,直到城叫开城门,主仆出城。天气尚早,城门仍然关闭。

三爷放了心了,准知童儿不能回去送信。逢人打听道路,直到晨起望,穿林而过。走绵绣崖、鹰愁涧,到小山口。往北就看见了:正东上蟠龙岭怪石嵯岈,上边有五棵大松树,密密苍苍,枝叶接连。树下有土山子一个,土山子前一个大坟。坟前有石头祭桌,石头五供,有石碣子一个。徐庆不认识字。展爷远远望见石碣上边刻的是:"皇宋京都带刀四品护卫大将军讳玉堂白公之墓。"展爷一见,不觉凄然泪下。徐庆说:"别哭,等到坟前再哭不迟。"

从盘道上山,道路越走越窄。小童说:"请二位老爷下马,马不能前进了。"大家下马,这小童儿拉定在此等候。

二位上山。这蟠龙岭是得绕着弯儿上去。此山就是蟠着一条龙的形象,好个风水所在。行至上边。展爷肝胆欲裂。徐三爷回说:"等我摆祭礼。"由怀中取出眼珠儿来,随掏随走。两个人并肩而行,未走到坟前,就觉着足下一软,"哎哟!不好","呼咙"一声,两个人一齐坠落下去。你道展南侠听蒋四爷说过,怎么会忘了?皆因是一见玉堂之墓,肝肠恸断,一旦间把埋伏就忘了,故此坠落下去。

从高处往下一沉,二位爷把双睛一闭,只觉得"噗哧"一下,类若陷土坑内一般。睁眼一看:"哎哟,不好了!"将二目迷失。原来是钟雄接着古瓷坛,有王爷的话:"平地起坟,前头安下埋伏,以作钓鱼香饵。"钟寨主爱惜五老爷是名扬天下第一条好汉,故此与他找了一块风水的所在,就是五接松下。正巧前面有个山沟,准知必有人前来祭墓。在山沟下面将石灰用水泼了泼,成矿子灰垫在底下,摔不死人;上面沟席盖好,撒上黄土,行家看得出来。不想展、徐二人坠下去,一抨将矿子灰抨起,迷失二目。幸是矿子灰,若是白石灰,就能把展、徐二位的双睛损坏。

只听见上边呛啷啷一阵锣鸣,来了些挠钩手,把挠钩往下一伸,就将徐庆钩住,一齐用力就把徐三爷搭将上来,立刻将二臂牢缚。坐在地下,闭目合睛,"哇呀,哇呀"的直嚷。回手又把展南侠搭将上来,也是如此。

这一个不能睁眼睛,托天的本事也就完了。人凭的是手眼为活,总得眼泪把矿石灰冲出，方能睁开二眸。待了多时，睁眼一望，展南侠的宝剑早叫人解下去了。展爷暗暗地叫苦。徐庆也就睁开眼了。

面前有二十多喽兵瞅着他们。两个人直笑说："可惜，这么大的英雄被捉住，净哭。"有一个喽兵过来说话道："朋友别哭了，我告诉你一套言语。我家寨主爷是个大仁大义之人，不爱杀人。见了他央及央及，多磕几个头，就能把你们放了。"徐庆骂道："放你娘的屁，小子过来，快给我们解开，好多着的呢！如其不然，可晓得你们的罪名。"喽兵说："你是谁?"三爷说："你看，那位是常州府武进县玉杰村的人氏，姓展名昭，字是熊飞，号为南侠，万岁爷赐的御号是御猫，乃是御前带刀四品护卫之职；我乃铁岭卫带刀六品校尉之职，姓徐名庆，外号人称穿山鼠。徐三老爷就是我老人家，你们还不撒开吗?"喽兵听言道："我当你们是无名小辈，原来是有名人哪！伙计们，报与寨主去。"

展爷瞪了徐庆一眼说："被捉求死就成了，何必道名?"徐庆说："他们要是惧官，就许把咱们放了。"展爷说："怎么你又怕死了！"徐庆说："我倒不怕死，，怕幽囚起来。"展爷说："就不该来！"三爷说："谁又早知道！"展爷一听他是怕死的言语，跟他饶上真冤。见几个喽兵往前飞跑说："寨主有令，将他们带到山上，结果他们的性命。"

若问二位生死如何，且听下回分解。

第十六回　山内钟雄谦恭和蔼　寨中徐庆酒后翻桌

且说展、徐二位被捉，喽兵把宝剑解将下来。又有徐庆一说两个人的名字，喽兵听了，拿着宝剑穿边山，走小路，奔飞云关上巡捕寨，见闻寨主、黄寨主、贺寨主、杨寨主报告："禀众位寨主得知，五接松拿住人了。"闻寨主问："拿住的什么人？""拿住了两个祭墓的：一个叫展昭，一个叫徐庆，还有一口宝剑，众位寨主请看。"闻华说："报与大寨主去罢！"

少刻，回来喽兵说："大寨主叫把二人带上山去。"闻华带几名喽兵就去五接松，见众喽兵押解二人，相貌堂堂：一个是宝蓝缎武生公子巾，宝蓝缎箭袖袍，鹅黄丝鸾带，月白色衬衫，青缎压云根，薄底鹰脑窄腰快靴，七尺身躯，面如美玉，顶额阔，两道剑眉，一双长目，面形丰隆，双腮带傲，方海口，大耳垂轮。一个是青缎六瓣壮帽，青箭袖丝鸾带，薄底靴，黑挖挖的脸面，两道浓眉，一双金睛暴露，狮子鼻，翻卷四字口，见棱见角。一部胡须，一寸多长，扎扎蓬蓬糊刷一样。胸宽背厚，臂膀宽堆，垒威风，垒抱煞气。闻华一见，暗暗的夸奖，侠义的英雄名不虚传。抱拳带笑说："不知二位老爷大驾光临，有失远迎，望乞二位贵客恕罪。"展爷说："请了。"徐庆一见闻华"哈哈"的大笑说："好啊，黑小子！"闻华瞪了三爷一眼，"哼"了一声说："我家大寨主有请二位，中军帐待茶。"展爷说："我们被捉，速求一死，何必又见大寨主！"闻华说："岂敢！二位驾临，三生有幸。请二位至寨，另有别谈。"

喽兵们带路行至飞云关下，往上一走，但见此山赫巍巍、高耸耸，密森森、叠翠翠。上看峰漫漫，下看岭叠叠，一行行杨柳榆槐松，上边有白云片片，下边有绿水涓涓。真有四时不谢之花，八节长春之草。山连山，山套山，不知套出有多远。洞庭水旱八百，可称是一座名山。胜景当中，有一座大牌楼，上书金字，是"飞云关"。

进飞云关,路南有木板房三间。山墙上有一大木牌,高够八尺,宽有丈二。八字横头,横着三个大字,是“招贤榜”。展爷草草地念了念:“管理君山洞庭湖水旱二十四寨招讨大元帅钟雄,为晓谕天下事:天下隐匿英雄壮士过多。古云:寒门生贵子,白屋出公卿;盐车困良骥,田野埋麒麟;高山藏虎豹,深泽隐蛟龙。余钟雄一介寒儒,得中文武进士之职。皆因奸臣当道,贪婪无厌,悬秤卖官,非亲不取,非财不用……”后面许多言语,待等北侠智化双诈降时再表。

展爷被后面人督催,不能往下再念。心中暗暗夸奖。钟雄进士出身,到底心胸不小。来到旱寨头一寨,其名就叫巡捕寨。二百名喽兵一字排开,各持利刃,全都是高一头,大一膀的,俱在二十以上三十以下。衣帽光鲜,军刃顺利,并有三家寨主,一个穿黑,一个着紫,一个是宝蓝的衣巾。展爷早就问了亚都鬼闻华名姓。闻华又与三家寨主一见,说:“这位姓展,这位姓徐。这是我们巡捕寨主:这位寨主叫神刀手黄受,这位叫花刀杨泰,这位叫铁刀大都督贺昆。”说了些谦虚客套。又说:“我大寨主有请二位,中军帐待茶。”

二位往上又走,行至二寨,其名叫彻水寨。两边鹅头峰,相隔有九丈,当中是一个山涧,其名叫碧溪涧。上面搭着个木板桥,就是大柏树一解两半,拿大铁箍把它箍将起来。一面有个铁横头儿,上缚黄绒绳两根,缚在那边有两把大花辘轳,绒绳绕于上面,若有不测,将辘轳一绞,尽把这个木板桥绞将起去,要想出入,除肋生双翅。展爷等上木板桥往下一看,只听水声大作。往西南一看,碧盈盈的一带竹城。下木板桥,有二百多喽兵,一家寨主。闻华引见:“这是徐、展二位。这是我们彻水寨的寨主,人称金棍将于清。”

又走至箭锐寨,二百喽兵,一家寨主,穿皂袍。先见展爷,后说:“这是我们箭锐寨的寨主,外号称赛翼德朱格。”

见毕,至章兴寨。金锤将于畅与展爷见过。又到武定寨。这寨主身高一丈开外,黄袍,面似淡金,浓眉怪眼,猛若瘟神,凶若太岁,臂力过人,天真烂漫,外号人称金铛无敌大将军于赊。也与展爷见过。

又到文华寨,一家寨主,二百喽兵。展爷一见吓了一跳,品貌与白玉堂五弟一般不二。略险些没叫出五弟来！闻华也引见。此人叫金枪将于义，排行也是在五，称为于五将军。

又来到五福寨，一家寨主，二百喽兵。人称八臂勇哪吒王京。丰胜寨，一家寨主，二百喽兵。这家寨主金刀将于艾。丹凤岭寨主赛尉迟祝英。丹凤桥一家寨主，削刀手毛保。寨栅门两家寨主：云里手穆顺，铁棍唐彪。所有众人俱都与徐、展见过。

到了里边，至豹貔庭前，这就是大寨。抱柱上有副对子，上联是：山收珠履三千客；下联是：寨纳貔貅百万兵。展爷暗道："好大口气！"启帘栊到得屋中，抬头一看，这家寨主方翅乌纱大红圆领，腰束玉带，粉底官靴，七尺身躯，面如白玉，五官清秀，三绺胡须，乍瞧就是一位知府的打扮，展爷暗道："君山八百地，水旱二十四寨，以为这个寨主，总得是红胡子蓝靛脸，说话哇呀哇呀的，才管得住山中的群寇。似这个人文质彬彬，斯文模样，如何管得住山中众人！此人必然大有来历。"

俗言："人不可貌相。"别看钟雄的打扮，文武全才。论文：三坟五典，八索九邱，无一不知，无一不晓；诸子百家，通古达今。讲武：马上步下，长拳短打，十八般兵刃，件件皆能，上阵全凭一条枪，勇将不走半合。怎么就不走半合呢？使枪为什么又叫个飞叉太保？皆因是若与人动手，穿戴盔铠，背后有八柄小叉，上缚着红绸子，若要交手，二马相凑，枪未到时，飞叉必然先到，准使敌人落马，这就是勇将不走半合。因此人称为飞叉太保。无事时永远文官的打扮。

今见展南侠一到，二人仪表非俗，故此离正位出迎，说："不知二位老爷驾到，未能远迎，望乞恕罪。"展爷说："岂敢！我二人被捉，速求一死，何必寨主这般的谦恭称呼。"徐庆说："好小子，你倒是个乐子。"钟雄"哼"了一声，知徐庆是个浑人，与南侠讲话说："二位大驾光临，草寨生辉。若非相机应巧，用八人大轿请二位也不肯下顾。"展爷笑道："明知山有虎，故作砍樵人。为朋友者生，为朋友者死。寨主何必多言！"钟雄说："小可方才说过，请二位还请不至，焉敢有别意见！"徐庆说："认的我们么？"寨主说："久仰大名，如雷贯耳，皓月当空。二位光临，是小可的万幸。"徐庆说："你别转这个臊文了，既然认的，不给我们解绑？"寨主吩咐与二位解绑。解绑后。三爷说:“拿点漱口水来。你这个招儿真损,闹了一嘴石灰。”漱毕说:“给我们倒茶来。”落座,钟雄说:“看茶。”三爷拿起来就喝。展爷也不漱口,也不喝茶。徐庆叫摆酒,展爷瞪了徐庆一眼。寨主吩咐:“摆酒,摆酒!”真乃是侠义的朋友,与众不同,慷慨之至! 展爷说道:“咳!我二人区区辈,直是叫寨主嗤笑!”钟雄说:“哪里话来。”钟雄与闻华执壶把盏,斟酒落座。钟雄说:“请用。”展爷把酒一端,然后放下。徐爷正在饥饿之时,大吃大喝,不时的有喽兵与三爷斟酒。

展爷说:“我看寨主堂堂仪表非俗,又是文武全才,为何不归降大宋,争一个封妻荫子,岂不胜似山中一位寨主?”钟雄说:“早已有意归降,只怕天子不肯容留。”展爷说:“寨主若肯弃暗投明,我破着合家的性命,保寨主一官。寨主若要居官,必在我展昭之肩左。”

徐庆在旁说道:“我们展爷这话不虚,他若求求我们包相爷,相爷在万岁跟前说一不二。”钟雄说:“当面谢过二位。我有句话不好出唇。”展爷说:“有话请讲。”钟雄说:“我意与二位结拜为友,不知二位肯否?”展爷一翻眼就明白了,依他意见,想着把子也拜咧,降不降咧,那时怎处? 说:“寨主先弃高山后结拜。”钟雄说:“先结拜然后弃山。”展爷道:“我说寨主先别恼,我们大小是个现任职官,若与寨主结拜,京都言官御史知道,奏参我们,担当不起。”

徐庆也喝够了,也吃饱了,嚷道:“展大弟别听他的,他是诓我们呢! 不弃山还是山贼。咱们和山贼拜把子,担得住么? 钟雄,你拿着桌酒席诓我们拜把子,你以为谁无吃过哪? 反了罢,这一桌就是杀身之祸。”

若问二位生死,且听下回分解。

第十七回　二侠义巧会钟寨主　三英雄求见蒋泽长

且说徐庆天然的性气，一冲的性情，永不思前想后，一时不顺他，就变脸把桌子一翻，哗喇一声，碗盏皆碎。钟雄是泥人，还有个土性情，拿住二人款待吃饱了，却反桌，气也往上一冲说："你这是怎样了？"三爷说："这是好的哪！"寨主说："不好便当怎样？"三爷说："打你。"话言未了，就是一拳。钟雄就用二指尖，往三爷肋下一点，"哎哟！""噗通"一声，三爷就躺于地下。钟雄说："你这厮好生无礼！"焉知晓钟寨主用的是十二支讲关法，又叫闭血法，俗语就叫点穴。三爷心里明白，不能动转。钟雄拿脚一踢，吩咐绑起来。三爷周身这才活动，又叫人捆上了五花大绑。展南侠自己把二臂往后一背说："你们把我捆上。"众人有些不肯，又不能不捆。钟雄传令，推在丹凤桥枭首。

内有人嚷道："刀下留人！"猛一看，是亚都鬼闻华。他说："寨主爷，这两个人杀不得。外面挂定招贤榜，若要杀了这两个人，外面必说寨主不仁，还有个什么人敢前来投山？"钟雄说："依你之见怎样？"闻华说："不如一个幽囚鬼眼川，一个幽囚竹林坞，慢慢再劝，必然降顺。"钟雄依计而行。

不说二位被困，单说蒋四爷天光大亮，劝大人少歇，不见展爷回来，就把印匣交与大哥，自己出来看看。回到自己屋中，见两个小童儿在那里打转，四爷问："你们在此作甚？不在屋中看着。"小童将三爷要拧脑袋的话说了一遍。蒋爷就吃了一惊，连忙进到屋中，血迹满地，惟有邓车躺在地上。蒋爷将他搀起来，"哎哟""哎哟"的连声乱嚷，蒋爷一瞧，眼睛是两个大红窟窿。蒋爷问："邓大哥，这是怎么了？"邓车说："这又是谁叫我邓大哥呢？稳住了害我。"蒋爷说："是小弟蒋平，怎么是害你哪？"邓车说："蒋老爷，你可实在害苦了我了。"就把三爷挖他的眼睛事如此恁般细说一遍。蒋爷一跺脚说：

"咳！三哥净作这个事。"叫道："邓大哥，你瞧我罢！"邓车说："我也得瞧的见哪！"蒋爷叫小童着官人将邓车解到知府衙门收入监中。

蒋爷上展爷屋中去，由夹道一过，听厨房里有人哽咽，往里一瞧，王三被捆。蒋爷过去解开，把口中掏布拈出。王三呕吐了半天。蒋爷问："谁捆你的？"王三说："除非你们老爷们，谁作得出这个事来。"把三爷捆他的事细说一遍。蒋爷说："你瞧我吧！"王三也就无法了。

蒋爷出来，到展爷屋中一看，连一个人影儿也无有。蒋爷说："不好了。"到马号里一问，号军说备四匹马出城去了。蒋爷想：那三哥浑，使得，怎么展老爷跟他涉险去？走了就得被捉，这还了得！四爷进里面告诉大爷、二爷："连印和大人交与你们二位，我追他们去。"拿上自己包袱，奔晨起望。走在半路，见四匹马、两个小童呆立。小童哭着，就将三老爷激发展老爷同去祭墓，怎么掉在坑中之事细述一遍。蒋爷一听，说："也难怪展老爷了，都是三哥的不好。"告诉小童回衙见大老爷、二老爷，说明此事，说我上晨起望打听去了，有要紧事到路、鲁家中与我送信。说毕，小童儿上马，拉着两匹马去了。

四爷到晨起望路家门前，家内人出来，蒋爷并不说话，往里面走，见路、鲁迎接行礼，问印的事。四爷叙说了一遍，又把徐、展祭坟的事问二位可知？路彬说："方才有人提，五老爷墓前有人掉下去了，拿往山中，不知是谁？"四爷说："死活不知？"鲁英说："我去打听打听便知。"

去不多时，鲁英回来说："我见着喽兵没问他，他自己说出来了。我让他喝酒去，他说没工夫，山中点名甚紧，因拿住二人。我问是谁？他说，不是无名之人，一个展南侠，一个徐义士。我问他杀了罢？他说，没杀，要论我们寨主，真是好人。一见二人就爱两个，净说好话与姓展的，姓展的也说好话，惟有姓徐的净开玩笑，开口叫人'小子'，叫解绑，要茶，要酒，吃完了把桌子推了，打人，被钟雄点穴法一点，三老爷就倒下了，要杀。姓展的自己把双手一背，叫捆，二人同来同死，人家说真是好朋友哇。闻华讲情，把二人幽囚在鬼眼川、竹林坞两个水寨之内。君山这两天甚紧，不时的点名。这就是我打听来的。"

蒋爷一听说："好办，只要没死就不怕。"问路彬水寨在君山哪一方？路彬说："由此往东南水面，往东直到竹城，又叫幽皇城。这竹子由石块上长出，半靠着山水，周围一百多里地。地南面有个水寨门，周围圈起来，十六水寨就在这幽皇城里面，坚固之极。"蒋爷说："无妨，只要在水里头，我就进得去。"路彬说："不行，不行，别看逆水潭印倒好捞，这水寨可不容易得很咧！听老人家说，此山由尧舜时就有。尧帝有两个女儿，给了舜帝为妻。一个叫娥皇，一个叫女英。舜死之后，湘君二妃就在此山恸哭舜帝，眼中哭出血来滴于竹上，以后竹子上生出一身的斑痕，后人起名就叫湘妃竹，此事已年深日远了。自从钟雄到于山上，历年间拿铜铁条把竹子穿了，年份已多，连竹子带铜铁全部绣在一处了，如同铜墙铁壁一般。四老爷要从底下进去，铜铁竹子绣在一处，进不去；若打上头进去，竹梢儿太软；若打小门进去，一碰，串铃一响，水寨人尽都知道了；若碰在滚刀之上，准死无疑，如何能进得去？"蒋爷一听路彬之言，直是怔愣愣的。半晌无语，叹了一口气说："这也就是命该如此了。"

正在为难之际，家人进来说道："四老爷，外头有人找你老人家哪！我们可没说你老在这里没在这里，见不见随你。"蒋爷问："姓什么？"家人说："一位说姓欧阳，一位姓智，一位姓丁，四老爷是见不见？"蒋爷说："见，这三位我们请还请不至哪！"四爷同路、鲁二位出迎，见着是北侠、智化、丁二爷。大家见礼，与路、鲁也都见过。路、鲁二位一看，三人相貌堂堂，气宇轩昂，品貌非俗：一个是军官的扮扮，碧目虬髯，紫面目，紫衣巾，类似神判钟馗一般不二，这就是欧阳春；一个是壮士打扮，一身青缎衣巾，肋下佩刀，黄白的面目，就是智化；一位是武生相公的打扮，肋佩湛卢剑，就是丁二爷。让到家中落座献茶。蒋四爷一看这几位来，心想救我三哥和展老爷，不费吹灰之力了。

若问怎么救法，且听下回分解。

第十八回 徐三爷鬼眼川发躁 无鳞鳌在水寨追人

且说北侠、智化、丁兆蕙。智爷双探铜网后，把艾虎打发上茉花村去了。自己上卧虎沟等了几日。北侠、丁二爷解栾肖到开封府内交差之后，辞了开封众人，回奔卧虎沟与智爷见沙龙、孟凯、焦杰。北侠、丁二爷会在一处各言其事，讲论了一天一夜。次日起身，本说同着沙、焦、孟三位一齐上襄阳，可巧沙爷身上不爽，未能前来，只是北侠、智爷、丁爷三位同行。一路无话。

到了襄阳城，奔上院衙。叫官人进去禀报。不多时，卢老爷、韩二义出来迎接。北侠、智化、丁二爷三位与卢爷、韩二义见礼。礼毕，卢爷眼泪汪汪道："怎么三位贤弟这时才到？"北侠问："五弟可好？"卢爷说："死了！"北侠三位一听，说："此话当真？"韩二爷说："这事焉能撒谎！"大家都哭起来了。遂走到卢爷屋中，哭的把坐下都忘了。北侠、丁二爷说："早知五弟要死，打德安府跟了五弟来吧。"智爷说："人要有早知道，我们探铜网之时，我还不去呢！五弟倒是怎么死的？"大家哭哭啼啼、数数落落地就把五弟之事，一五一十的说了一遍。大家这才知道。智爷说："不用说了，大家想着给五弟报仇吧，也不枉弟兄们相好一场。"

话言未了，两个小童儿跑将进来。卢爷说："你们两个从何而至？"小童儿就把展老爷、徐老爷半路遇蒋老爷，连蒋老爷带回来的言语，细说了一遍。智化说："事要急处办，咱们先救活的，后顾死的。还是咱们弟兄三人走上晨起望，打听三哥、展老爷的生死。若要死了，一同报仇；若要活着，想法去救。"北侠说："正是了。"二爷说："我们也不见大人了。若见大人，替我们说一声儿吧。"大爷点头说："你们多辛苦些吧。"说毕出衙。一路无话。

到了晨起望，打听路、鲁的门首。到门前叫门，家人出来。三位通了姓氏，叫家下人进去请蒋老爷出来答话。四爷出来，大家见礼，进屋中落座献茶。蒋爷才问:“你们几位从哪里来?”智爷说:“由上院衙来。”四爷说:“由上院衙来,我们老五的事必然知道。”智爷说:“这二位……”蒋爷说:“这二位不用避讳,所有之事,没有他们不知道的。再说捞印之事,若非二位指教,也不能捞得出来。这是咱们自己人。”智爷说:“五弟之事,我们是知道了,展老爷、三哥事情怎么样?”蒋爷说:“也听见喜信了。”就将鲁爷打听来的言语,述说了一遍。智爷说:“好办。就在今天晚间入水寨救人。”蒋爷说:“路、鲁二位可以与我们雇一只船。”路彬问:“要船何用?”蒋爷说:“上水寨救人。”路彬说:“方才说过不行!”蒋爷说:“方才不行,这时行了。”路彬说:“什么缘故?”四爷说:“有我欧阳哥哥、丁二兄弟的宝刀、宝剑,切金断玉,无论什么样铜铁之物,一挥而断。不怕是金子城,都能砍得开。挖个洞儿,我就进去救人。”路彬说:“这个可真真巧,船只咱们就有现成的,在青石崖下靠着哪!”四爷说:“更好了。晚间二位就辛苦一次吧!”路彬点头:“这有何难!”

用毕晚饭。路、鲁带路,走小道,穿无人的地方,至青石崖下。鲁英解缆,拿竹篙,撑船靠近河沿。大家上船,众人入舱。路彬撑船,鲁英掌舵。

走到二更时分,到幽皇城西面。舟靠竹城,请众人出来。大家出舱,看见水天一色,半靠山水。这座竹城,一眼望不到边,实在的坚固。蒋爷说:“是欧阳兄,或是丁二弟,无论刀剑把竹子挖一个方洞儿,我进得去就行了。”丁二爷说:“我砍去。”回手把剑拉出,只听得呛呛啷啷的一声响,寒光烁烁,冷气森森。光闪闪遮人面,冷飕飕逼人寒,耀眼争光,夺人二目。好一口宝剑,称得起世间罕有,价值连城。路、鲁二人平生未见,连连夸赞。二爷往前趋身,只听得吭哧、吭哧、吭哧、吭哧的挖了一个四方洞儿。丁二爷叫:“四哥,看看小不小?”蒋爷说:“行了。”叫道:“众位,我若进得竹城,水寨我可不熟,也不认得竹林坞,也不晓得哪是鬼眼川。我若进去没偏没向,碰着谁救谁,但愿救了两个;倘若救出一个,要碰他们的造化,我可没亲没厚。把话说明,我再进去。”北侠说:“四弟多此一举!”

智爷暗道:“四哥真机灵,里面两个人,一个拜兄弟,一个是旧好。万一救出一个来呢，是展爷还没话，若是徐三哥，他就落了包涵了。先把话说明，以后没有可怨的了。

智爷说："不必交代了，趁早进去吧。"蒋爷说："欧阳哥哥，你的眼神好，往里瞧着点。我们若来了，你在外招着点。"北侠点头："四弟去吧，小心了。"

四爷换了水湿衣靠，头上蒙了尿脬皮儿，用藤子箍儿箍好，将活螺丝拧住。四爷说："我进去了。"将身一跃，钻入方洞去了。

蒋爷往水中一扎，往上一翻身，用踏水法把上身露出。看对面一只只麻阳战船排开，船连船，船靠船，把水寨围在当中，也按的五行八卦的形势，四面八方，十分的威武。桅杆上，晚间挂五色号灯；白昼就换了五色的旗子。看号灯：正南方丙丁火，是红色号灯；正西方庚辛金，是白色的号灯；正北方壬癸水，可不是黑色的号灯，而是白纸的灯笼，上面有个黑腰爷；正东方甲乙木，是绿灯；中央戊己土，是黄纸糊出来的灯笼。众船接连，上面有喽兵坐更，传着口号。两个人当中，有一个灯笼。

蒋爷看毕，暗说道："好个君山的水寨，这可是大宋的大患。别事倒不足为虑，这个君山，非除不可。听见船上的喽兵讲话，听不见他们说些什么，非身临切近不行。他分波踏浪，横踹几脚水，直奔船来，横着身子，微把脸往上一露。船上有人说："好大鱼！"鱼叉就在船上放着，一回手冲着蒋爷就是一叉，若不是蒋爷那样水性，也就教他们叉住了。四爷瞧见他们拿叉时，横着一踹水，就多远出去了。微把身子往上一露，听见他们那里说："好大鱼，可惜没叉着，顶好的酒菜跑了。"那人说："是你先嚷好大鱼，不嚷，得着了。"蒋爷暗道："得着了你们可好，我可就坏了。"

由那边来了一只小船，船头上搁着个灯笼，马扎上坐着个喽兵，卷沿蓝毡帽，青袍套卒褂，前后的日月光，上头描写着"彻水寨"，当中一个"勇"字，青布靴子，黄面目，手拿一支令箭。四爷分水向前，知道这船上没叉，把耳朵眼睛露了来，听他们说道："寨主爷也不知是看上他那点了？要上竹林坞有多省事！也不用过大关；上鬼眼川请他，还深过大关。寨主喜欢他那个浑，那是爱他骂人哪！"坐着的喽兵说:"你如何知道寨主爷的用意性情。姓展的不行,人家有主意,不像他。少时将他请在大寨,拿酒苦劝灌他,他一醉,拿好话一说,他就应了。一拜把兄弟,他算降了。姓展的与他同来,他降,那个不能不降! 寨主爷是这个主意,你焉能知晓哪?"二人说话,早让四爷听见。谁说三爷不是那样性情? 可好,三爷来了半日,性情让喽兵都猜着了。

来到大关对面,有人嚷道:"什么人? 要开弓放箭了!"船上人说:"不可,我们奉寨主爷的令过关,上鬼眼川请徐庆去,现有令箭拿去看了。"临近有人接过去,与水军都督看了,回来将令箭交与船上人,分付开关。将大船解缆开关,大船撑出,小船过关。小船将到,大船上人嚷道:"小船好大胆子,船底下私自带过人去,左右拿捞网子捞人。"四爷在底下一听,吓的魂飞海外。若叫人捞上去,准死无疑。

若问四爷的生死,且听下回分解。

第十九回 入水寨几乎废命 到大关受险担惊

且说蒋爷在水中，一手抠定了船底，一手分水，叫小船带着他走，更不费力。他耳朵露出来，船上所说的话，他俱都听见。行至大关，听船上人讨关，也是不教过去。看了令箭，方才开关，可见得君山的令实在是森严。

你道什么是大关？就是大船排在一处。开关时，将大船的缆解下来，撑出一只去，让小船过去，这就叫开关。他若不开关，别处无有道路可过。好容易盼到开关时候，又被人家看破。自己将要扎下水去，小船上人说道："不用拿捞网子捞人。我们是打中军大寨领来的令箭。彻水寨要的船，众位放心吧！没有奸细。"大船上人说："既然如此，放他们过去吧。"蒋爷暗暗说道："是三哥活该有救。"仍然贴着船底过去了。

你道大关上为什么嚷要拿捞网子捞人？难道他们还看见不成？那眼睛也就太尖了。此乃是君山大关的一个诈语，是晚间每遇有船之时，大众必要七手八脚乱嚷一回，说有奸细，日子长咧，也就不以为是了。哪知道，今天真把个奸细带过来了。

一过大关，蒋爷就不跟小船走了。自己在水中浮着水跟着小船走。小船走了二里多地，相近鬼眼川了。他远远地看见三哥，在那里暴跳如雷地乱嚷呢！这个地方，蒋爷一看，就知道要把三哥急撮坏了。这是在水中生出一个大园山孤钉来，山上有房子，山上有竹子。拿竹子编出个院墙来，门有一蹬蹬的台阶，曲曲弯弯的，又有盘道。就见三哥绑着二臂在山上乱跑乱骂。

你道人家展爷在竹林坞也不绑也不捆，单有两个人服侍他。徐三爷本来也是如此，有人服侍，也不捆着。奈因他与人要酒喝，人家与他预备，还是上等的酒饭。他喝醉了，翻桌打人。人家就跑，他在后面就追。山上人那里有他跑的快，他是穿山鼠嘛！追去河沿，一脚把人踢下河去。再找山上，没人了，只可生会子闷气，躺在屋中睡了。睁眼一瞧。依然二臂牢缚。

那被他踢下水去的喽兵，上了中军大寨，见了大寨主，说了三爷的行为。大寨主吩咐："叫亚都鬼把他捆上，你们就好看着了。"喽兵说："不用，既有大寨主的令，我们等他睡着的时候，就把他捆上了。"钟雄吩咐："去吧。"喽兵回来看他睡熟了，用绳子就把他绑起来了。

喽兵在院子里说话："三老爷，咱家爷两个说明白了，可不是我捆的你老人家，是我们头儿捆的你，你还要追我，我就跳河跑了。你也不能吃，也不能喝，岂不是活活地饿死？你要不要我的命，我好服侍你吃喝。"三爷说："你倒是好小子。我如要你的命，我不是东西。"喽兵半信半疑。后来服侍三爷，果然不要喽兵的命。但喽兵再不敢松绑了。三爷吃完了晚饭，睡了一觉，天已三鼓，出来满山上乱跑，想起自己的事一急，故此就骂起来了。徐三爷远远望见小船上头有个灯亮儿，荡悠悠地前来。他站在山上，往下瞧着小船靠岸。喽兵打着个灯上盘道，向着三爷把手中令箭往上一举说："我家寨主有令。请三老爷中军大寨侍酒。""你家寨主要请我吃酒？"喽兵说："正是。"三爷问："请了展护卫了没有？"喽兵说："早就请了，先请的展护卫，后才请你老人家来。展老爷在大寨久候多时了。"三老爷说："他去了我也去，倘他没有去，我可不去。"喽兵说："去了。"蒋爷暗道："这个喽兵真会，怎么他就把三哥的性情拿准了？"就听见三爷说："松绑！松绑！"喽兵说："三老爷，我可不能给你松绑。"三老爷说："你有这么请客的么？绑着手，我怎么端酒盅子？"喽兵说："我的老爷，你好明白呀，能够捆着喝酒？到那里就给你解开了。"徐庆说："不行，不解不去！"喽兵说："我的老爷，你老人家没有不圣明的。我们寨主派人来请你来了，没有吩咐解绑不解绑。我若私自把绑给你老人家解开，我们寨主一有气，说：你什么东西，怎么配与三老爷解绑？我也担了罪名了，于你脸上也不好看。暂受一时之屈，见我们寨主，他下位亲手解缚，可不体面吗？"徐庆说："有理，有理！"蒋爷暗笑：这小子挖苦了三哥了。

喽兵引路下山，弃岸登舟。三爷也不用谦让，就在马扎之上一坐,船家摇橹,扑奔大关而来。到关口叫开关,仍把令箭递将上去。不多时,喽兵将令箭交回,吩咐开关。大船撑出来,小船将要过关,大船上又是一阵乱嚷:"小船底下带着人哪,看捞网子伺侯!"小船人说:"列位不用费事了,刚打鬼眼川来,路上没有什么别的动静,不必费事了。"四爷方知是君山的诈语。

蒋爷跟船底过来,行至一里多地,船要往东。蒋爷由水内往上一蹿,呼楞一声,犹如一个水獭一般,把喽兵吓了一跳。四爷上船,用足一踢,那名喽兵坠在水中去了,摇橹的也踢下去了,掌舵的也踢下去了。三爷也一惊,细看是四兄弟。三爷笑道:"我算计你该来了。"四爷说:"你好妙算哪!我与你解绑吧!"三爷问:"展老爷你救了没救?"蒋爷一想:"喽兵都能冤他,难道我就不会哄他么?"四爷说:"我先救展护卫,后来救你。"三爷说:"可别冤我。"四爷说:"自己哥们,焉有此理!"三爷说:"人家是我把他蛊惑来的,一同坠坑中被捉,先救我出去,对不住人家。"四爷说:"先救的他。"三爷说:"还丢了点东西哪!"四爷问:"什么物件?"三爷说:"脑眼儿。"四爷说:"我还要诓他的实话哪,你把人家的眼睛挖出来了。"三爷说:"我想五弟一死,我不活着了。"四爷说:"能够与五弟报仇,那才是交友的义气哪!完了事,大家全死;不死还不是朋友哪!"三爷说:"先报仇。"四爷说:"对了,先报仇后死,你可先别死哪!"三爷说:"俺们一同死。可全都是谁来了?"四爷说:"欧阳哥哥、智贤弟、丁二爷全到了。"三爷问:"都在哪里等着呢?"蒋爷说:"在幽皇城外船上等着呢。你看到了。"

蒋爷说:"众位,我们到了。欧阳哥哥招着点。"北侠在外早就看见了,说:"列位瞧着四弟撑着小船来了。不知是哪里的船,会到他手里了?"智爷说:"他那诡计多端,什么招儿全有。"大家笑了。丁二爷问:"欧阳哥哥,你老人家看看,四哥救出几个人来?"北侠说:"船上就是徐三弟一人,并没有展老弟。"丁二爷哈哈哈哈一阵狂笑,说:"我早已算着了,必是如此。"智爷一听说:"不得,二爷要挑眼。"蒋四爷在里面嚷道:"接迎着点,我三哥出去了。"徐三爷往外一蹿,嗖的一声,三爷出来,双手扶船脚冲天,仿佛是拿了一个大顶似的。把腰儿一躬,手沾船板,立起身来,对众人讲话:"有劳众位前来救我!"大家说："岂敢！你多有受惊。"蒋爷说："众位别说话，我出去了。"大家一闪，蒋爷也就蹿出来了。挺身站起，过来将要与大众说话，不想被丁二爷揪住问道："四哥，你把三哥救出来了，我们舍亲怎样？"蒋爷说："休要提起，误打误撞，碰上我三哥。我真不知道竹林坞在什么地方。"二爷冷笑道："那是你不愿知道展护卫的下落。你不想想，三哥是你什么人哪？谁教我和姓展的是亲戚呢！我少知水性，只可破着我这条命，若不把展护卫救将出来，总死在水寨，尽其意愿。"说罢就要往方洞里头一蹿。北侠用手抱住说："二弟，那可不行，你进去如何行得了？慢慢商议商议。"蒋爷说："二弟，你还是这个脾气。我进去险些没叫人家拿鱼叉把我叉了，可巧有个小船请我三哥去，我跟着小船混过大关，差点没有叫人拿捞网子把我捞了。涉了这些险，才把我三哥救出。二弟你可别恼，你那个水性，进去多少死多少。我就怕你挑眼，先把话说明，没偏没向。你容我救出一个，再救那个。我还能说不管吗？"北侠说："对了，我可不是替四弟说话。人家有言在先，能救一个救一个，能救两个岂不更好呢？他绝不是有私的人。"智爷说："二弟放心，我同欧阳兄明天由旱寨进去救出，你还不放心吗？"徐庆说："展大弟没出来呀，他比我人缘甚厚，准死不了。他若死了，我不抹脖子我是狗娘养的。"说得二爷这才不进去了。路彬说："天不早了，快走吧。咱们船小，不会水的人多，要教人家大船追下来，可是全船的性命。"北侠说："有理，快开船！"那船走不到一里，后面锣声震耳，一只麻阳大战船，数十只小巡船赶下来了。

若问大众的结果如何，且听下回分解。

第二十回　蒋爷一人镌船底　北侠大众盗骨坛

且说蒋爷救了徐庆。路、鲁催着开船，行不到一里之遥，后面锣声乱响，乃是蒋爷救徐庆，把小船上人踢下水去，惟有使船的没一个不会水的，虽然三个喽兵坠下水，全都扑奔水寨大关去了。惟有那个拿令箭的，他叫于保，虽然坠水，就死也不肯把那支令箭撒手。三个人一到大关，将往上一露身，人家大关上人是手疾眼快，拿捞网子一捞，就把三个人捞上去了，说有奸细。于保说："是我们自己人。"大家一看，有相熟的问道："是怎么咧？"于保就把前言说了一遍，把身上水往下拧了一拧，就带着他们见二位水军都督，一个叫水底藏身侯建，一个是无鳞鳌蒋熊。于保见二位都督，把前言细说了一遍。侯建传令，命喽兵驾小船四下哨探逃人往哪边去了？不多时，报由正西竹城挖了一个方孔出寨去了。二都督蒋熊说："小弟追赶，传令集队。"蒋熊脱长大衣襟，利落紧衬，提刀飞身出水寨门，跳上船去，嚷喝催军。呛啷啷锣声振振，哗啷啷、哗啷啷拉起水寨门。一只大船，后面十几只小船一齐追来。

麻阳战船走动，似箭如飞。你道如何恁般快法？此船前有两把大橹，就得八个人摇；共十六把桨，一面八把，故此走起来甚快。

小船正走一里之遥，路、鲁二人惊魂失色说："四老爷，可了不得了。后面麻阳船出来，片刻就要赶上咱们这小船。二船一碰，咱们这只船就是一河的碎板子。"北侠、智化、徐庆说："快靠船吧，别叫我们都喂鱼。"路彬说："不能靠，离岸甚远。"蒋爷说："别慌，不怕，有我呢！慢说这么几只船，再多也不怕。"原来他预先就防备下了。带着两分锄头、钻子，趁着没脱水衣，叫路爷摇船，慢慢走着不用忙，待我打发他们回去。哧的一声，蹿入水中去了。

不多时，再看后面船上，火灭灯消。原来是四爷下去，踹了几脚水，上身露出，看见船头立定一人：青缎短衣巾，六瓣壮帽，薄底靴子，面如瓦灰,手持一口鬼头刀,嚷喝催军。蒋爷暗笑,又往水中一沉。无鳞鳌正催水军,忽听见咚咚咚三声,再听突突突突的乱响。蒋熊说:“不好,是漏子漏了。堵漏子!”个个船上都听见咚咚咚三声,再听突突突突的水响,煞时间全乱成一处。慢说前进,就是一味的净沉。四爷在水内,与他们各船上每只船三钻子。那些船只不能前进,蒋爷就放了心了。复反又由水底下踹水而回,赶上了自己的船只,呼隆往上一冒,把北侠等吓了一跳。蒋爷一扶船帮上来,大众问:“怎么打发他们回去?”蒋爷说:“就是这个玩艺,叫路爷预备了两分。他们来的船少,若是再多点,这两分也就够用的了。”北侠说:“你真可以称得起有万夫不当之勇。”蒋爷说:“勇在哪里?”北侠说:“一万人坐着船,你把船放漏了,谁能挡你?”蒋爷说:“哥哥,你冤苦了我了。”大众笑了一阵,惟有丁二爷总是不乐。蒋爷把水衣等脱将下来,穿好白昼的服色。

天已快亮,至青石崖下船。鲁英将船上的缆挂好。大众回晨起望,仍是路彬带路。拐山弯,扶山角,走山路,绕松棵,道不平,曲曲折折。只见徐老爷用手一指说:“众位,到了五弟坟了。哎哟!五弟呀,五弟!”三爷就哭起来了。哭的还是很恸。大家也觉伤心。智爷说:“既然如此,咱们都与五弟相好,何不大家到坟上哭他一场?若要四顾无人,没有喽兵看着,咱们就把他的尸骨盗将回去,日后五弟妹也好与他并骨,后辈儿孙也好与他烧钱化纸。”大家点头说:“原当如此。”

仍是路彬在前,行至蟠龙岭上。北侠说:“别往前去,你看那埋伏。”徐庆说:“我们就打这掉下去了。脑眼还在里头。”智爷说:“这儿没有埋伏呢!”丁二爷说:“明明这摆着呢,怎么说没有埋伏呢?”智爷一笑说:“明煌煌露着这一段山沟,钟太保总是个好人。他若不是好人哪,就把这段山沟从新再拿席子盖上,撒上黄土,先拿了两个,再等拿别人。这儿他露着山沟,就无意拿人,这不是明摆的理儿,何必多虑!!”众人佩服智爷那个心眼真快,故此大家往前绕着那段山沟,奔坟而去。

大家见坟,不由得一阵心酸,俱各放声哭起来了。连路彬、鲁英都远远跪在那里磕了几个头。大家数数落落地哭了一回,先是智爷止泪,劝了这个,再劝那个:人死不能复生,与他报仇倒是正事。北侠与丁二爷也就收泪。

忽听见土山子后有哭泣之声,细声细气,哭的是:"五弟呀! 五弟。"智爷一拉蒋四爷说:"别哭了,四弟,你听土山子后细声细气哭的,是五弟呀! 五弟。别是大人来了吧!"蒋爷止泪细听,可不是,蒋爷说:"我去看去。"

奔到土山子,一跃身蹿过土山去。果见一人扶定土山子,放声大哭,看不出是谁来,头上戴着一顶草轮巾,身穿着蓝布短袄,蓝布裤,花绷腿,蓝布靸鞋,看不见脸面,着草轮巾遮盖住了。旁边立着一根扁担,裹着一条口袋,拿绳子捆着一把药锄儿。蒋爷纳闷,怎么他也哭五弟呢? 过来将草轮巾揪住,往上一掀。(你道这草轮巾是什么帽子? 就是樵夫戴的草帽圈。)蒋爷将草帽圈揭下来一看,此人面似银盆,两道浓眉,一双阔目,皂白分明,黑若点漆,白如粉锭,准头丰隆,四方海口,大耳垂轮,相貌堂堂,仪表非俗。蒋爷说:"原来是你!"此人乃是凤阳府五柳沟的人氏,姓柳名青,外号人称为白面判官。先本是绿林出身,自己一看绿林中没有庆八十的,自己弃了绿林,在凤阳府柴行中打点了一个经纪头儿。以恕自己前罪,到处里挥金似土,仗义疏财。许多人尊敬他,都称他为柳员外。

此人与白玉堂至厚,后来与五老爷结拜弟兄。这晨起望有他一个表兄,叫蔡和,也是打柴为生。皆因柳员外前来望看他的表兄来了,吃完晚饭,蔡和问他说:"你吃的东西行化了无有?"柳爷说:"行化多时了。"蔡爷说:"告诉你一件事,你可别哭。"柳爷说:"我不哭。"蔡和道:"你死了一个朋友。"柳爷问:"是谁?"蔡爷说:"万想不到!"柳爷问:"到底是谁?"蔡和道:"是你结拜弟白五老爷死了。"柳爷一听忙问道:"可是当真?"蔡爷说:"这事焉能有假?"就把五老爷如何死的细述了一遍。话还没完,柳爷早死过去了,叫转还阳,柳爷又哭。蔡爷说:"不必这里哭。我告诉你,上坟上哭去得不得?"柳爷哭问坟在哪里? 蔡爷指告明白。

次日五更后,与柳爷换了一身衣服,樵夫的打扮。又说道:"你若要叫君山上人拿去，不可害怕，提与我有亲，他必来打听，我去能把你救出来。”柳爷与表兄要了一根扁担，一条口袋，一把药锄儿，用绳子捆好，打算得便，将尸骨盗回五柳沟去。准备好了，就叫那些拜兄弟背篙赶船。

出蔡和家中，来到五接松，蟠龙岭，至坟地后身。见坟前有个窟窿，不敢由前而入，怕有埋伏，就在土山子后头。一见这个大坟，就摔倒在地。时刻甚大，冷风一吹，这才悠悠地气转。耳轮中听见有人哭喊的声音，站起身来，把着土山子一看，原来他们大众把自己的眼泪招出来了，放声大哭。自觉草轮巾被蒋爷揪下去，这才见是翻江鼠，说道：“病夫呀，病夫！那却不是你把五弟的性命要了？”蒋爷说：“老柳，你不对，怎么是我把五弟的命要了？”柳青说：“你若不在陷空岛将他拿住，他若不出来作官，焉有今日之祸？”蒋爷说：“我叫他出来作官，为的显亲扬名，光前裕后，荫子封妻，争一个紫袍金带，你怎么说我把他害了？你还不知道他那个脾气：眼空四海，目中无人，犯傲无知，酸骄美大自足。若不是他那性分，如何死的了？来吧，老柳，我给你引见几个朋友。”说罢，拿着他的草帽圈，拿着他的扁担，与大众见礼。蒋爷说：“这是凤阳府五柳沟人氏，姓柳名青，人称白面判官，与老五把兄弟。这位辽东人氏，复姓欧阳，单名一个春字，人称北侠，号为紫髯伯。这位黄州府黄安县人氏，姓智单名一个化字，人称黑妖狐。这位茉花村……”丁二爷说：“不必引见，柳爷我们认识。”蒋爷又说：“这二位是晨起望人，一位姓路名彬，一位姓鲁名英，打柴为生。那个哭的不用与你们引见了，你必认识。”柳爷说：“不用引见，我们认识。”

智爷对蒋爷说：“四哥，这个不是个绿林底吗？”蒋爷说：“谁说不是！”智爷说：“听说他有鸡鸣五鼓返魂香，我想咱们何不把他请将出来，拔刀相助。”蒋爷说：“可以，那有何难！交给我咧。”蒋爷说：“老柳，老五是死了，咱们都是连盟把兄弟，你还用我给你下帖子去吗？咱们大家商量与老五报仇，大概你也不能不愿意吧！”柳青说：“住了，病夫，实对你说了吧：若有老五在，百依百随；五弟不在，天下别无朋友了。”丁二爷天生的好挑眼，专有小性儿。他一听这句话，说：

“列位听了没有？他说除了老五，天下没有朋友了。你我都不是朋友了。”北侠说：“不是。老四给引见过，他想不出来费事。”智爷说：“有我呢，我有主意。”叫道：“三哥，还哭哪！”三爷说：“我不哭了。”智爷说：“有人骂你哪，说你不是朋友。”三爷问：“谁骂哪？”智爷说：“就是他。”三爷说：“柳青，好贼根子。”劈胸一把抓住，扬拳就打。

若问两人怎样打法，且听下回分解。

第二十一回　徐庆独自挡山寇　智化二友假投降

且说徐庆听了一气，抓住就打。蒋爷、智爷把徐三爷劝开。智爷说道："三哥何必生这门大气呢？谁是朋友，谁不是朋友，还用人说，我准知道。欧阳哥哥，辽东守备辞官不作了；丁二爷，外任官的少爷；徐三爷，上辈开铁铺，又道是一品官、二品客，本人有官，根底是好的；四哥，上辈是飘洋的客人，本人有官底子，更是好的了；路、鲁二位，没有多大交情，也说不着；我父信阳州的刺史，人所共知。这些人谁是朋友，谁不是朋友？横竖不能上也是贼，下也是贼。上有贼父、贼母，下有贼子、贼孙，中有贼妻，一窝子尽贼，这还论朋友？这样人同咱们呼兄论弟，怎门配哪？"柳青一听黑狐狸精真坏，骂的柳爷又不好急。大众尽笑。蒋爷说："老柳，你了的了那位，你说吧！依我说，你应了吧！"

柳爷应了是个跟头，不应又走不了，实在无法，说："病夫，你叫我出来不难，除非应我三件事。"蒋爷说："哪三件事？可应就应，你说吧！"

柳爷本无打算哪三件事，蒋爷苦苦的逼着他说，当时想不起说什么好，顺口说："要我出来，我冲着众位，我可不见大人，是个私情儿行了。"蒋爷说："使得。第二件？"柳爷想："这件不要紧。"四爷又催："你说呀，说呀！"柳爷本是正直的人，花言巧语一概不会。只得说："我帮着使得，我可不作官。"四爷说："行了。第三件？"柳爷一想更不要紧了。四爷知道柳爷没准主意，紧催他说："三件，三件，说呀，我好点头。"急的柳爷抓脑袋，忽然想起一件难人的事来了，说："病夫，这三件怕你不能应了。"四爷说："你说呀！"柳爷说："我头上有个别发簪子，你若能打我头上盗下来，我就出去；如若不能，你可另请高明。"大众一听，就知是存心难人。四爷说："那有何难！你是不知我受过异人的传授，慢说盗簪，就是呼风唤雨，也不为难。你把簪子拔下来我看看就行了。”柳爷听了好笑说：“病夫，不要冤我。”四爷说：“不行，你别出来，准拿手在你那里哪！”柳爷拔下簪子来，交与四爷一看，是个水磨竹子的，弯弯的样式，头儿上一面有个燕蝙蝠儿，一面有元寿字，光溜溜的好看。四爷看了半天，说道：“我要盗下来，你不出去当怎样？”柳爷说：“盗下来我不出去，是个妇人。”四爷说：“我若盗不下来，请你出去，我就脸上搽粉。”柳爷说：“咱们一言为定。”蒋爷说：“咱们两个人击掌，各无反悔。”两个人真就击了掌。蒋爷说：“咱们到底说下个时候。”柳爷说：“限你三昼夜的工夫，行不行？”蒋爷说：“多了。”柳爷说：“两昼夜。”蒋爷说：“多了。”“那么一天一夜。”“多了！”“一夜？”“多了。”“半夜？”“多了。”柳爷说：“你说吧！”蒋爷说：“老柳，我给你一个便宜，要盗下簪子来，不算本领，给你再还上。”柳爷更不信了，说：“到底是多大工夫？”蒋爷说：“连盗带还一个时辰，多不多？”柳爷说：“不多。”蒋爷道：“你我说话这么半天，有一个时辰没有？”柳爷说：“没有。”蒋爷把手中簪子往上一举说：“你看，这不是盗下来了吗？”柳爷说：“呸！别不害羞了。”蒋爷将簪子交与柳青，说：“咱二人在你家里见，家中去盗去，这也不是盗簪的所在。”柳爷说：“方才我说你来着，险些没叫别人挑了眼。我天胆也不敢说别位。”蒋爷说：“便宜你不是？四哥此山只要下得去。”智爷说：“叫这位等等走，这位有条口袋，一个药锄。咱们借过来，把坟刨开，把老五的骨殖起出来，日后也好埋葬。不然叫别人起了去，搁在他们家里，当他们的祖先供着，咱们就该背着篙竿赶船了。”柳青恶狠狠瞪了他一眼，无奈将药锄、口袋交与蒋爷，说：“我可就要走了。”蒋爷说：“你请吧，咱们家里见。”柳爷一肚子的暗气，戴了草轮巾，扛了扁担，下蟠龙岭去了。

大众将坟刨开，将古瓷坛请出来，装在口袋，拿绳子捆上。三爷说：“我抱着它。老五在生的时候，我们两人对近。我抱着它，我们两个人亲近亲近。”丁二爷说：“三哥，你也不晓得起灵的规矩。”三爷说：“什么规矩？”丁二爷说：“你得叫着他点。你不叫他，纵然把骨殖起去，他魂灵仍在此处。”果然三爷就叫喊起来了，说：“老五，老五，跟着我走！五兄弟，跟着我走！五弟呀，你可跟着我走！”正叫着五弟光景，就听见后面有人说道："三哥，小弟玉堂来也。"徐三爷连大众吓了一跳，人人扭项，个个回头。众人以为是白玉堂显圣，焉知晓是丁二爷取笑。智爷说："二弟，哪有这么闹着玩的！"丁二爷说："我听着三哥叫的这么亲近，老没有人答言。"徐三爷说："你这一声真吓着了我了。"路彬、鲁英说："千万可别说话了。天已大亮，还不快走呢！"

下蟠龙岭就听见呛啷啷一阵锣响，原来是巡山大都督亚都鬼闻华，带领着喽兵赶下来了。皆因水寨损坏了船只，幸而好，一个人也没死，立时飞报巡捕。一面是神刀手黄受、花刀杨泰、铁刀大都督贺昆飞报大寨主；一面是闻华带领着喽兵，追赶下来。手提三股叉，竟奔小山口而来。锣声阵阵，喊声大作。出小山口，就把大众追上了。

智爷一瞧，黑压压一片往前追赶，口中嚷："拿奸细呀！拿奸细！"智爷对三爷说："我们几个人露不得面，你把坛子交给我，你上去把他们打发回去。"三爷说："我是打君山跑的人，人家见了面骂我几句，可怎么好？"智爷说："你就跟他犯浑，可别杀人。"三爷说："这些人里边必有寨主，这些个喽兵，你不叫我杀人，怎么打发他们回去？"智爷说："我自有道理。"回头叫："欧阳哥哥，把你老人家那把刀借给三哥用。"三爷一听就欢喜了。有了这七宝刀，自然就容易了。北侠将刀交与穿山鼠。

这些喽兵看看临近，三爷就撞上来了，大喝了一声："小子们，哪去？"喽兵禀报大都督：前面有人当路。亚都鬼吩咐列开旗门。喽兵列开一字长蛇阵。闻华提叉向前说道："前面什么人？"徐爷说："是你三老爷！"闻华说："原来是徐三老爷。我家寨主派我追赶于你，请你回山。"徐庆说："放你娘的屁！"把手中刀亮将出来，往前一纵。闻华知道这人不通情理，对准了三爷颈嗓咽喉就是一叉。徐三爷把身子往旁边一闪，用七宝刀往上一迎，"呛啷"一声，当啷啷就把个叉头砍落在地下。闻华这可好了，剩了个叉杆，扛起来就跑。徐三爷一阵撒风，就听见"吡嚓""咯嚓"一阵乱响，"叮叮当当"又是一阵乱响。是何缘故？"吡嚓""咯嚓"是把人家兵刃削折了的声音；"叮叮当当"是那半截折兵器坠落在地下的声音。喽兵四散，三爷也并不追赶,拿着刀交与北侠,自己带起大众同回晨起望路上去了。三爷夸奖这七宝刀的好处。

来到路、鲁的家中,日色将红,将古瓷坛放于桌案之上,大家又拜了一回。路彬预备早饭。

饭毕,蒋爷说:“昨天把我三哥救得出来,我今天晚间务必再把展护卫救出来。也不用去多少人,有两个人就行了。”智爷说:“且慢!你要今天晚间再去,大大的不妥。按兵书上说:‘得意不可再往。’”蒋爷说:“今天我不去救展大弟,那可就透出有偏有向来了。我今晚夜入君山,纵然死在那里,清心涂胆,甘心情愿。”智爷说:“不行。大丈夫纵然不怕死,也不可尽愚忠愚义。四哥,你请想,那飞叉太保钟雄,文中过进士,武中过探花,文武全才。文的不必说。论武,书读《孙武》十三篇,广览武侯《兵书》,善讲攻杀战守,称得起运筹帷幄之中,决胜千里之外。有鬼神莫测之机,济世安民之策,强不能比成汤的伊尹,渭水的子牙,我耳闻着很够看的。他昨日伤了船只,今日又杀败了个亚都鬼。他今夜晚间,焉有不严禁之理?你若前去,岂不是要受险?”蒋爷说:“咱们那里头有个人,难道说还能不救他去么?”智爷道:“救是救,咱们总得想个法子。”蒋爷说:“我先领教领教什么法子?”智爷说:“我在五接松、蟠龙岭就想出招儿来了。常言一人不过二人智,我说出来,你得删改删改。”蒋爷说:“你说吧,那点不好,咱们大家议论议论。”智爷就把会同着北侠诈降君山的事细述一遍。

毕竟不知是怎样降法,且听下回分解。

第二十二回　晨起望群雄设计　洞庭湖二友观山

诗曰：

善处家庭善自全，从来惟有舜为然。

屡遭夺变终无祸，半赖宫中女圣贤。

古来处家庭之变者，莫如舜，善处家庭之变者，亦莫如舜。舜有个异母兄弟，叫象，脾气骄傲无比，屡次要害舜。舜却终无祸患，并且使父子、兄弟终归和睦。舜固是生来的孝友，也是半赖内助之贤，仗着二妃常常指告，才得以实现。

话说昔唐尧在位之时，天下大治。因见其子丹朱为人不肖，不可君临天下，以治万民。因命臣子四处访求贤人，以传大位。访求多时，四岳乃奏道："臣等细细访求，今得一人，其名曰舜，颇有圣德，可以佐理天下。"尧问道："舜乃何人？汝等何以见他有德？"四岳回答："凡人能治国者，必先能齐家。这舜乃历山农夫，常耕于野。他的父亲叫作瞽叟，为人最是愚顽；他的母亲又最嚣蠢；他的兄弟叫作象，又最傲慢，一家人皆不知道理。因见舜仁以存心，义以行事，且举动必以礼，言语必以正，故父母皆不喜欢他，惟溺爱于象，家中凡有勤劳之事，皆叫他去，象则听其嬉游。这舜毫不动心，事父母则惟知尽孝，待兄弟则惟知友爱，任父母百般折磨，他只逆来顺受。所以臣等见他有德。"

尧听了，肃然起敬道："舜能如此，诚为难得。但不知可有妻子没有？"四岳对道："因父母不爱，尚是有鳏在下。"尧喜道："如此却好。吾想，人谁不孝，每每孝衰于妻子。他既无妻，朕有二女，朕甚爱之，要她们出类拔萃，作个娥中之皇，女中之英，故长女取名娥皇，次女取名女英。二人德性颇贤，朕不配与凡流。今舜既孝悌如此，朕就将二女同嫁于他，一来使二女得嫁贤人，有所仰望终身；二来就可试他待父母何如？又可看他有了二女，又待父母如何？便可知他的才德了。”四岳道：“圣帝之言，最为有理。”尧说：“既是有理，就可举行。”四岳领命，就使人到历山与舜说知此事。

瞽叟听了，大惊道：“畎亩匹夫怎敢娶天子宫壶中的淑女？”就叫舜去辞。舜因说道：“天子之命，犹天也；钦承犹惧不恭，谁人敢辞？况娶妻乃嗣续大事，天子之女不娶，更娶何人？”瞽叟道：“若不辞，娶了家来，她依着天子贵女，将公婆也要管着，却将奈何？”舜道：“圣王淑女，既肯下嫁，焉能骄傲？既知夫妇之礼，必无上凌之事。”遂承命不辞。

四岳报尧帝，尧帝大喜，遂与娥皇、女英说知。到临行又再三嘱咐道：“钦哉必敬必戒！”二女领命，遂由河直下降到沩汭，与大舜为配。二女果贤，自归舜之后，上事公姑克尽妇道，全无一毫骄贵之气。夫妻之间，情意和谐，甚是相得。舜虽仍旧耕田，到了此时，贵为天子之婿，却家有仓廪，野有牛羊，室悬琴瑟，壁依干戈，朝夕间幽闲静好。

象看在眼里，便心怀妒忌。因与父母商量要谋害舜，道：“若能害了兄舜，我只要他的干戈、琴瑟，并叫二娘收拾床铺足矣。其余仓廪、牛羊，尽归父母。”瞽叟道：“若要害他，他又孝顺，怎好明明杀也，只好唤他来饮酒，将他灌醉，便好动手。”象喜，因治下醇酒，传父母之命，叫舜来饮。舜闻命，知其蓄意不善，因告二女。二女道：“父母命饮，安敢不往？妾有药一丸，秘含于口，虽饮千杯，不致沉醉。”舜受药而往。父母命饮，舜饮一朝。父母问醉乎？舜曰不醉。又饮一昼，父母问醉乎？舜曰不醉。又饮一夕，父母问醉乎？舜曰不醉。父母以为奇，因放之还。

复与象算计道：“酒不能醉，后面廪屋最高，上多缺漏，明日叫他上去涂盖，汝在下面撤阶梯，举火焚烧，彼自不能逃死。”象又大喜，又传父母之命，叫他去完廪。舜闻命，知其来意不善，又告二女。二女道：“父母命完廪，安敢不往？”因取一斗笠叫舜戴在头上，以为遮日之具，舜因戴笠而往。升到廪屋顶上，方涂盖将完，忽下面火发，将廪屋烧着。舜急欲下来，而升廪之阶梯已为象移去。正无可奈何，忽闻二女在廪下作歌道：“鸟之飞兮，翼之力。人而不飞，为无羽翼。为无羽翼，何殊乎斗笠。”大舜听见，忽然有悟。因除下斗笠，平抱在怀中,纵身往下一跳。原来斗笠张开,鼓满了风气,便将身子都带住了,竟悠悠扬扬落在地下,毫无损伤。

象看见甚是不悦,忙报知父母道:“舜已将焚,却被二嫂在下面作歌,叫他除下斗笠做翅飞下,故未烧死。”瞽叟听了大怒,因又寻思道:“廪上可以飞下。前面老井最深,明日用绳系他下去淘井。待他下去,你可将绳取出,任二女有计智也救他不出。”象听了大喜,又传父母之命,叫他去淘井。舜闻命,知其来意不善,又告知二女。二女道:“父母命淘井,安敢不往?”因取一柄短锤,并数十长钉,叫他藏在腰间,以为浚井之用。舜因藏钉而往。到了井边,用绳系了下去。刚系下去,象就收了绳子去报父母矣。二女在上面看见,因抚井作歌道:“滑滑深深,虽曰无路;寸铁分层,便可容步。入穴升天,神就之度。”大舜在井中听了,又忽有悟。因腰间取出钉锤,下钉一个立脚,上钉一个攀手,一步步钉了上来。二女接着,忙忙逃了回宫。象收了绳子去报父母道:“今日功成矣!”瞽叟道:“舜虽在井,却未曾死。”象道:“这个不难。”因复到井边,用土将井口填满。

象大喜,遂走入舜宫,要来占他的宫中所有。及走进舜宫,忽看见舜,坐拥着娥皇女英二妃,在那里鼓琴作乐。他吃了一惊,又甚觉无趣,心中十分忸怩,便脚下趑趑趄趄,进不是,退不是。大舜看见,忙欢欢喜喜迎他坐下,道:“贤弟何来?”象此时没法,只得说道:“因郁陶思君尔!”舜听见说个“思君”,便大喜不胜道:“感吾弟友爱之情,直至如此。”因命二妃出酒食款之,尽欢方送他别去。象归,报知父母,以为舜有神助,便再不敢设谋陷害于他。

尧见舜有许多圣德事迹,又见二女相安,心下大喜,遂与四岳商量,竟将天子之位,让他坐了。

舜知尧帝倦勤是实意,遂受之不辞。既为天子,因立娥皇为后,女英为妃,封象于有痹,尽孝以事瞽叟。舜见天下已为唐尧治得雍熙于变,十分太平,不敢更作聪明,每日只恭己无为,完了朝政,就在宫中披袗衣鼓琴以为乐。二女裸侍于旁,十分恭敬和悦,深得舜心。舜凡有所行,皆谋于二女。二女聪明贞仁,所言所行,皆合礼道,并无偏私妒刻。后舜巡方死于苍梧,二妃不能从,望而痛哭,亦死于湘江之间，世因号为湘君。古今颂贤后妃，尽以二妃为首。闲言少叙，书归正传。

且说智化与蒋爷议论救展南侠之事，水路不能进去，怕人家多有防备；由旱路进去。一者为救展南侠，二则君山是大宋一个大患。智爷的主意是，先把君山破了以后，再定襄阳。就将这个主意与蒋爷一商议，蒋爷说："这个主意固然是好，怎么进去法？"智爷用手一指北侠说："我同他，我们两个人诈降，只要哄信钟太保，岂不就把展老爷救出来了？"蒋爷摇着头说："不容易呀，不容易！"智爷说："易固然是不易，除了这个主意，别无方法。凭着我这一张嘴，凭着欧阳哥哥这一口刀，倘若被人识破机关，打里往外一杀，让丁二弟往里一杀，凭着咱们的宝刀和宝剑，纵然万马千军也拦挡不住。此计如何？"蒋爷说："我们都外头听信，倘有凶信，我们大众一齐都杀将进去。"智爷说："不用。你同三哥将古瓷坛送往上院衙去，你然后上五柳沟，总得要将柳青请来才好呢！"蒋爷说："据我看来，有他也不多，没他也不少。"智爷说："倒不用他人，用他鸡鸣五鼓返魂香要紧。"蒋爷说："不难。这件事全在我的身上。横竖准有这个人就是了。"智爷又对北侠说："欧阳哥哥，方才这些话你可听见没有？"北侠道："我俱已听见了。"智爷说："你老人家可愿意？"北侠说："为朋友万死不辞，焉有不愿意的！"智爷道："既然这样，咱们就一言为定，吉凶祸福，凭命由天。"说毕，蒋四爷同徐三爷送古瓷坛往上院衙去了。

到了上院衙，也不用官人回禀，二人自己进去。见了卢大爷与韩二爷，连忙的将口袋放下，两个人与大爷、二爷行礼。大爷问被捉的情形，三爷就将怎么被捉怎么出来的话细说了一遍。大爷一闻此言，原来展南侠还在寨内幽囚着呢！说道："可别不管人家呀！"蒋爷说："主意已经定好了。老五的骨殖现在这里。"卢爷、二义士放声大哭。公孙先生出来打听，也就哭了一番，有蒋四爷劝解。然后将骨殖坛请到里面，面见大人。大人一见，恸倒在地，哭的死去活来，连主管也哭了个不了。大众好容易才将大人劝住。大人吩咐将古瓷坛放在大人的卧寝，每遇大人早晚饮茶、吃酒、用饭，必要在古瓷坛前边供献供献；并且早晚间还要烧钱化纸。若论朋友之交，也就是了；就是亲胞兄弟,怕还不能如此。大人见了古瓷坛之后,与先生商议,五老爷虽死,王爷尚未拿获,这个折本先不必入都。先生说,正当如此。蒋爷又把定君山救南侠的事,回禀了大人一回。大人说:“但凭你们诸位办理就是了。”

蒋爷告辞出来,见了三位哥哥说:“我上五柳沟去了,早晚之时,你们可要多加小心才好。”卢爷说:“上院衙的事你不用管,自有我们几个人料理。你们要有用人之处,我们再往那里拨人。”蒋爷说:“你们在此,我走了。”蒋爷出上院衙,奔五柳沟,暂且不表。

且说晨起望众人,惟有智化踌躇了两日,这才把这一个诈降的主意拿好。就将路彬请将过来,问道:“咱们这里可以找一只小船?撑船的可要面生之人,又得咱们自己人才行。不然,不好说私话。”路彬说:“有,我有个亲戚,离此四十里,终日在渡口撑船。此人姓王,名叫王顺。他要到了这里,并没人认得。若把他找来,有什么私话皆都可说。”智爷说:“既有此人,就烦路大爷将他请来。”路彬点头。立刻就叫鲁英请王大哥去。鲁爷点头,就此起身。

到了次日早晨方到,路彬带了那人与大家见礼。智爷一看王顺,三十多岁,穿了一身蓝布衣服,白袜青鞋,黑黄脸面,细条身材,很透着机灵。

智爷一看准行。说:“王大爷,我教你几句话,你可说得上来?”王顺说:“你老人家可别称呼我大爷大爷的呀,我叫王顺。你要教的我什么言语,我全行,还不用你费事,教什么会什么,可就是不能生发。”智爷说:“那就行了。”就把设计诈降君山,怎么救展老爷的话说了一遍,又说:“你明天撑着船送我们去,我们要是上了山,倘有喽兵下来问你怎么雇的船,你可把我这话记住了。你就说:‘我们雇了一年的船。’若问你上哪去,你告诉‘没准’。”王顺说:“世间那有那样事情,撒谎可要圆全,小人我可是多说。”智爷笑道:“你别管。他若问你的时节,你再说。”王顺说:“他要问我雇这一年的船可上哪里去,我怎么回答?”智爷说:“他若问你这一年哪,你就说,他们雇这一年的船,为的是游山望景,那里有好山水就往那里去。若见名山胜境,也许住一年半载,也许住个月起程;若见山水不好,转头就走,连舟也不停。净在两湖两广，山陕浙闽，普天盖下的地方，只要那里有山水就去。一年是四百两银子，酒钱在外。给了二百两，下欠二百两。若是把二百两给你，把我们的东西搬下去，你撑船就走，没有你的事了。”王顺连连答应说：“是了，是了！”

路彬过来问道：“智大爷，还要什么东西？”智爷说：“还得和你借几份铺盖被褥。”北侠说：“跑到船上睡觉去么？”智爷说：“想咱们花四百两银子雇一年的船，连份铺盖没有，这可称的起是个穷乐。”北侠说：“没有你想不到的事！”智爷说：“咱们哥俩也得商量明白了才好呢！这一进君山，可是见机而作，随机而变，指东而说西，指南而说北，一句真话没有。”北侠说：“罢了，我是一辈子不会撒谎。”智爷说：“无妨！看着我眼色行事。设若我指着正东，我说这不是正西么？你就说正是西方庚辛金。我指着正南说是北，你就说不错，正是北方壬癸水。你横竖捧着我说就行了。”北侠说：“我若接不住，那可怎么好？”智爷说：“无妨！我看得出来。你若接不住，我就接着说下去。”北侠说：“我是准不行。若要叫人看出破绽来，可别怨我。”智爷说：“我也不准行。看展爷的造化，看国家洪福就是了。”

等到次日，吃了早饭，将行李搬在船上。二位穿了衣服，丁二爷说：“二位哥哥多辛苦了！我听信，若有不便，我急去。”路爷道：“有我哪！我在外面听信，若闻凶信，必然回来报信。”

智爷与北侠出门，有路爷带道。行至地名叫马保峰，路爷一指正北说：“我可不往那边去了，遇见熟人不便。”智爷说：“你往那里去？”路爷道：“我在飞云关底下，地名叫蚰蜒小路听信去了。”说毕便走。

智爷来到沿河一看，船只不少。有人嚷道：“在这里，那二位！”智爷二人由跳板上船，跳板拉在船上，开了船。二人舱中一看，外面水天一色，这就看见了君山。只见山上树木森森，满山的花朵，并且山上还有庙宇，远远传来钟声。好一座名山胜镜！怎见得，有赞为证：有二人，用目观。瞧山景，真好看。还有一个古庙，却在上边。山水为画，画里深山。未免得引动了二位英雄往四下观。山连水，水连山；山水出，瀑布泉，水影之中照出了一座君山。水秀丽，把山缠；水与山连，山与水连。山中寺，寺依山；山在寺前，寺在山弯，山寺的钟声到耳边。高僧隐在山洞边。寺内的僧人望景观山,又在水畔,又在山寺前。山花开放,花儿满山。山里花香,花映山崖。花发山岭,山岭花鲜。山花清妙,花长深山。山花叠放,花又似山。花倚山峰,山峰花遍。赏花人,登山看。山中沽酒,沽酒在山。松在山上,山上松连。松和琴韵,流水高山。山儿叠,松林伛。松如云水,山寺之间。花上松枝,重上高山。山松花寺,共与水连。好一个清幽景物天然妙,真能够令人观瞧的十分爽然。

未知后事如何,且听下回分解。

第二十三回　读招贤榜有人偷看　改豹貔庭自显奇能

且说北侠、智化在船中观看山景，好不巍峨，常言一句说的好：“望山跑死马。”自打上船，就看见君山。行了三十余里路，方到飞云关下。船不能前进。此外地名叫独龙口。王顺说：“有请二位出舱观山。”北侠同着智化出得船舱，站在船头观看君山前面的形势，就见赫巍巍、高耸耸、密森森、叠翠翠的一带高山阻路。上边有大牌楼，横着一块大匾——筛青的地，大赤金的字，上写着“飞云关”三个字。打飞云关底下往里，可就不知套出多远去了。

北侠低声告诉智爷说：“山上有人看着咱们呢！”再瞧智爷，撒起风来了，指手画脚，摇头晃脑，似疯癫一般。北侠说：“智贤弟，这是怎么了？”说：“我这是夸山哪！”北侠说：“你这是怎么夸山呢？设若是到了里头，我这怎么给你捧得住，你这是怎么个意见呢？”智爷说：“我这是夸奖怎么山清水秀！”北侠说：“你不言语，谁知道？”智爷说：“你打算我说给谁听呢？”北侠说：“你不拘冲着谁说，也得说出来呀！”智爷说：“我冲着山贼说呢！”北侠说：“听得见哪？不是白费气力么。”智爷说：“我这指手画脚，特意叫山贼瞧见，使他们纳闷疑心，为的是少时入得君山，好办咱们的大事。”北侠说：“你打哑谜，我如何猜得着你的心事哪，这又该怎么样了？”智爷说：“该下船，进他们的大牌楼看看去吧！”北侠说：“使得。”叫船家搭跳板，二位下船，摇摇摆摆，东瞧西看，直奔飞云关来了。

走到大牌楼底下，智爷指着牌楼高声说道：“欧阳兄，你看，这是飞云关。”北侠说：“正是飞云关。”二人说着往前直走。

过了飞云关，离巡捕寨不远。路南有一木板房，山墙上挂着大木牌，牌上有大字，横头横着三个大字，是“招贤榜”。智爷高声朗朗念道：“管理君山洞庭湖水旱二十四寨招讨大元帅钟，为晓谕天下士：天下各省，隐匿英雄壮士过多。古云：寒门生贵子，白屋出公卿；盐车困良骥，田野埋麒麟；高山藏虎豹，深泽掩蛟龙。余钟雄一介寒儒，得中文武进士之职。皆因奸臣当道，贪婪无厌，悬秤卖官，非亲不取，非财不用。余退归林下，隐于君山，以文武会友，要学当年黄金台之故耳。若有乐毅之能者，余钟雄情愿北面事之。无论士农工商，若有一技一能者，入君山皆有大用。非为反叛朝廷，以待天子招安。急急率宾归降，以争封妻荫子，显耀门廷。为此特示须至榜者。”

智爷念毕招贤榜文，后面还有许多条例，俱按军规、营规的则例，并有十七条禁律，五十四斩。复又高声念道：“特示君山寨主喽兵，谨守毋犯禁令：

其一，闻鼓不进，闻金不止，旗举不起，旗按不伏，此谓悖军。犯者斩之。

其二，呼名不应，点时不到，违期不至，动乖师律，此谓慢军。犯者斩之。

其三，夜传刁斗，怠而不报，更筹违慢，声号不明，此谓懈军。犯者斩之。

其四，多出怨言，怒其主将，不听约束，更调难制，此谓构军。犯者斩之。

其五，扬声笑语，蔑视禁约，驰突军门，此谓轻军。犯者斩之。

其六，所用兵器，弓弩绝弦，箭无羽镞，剑戟不利，旗帜凋敝，此谓欺军，犯者斩之。

其七，谣言诡语，捏造鬼神，假托梦寐，大肆邪说，蛊惑军士，此谓淫军。犯者斩之。

其八，奸舌利齿，妄为是非，挑拨军士，令其不和，此谓谤军。犯者斩之。

其九，所到之地，凌虐其民，如有逼淫妇女，此谓奸军。犯者斩之。

其十，窃人财物，以为己利，夺人首级，以为己功，此谓盗军。犯者斩之。

其十一，军民聚众议事，私进帐下，探听军机，此谓探军。犯者斩之。

其十二，或闻所谋，及闻号令，漏泄于外，使敌人知之，此谓背军，犯者斩之。

其十三，调用之际，结舌不应，低眉俯首，面有难色，此谓恨军。犯者斩之。

其十四，出越行伍，搀前越后，言语喧哗，不遵禁训，此谓乱军。犯者斩之。

其十五，托伤诈病，以避征伐，捏伤假死，因而逃避，此谓诈军。犯者斩之。

其十六，主掌钱粮，给赏之时，阿私所亲，使士卒结怨，此谓弊军。犯者斩之。

其十七，观寇不审，探贼不详，到不言到，多则言少，少则言多，此谓误军。犯者斩之。”

智爷又念毕，不觉哈哈大笑道：“可惜呀，可惜！”叫道：“欧阳兄，可叹这个寨主，把心机用尽，挂这招贤榜，只是有一点不到之处。总是山内缺少能人之过，短一个谋士将他提省。”北侠心内说：他教我捧着他，指东说西，自然是他说话，我就得捧他，问道：“你看他怎么短个谋士，那点不到？”智爷说：“据小弟看来，此榜得用千里马骨的故事。”北侠说：“何为千里马骨的故事？”智爷说：“你不晓得，当初有一家员外，要买千里马。派人出去，四乡八镇，总未买着。有一人在乡村之内，见人剥了一匹死马，此人抱马恸哭。众人不解其意，问什么缘故？此人说：‘这匹马乃是千里马。’给了数两白金，买了一块马骨而回，献于买马之人。买马人言道：‘我要的千里活马，要这马骨何用？’买马骨人说：‘虽花数两白金买了一块马骨，不久千里马必至。’果然日限不久，千里马到了，还不止一匹。缘故是买马骨之时，就说出要买千里马之人姓氏、住处，借众人口里传出某人要买千里马，若有千里马去可获多金；连一块死马骨还肯买去，要有活千里马至，焉有不予重金之理？后来才有千里马到。这招贤榜必须仿这个而行！”北侠说：“这也花十两银子买块马骨？”智爷说：“咳！不是，我说的是个比喻。”

北侠说：“依你怎么样呢？”智爷说：“依我多用些伶牙俐齿的文

人,带上银两,到四乡八镇、村庄店道传扬:这位寨主怎么样的敬贤,怎么样的爱士。常言道:‘英雄生于四野,好汉长在八方。’若是依我这个主意,准能够文人武将望风归顺君山。欧阳兄请想是也不是?”北侠连连点头称善。

焉知晓,二位在此说话,早被喽兵报去巡捕寨四家寨主,说:“报四家寨主得知。山下来了一只船,船上有两个人,奔到咱们飞云关里头,看招贤榜来了。”亚都鬼摆手说:“去吧。三位在此,待小弟出去看看。”来在巡捕寨外,喽兵正要吆喝。亚都鬼将他们拦住,自己偷看着二位。暗道:真是世间罕有的英雄,堂堂的相貌,凛凛的威风。怎见得,有赞为证:

闻华看,二好汉,仔细瞧,真希罕。壮士的样,可是文不浅,天生的气宇轩昂,品貌不凡。那个人,在左边;还有个,右边站。一个是,紫箭袖,可体穿。头上的帽,分六瓣,绢帕拧着一个茨菇叶儿在上边安。皮挺带,系腰间,镶宝石,珍珠嵌,耀眼明,光灿烂。左胁下,宝刀悬,这利刃,世间罕。但要离匣,邪魔外祟,鬼怪精灵,不敢向前。墨色灰。是衬衫。足下靴,是青缎,底儿薄,云根系。真乃是,中道而行,那险路,有不前。生一张,重枣面,五官端正,碧目虬髯。右边的人,更好看。青缎袍,穿一件。丝鸾带,系腰间,鹅黄色,四指宽。夹衬袄,是天蓝。足下靴,虎头尖,能登高,能涉险。蹿房跃脊,如同是平地一般。腰儿细,臂膀宽。足壮壮,精神满。另一番的气象,稳重端然。跨着刀,左胁悬。但离匣,光闪闪。爱管人间抱不平,杀了些恶霸赃官。跨马服,穿一件,天青色,颜色鲜,绣着些花朵,暗隐着爪蝶绵绵。六瓣帽,是青缎。看面目,黄白的脸,二眉长,入鬓边。皂白明,一双眼。方海口,土形端,两耳大,要垂肩。这位爷天然的骨格,相貌非凡。这二人,有天大的胆,杀恶霸,斩权奸,忠者的兴,逆者的剪。爱杀人,更慈善。为救展南侠,舍死忘生才到了君山。

未知后事如何,且听下回分解。

第二十四回　飞云关念榜谈故典　彻水寨吊起独木桥

且说亚都鬼闻华看了北侠、智化的相貌,暗地吃惊:"看这两个人,仪表非俗,并且那个人是文武全才。难测两个人的来历,我向前问问,可就晓得他们的肺腑了。"听见智爷念招贤榜,说千里马骨的故事,暗暗的佩服。等智爷念毕,连忙说:"二位壮士请了,小可有礼。"北侠早就看见他在那边树后偷看,如今过来行礼,北侠也就一躬到地说:"寨主请了!"智爷仍然是倒背着手儿,在那里看招贤榜,嘴里咕咕哝哝不知说了些什么。北侠道:"人家寨主与咱们行礼哪!"智爷这才回头深施一礼说:"我一时的荒疏,未能看见寨主,得罪,得罪!"闻华说:"岂敢!未能领教二位贵姓高名,仙乡何处?"智爷说:"这是我盟兄,他乃辽东人氏,复姓欧阳,单名春字,人称北侠;我乃云南宁国府人氏,姓智单名一个化字,外号人称黑妖狐。"闻华一听,哈哈大笑说:"二位,一位云南宁国府,一位是边北辽东的人,万里相交,还是义兄弟,这可算世间罕有,难得呀,难得!"

北侠心中一想说:"这还诈降哪头!一句话就教人问住了。你就说是原籍黄州府就行了,怎么搬到云南去了。这还没见大寨主哪!要见大寨主,更不定怎么样了吧。

智爷说:"有寨主爷这一问,我哥哥在辽东,我在云南,普天之下也找不出这么远交朋友的来。有个缘故,我哥哥在辽东作官,我是随任。我天伦是辽东的刺史,我因随任,才见着我欧阳哥哥。我们两个人结拜之后,我天伦故在任上,扶灵柩又归原籍。我哥哥不忍兄弟分离了,自己辞了官,跟我回南。是我二人看破功名道路,利锁名缰,倒不如淡泊滋味,长雇了一只小舟,遍游天下名山胜境。闻说此处有座君山,特地前来瞻仰瞻仰。到得此山一看,果然名不虚传。皆因贪看山景多走了,过了飞云关,看见招贤榜,贪看招贤榜的言语,不料被寨主看见,误踏宝山,多有得罪!"闻华说:"这就是了。"北侠心里说:黑狐狸精真会对付。闻华说:“既然二位大驾光降,称得起草寨生辉,请临敝寨待茶。”智爷说:“不敢。我二人又不投山,又不入伙,误踏宝山,就是得罪。焉敢在寨中讨茶!”闻华说:“也不是请二位投山,也不是请二位入伙,请二位吃杯清茶,然后再去不晚。”智爷说:“我们不入伙,可不敢讨寨主的茶吃。”闻华说:“不一定是请二位入伙,才能在寨中;就是不入伙,到寨中吃杯茶,也没什么妨碍。常言道:‘同船过渡,皆是有缘。’二位到寨中吃杯茶,然后再走,日后见面,倒有个茶水之交。”北侠说:“智贤弟,这位寨主苦苦相让,不如咱就到寨中讨杯茶吃,然后再走,也不算晚,别辜负了这位寨主的美意。”

北侠是天然生就的忠厚朴实,与智爷的聪明差的多,心内想着是诈降来了,怎么往里让又不进去哪,这是什么缘故?口中不言心里说:可别崩老了,因叫智爷在寨中讨茶。

智爷说:“既然欧阳兄这般言讲,你我就在寨中讨杯茶吃,然后再走。寨主爷,我们可不入伙呀!”闻华说:“没请二位入伙,无非吃杯茶谈谈就是了。”将喽兵叫将过来,附耳低言了几句话,那名喽兵转身去了。

北侠问道:“这位寨主贵姓高名,未曾领教。”闻华说:“小可姓闻名华,外号人称亚都鬼。”智爷说:“久仰,久仰!”走到巡捕寨,见前面二百名喽兵,两边站定,每人一把双手带,又叫拦马。刀尖对刀尖,架定刀门,要入巡捕寨,非从刀下过去不行。智爷明知他们这是个主意。设若钻刀而入,上边刀尖一碰,必是呛啷呛啷的乱响。若要是杀人,必然是变颜变色的,他们就好看出破绽来了。走在刀门以前,智爷就问寨主:“是请我们吃茶,是叫我们钻刀涉险哪?”闻华连忙陪笑说:“这是我们山中的规矩。”只见他把手往上一扬,众人就把刀撤下了。这三个人才来到巡捕寨前,见早有三个人在那里等候,一字排开,垂手侍立。闻华说:“这是我们三位寨主。”用手指定说:“这位是神刀手黄受,那位花刀杨泰,那位铁刀大都督贺昆。这二位:这位辽东人,复姓欧阳,人称北侠;这位姓智,人称黑妖狐。”彼此对施一礼。

智爷看这三家寨主,都全是六瓣帽,箭袖袍,丝带挎刀,薄底靴子。一个穿青,一个穿蓝,一个豆青色。二个白脸面,一个黑脸。全都是虎视昂昂的彪形大汉。智爷暗道:“怪不得君山帮着王爷要反,那里挑选来的这些人,真是怪道。

见毕,让到屋中落座。喽兵献上茶来。一边吃着茶,一边神刀手盘问了二位一回。智爷又将前言说了一遍,是一字儿也不差。忽然间进来了个喽兵,曲单膝说报:“启禀众位寨主得知,大寨主闻听来了二位游山的壮士,请在中军大寨待茶。”闻华一摆手,那位喽兵退去。智爷站起身来告辞。闻华拦住说:“我家大寨主有请二位至中军大寨待茶。”智爷故作惊慌之色说:“不敢。我二人在此讨杯茶,就多有骚扰,何敢再去见大寨主!”闻华死也不放,智爷非走不可。北侠说:“盟弟,既是这家寨主苦苦相让,咱们就见大寨主何妨!”北侠是真急,恨不得一时就见大寨主才好,只恐怕崩老了。

智爷猜出这个情理来了。若是寨主要见这两个人,他们天大胆量也不敢将两人放走。寨主要问说:“我们未见着人哪!”他们说,人家要走,何不就叫他们走了呢?这以上制下交派,焉能下得去?就是要了他们的命,他们也不敢放走。故此没有崩老了。智爷说:“既是欧阳兄这么说,咱们就见大寨主去。哪位前边带路?”闻华说:“小可前边带路。”

出了巡捕寨,到了彻水寨,也是二百喽兵,使的是长枪,枪尖对着枪尖,智爷还未及说话,闻华一摆手,两边枪尖撤下。有一家寨主穿大红的衣巾,面如重枣,此人是金棍将于青。智爷与他们见了。智爷、北侠上了木板桥,看两边鹅头峰,相隔着有八九丈,上有木板搭定,往下面一看,水声甚大。西南上有竹城的竹子,一望甚远。智爷想,救徐三爷的时候,由西方进去,今日在这边看见,这有多远。下了桥往上再走,把二位英雄吓了一惊,耳内听见嘎吒嘎吒吒的一阵响。二位回头一看,喽兵把辘轳一绞,就把一座木板桥绞起去了。

北侠暗说:不好,想得倒不错,教人看破,我们打里往外杀,他们打外往里杀。这一起,肋生双翅也过不去了。只有入去的道路,没有出去的地方了,只可看自己的命运如何了。智爷却丝毫不把此事放在心上。

行到三寨,是箭锐寨。有家寨主赛翼德朱格,穿黑皂褂。闻华也与见过。到四寨，章兴寨，见了寨主金锤将于畅；到武定寨，见了金铛无敌大将于赊；到文华寨，见了二寨主金枪将于义。北侠与智爷一见于义，险些要哭，因为相貌与五老爷一般无二。接着又见了五福寨寨主，人称八臂勇哪吒王京；丰盛寨寨主金刀将于艾；丹凤岭寨主赛尉迟祝英；丹凤桥寨主削刀手毛保；寨栅门两家寨主：云里手穆顺，铁棍唐彪。各寨皆是二百名喽兵。

书不重叙，若论各寨的寨主，一个一个的怎么穿戴、打扮、脸堂，带着什么兵刃，说半天的工夫也说不全，不如一气俱都连串说出，免得絮烦。

大众等见了二人，俱都跟在后面进来。到了大厅的前头，闻华说："二位暂且在此等候，我回禀我家大寨主去。二位在此听请。"闻华进了大厅，智爷、北侠在外等着。就听里面细声细气地说："闻贤弟，你焉能知道两个人的来意？这是为御猫而来。"说罢哈哈大笑。北侠一听，吃惊非小。

若问二人的生死，且听下回分解。

第二十五回　识破机关仗着胡拉混扯　哄信寨主全凭口巧舌能

且说北侠、智化在院落之中听请，不料钟雄看破机关，说为御猫而来，把北侠吓了一跳，暗说：“不好！”就要拉刀杀将出去。智爷用肩头一扛，说：“欧阳兄，你冤苦了我了。”北侠心内说：“我冤苦你咧，你别是冤苦了我了吧。”北侠说：“怎么冤苦你了？”智爷说：”我不进来，你偏要进来。你瞧，进来有什么好处？遇这不开眼的寨主，把你我看作了小贼，要偷他的玉猫。他说咱们为玉猫而来。小弟家内你是去过的，书房里头有翡翠狮子、玛瑙老虎、白玉马，有多少古董玩器，那位朋友去，我也没留过神。他把咱们看作小偷儿，咱们还见他作什么。早出去，小心人家丢了东西。”说罢转身就走。北侠心内说：黑狐狸真会打岔。北侠说：“对了，他瞧不起咱们，咱们走吧！”焉能走的了？后面许多的寨主，拥拥塞塞，早就有神刀手黄受挡住去路，说：“二位，没有我家寨主的命，二位可不能出寨。”

屋内钟雄见闻华进来说，把两个请到。寨主往外一看，早已耳闻，知道有个北侠，大略此人不能投山；智化可不知是谁。现在山中有个南侠，别是为这个人来的，其中有诈。故此戳了他们一句，且看他们两个人的动作。听了智爷一套言语，就去些个疑心，又有亚都鬼在旁说：“寨主，这两个人，一个是云南，一个是辽东，他们焉晓得咱们寨主的御猫，他当作是玉作的猫哪。”钟雄说：“既然这样，将二位请回。”闻华说“得令”，出得庭来说：“二位请回，我家大寨主有请。”智爷说：“我们不回去了，叫你们寨主小心着玉猫吧。”闻华说：“我们说我们寨中事情，不与二位相干。”北侠瞧也走不了，不如回去倒好，说道：“贤弟，人家又不是冲着咱们说，咱们还是回去的是，别辜负了寨主的美意。”智爷说：“见见寨主又有何妨！只是一宗，这位寨主外面挂定招贤榜，榜上的言语可倒不错，写的什么要学当年黄金台之故耳，若有一技一能者入君山，也有大用。他只知道写，他可不懂得行。

当初燕太子得乐毅,金台拜师,连下七十二城,那才叫敬贤之道。敬贤士如同敬父母的一般,方称得起爱贤礼士,这位寨主,焉能懂得敬贤哪!你我二人可称不起是贤士。他坐在庭中,昂然不动,这还讲究招贤,招点子绿头蝇来,横竖行了。”北侠心说:你骂人吧,早晚有咱们两个人的命赔着哪!就是那钟雄也古怪,教智爷这么一骂,倒骂出来了。

钟雄出了庭外,下阶台石,一躬到地说:“原来是二位贤士,小可有失远迎,望乞恕罪!”北侠答礼说:“岂敢!”细看钟雄,乌纱圆领大红袍,束玉带,粉官靴,面白如玉,五官清秀,三绺短髯。北侠一看,暗自惊讶。智爷并不还礼,说:“欧阳哥哥,你看上边的这个大匾,是‘豹貔庭’三个字,据小弟想来,这位寨主不至于不明此理。似乎此寨这‘豹貔庭’三个字,断断用不得。”北侠问:“怎么用不得?”智爷说:“这是当初文人弄笔,骂那个不认得字的山王寨主哪。若论这个字意,是大大使不得。常说:‘三虎出一豹’。其实不是虎不下豹,虎彪配在一处,下出来三个彪,内中有一个豹,其利害无比。慢说是人,就是山中的猛兽,也无不惧怕于它。狮子配了狻猊,下出来就是貔貅。言其这两宗物件,全不是正种类。不然怎么说是骂人?别者的山王寨主,他也称孤道寡。他又不是储君、殿下,他又不是守阙的太子,怎么当称孤道寡哪?就骂的是他不是正种类。自己又不认得字,以为是利害,就得意了。这样寨主通古达今,文武全才,外面挂着招贤榜,里头又有豹貔庭。大大的不符。”亚都鬼在旁边告诉寨主,说千里马骨的就是他。

寨主往前趋了一趋说:“这们壮士所说的不差,只是一件,小可到得山中,山中事情实系太多,小可总无闲暇的工夫。故此,因循到如今未改,恳求尊兄与小弟删改删改。”智爷说:“原来是寨主。我只顾与我哥哥说话,一时的荒疏,望寨主爷千万别见责小可。”寨主说:“奉求这位尊兄与小弟删改删改‘豹貔庭’三个字。”智爷说:“不敢!不敢!小可才疏学浅,倘若改将出来,还不似原先,岂不贻笑于大方!”智爷并不理论寨主,转过头来又与欧阳爷讲话,说:“哥哥请看,他这副对也不大合体。”北侠暗道:“人家寨主在那里伺候着,他净胡拉混扯，也不知道怎么个意见，只可以捧着他，说："智贤弟，这副对字怎么不好？"智爷说："你看这是'山收珠履三千客，寨纳貔貅百万兵'。"北侠说："是怎么不好呢？"智爷说："山大寨小。似这山水旱八百里，这个山上要收三千客固然装得下，'寨纳貔貅百万兵'，一百万兵，怕寨里头装不下一百万人，岂不是不妥当？"北侠问："怎样方好？"智爷说："论我的主意：'山纳貔貅兵百万，寨收珠履客三千。'寨纵然是小，三千人足行，平仄准合。"钟雄一听，点头称善。刻下就叫人来将对联摘下，按着智爷所改的改了，找书手写了另挂。

寨主复又过来求恳改"豹貔庭'，智爷一定说不行，怕有人嗤笑。只见寨主将智爷、北侠往里一让，北侠同智爷上台阶，复又让入庭中。进门来，智爷抬头一看，正北的上面横着一块大匾，匾书黑字，写的是"岂为有心"四个大字。智爷说："欧阳兄，你可曾看见了？"北侠心中说：我是两只夜眼，有斗大的黑字，我再看不见还得了，说道："我看见了。"智爷说："这是'岂为有心'，你老人家可晓得这个意思？"北侠说："我不知。"智爷说："别看寨主管领水旱二十四寨，在众人之上还不足兴，此处无非暂居之所。此人心怀大志，日后得地之时，就得面南背北。故此是'岂为有心居此地，无非随处乐吾天'。"这句话不要紧，就把钟雄的心打动，缘因这个横匾是钟雄自己的亲笔。自打挂上这个横匾，钟雄自己立愿，可着君山水旱二十四寨，寨主、头目、喽兵等，谁猜破他这个机关，参透他的肺腑，就用谁以为谋士。这是受了襄阳王的聘请，王爷许下的：若是择日行师的时节，封他招讨大元帅前部正印先锋官；若得了江山的时节，与他平分疆上，列土分茅。他早看出襄阳王不能成其大事，故此他的意思：若得了江山时节，把襄阳王推倒，他就面南背北；倘若大事不成，就隐于山中，永不出世。今日智爷一到，把他的肺腑点破，说的种种的情形，就知道智爷才学不小。此人若留在山中作一个谋士，可算自己一个大大的膀臂。他随即请北侠、智爷落座，喽兵献上茶来。

钟雄把亚都鬼叫来，附耳低言了几句。回头便问说："听闻贤弟之言，你们二位是金兰之好。"智爷指北侠说："这是我盟兄。"钟雄说："二位大驾光临，实在是小可的万幸。"智爷说："岂敢！我们两个误踏宝山，寨主不嫌我等两个，还赏赐茶羹，当面谢过。”钟雄离位，深施一礼说：“还是奉恳阁下与小可删改删改这个‘豹貔庭’。”

北侠遂说：“智贤弟，你若能改，就给人家改一改；若是不能改，就给人家一个痛快话儿。”智爷说：“焉有不能改的道理？改出来又恐怕不好。”钟雄说：“阁下不必太谦了。”智爷无奈说道：“这个‘庭’改个‘殿’字如何？”钟雄说：“好！但不知什么‘殿’？”智爷说：“用个‘承运’二字如何？大哉，尧之为君，惟天为大。”钟雄一听，鼓掌大笑，连连点头夸好，叫人将“豹貔庭”改为“承运殿”。钟雄道：“一事不烦二主。我还有个书斋，是“英锐堂’，恳为删改。”智爷说：“不好！堂者，明也，亮也。总是用个小小‘轩’字，‘五云轩’如何？”钟雄更觉欢喜，立刻叫人改了，吩咐摆酒。智爷一听摆酒，就知诈降计妥了。总想个主意，教欧阳哥哥显显才能方好。忽然心生一计。

智爷毕竟不知想出什么主意，且听下回分解。

第二十六回　削钢刀毛保甘受苦　论宝剑智化暗骂人

且说智爷一听摆酒,站起身来告辞。寨主伸手拦住说:“已经摆下酒了。”智爷说:“不能,我们入山讨茶就不敢当的很,焉敢又要讨酒?我们又不投山入伙,焉敢屡领寨主的赏赐?”钟雄说:“实对二位说吧,船只已经打发了。”智爷说:“寨主不必哄我们,怎么能把船只打发了?”闻华说:“我们寨主打发喽兵下去,问明船上人,所欠二百两银子,已经给二位还了,还赏了他二十两银子酒钱。你们二位就有两份行李,别无他物,对不对?”智爷一听,假意着急:“怎么把我们船支开了?”钟雄说:“我为的留二位在山上多住几日,走的时节再与二位另雇。酒已摆齐,请二位上座。”北侠说:“就坐下吧。”

钟雄与闻华亲自把盏斟酒。酒过三巡,慢慢谈话。智爷说:“我欧阳哥哥与我就是相反,我是文的上略知一二,我兄长是武的上,可不敢说好,却比我强的多。就说他有一万胜刀,我至今也没学会。”钟雄说:“这位尊兄会万胜刀?这趟刀一百二十八手可会的全?”北侠道:“也全都记得。”钟雄惊讶道:“这趟刀全会的可是少。无论那趟刀,全由万胜刀摘下来的,奉恳奉恳赏赐我们一观。”北侠说:“小可武艺不佳,不敢在寨主爷跟前出丑。”寨主说:“兄台不必太谦。赐教,赐教!”智爷说:“兄长你就施展施展,又有何妨!”北侠点头,遂将刀摘将下来。

智爷伸手接将过来,胸中忖度:闻名寨主文武全才,我今何不试试他,到底学问怎样。说:“寨主,请看我哥哥这把刀怎样?”说罢,将刀递将过去。寨主欲待不接,已经递过来了。一看此刀,绿鲨鱼皮鞘,金什件,金吞口,紫挽手,绒绳飘摆双垂灯笼穗。将刀亮将出来,呛啷啷声音乱响,光闪闪遮人面,冷飕飕逼人寒,霞光灼灼,冷气侵人,一身龟纹。钟雄一看,暗暗惊异,想此刀无价之宝,世间罕有,价值连城;此人若有这口利刃,准是出色的英雄,不然这个刀他佩带不了。每遇宝刀、宝剑，有德者居之，无德者失之。钟太保可称得是懂物之人，看毕哈哈大笑说："好刀哇、好刀！"智爷问："寨主爷连连夸赞此刀，小可领教领教！此刀何名？"钟雄道："此刀名叫'灵宝'，出于魏文帝曹丕所造三口哪，一口叫'灵宝'，一口叫'含璋'，一口叫'素质'。"智爷问说："怎么我哥哥说叫'七宝'刀？"钟雄暗道：这个人实在的利害。刚到山上，初逢乍见，他就要探探我的学问深浅，才干如何。他便笑道："若问这个'七宝'名字，是俗呼谓之'七宝'，皆因他有'四绝''三益'之妙：一决胜负，二防贼盗，三诛刺客，四避精邪，谓之四绝；切金、断玉、吹毛发，谓之三益。何为叫一决胜负？每遇出征之时，挎上此刀，伐梆点名，掌号起队，此刀由鞘中自己出来寸许光景，今日出征，必是大获全胜。倘若此刀仍在鞘中不出，那就急急的撤队。倘若一定要出征、非交锋不可，必是伤兵损将，这就是一决胜负。这第二是，有贼人前来偷盗窃取，此物若在墙壁之上或在床头，自己就能坠落于地，难道说还不惊醒？这就是二防贼盗。第三是若有仇人，夜晚之间，藏在黑暗之处或桥梁之下，无论他在什么地方，此刀必在鞘中锋锋作响，难道自己还不留神？这就叫三诛刺客。这第四，无论白昼黑夜，行在那里，若有邪魔鬼怪，此刀能在鞘中放出一道白光，邪魔远避不能向前，这就是四避精邪，共谓四绝。三益是切金，拿过块金子来，能用刀把它切碎；断玉是将玉断成一片一片的，如同上了砣子的一般，这就谓之断玉；吹毛发是将发拿着一绺，冲着刀刃上一吹，这发俱都齐齐的断了，这就谓之吹毛发，可称为三益。这'四绝''三益'，俗呼谓之'七宝'。"智爷连连称赞说："罢了！寨主爷名不虚传，称得起是博古通今。"

大家笑了一番，又把刀交与北侠。智爷拿着刀鞘，北侠早就把衣襟吊好，袖袂挽好，把刀接将过来，冲着寨主一躬到地说："我要在寨主面前出丑。"钟雄说："岂敢！尊兄赐教。"北侠回头一看，承运殿外有许多人，把承运殿都围满了。皆因大众没寨主爷的令，不敢私自进殿，只可就在外边把窗户纸通了许多的窟窿，往里观瞧。北侠转回身来，往外又是一躬到地说："众位寨主可别见笑。倘若我有那手不到，求寨主指教一二。"

说毕，把刀手一擎，就听见飕、飕、飕、飕、飕、飕，就是金刃劈风的声音。先前看不大很起眼，嗣后来一刀快似一刀，一刀紧似一刀。这口利刃按的是：扇、砍、劈、剁，折、吸、拦、挂，蹿、进、跳、跃，闪、辗、腾、挪。绵软矮速，小腕跨肘。膝、肩、手、眼、身，伐步、心神、意念。足真称得起手似流星眼似电，腰似蛇行腿如钻。蹿高纵矮，脚底一点声音皆无。北侠这一趟万胜刀，把寨主爷看的乐了个事不有余，又是夸赞，又是连连的叫好，说道："此人若非幼年的功夫，焉能到的了这个部位！"说毕，又是连连的大笑。

北侠这一趟万胜刀，用了八十余手就收住势了。他把刀一背说："献丑！献丑！教寨主见笑。"钟雄说："赐教！赐教！实在高明。"寨主看他气不涌出，面不改色，就知道这人的功夫甚绝。将要谈话时，承运殿上蹿进一人嚷道："毛保来也。"智爷暗道：欧阳哥哥这一趟刀练的怪好的，怎么又来了一个"毛包"？

你道毛保因何进殿？此人性情与大众不同，专好抬杠，你说东，他偏要说西；人要说他不行，他偏行定了。皆因在外面众家寨主看北侠施展刀法，人人夸好，个个说强。其实好几位使刀的哪，神刀手黄受、花刀杨泰、铁刀大都督贺昆、金刀将于艾、云里手穆顺全都说好，惟有削刀手毛保不服，说："你们别长他人的志气，灭自己的威风。据我看着很不要紧。"

大家全知道他的性情，素常这君山，连喽兵都不欢喜他。大众弄了一个眼色说："毛寨主，瞧他的刀不好，你有些不服。"毛保说："我为什么不服？"大众成心要冤他，说："你服哇！你不能不服，你不服也得服啊！"毛保说："如此说。我偏不服！"众人说："你服了吧！"毛保说："我不服！"众人说："你不服，可敢进去和人家较量？"大众说："没有寨主号令。"毛保说："我不晓得什么叫令不令！"言还未了，他就蹿入庭中去了。

钟雄一看问道："毛贤弟，为何无令进庭？"毛保说："外面大众夸奖这个紫面的本领高强，小弟与他较量较量！"钟雄说："毛贤弟，你的武艺如何是这位英雄的对手！"毛保一听，哇呀呀的喊叫说："我这命不要了！我们两个要见个上下高低。"钟雄说："既然这样，欧阳兄，你就教训教训我这个毛贤弟。”北侠说：“小可不敢！”智爷说：“既有寨主的话，哥哥你就陪着这位寨主走个三合两趟的就是了。”北侠说：“这位寨主爷，咱们无仇无恨，可是点到为止。”毛保说：“格杀勿论！”言语未了，飕的一声刀就到了。北侠一闪，净仗着自己的身法就赢了他了。两个人交手，北侠总不还招。钟雄净笑说道：“尊公不必戏要我毛贤弟了，还招吧！”智爷说：“哥哥还招吧！”北侠暗道：这可是你们叫我还招，真杀了他倒不要紧，误了我们的大事了。就将刀一碰，呛啷一声，当啷啷毛保刀头坠地。毛保说：“不是我的人不行，是我的刀不行。我有好兵器，我去取来，咱们两个总得较量较量。”说毕转身出去。

北侠在大寨主面前请罪说：“我一时的不留神，把那位寨主的刀削断，得罪了那位寨主。”钟雄说：“是我毛贤弟不知自爱，阁下何罪之有？”又见毛保打外边闯将进来，手中一口明晃晃的宝剑，要与北侠较量。钟雄打毛保手中把剑要将过来，要试试智爷眼力如何，叫道：“这位尊兄，看看小可这口宝剑如何？”智爷看了暗惊，这是我展大哥的宝剑。有了，我骂他两句，说：“寨主，这可是一口好剑，我猜着了，必是你们祖上的，传在寨主手中。”钟雄一听，颜色更变。

不知到底如何，且听下回分解。

第二十七回 论本领刀削佞性汉 发誓愿结拜假意人

且说毛保怎么会把展老爷的剑拿来？皆因展爷被捉，钟寨主就把宝剑挂于后面五云轩内，单有两个小童看守，凭是谁也不准拿将出来。今有毛保把刀一削，想起展爷的宝剑来了，去到五云轩把宝剑摘将下来，将剑出匣，剑匣抛弃于地，转身就跑。小童就追，见毛保竟蹿入里边去了，进来就要与北侠动手。宝剑叫寨主要将过去，叫智爷观看，智爷这才骂了他一句。明知是展爷的，愣说是他们祖宗的。北侠暗笑黑狐狸多损，这就叫骂人不带脏字。

钟雄一听智爷说是他祖宗的，脸一发赤，说："不是，此剑乃朋友所赠。"智爷连忙告罪说："我可太愣！"寨主说："无碍，不知者不作罪。"智爷说："该打！该打！按此剑可称无价之宝，论出处乃战国时欧冶子所铸，共五口剑，大形三、小形二。大形是湛卢、纯钩、盘郢，共三口。小形二是巨阙、鱼肠两口，前后五口。此剑乃巨阙剑，价值连城，世间罕有。也是切金、断玉、吹毛发。论当初铸剑，以天地之气，用五山之精，方能成此宝物。送与寨主爷宝剑的这个朋友，交情可谓不小。愚下胡批了几句，可也不定是与不是？寨主千万别嗤笑于我。"

钟雄说："是，说的一点不差。"说毕将剑交与毛保，说道："贤弟不必再较量了。"毛保不服，总要找一找脸，复又过来与北侠交手。欧阳爷为难：宝刀遇宝剑，二宝一碰，总有一伤，伤了自己的刀犯不上；伤了展大弟的剑，日后如何对得起兄弟哪！北侠拿了一个主意：与毛保动手，刀不见剑，万不能伤损一物。二人动手，犹大人斗小孩子玩耍的一样。毛保使剑本不行，又对上了北侠一戏耍他，工夫一大，毛保眼花了。不是好几个北侠，就是一个没有。缘故北侠抱着自己的刀，或前或后，把自己陆地飞腾之术施展出来。那毛保一看，左边一个，右边又是一个，前后好几个。其实是北侠一人，讲身法如刮风的一般。那样快法,毛保眼睛一花,怎么会不像看着是好几个人的一般呢!不然,北侠老在他的身后,随东随西,身形乱转,总不叫他看见自己的身子。工夫不大,毛保通身是汗。

他打算的好:拿宝剑砍刀,剑要坏了他不心疼,刀要坏了他算赢了。焉知晓老看不见人,一点方法没有。不然,就是好几个,砍那个那个空了,就是这样,急也要把他急坏了。钟雄笑道,说:"毛贤弟,我把你好有一比,比作个伏鱼入海。欧阳兄不必戏耍我毛贤弟了,还招吧!"

北侠听了寨主的言语,心中暗道:有你话我就给他留一个记号了。把刀往上一递,冷飕飕正在毛保的脖子之上。毛保一歪脑袋,"哎哟"了一声,把眼睛一闭,牙关一咬,觉着冰凉挺硬,贴着左边的脸,一蹭儿鲜血直冒,当啷啷把剑一丢,撒腿就跑。他拿手一摸,短了一个耳朵。原来刀虽临于脖颈,不肯杀他。把手往上一翻,连点脸子带耳朵哧一声,血淋淋的一个耳朵,就坠在了地上。

毛保一跑,北侠仍在大寨主跟前请罪。寨主说:"兄台何罪之有?这还是阁下手下留情,不然他岂不早死多时了。"叫人将剑拾起,然后归座。北侠也就将刀带起,重新另换杯盘。有喽兵捡起了耳朵,追毛保去叫他趁着热血粘上。

看剑的小童儿进来诉说毛保抢剑之事,寨主并不往下追究。将剑交与小童儿,仍收在五云轩之内。

三位畅饮,酒至半酣。钟雄说:"二位!我有一言,在二位跟前不知当讲不当讲?"智爷说:"寨主爷有话请说。"钟雄说:"我意欲与二位结为生死的弟兄,不知二位可肯否?"智爷说:"我二人区区之辈,焉敢与寨主结为生死弟兄!"钟雄说:"若要弃嫌我是个山贼,二位身价甚重,就不必了。"智爷说:"我们是不敢高攀,要论我们是求之不得。只是一件,咱们既要结义为友,要学一学古人喝血酒、发洪誓大愿,方觉妥当。"钟雄一听,更觉着愿意了。智爷说:"序序齿,谁大谁小,论岁数也就是你们二位,论我小多着呢!"钟雄说:"我今年四十岁。"智爷说:"我欧阳哥哥也是四十岁。这得看生日是谁大了?我欧阳哥是腊月二十五的日子。"北侠暗说:你怎么混给我改起生日岁数来了？你道智爷是为什么缘故，总为的是比钟雄小才好办事。钟雄说：“还是欧阳兄弟哪！我是冬至月十五的生日。”险些智爷说腊月二十五这个日子，再往前说几天，还比钟雄大了哪！智爷说：“我是三十二岁，三月三的生日。咱们沐浴沐浴才好烧香。”钟雄叫喽兵带着上沐浴房。喽兵带定北侠、智爷上沐浴房中，喽兵远远地等着。

北侠见无人，说：“贤弟，你的言多语失，怎么拜把子你还出主意，教喝血酒发愿！咱们本是假事，若起誓我可怕应誓。”智爷说道：“我问你不是没成家么！”北侠说：“不但没成家，日后我还出家哪！”智爷说：“你也没儿子。”北侠说：“我没成家，哪里的儿子。”智爷说：“艾虎是你的义子，又不姓你这个欧阳的姓儿。少时要起誓的时候，你就说我要有三心二意，教我断子绝孙。你瞧这个誓起的大不大？你横竖应不了。”北侠大笑：“你怎么想来着？我这个好办，你哪？”智爷说：“我呀，若是起誓时候，什么誓重我就起什么誓。什么天打呀，雷劈呀，五雷轰顶哪……”北侠说：“要应了誓那可怎么好？”智爷说：“不怕。我嘴里起誓，脚底下画不字，起誓的时节是不字当头，是不叫天打雷劈，不叫五雷轰顶。”北侠说：“你可别怠慢了。”智爷说：“不能。我怠慢了那还了得么！”北侠这才放心。沐浴完了，穿上衣服，叫喽兵带路直奔承运殿而来。

行至承运殿外，香案早已预备妥帖。水旱二十四寨，各寨主俱在殿外伺候。派了四个扶香的：亚都鬼闻华、神刀手黄受、八臂勇哪吒王京、金抢将于义。钟雄沐浴完了，先从后面出来。智爷说：“寨主哥哥，你就烧香吧，不必谦让了。”钟雄点头，亚都鬼将香点上交与钟雄，钟雄往上一举，闻华接将过去，插于香斗之内。钟雄双膝跪倒，叩头已毕，说：“过往神祇在上，弟子钟雄与欧阳春、智化结义为友，有官同作，有马同乘，祸福共之，始终如一，义同生死。若有三心二意，天厌之！天厌之！”说毕站起身来。香案上有一碗酒，将自己左手中指刺破，将血滴于酒内。

神刀手黄受将香点着递与北侠。北侠接将过来往上一举，仍由黄受接将过去，插在香斗之内。北侠跪倒，叩头已毕，说：“过往神祇在上,弟子欧阳春与钟雄、智化结义为友,有官同作,有马同乘,不能同生,情愿同死。倘有三心二意,叫我断子绝孙。”钟雄说:“哎！太言重了!”北侠暗笑,一点不重。也是刺破中指,滴血酒内。

该智爷了,于义点香,与前皆是一样。惟独他跪在那里,话可就多了。他说:“过往神祇在上,弟子智化与钟雄、欧阳春结义为友,有官同作,有马同乘,义同生死。如有三心二意,天打雷劈,五雷轰顶,不得善终,必丧在乱刃之下。死后入十八层地狱,上刀山,下油锅,碓捣磨研。”嘴里起誓,脚底下不、不、不、不、不、不、不就画开“不”字了。

那宋时年间起誓、应誓,不像如今大清国起誓,当白玩的一般。古来一个牙疼咒儿,还要应誓。因为那时有监察神,专管人间起誓。哪里若有起誓的,监察神就在云端看见,有慧眼遥观,就知道这个人日后改变心肠不改。不改,也就不记了;若要改变,就将这人记上,到时好叫他应誓。正是君山烧香,监察神全在云端站定。头一个心肠不改,不用记了;第二个也不用记了,他应誓不应誓是一样;第三个不实着,与他记上。拿笔写了许多,那个神仙说:不用写了,你是净听见他的嘴,没看见他的脚,不叫天打,不叫雷劈,不叫五雷轰顶,不叫这个、那个的。神仙一有气,把笔一丢,从此再不管了,不然怎么以后起誓不灵了哪!

大家结拜后不知怎样,且听下回分解。

第二十八回　在后寨见侄夸相貌　狮子林老仆暗偷听

且说钟雄与北侠、智化三个人烧香发愿,都与盟兄叩了头,饮了血酒,撤了香案,俱归承运殿内。众家寨主与三家寨主贺喜。钟雄吩咐承运殿摆酒,请众家寨主到承运殿一同吃酒,水旱寨的喽兵俱有赏赐。智爷说:“我嫂夫人现在哪里?”钟雄说:“现在后宅。”智化说:“我们二人拜见嫂夫人,然后再饮酒。”钟雄点头,头前引路来至后宅,吩咐人传报。

不多时,有婆子出来,喽兵告诉明白。智爷暗暗夸道:虽然是山寨王,不失官宦的风俗。里边点声一响,喽兵说:“请!”三人往里就走。穿宅越院,来至夫人院中。早见婆子排班站立。进了屋内,见钟雄之妻姜氏站在屋中。钟雄就指引说:“这是欧阳贤弟,这是智贤弟。这是你嫂嫂。”姜氏道了一个万福:“原来是二位叔叔。”智爷、北侠一看,这姜氏夫人,稳重端然,并无半点轻狂之态,是一团的正气。二人双膝跪地,口称:“嫂嫂,小弟二人有礼!”姜氏说:“二位贤弟请起。”二人站起身来。后寨也没有许多说的,意欲要走。钟雄说:“且慢,见过你的侄男女。”长女叫亚男,有婆子搀出来。智爷一看,不过十四五岁,珠翠满头,鲜色的衣服,艳丽无双,姿颜貌美。她深深道了一个万福。又见婆子拉着公子出来。寨主说:“见过二位叔父。”就见公子头上紫金冠,红缎子袍儿上绣着三蓝色的花朵,青缎小靴子,前发齐眉,后发披肩扇颈,面白如玉,五官清秀,天然的福相。他双膝跪地将要叩头,就被智爷抱将起来说:“我的侄子,不必行礼了,你叫什么名字?”说道:“叔父问我,我叫钟麟。”智爷说:“你多大岁数咧?”说:“我今年十一岁了。”智爷说:“哎哟,好侄子,你爱煞我了!”钟雄说:“你爱把他给你吧!”智爷说:“我有那么大的造化吗?哥哥,日后这孩子必成大用。”钟雄说:“怎么日后还成大用么?看他的造化吧!”说毕将公子放下。大家出来至承运殿吃酒。日已坠西,大家散去。众家寨主各自回寨。

钟雄吩咐，另整杯盘，重新落座。可剩了钟雄、北侠、智爷，兄弟三人倾谈肺腑。钟雄说："智贤弟，我有心腹话实对你说了吧！若不结义为友，我也不能对你全说。我这里有一点心事，对你说说，看怎样的办法？"智爷说："哥哥说吧！"钟雄说："我呀是降了王爷的人了。"智爷故装不知说："那位王爷？"钟雄说："就是襄阳王爷。我上头挂的'岂为有心'这个匾，就是我的誓愿。这是我的亲笔所写，可着君山，无论寨主、喽兵，谁要猜破我的机关，就用谁为谋士；可恨君山众人，连一个猜着的也没有。不料贤弟今日头天入山，就猜着了我的肺腑。方才不说此话，为什么缘故呢？皆因咱们这君山用度甚大，就由降了王爷以后，君山的钱粮全是王府往这里拨给。王爷可派了听信一个人来，在咱们君山公然的就是王爷的耳目。当着此人不好讲话。不然为什么大家去后，方才倾谈肺腑?!"智爷问道："此人是谁？"钟雄说："就是赛尉迟祝英。"智爷说："这就是了，日后说话总要留神。你还有什么心腹事？"钟雄说："方才你猜着我'岂为有心'。我可是保着王爷，可我看王爷无福，讲论文武才干，相貌品行，无一处可取的地方。焉能有九五之尊？明年若得了宋家江山，我也是把他推倒，我就面南背北；如果大宋福大，王爷不能成其大事，我就隐于山中，永不出世了。"智爷说："主意甚好。倘若是事要不成，不必隐于山中；若隐于山中，草木同凋，一生不能显姓扬名，岂不可惜！事若不成，将王爷拿住，献于大宋。哥哥可不是高官得作，归于正途，梦稳神安！"钟雄说："那不是反复的小人么？岂你我弟兄所为！"智爷也就不往下深论了，说："这就是你的心事？"钟雄说："不然。我还有心事，就是你早晨看的那口剑的剑主儿。此人姓展号为南侠，因祭坟被捉，还有个徐庆。我把两个幽囚起来，叫人家救出一个去了。这口剑就是姓展的东西。我甚喜爱此人，他就是不肯降山。"智爷问："劝过他无有？"寨主说："劝过他，他不降。这山中若得此人，何愁大事不成！"智爷说："不难，凭我三寸舌，准管一说就成。"寨主说："如能说降此人，贤弟可以记功一次。"智爷说："大哥，不是小弟说句大话，不管什么大事，哥哥看看小弟行不行！"寨主更觉大乐。天到三鼓，大家各散。

寨主大醉。钟雄早已安排他俩在狮子林安歇。有小童儿在前打着羊角灯,头前引路。北侠、智爷在后跟随。拐山环来到了狮子林,进了院子,全是山石头缝儿里长出来的竹子,编成墙的样子,上有古轮钱的花样。三间南房屋里,糊裱的干净,有名人的字画,桌椅条凳。里间屋子内,满窗的玻璃,有窗户档儿。西边一张床,床上有一小饭桌儿,有茶壶、茶盏,果盒儿、点心,无一不备办齐备的。智爷打发小童儿:"歇着去吧。"小童说:"明天早晨再伺候二位寨主爷来。"北侠说:"去吧!"小童跳跳蹦蹦去了。

智爷把屋门关上。北侠把刀摘将下来挂在墙。北侠叹了一口气说:"咳哟! 这一天真把我拘泥透了。好个飞叉太保,被你我二人……"智爷一听,吓了一跳。猜着北侠的意见要说,"飞叉太保被你我二人哄信了。"准是这个话语。他也不想想,在人家这个地方说得说不得。倘若说出,就是杀身之祸。刚说到"被你我二人"那个地方,智爷就拿肩头一靠北侠,接着说道:"不错,飞叉太保钟寨主,把你我二人看作亲同骨肉的一般,这才是前世的夙缘,可称得是一见如故哇!"哈哈哈哈的一笑,就听见外面嗖的一声,由玻璃那里往外一看,有一个黑影儿一晃。智爷过来把窗户档儿一拉,将玻璃挡上。然后将灯挪在小饭桌上,拿了一碗茶,叫北侠二人在床上对面坐定。拿手指头蘸着茶水,往桌子上写字叫北侠瞧,写的是:"你要说哄信了对不对?"北侠也就拿着指头蘸着茶,写的是:"谁说不是!"智爷又写:"后边有人跟着,你看见没看见? 一句话说出,就是杀身之祸。"北侠又写:"谁能像你机灵!"智爷写:"不机灵能向这边诈降来吗? 明天咱们说沙大哥是你的师兄。咱们把他请来,就说是你师哥。"北侠又写:"我去说也行了。"智爷说:"你去不跟我去好。"北侠说:"就是,就是,睡觉吧!"二人把饭桌挪下去,就在此处抵足而眠。

你道外边黑影儿是谁? 就是君山钟寨主的心腹家人,此人姓谢,叫谢宽。和大家在前面议论了半天,全是机灵人聚在一处:神刀手黄受,花刀杨泰,亚都鬼闻华,金枪将于义,八臂勇哪吒王京,还有他两个儿子谢充、谢勇。大家一议论投降君山这两个人,谢宽说:"北侠这个人我是知道的，万不能降山。”闻华说：“不能降，现在降了呢！”谢宽说：“人心隔肚皮。”于义问说：“老哥哥有什么主意？”谢宽说：“要知心腹事，但听口中言。少时等他们酒散，寨主吩咐叫他们在狮子林睡觉，我暗地跟将下去，听他们说些什么。”众人说：“老哥哥，你上了年岁了，我们这有的是人。”谢充、谢勇他两个儿说：“我们去吧。”谢宽说：“你们少说话。”说毕，叫喽兵说道：“他们酒散之时，报与我知道。”

不多时候酒散。喽兵报道，大寨主酒已散了。谢宽辞了众人，背插单刀，来到狮子林，正遇见小童拿灯笼出去。他正听见北侠说：“飞叉钟太保被你我二人，”再听是智爷接过来说：“是不错，飞叉钟太保把你我二人看作亲同骨肉一般，这才是一见如故，真乃是前世夙缘。”谢宽自己纵身而去，嗖的一声跃上房去。伸手把住房檐瓦口，用双足找着阴阳瓦栊，身子往下一探，整在房上等了半夜。可到好，连二句话也没说。白等了半夜，飘身下来，由窗棂纸往里一看，原来二人早已睡熟。谢宽不觉气往上一壮，说：“我白等了半天。这两个人其中有诈降，回去与众人商议，见大寨主荐言，说这两个人来意不正。”

不知众人见大寨主如何说法，且听下回分解。

第二十九回　众人议论舍命救寨主　彼此商量备帖请沙龙

且说老家人谢宽，就听了一句，房上待了半夜，后来一看，两个人睡了。复返回五福寨，大家议论，就把北侠说的话，智爷怎么接续学了一遍。有说要见大寨主的，有说破着命要去说的，有说不可说的。王京说："寨主爷刚拜把子，正是初逢乍见对劲的时候，谁说他们不好，谁落无趣儿。"众人说："依你之见？"王京说："依我意见，只管让寨主爷实心任事地交友，咱们大众也不用对人说。暗地里访察，若察出他的劣迹来，禀与寨主爷知道。"众人说："那可就行了。"大家定好主意，暂且不表。

单提北侠与智爷，早早起来发包巾，正要吃茶，小童儿来说："有请两位新寨主。"说毕，小童头前带路，出了狮子林，奔了中军大寨。面见钟太保，请了安好，然后让座。钟雄吩咐摆酒。智爷说："等等，天气尚早，也得吃得下去！"钟雄说："为的是说话。"摆酒，罗列杯盘，寨主首座，北侠二座，智爷三座。从此就是这样坐法。

酒过三巡，慢慢地谈话。这就论起展南侠的事了。智爷说："我本不饿，我去先望看望看此公去。"钟雄说："你吃完了再去吧。"智爷说："不是敬其事而后其食吗？"钟雄大笑说："真乃吾之膀臂。"叫喽兵头前引路。智爷一听吓了一跳，暗想：这两个喽兵坏事，这要到了那里，见了展大哥，他是必要嚷我。他要一叫我"智贤弟"，岂不漏了机关，前功尽弃？又不能不叫喽兵跟着，只可到那见机而作。问道："寨主哥哥，此人还囚在原先所在？"钟雄说："不是。先前一个在鬼眼川，一个在竹林坞，教人家救出一个。此刻幽囚在引列长虹。"智爷说："小弟去了。"辞别寨主，转身离开了承运殿。走在水面叫喽兵撑过船来。智爷上船至东岸下船。

不多时，到了引列长虹。这个地方是一带小山沟，两边的山石，是一道一道的，分出五色的形相来，犹若天上雨后出的那个长虹一般，故此这地名叫引列长虹。向东往上一走，盘道而上。到得上面，也是由山石缝出来的竹子编成墙的一样，墙头上编出来许多的花活玩艺。直到门前，叫喽兵禀报展爷，就说新寨主拜望展老爷来了。智爷一听，展大哥在里边气哼哼地说话。是怎么个缘故？

皆因是同定徐三爷祭坟，寨主把两个人幽囚起来，把展老爷幽囚在竹林坞。每日两个喽兵伺候，也不捆着，吃的是上等酒席。忽然间往这边一挪。拿话一问喽兵，喽兵也就把实话对他说了。刚把早饭摆好，请老爷用饭。展爷一气，一伸腿把桌子一翻，哗喇一声全摔了个粉碎。喽兵说："我老爷，你叫三老爷教下来了，素常你老人家可不是这脾气。"展爷说："少说！"展爷越想越有气，二人一同被捉，救出去一个，可见是亲者的厚。展爷焉能没气？

正在有气之间，喽兵报道："我家新寨主拜望你老人家来了！"展爷说："你家寨主拜望，难道说还叫我迎接他不成？叫他进来。"喽兵出来说："请。"智爷咳嗽一声，其实早就听见展爷的话了，气哼哼地说话哪。智爷暗喜，越是气哼哼地和我说话才好哪！慢慢地往里走，里面展爷听见咳嗽的声音耳熟，回头往外一看，好生惊讶，怎么智兄弟来到此处？方才报是寨主到，他怎么作了寨主？智爷乃官门公子出身，入了贼的伙里，他断断不能！哎哟，是了，别是为救我前来行诈吧？若要为我前来，我一嚷可坏了他的事了。我且慎重慎重。设若为我前来，必装不认得我；他若真作了寨主，不但认得我，必劝我降山，进来时便知分晓。

喽兵引路，给两下里一见，说："这是我们新寨主。这是展老爷。"展爷扭着脸不瞅智爷。智爷暗喜说：我的肺腑他准猜着，这个伙计搭着了。智爷道："这位就是展老爷么？"展爷暗道：准是为我来的，不然怎么连我他都不认得了！我可别坏了他的事，我也装不认得他。展爷说道："这位就是新寨主吗？"智爷暗想：这可漏不了咧！说道："展老爷在上，小可有礼。"展爷说："寨主请了。"智爷落座，喽兵献上两盏茶来。展爷问道："这位寨主贵姓高名，仙乡何处？"智爷说："小可乃贵州府人氏。姓智，单名一个化字，外号人称黑妖狐。"展爷说："久仰，久仰！"暗说：我今日趁着他当寨主，骂他两句，他都不能还言。说："我看寨主堂堂仪表非俗，必是文武全才，为什么不思报效朝廷？在山寨之上，以为山王寨主，上也贼，下也贼，似乎你这样人物，随在他们队里，可惜呀，可惜！"

智爷暗道：老展，咱们可顾不着这个。怎么为救你，你倒骂起我来了？智爷说："本欲归降大宋，天子不纳，也是罔然。请问展老爷，在我们山上住了多少日子了？"展爷说："住了好几日了。"智爷说："我们寨主可曾与展老爷预备没有？"展爷说："每日预备三餐，倒也丰盛。"智爷问吃了没有？展爷说："若要不吃，岂不辜负寨主的美意！"智爷一笑道："听说展老爷来的时节，身体瘦弱，如今身体胖大的很。"展爷问什么缘故？智爷说："你吃了我们贼饭，长了一身贼肉。"彼此大笑。

展爷暗道：我绕不过这个黑狐狸精。智爷使了个眼色，将喽兵支将出去。从新拿指蘸着茶在桌子上写字，就将以往都写清楚。展爷也写上在这里来的缘故。智爷又将钟雄派他顺说展老爷的话写完，展爷又写："钟雄再三劝我归降我不降，你一趟就降了，怕的是他生疑心。"智爷写："我再来一两趟再说！"两人把主意论好，连嘴没张。智爷就叫喽兵过来，自己告辞。展爷送出，彼此一躬在地。

喽兵头前引路，下了山坡，穿过夹沟子，至水面上船，正北下船，直奔承运殿。到得屋中见了寨主。寨主就问："贤弟，顺说那人怎样？大略他是不降。"智爷说："降可便降。这次没降，我听出他的言语来了，他的家眷现在京都，他怕降了咱们君山，京都御史将他奏参。再去两次准行。"寨主闻听欢喜非常，立刻摆酒。

智爷说："怎么净喝酒来了。常言道：'酒要少吃，事要多知。'议论咱们的大事。"寨主问什么事？智爷说："据我看，咱们山中的人少；欲成大事，非得人多不可，益多益善。"寨主说："固是益多益善，那里请去呢？"智爷说："有的是。刻下就有一位老英雄，人马无敌，称得起是员虎将。刻下在家中纳福，不肯出头。并且不是外人，一请就到。"钟雄说："到底是谁？"智爷说："是我欧阳哥哥的师兄。此人姓沙名龙，外号人称铁臂熊，作过一任辽东的副总镇。皆因那时节奸臣当道，自己退居林下。若把此人请将出来，可以为前部正印先锋爵位。”话言未了，钟雄赞叹，咳了一声：“原来这位沙员外是二弟的师兄啊！”北侠说：“不错，是我的师兄。”（其实不是他的师兄，是智爷的主意。说是师兄，为的是透着亲近。）北侠说：“提起此人，大哥为什么赞叹？”钟雄说：“这个朋友咱们也不能往山上请，大概早晚就有性命之忧。”智爷一听，吓了一跳，问道：“哥哥，是什么缘故？”钟雄说：“这人得罪了王爷。皆因黑狼山有一个金面神栾肖，被这位老朋友也不知是拿去了，也不知是结果了性命。王爷对此人恨如切骨，险些没派君山人去拿他。咱们要把这位朋友请到君山，王爷若是要他，可是给与不给？若给王爷送去，岂不是断送这位老哥哥的性命；若不送去，不是得罪王爷么！再说咱们君山的钱粮，都是王爷供给。”智爷说：“无妨，全有我哪！设若王爷那里要人，我亲自去见王爷。先顾咱们这里，又得一员虎将。”钟雄说：“贤弟，你可准行的了吗？”智爷说：“我若不行，岂不教沙大哥的性命断送了！”钟雄一听欢喜，写信备帖，智爷亲自去请。

这一去不知如何，且听下回分解。

第三十回　一个英雄中计遭凶险　两位姑娘奋勇闹公堂

且说前文论的是智化请沙龙的节目。沙员外在家中果遭凶险。君州的刺史姓魏叫子英,他本是王爷手下之人,只因黑狼山一破,魏刺史就通知了王爷。栾肖本是王爷的拜弟,王爷一闻此信,就立志拿沙龙与栾肖报仇。皆因按院到任,没有功夫。只可得便来谕,着魏子英拿沙龙,用囚车解往襄阳。刺史接着王爷谕后,就要派马快班头前去拿人。他旁边有位先生姓臧的,拦住老爷说:“不可。这个沙龙不是好拿的。要把他拿了,他有两个女儿,大的还好,这个次女,实不通情理。再说沙龙老儿一反脸,去几十号人也拿他不住。”魏老爷问:“依你之见?”臧先生说:“要依书班愚见,拿老爷的帖把老头子请来吃饭,暗把官人藏于屏风之后,老爷丢金杯为号,使他不防,将他拿上囚车就走。”老爷点头。先生说:“要请沙龙,非李洪不可。”赃官说:“不行。先生不知,李洪与他是结拜兄弟。上次有媒人去说沙龙的女儿与我儿为妻,媒人教沙龙骂出来了。我要李洪去求亲,他反说公子爷文不成武不就的,说不成媒不要怪他。我一气不要了。今又要叫他去,岂不将沙龙放走!”先生说:“老爷无妨一面派人叫李洪,一面将李洪家口收在狱中。老爷与他说明,沙龙不到,不放你的家口。”老爷一听说:“此计甚妙。”

一面派人拿李洪家口,一面去叫李洪。李洪进来,见老爷行礼。老爷说:“拿我名帖,到卧虎沟将沙龙请来闲谈,提你老爷衙中立等。”李洪拿了赃官名片将才要走,赃官说:“回来,我可是立等。要是请不来人,你的家眷可在狱中,不用打算出来。”李洪点头出衙,正遇上一伙人,拥着自己家眷,连老娘也在其内。有自己的伙计同来告诉,总是早把沙员外请来才好。李洪就知赃官不是好意请客,又不能泄漏,自己的家眷要紧。

自出城至卧虎沟,门上有人回进话去。沙员外请入见礼,问兄弟的来意。李洪就把名片拿出交与员外一看，说："我们老爷说，请老哥畅谈。"沙员外一笑说："贤弟不要哄我，吾自知之，又是为你的侄女之事。我去见他不用怕了，女儿都有了人家，受了人家聘礼。你大侄女是智大弟为的媒，给了艾虎了；次女给了韩天锦了，蒋四老爷为的媒。我去见他，叫他另说别人家之女吧。"

原来是魏子英有一个儿子，小名叫狗儿，大名叫送生。这小子仗着他父是地方的现任官，由着他的性儿乱闹，卧柳眠花。他有一个小童儿，是臧先生之子，小名叫马儿，全是马儿出的主意，捧着魏狗乱闹。越闹越大，就要抢人。可巧那天遇见沙凤仙、沙秋葵二位姑娘入山打鸟。凤仙拿着弹弓子，秋葵拿着棍。魏狗儿见着凤仙，他是二目发直。马儿说："可别闯出祸来！这姑娘不好惹哇。"狗儿说："我倒怪爱她的。"马儿出主意教他告诉老爷，找人提亲。真教沙员外骂出来了："我的女儿，焉能配那狗子！"媒人回去，搬了许多是非，没搬动。

如今李洪一来，员外就知又是为女儿事情来了。这两个女儿全给了人家了，我这还怕他么！换了衣服，带了一名从人，同着李洪出了卧虎沟的东梢门。进了城，到了刺史衙。有执帖门房进内回禀。

不多时，正门大开。有人说："请老员外。"直到花厅，赃官迎接出来。老员外欲行大礼，赃官拦住，落座献茶。老员外说："不知大人呼唤小民有何见谕？"魏子英说："岂敢！老兄台，我是久有此心，请老兄台到敝衙畅谈。"随就吩咐摆酒，让老员外上座。沙员外推辞了半天，方才落座。

酒过三巡，这才谈话说："老员外，前番拿了黑狼山的山贼，可算帮着我清理地面，你总算有功之人。我令人去要差使，你怎么不给？"沙爷说："非是小民不给，有开封府的蒋四爷，那日与大人的差役口角分争。大人如果不信，请大人问差役便知分晓。"赃官立时诈喊："啶！好一大胆沙龙。你这般光景，目无官长，藐视你的老爷。"别看沙员外可是个武夫，处处总讲"情理"二字，他撩衣双膝点地说："老大人暂息雷霆，小民不敢！"赃官早就把手中金杯当啷啷丢在地上，由屏风后出来马步班卒有三十号人，往上一拥，不容分说把沙员外捆将起来。沙员外破口大骂:“你敢是反叛的一党!”魏子英吩咐官人,将沙员外上了囚车。复又吩咐将李洪家眷放出。先生叫官人出去,看沙龙带来多少从人,立时拘拿进来。少时,官人回话:“沙龙带来从人,已然跑去了。”先生说:“不好了,他这从人跑去,必然家中送信。倘若他的女儿前来,老爷早作准备才好。”赃官一笑:“难道还敢反了不成?先生不必多虑。此事多亏先生妙策,这里有的是酒,请来一同相饮。”有人过去将杯拾将起来,重整杯盘饮酒。

不到一个时辰,忽听外边一阵大乱。官人飞跑进来说:“老爷,大事不好了,卧虎沟沙员外家两个姑娘杀奔来了。老爷快逃走吧!”赃官吩咐:“叫官人好生用心与我拿住。”官人回禀:“老爷,谁敢拿?”又有三四个官人跑进来说:“快逃吧,不走就有性命之忧。还得打后门逃跑,前门是走不了的。”话言未了,就往后门逃命去了。先生说:“吾要走了。”老爷说:“等等,你背着我吧!我腿肚子转了筋了。”先生早跑出多远去了。老爷把纱帽一丢,靴子一脱,拆了玉带,扯了红袍,呱唧呱唧就跑。(怎么呱唧呱唧的哪?是光着袜底的声音。)到后门正遇见太太披头散发地逃命。他拉着太太,逃在民房中躲避去了。

原来是沙员外被捆上囚车,从人一见,撒腿就跑。到了卧虎沟,正遇见大汉史云,外号又叫楞史,是艾虎的徒弟,渔翁张立和史氏的内侄,皆因大战黑狼山,父女巧相认之后,金大人带张立、史妈妈夫妻上襄阳上任去了,就把史云留在家中,常上卧虎沟来。今日正遇着老员外的从人嚷道:“史大爷,不好了。”史云问什么事?从人说:“老员外叫赃官请吃饭,把老员外诓去捆上,用囚车解上襄阳去了。我回家送信。”史云说:“快给大姑姑他们送信去吧!”史云正入大门内,可巧正遇着二姑娘秋葵。史云说:“二姑姑,我沙爷爷教赃官解往襄阳去了。”秋葵闻听,急入内告诉姐姐,一同出来。二位姑娘全换了短衣服。凤仙拿了弹弓,挎了双刀;秋葵是一条铁棍;楞史拿一根门闩。外面街坊聚了多人,全是受过沙员外好处的。众人全拿长短兵器,各户都愿意把员外救回。秋葵出村一蹲,将凤仙背在她的身上。不多时,就进了城,到了衙门口。丑姑娘把他大姐姐放下,自己一晃铁棍,嚷了一声,如同打了一个劈雷一样。谁想,打进去连一个人也无有了,三班六房全跑远了,故远远望见尘沙荡漾,土雨翻飞。一则惧怕二位姑娘,二则以前都受过老员外的好处,故此全都跑了。

丑姑娘由大堂上打起,稀里哗喇打进去,把大堂上横楣子、公案桌、后屏风、鸣冤鼓,一齐俱都打得粉碎。直打到后面,一层一层的房屋,大大小小的卧室,古铜玩器等一概全完。丑丫头如同疯魔的一样,打了三个来回,连一个人影儿也没有。

忽然间,由西月亮门出来一人冷笑道:"哈哈!我猜着了,姑娘你是找你大爷来了。"你道这个人是谁?送生来了。皆因臧马儿陪着大爷练武,他不好念书,愣说他没带学堂来,改了练武了。其实就担个练武的名气。正在西花园里,听见外边一阵大乱,马儿撞出来一瞧,见人东西乱跑,回去告诉魏狗说:"大势不好了,眼时卧虎沟的姑娘打了来了,连太太都跑了,咱们逃命吧!"魏狗一听说:"不是上回咱们瞧的那姑娘吧!"臧马说就是她,魏狗说:"她许是找大爷来了,我得出去见见她去。"马儿说:"可拿上兵器。"送生提了一条枪窜出西院,与二姑娘撞成一处。

若论胜负输赢,且听下回分解。

第三十一回 姑娘扮男装行路 智化讨书信求情

且说二位姑娘，打了个够，也没见着一个人。好容易出来一个人，六尺多高的身躯，鹦哥绿的武生公子巾，墨绿的箭袖袍，鹅黄的丝鸾带，薄底靴子。看面上：黄酱的颜色，一双斗鸡眉，一对母狗眼，尖鼻子，小耳朵，薄片嘴，芝麻牙，高颧骨，瘦腮帮，共弓肩，鸡胸脯，圆脊梁，盖红花子骨，提着一条枪。这人笑着说道："小妞儿找我来了，上回见着一回，必是想你大爷。"这个"爷"字还未说出，咕唧的一声，弹子就打进左眼睛里头去了，闹了个"换虎出洞"。何为"换虎出洞"？眼珠子是圆的，弹子也是圆的，眼眶子里头只许一个圆的，不许两个。弹子进，眼珠儿出来了。

送生眼睛一瞎，焉能动手？将身一倒，正在秋葵的眼前，秋葵就着一棍，正中头上，一声响，打了个万朵桃花，鲜血淋淋，死尸躺在地下。并无别人，遇见了这么一个。凤仙一弹子，秋葵一棍，结果他的性命。

迎面来了一人，秋葵抡棍就打。凤仙说："使不的。这是李叔父。"李洪说道："二位姑娘快走吧！你们两人打死了送生衙内，其罪不小。少时，若有武营兵来，你们可就走不了啦。你们顺着大路追你们天伦，打碎囚车，救了出来。此处不可多待，即速回去办事。我在这里与你们讲话，被别人看见，就有杀身之祸。"凤仙点头，说："多蒙叔父的指教。"

二位姑娘、史云连卧虎沟的众人一并回去。出城门，下关乡，走到旷野。这内中有个聪明人，上了点年纪，够五旬多岁，姓邹，说："别忙，点点咱们的人数，若要不是我们卧虎沟的听真：你们若是跟下来，非杀了不可。"先是有好些个瞧热闹的，后来出城就没有了。下了关乡，更没了。焉知道刺史衙内地方跟着哪，共是三个人，听见这里说要杀，立时不走了。对着楞史拿顶门闩就往里面一追，地方三人撒脚就跑，依然去远。转回头来，在众人队里一看，并无别的眼生之人。大众回卧虎沟，东门上安上人，要有面生之人，速速地拿住。众人答应。

二位姑娘回到家中，将兵刃放下。思量李洪之言，趁早追赶天伦，因女儿之身大大不便，不如换上男子衣服，走在道路之上，免着人盘查细问。想毕，凤仙将秋葵叫来说："咱们换上男子打扮。"她这有一个表兄，父母双亡，就跟着沙员外。她们在这里早晚教给他本事，想不到练大法，督促的太紧，没到一百天就得病死了。现在他的衣服就锁在箱子之内。要女扮男装，凤仙有现成的衣服，是他死鬼表兄的，穿戴起来就是。秋葵容易，就把沙员外这身穿戴起来就得。事不宜迟，换上衣服，秋葵就把员外六瓣壮帽拿来，勒上网子，戴上帽子，摘了耳朵上虎头坠，穿上箭袖，登上员外的靴子，还有点挤脚呢！凤仙也打扮起来，先把满脸的脂粉洗了又洗，这才洗将下去。头上勒上网子，戴上武生公子巾，穿上衬衫，脚底下把一双靴子拿将过来，衬了棉花，拿布和绸子将脚缠好，穿上靴子。穿上箭袖袍，系上了丝带，佩上了刀，找了一点白蜡，将耳朵眼捻上。自己重新看了又看，连自己也认不出是谁来了。凤仙把包袱打开，将自己所用的衣服，连秋葵的衣服、细软金珠、值钱什物、钗环镯串和自己的弓鞋都包在包袱之内，叫秋葵系在马梢绳之上。秋葵就将自己的棍也咬绞在虾蟆口上。姑娘出来也就顾不得家了，叫婆子看家，外头叫史云照应，托咐了邻房。这二位姑娘上马，出西哨门直奔襄阳去了。

且说卧虎沟老员外被捉，姑娘大闹公堂，打死少爷，立刻传言出去，就惊动了双杰村中的孟凯、焦赤。一闻此信，两个人会在一处，直奔卧虎沟而来。到了东梢门，人都满了，过去一问，方才知道。二人一想：老哥哥活不了，二位姑娘有了人家了，这便如何是好！咱们两个人追赶下去，见着姑娘好救姑娘，见着沙大哥好救沙大哥。二人就在沙家带上点盘缠，直奔襄阳的大路。

天气已晚，到了一个镇上，找店住下三间上房，传酒要菜。空把酒菜摆好，吞吃不下，放声哭起老哥哥来了。忽然进来一人，正是黑妖狐智化。

这智爷由君山起身，拿着请帖到了晨起望，见了路彬、鲁英、丁二爷，就把自己诈降的事说了一遍，大家欢喜。他说："我上卧虎沟请沙大哥去，也叫他上君山，人还少哪！若想定君山，还得进去人哪！人少不行。"大家听了，由晨起望起身。

天气不早，智爷也下店，住西厢房，烹茶打脸水，未能传唤酒菜，就听上房有人哭"老哥哥"，耳音甚熟。他立刻到上房屋中去看，将到石台阶，听屋中人说："你不用哭了，到了襄阳见了智贤弟就得了。"智爷一听，是孟凯、焦赤的声音。智爷掀起帘栊进上房，问道："二位哥哥因何在此啼哭？请来见礼。"孟凯一见，焦赤也过来一拉，说道："老哥哥有杀身之祸。"智爷说："不要着急，全有我哪！"孟凯说："你管得了么？"智爷说："自然是管得了。"孟凯就把沙员外被解往襄阳王府的话细说了一遍，又说："不料二位侄女赶他父亲去了。我们两人知道，也顺着大路追下来，一路并无见着，天气已晚，住在店中，不料遇见贤弟。你想个主意才好。"智爷说："无妨！"附耳低言了几句，就把诈降的话说了一番。"老哥哥我倒能救，只是二位姑娘要紧。"孟爷说："先吃饭。吃完了饭，不用住店，连夜找人。"二位依计而行。

饭毕，打发了酒饭店钱，三人先奔卧虎沟，打听姑娘没有回去。把史云带着奔晨起望，一路并没有见着姑娘和沙龙。到晨起望，路彬、鲁英、丁二爷、孟焦二位、史云等，大家相见。路、鲁、史云等人留在晨起望。智爷自己奔君山，由旱路走飞云关，进旱八寨，至寨栅栏门，进承运殿。钟雄一见说："怎么这么快就回来了？"智爷说："寨主哥哥，不好了，应了你老人家话了。沙大哥被王爷府内要去了。"言还未尽，冲着北侠使了个眼色。北侠带智化双膝点地说："求寨主哥哥救我沙大哥。"寨主爷一皱眉说："二位贤弟请起，你们的哥哥还不是我的哥哥；只是一件，我在王爷跟前说一不二。这时王爷既拿了这位哥哥，必定是给栾肖报仇。我要讲情，这时王爷倘若不准，大事就不好办了。"智爷说："寨主哥哥只管放心。只要有你讲情的一封信去，我亲身自去。见了王爷，全凭我三寸不烂舌、两行伶俐齿，准保能说得王爷信了。"钟雄说："既然如此，我就写信。"将信封好交与智爷。智爷告辞出山，直奔襄阳而来。一路无话。

到了襄阳，直奔王府。到了府门首，望里一看，西边单有一所房屋，门上一块白匾，写着"回事处"三个字。智爷到了门房，见了回事的说道："我乃是由君山而来，现有寨主的书信，面见王驾千岁投递，奉恳那位将雷王官请来一见。"有人问道："你叫什么名字？"说："小可我叫智化。"众人一听，说："你就是黑妖狐？"智爷说："不错，外号人称黑妖狐。"众人又说："你是君山新寨主哇！"你道王爷府怎么知道哪？前文说过，赛尉迟祝英是王府的耳目，三朝两日不断来信。君山无论大小的事情，全都禀给王爷知道。故此智化是君山的新寨主，王府的人皆都知晓。立刻让座献茶，一边有人请王官去了。不多时，由里面出来的人说："智贤弟来了吗？怪不得不上我们这里来哪！你惦记着作寨主哪！"智爷一看，是圣手秀士冯渊、双枪将祖茂、通臂猿猴姚锁、赛白猿杜亮、飞天夜叉柴温、插翅彪王禄、一枝花苗天禄、柳叶杨春、神火将军韩奇、神偷皇甫轩、出洞虎王彦贵、小魔王郭进，同定雷英，与智爷一见，带到里边面见王爷。

毕竟不知怎样，且听下回分解。

第三十二回　王爷府苦求释老将　山谷中二女坠牢笼

诗曰：

害民蠹国几时休？至使人间日日愁。
哪得常能留侠义，斩他奸党佞臣头。

乱臣贼子，人人得而诛之。使侠义常留，岂肯容他在朝？可惜侠义不在，人无法以制之耳。后来宋朝有段故事，余细细述说一遍。

宋徽宗时，承祖宗累世太平，仓库钱粮充盈满溢。那时奸臣蔡京为相，只要保位固宠，乃倡为丰亨豫大之说，劝徽宗趁此太平，欢娱作乐。一日大宴群臣，将所用的玉戋、玉卮示辅臣说："此器似太萃美。"蔡京奏说："陛下贵为天子，当享天下的供奉。区区玉器，何足计较！"徽宗又说："先帝尝造一座小台，言官谏者甚众。"蔡京又奏说："凡事只管自己该做的便是，人言何足畏乎？"徽宗因此志意日侈，不听人言。蔡京又另外设法搜求羡余钱粮，以助供应；广造宫室，以备徽宗游观，起延福宫，凿景龙江，筑艮岳假山，皆穷极壮丽，所费以亿万计。天下百姓，困苦无聊，纷纷思乱。而徽宗不知，恣意游乐，宠任蔡京之心愈固，于是京之威权震于海内矣。那时又有梁师成、李彦，因聚敛货财得宠；朱勔，因访求花石得宠；王黼、童贯，因与金人夹攻辽人，开拓边境得宠。这些不好的事，都是蔡京引诱开端。所以天下叫这六个人为六贼，而蔡京实六贼之首。因此，海内穷苦百姓离心。到靖康年间，金人入寇，京师不守，徽宗父子举家被掳北去，实宠任六贼之所致也。自古奸臣要蔽主擅权，必先导其君以逸豫游乐之事，使其心志蛊惑、聪明壅蔽，然后可以盗窃威福，遂己之私。观徽宗以玉器为萃，是犹有戒奢畏谏之意。一闻蔡京之言，遂恣欲穷侈，酿祸基乱。嗟呼！此孔子所谓一言而丧邦者欤！大抵勉其君恭俭纳谏者，必忠臣也；言虽逆耳，而实利于行。导其君侈靡自是者，必奸臣也；言虽顺意，而其害无穷。人主能察于此，则太平可以长保矣。闲言少叙，书归正传。

且说智爷看见霸王庄这伙贼人，还算自己的故友，见面很觉亲热。初会雷英，见他戴一顶蓝缎子六瓣壮帽，赤金的摩额二龙斗宝，两朵红绒桃在顶门乱颤，翠蓝箭袖袍，鹅黄丝鸾带，月白衬衫，薄底靴子；身高八尺，膀阔三停，面如油粉，剑眉、三角目，直鼻、菱角口，胡须不长；肋下佩刀，倒是个英雄的样子。群贼与智爷一见说："这就是我们雷王官。"智爷向前要行大礼，雷英用手搀住说："不敢！当先听见张华张贤弟言过，又听见说兄台为了寨主。今日一见果然不俗，可称的起朝野皆知，远近皆闻，名垂宇宙，贯满乾坤。"智爷说："岂敢！小可久闻你老人家的大名，轰雷贯耳，皓月当空。今日得见尊颜，实为小可的万幸。再小可归了君山，日后共同辅佐王驾千岁之大事，我们若有不到之处，只求王官老爷，在王驾千岁前美言一二。"雷英说："贤弟不要太谦逊。"往里一让，直奔集贤堂。

少时到阶台之下。王官进去回话，转头说道："王爷有谕：着智化进见。"智爷来到屋中，鞠躬尽礼，匍匐于地，口称小臣智化，与王驾千岁叩头。愿王驾圣寿无疆，千岁千岁千千岁！王爷久闻此人之名，见此人来到集贤堂，不觉欢喜，在上面说："智化平身，赐座。"智爷说："王驾千岁在此，焉有小臣座位！"王爷说："有话叙谈。"智爷说："谢座。小臣奉我家大寨主之命，有一封书信献与王驾千岁，请看。"王爷说："呈上来。"智爷递与雷英，雷英递与王爷。王爷拆开一看。

智爷偷瞧王爷，见他戴一顶五龙盘珠冠，嵌明珠、镶异宝，光华灿烂。穿一件锦簇荣耀蟒翻身、龙探爪、下绣海水江涯、杏黄颜色、圆领阔袖蟒龙服。腰横玉带，八宝攒成，粉底官靴。面若银盆，浓眉三角目，直鼻阔口，一部花白的胡须，尺半多长，扇满前胸。智爷看罢奸王，就知道他没有九五的福分。

王爷说道："智寨主，你家大寨主无论什么事情，孤无有不应之理，惟独此事，孤不能点头。拿了沙龙，所为与栾肖抵命，万不能将他释放。"智爷跪倒说："小臣冒奏王驾之前：千岁不久就要行师，正是用人之际；虽伤了栾寨主，人死不能复生。也怪不得沙龙，乃是桀犬吠尧，各为其主。沙龙不作大宋之官，尚且报效大宋，平黑狼山、清理地面，总是向着大宋。王爷将他拿住，如今他也知道了身该万死。王爷恩施格外，不要他的性命，他若降了，王驾千岁有罪不加，反倒赏他个官职，岂不是破着死命报效王爷！王驾虽失栾寨主，又得来了一个沙龙。小臣把他二人，好有一比：栾肖比一只犬，沙龙比一只虎，失了一犬得来了一员虎将，岂不是王驾千岁的万幸！”王爷说：“你说得虽然有理，那沙龙作过大宋官，怕他不归降我，也是罔然。”智爷说：“他纵然不降，小臣把他带回君山。我们大众苦劝，无有不降之理。”王爷说：“降也是降你们君山。”智爷说：“就是降我们君山，也是大家辅佐王驾千岁，共成大事。欲要兴师之时，我们在前逢山开路，遇水垒桥，见城得城，见镇得镇。托王驾之福，旗开得胜，马到功成。攻无不取，战无不胜。早早推倒宋朝天子，王驾千岁岂不就登基坐殿？”

王爷听奉承了他几句，不觉大乐说：“怪不得有人夸奖你的本领，今日一见，果然高强。不用走了，就将你留在府中，与孤作一个谋士吧！”

这句话把智爷吓了一跳。暗想：在君山诈降计已成，不久得破君山，救南侠，拿钟太保。我若在王府，什么人办理那边的大事？心生一计，跪倒叩头说：“王驾千岁驾前，有雷王官就是谋士。此人文武全才，运筹帷幄之中，决胜千里之外，有鬼神莫测之机，治国安民之策。他熟读孙武十三篇，广览武侯的兵书，攻杀战守，排兵布阵，斗引埋伏，精于攻战。王驾千岁手下有此人，何必用小臣在此。君山上五日一大操、三日一小操、十日总操。每遇操演，水旱的喽兵，非小臣在旁不行。如今新演了几个阵势，都是小臣的主意。若在府内伺候王驾，岂不误了君山演阵！”王爷这才准奏。又有雷英说：“智寨主所言不差，不如教他回君山的为是。”（雷英也怕有了智爷，显不出他来。）王爷说：“既然这样，你就将沙龙带回君山吧！”智爷叩头谢恩。王爷要赏赐酒饭，智爷再三叩头不领。

王爷派人带着智化到囚牢中，把沙龙带将出来，打去了肘铐交与智爷。智爷与沙爷道惊。智爷取了点银子，贿赂了官人，同着沙爷到了店中，给他现买的衣服。智爷一边到了金知府衙门里，打听了打听，凤仙、秋葵并没到知府衙门里头来。自己心中纳闷，告辞出来，也不敢对着沙大哥说。这二位姑娘就是老员外的掌上明珠，若对他说，他必要忧心，反为不美。此事不必对他提，遂即回店，同着沙老员外。次日，给了店饭钱，回君山。一路无话。

到了君山，见了大寨主。大寨主与沙龙大哥见礼。老员外当面谢过救命之恩，要行大礼。钟雄再三拦住，让老员外当中坐。沙爷不肯，其实沙爷见到智爷时，智爷一五一十的全说明白了。不然也不用劝就降了山，焉能这么容易！智爷回头一看，展爷也在那里坐着。就知道自己出山的时节，必然是把人情重在钟雄的身上，过来见礼。钟雄出令，水旱寨的寨主俱到承运殿与沙爷、展爷大家见礼，留众位寨主在承运殿大家同饮，与沙员外压惊，初鼓方散。惟有北侠、智化、沙龙、展昭，大家另整杯盘复又再饮，直吃到四更方散。钟太保大醉，早就安置了沙龙、展爷的住处。展爷晚间到他们屋中，商议破君山拿钟雄的计策，暂且不表。

且说二位姑娘，行路天晚。凤仙着急，秋葵不怕。凤仙说："你可别叫我姐姐呀！"秋葵问："叫你什么？"大姑娘说："你叫我相公。我可叫你是沙葵。论说应叫你兄弟，你的相貌与我不同，不像弟兄。屈尊屈尊你吧！"秋葵说："那算什么要紧的！"越走天气越晚。进了山路，忽见前面的灯光射出。凤仙说："这可好了，有了住户人家可就好打听了。"看看临近，见人家院内墙里头有一高竿，竿上挂着个灯笼在墙外。白灰墙上书黑字，凤仙一看，是"婆婆店"。暗自欢喜。婆婆店就是妈妈开的，我们是两个女儿之身，实在凑巧。

下马前去打店，只听见咕噜噜一响，原来是把个灯笼系下来了。姑娘叫门，里面婆子答应："哟！干什么的？"外边答道："住店的！"婆子道："我们这里有个规矩，灯笼不下，多少人都住；灯笼一下，没有地方了，别处打店去吧！"秋葵说不行，不开门就砸了。婆子说："你砸吧！"就听见当啷一声，婆子说："哟！反了。小子你们别忙，我去开门看看。你们知道我们这里无人，欺负我们娘们！"把门一开，婆子打着个灯笼一照，瞧秋葵那个样，吓了一跳。说："愣小子，拿着棍子冲妈妈脑袋打三下子，你算是好的。"秋葵真要打，被凤仙拦住。

转身要与婆婆行礼说:“是我的一个丑小厮,妈妈不要与他一般见识。我们是没出过门的人,不敢前进,怕遇见歹人。没有房屋,我们在院子里站一夜,也是如数给钱。”妈妈一见凤仙说话恭敬,人品又端方,说:“我这个人吃顺不吃强。有了你这个话,那怕我的屋子让与你,我都愿意。”

进了店门,拿下物件,解下马上的包袱来。婆子带路,过了映壁,三间上房,三间东房,三间西房,可是两间一门,一间一门。她们奔到西边两间的屋中,点灯住下。婆子说:“我有房子,撤灯笼不住人,我是怕错了我的规矩。相公贵姓,府上在那里?”凤仙说:“我居住卧虎沟,我叫艾虎。”妈妈说:“我给你们预备饭吧!”回答:“很好。”把酒菜端来,二位姑娘吃了三杯,反身摔倒在地,口漾白沫。

不知生死如何,且听下回分解。

第三十三回　假艾虎受害悲后喜　真蒋平游戏死中活

且说姑娘为什么说他叫艾虎，皆因说出他住卧虎沟，不敢说姓沙，周围三五百里地没有不知沙员外无儿的。自己一想，不如提出艾虎哥哥的名字倒好。

两人将饮到三杯酒就晕倒在地。妈妈进来一笑："上了妈妈的道儿，就是该妈妈的钱。"进来冲着秋葵一看，说："好小子，你不哼了！"过去把包袱打开，净是红绿的衣服，钗、环、镯、串，连弓鞋都有。妈妈说："这是我女儿的造化！"正瞧之间，院子里问："妈呀，又作这伤天无理的事哪？"妈妈说："上了我的道，那前辈子该我的钱。你进来瞧吧！"姑娘说："进来瞧什么？"妈妈说："顶好的个相公，教他这个丑小子要了他的命了。"姑娘乳名叫兰娘儿，一身的本事，会高来高去之能，蹿房跃脊的工夫，是九头狮子甘茂之女。此处地名叫娃娃谷。

列公，你们看书的，众位看此书，也是《三侠五义》的后尾，可与他们先前的不同。他们那前套还倒可以，一到五义士坠铜网，净是胡说。铜网阵口称是八卦，连卦爻都不能说得明白。故此余下此书，由铜网阵说起。列公请看书中的"情理"二字。他那个书上也有君山，这书上也是君山。君山与君山不同，众公千万不可一体看待。

闲言少叙，就说这娃娃谷婆婆店，还有一到二到三到，一回与一回不同。兰娘听了"相公"二字，一看凤仙，不觉的心一动，想自己终身无靠，看此人不俗，终身配了此人，平生情愿。便问："妈呀，看这个相公怪可怜的，你拿水来灌活了他吧！"妈妈不肯。兰姑娘苦求。婆子有气："他要活了，问我因何害他又救他，我说什么？"兰娘说："你就说是亲戚。"婆子问："他问甚么亲戚，我何言答对？"姑娘说："我的妈妈好糊涂。"（这个"妈妈好糊涂"，是打宋朝兴的。）婆子说："呀，我明白了，怪不得人说：'女大不可留，留来留去反成愁。'孩子，我灌活了他,他要是娶过亲事,难道说你还给他作个二房不成!"姑娘说:"那里赶得那么巧呢!"婆子说:"那么姑娘你就取水去吧!"

取了水来,用筷子把凤仙的牙关撬开,把凉水灌将下去。不多时,凤仙苏醒过来,问道:"妈妈,方才我这一阵是怎么了?"妈妈说:"相公,我先问你件事。你定了亲了没有?"凤仙一怔,暗道:我是女儿之身,定什么亲事。凤仙说:"未定下亲事。"妈妈说:"阿弥陀佛。"凤仙说:"我没定亲,你怎么念佛呢?"妈妈说:"你没定下亲事很好,我有件事情和你商量商量。"凤仙说:"妈妈有话请说。"妈妈说:"我有个女儿,在那边站着哪!颇不粗陋,情愿许你为妻,大概料无推辞。"

凤仙一瞅那边,站着个姑娘。鹅黄绢帕罩着乌云,玫瑰紫小袄,葱心绿的汗巾,双桃红的中衣,窄窄的金莲,一点红猩相似,就是没有看见桃花粉面。凤仙暗想,他们这是个贼店,给我蒙汗药酒饮,必是被这姑娘瞧见,是姑娘主意将我灌活。丫头,你错瞧了。咱们两个人一样。怎么好推辞说有了?只得说:"妈妈快些住口。想少爷乃是宦门的公子,岂肯要你这开黑店的女儿,还不快些住口!"妈妈说:"如何?你瞧他有这手没有,他骂咱娘们哪!"姑娘说:"好野男子。妈呀,我将他捆上,交与老娘就是了。"袖子一挽,一跃身躯过来将打。凤仙一见,也就一闪。二人交手。甘妈妈在旁看定,连连喝彩。

不多时,凤仙要败。因何缘故?她白昼打上衙门,又骑了一天的马,又劳乏,又受了蒙汗药,醒过来功夫不大,四肢不随和。又是小脚穿着男子的靴子很不利落,怎么会不输?一失招,就教兰娘儿一脚踢来,咕咚一声,倒于地上。甘妈妈过来拿了绳子,四马攒蹄捆将起来。兰娘一笑:"凭你有多大的本领,也敢同姑娘动手!妈呀,你杀,我杀?"妈妈说:"我杀!"就把凤仙的刀拿起来要杀。兰娘儿道:"妈呀,你杀他可问他,别教他后了悔。"妈妈说:"好丫头你瞧瞧,你这个还了得么?"来在凤仙面前说:"生死路两条,你可要想明白点。"

凤仙自忖:我若一死,轻如蒿草。我们的天伦,什么人去救?再说秋葵也就活不了咧!不如暂且应了此事,连自己的性命也都保住了。我虽是女儿之身,乃提的是艾虎哥哥的名字。我这事应承,只当是与艾虎哥哥定下门亲事。说道:“妈妈不用杀我。我这事应承了。”妈妈说:“这不是明白的吗?”兰娘说:“妈呀,可教他留下点东西。”妈妈说:“哟,孩子你去吧。我比你懂得。”遂解开绑。凤仙抽了抽身上的尘土,过来与妈妈见礼。妈妈说:“哟,姑老爷歇着吧!可不是我说哪,咱们这亲事是妥了。你多少得留下点东西。”凤仙点头。随即过来一看,自己包袱已经打开了,算好,没有丢东西。拿出一块碧玉佩,交与妈妈作为定礼。可巧,这宗物是北侠给她的,焉知暗里是定她的定礼,凤仙自己不知。

列位,前文说过,此书与他书不同。他书是凤仙走路时节,假充未过门的女婿。众公想情,她是千金之体,她若知道配了艾虎,岂肯充艾虎的名字?此书乃是北侠与沙龙暗地说明,放定时,就是这块碧玉佩,还是北侠当面给的,作为是初会见面的礼儿。秋葵背地里还不愿意哪,抱怨北侠说:“给姐姐不给我。”如今就将这玉佩又定了兰娘儿。妈妈接了定礼,凤仙问道:“岳母到底是姓什么?”妈妈说:“姑老爷,有你岳父的时节,姓甘、叫甘茂,外号人称九头狮子,有本事着的哪!我的女儿就是跟他学的。”凤仙问:“岳母,我这个从人怎样?”妈妈说:“这里有半碗凉水,灌下去就好。姑老爷你灌他,我去备办点好酒饭来你用。”凤仙说:“很好。”妈妈出去。兰娘没走,在院子里哪!说:“妈呀,一不作,二不休,把上房屋内那个瘦鬼也救了吧。今日将瘦鬼杀了,血迹漂蓬,大为不利。”妈妈说:“我恨他和我玩笑。”兰娘说:“得,你行点好吧!”凤仙将秋葵灌活。秋葵一问,怎么个缘故,凤仙就把事情从头细述了一遍。秋葵先有气,后来一听给艾虎哥哥定下亲事,也就罢了。

忽听上房屋中,硼撑硼撑的声音,好似擂牛的一样,哎哟哎哟的乱嚷,说:“姑爷快过来劝劝吧!”又听到说:“哈哈!你四老爷终日打雁,教雁啄了眼!”仍然又打。

你道蒋四爷因何到此?上院衙安放古瓷坛之后,奔晨起望。至晨起望问明大众,智爷诈降君山已成,自己奔五柳沟。天气太晚,误走娃娃谷婆婆店。婆子往里一让:“天气不早,别越过住宿。”蒋爷问:“有上房吗?”婆子说有。蒋爷到里面,进上房落座。说:“妈妈贵姓?”婆子说:“我们姓甘。”蒋爷说:“原是甘妈。咳!你是谁的干妈呀!”婆子说:“本是姓‘甘’,你愿意,叫我甘妈。”蒋爷说:“我这个岁数叫你干妈?巧咧,我也姓甘。”婆子说:“怎么你也姓甘呢。尊字怎称呼?”蒋爷说:“我小名老儿。”婆子说:“原来是甘老儿哟!你是谁的甘老儿?”蒋爷说:“你愿意叫我干老儿,你张罗去吧。你们当家的哪?”婆子说:“去了世了。”蒋爷说:“你守了寡了,我也守了寡了。”婆子说:“你是爷们,守什么寡?”蒋爷说:“我们内人死了,我守的是男寡;你守的是女寡。何苦这么彼此守寡!不如咱们两个作一个。”婆子说:“瘦鬼,你要老成着些才好,你还要说什么?”蒋爷笑嘻嘻地说:“作了亲家,你的岁数比我小,你是个小亲家子。小亲家呀,我也不饮茶,给我摆酒,你陪着我饮。”羞的婆子脸红。她本不能玩笑,蒋爷是专好玩笑。这一玩笑不大要紧,自己几乎有性命之忧。婆子把酒端来,把灯点上。蒋爷让婆子吃酒,婆子连理也没有理就出去了。蒋爷笑道:“小亲家子别急呀!”蒋爷端起酒来,细细的察看,怕有缘故。又闻了一闻,酒无异味,亦无异色,方才敢饮。

焉知晓甘茂在生时节,独门的能耐,会配返魂香,自己造熏香盒子、蒙汗药酒。别人的蒙汗药酒发浑,有味气,斟出来乱转,他这个不浑,也无异味,也无异色,也不乱转。蒋爷饮下去,翻身扑倒躺在地上,不省人事。婆子进来说:“瘦鬼,不玩笑了吧!”正要结果性命,自己先将大门关上。可巧正是凤仙、秋葵到。这时作了亲戚。兰娘讲情,婆子拿水灌活。反倒教蒋爷踢倒,骑上婆子乱打。婆子嚷叫姑老爷。蒋爷知道,必有余党。凤仙进门一瞧,惊讶道:“哟,原来是四叔,侄男有礼。”秋葵说:“侄男有礼。”蒋爷一怔,住手起来说:“你们怎么到这里来?”婆子“哎哟”了半天说:“你认的我们姑老爷吗?”蒋爷说:“怎么会不认的呢!她是你什么人?”回答:“我们姑爷。”蒋爷说:“他怎么是你们姑爷呢?她叫什么?”凤仙使了眼色。婆子说:“她叫艾虎啊!不是吗?”蒋爷说:“是,对!对!是艾虎。冲着你们亲戚,便宜你吧!你也冲着亲戚,给我们点好酒饮吧。”婆子说:“便宜你!”随即去取好酒。

蒋爷问二位侄子是什么缘故这般打扮?二位姑娘就把天伦被

捉，打在囚车以及闹公堂、追天伦、误入婆婆店、受蒙汗酒、招亲，说了一遍，蒋爷说："你天伦不怕。你智叔父如今假降君山，他必知道他。就欠了你们，明日奔金知府那里，找你们干姊妹去。"凤仙点头。

婆子把酒摆上，大家同饮。婆子问："你到底是谁?"蒋爷说出自己的名姓，婆子方知他是蒋平。姑娘问："四叔往那里去?"蒋爷说："上五柳沟请柳青。"婆子问："就是白面判官吗，你们怎么认识?"蒋爷说："是我盟弟。"婆子说："哟！你可是我把侄了。"蒋爷说："你是我把孙，你可找我玩笑哇！"婆子说："他是我徒弟，还是小徒弟呢！大徒弟云中鹤魏真，是个老道；二徒弟是我娘家的内侄，小诸葛沈中元；三徒弟是柳青。"蒋爷说："九头狮子甘茂是你什么人?"妈妈说："是我去世的亡夫。"蒋爷说："这就是了。"婆子说："提起都不是外人，奉恳与我们作个媒人吧！"

外边有人叫门，不知来的是那个，且听下回分解。

第三十四回　魏昌小店逢义士　蒋平古庙遇龙滔

且说婆子叫蒋爷作个媒人、保人。蒋爷说："净作媒人，不作保人。"婆子说："媒保一样。"蒋爷说："作媒不作保。"（蒋爷作不得保人，她是个姑娘怎么保法呢？日后也对不起柳青；作媒可以，准有个艾虎不算冤他。）婆子亦就点头。

外边有人叫门投宿。婆子说："不住人了。"那人苦苦哀怜。蒋爷要出去，婆子与蒋爷一个灯笼。蒋爷开门一看，那人是文人打扮、南边口音。蒋爷将他让进西房一间独屋内住下。蒋爷问："贵姓？"那人一瞅蒋爷面目说："你是现任的职官。"蒋爷说："怎么看出来了？"那人说："你是五短身材，又是木形的格局。"蒋爷暗惊，好相法。细一瞧他说："你净瞧我，未看自己印堂发暗，当时就有祸。"那人说："我倒遇见敌手了，你到底是谁？"蒋爷说："我叫蒋平，四品护卫，你到底是谁？"那人跪倒央求救命，说："姓魏，叫魏昌，人称赛管辂，因与王爷相面，冲撞王爷。后来是我巧辩，没杀我，留在府中。就打五老爷死后，我看王爷祸不远矣。今夜晚逃跑走在这里，巧遇四老爷，恳求你老救我。"蒋爷搀起道："听说我们老五多亏是你，不然尸骨不能出府。你自管放心，我指你一条明路。"

言还未毕，外边有人叫门说："开门来！"魏昌说："这就是王府的王官，追我来了。"蒋爷说："先生放心，有我哪！将灯吹灭，不可高声。"

蒋爷提着自己灯笼出来，开门一看两个人是王官的打扮，骑着两匹马，说："店小儿，你们这里可住下了一个穿蓝袍的没有？这人可拐了王爷府许多陈设，住在这里可要说呀。"蒋爷说："这人不是姓魏呀！南边的口音，住在这里了。"王官下马进来拿人。蒋爷说："我们开店知道规矩，跑了人有我呢！还用二位老爷去拿。我给二位先备点酒。人已经睡了，我们把他捆上。你们饮着酒，明日早晨再走，岂不省事!”二人听了欢喜。

蒋爷把马系在马棚,将门关上。把二人让在三间东房,将灯对上。说:“我取酒去。”到上房见婆子,就把给凤仙、连给自己剩下的药酒,连菜端来,与两个王官吃。用酒不到四杯,二人便倒于地上。转头约婆子将两个王官拉到后面现成刨出来的大坑,连人带酒菜全都倒于坑内,劝婆子说:“从此不必作这个买卖了。你这个女儿给着了这个艾虎,他是智化门人、北侠的义子,外号人称小义士。我见了他的师傅、义父,无论是谁,都可以给你带个三五百银子,就有了姑娘的嫁妆了。我见了你们徒弟,我再说一说,他这时大发财源,他也得算着你,还作这伤天害理的买卖何用?”一边里说话,一边里埋人。

二个王官才真冤哪,糊里糊涂就呜呼哀哉。婆子说:“真累着了我了,这可没事了。”蒋爷说:“还得累累你哪!”婆子说:“病鬼,当着我们新亲,你可别玩笑,叫人家看不起我。”蒋爷说:“咱们两个不过背地里偷偷摸摸的。”婆子说:“你更是胡说了。什么事吧?”蒋爷说:“还有两匹马哪,你帮着我赶出去。”开了门,将马赶出,把东屋里灯熄灭。婆子奔上房。

蒋爷上西屋里来,与魏昌谈话。复又将灯点上。外边事情魏昌都听见,与蒋爷道劳,谢过救命之恩。蒋爷一笑,将先生搀起。魏昌问:“四老爷指的我这条明路,是投奔哪方?”蒋爷说:“上院衙正在用人之际,你就投奔上院衙,就是一条道路。”魏昌说:“去不得。可着襄阳大小人多有认识我的,被他们看见,王府得信,我就有杀身之祸。”蒋爷说:“无妨。我把你妆扮起来,连你自己都不认得自己。”魏昌不信。蒋爷说:“临期你就知道了。”

天光大亮,先打发凤仙、秋葵起身,将包袱包好了,捎在马上,虾蟆口咬上铁棍。告辞出门,妈妈要送,蒋爷拦下。房饭钱不必细表,定然是不给了。蒋爷嘱咐,叫上知府衙。二人点头上马。

蒋爷回来,叫婆子拿槐子熬些水来。妈妈备妥拿来。蒋爷把自己的包袱打开,拿出五个斑毛虫来,先教先生用槐子水洗了脸,后用斑毛虫往面上一擦。取镜子一照,魏先生吓了一惊,面目黄肿的难看。说:“怎么好?”蒋爷笑道:“见了上院衙的公孙先生能治。”言罢起身。四爷也不教给店钱,送出门外作别。

蒋爷回来,婆子说:“我请请你吧!”四爷说:“那倒是小事,我见见姑娘。”婆子答应。入内不多时,姑娘出来,见过四叔,道了个万福。蒋爷看了,果然甚好,别看她是开黑店的姑娘,倒也稳重,总是艾虎的造化。四爷问了声好,兰娘回头去了。婆子待饭毕,蒋爷告辞。婆子送出,看着蒋爷去远了方回。

蒋爷奔五柳沟,非只一日,晓行夜宿。那日到了五柳沟,天已二鼓。自己想着,见了柳贤弟,难道还无住处不成吗?故此天晚进了东村口路北头一个黑油漆门,高台阶,双门关闭。自己上前打门,里面人开门,问:“那位?”蒋爷说:“是我。”老家人细看说:“蒋四爷么?”蒋爷道:“还认得我呀!”老家人说:“四老爷,恕老奴眼瞎,老奴有礼了。”四爷问:“你们员外在家么?”回道:“我家员外上白棚去了。”四爷问:“行人情去了?”家人说:“不是。在庙中设上五老爷的牌位,与五老爷念经哪!”蒋爷问:“在哪庙中?”回道:“在玉皇阁。”蒋爷问:“庙在哪里?”家人说:“由此往东直走,到双岔路口,路北有一棵龙爪槐树,别往正东,走东北的小岔,直到庙门。”蒋爷说:“我上庙中找他去。”家人让四老爷在家里等。四爷一定要走,家人进去关门。

四爷出东口往东,不到一里路,看不见龙爪槐。可巧起了一阵大风,风沙迷目,不能睁眼,仍是向前,未能看见槐树。直走了七八里路,也没走到玉皇阁。心中纳闷,别是柳安儿冤我吧?直听见有人嚷:“好恶僧人,秃头哪里走?着刀!”四爷顺音而去,一看前边有一庙宇,门儿半开。蒋爷矮身而入,进了山门,西屋里有妇人啼哭。蒋爷来到屋中一问,妇人说:“家住深山岗,我丈夫叫姚猛,人称飞锤大将军,又叫铁锤将。我娘家姓王,居住王家陀。我由娘家回婆家去,带着兄弟王叩钟,走到庙前,风沙迷眼,不能前进。这个庙叫弥陀寺。里面的恶僧人名叫普陀。他有四个徒弟,叫月接、月长、月截、月短。素常知道不是好人,看见我在庙门前避风,他让至客堂待茶。依我不进来,我兄弟说,里边避避也好。将到客堂,我兄弟教和尚捆出去了,不知生死。普陀过来,要与我行无礼之事。我一喊叫,进来一个大汉,将恶僧人叫出去,两个人在后边动手哪!小妇人怕僧人回来,想行拙志。不料遇见爷台,这就是前面的情况。”蒋爷听了,就知道他丈夫是个英雄,说:“你自管放心,我去帮那大汉捉拿凶僧。我与你找一个地方,暂且隐藏身躯,千万别行拙志。”妇人叩头。

蒋爷带路,直奔头层大殿,开了隔扇,教妇人在殿中躲避。一回转头,那边捆定一人,口中塞物。蒋爷过去,解了绳子,拉出口中绢帕,原来就是叩钟。他给蒋爷叩头。蒋爷叫他在这看护他姐姐。蒋爷出去,随带隔扇,到了后面。原来五个和尚围定一人,那人正是大汉龙滔。蒋爷蹿上房的后坡,揭了两块瓦,对准了普陀的秃头,叭嚓的一声,普陀躺倒在地,龙爷在凶僧腿上砍了一刀。蒋爷飞身下来,给了大和尚一棍。一阵乱打,月长、月接、月截、月短死了两个,带伤的两个。把带伤的捆起来。

龙滔过来见礼,问四老爷从何而至?蒋爷把已往从前说了一遍。问龙滔:“你打哪来?”龙滔说:“我把差使给了冯七。我听说老爷们跟大人在襄阳,我也要上襄阳,求老爷们给我说说,跟大人当当差使。我想,大人正是用人之际,我有一个姨兄,住在深石岗叫姚猛,把他找上。走在庙前,听妇人呼救,进得庙来,见秃驴实在可恶。我把他叫出来,与他较量。我正不是他的对手,这时节,你老人家到了,救了我的性命。”蒋爷问:“那个妇人你可认识?”龙爷说:“没有看明白。”蒋爷问:“那就是你的嫂嫂。”带了龙滔到前边,见了王氏,叔嫂相认。蒋爷说:“明日把凶僧交给当官,你同你姨兄奔晨起望,打听打柴的路彬、鲁英,在他们的家中相会。”龙爷点头。

直到次日,蒋爷起身。见着人打听玉皇阁在那里,有人指告。原来昨日乱风的时节,未能看见那棵槐树,多走了六七里地。次日到庙,果然经声佛号,山门关闭。向前打门,有人出来。蒋爷一问,说柳员外回家去了。蒋爷并未进庙,转身又回五柳沟去了。到了家中,有人出来告诉,员外上庙去了。蒋爷复又回庙,庙内人说,又回家去了。走了四趟,整是八个来回。蒋爷一翻眼,明白了。分明是老柳不见我,告诉家人来回的乱支,作就了的活局子,使我找得嫌烦,扬长而走。他这算不出世了,我自有主意。

这回又到家中,家人出来,没容他说话,蒋爷就走进去了。直奔书房,屋中落座,气哼哼地吩咐:“给我看茶来。”家人答应,献上茶来。他问柳安:“这是你们员外的主意,成心不见我。你知道我找你们员外是什么事情?”家人说不知。蒋爷说:“他在五接松说错了话了,人家不让他走。我给他讲的情,说下了盗簪还簪。设若你不定下这还可以,定了又不见我。我远路而来,却净支我。我整跑了八趟!用着我们哥们时候,百依百随,盗三千叶子黄金,拿到他家里来了。他说粜粮赈济贫民,谁又瞅见了?这时候用着他了,不是我用他呀!老五死了,大伙与老五报仇,教他沾个名,不怕他不出来。别冤我呀,打早到晚,我还水米没打牙哪!给我看酒。”老家人吩咐摆酒。点上灯烛。四爷饮的大醉,说:“老柳,这日子你不用过了!”说罢,拿灯一烧窗户,家人往外跑,嚷道:“四老爷放了火了!”柳青由垂花门出来,被蒋爷抓住。

欲知如何盗簪,且听下回分解。

第三十五回　盗发簪柳员外受哄　舞宝剑钟太保添欢

且说蒋四爷借着点酒，把脸一盖，故意装醉，拿灯烛将窗棂纸点着。老家人没看明白，往里就跑，嚷道："四老爷放火！"有何缘故呢？是乡下最怕失火。柳青出来，蒋爷把他一把揪住。说："姓柳的，我们哥们帮着你盗金子，绝不含糊；如今我远路而来，你来回的冤我。一百使不得，二百下不去，三百不够朋友。说话不算，你就擦粉。"柳青说："你真要盗？"四爷说："我作什么来咧？"柳爷说："屋里来。"厨役把家伙撤去，蒋爷坐在东边，柳爷坐在西边。柳青说："盗哇！"蒋爷说："有言在先，连盗带还一个时辰。你摘下帽子，把簪子拔下来，教我的小搬运童儿瞧一瞧。"柳爷摘了帽子，拔了簪子，递过来说："什么搬运童儿？"蒋爷瞧簪，仍是那个水磨竹的，一边有个燕蝙蝠，那边一个圆寿字。柳爷说："搬运童儿可受过异人的传授？"蒋爷说："还能呼风唤雨，撒豆成兵。"柳爷说："谁教你的？"蒋爷说："黎山老母。"柳爷说："你别胡说了。"蒋爷说："你把簪子秘好了，叫大家出去，别在这里瞧着。"家内十多人全挤着要看。柳爷将大众喝出。众人在窗外观瞧。

蒋爷说："我要盗，盗个手明眼亮。你把两只手搁在桌子上，我把两只手搭在桌上，净叫搬运童去盗。"柳青半信半疑，就将手放于桌上。蒋爷两只手压住柳青两只手，说："小搬运童儿，去把他那簪子拔下来。咱们作个脸，慢慢走，上了脚了，上肩膀儿了。"闹的柳爷毛毛咕咕地说："怎么看不见？"蒋爷说："三寸高，你是肉眼凡胎，如何看得见？"柳青说："你哪？"四爷说："我是慧眼。"柳爷连肩膀带腿和脑袋乱摇乱晃。蒋爷说："你摔了我童儿的腰哪！"柳爷说："别瞎说了！"蒋爷说："瞎说？ 盗下来了。"柳爷不信。蒋爷抬起一只手来，往上一翻，仍然拿手背压着柳青的手，一舒掌说："你看簪子。"柳爷一怔，果然盗下来了。蒋爷一合手交与他的左手，柳青接来灯下一看。“呀！病夫，你真有些鬼鬼祟祟的。”蒋爷劈手夺来，仍又拿自己的右手压住他的左手，说：“净盗不算为奇，还要与你还上。”柳爷说：“不还我也不出去。”蒋爷说：“还上你可别矫情了。”柳爷说：“只要还上，就算你赢。”蒋爷说：“连盗带还，没有一个时辰吧？”柳爷说：“这时就还上，可没一个时辰，工夫一大可就过了时刻了。”蒋爷说：“你净矫情，早还上了。”柳爷不信。蒋爷将双手往下一撤说：“你摸去。”柳爷回手一摸，果然还上了，说：“怪道哇，怪道！”蒋爷说：“你说话吧，是出去不出去？”柳青说：“教我出去不难，还得依我一件事情呢？”蒋爷说：“你不出去就罢，别为难我了，怎么还得依你一件事情呢？”柳爷说：“只要依我这件事情，我就出去，怕你不应。”蒋爷说：“你说吧！”柳爷说：“你把这盗簪的法子教给我，就随你出去。”蒋爷道：“不难，等着得便之时再教。”柳爷说：“不成，立刻就教。”蒋爷说：“净持授桃木人得一年。”柳爷说：“我就等一年。”蒋爷说：“你等一年，我可等不了一年。也罢，我现时就把你教会，你便怎样？”柳爷说：“我再不去，我是个畜类。怕这个咒，不能一时就会？”蒋爷说：“行，七字灵文、八字咒，一教就会。”柳爷大乐说：“来吧，老师你教给我吧！”蒋爷说：“你方才看着盗的快不快？”柳爷说：“快！”蒋爷说：“不快，还能快。你看又盗下来了。”柳爷惊疑不止，连说：“好快！好快！”四爷说：“又还上了。”柳爷一摸，果然还上了。连着五六次，柳爷总未醒悟。这回柳爷摸着还未回手，蒋爷说：“又盗下来了。”柳爷一把揪住说：“好病夫，你冤苦了我了！”

列位，这本是蒋爷玩的个戏法。说书总讲“情理”二字，蒋爷自打五节松瞧了他这只簪子，花样尺寸就记在心里，照样买了一个。宋时年间拢发包巾，满街上都是卖簪子的，故此买的容易。未盗簪时，叫柳爷摘下来看，怕不是那个。论柳爷家内，什么簪子无有，可巧还是那个。不教众人在眼前，怕他们看出来。叫柳爷双手放桌上，他拿手压着柳爷的手，怕他回手一摸就不行了。哄信了他之后，所以是左盗右还的，那时摸出算完了。

蒋爷教柳爷抓住说：“是两个。”四爷说：“可不是两个，我实无别法，想了这个招儿。你出去呢，咱们大家报仇；你不出去，我就死在你的眼前。”说罢，跪下哭道：“你怎么样了？”闹的柳爷无法，也就哭了，说：“四哥，不是我不出去。”四爷说：“你不必说了。我大哥得罪于你，必叫我大哥与你大大的赔一个不是就完了。”柳爷说：“也不用。”随戴上头巾，饮酒。

次日起身，蒋爷教多带熏香，直奔晨起望。非只一日，到了路、鲁的门首，直入里面，见大众行礼，连焦、孟、史云全都见过。有人进来说：“外面有二人，口称龙滔、姚猛求见。”蒋爷请二位入见。龙、姚二位进来。智爷也从外面进来。大家全见个面，将自己的事细说一遍。蒋爷说：“智贤弟出主意吧！”智爷说：“里头人少，让他们二位去。”蒋爷说：“龙、姚二位，你们看可行啊？太粗鲁些。”智爷说：“可以，这样更好。我告诉蒋四爷一套话，你慢慢地教他们。丁二爷、柳爷你们二位，算表兄弟。柳爷算送二弟去。你不降，苦劝再降。二爷你别说真名姓，就说叫赵兰弟。”二爷说：“为何教我改姓？”智爷说：“你不算改姓，本是赵兰的兄弟，故此是赵兰弟。”丁二爷一笑说：“你真可以就是了。”智爷安排好了，说：“我在君山等去。”说毕起身，回君山去了。

智爷回君山，走旱八寨，回承运殿。可巧这日，就剩钟雄一人在承运殿独坐，正寂寞。忽然智爷进来，问钟寨主：“他们都上那里去了？”钟雄说：“他们大众同沙大哥闲游去了。沙大哥总觉心中有些不快，大众陪着沙哥去游山，叫他散散心去。”智爷说：“这个展护卫，我又没在家，是怎么降得？”钟雄说：“并未准降。我那日到引列长虹，他说了许多的好话。什么‘死有余罪的人，身该万死的人，寨主还有这般优待’！我说：‘既然这样，何不请到承运殿一叙？’他虽来，不知归降不归降？”智爷说：“好办，交给我了。只是还有件事。”寨主问：“什么事情？请说。”智爷说：“来这些日了，我把山中众位寨主们连前带后、连喽兵全算上，有贤有愚，有奸有忠。惟独有一个人，我看着奇怪。”寨主说：“是谁呀？”智爷说：“武国南、武国北这两个人可是亲弟兄不是？”钟雄说：“不是。那国南，是我们这老家人武成之子，三十岁了；国北并不是亲生的，他捡来这么个孩子，拿蒲包儿包着，还是一身的胎练小毛，衫上写着生辰八字。抱回来现找的奶娘，叫家人谁也不许说是抱的，就说是亲生自养的。他的父亲在我天伦手里出过力,死后还是我发送的。”智爷说:“此人早把他赶下山去,万般要不得。他相貌是兔头蛇眼,鼠耳鹰腮,其意不端,万要不得。”寨主说:“有贤弟这一论,有我在,他不敢怎样!”智爷说:“岂不闻大福不在,必生祸乱!”钟雄说:“诚哉! 是言也。”话言未了,大众归回一同吃酒。

次日早饭用毕,喽兵报道:虎头崖下来了两个投山的。钟雄一摆手,喽兵撤身出去。钟雄说:“智贤弟,你出去看看,若看出破绽,不用与我商议,立刻结果性命。”智爷点头出去。

智爷去够多时,进承运殿说:“外边两个投山的,小弟带来,哥哥再过过目。”钟雄点头应许,便叫喽兵传话:“我家寨主有请!”二位先启帘栊进来。钟雄一瞧,二位堂堂的仪表。一个银红色武生巾,银红箭袖,鹅黄丝带,薄底快靴。天青色的跨马服,腰悬宝剑,翠蓝挽手飘垂。面似傅粉,细眉朗目,形相端正。唇似涂朱,牙排碎玉,大耳垂轮,好一位面如少女的英才。一个是蓝缎六瓣壮帽,蓝缎箭袖,皂缎靴,杏黄丝鸾带,肋下佩刀,面若银盆,粗眉大眼,虎视昂昂。钟雄看罢,喜之不尽。见二人欲行大礼,钟雄离位搀住说:“不敢! 未曾领教二位贵姓高名?”二人说:“寨主在上,小可姓柳名青,外号人称白面判官。居住凤阳府五柳沟。这是我的表弟,他叫赵兰弟。皆因他父母双亡,有点本事,性情骄傲。我怕他入在匪人的队内,岁数年轻,一步走错,恐怕对不住我去世的姑母。听见寨主这里挂榜招贤,特地将他送来,早早晚晚跟寨主学点本事,不知寨主可肯收纳?”钟雄说:“我这里招贤挂榜,聘请还恐不至,焉有不收之理?”柳青说:“如此说来,当面谢过。我就要告辞。”钟雄说:“不是说你们两位,怎么兄台要走哪?”柳青说:“小可家中事烦,又是买卖,又是地亩,全凭小可一人照管,实在不能投山入伙。”连智爷在旁苦劝,这才点头。智爷带他们与大家见过。

钟雄摆酒,顷刻杯盘齐备。酒过三巡,智爷问道:“赵兰弟肋佩双锋,必然是好剑法。”二爷说:“才学,漫说是好,连会也不敢说。”智爷说:“你这是太谦。你们二位投山,咱们都是前世的夙缘,称得起是一见如故。酒席筵前,无以为乐,烦劳施展剑法,我们瞻仰瞻仰。”

二爷回答:“本领不佳,不敢当着大寨主出丑。”智爷说:“不必太谦了,施展施展吧!”柳青说:“既是众位说着,你就舞一趟。那点不到,好跟众位领教。”二爷点头,把剑匣摘将下来,放在桌上,袖裤一挽,衣襟一吊,呛啷一声,宝剑出匣。众人一看,此剑寒光灼灼,夺人耳目,冷气森森。钟雄一瞧,暗暗惊讶。睹物知人,就知道二爷的本领不错。再看二爷将身一跃,手中这口剑上下翻飞,蹿高纵矮,一点声音无有。人人喝彩,个个生欢。“好剑法,好剑法!”收住势子,气不涌出,面不更色。钟雄就知道他平素谙练的功夫纯熟。钟雄亲递三杯酒道劳。智爷说:“可不是我这个人没够,还要奉恳一趟。我们这里还有一位陪着你走一趟。”丁二爷说:“使得,使得!”冲着展爷又是一躬到地说:“展大哥,我是深知你的剑法高明,故此奉恳。”展爷点头。

这双舞剑的节目,且听下回分解。

第三十六回 为诓宝剑丁展双舞剑 设局诈降龙姚假投降

且说智爷说:“寨主爷爱双舞剑。山中会剑的甚少。这位赵兰弟与大哥,你们二位可称得是棋逢对手。你们二位要双舞这一趟,那就可观的无比了。借着大哥的光,我们也开开眼。”展爷说:“使得。这有何难?可惜没有宝剑。”智爷说:“有的是,来呀,去到后边五云轩提大寨主的。”令下,把剑取来。钟雄一听,吓的面貌更色。暗说:“不好,智贤弟假聪明。你不想展昭投降未妥,要将宝剑拿出来,他得到手中,若要不降了,可也不好与他要。这就叫纵虎归山。再苦劝降,他要不降还好;他要一翻脸,他那口剑谁能抵挡!智贤弟,你错大发了。”暗暗使了个眼色,使声音咳嗽。智爷总不回头,钟雄干着急,并无方法,又不好与他明说。不多时,将剑取来,智爷叫把剑给了展爷,他就明白的了。暗道:“好个黑狐狸精,给我诓剑哪!”连北侠大众等全明白了。智爷皮着脸说:“终日大哥爱看双舞剑,今日看罢,准对意味。”钟雄有气,暗说:“谁爱瞧双舞剑,是你爱瞧吧!”因此总老不看他们。智爷又道:“彼此二位可没有冤仇,无非点到为止。可不许谁伤着谁。我这里有礼了。”随即一躬到地。二人齐说:“不敢。”二人一齐捧剑垂首下座。文武本领,全讲“情理”二字。展爷先在山上,丁二爷是新来的,又岁数儿小,又是亲戚礼道的,这是何苦哇!丁二爷说:“寨主手下留情。”展爷心中不乐,暗说:“二舅爷,你可不当这么着,怎么指实了叫起我寨主来了。你可别怨我,我也闹你一句。”说:“赵爷手下留情!”二爷瞪了他一眼,委曲着说:“岂敢!”北侠等大众暗笑。他们亲戚礼道的,倒凑合了圆全。

说毕二人动手。好一双英雄,要是看了这次舞剑,再也不必看其他了。二人留出行门、过步,半个过河。二人施展平生的武艺,手眼身法步,心神意念足。蹿、蹦、跳、跃,闪、辗、腾、挪,轻若猫鼠,捷似猿猴。滴溜溜身躯乱转。蹿高纵矮,足下一点声音皆无,类若走马灯儿相仿，全讲的是猫蹿、狗闪、兔滚、鹰拿、燕飞、挂画六巧之能。虽然这般的比试，鼻吸口气的声音皆无，就听见飕飕飕、剖剖剖。飕飕飕是剑刃劈风的声音，剖剖剖是衣襟刮风的声音。忽前就后，忽左就右，这才叫棋逢对手，将遇良才。把大家看的眼都花了。可不只是一样好哇！人的品貌、衣服、器械全好，真算是世间罕有。

钟雄虽然不高兴，究竟是个行家。先前不爱瞧，他是低着头生气，未免得也就偷着瞧一两眼。除非你不瞧，你若一瞧，管保你把别的都忘了。他把两眼一直，比别人看的更入迷了。待两个人收住势子，彼此的对说："承让！承让！"一转身当着寨主说："献丑，献丑！"寨主爷说："实在高明！"眼睛睁睁的，展南侠答理答讪的把宝剑挎起来了。钟雄又烦起来了。智爷摆酒，与二位道劳。这才冲着寨主说："哥哥，你看看二位剑法实在是好，果然的妙。准保寨主哥哥爱看。"寨主说："你是准知道我。不然怎么说知性可以同居呢！"随即使了个眼色，把智爷调出，说："众位告便。"智爷随后也说："众位我且告便。"也由后边出来，至于院内。一看，钟雄在那里等候。智爷问："寨主哥哥什么事？将我调出。"钟雄说："你错作了件事情。言多语失，你知道不知道？"智爷说："我不知。"钟雄说："这个姓展的他降意不准。这宝剑到了他手里，岂不是纵虎归山。还不是错？你错大发了。"智爷说："就是为这个事。这宝剑我成心诓出来给他的。"钟雄说："贤弟，错过是饮过血酒。你这一句话不要紧哪，我就错疑了。"智爷说："我公正无私，不怕人疑惑。"钟雄说："你怎么成心给他？"智爷说："寨主哥哥，我把这段情由向你说了吧。这个宝剑不能不给他。我假意着说是哥哥爱看，借这么个因由，好教他物归本主。"钟雄说："你可知道那剑的利害？"智爷说："我怎么不知？把宝剑给他，露出寨主爷的大仁大义来了。请人家降山，又不给人家宝剑，人家岂不小看于你！"寨主说："依你之见？"智爷说："他在这里一坐，咱们该说的也不敢说，该讲的也不敢讲，降不降就在今朝了。"钟雄问："怎么讲哪？"智爷说："小弟少时进去，我就说，哥哥叫我出来商量一件事：所有在座的诸位，有拜过一盟的，也有没拜过的。有一得一，今天全续同盟。有不愿意的趁早说明。"钟雄说："他若不拜？"智爷说：

“他若不拜呀，那就是不降。晚晌用酒灌醉，结果了他的性命。宝剑落在哥哥手中。他若结拜就是降了，有什么话也好对他说，就不用避讳了。”钟雄说：“罢了，贤弟比我胜强百倍。”

说毕，二人回席，仍然落座。智爷说：“寨主爷将我叫出去，说咱们在位人续一回盟。拜过的再重复一回。可有一件，那位不愿意，趁早说明，这也不是强为的事情。”惟有展南侠一怔说：“我本是该死之人，蒙寨主这般错爱，如今又要结盟，焉有不愿意之理。无奈可有一宗，我的家眷现在京都，倘若风声透漏，万岁降旨封门抄家，我担架不住。”智爷说：“无妨，怕你不愿意。倘若愿意，将宝眷接在山上，那还怕他什么！”随说道，“你不用忧虑了。寨主哥哥预备香案。”把个钟雄乐的是手舞足蹈。也是他时运领的，拿着丧门吊客当喜神。大家沐浴更衣，序齿结拜。沙老员外居长，依次钟雄、北侠、展爷、智化、柳青、赵兰弟七人。结拜也没发愿，也没饮血酒。

书不可重叙。水旱寨众寨主大家相见道喜，留在承运殿吃酒，整整乐了一天。日落席散，当日钟太保饮了个大醉。安置柳爷、赵兰弟的住处。又待了三日。

早饭毕。喽兵进殿禀报：山下虎头崖下来了两个投山的，特来报知。钟雄一摆手，喽兵退去。叫智贤弟：“还是你去看明来意，如果有诈，结果了他的性命，别着他脱逃去了。”智爷出去。

去了多时转头回来。启帘栊进来说道：“有两个人叫在承运殿外，以候寨主的令下。”钟雄说：“敬贤之道，下个‘请’字，怎么这个你说是‘叫’呢？”智爷说：“你看什么人，什么人说什么话。”到承运殿外说：“我家寨主叫你们进去。”只听见“是”的一声，如同半空中打了一个巨雷一般。进得承运殿，一个是身高八尺，那一个比他还高一尺。全是一身青缎衣襟，六瓣壮帽，绢帕拧头，青缎箭袖袍，丝鸾带，薄底缎靴，闪披着英雄氅。一个胁下佩刀，一个是长把鸭圆大铁锤，腰中系着觚觚昂昂的大皮囊。一个白方面，黑髯；一个是面如刃铁，半部胡须。一个是胸膛厚，臂膀宽；一个是肚大腰粗，脯肉翻着，翅子肉横着。一个是堆垒锐锋，叠抱着杀气；一个是威风凛凛，虎视昂昂。全都是皱粗愚鲁，闷愣混浊。

钟雄一见,喜不自禁地问道:“贵姓高名,仙乡何处,尊字怎么称呼?”两个投山的冲着智爷:“嘿,我说,那个他……”这个也说:“嘿,我说,那个他……”这个说:“别和我们转文玩笑咧!”智爷说:“过来,给寨主叩头。”两个人倒身便拜,咕咚咕咚也不知磕了几个头,起来旁边一站。智爷问叫什么名字?那人说:“我叫大汉龙滔。”“我叫姚猛,人称铁锤将,又叫飞錾大将军。我们居住深石岗,因在家好管不平之事,故此打死人了。有咱们董二大爷告诉说,君山有个寨主叫飞叉太保钟雄,他那里招贤。我们说没有盘费,二大爷给了一吊钱。我们奔这里来。到了山下,打听明白才进来。你们要我们不要?若是留下,情愿牵马坠蹬,可得管饭,我们可吃得多。”

钟太保笑道:“智贤弟,你可通六国之语。”智爷说:“人有人言,兽有兽语。哥哥看看有诈否?”钟雄道:“这样人,焉能有诈?”岂不想傻人专冤机灵鬼!钟雄问:“智贤弟,这两个还是结拜,还是怎样?”智爷说:“这样结什么拜哪!只要哥哥愿意留下,大小给点差使就得。”钟雄说:“把他们拨往那寨哪?”智爷说:“这样的人给不得脸,也办不了大事,可准诚实。有了,哥哥睡觉的屋子穿堂,不是有十名健将上夜?我每见他们偷闲躲懒,要拨换他们。这就不用了,把这两个人派为健将的头目。两个人管十个人,准许他们鞭处。似乎这两个人,要教他们睁着眼睛瞪一夜,决不敢少闭。就是这个缺分,他们两个就以为到了天堂了。哥哥请想如何?”寨主说:“可有点难为他们。”智爷说:“什么人什么待承。”遂把龙、姚叫过来说:“寨主赏你们一个健将的头儿。你们爱分前后夜,或爱分一对一天,随你们,带十个人商议。官中有饭,每月一人十两银穿衣服。”二人谢过寨主,由喽兵带着见十名健将去了。钟雄说:“贤弟实能见机而作。”大众也就夸奖了一番。当日无事,无非叙了些个闲言。

过了两三日,这日智爷见钟太保欢喜,说道:“寨主哥哥,这个巡山的差使,闻寨主当了多少日子了?”寨主说:“闻寨主那是投山的头一个拜弟,到寨就作巡山的差使。”智爷说:“我看闻寨主昼夜操劳,要把他累大发了,明年行兵之时,人一疲乏如何打仗?不如将此差使换与小弟,替他当个三两个月,然后再换与闻寨主;再要两三个月,再换与小弟,不知寨主意下如何?”寨主说:“贤弟,你帮着我料理白昼之事就很是了,再要操劳夜间之事,使劣兄心中不安!”智爷说:“这是小事。哥哥做了皇上,我还不是一字并肩王么!”钟雄听了欢喜,随即传令将巡山大都督的缺,换与智寨主。闻寨主拨与小飞云崖口镇守,不得违令。闻华一闻此言,吓了个真魂出壳。智爷得了巡山的差使,任其出入,找蒋四爷商量破君山的节目。

欲知后事如何,且听下回分解。

第三十七回　承运殿大醉因贪酒　五云轩梦里受毒香

且说智爷讨了这个巡山差使，亚都鬼闻华约会了黄受、于义、王京、谢宽，俱在小飞云崖口相会。大家议论此事，这巡山大使非寻常可比，寨主派了别人，倘有一点舛错，可使君山玉石皆焚，不若咱们大家破着性命见大寨主荐言，就提这个差使给不得别人。于义说："不行。你们曾记得'令出山摇动，严法鬼神惊'。倘若不行，大家死倒不怕，闹一个没面目，又没有拿住他犯疑的大病。"闻华说："依你主意怎么样？"答道："咱们大众暗地细访，如查出他的劣迹来时，咱们大众破着死命，一下就把他搬倒。如其不然，因为小事，大寨主又不能论他之罪，这不是往返吗？"大家一听，合乎这个情理，就悄悄地访查。焉能知晓智爷手大遮不过天来，以为把寨主哄信，把大家更哄信了。强中还有强中手，能人背后有能人。自从智爷得了这巡山大都督，这一百巡山的喽兵，俱听智爷调遣。这一个早早晚晚，不分昼夜，没有一点松神的地方。可有一宗，出入方便，上晨起望也不用避讳喽兵了。这时节，就是上院衙也不要紧了，不怕遇见寨主、喽兵问他，他都有说的，就说是访听事情去了。

这天到了晨起望，见了大众、蒋四爷。见礼毕，蒋四爷就问诈降的人怎么了？智爷就把已往从前细说了一遍。大家笑了一回。复又说道："四哥，我们里头的人也够了。拿钟雄的日子也有了。冬至月十五，赶他生日这天后寨有三千坛酒，让搭出来散于大众，把寨主灌醉，用返魂香把他熏将过去，盗出君山。你们在外头接应着我们。"蒋爷说："是的。里头事在你，外头事在我。"智爷说："我们可不走旱八寨。"路彬说："可别走水寨呀！会水人少，水寨喽兵恶烈，又有水寨出不来，又有大关挡着。"智爷说："不走水寨。我瞧了小飞云崖口一条道路；过了小飞云崖口，就是荻子坡，龙背陀，前引山，前引洞，就出来了。"路彬说："对。要打那出来，咱们这船可以在那里等着。那点山是极高的，乃连云峰的下坎儿。是日我们二更就到。”智爷说：“可别忘了。还有件事，到了十五拿钟雄，山中必是一乱。他们又不知钟雄的下落。山中也有高来高去的能人，倘若他们吃疑追至上院衙，上院衙空虚无人，大人有失那还得了！有道是：未思进先思退，君子防未然。”蒋爷连连点头说：“言之甚善！我倒有个主意：先请大人上武昌府，叫我二哥来保护；让我们大哥、三爷全上我们这里来。”智爷说：“更好，不怕他，去也是扑个空。还有一件事，四哥给运三支信火来。是日，我们把钟雄盗出来，到承运殿头支信火腾起。栅栏门是二支信火腾起，上了小飞云崖口是三支信火腾起，你们也就知道了，外边好接应。”蒋爷说：“是日，我们把晨起望的住户约上，见你们信火一起，我们在外头乱嚷助阵。借着山音说天兵天将好儿百万人，四面八方共破君山。嚷杀呀，杀呀！里边他们不战自乱，助你们一臂之力。”智爷说：“此计甚善。”

蒋爷说：“贤弟，我还有句话，龙滔身上带着一个药饼儿，他没告诉你吧？”智爷说：“没有，什么药饼儿？”四爷说：“当初我二哥初见花蝴蝶时候，拿了一个串珠花的婆子。她是拐子手，拐了一个巧姐。巧姐是货郎儿庄致和的外甥女。我二哥白日里，在大夫居喝酒，没了钱了，庄致和素不相识，会了酒钱，就提他丢外甥女儿的事情。可巧晚间遇上了，从巧姐头上起下来一个药饼儿。这种东西按在顶门上人事不省，闭上了七窍。若要还省人事，起下药饼，后脊背拍三掌，迎面吹口冷气，立刻就明白了。后来拿住花蝴蝶，用的就是此物。剐完了花蝴蝶，龙滔再三央及我二哥借这东西，不好意思拨他的回，作为暂借的。昨日问龙滔，他尚有此物。要用时节你找他要去。”智爷说：“这是宝贝呀，可大大的有用。”蒋爷说：“你也该走了。”智爷说：“我如今是巡山的，早早晚晚全不怕了。我告诉你的话，你可要办理。”蒋爷说：“外头事交给我了，你不用挂心。”两人将事情商量停妥，随即起身回山。这座君山如铜墙铁壁一般，万马千军也不能破。两个人的主意，里面八个人，外面八个人，就给国家除了大患。

且说智爷回山等了两日，交到十一月初旬，对钟雄说：“寨主哥寿诞之日，可就到了。今年得大大地热闹热闹！”钟雄屡年的规矩，众寨主在承运殿吃早饭，晚晌，每人一餐酒席。喽兵各自有份，赏他们的酒肉，是年中的旧例。智爷说："今年不比往年，得大大的热闹一番。我看后寨存放着三千坛酿酒，散于大众，全给他们喝了。寨主传下一道令去，这天无令，也不用传梆、发口号、点名、当差，放他们一天假。叫他们欢呼畅饮，划拳行令，弹唱歌舞，听其自便。这日无有军规，第二日整齐严肃。"钟雄说："使不得。贤弟难道不知，军中不可一日无令？倘有差池那还了得！"智爷哈哈大笑说："寨主哥无用多虑，小弟主意没错。难道你就过这一个生日了？"钟雄听了一惊，这是不利的言语，说道："贤弟我过了这么一个生日，过年就死了不成？"智爷说："哥哥你又想差了，我说你就这个生日。"钟雄说："我就过这个生日，再不能生日，可不就是死了吗？"智爷说："不是，今年过完了，过年行上军了。在军营里头，枕戈待旦，卧露眠霜。渴饮刀头血，睡卧马鞍心；万马营中度日，刀剑队里为家，知道几年才把江山得在手里？若要是登基之后，前三后四，那就叫办万寿，不叫生日了。这生日可不就是这一个，还想什么生日？"智爷胡拉乱扯，把个钟雄说的立刻传令，着书手写了告示，教喽兵在水旱寨各寨粘贴。全山中一乱，声音甚大，浑人大乐，聪明着急，暗有议论不表。

且说定准十五无令，慢慢地将信火带进寨来，智爷暗中将他们诈降的全派好了谁办什么事情。又要了迷魂药饼儿，自己带定，自己与柳青用香薰寨主，龙滔背人。姚猛跟着北侠，在承运殿外头发头支信火。南侠在寨栅栏门发第二支信火。丁二爷在小飞云崖口发第三支信火。沙员外在后宅门，拦人断后。冬至月十三日，即将后面酒坛搬出，算好每人该有多少。杀猪宰羊，下山置买干鲜水菜，多添厨役。忙了三天，到了十五日早晨，钟雄穿上百福百寿袍。百福百寿巾，挂上老寿星，上了供献。承运殿摆开桌椅。先有后寨婆子，扶着姑娘，抱着公子，至殿下来与寨主叩头拜寿。齐说愿天伦圣寿无疆！钟雄看了一对儿女，十分欢喜。婆子也来拜寿。寨主吩咐，后面领赏。仍扶小姐与公子入内去。

众家寨主都与钟雄拜寿。钟雄先要与沙大哥叩头，让了半天方才对行一礼。然后俱与寨主拜寿，齐说愿寨主圣寿无疆！钟雄傍立打一躬，言道："劣兄有何德何能？例年间讨礼！"全都叩毕，落座献茶。外面各寨喽兵头目到来，在殿外拜寿，寨主也还了一礼。人人俱都有赏，众人出去。合寨的喽兵，在寨栅栏门外拜寿，寨主迎出，也是还礼："有劳你们！"可见得寨主何等的恭维，也是俱都有赏。然后进来。

席前单短智化，寨主心中不乐。闻华过来说道："众家寨主俱已到齐，请寨主吩咐摆酒。"钟雄意见，要等智化。被闻华一催，也只可吩咐摆酒。顷刻摆列杯盘，大众异口同声说道："今天是寨主哥哥的寿诞，我们每人敬献三杯。"钟雄说："不可，你们每人敬我三杯，三四一百二十盅，我不用再喝就醉了。今天又衬着山无令，何不细水长流，慢慢地大家同饮，划拳行令，热闹热闹。"黄受说："沙寨主最是年长，你就作个领袖吧！你递三杯酒，我们大家行个令。"沙老员外点头，斟了三杯酒递与钟寨主。寨主连饮了三杯。大众一躬到地，寨主也就还了个礼儿。寨主复又敬了大众三杯，大众再三不肯接受，这才拦住，然后归座，各斟上满盅儿。将要饮酒，智爷慌慌张张打外边进来，立刻就双膝点地，跪倒磕头说："我愿寨主哥哥千秋永业，万寿无疆！"钟雄离席，大家站立。钟雄一躬到地说："劣兄有什么好处，敢讨兄弟之礼。你这样分心操劳，实实使我过意不去，我敬你三杯。"智爷说："那有反礼而行，总是我敬你老人家才是。"说毕，先敬钟雄三杯。寨主也回了三杯。彼此落座，大家端酒。智爷说："等等，就这么饮么？我算出令官，看大杯来！"喽兵答应。智爷又说："今天寨主哥哥寿诞，要大家献个寿词，要一个顶针续芒儿，句句都要吉祥的言语，不然罚酒三巨觥。"这里头许多人说："我们不懂的说不上来。"智爷说："不怕，那位说不上来先罚这三杯。"沙老员外说道："咱们这里就属我年长，我倘若接不下去，大家大笑，我也得饮，不如我先受罚。"一连喝了三杯。然后受罚的人多了，你也受罚，我也受罚。君山上的人，有说得上来的，人家不说也情愿受罚。就剩下南侠、北侠、双侠、智化。智爷说："我是出令官，打我这先说。"众人一乐。借着众人一乐，他便说道："大家一阵欢笑，与寨主爷上寿。"北侠说："寿比南山不老松。"南侠说："松柏之荣有余庆。"双侠说："庆有余年福寿增。”智爷说：“增福寿。”北侠说：“寿长生。”南侠说：“生贵子。”双侠说：“子孙荣。”智爷说：“荣万代。”北侠说：“代君封。”南侠说：“封显爵。”双侠说：“爵位正。”智爷说：“正下了与国同休的一位老寿星。”北侠说：“兴家业。”南侠说：“业兴隆。”双侠说：“隆恩重。”智爷说：“重公卿。”北侠说：“卿且吉。”南侠说：“吉有庆。”双侠说：“庆寿人。”智爷说：“人贵奉，奉的是，巧比丹青一轴寿容。”北侠说：“容富贵。”南侠说：“贵尊荣。”双侠说：“荣庆寿。”智爷说：“寿且永。”北侠说：“永平安。”南侠说：“安然静。”双侠说：“敬寿酒。”智爷说：“酒满瓶，凭着寨主爷的大德，寿活八百有余零。”寨主一听，哈哈大笑说：“我寨中文武全才，何愁大事不成！”

不知怎样成法，且听下回分解。

第三十八回　庆生辰钟雄被获　闯大寨智化遭擒

诗曰：

二月二日江上行，东风日暖闻吹笙。
花须柳眼俱无赖，紫燕黄蜂各有情；
万里忆归元亮井，三年从事亚夫营。
新滩莫悟游人意，更作风檐夜雨声。

且说钟雄一见作的这寿词，更觉欢喜。寨中人一个个文武全才，何愁大事不成！说：“我给众位兄弟挂红。”自己也就端起大杯来。正饮之间，只听外边声如鼎沸，唱的，乐的，嚷的，闹的，划拳的，行令的，猜三的，叫五的，热闹非常。智爷说：“哥哥，你看这个欢喜不欢喜？咱们也该划划拳了。”划了一阵拳，日已垂西，众家寨主告辞，各自回寨。钟雄恨不得大家一时出去，与这几个知心朋友一处再饮才好。另整杯盘，点上灯火，点的都是通宵的寿烛。

天到初鼓，智爷说：“今日山中虽然无令，我可得出去照料照料。”钟雄说：“总是你得多受累。”智爷随即出来，要到旱八寨瞧瞧。将到丰盛寨，众喽兵排班站立。智爷一看，就吓了一跳。他到里边隐在喽兵身后，问了问缘故：“你们为什么不吃酒？”喽兵说：“我们三寨主有令，不叫吃酒，吃酒者立斩。还叫我们今天防备，预备兵器。”智爷说：“你们爱不爱饮酒？”早有酒头答言：“我们都馋出涎沫来了！”智爷说：“先教五十人别处去喝，再等回来换这五十人去喝。来回更换，大家全喝着了，可别说是我说的。”大家欢喜。智爷去后，先走五十人，喝上不回来了；又走五十人，也不回来了。大家一议论，法不责众，全走了。寨主一瞧全走了，他也喝起来了。列位，怎么他也喝起来了？总归是“天命”二字。此人不醉，不用打算盗寨主出山。

智爷又到一寨，是文华寨，二百人也没喝酒。又教他们一个招儿，一百人告假撒尿，遁入里面喝酒去，喝完再换那一百人。先一百人一去不回，后一百人改了告假拉屎，于义无法，自己到底不曾吃酒。余者的寨主喽兵，尽都东倒西歪。

智爷归回承运殿，一使眼色，大家苦一劝酒，就把钟雄灌醉。小童儿搀到五云轩，把头巾摘下去，大衣服脱了，放在床上，放下半边的帐帘，叫四个童儿警醒着听差。智爷出来看龙、姚二人，在穿堂里坐着，一问十名健将，俱都醉了，智爷说："你们预备钞包。"二人说："齐备了。"到承运殿，碗盏俱都撤将下去，灯火熄灭，就留了一双寿烛。教看殿的人，你们吃去吧，我今夜在这里安歇。看殿人欢欢喜喜的去了。智爷叫大家预备。智爷单同柳青奔五云轩。智爷预先就告诉明白了，大家盗钟雄时，但得能不杀人，千万可别杀人。来到五云轩，柳爷先拿了布卷。龙、姚、智三人俱把自己鼻子堵上，把薰香盒子拿出来。这盒子乃红铜作成，类如大清国仙鹤腿的水烟袋一样。仙鹤的脖子，是活螺丝，一节一节的，一拧螺丝，一拉多长。仙鹤腹上有个瓶盖，拿指甲一掸，瓶盖一起，从半个月牙盒里取出香来。用千里火筒一拍，将香点着，放在仙鹤腹内，捏上瓶盖。收起千里火筒。将铜仙鹤戳在窗棂纸窟窿之内，后手一拉仙鹤的尾巴，尾巴有个消息，通着二个翅膀，翅膀一呼扇，腹上有个透眼，往里一透风儿，仙鹤嘴内就透出像一条线似的烟，先把四个小童薰倒，然后一转冲着那边挂起来的半幅帘子里，又是一拉仙鹤尾巴，将钟雄薰将过去。收了香盒子，四人进去，先把那半边帘子挂起，拿迷魂药饼儿，先按在钟雄顶门心上。然后将他的膀子勒紧，往起一抽，爬在龙滔身上，拿钞包兜住了他的两臂，来回地绕住，系了个扣儿。转头出去，把堵鼻子的东西扔了。

到承运殿，北侠问道："怎样?"回答说："得了!"一点信火，哧的一声，信火腾空，后面呛啷呛啷锣声乱响。有老家人谢宽，带着谢充、谢勇一百名飞腿短刀手，俱都点酒没闻，信火一起，大家说："不好了!"杀奔前来。正到后宅门，沙老员外横叉，不许进去。说："寨主大醉，今日晚间，凭爷是谁，不许进去。"谢宽说："我奉夫人之命，有要事见寨主回禀。"沙爷说："不行，明日再见。寨主已睡，有话也不能说。"第二支信火起，家人急了，说："老寨主，不教我进去可不行了，误了我的事情，可要得罪寨主了。"沙爷说："你还敢怎样?"一抖手中叉。家人举刀,两个儿说:“爹爹躲开。”二人一低头,暗器出来了:一个是低头锤,一个是花妆弩。仗着沙爷躲得快,不然中了暗器了。自己随退。大众并不追赶,俱奔五云轩去看寨主。

沙爷出来,众人已到小飞云崖口。听后面赶来,嚷喝:“快将寨主留下,好一群狼心狗肺之人。”大家往上一围,锣声乱响。后面人陆续都来了,连武国南、武国北、金枪将于义、铁棍唐彪在内。旱八寨内总有不吃酒的人,也有不甚醉的。飞云口上是闻华镇守。小五寨内人,全没喝酒,此山口上石头是直上直下,如镜子面儿一样。山口不宽,横着滚木,两边有绒绳兜住。有四名喽兵,拿着刀,听吩咐。刀剁绒绳,滚木往下一滚,就把人轧的骨肉如泥。北侠是两只夜眼,看的分明。上面闻华听锣声一响,自己就齐队,二百人全是长拘钩。若要头根滚木放下去,用拘钩往前一推,就不能用绒绳兜了,就拿拘钩搭住。要放的时候,一摘拘钩就放下去了。北侠把着刀,往上一跑,跑到七成,还有三成就到了上面了。闻华叫放滚木,刀剁绒绳,当的一声,咕噜咕噜,咕噜咕噜滚下山去,一看北侠已到后面,喽兵用长拘钩一推,北侠就势将宝刀一划,咔嚓咔嚓一阵乱响,拘钩一折,人人往前一扑。北侠不忍杀人,反与闻华交手。

你道北侠怎样上来的哪?他跑到半山腰,看看放滚木,黑忽忽的奔自己而来,并无躲闪之处,一看旁边山石上,可巧有块石头,鼓出来许多。又有由石缝中出来的一棵小树儿,自己一蹬那块石头,单手一攀那棵小树,容滚木过去,再往当中一蹿,两三个箭步,就到了上头。他拿刀一剁,各众喽兵,往前一爬,随即闻华的叉就到了。北侠一反手,呛啷一声,叉头坠地。也是闻华命中所犯,还剩一根杆儿,撒腿就跑。众喽兵跟着乱蹿。北侠就在山口上大叫:“众位,如今已得飞云崖口,咱们的救兵已到,攻破了君山。”南侠、双侠保护着龙滔、姚猛往上就跑,随后就是沙老员外,紧跟着就是柳青。柳青到了小飞云崖口上面,听见“哎哟”一声,焉知晓是智爷被捉。

智爷倒是一番好意,瞧见他们得了飞云崖口,自己先挡住大众,容他们上头再得一寨,自己再上去不迟。凭手中这口刀,遮前挡后,工夫不小了,虚砍一刀,往上就跑。众人意欲要追,于义不叫往上追,智爷这才放心。刚一回头，噗哧噗哧，哎哟哎哟，咕噜噜。“噗哧”是中了于义一镖，“哎哟”是嚷了一声，“咕噜噜”是滚下山来。智爷把双眼一闭，净等着刀枪乱扎乱剁。可怜北侠大众，连个影儿也不知，他们自顾往前闯。

只见君山外面，火光冲天，杀声震耳。必是蒋四爷外面助阵。前面喽兵挡路，一齐嚷叫：“快把寨主留下！”二百喽兵列开一字长蛇阵。当中有一寨主，姓廖，叫廖方，挡住去路，说：“快把寨主留下，牙崩半个不字，休想活命！”丁二爷窜上，廖方的双锏往下一劈，剑往上一迎，“呛啷”一声，双锏皆折。“嘣”的一声，头巾坠地。过了荻子坡，就是龙背陀，二百喽兵把守，寨主廖圆手拿燕翅铛，展南侠并不答话，呛啷，镗啷啷呛呛。呛啷是把铛削折，镗啷啷是铛头落地。廖圆回头就跑，喽兵四散。到了前引山，又有二百喽兵把守。北侠一露面，寨主回头就跑，喽兵一乱。你道这家寨主是谁？原来是毛保！他见北侠焉有不怕之理？过了前引山，到了前引洞，过不去了。二百喽兵也没有兵器，寨主是赛尉迟祝英。看见前面的山洞极深，非得进洞内，不能开石门。上面是山，下边是洞；上边拿石头码起一堵墙来。若有人奔洞，二百喽兵拿石头乱打，一人一块，就是二百块，越近，石头越大，故此谁也不能向前。几个人过去，几个人都跑回来了，身上还多少带点伤儿。这回是北侠往前，喽兵不但不打，还乱嚷乱跑。北侠蹿入洞中开门。

你道什么缘故？是蒋四爷办理外头大事，大人上了武昌府，二爷先生保护。带了大爷三爷上了晨起望。十五晚间，约会全村老叟、顽童、中年汉，由旱路而来。卢、徐、蒋、焦、孟、史、路、鲁，大众乘三只船，在连云峰下坎等候。见了两支信火，不见三支，叫大众嚷喝：“天兵天将到了，四面八方攻破君山了！”就在山外放起一把火来，满山遍野烈火飞腾。借着火光，徐庆独自一人，别着一口刀，自爬上山去。常言一句：“不巧不成书”，要没徐庆，这山万万闯不出来。三爷到了上面，看见祝英，抽后就是一刀，幸而祝英一闪躲过，吓得撒腿就跑。徐庆并不追赶，为的是瞧着下面大众。上边问道：“你们可拿了钟雄？”大众告诉：“已然拿获了。山下见吧。”众人出洞，蒋四爷迎住，暂且不表。

单提的是北侠，抢上了飞云崖口。武国北一拉武国南退下，找了个僻静所在，说：“哥哥，大势不在了，咱们疾速让夫人逃难吧。”武国南心想是一番好意，连连点头。到了后面，求见夫人。婆子带将进去，来见夫人。见了夫人，双膝点地说：“夫人，大事不好了，我家寨主教他们盗出君山，天兵天将杀将进来，玉石皆焚。夫人早作准备才好。”姜氏夫人一听，眼含痛泪说：“早知道寨主的祸不远矣，苦劝不听，我活着是君山人，死了是君山鬼。我是万不能出山。”武国南说：“夫人不出君山，可以使得。我们把公子、小姐保将出去。若是有祸患，日后有报仇之人。”夫人无奈说：“你们倒是一番美意。”就叫婆子、丫鬟与公子、小姐多穿几件衣服，打点细软金珠，包裹停当。

这一逃难，就有性命之忧，且听下回分解。

第三十九回　逃难遇难亲姐弟　起誓应誓同胞人

诗曰：

养身不亚似生身，寨主何曾负仆人。
姐弟岂知同遇难，家奴反欲逼成亲；
竟迷暗室怀中宝，几丧明珠掌上珍。
若使未能逢智化，终难重聚乐天伦。

且说武国南、武国北虽系兄弟，是两样心肠。武国北瞧寨主势败，失了小飞云崖口，就知道君山不保，自己会同着哥哥到后寨去劝解，着夫人逃难。他们两人全没成过家，这一逃难，教他哥哥就把夫人收了，他把小姐占了。就是为这个主意而来。欲先说出，他怕他哥哥不点头。怪不得智爷与钟太保议论，武国北此人万不可用，如今就应了智爷的言语。见了夫人一说，夫人就把一双儿女交与他们。姑娘那里肯走，总是大了几岁，说："娘啊！你死在君山，我和你一块死。"姜氏肝胆欲裂，一手拉着钟麟，一手拉着亚男，说："儿哩，女儿，难道说为娘就舍得你们，倘若老天垂念，还有相逢之日，这都是你天伦忠言逆耳，才害得咱们娘们好苦。你们就跟随你武大哥、武二哥逃难去吧。国南、国北，我就把我这一对儿女交与你们了。"国南说："夫人请放宽心。"说着话双膝点地，对天盟誓："过往神祇在上，保着我家公子小姐逃难，如改变心肠，天诛地灭。"还叫国北起誓："不管夫人怎样，咱们先明明心。"国北说："哥哥你起了就得了，还教我起誓。"武国北无奈，跪在地上说："过往神祇在上，保着我家公子小姐逃难，如欲改变心肠，我哥哥怎么样我也怎么样。"武国南说："不像话，你个人单起你的誓。"武国北说："我若改变心肠，教我死后肝花肠子教狼吃了。"武国南说："不成。没有那门起誓的，重新另起。"夫人说："不必了。"外面把红沙马备好，包袱细软之物一切全系在马上。国南劝解："夫人不必挂心。"武国北搀着小姐，武国南背着钟麟，一出门，犹如送殡的一样，就哭起来了。小姐上马，武国南背着钟麟，武国北拉着红沙马，出了后寨门，把门人俱都醉倒。慢慢过了摩云峰，绕过白云涧，到了蓼花岗，由西往下就是蓼花滩。国北叫："哥哥，咱们往哪里走？"武国南说："咱们走蓼花岗，那滩中不好走，净荆条绊人。"走着路，武国北问哥哥："圣人说，不孝有三，无后为大。你也不想成家了吧，我怎么样呢？"武国南说："我这岁数还成什么家！你是你了，以后给你说上门亲事，接续香烟。"国北说："那得多久！"国南说："到了岳州府，若寨主大势不好，给小姐择婿，必定门当户对。把小姐事情办完，再给你说亲。"国北说："与其那么着，省件事好不好？也不用给小姐择婿，也不用给我说亲；小姐也出了阁了，我也成了家。这目前就是顶好的一件事。"国南说："你也得说着，才能成家哪。"国北说："把小姐给我。"国南一听说："好天杀的！你还要说些什么。"国北说："哥哥，我试探试探你呀！你要顺着我说，我就把你杀了。"国南说："你说这句话虽系试探我，就损寿二十年。"钟麟说："武大哥，我害怕。"国南一回头，黑忽忽的万丈深潭，令人可怕，说道："少主人，闭着点眼睛吧，过了这点窄狭的道路就好了。"话音未了，就听见"嘣"的一声，那武国北一脚踹在国南的腿上，一歪身，"哎哟哟"一声，连国南带公子就坠下深潭去了。姑娘一见国北的光景，也要蹿下潭去，早被恶贼一把扭住，想动不能，拉着马扑奔正北而去。暂且不表。

列位，这一段定君山，本是极大的个节目，不能略草而已，事情也多，头绪也乱，必得说的清清楚楚的。事情虽多，就在十五、十六、十七三日全完，时候不许说差，请看书的众公留心细记。但是说书的一张嘴，难说两家话。

单提的是智化受镖滚下山来，大众枪刀乱扎乱砍，早教金枪将于义一把手拦住，说："把他绑起来，解往承运殿。"正要追赶寨主，火光冲天，杀声贯耳，人家救兵到了。眼瞅着小五寨人陆续败回，连祝英俱到，说："不用赶了，教人接迎到水面船上去了。"一个个面面相觑，意欲打水寨追赶。明知他们会镑船底，慢慢再作计较。于义、祝英等人聚会承运殿，吩咐把智化绑上来。

不多时智化进承运殿，一阵哈哈狂笑，面上并无惧色。大众一瞧，见了罪之魁，恶之首，各各咬牙，人人愤恨，俱找兵器要将智爷乱刀分尸。智爷又是嗤嗤地冷笑。若是净糊涂人，智爷就死了。可巧有明白人，偏要问问。那愚人说："可别让他说话呀！他能花言巧语。"于义说："让他有话说完，难道还把他放了不成！姓智的，你乐什么！?"智爷说："我乐的是，你们大众空有这些人，连一个有能耐的也没有，全是些衣冠禽兽。我们虽把寨主盗出君山，可不是有意杀害寨主。劝寨主改邪归正，作大宋的官，梦稳身安，可得有我的三寸舌在。不料我今被捉，可不是我怕死，我怕死还不敢诈降呢！纵然一死，落个千古声名，就拿姓智的到得君山，准占几个好字，占的是勇、仁、义、礼、智、信。"于义大笑说："你是人面兽心。这几个字连半个也不能占。"智爷说道："我身无寸铁，你们君山是国家一大患，我定了君山，先占个'忠'字。君山如铜墙铁壁一样，万马千军到此，破不了君山，我们八个人把君山破了，可占个'勇'字。自我姓智的到山，无论寨主、喽兵、头目犯罪，我去讲情，大事化小，小事化无，占个'仁'字。用酒将尔等灌醉，俱都杀死，岂不省事，可咱连一名喽兵不伤，我占个'义'字。难道说，我们不会四下里放火，叫你首尾不能相顾，出去岂不省事？不放火烧山，占个'礼'字。种种的主意，条条的计策，我全把寨主哄信，占个'智'字。当初结拜说过，有官同作，寨主帮着王府造反，我不忍坐观成败，我劝他归降大宋，我占个'信'字。我把六个字占全，交友之心大略如此。尔今见大寨主被捉，倒遂了你们的心愿，或者轮流作寨主，或是抓阄儿作寨主。寨主刚一被捉，你们就改变心肠。按说寨主多大，夫人多大，我今被捉，就没一个人问问夫人去，是杀是剐，你们就私自作主。我笑的就是这个。"说毕又笑。浑人说："杀了吧。"于义、谢宽说："不可，他讲的有理。"就命谢充、谢勇解到后寨见夫人、教杀就杀，教放可别放，仍把他解回承运殿，也是剐了他。

说毕，解智爷至后寨，叫出婆子，言明此事。婆子进去，少时出来说："夫人要见他哪！你们这等着吧，要教剐，我们也会做活儿。"

将智爷往里一推，拍的拍，拧的拧，骂的骂，推的推。到了里边，面见夫人端然正坐，智爷便双膝跪倒说：“嫂嫂，小弟智化与你老人家叩头。”夫人不看智爷，低着头说：“智五弟，今天你哥哥的生日，不在前庭饮酒，面见为嫂有什么事情？”智爷瞧这个景况，羞的面红过耳，说：“嫂嫂不必明知故问了，小弟惭愧无地。”夫人一抬头，问：“五弟为什么倒绑着二臂？”智爷就将怎样诈降，为救展南侠，弟兄结拜，盗钟寨主出山，一五一十细说一遍。夫人问：“寨主本领比你如何？”智爷说：“我哥哥如天边皓月，我如灯火之光。”夫人问：“君山坚固不坚固？”智爷说：“如铜墙铁壁。”夫人说：“国家发兵，一时破得了君山破不了？”智爷说：“千军万马一时也不能就破此君山。”夫人说：“却由来你们几个人把君山破了，把寨主拿了，一者是大宋之福，二来你们都是佛使天差，个个不凡。你今被捉，我一句话，你就是碎尸万断，我何苦逆天行事！总怨寨主爷不好，我苦苦相劝，忠言逆耳，总是个定数。来呀，你们把智五爷的绑松了。”婆子丫鬟说：“智五爷的绑松不得，他是仇人，杀了他给寨主爷报仇。”夫人说：“你们那知道！松绑。”婆子无奈，才把智爷绑解开。夫人说：“五弟，我放你出山，等着你寨主剐的时节，预备一口薄木棺椁，将你寨主哥哥的尸骸成殓起来，就算尽了你们结拜的义气了。”智化说：“嫂嫂可别行拙志，三五日必见佳音。”夫人说：“五弟，你出去吧！”智爷说：“哎呀，嫂嫂，我那一对侄男女那里去了？”夫人说：“国南、国北带着他们逃难去了。”将要说往那里去，婆子把嘴一按，说：“可别说了，他是要斩草除根。你别损了，留点德行吧。”智爷说：“国北非系好人，我侄女倘有差错，那还了得！”夫人说：“凭他们的造化吧。五弟，快些出山去吧。”

婆子往外一推，智爷无奈出来，不敢往前去，由西越墙而出，他一瘸一点出后寨门，过摩云岭，越白云涧，走蓼花岗。听见钟麟喊叫智五叔。天色微明，这就到了十六了。智爷往下一看，黑暗暗的深潭。钟麟叫：“智五叔。”智爷答应道：“侄男不必惊慌，你五叔来了。”

你道万丈深潭，钟麟为何没死！皆因是主仆往下一扑，离着三二丈深，由山石缝儿里长出一棵松树，年深日远，上面的松枝蟠得顶大，上边又有几棵藤萝，历年间把松枝蟠成一个大饼子相仿。主仆坠落在上面。主仆苏醒过来半天了，国南劝解公子不要害怕，骂道：“国北天杀的,真狠!”钟麟说:“不好下去。”国南说:“天亮有打柴的,就把咱们系下去了。”钟麟说:“有我五叔到,就救了咱们了。”国南说:“别叫他,不要他来。”公子偏叫。智爷看见又惊又喜,问了他们的缘故,国南无奈,就把已往从前说了一遍。智爷想了一个主意,复返回到蓼花岗的南头,下蓼花滩走到树下,教国南把刀扔下来,拿着刀,把葛条砍掉无数,接在一处,蟠了一蟠拉着了,从蓼花岗扔将下来,将钟麟的腰拴上,往下放。公子脚沾实地,叫他解开;复又拉将上来,将国南腰拴好放下。智爷问:“把你们系将下去,你们投奔何方?“国南说:“上岳州府。”智爷叫他们上晨起望,到路、鲁家中去。国南应允。智爷说:“你要不去,你可得起誓。”国南狠着心起誓:“我要不去,教我淹死,上吊死,这还不行吗?”智爷方肯把他放下去,扔了葛条,提刀奔赴正北。不到三里路,看见小松树上捆着小姐,国北提刀威吓,拴着红沙马。智爷蹿入树林,一刀正中国北胸膛,杀死了恶奴,救小姐回晨起望。

欲知后事如何,且听下回分解。

第四十回　甘婆药酒害艾虎　智化苦口劝钟雄

诗曰：

青龙华盖及蓬星，明星地户太阳临。
天岳天门天牢固，阴阳孤宿合天庭。
十二辰宫真有芊，凡事依之验如神。
行兵能知其中妙，一箭天山定太平。

且说国北丧了良心，将哥哥踢下山去，拉马到小树林，拴马，捆小姐，拿刀威逼小姐从他。小姐大骂。智爷一到看见，杀了国北，解开小姐，百般的劝解、安慰，哄着她上马，直奔晨起望来了。他们走后，来了个饿狼，把国北肝花肠肚吃净才走。这就是起誓应誓。慢说是他，连国南还得应誓。

国南到了蓼花滩，解开葛条，背起公子，天已大亮。一想若奔晨起望，活活地送了公子性命。不怕自己应了誓，也是投奔岳州府。走到午饭时候，公子嚷饿，哄着他说："出了山，就有卖吃的了。"冬令的时节，天气甚短，整走了一天，日落方才出山。

走不到半里，一道长河拦路。那边来了一只小船，国南说："船家渡我们到西岸。"船家说："你们要上那里去？"国南说："要上岳州府。"船家说："我们是岳州府船，索性带你们上岳州府。"问："船价多少？"船家说："无非带脚，你看着给吧。"靠岸上船，将钟麟放在舱内。由后舱出来一大汉，九尺身躯，短裤袄，蹬着双大草鞋，脸生横肉，到前头问公子："叫什么？把帽子给我吧。"抓了帽子，直奔船头。公子一哭，国南说："没有这样逗孩子的。"随即爬出船舱，要奔船头，早受了一锹，扑通一声，打下水去。自己喝了一口水，水势又急，被浪头打出多远。好容易这才上来，通身是水，也看不见船只，也找不着公子。冬天的景况，冷风一吹，飘飘摇摇雪花飞下来了。（那位就说了，下雪怎么河还不冻呀，这是南边地方，雪倒可以下一半点，河可不冻。）

国南一见身逢绝地,前边有一树林,就把带子解将下来,搭在树上,系了个扣儿,泪汪汪叫了两声苍天,把脖子往上一套。眼前一黑,渺渺茫茫。少刻又觉苏醒,依然坐在地上。旁边站定一人,青衣小帽,四十多岁,问道:“你为何上吊?”国南又不敢说真话,只可说:“我活不得了。”那人问:“你上吊,我救下你来。你有何事?说出来,万一能管,我就管管;不能,你再死。”国南说:“我带着我家少主人上岳州府,上船后叫水手将我打下水去,失去我家少爷,我焉能活着!?”那人说:“是两个水手,一高一矮?”国南说:“对了。”那人说:“我姓胡,排七,在酸枣坡开酒铺。跟我上铺子,我有主意。”国南听了欢喜,拿了带子,拧了拧衣服的水。胡七问:“贵姓?”回说:“姓武,排大。”随到了酒铺。有个伙计让至柜房。胡七拿出干衣服,与他穿上,暖了些酒,叫国南吃。

将要上门,进来一人问:“可卖酒?”回说:“卖酒。”落座要酒。来者是艾虎,在茉花村听见信,冬至月十五日定君山,自己偷跑来的。到此已经十六日了,又下起雪来。要喝酒,入铺内把酒摆上,自己吃用,忽听里面说:“得慢慢的办,谁敢得罪他?”艾爷就知必是恶霸,自奔到屋中,问:“什么事?要有恶人,你们怕,我不怕,我可爱管闲事。”胡七说:“这位行了。”国南要与艾虎叩头,艾虎拦住。武国南将丢公子的事说一遍。艾虎说:“掌柜的,你可知道?”胡七说:“有八成是他们。”艾爷说:“你说吧,不是也无妨。”胡七说:“他们二人一个叫狼讨儿,一个叫车云,是把兄弟。狼讨儿有个妻子,是赵氏,暗与车云私通。二人摆渡为生,忽穷忽阔。武大哥所说就是他们。住在狼窝屯。”艾虎说:“我酒也不喝了。我同武大哥上狼窝屯。”给了酒钱,同武国南出来。胡七同着到了摆渡口,说:“由此往西,他们住村外路北。”胡七回去了。

雪也住了。到了村外,看见墙内屋中灯光射出。艾虎教国南外等,进去不少时刻方才出来,拿着公子的衣服、头巾,与国南看。国南问了缘故,艾爷说:“我到里面杀了奸夫淫妇的性命,就是车云、赵氏;狼讨儿背着你家公子上岳州府卖去了,把衣服留下。剩这两个狗男女,议论要害亲夫,教我遇上,杀了男的,问明女的,也就杀了,放了把火。咱们去吧，上岳州找去。”国南拿着衣服，又要叩头，艾爷不许，直奔西南。

走有二里路，国南说：“有了！”艾爷问：“那里？”国南看这脚印是他，艾爷问：“因何看得准？”国南说：“他穿的是大草靴。”艾爷乐了，顺印儿找下来了。走着国南才问艾虎的姓。艾虎告诉他姓艾。他们找到一个门首，脚印没有了，细看进去了。院里挂着灯笼。艾爷问：“武大哥，这墙上是什么字？”国南说：“婆婆店。”

艾爷上前打店，里面婆子出来，开门进去，问：“二位客官住西屋两间如何？”艾爷说：“好。”将到院内，就听东屋内人说：“我找我武大哥。”国南一听着急，便拉了艾虎爷一下，说：“艾恩公，听见没有？”艾虎说：“你别管，有我哪！”婆子问：“你们做什么？拉拉扯扯的。”艾爷说：“你别管，说我们的话哪。”来至西屋，国南出房外，听东屋的公子说什么。艾爷叫点上灯，问：“妈妈贵姓？”婆子说：“姓甘。”艾爷说：“原来是甘妈。哟，你是谁的甘妈？”甘婆说：“你愿意叫我甘妈？”艾爷说：“你那岁数，我叫你甘妈不要紧。”婆子说：“那可不敢当，客官贵姓？”艾爷说：“我姓艾，叫艾虎。”婆子说：“你叫什么？”艾爷又说：“我叫艾虎哇，你再问，我本叫艾虎么！”婆子想：其间有同名同姓的。又问：“你在那里住？”艾虎说：“卧虎沟。”婆子一听，眼都气直，气哼哼地问：“你们一沟有多少艾虎？”艾虎也是气，回答说：“一沟都是艾虎。”婆子明知是买她的便宜，假充他们姑爷。问道：“客官用酒饭吧？”艾虎说：“拿去。”婆子出去，国南进来。国南说：“恩公，那屋里打我们的公子哪。”艾虎一听，钟麟说：“找我武大哥。”只听一人回答：“要找也得明天。哭我就打。”遂将孩子叭叭地乱打，孩子直哭。婆子问：“你打这孩子是谁？”回答：“是我儿子。”婆子又问：“他武大哥哪？”回答：“是我们大小子。”艾虎说：“武大哥，他说你是他大儿子。”国南说：“他是我重孙子。”婆子进来，摆上酒菜，复又出去。说：“你别在这里管孩子，你一打，他一哭，人家还睡什么觉哇？”那人说：“我们走。”婆子说：“正好，我给你们开门去。”国南说：“他们要走。”艾虎说：“走了才好哪！你在这等着，我追他们去。”听着婆子给他们开门，等他们出去，又关上了门，读读念念往后去了。

艾虎出院子，一拧身蹿出墙外，跟了狼讨儿来了。过了一箭之地，前头有道山沟。书不可重絮。他见着狼讨儿，搁下公子，过去一刀就结束了狼讨儿性命，尸首扔在山沟。艾虎背着公子，说："我带着找你武大哥去。"回到店外，蹿过墙去，进了屋中，一看武国南倒于地上，口漾白沫。艾虎将钟麟放下说："你看这不是武大哥？"钟麟说："是我武大哥，睡着了。"艾虎说："你叫什么？"公子说："我叫钟麟。"艾虎说："这是你的使唤人么？"回答："是我们家人武大哥。"艾虎说："你们哪住？"答道："我们在君山，我父亲叫飞叉太保，着人家拿了。我跟着我武大哥逃难哪！"艾虎暗暗欢喜，说："你武大哥受了蒙魂药了。这是贼店。我把他拿了，交在当官。"公子说："我懂，贼店害人。"艾虎说："我拿他们。你可别言语，在这边躲着，小心着他们杀了你。"于是又把国南拉开，为的是地下宽阔好动手。艾虎往当地一蹲，单等人来。妈妈进来，艾虎往当地一爬。妈妈过来一看，说："这你就不叫艾虎了吧！"

这个字没说出来，腿腕子早叫艾虎抓住，往怀中一带，婆子爬伏于地。艾虎起来骑上，扬拳便打，嘣嘣嘣擂牛似的声音一般。婆婆嚷道："姑娘快来。"兰娘进来，艾虎见她短打扮，绢帕罩住乌云，便左手一晃，右手就是一拳。艾虎并没起来，还是骑着婆子，伸手一刁兰娘的腕子，刁住了腕子，一拢肘关节，往怀里一带。兰娘往怀里一夺，被艾虎往外一耸，摔倒在地，鲤鱼打挺，飞起来就是一腿。艾虎单手一扬，就把兰娘腿腕用手钩住，往起一挂，兰娘复又摔倒，爬起往外就跑。婆子苦苦央求，艾虎方才起来。（没过门的女婿打丈母娘，就打这留下的。）

妈妈说："我们有眼如盲。你要不假充我们的亲戚，我们也不能这样。"艾虎说："你们亲戚是谁？"婆子说："卧虎沟艾虎是我们姑老爷。"艾虎一笑说："怨不得哪！你见过你们姑爷没有？"婆子说："怎么没见过哪，长得雪白粉嫩。"艾虎说："冤苦了我了。有媒人没有？"婆子说："有蒋四老爷。"艾爷说："啊！我四叔哇，这就好了，你只管打听，卧虎沟艾虎没两个。外号人称小义士。北侠是我义父，智化是我师傅，错了我输脑袋。"婆子听了一怔，暗道：要是真的，比那个还好,结实足壮,本领强多。但这时难论真假,见了蒋四老爷再说。艾虎说:“我们这个人如何?”婆子说:“容易。”随取了水来灌了国南。艾爷叫取些好酒来用,妈妈去取。国南问公子的事。艾虎叫公子过来。公子见了国南一扑大哭,连国南也都哭了。国南收泪与艾虎道劳。婆子拿了酒来一看,惊问:“孩子因何在这里?”艾虎告诉了一遍,婆子方才明白,与公子穿了衣服。钟麟就将已往从前说了一遍。大家一同饮酒。

次日起身,婆子饭店钱一概不要,有话见蒋四爷再说。这就到了十七日了。国南说:“艾恩公,咱们要分手了。”艾虎说:“上哪里去?”国南说:“我们上岳州府。”艾虎说:“你陪着我多绕两步吧,上晨起望。”国南说:“就是不上晨起望。”艾虎说:“不去不行,我奉我师傅、义父之命,特意请你们来了。”国南说:“你师父、义父是谁?”艾虎说:“北侠是我义父,智化是我师傅。”国南一听:“哎哟!害苦了我了。”艾虎说:“要去,你背着公子;你要不去,我把你杀了,我背着公子。”国南说:“这是我们主仆命该如此,跟我们寨主,大家死在一处就是了。”言毕,一同起身。

再说展南侠大众,出君山上船。大家给展爷道惊道喜。蒋爷一点人数,少了个智化,谁也不知。唯独柳青说:“上小飞云崖口听见哎哟一声,大概是被捉了。”展爷要回君山去救智爷,被蒋爷拦住。遂说:“他和我只要嘴能动,就死不了,不必挂心。”晨起望助威的人,由旱路而归,弃船登岸,背钟雄至路、鲁家中。到了次日申牌时候,智爷到。大家迎接进去,道惊道喜。智爷将小姐搀下马来,把马拴在院内,把小姐带着,看看沙龙、南侠、北侠等。智爷问:“她天伦现在哪里?”沙龙说:“现在西屋内,吃醉了酒,在那里睡。”智爷明知,带着姑娘去看看。启帘来到屋中,姑娘一看,天伦躺卧一张床上,眼含着痛泪,叫道:“天伦。”叫了两声不答应,就要放声大哭。智爷劝住说:“你还不知道,你天伦那酒性,喝醉就睡觉,一叫他就打人。等他醒来了再见吧。”叫路爷带姑娘到后边见路鲁氏,让鲁氏劝解劝解,姑娘往后边去,不提。

大众到上房落座,智爷就把自己被捉的一番经过说了一遍。问:

“武国南可曾来到?”大众说:“没来。”智爷说:“他不来可不好办。”蒋爷说:“等一日半日不来,我有主意。”

到了十七日晌午时,有人进来说:“外面有个叫艾虎的来找众位爷们呢。”智爷说:“教他进来。”不多一时,艾虎带武国南、公子一齐到屋中。艾虎给大众行礼,徒弟史云给他行礼。武国南把公子放下,与大众行礼。智爷说:“你今天才到,应了誓没有?”国南说:“全应到了,活该死在这里。”智爷随即说:“叫路爷带公子到后边姐弟相见,也叫国南到后边去。”进来众人,将钟雄搭至庭房,起了迷魂药饼,后脊背拍了三掌,迎面吹了一口冷气,钟雄悠悠气转。他睁眼一看,七长八短,高矮不等,有认识的,也有不认识的。仍是问智化:“贤弟,这是怎么个缘故?”智爷双膝跪倒,就把已往从前诈降救南侠,结拜弟兄,暗往里诱人,过生日无令,灌醉寨主、喽兵,用薰香盗寨主,自己被捉,夫人释放,误走蓼花岗,救钟麟、武国南,杀武国北救小姐,武国南落水丢公子,国南上吊遇胡七解救,艾虎捉奸,娃娃谷杀狼讨儿,这些事细说了一遍。“哥哥,你在梦中。大宋洪福齐天,王爷如何能成其大事?你是聪明反被聪明误,大势一坏,玉石皆焚。小弟等不忍坐观成败。你若降了大宋,是小弟等的万幸;你若不降,小弟等一头碰死在你这面前,尽了交朋友义气,以后任凭你自为。我们口眼一闭,大事全不管了。”旁边连小姐公子同说:“爹爹降了吧。”

欲知钟雄是否投降,且听下回分解。

第四十一回　寨主回山重整军务　英雄听劝骨肉团圆

且说钟雄听智爷滔滔不断的言语，这才知道三天的工夫，连儿带女受了无限的苦处，寨中也是大乱。这时，要是自己一人在山，万不至如此，自己回头一想，如同一场春梦，糊糊涂涂的。难得智贤弟这般诚实，大众全跪下，异口同声劝降。钟雄说："贤弟，你为我可不是容易，心机使碎，昼夜的勤劳，可见你是钟氏门中大大的恩人了。头一件，祖先坟茔保守住了，祖父尸骨不能抛弃于外；二一件，大宋的洪福齐天，君山一破，玉石皆焚；第三件，救了你这一对侄男女。他们本是绝处逢生，多蒙贤弟，保住钟氏门中一条根苗，钟雄铭刻肺腑，永不敢忘。"随说着话，钟雄早已跪下了，说："众位老爷们，也有认识的，也有不认识的，我一介草民，叛君反国，身居大寨，已该万死，万死犹轻，如今众位必是看在我智贤弟的分上，不肯将我凌迟处死，怎么反与我罪人行礼，我如何担当得起！我今降了大宋，倘若口是心非，必死在乱刀之下。"大众异口同声说："言重了！"大家同起，哈哈一笑。蒋四爷说："识时务者为俊杰。"

智爷说："给你们见见，这是蒋四老爷。这是我盟兄。"对施一礼。钟雄说："多蒙大人恩施格外。"蒋爷说："有过能改，就是英雄。"所有没见过者，挨次都给见过一回。武国南过来，给寨主磕头。智爷说："不宜迟，早些回山，省得我嫂嫂提心吊胆。"智爷说："咱们谁送钟大哥回山？"卢爷、徐爷、蒋爷、展爷、智爷、艾虎、北侠、双侠，都愿意送寨主回山。钟雄说："我已是降了，怎么还叫寨主哥哥呢？"智爷说："你虽然是降了，君山钱粮浩大，你此时虽降了大宋，大人也不能供山上的用度，总得听旨后，由那里拨粮饷。暂且回山，仍称寨主，千万别叫王府知晓。他若知晓，岂肯再供粮饷？哥哥你若回山，不教喽兵寨主扬言此事，你可压令得住压令不住？"钟雄说："压令得住。"智爷说："既然这样，咱们及早回山。"钟雄说："咱们回山，把你侄男侄女留在此处,然后再接他们来。”智爷说:“哥哥多此一举!你不是那反复无常的小人。你把侄男侄女寄在这里,以作押账,这是何苦?若是怕你,还不叫你回山哪。教我嫂嫂早见儿女,早欢喜欢喜!”说毕,叫武国南背了公子和小姐一起到后面辞了路鲁氏,仍是上马。不去的送出门来,送寨主的一同前往。

智爷用手一指说:“哥哥,你别叫他赵兰弟了。”钟雄说:“怎么?”智爷说:“此人乃松江府茉花村人,姓丁双名兆蕙。”钟雄说:“是双侠呀!怎么不说真名姓呀?”智爷说:“诚心冤你。南侠、北侠、双侠全投降,你不吃疑么?那时被你看破,就没有今日了。”寨主说:“你真乃高才。”

随说随走,就到了飞云关下。钟雄说道:“喽兵听真,疾速报与众寨主得知,如今被我智贤弟劝说归降大宋……”智爷说:“哥哥有什么话,到里边承运殿再说不迟。”少刻间压山探海,全山各寨主、喽兵,俱都前来迎接,跪了一片,给钟寨主道惊道喜。然后,如众星捧月一般,围护着寨主,走旱八寨进寨栅门,奔承运殿。

寨主走了三天,山中乱了三天。谢充、谢勇在后寨等到红日东升,才见婆子出来。急忙过来一问,才知道夫人早将智爷放走。二人吓了一跳,自己把自己绑上,到承运殿请罪。众人也不肯结果他的性命,只与他松绑。一时你言我语,整乱了三天。这天报寨主回山,大家迎接入承运殿。

智爷拉马奔后寨,至后宅门,叫国南放下公子,搀了小姐,拴住马匹。不多一时,里面婆子出来,请智爷、国南带公子、小姐进去。来到阶台石下,早见夫人出来迎接,智爷行礼说:“小弟智化与嫂嫂叩头。”夫人说:“智五弟免礼。”智爷说:“小弟蒙嫂嫂不肯杀害,恩施格外。总算嫂嫂有容人的识量。若不是小弟逃走,我这一对侄男女也是身逢横祸。如今将我寨主哥哥劝说降了大宋,送回君山,我将侄男侄女也交与嫂嫂。我还得同我寨主哥哥,办承运殿中大事哪!”姜氏说:“智贤弟,也不枉你寨主哥哥喜爱交友。交遍天下友,知心有几人?你是钟氏门中大大的恩人。请上,应受为嫂一礼才是。”智爷说:“不敢,折罪死小弟了!”姜氏叫亚男、钟麟与智爷叩了头。智爷告辞出来，姜氏许持百日之斋，满斗焚香，大谢上苍，暂且不表。

单提智爷来到承运殿，寨主说："正等候智贤弟一同吃酒。"智爷说："别忙，你可对大众说明降宋之事。"钟雄说："被你一拦，我也不敢往下再说了。"智爷说："这可说吧。众位，我替寨主说。寨主如今教我姓智的同众校护卫老爷们，劝说归降大宋，你们大众连喽兵等，若要愿降，一并归降大宋；如不愿降，请为一言，或投亲，或投故，或归原籍，或投王府，给你们预备盘缠，请早离君山。"

言还未毕，见徐庆、艾虎每人扛顶一人，倒捆二臂，进门来摔在地下。三爷说："拿来了两个。"大众一瞅，原来是赛尉迟祝英，还有个是他的从人。你道什么缘故？是钟爷在飞云关说出归降的言语，智爷就知此话说早了，准知祝英不降，他是王爷的眼目。因走在蚰蜒小路口，就把三爷、艾虎留下说："要有个黑脸大身躯使鞭的，见着就拿奔承运殿。"果然是祝英。原来祝英一听寨主降宋，带了他的从人，提了鞭，由丹凤桥北蚰蜒小路出山，给王府送信。将进蚰蜒路不到半里，遇一人要他的买路金银。祝英说："好大胆，在这里断道！"就是一鞭，艾虎一闪，祝英早被三爷由石后窜将出来，一脚踢了个跟头。艾虎过来就捆。从人一跑，也教三爷一脚踢了个跟头，牢缚二臂。每人扛起一人，直奔承运殿。路上喽兵谁敢拦阻？到承运殿摔于就地。智爷过来解开祝英，说："我家寨主降了大宋，不怕你不降，不该犯偷跑。"祝英说："我受王爷的恩厚，我就知报效，我不知什么叫大宋。忠臣不事二主，烈女岂嫁二夫？如今被捉，速求一死。你们要不杀了我，若是放了我，我就去上王府送信。"智爷微微地冷笑说："原来借你口中言语，教奸王知道。疾速去吧。"把个钟雄吓得二目发直，直愣愣地瞅着智爷，又不敢说话，又猜不着智爷是什么主意。自思祝英上王府一送信，大事全坏。祝英说："这可是你的主意，不杀我呀，我可要走了。"智爷说："请吧！"刚一转脸，智爷瞅住北侠的刀一扭嘴，北侠就领会了他的意思，把刀一亮，嗖的一声，一个箭步赶到祝英身后。咔嚓一声，把祝英劈为两半，咕咚咕咚扑于地上，红光崩现。接着，智爷大吼一声说："那位不愿意降，快些说来！"大伙异口同声，齐说愿降。又听见噗哧一声，原来是艾虎把那个从人杀了。蒋爷暗道：

黑狐狸真"坏",假手杀人。钟雄说:"智贤弟,这是什么意思?既把他放了,怎么又把他杀了?"智爷说:"他是个浑人,要是传令丹风桥下枭首,他明知活不了,就要破口大骂,咱们也得白白地听着。不如这样打发他回去省事。"钟雄说:"我不及贤弟多矣,将死尸搭将出去。"将尸搭出,用灰土掩埋血迹。然后大排宴筵,喽兵各有赏赐。

酒过三巡,智爷说:"哥哥,君山的花名册写清,好给大人送去。"卢大爷说:"我去送去。我正想二弟哪。"三爷说:"我同哥哥一路前往。"卢爷点头。寨主派书手抄写花名。智爷说:"这可得了,把哥哥你的事办完,我们要破铜网了。"钟雄说:"什么?谁破铜网?"智爷说:"我们大众。"寨主摆着头说:"不易呀!不容易!你知道总弦在哪里?副弦在哪里?就是有宝刀宝剑,也不容易破。你们知道什么人摆的?"蒋爷说:"是雷英。"钟雄说:"不是。"

毕竟不知他说出是谁来,且听下回分解。

第四十二回　蒋泽长八宝巷探路　老雷振在家中泄机

诗曰：

款款衷情仔细陈，愿将一死代天伦；
可怜一段豪雄志，不作男身作女身。

有赵津女娟者，赵河津吏之女，赵简子之夫人也。初，赵简子欲南去楚，道必由津，因下令与津吏，期以某日渡津。至期，简子驾至欲渡，而津吏已醉如死人，不能渡矣。简子大怒，因下令欲杀之。津吏有个女儿叫女娟，听见简子下令欲杀其父，不胜恐惧。因持了渡津之楫，而左右乱走。简子看见，因问道："汝女子而持楫左右走，何为也？"女娟忙再拜以对道："妾乃津吏息女，欲有言上渎，不敢直达，意乱心慌，故左右走耳！"简子道："汝女子而有何言？"女娟道："妾父闻主君欲渡此不测之津，窃恐水神恃势，风波不宁，有惊帆樯；故敬陈酒醴祷祠于九江三淮之神，以祈福庇。祭毕，而风恬浪静，以为神飨，欢饮余沥，是以大醉。闻君以其醉而不能供渡律之役，将欲杀之，彼昏昏不知，妾愿以代父死。"简子道："此非汝女子之罪也。"女娟道："凡杀有罪者，欲其身受痛，而心知罪也，想妾父醉如死人，主君若此时杀之，妾恐其身不知痛，而心不知罪也。不知罪而杀之，是杀不辜也。愿主君待醒而杀之，使其知罪，未晚也。"简子听了道："此言甚善。且缓其诛。"津吏因得不死，既而简子将渡，操楫者少一人。女娟攘臂操楫前请："妾愿代父，以满持楫之数。"简子道："吾此行所从，皆士大夫，且斋戒沐浴以从事，岂可与妇人同舟哉！"女娟道："妾闻昔日汤王伐夏，左骖牝骊，右骖牝麇，而遂放桀至于有巢之下；武王伐殷，左骖牝骐，右骖牝麇，而遂克纣至于华山之阳。胜负在德，岂在牝牡哉！主君不欲渡则已，诚欲渡津，与妾同舟，又何伤乎？"简子闻言大悦，遂许其渡。渡至中流，女娟见风恬浪静，水波不兴，因对简子说道："妾有河激之歌，敢为主君歌之。"因朗歌道："升彼阿兮而观清，水扬波兮杳冥冥。祷求福兮醉不醒，诛将加兮妾心惊。罚既释兮渎乃清。”歌已又歌道：

妾持楫兮操其维，
蛟龙助兮主将归，
呼来棹兮行勿疑。

简子听了大悦，道：“此贤女也，吾昔梦娶一贤妻，将毋即此女乎？”即欲使人祝祓以夫人。女娟乃再拜而辞道：“妇人之道，非媒不嫁；家有严亲。不敢闻命，”遂辞而去。简子击楚归，乃纳币于父母，而立为夫人。君子谓女娟通达而有辞。闲言少叙，书归正传。

且说蒋爷问钟雄：“我们都知道这铜网阵是雷英摆的，你怎么说不是？”钟雄说：“我先前也知道是他。王爷请我上府里住了三天，和王爷谈了两天的话。末天与雷英叙了同盟的兄弟。他后来又在我们君山住了三天，无非是讲论些个文武的技艺。那人很露着浅薄，就提铜网这节不行，又讲了八卦、五行、三才，问到准消息的地方，他就说不出来了。我说：‘你是藏私，我就不问了。’后来他说：‘你我若非生死之交，我可不能吐露实言。’我说：‘你我辅佐王爷，共成大事，难道说我还能泄露于外不成！’他这才说出实话。他有个义父，此人姓彭，叫彭启。先在大海船上瞧罗盘，遇暴风刮到西洋国去了十二年，遇天朝的船，北风一起又刮回来了。本来人就能干，又学了些西洋的法子，奇巧古怪的消息。雷英认他为义父。铜网阵是他出的主意，雷英称的名。要破此阵，据我想非得着这个人不行。”蒋爷说：“不知此人在哪里居住？”钟雄说：“就在雷英家中居住。听说这个人精于道学，寿已老耄，面目如童子一般，早晚必成地仙。蒋爷说：“恰巧，若在雷英家，要见此人不难。”南侠问道：“怎么见此人不难？”蒋爷说：“我在丹江口救过雷英的父亲，名叫雷振。救了他，问了名姓，知道他是反叛，要把他推下水去，一想此人有用，万一办王府之事，可以往他那里打听王府的虚实。我没告诉他真名实姓，我说我叫蒋似水。有这个活命之恩，到了他家，要说见这个彭启，大概容易。”智爷说：“这倒是个很好的机会。雷振他若念活命之恩更好。若是不念活命之恩。用熏香盗也把他盗出来。”蒋爷说：“我是贩药材的客人。咱们仍打扮成贩药材的客人。都是谁去?”智爷说:“我去把柳爷请来!”蒋爷说:“我去拿咱们大众所用的东西去。”言毕起身,上晨起望邀了柳青同到君山。寨主将山中的草药用荆筐儿装上。他们的兵器、包袱等件上面堆放了药材,用绳子捆住。先叫喽兵推下山去。蒋、智、展、柳全换上了青衣小帽。四位辞了寨主,到了山下,推着车子,路上无话。

直到襄阳进城,到王爷府后身,有个小药王庙。庙里面出来一个小和尚。智爷说:“小和尚!”蒋爷说:“小师傅,我们是办药材的,今晚在此借宿,等三两日起身,多备香资助敬。”小和尚去不多时,出来说:“请众人推车进庙。”西屋内老僧接出来说:“众位施主,请屋中坐。”大家入内落座,问师傅贵姓。和尚回答:“小僧净林。未领教几位贵姓。”智爷说:“那位姓展,那位姓柳,那位姓蒋,弟子姓智。”和尚说:“阿弥陀佛。”就在庙中用饭,住在南院西厢房内。小车搭到屋里,一夜不提。

次日早饭毕,蒋爷说:“我去了,听我的喜信。”出了庙门,见一老人,问道:“哪里叫真珠八宝巷?有个明远堂雷家在哪里?”那人说:“路东口内尽东头,路北第一门就是。”蒋爷与人家道了劳驾,自己走到东口内,见路北黑油漆门两旁有两块蓝牌子。金字是“明远堂雷”。蒋爷上前叫门,门内有人出来,开门一看,问蒋爷找谁。回答:“找雷员外。”家人问:“找老员外呀!”四爷说:“正是。”家人问贵姓。四爷说:“我叫蒋似水。”那人听了说:“你怎么才来?我们员外想你都想疯了。快进来。”蒋爷说:“你回禀去。”那人进去不多时,雷振出来说:“蒋老恩公,想死我了。”见面就要叩头,蒋爷拦住说:“使不得,偌大年纪。”二人携手往里走。

进了路西,四扇屏风门是油绿色撒金。四块斗方写着“斋庄中正”四个字。路东也是四扇屏门开闭。进了西院,一带南房,路北垂花门。进了门内,四爷一看一怔,好怪,五间上房,两耳房。东西两道长长平墙头,东面两个黑门,无门槛,门上有个八楞铜疙瘩;西边两个黑门,无门槛,门上也有个八楞铜疙瘩;并无别的房屋。好奇怪。上了石台阶,到了屋中,蒋爷暗道:以为雷家哄了王爷些个银子,没见过世面，盖的房子不合样式，焉知晓到了屋中一看，很有大家的排场，糊裱的很干净，名人字画，古玩铜器，桌案几凳，幽雅沉静，很是庭房的式样，颇有大家风度。蒋爷落座，雷振又拜了一回，随即献茶，跟着就摆酒。顷刻摆齐。

蒋爷上座，雷振旁陪，亲斟三杯酒，一饮而干，然后各斟门盅。雷振说："恩公从何而至？"蒋爷说："就打你我分手后，上了趟河南，由河南上山东，由山东又上陕西。我今打陕西而来。忽然想起老兄来，特意到此看望看望。"雷振说："恩公到此，就不必走了。"蒋爷说："不行，账没算清。回头算清账目再来，我就不走了。有件事情，老哥哥，我问问你。"雷振说："什么事？"蒋爷说："怎么这院子内也没有东西厢房，四个小门也没门槛，什么缘故？"雷振说："咳！无怪你瞅着纳闷，这是你侄子的主意，孝顺我。"蒋爷说："什么缘故哪？"雷振说："我有个毛病，吃完饭就困，非睡一觉不可。你侄子怕我把食存在心里头，作了一辆小铁车，是个自行的车子。我坐在上边，两边有两个铁拐子，当中有一个铜别子，别着一个轮子，把这别子往外一抽，自来轮子一转，这车子就走起来了。要往里首转弯，一搬左边的铁拐子，它就往里拐；要往外首转弯，一搬右边的铁拐子，它就往外拐。东边的这两个门，靠着耳房的这个，进去是到东花园子；南边那个黑门，进去从东夹道奔北花园子；西边挨着耳房的那个小黑门，进去是你侄妇的院子；西边南头的那个门进去，由西夹道奔北花园子。我要上了车子，吩咐开那个门，他就把八楞铜疙瘩一拧，门就开了，把别子一抽，车子就往里边走，来回转腾几趟，食也消了，也就不困了。这是你侄子的主意。"蒋爷说："老贤侄还有这个能耐呢！我也求老贤侄给我做一个。"雷振说："不行，就把这个给你吧！"蒋爷说："我不要。君子不夺人之所好。"雷振说："恩公你要我这个命都给你，何况一个玩物！"蒋爷说："不要。我是一定求他给我做一个。"雷振说："恩公不知，这不是他做的。"蒋爷问："是谁做的哪？"雷振说："若非恩公，我实在不能对你提起，是我们干亲家他的干老儿做的。"蒋爷说："这人贵姓？是那里人氏？"雷振说："这位是南边人，姓彭，叫彭启，字焰光，原在海船上瞧罗盘，就是此人所做。"蒋爷说："此人现在哪里？"

雷振说:“就在咱们家里居住。”蒋爷说:“好极了,请过来咱们一同饮酒。”雷振说:“不行,此人与人不同,凭爷是谁,他也看不起。我儿认他为义父,我们两人见过一次。他不愿意理我,也瞧着我是个粗鲁人,不配与他交谈。我想着咱们儿子跟人家学本事,摆了一桌上等海味官席,他连坐下都没坐下,道了个‘扰’就走了。就是待你侄儿好。瞧不起我,我也瞧不起他。你侄也真孝敬他,每逢回家见完了我,就去见他义父去。我也想得开。任他怎么瞧不起我,我儿子总是亲生自养的,把他请过来也是得罪了恩公。”蒋爷说:“这个人是固执,不随世道。”

蒋爷暗想:只要知道他的地方,夜间就能把他盗出来。忽然间,瞧帘儿一启,打外边进来一个人,蓝六瓣壮帽,蓝箭袖,蓝英雄氅,薄底靴,胁下挎刀,身高八尺,膀阔三停,面赛油粉,粗眉大眼,半部胡须。蒋爷要站起来,雷振拦住说:“这就是你侄子。”雷英着过来行礼,说:“蒋叔父救了我天伦,要知恩叔居住何处,早就造府道劳去,你老人家恕过!”说罢,又叩了三个头,起来给蒋爷斟了三盅酒。蒋爷也并不推辞,一饮而干。蒋爷说:“管家预备杯箸,给你少爷斟酒。”雷英说:“侄男少时奉陪叔父。”雷振问:“何事回家?”雷英将要低声说,雷振说:“不用,蒋恩公不是外人,不用避讳他。”雷英说:“王爷见信,君山降了大宋。”这一句话不要紧,把蒋爷吓得真魂出壳。

若问以后说些什么,且听下回分解。

第四十三回　蒋平见铁车套实话　展昭遇黑影暗追贼

诗曰：

挥金买笑逞豪英，自愧当年欠老成。
脂粉两般迷眼药，笙歌一派败家声。
风吹柳絮狂心性，镜里桃花假面情，
识破这条真线索，等闲踢倒戏儿棚。

且说雷英道："王爷知道君山降了大宋，可不知是真是假。王爷防不测，派我上长沙府郭家营，聘请双锤将郭宗德。"蒋爷暗忖，君山反正，王爷还是知道了。雷英说："我到那院里，少时过来。"当时别了蒋爷出去了。

蒋爷明知道雷英是上东院里去了，他搭讪着东瞧西看。出了屋子，看见雷英过去，将铜八楞疙瘩一拧，门自开，蹿将进去。蒋爷随后跟来。暗道：院内必有埋伏，不然，自己的院子何用连蹿带蹦？蒋爷看得明白，东院里地脚甚矮，门内用砖砌起高台，门虽无有门槛，与门下面一般高，东西却有五层台阶。他见雷英越身登在三罗砖上，并不从东面台阶下去，直奔正北，纵身脚沾实地。蒋爷想定：他走那里我跟他走那里，不错脚印，万无一失。蒋爷也就纵在三罗砖上，往北下去。东西一段长墙，有四扇屏风门，五层台阶，雷英走的一三五，不走正门，把西边屏风推开，进了里院，蒋爷也照旧跟随进去了。西边屏风里院当中，虽有甬路，雷英却走土地。蒋爷知是花园，并无山石花草，当地一个大玻璃亭子，正北有座房子，是明三暗五，也是五层台阶，就由地下往上一蹿，不走当中的隔扇，把西边的隔扇蹿将进去。蒋爷照样上来，往东一歪身，把窗棂纸用手指戳了一个月牙口，往里偷看，有个后虎座，东边放着个单帘，西边落地墨花牙子，雕刻冰片梅的花朵，当中放一张桌子，桌子上摆列着两三套钵鱼净水，黄纸朱笔，一个量天尺，珍珠算盘，一个天地盘摆在当中。有一张梗木罗圈椅，坐定一人,不问而知就是彭焰光。他穿着一件古铜色的袍服,盘膝而坐,光头挽发别簪,未戴帽,头如雪,鬓如霜,面似少年,得内养,可称得起返老还童,满部的银髯,闭目合睛,吸气养神。蒋爷一瞅就透着有些古怪。

雷英一跪,上边说话是用南方的口音,说:“吾儿起去,不在王府干什么来了?”雷英说:“王爷派我上长沙府,聘请郭宗德。风闻着君山降了大宋,不知是真是假,请你老人家占算占算。果然是真,好作准备,也就不给他们供粮供饷了;如果要假,净是一派讹言,亦未可知。”彭启说:“这有何难!”随即拿过宪书来一看,把天地盘一转:“哎哟不好!”又把天地盘一转,“哎哟!哎哟!”连说不好。问雷英:“你把什么人带进来了?”雷英说:“就是孩儿一人进来。”说:“不能,外面有人。出去看吧。”把蒋爷吓得毛骨竦然,必有些妖术邪法。跑吧,不好;不走吧,也不好,总是不走为是。

雷英出来,万不信外头有人,这院内没有人敢来。蒋爷过去,要推隔扇。雷英说:“恩公打那里来?”回答说:“游花园来。”雷英说:“这不是花园,你怎么会走到这里来了呢?”蒋爷说:“我拿腿走到这里来的。”雷英说:“万幸!万幸!你真是好人。不然,轻者带伤,重者带死。”蒋爷一听,故装浑身乱抖,颜色改变,说:“这还了得!你得救我。”雷英说:“打这头一层台阶,你跳到底下去。”蒋爷说:“我跳不了那么远,我一磴一磴地下吧!”雷英说:“不行!那就摔死了。”蒋爷说:“我就那么上来的。”雷英说:“不能。”蒋爷说:“你抱我下去吧!”雷英搀着,一蹿奔到土地,说:“恩公别动,若动,死了我可不管,等我回来再带你出去。”蒋爷就在那里蹲着。雷英回到屋中,蒋爷复又上来,听屋里说些什么。彭启问:“外面有人没有?”雷英说:“是蒋恩公。”又问:“蒋恩公是谁?”雷英说:“丹江口救过我天伦,此人叫似水。”彭启把天地盘一推,说:“唔呀!他是水,我是火,他人旺相,我本人休咎,我受他人克制。我问你,是他近是我近?要是他近,我早早地趋吉避凶;若是我近,把他生辰八字拿来,我自有道理。”雷英一听,连连点头说:“义父,请放宽心,出去即将他生辰八字诓来。”说毕出去。蒋四爷听真,暗自心中忖度:好厉害,如若诓了我的生辰八字,准死无疑。仍又回在土地上蹲着。雷英出来，同着蒋爷扑奔正南，到了屏风门，蒋爷要奔甬路，被雷英一把揪住，说："走不得。"蒋爷上高台，装着战战兢兢。雷英心中纳闷，这么个不要紧的人，我义父值得要他性命？说："恩公走这个台阶，要走一三五，二层和四层走不得。"其实蒋爷心中早暗暗记住。蒋爷说："我来的时节，一磴一磴的走的，那有那么长腿哪！"雷英说："恩公记错了，除非这么来不成。"蒋爷说："我害怕。"雷英说："还是我搀着你，跟西边小门里走，离门还有三罗砖，就不着走了。由此处得一下蹦出门外。"

老雷振正在那里寻找呢！遇着蒋爷，说："呀哟！我的恩公，你上那里来呀？"蒋爷说："我游花园来。"雷英说："不好，恩公上东院我义父哪里去了。"雷振说："可了不得，你怎么上那院去？那院可去不得，你怎么进去的？"蒋爷说："我也不知道我是怎样进去的，糊糊涂涂的就去了。"雷振说："请来喝酒吧！"蒋爷到屋中落座，雷英说："恩公自己少待，请我天伦说句话。"蒋爷明知是为生辰八字。他若问我，明是六月内，我也说是腊月内；明是十五，我也说是初一。自己纵身在窗棂里头，窥听他们说些什么。雷英就将他义父的言语告诉他天论一遍。雷振说："不用去诓，我记得，连时辰我都知道，是六月二十三正子时。"蒋爷先前很有些害怕："难道说还说出生日来，他怎么记得？"嗣后来一听，暗笑："这个老头子交着了，他替我撒谎。"雷英一怔，说："这不是你老人家生辰八字吗！"雷振说："可不是我的，要人家的不能。世间上恩将恩报，没有恩将仇报的。只可拿着我的生辰八字，先把我害了，我一死全不管。"雷英说："我怎么回复我义父呀？"雷振说："两全其美，此事落个三全其美。"雷英问："怎么办？"雷振说："你打这上长沙府，我说王爷派人来追逼走了，不许在家停留。我的也省下了。我多活二年，同恩公明天在家里住都不住，我们就开药铺去了。"雷英依计而行，说："我也不上里头见恩公去了。"雷振到了屋中，仍然落座吃酒。蒋爷就要套他的实话了："你才说那是个小花园，我才进去，敢情这么险哪？"雷振说："那么险？看怎么险了。若错过好人，有五个也死了。"蒋爷说："我到底打听打听，怎么险？"雷振说："若非你老人家，怎么我也不肯说。"蒋爷说："你告诉我怕什么呢?”雷振说:“这就是刚才提咱们小子的干老儿,他在那居住,一院子尽埋伏。就拿一进门说,它总共四路方砖,就是台阶,要登着这进门头一块方砖,双门一闭,打门内出来是牛耳尖刀,噗的一下,正扎在人的身上,连划带扎,焉能有命?再登在二路砖,打墙头里出弩箭,正中后脊背。这种箭毒药喂成,中上就死。非登三路砖才是好地。对面就是台阶,可登不得,乃是一个木头作成,有铁轴活穿钉,一登就翻过,底下是大坑,坑中有刀,刀尖冲上。必得要由正北跳在土地上,奔正北屏风门。台阶得走一三五,若要登着四层儿,三层就出来弩箭。若要登二层儿,头层必定出来弩箭,中在腿腕子,都是毒药喂成,钉上就不得了。若奔屏风门走正门,净是透甲锤迎面射来。或走东,或走西,进里面必须要由土道,可别走甬路。走到正北五层台阶,由末层往上一蹿,那三层是翻板,若由当中隔扇进去,尽是方砖满地。头一路砖上面,横着吊一个大铁梁来;二路砖由东屋帘子里头进来,有一个大钟馗拿宝剑乱砍。东屋里一进帘子,除了钟馗,那个地方全是大坑。后虎座木床上一坐,就叫铁叉子叉住,落地罩上净弩箭。往西屋去,他睡觉的床在北面,西屋里头是方砖满地,当中夹着一溜条砖。往西屋里去,必得由条砖上走。走在床前,又是三路方砖,若登在三路上,从棚上吊下一个大圆铅饼来,把人打得肉饼子一般。若登在二路砖上,床帷里头出来全是长枪,三指宽鸭子嘴的枪头。要到头一路砖,那就尽挨着床了。床面子当中,出来半个车轮相似,上头都有鳝鱼头的刀,刀头正在人头下,滴溜一转,性命休矣!

蒋爷说:“你别说了,他睡觉不睡觉?”雷振说:“睡觉。”蒋爷说:“睡觉他得上床去,他不受了消息了么?”雷振说:“不能,他未曾进屋的时节,也靠着北边。落地罩底下,有个铜环子。他一拧铜环子,是个消息,就打床上下来一个木台阶,正落在三路头里,这台阶是一层一层的木板,银钉扣咬出来,一层一层台阶,往起一拉,就是一罗板子。他上的床来,拉起板子,放下一个大铜罩子,把他罩在当中。”蒋爷说:“这为什么?”说:“他总怕有人进去,拿他弩箭乱发。有这罩子罩住他,弩箭射不进去。罩子这个样式,全是拿铜丝拧出来的小灯笼锦,故此弩箭射不进去。”蒋爷说:“说完了吧!”雷振说:“还有哪!倘若人家把罩子撬开,墙上有块铁,他往铁板上一歪,就进墙里头去了。墙是夹壁墙,倒下台阶,复又上来,也是梯子一样。后院有眼大井相似,上有木头盖,打外开不开。”蒋爷说:“干什么要这些东西?”雷振说:“着哇,你我不作亏心事,也不怕,他老怕有人拿他,故此设下这些消息,他老怕死,早晚就吃半茶碗稻米饭,半碗白水,他说不吃这个就成了……我说就死了。”蒋爷听了告辞,先回去算账。晚晌还来。雷振送出。

蒋爷回庙,来到南院见了大众,将前言细说一遍。智爷说:“四哥出主意,怎么办呢?”蒋爷就在展爷耳边说了一套话。展爷收了自己的东西,辞别了和尚,出庙扑奔上院衙而来,直到里边见了大人的从人,问了大人的事情。吃了晚饭,晚间出门小便,见一条黑影一晃,展爷赶下来了。

赶的是谁,且听下回分解。

第四十四回 假害怕哄信雷英 伏薰香捉拿彭启

诗曰：

不知何处问原因，破阵须寻摆阵人。
捉虎先来探虎穴，降龙且去觅龙津。
五行消息深深秘，八卦机缄簇簇新。
终属薰香为奥妙，拿他当作蠢愚身。

且说展爷领了蒋爷的分派，在上院衙吃了晚饭，叫管家到西门叫城上留门，预备太平车一辆，可要心腹人。晚间出来小便，看见一黑影，拉剑追下来了。至于后面，地上躺着一人，展爷上前看，那人倒捆四肢，口中塞物。展爷不顾追人，收了宝剑，解开这人，拉出口中之物，一问，才知这人叫李成，正在后面解手，来了个夜行人把他绑了，问大人的下落。展爷说："你必告诉他了。"李成说："没有。他拿刀蹭我的脑袋，我死也不说。"展爷说："你没说很好，若说了可了不得。"展爷找了半天，并没下落。换上利落的衣服，出了上院衙，扑奔八宝巷来。

在东口早瞧见有几个黑影儿乱晃，就知道是蒋四爷。听见对面击掌的声音，凑在一处，见他们都是夜行衣靠。展爷就把上院衙遇刺客没追上说了一遍。蒋爷说："无妨。大人不在上院衙，怕他什么？"智爷说："少时进去，各有专责。"蒋爷说："我带路。"柳爷说："我使薰香。"展爷说："我背。"智爷说："我给你们巡风。"蒋爷说："随我来。"智爷说："把消息记妥当。"蒋爷说："不劳嘱咐。"嗖一声就上了墙头。原来这就是那个东夹道。飘身下去。大家又上了那个墙头，往西一看。蒋爷低声说："省事了，不走西边那个门，少过好几道消息。咱们就奔正北的屏风门进去就是了，大家下来。"柳爷就把塞鼻子布卷给了每人一副。蒋爷在前，鱼贯而行，全是垫双人字步，弓髁膝盖，鹿伏鹤行，瞻前顾后，直奔台阶，回头打着手式一三五。后面点头，上了台阶，奔西边的那扇屏风。下了土道，直奔正北。

蒋爷等暗喜，彭启尚未歇睡。上台阶，由五层蹿到头层之上。四个人分开，全拿指甲戳窗棂纸，戳出小月牙孔，一目眇一目望里窥探，见着彭启仍在那里打坐。智爷暗叹此人，道学的工夫不在小处，就应当隐于高山无人的所在，日久何愁工夫不成？又不为名，又不贪利，这要盗将出去，就是个剐罪。忽然间，听见他"唔呀"了一声，说："好雷英，叫他去问生辰八字也不见回来了。我这一阵心惊肉跳，莫不是祸事临头？待我占算占算。"把天地盘子一转，又"唔呀"了一声。蒋爷深知他的算法实灵，拿胳膊一拐柳青，叫他点香。听屋中又说："你们好大胆，全来了，是似水勾来。这可说不得了，我不忍行这样损事。常言道：'人无害虎心，虎有伤人意。'可就讲不起，要伤德了。"连南侠带智爷听了，都是面面相觑，紧催柳爷。柳爷也是浑身乱颤，把香点着，铜仙鹤嘴戳在窗棂纸上，紧拉仙鹤尾，双翅乱抖，由透眼进风，一股烟直奔彭启。彭启已用朱笔把符画成，将要往灯上一点，他就闻到香气，说："这是什么气味？"往里一吸，翻身便倒，咔嚓的一声，连人带椅子全都倒在地上。智爷哈哈大笑起来。

蒋爷说："你这么大的声音会叫人听见。你当是在你家里头呢！"智爷说："是可笑么！他要一烧那个符，大家自要命的了。他能算，也没算出点薰香来。"蒋爷说："那不是神仙了么！这个能耐，就不在小处，他会算出，是似水拿钩子把你们钩来的。"说罢又笑。这才推开当中的隔扇。智爷说："咱们试试他消息灵不灵？"展爷说："使得。"随即拿宝剑蹲在门槛上，向着二路砖一戳，只听见咕噜咕噜的一响，从东屋里出来一个假人，和北侠一样，判官巾，紫袍、靴子，全是真真的，傀儡头，藤子胎，当中有消息，底下有轮子。方砖一动，这假人就到。手中是一口真宝剑，冲着展爷嗖就是一剑，展爷把剑往上一迎，正削在假人的胳膊上，当啷啷一声，连半截胳膊带宝剑坠于地下，剩了那半截胳膊，还咯噔咯噔地剁了半天。智爷又笑说："可见消息极灵，剩下了半截它还直剁！剁完仍然回去。把头一路砖也给它点了吧，省得咱们进去担心。"展爷又用宝剑一戳，如地裂天崩的声音一般。打上面黑压压一根大铁梁坠落埃尘。"当啷"一声，把大家吓了一跳。容尘土落了一落,大家才进去。

智爷先把迷魂药饼与彭启按在顶上,用网子勒住,然后搭起,爬在展爷脊背,用大钞包兜住臀部,来回十字绊绊住。系了个麻花扣儿。大家出来。

原来智爷把桌子上天地盘、量天尺、书、一切物体包在包袱背将出来。蒋爷说:"这作什么?"智爷说:"我是贼,不空回。"仍然按着旧路出来。蹿下五层台阶,出西边屏风门。下外头的台阶,走一三五级。蒋爷说:"这得了,把塞鼻子的布卷全都不要了,奔东墙。"展爷蹿上墙头,飘身下来,脚沾实地。原来贴墙根出来一个人,拿着长拘钩就搭。展爷一闪身,拘钩搭空了。智爷往东墙一蹿,出墙外去了。那个人一回头,墙上又露出来两个,过来四五把拘钩,也没搭住,也就出那段墙外头去了。惟独蒋爷将要飘身下去,一下就叫拘钩搭住了,往下一拉,叶咚摔倒在地。搭胳膊拧腿,四马攒蹄捆起来了。

你道这些人也不是看家护院的,全是些个更夫,预先就安排好。万一家里要是闹贼,就叫他们拿着长拘钩,往墙根底下等着。把灯笼点起来,拿半个柳罐片罩着灯笼,用的时节一揭就得。先是智爷大笑,人家就听见了。后来又听见落铁梁的声音,人家准备好了。全没拿住,单把蒋爷捉住,四马倒攒蹄。拿灯笼一照,大家乱嚷:"是恩公。给员外送信去吧!"

少刻雷振到。说:"怎么着,是我恩公作贼?"早有人把灯火掌起来,把头一搬,何尝不是哪!问道:"恩公,你这是怎么的?"蒋爷说:"你先撒开,我有话回头再说。"立刻吩咐解开绳子。蒋爷起来,撣了身上的土,跟着雷振直奔上房来了。落座献茶,雷振又打听,蒋爷说:"你屏退左右。"雷振即叫家人俱都出去,说:"恩公有话请说吧!"蒋爷说:"我不是蒋似水,我姓蒋,名平,字泽长,外号人称翻江鼠。我是来救你们全家性命来了,我白日是来试探你来了。瞧你念当初活命之恩不念?不但你念起活命之恩,并且你格外还有点好处,我这才救你们满门的性命。刻下王爷府铜网阵打死白护卫。大人一者是奉旨拿王爷,二者是与五老爷报仇。不久就要破铜网阵,王爷的祸不远矣。若是拿住摆铜网阵之人,你算算该当什么罪过,就是剁成肉泥,也不消大人心头之恨。明明的是彭启摆的,怎么但愿意叫你儿子应承呢?若要势败,那还了得!白昼我来测道,见你这个人实在诚实,我回去和我众卫护大人说明,方才将彭启盗将出去,罪归一人,以后拿了王爷,也没有你们父子之事。可有一件,你儿子要是回来的时节,可就别叫他再上王爷那里去了,要是仍然助纣为虐,慢说是我,连我们大人都救不了你了。"雷振一听,双膝跪倒:"多蒙四老爷的恩施,我这可就明白了。"蒋爷说:"我这就要走了。"雷振说:"我这预备下酒饭了。"蒋爷说:"改日再扰吧,公事在身,不敢久站。"说罢出了屋子。雷振吩咐开门。蒋爷说:"向例我是不爱走门。"蹿房跃脊,顿时间踪迹不见了。

再说展南侠,背着彭启到了上院衙门口,解开麻花扣,把彭启放下了。那里早有一辆太平车,连车夫带从人在那伺候着呢!展爷把彭启四马倒攒蹄捆好,装在车上,放下车帘,到里面各人换好了衣服,仍然出来,跨上车辕,离了那里。车夫赶着直奔城门。到了城边,叫开城门,车辆出城,仍然又把城门关闭。到了下关,直奔西南,地名叫杨树林。直等到红日东升的时节,方见小车儿来到。大家会在一处,奔晨起望。

如何着彭启泄机破铜网,且听下回分解。

第四十五回 见大人见刑具魂飞魄散 看油锅看刀山胆战心惊

且说智爷、柳青出来时，听见蒋爷被拿，柳爷要回去救去。智爷说："不用。我教君山拿住，尚且无妨，何况他是人家的恩公！我们两个人，嘴一动转就不怕，咱们回去。"二人回庙，蹿墙下去，开门点灯换衣服。到五鼓，蒋爷回来。智爷说："怎样？我说不怕！"蒋爷换上衣服，就把被捉的事说了一遍。柳青说："咱们歇歇吧。"

次日天明，他们收拾小车，给了庙中香资，搭出小车。和尚送出："阿弥陀佛，再会吧！"奔城门而来。出了城，奔下关，到了杨树林，早见展爷在那里等着，会在一处。展爷打听蒋四爷的事情，蒋爷又学说一回。展爷暗笑，叫上院衙的从人回去，把小车上东西全搬在太平车上。几位爷归晨起望路上而来。每遇早晚，给彭启一点米汤饮，就不至于死。一路无话。

到了晨起望，飞叉太保钟雄也正在那里。大家就把彭启搭将下来。车上的东西，尽都拿下来。把车夫打发回襄阳，赏了些银子。所有的众人见了礼，打听盗彭启的缘故，一五一十的从头到尾学说了一遍。沙员外把他迷魂药饼起下来，问他铜网阵的消息。钟雄说："且慢。逢强智取，遇弱活擒，遇文王说礼义，遇桀纣动干戈。此人若起了迷魂药饼儿，问他一个不说，置死于度外，那时节可就不好办了。总要先把主意拿好。"蒋爷说："诚哉，是言也。就让寨主哥哥你给出个主意吧！"钟雄说："总是四老爷与我智贤弟，你们高见，我如何行得了？"智爷说："不用太谦了，咱们一人不过二人智，三人一块定好计，谁也不用推辞。"本来智爷与蒋四爷到一处就可以，今又添上个飞叉太保。这三个人，你出一个主意，我说一个道儿，他使一个招儿，这就算铁桶相似。彭启受薰香，本是鸡鸣五鼓还魂，这个魂灵老还不来，是有迷魂药饼儿闭住七窍，也不知道有多少日限。这日忽然气脉通畅，睁开二眸，旁边站着两个青衣人。上面坐着瘦弱枯干的一位老爷，身不满五尺，箭袖袍，丝鸾带，薄底靴子，青铜磨额，其貌不扬。彭启纳闷，什么所在，这是什么人？自己回思在屋中打坐，教雷英诓蒋似水的生日，没见回音信。晚间又一占算，来了许多人，可不知是谁。后来闻见一阵香气，就渺渺茫茫，这也不知是什么所在。对面那人一笑，说："彭老先生，你认不认得我？"彭启说："不认识。"那人说："我就是蒋似水。我可不叫似水，我实对你说吧。我叫蒋平，外号人称翻江鼠。奉按院大人之谕拿你，我就是原办的差官。头次探道，教你算出来了。二次办你，同着众位老爷们，也叫你算出来了。你有托天的本事，可惜，先生你用错了。你既打算修道，当找一个山谷幽密的所在，人烟罕到的地方。似你这个能耐，不至于不懂天道循环。国家的气运兴衰，为什么助纣为虐，帮着襄阳王摆铜网阵打死白护卫？大人要拿摆铜网阵的人，与五爷报仇，我才将你拿到此处。咱两个说句私话，你只要把铜网阵里边的消息说明，我们大家去破了铜网阵，这就算是你的奇功一件。你要愿意为官，我给你求求大人，奏闻万岁，保你为官，凭你这个能耐，称的起国家栋梁之材。如若不愿为官，找仙山，觅古洞，作一个隐士，虽不能成佛作祖，也修一个寿与天齐。"

彭启听了这套言语，自己暗忖：自己所作之事，焉有不知之理！问道："四老爷，我实在不明怎么会到了这里头，使我昏昏沉沉的，是什么缘故？"蒋爷说："我明人不做暗事，我是用薰香把你薰过去了。我劝你是好意，我照实说吧。你今年九十几了？"彭启说："今年九十二岁了。"心中暗忖：说出来就是剐罪，任凭怎么夹打，三推六问，我也不肯吐露实言。便说："蒋四老爷，我是老而无能的人。方才怎么说铜网阵是我摆的，但不知大人听何人所说？"蒋爷笑道："我无非是多说，我就管把你办了出来，别的事也不应到我管。我无非看着你那点道学，怪可惜的，一时半时哪里就能炼到？先一见就明了，可别耽误了自己的正事。"

外边有人嚷道："大人升了堂咧，带彭启！"蒋爷说："就到。怎么样？你要一点头可就不用带你见大人去了。"彭启说："我一概不知，一概不晓。"蒋爷说："来呀！把他锁上见大人去。"官人往前一趟，索链往脖颈一带，头上击了一掌，彭启觉得渺渺茫茫，睁开二目一看，已到大堂。

大人升了虎位，居中落座，两边官人伺候。蒋平手中拉定铁链，即回道："禀大人得知，将彭启带到，面见大人叩头，请大人审讯。"大人吩咐，叫挑去铁链。问道："彭启摆铜网阵，害死我五弟，快些招来，免得三推六问。"彭启说："大人冤哉枉哉！什么叫铜网阵，我一概不知，一概不晓。"大人说："哪怕你是铜打铁炼，用上刑你也得吐露实言。"彭启说："实在不知，实在不晓。"大人说："拉下去，重打四十。"官人过来，往下一拉，脱去中衣，把大板往上一扬，彭启吓得浑身乱抖。大人问："快些招将出来，免动刑具。"彭启说："冤枉哉。"大人说："打！"复又问道："我看你偌大年纪，劝你不如招了吧！"彭启说："无招。"大人微微冷笑："四十板你不至于经受不住，看夹棍。"官人答应，将三根无情木哐啷一声放在堂口。蒋彭启中衣提上，爬伏在地，脊背上骑着个人，头颅上用五尺白布拧住，怕头昏死过去，夹棍套在连接骨上。有两个官人，背着两根皮绳，两下里一拉，听大人吩咐用几分刑、拉到什么地方。已把刑具套上，叫招仍是不招。蒋爷在旁劝解："大人暂息雷霆，彭启寿已老耄，倘若刑下毙命，无有清供，难以破阵，不如卑职把他带将下去，苦苦相劝，他倒可以吐露实言。"大人说："倘若不说，岂不往返无益。"蒋爷说："他倘若不说，拿卑职是问。"大人说："你敢承当此事，若要问不出来，听参。松刑！"官人将刑具撤下，带上铁链，往下带的时节，给他头颅击了一掌，彭启睁开双眼，已然拉到屋门口了。

进了屋子，蒋爷说："彭先生请坐。方才在堂口之上，你可曾听见？我方才若不劝解大人，你这阵也就早死多时了。我这个人心软，我老可怜人。老没人可怜我。你只当可怜可怜我，把铜网阵这个事咱俩袖里来袖里去，我绝不告诉别人。再不行我给你下一跪，磕个头，这还不行吗！"彭启说："要是我摆的，绝不支持到这时候。四老爷一定说是我摆的，什么人说是我摆的，教他质对于人。"蒋爷说："质对你的人，固然是有。若是再挤得我没了路，我可就把质对人带来了。我且问你，方才在堂口，我在大人跟前说下了大话，问不出你的清供，请大人奏参。你可听见了没有？"彭启说："我俱都听见了。"

蒋四爷说："你这是好歹全不说。阳世三间咱们两个说不清，到阴曹，我把老五找着作质对。我们当初一拜之时说过同生同死，我这活着，就是多余。为破铜网阵，我才多活几日。你不泄机，铜网阵不能破，我活着无味，咱们阎王殿前辩理。"彭启说："唔呀！我不去。"再瞧蒋爷，已把带子拴在窗棂磴上，叫彭启："你这里等着。"脖子一套，彭启嚷："不好，四老爷上了吊了。"官人进来，在彭启头上一掌。再睁眼看，众人围着蒋爷的死尸，说："活不了啦。"众人走说："回大人去。"剩两个人看着他。

到三鼓时，二人全睡了。灯光发暗，听见风声响，满地火球乱滚。进来四个鬼，一个吊客，一个地里鬼，一个地方鬼，一个大鬼。说："吾乃五路都鬼魂是也。奉阎罗天子钧旨，捉拿彭启的阳魂，阎罗天子台前听审。兄弟们！"小鬼答应："呜！"大鬼喝令："带了他走！"小鬼答应："呜！"在他头上击了一掌。彭启自觉一个冷战，再一睁眼，进了鬼门关，见一个大牌楼，看见森罗殿，有刀山，有油锅，吓得他心惊肉跳。

不知怎样对词，且听下回分解。

第四十六回　地君府听审鬼可怕　阎王殿招清供画图

且说彭启被五路都鬼魂带着一走，睁开二目，黑暗暗看不很真。一到了枉死城内，前面有个牌楼，有两盏绿灯，看见上面有块横匾，是地君府，两边有一块匾，是“群灵托命”。还有副对联，上联是“胎生、卵生、湿生、化生、生生不已”，下联是“佛道、仙道、人道、鬼道，道道无穷”。将进牌楼，就看见森罗殿。彭启方知是自己的魂灵出窍，这可就看得明白了。殿里头有二张桌子，前面桌上摆着供献、香烛、蜡签、五供，点着两盏绿灯；后头桌子上有张椅子，椅子上坐着阎王爷。他头戴冕旒冠，珍珠倒挂，穿一件杏黄的蟒袍，上绣金龙，张牙舞爪，下绣三蓝色海水翻波，腰横玉带，粉底官靴，面如紫玉，箭眉虎目，垂准头，方海口，大耳垂轮。一部胡须，白多黑少，须满心胸，尺半多长，根根见肉。手执七星圭，左右有二个判官，一个是蓝袍，一个是紫袍，全是判官巾，朝天如意翅，腰束玉带，粉底官靴。一个是面如赤炭，吹去蒙灰；一个是碧目虬髯，紫脸膛。高堆许多账簿，有黑红砚台，三山笔架，架着黑红笔。两旁边有牛头，有马面，有小鬼，有大鬼，高矮不等，一个个狰狞怪状。在阶台石头两边，左边是小刀山，右边是个油祸。两边有两个大鬼，全都是蓬着头，赤着臂，虎皮的披肩，虎皮的战裙，紫纱袍，大红的中衣，薄底靴子。一个是面如菜色，一个是黑白的面目，是黑地长了一脸的白癣；一个是拿着牛头铛，一个是拄着三股叉。那边是个刀山，全都是牛耳尖刀，刀尖冲上。这边是个油锅，底下架着劈柴，真是烧的锅内油乱滚。两旁边跪着十几个小鬼，全是蓬头垢面，俱是男鬼，没有女鬼。只听风中带砂的声音呼呼乱响，铁链乱抖，悲哀惨切，类若鬼哭神号。

彭启见此景况，身躯乱抖，体似筛糠。再听上边阎王爷说道：“湛湛青天不可欺，未曾作事吾先知；善恶到头总有报，只争来早与来迟。来！先将头一案带上来。”就将油锅跪着的小鬼带上来一个，跪在阎罗天子面前。叫注录官看他阳世三间作了些什么事情。就见那红脸的判官把生死簿打开，查了半天，说："此人在阳世三间作恶多端，不孝父母，不敬天地，骂风骂雨。"阎罗天子问道："当下什么地狱？"判官说："当下油锅地狱。"阎罗天子吩咐叉出去，发往油锅地狱，彭启早就叫他们威喝的在月台前边跪下，正看着要把这个鬼叉往油锅地狱，被地方鬼头上击了一掌："别瞧热闹！"再要睁眼之时，早见那个大鬼把小鬼叉下月台，往油锅里放。就听见滋喇的一声，叉往上一挑，就成了一块红炭相似，往油锅旁边叭嚓一掷。

又叫第二案，又带上去一个小鬼。跪在供桌之前。阎罗天子叫注录官，查看他在阳世三间做了些什么事情。注录官说："此人在阳世三间作恶多端，泼撒净水，作践五谷，平人祖墓，折算人口。"阎罗问："发往什么地狱？"判官说："发往刀山地狱。"阎罗说："来！叉出去。"看刀山的鬼答应一声，就见牛头马面往上一拥，把那个小鬼叉在叉头上，摔在刀山之上。

彭启瞧着，也是怪怕，刀尖全部缩在刀山里边去了。那小鬼一摔，刀尖又全都出来。那个小鬼通身是血。又把第三案带将上来。书不可重叙，无非是强掳少妇长女，拐骗人口，哄人财帛，引良为盗，一案一案的发判，有碓捣的，磨研的，有睡铁床，拿锯锯的，俱都带将下去，发放完毕。

阎罗天子问彭启阴魂可曾带到？注录官回说："早已带到，以候钧旨。"阎罗吩咐带上来。五路都鬼魂答应，就将彭启带到供桌之前，双膝点地。阎罗天子喝道："你好生大胆，在阳世三间作恶多端，摆铜网阵，害死白虎星君，应入十八层地狱。来！叉下去，先将他叉入油锅。"彭启说："唔呀！有招有招。"阎罗说："快些招来。"彭启说："方才阎罗天子所说摆铜网阵害死白虎星君，是一概不知，一概不晓。"阎罗大怒说："哇！你打算阳世三间准你鬼混，我这冥司无私，现有蒋平缢死之魂，你还敢在此强辩！将他叉出去。"脑后嚓唧一声，彭启回道："且慢，我也知晓，冥司无私。这个铜网阵我招认了，就是可有一件，方才阎罗天子所说白虎星君大概就是白护卫了。"阎王说："白虎星君奉玉帝敕旨，降世辅佐大宋国朝，阳寿未终，被你设法害死，你难道说还不与他抵命！”彭启说：“我虽设摆铜网阵，不是请他前去的，又不是我将他诱进阵。上院衙能人甚多，怎么单他一人坠网，总是他性傲之过。”阎罗说：“你阳世就是个舌辩之徒，你的魂灵儿仍是个说客。蒋平可是你逼的他自缢身死？”彭启说：“唔呀，那更怨不上我来了。”阎罗大怒来：“来！将蒋平冤魂带到对词。”

不多时，蒋平到。他相貌本就难看，这更难瞧了，七孔血出，有根绳子勒着脖项，来到跪倒说：“请求阎罗作主，叫彭启给我们两个人抵命。”一回头，看见彭启，抓住要打，被鬼卒拦住。揪扭着彭启，叫阎罗天子作主。彭启说：“蒋四爷，当着阎罗天子面前，不许娇情，是我把你勒死的，是你自缢死的？”蒋爷说：“虽是我自己死的，你要在阳世招出铜网阵，我何必寻死！”鼓启说：“我阳世招出，我也就剐了。这阴曹焉能鬼混的过去？”蒋爷说：“任你怎么说，也得给我们哥们抵命。”阎王说：“我查看查看你们的阳寿，自有道理。注录官，查彭启的阳寿。”查了半天说：；“此人根基甚厚，应活二百年，还可修成地仙，就不属咱们管了。”阎王又叫看白虎星君与蒋平的阳寿。注录官回答：“白虎星当活六十岁，二十八归天，还有三十二年，蒋平七十二寿终。”

阎王说：“罢了，有仇可解不可结。彭启，我放你们大家还阳。你把铜网阵消息说明，从哪里进去，说得清清楚楚、明明白白的，叫他们好破铜网阵，也是王爷气脉微败，大宋洪福齐天。这也是个定数，你不该逆天行事，早把机关一泄，各人急早回头，别耽误了自己的正事，修一个无声无色，寿与天齐的不坏金身，享清净之福，免得落于沉沦苦海。”

彭启一听，无限的欢喜，暗忖道：我也不用净护庇着我的义子，早知王爷不能成其大事，也是自作聪明，反倒耽误自己的正果。不如说了吧，脱身早觅仙山隐遁的为是。有注录官说：“阎罗天子在上，白虎星君尸骸化成飞灰，不能还阳，再者已然回归仙府，享清净之福去了，不肯临凡。”阎罗说：“既然这样也罢，就将白虎星君三十二年阳寿也归彭启，彭启可曾听见了？”彭启说：“听见了。”蒋爷又说：；“我不是还有三十二年的阳寿么！我是活恶心了，我再活十年足够了，把我那二十二年阳寿也给彭启，只求阎罗天子作主，可得把他铜网阵的事情说得清清楚楚。倘若他要藏私说不明白，铜网阵不能破，闹一个半途而废，就得多少条生命饶上，那时节，还得求阎罗天子作主，我可就不上吊了，只有抹脖子了。一死了，他得给我抵命，拿他那个寿数配我这个寿数，瞧瞧到底谁合算谁不合算？”彭启说：“我为什么和你一般见识，我正分还有一百一十多年的阳寿。我要不说就不说，我要说必定是清清楚楚，教你们一去就破，可得有宝刀宝剑。”蒋爷说：“宝刀宝剑有的是。你就当着阎罗天子说明吧。”阎王爷说：“对了，你就当着我说明吧。你哪点说的不到，我也听得出来。”原来这位阎罗也是个行伍。彭启说：“这么说可不行！放我们还阳，给我一个净室，屋中一个人不要，画出图样写上字，按着卦爻方位、总弦副弦的所在，那才行的了。在这里一说，也记不清楚，破不了反来怨我。”阎罗瞅了蒋爷一眼，方才点头。彭启暗想：不好，阎王神色不对，别受了他们的冤。有了，我把指头一咬，要是痛，就是假的；若要不痛，就是真的。这一咬指头不大要紧，把个假扮阴曹的机关泄漏怎么得了？

不知下面怎样，且听下回分解。

第四十七回　阵图画全商量破网　大人一丢议论悬梁

且说这个阴曹地府，本是假的，连大人审问动刑，一概全是假的。列公请想，大人现在武昌府，就是在衙中，也不能把彭启又解回襄阳。都是蒋平、智化、钟雄三个人的主意，要冤聪明人，冤出来得像，不然谁肯信？是钟雄说的，开封府不是假扮阴曹审过郭槐！咱们先将他文劝，文劝不行刑劝，刑劝不行死劝。文劝就是蒋爷，刑劝就是飞叉太保扮的大人，山神庙作为公堂，众人扮作兵丁、衙役，只管是要打、要夹，早是安排好了的不打不夹，若要夹打，怕的是假勾他魂时腿一作痛，他就省悟了，焉有魂魄知疼痛的道理？要拿他时，头上击一掌，就是按上药饼儿了。搭着他上山神庙，到了大家安排好了，才起下药饼，吹一口冷气，他就明白了。每日皆是如此，不抬不搭，回去也是按上药。这里假扮阴曹，是与戏班子里头借来的砌模子。可巧，正是岳州府戏班里新排的一出游地府，可不是如今的八本铡判官，这出戏还没有哪！却是唐王游地狱，刘全进瓜的故事。正是新彩新砌，把山神庙拿席搭成胡同，里面用锅烟子抹了。山神庙的横匾拿纸糊了，写上森罗殿。山神爷拿席子挡了，东边摆了刀山，西边摆上油锅，是真的。真油真劈柴，等他来到席墙外头，有人抖铁链装鬼号，摆上牌楼，拉上布城，把供桌往前一搭，又摆一张桌子，上头摆了椅子。阎王爷是沙龙，判官是孟凯跟北侠，五路都鬼魂是亚都鬼闻华，吊客是史云，地里鬼是艾虎，地方鬼是路彬，看油锅的鬼是焦赤，看刀山的鬼是于赊。所有牛头马面，全是大众套上那个套儿，穿上行头。外面的风中带砂，是扇车子里头装上谷秕子，有人一搅，扇车子就是刮风，谷秕子打在席子上，就是风中带砂的声音。这才是彭启哄信。

你道那彭启不是傻子，有先见之明，怎么这一个假扮阴曹，他就会没算计出来？又道是，欲善其事，必先利其器，若有他的天地盘子，珍珠算盘，早就算出来了。可惜没有此物，可就算不出来了。就是没有此物，他也要算计算计，说是放他还阳画图样。阎王爷不敢作主意，瞅着蒋四爷，彭启心中吃疑，把手指一咬，便见真假。他把手刚往口里一卷，阎王说："转还阳。"往头上一击，把药饼按上，大家都笑起来，阎王爷也下来，先有人把彭启搭在路彬家里。蒋四爷说："先去装活的去，你们大家拾掇吧！"

这两个看差的是谢充、谢勇，先叫躺在床上，他们把灯拾掇得半明半暗，把迷魂药起将下来，脊背拍三掌，迎面吹口冷气，彭启"唔呀"一声，睁开了眼睛，自己一看，仍在那里坐着。两个灯儿是半明半暗，两个看差的俱都睡着。忽然打外边进来一人说："呵，你们好大困哪！这老头要是跑了呢！你们担当得住吗？"这两个说："好意思，我们方才打了个盹。"那人说："大人这就要升堂了，不管他有口供没口供，先着他给四老爷抵偿。"答应说："这就是了。"彭启说："我有了口供了，也不用给四老爷抵偿了。四老爷少时就活过来了。"那人说："你这老头胡说八道了，人死不能复生。"把烛花一剪，嚷道："不好了，四老爷走了尸了。"彭启说："不是的，还了阳了。我们方才分说，我岂有不知道的？"官人往外就跑，刚到门口，听蒋四爷说："回来！"这官人才回来问道："四老爷，你真活了？"蒋爷说："你们去给大人送个喜信去吧。"冲着彭启说："彭先生，方才咱们两个人的事情，你还记得不记得呢？"彭启说："这么一会我就忘了吗？"蒋爷说："怎么样，你要是那里说的这里不算，我就抹脖子。"彭启说："不能不算。君子一言既出，驷马难追。"蒋爷说："好朋友，识时务者为俊杰。"彭启答："我单要用这屋子，谁也不许进来。预备一张桌子，一张大纸，笔墨砚台，晚晌的灯烛。辰刻我要半茶碗粳米饭，外撒雪花糖；申刻，半茶碗白开水。除此之外，什么也不要。可有一样拜托四老爷，大人要是怪罪的时节，全仗着四老爷救我。"蒋爷说："全有我一面承当。"说毕天亮，就按着他所说的办理。仍派人在外头看守，也是怕他跑了。

飞叉太保带领大众回山，将行头与戏房送去，赏他们的银两。拆棚等项。诸事完毕，净等着阵图。一得，议论请大人去。大众欢欢喜喜，议论是谁去？大爷送花名也早当回来了。怎么还不回来？说书一张嘴,难说两句话。

单说是大人到了武昌府,有武昌府知府池天禄预备公馆。武昌府文武官员投递手本。二义士韩彰晚间坐更,直顶到第二天早晨方去歇觉。一连三五日光景。先生不忍,意欲替韩二义士代劳,说:"韩二老爷,你昼夜的不睡,那可不好。要常常如此,日子一多,人一疲乏,也许成疾,也许误事,我们替代替代你如何?"韩彰说:"不行,你是文人,没事很好,倘若有王爷差来刺客,知道大人的下落,现叫我就不行了。"先生说:"不是那样主意。常听见展爷说:每遇夜行人,有时候二鼓吃饭,三鼓到四更以后可就不出来了。我同魏先生陪着大人说话,你吃完了晚饭就睡觉了,到了三更天,我们睡去,你坐到五更以后,我们五更以后再来换你。你睡到红日东升时节,大人也起来了,彼此都不至于疲劳。"韩二义士不好不应,应了吧,又怕有险,无可如何,就点了头。打当日起,就是如此,到二更后来换先生,大人在里间屋内睡觉,韩二义士就在里间屋门口搬了张椅,端然正坐。听外面四鼓之后,公孙先生就来了。如此的又是五六天工夫。

这日早晨,太阳已经出来了。韩二义士弄发包巾,启帘去到大人住的屋里一看,吓了一跳,魏先生在那边,公孙先生在这边,两个人伏几而眠。玉墨在北边床上,呼呼地正睡呢。蜡还点着,那蜡花有二寸多长。过来轻轻的拍了先生一把,先生由梦中惊醒说:"我没睡觉,我心里一糊涂。"韩二义说:"你看蜡花,是才睡着的么?"玉墨也就醒了。魏先生说:"我当你醒着哪!我刚才闭眼睛。"公孙先生说:"我当你醒着,也是刚闭眼睛。"玉墨说:"算了,别说了,只要大人没醒就得了。"把着大人屋中门帘一看,见大人帐帘放着,就知道大人没醒。各人洗脸吃茶毕,仍然未醒。二义士有点吃疑,再命主管进去看看。玉墨到了里间,嚷起来了:"大人没在里面,你们快来吧!"众人一听,面如土色。大家进去,把帐帘用金钩吊起,大人踪迹不见。众人又往外跑,前前后后,连中厕俱都找到,并不见大人踪迹。玉墨"哇"地一声就哭了。大家复又回头到屋中,二义士抬头,看见墙壁上留一首诗,叫先生:"你来!"看见字写得不太好,又歪又斜,断而复连,半真、半草、半行书,颇有风采。诗曰:"审问刺客未能明,中间改路保朝廷;原有素仇相践踏,盗去大人为谁情。”大家念了半天,不知怎样情由,也讲不上来。这时武昌府知府池天禄,要过来与大人请安,先生迎着出去,就将丢了大人之事,细说一遍。池天禄也知道,代天巡狩按院丢在这里,必是灭门之祸。他也到里间屋中看了一看,把脚一跺,叫了两声:“苍天哪苍天!比不得上院衙丢了大人,还有推诿;此处丢了大人,是一人之罪。不如寻一个自尽。”说毕,把刀拉将出来,立刻要自刎。被大家拉住,说:“不可,要死,大家死在一处。”池天禄说:“我是上吊。”公孙先生说:“我也是上吊。”魏先生说:“咱们一同自缢。”将要上吊,打外面窜进两个人来。

若问是谁,且听下回分解。

第四十八回　观诗文参破其中意　定计策分路找大人

且说大家正要悬梁自尽，打外面进来两个人，就是卢方、徐庆，拿了君山的花名，离了君山，跨着两匹坐骑，直奔武昌府而来，进城到了公馆，下了坐骑，到门上叫人往禀。官人告诉说："不好，先生大人都在那里上吊哪！"三爷就急了，往里就跑。大爷也跟进来了。三爷说："有我有我，那个吊就上不成了。"卢爷一见，都是眼泪汪汪。卢爷一问："二弟，怎么一段事情？"二义士说："把大人丢了。"徐庆说："你是管什么的！怪不得寻死。咱们两个一块死。"卢爷把他们拦住，问："倒是怎么丢的？"韩彰就将丢人之事说了一遍。卢爷说："好大胆！还敢留下诗句，待我看看。"卢爷看毕，说："先生可解得开？"先生说："解不开。"卢爷说："不要紧，我有主意，能人全在晨起望哪！咱们教他们解释解释。他们若解得开更好，若解不开，再死未晚。"大家依计而行。公孙先生专会套写人家笔迹，就将诗句抄下来交与卢爷。徐庆临行，再三嘱咐，千万别行拙志。大家送出，乘跨坐骑回奔晨起望。晓行夜宿，饥餐渴饮，一路无话。

卢爷、徐庆到了晨起望，在路彬、鲁英门口下了坐骑，把马拉将进来，拴在院内树上，直往里奔，来到屋中见了大众。众人过来，都给卢爷行礼。卢爷把蒋四爷一拉说："四弟，可了不得了！"徐庆过来一拉说："四弟，可了不得了！"蒋爷说："你们别拉，再拉我就散了。有什么话，只管慢慢说。"徐庆说："把大人丢了。"蒋爷说："怎么把大人丢的？"徐庆说："教大哥说你听。"卢爷说："我们到了武昌驿馆，池天禄，公孙先生，魏先生，二弟韩彰，他们上褡裢吊，我们进去才不上了。先前是二弟一个人守着，后来是先生与二弟二、五更换，是先生的美意。赶到第二天，太阳多高，二弟过去，见先生跟主管三个人还没醒哪！现把他们叫醒，到屋中一看，大人已经丢失了，并且还敢留下诗句。公孙先生将字的原体套下，我今带来，你们大家琢磨琢磨。"所有众人，一个个面面相觑，齐声说："此贼好大胆！"卢爷就将字迹拿将出来，放于桌案之上。北侠说："定是襄阳王府的。"大家围住桌子乱念诗句，智爷说："往后！你们又不认得字，也挤着瞧；人家正经认得字，倒瞧不见了。"艾虎、史云诺诺而退。蒋爷念了半天，不解其意。智爷看了，也是解不开。

有一个人，显然易见，往前趋身看了一眼，抽身便走，智爷瞧了他一眼就明白了。就在那诗句上拿指头横着画了一个道，又瞧了那人一眼。蒋爷把小圆眼睛一翻，连连点头，说："哦！哦！哦！是了。"你道那人是谁？就是白面判官柳青，与沈中元他们是师兄弟，虽然不在一处，见了笔墨焉有不认得之理？瞧见是他的笔迹，赶着抽身往回就走，早被机灵鬼看出破绽来了。横着一画，瞧了一眼，蒋爷就明白了。他一把揪住柳青说："好老柳，你们哥们作的好事，你趁早说出来吧。大人现在那里？"柳青这阵不叫白面判官了，叫紫面判官了，冬令时候，打脸上津津地向外出汗，说："四哥，可没有这么闹着玩的！我可真急了，这个事怎么也血口喷人！"北侠劝解说："这个事可别诬好人。"蒋爷说："怎么诬赖好人呢？必必真真是他知道。"智爷说："不错，是他知道。"柳青气得浑身乱抖。北侠说："你们异口同声，看出哪点来了？"蒋爷说："这诗句，哥哥你多少是懂得点的，诗和诗不同，有古风，西江月，满江红，一段桥，驻云飞，打油歌，贯顶诗，藏头诗，回文锦，都叫诗词。他这首诗叫贯顶诗，横着念，审问刺客未能明，念个'沈'字；中间改路保朝廷，念个'中'字；原有素仇相践踏，念个'元'字；盗去大人为谁情，念个'盗'字，横念是'沈中元盗'。沈中元是他师兄弟，焉有不认识的道理，不和他要和谁要？"

北侠是个诚实人，劝四爷把他撒开："四弟也不用着急，柳贤弟也不用害怕，儿作的儿当，爷作的爷当，漫说是师兄弟，就是亲兄弟也无法。谅此人没有杀害大人之意。"蒋爷说："他就是为三哥和我二哥得罪了他了。"北侠说："是什么缘故哪？"蒋爷说："你还没有来哪，他同邓车行刺，屡次泄机，前来弃暗投明，是我两个哥哥没有理人家，人家哈哈一笑，说：'我走了，你们报功去吧！咱们后会有期。'等到我赶到的时候就晚了。我还上树林子里叫了他半天，他也总没言语。

焉知晓他怀恨在心,这是成心要逗逗我们哥们。谅他没有杀害大人之意,若有杀害之心,可不在衙门中砍了!他必是把大人搭个僻静的所在,央求他去。他不想想,丢失了大人,我们哥们什么罪过?一计害三贤,这叫一计害五贤。”北侠说:“四弟不用着急。柳贤弟,你要知道点影色,你可说将出来。”柳青说:“我们不见面有十五年了,我焉能知道下落?我知道不说,叫我死无葬身之地,万不得善终。”北侠说:“算了吧,人家起了誓了。”蒋爷说:“算了吧,我的错,你帮着找找,横竖是行了。”柳青说:“那行了,不但帮着找,如要见面,我还能够和他反目。”蒋爷说:“既然这样,咱们大家分头去找。我把路彬请过来。打这上武昌府有几股道路?”路彬说:“两股道。中间有个夹峰山,两山夹一峰,或走夹峰山前,或走夹峰山后,两股全是上武昌府的道路。”一议论谁去,有一得一,这些人全去。蒋爷说:“不行,这些人全去,就是逢见他,你们也不认得他,总得有作眼的才行。”北侠说:“我认得他,在邓家堡我没认准他,后来到霸王庄,二次宝刀惊群寇时节,有智贤弟指告我,我才认准了他。那人瞅着就是阴。”

列位,前文说过此书与他们那《忠烈侠义传》不同。他们那所说北侠与沈中元是师兄弟,似乎北侠这样英雄,岂肯叫师弟入于贼队之中?这是一。二则沈中元在霸王庄出主意,叫邓车涂抹脸面,假充北侠,在马强的家中明火。若是师兄弟,此理如何说得下去?这乃是当初石玉昆石先生的原本,不敢画蛇添足。原本两个人,一个是侠客,一个是贼。如果真是师兄弟,北侠也得惊心。

南侠说:“我不认识,咱们一路走。”二爷说:“我也不认得,我也同你一路走。”卢爷说:“我放心不下,我还得回去哪!谁同着我走?”三爷说:“我同着你回去,还有谁一路走?”龙滔、姚猛说:“我同走。”史云过来说:“我也走。”柳青说:“你们几位不认得,我作眼。”蒋爷说:“不可咱们两个一块走。”卢爷说:“我们这些人全不认得,谁给我作眼?”蒋爷说:“教艾虎去,他认得。”大家遍找艾虎,踪迹不见,连他的刀带包袱全都不见了。”智爷就知道偷跑了,自己找沈中元和大人去了,他永远是那种性情。蒋爷说:“智贤弟,你同他们去吧!除了你,他们谁也不认得沈中元。”智爷说:“四哥,你派的好差使么,你看这些个人,有多明白呀!"蒋爷说:"有你就得了吧。"智爷说:"咱们商量,谁走夹峰前山,谁走夹峰后山。"北侠说:"随你们。"徐庆说:"我们走夹峰前山。"北侠说:"你们走夹峰前山,我们就走夹峰后山。"蒋爷说:"我们上娃娃谷。老柳,你不是想你师母?我带你去找你师母去,我算着沈中元必去找他姑母,必在娃娃谷。"智爷说:"你这个算哪真算着了。我猜着也许是有的事,可就是不知艾虎往哪里去了?"焉知晓艾虎听见说明此事,自己偷偷的就把东西拿上,也不辞别大众就溜出来了。

原来是艾虎打婆婆店回来,同着武国南、钟麟回了晨起望,见了蒋四爷,书中可没明说呀!就是暗表。他问了他四叔娃娃谷的事情。蒋四爷对着艾虎说了一遍,凤仙怎么给招的亲事,艾虎先前不愿意,嗔怪是开黑店的女儿。蒋四爷又说:"别看开黑店,有名人呢!"他又列举人家徒弟都是谁,谁,谁。艾虎记在心中,如今要上娃娃谷找去。他离了晨起望,走了一天多,看见树林内一宗诧事。

要知什么缘故,且听下回分解。

第四十九回　小义士偷跑寻按院　勇金刚遭打找门人

诗曰：

人欲天从竟不疑，莫言圆盖便无私。

秦中久已乌头白，却是君王未备知。

且说艾虎岁数虽小，却心性高傲，自己总要出乎其类地立功，听见蒋四爷说："沈中元是甘妈妈的内侄，又是二徒弟。自己一算，他盗了大人，准上娃娃谷，我何不到娃娃谷看看。有定下姻亲一节，白昼不好去，只可等到晚间蹿房跃脊的进去。沈中元与大人若要在那里，自己是全都认得，就下去拿沈中元，救大人，那就说不得什么姻亲不姻亲了。主意拿好，可巧路走错了，是岳州府的大道。见着前面树林内有些人，自己也就进去看看。分开人到里边一看，是打把式的。地上放的全是假兵器，竹板刀、山檀木棍，算长家伙。二三十个人，全在二十多岁，都是身量高大，仪表魁梧。有练拳的，有砍刀的，连一个会的都没有。艾爷暗忖道：全是跟师妈学的。有意思进去，又想找大人要紧，转头便走。

前面有酒辅儿，自己想着喝点去，外有花障儿，进去到里面，坐北向南。入屋内，靠西面是长条儿的桌子，东边有一个柜，柜上有酒坛子。过卖的过来问："要酒哇！"艾爷说："要酒。"过卖说："可是村白酒？（此酒就是如今的烧酒。）论壶。"艾虎说："要十壶。"那人说："一个人喝呀？"艾虎说："对！一个人。你卖酒还怕喝的多吗？"那人说："不怕，越多越好，财神爷么！"说毕，取来四碟子菜，有熟鸡子、豆腐干，两碟咸菜。艾虎问："还有什么菜？"那人说："没有。"又问："有肉腥无有？"回答："无有。"艾爷说："没肉不想喝了。"又听后面刀勺乱响，自己站起到后门往外一看，不觉大怒，坐下把过卖叫来，说："我吃完了给钱不给？"那人说："焉有不给钱的道理！"艾爷说："给钱不卖给我，什么缘故？"过卖说："没有什么可卖的。"艾虎说："你再说我要打你了。后面刀勺乱响，我都看见了，你还说鬼话。”那人说：“你说后头那个人呀！那可不敢卖。那是我们掌柜的请客。”艾虎问：“你们掌柜姓什么？”回答：“姓马，叫马龙，有个外号叫双刀将。”艾虎问：“作买卖的又有外号，别是不法吧！”过卖说：“不是。你只管打听打听去，在附近的地方没有不知道的。爱了事，勿论谁家有点事，大事化小，小事化没。上辈作官人，人管他称马大官人。”艾爷又问：“后面作菜请谁？”回答：“与人家道劳。”又问：“道什么劳？”回答：“与人打架来着。”又问：“有人欺压他来着？”回答：“没有。谁敢哪？打闹的不是外人。”又问：“是谁？”过卖说：“你太爱打听事了。”艾虎说：“无非是闲谈。”过卖说：“不如我细细地对你说了吧！南头儿有个张家庄儿，有位张老员外大财主，人称为张百万。他有个儿子，叫张豹，外号人称勇金刚。此人浑浊闷愣，他们是干哥们。老员外临死，把我们掌柜的找了去了，说：‘我要死了，马贤侄，全仗你照应他，不然早晚遇上事，就得给人家偿命。’又把张爷叫过来说：‘我死后，这就是你的父母哥哥一般。他说什么，可就得听他什么，如同我说你一样，我在地府也瞑目，纵死如生。不听他的话，就是不孝。’说毕，叫张爷又给叩了回头，将拐杖给了我们掌柜的。员外死后，张爷闹了几回事，我们掌柜的出去就完了。惟有前日，他们村中两口子打架，可巧遇上了他，打人家的爷们，那人说：‘我管我的女人呀！二太爷别管。’他们本庄儿上全都称呼他是二太爷。他说：‘我不许男打女，好朋友男对男打。’人家说：‘这是我女人。’他说：‘不懂得，就是不准男打女。’我们掌柜的，走到那里看见，一听是他无礼，一威喝他也就完了。这日他变了性情了，他说：‘你别管我，你姓马，我姓张，你休来管我。’我们掌柜的有了气了，打了他一顿，由此绝交。昨天，有许多街坊出来了事，叫他与我们掌柜叩个头就完了。他也省悟过来了。今日见面，我一句没剩下，省得你刨底儿。”艾爷笑了，此人浑得太厉害。

正说之间，外面一乱，过卖说：“来了。”众人说：“二太爷走吧！二太爷走吧！”艾虎往外一看，众人一闪，当中一人身高八尺，膀阔三停，头上高挽发髻，身穿短汗衫，青绸裤子，薄底靴子，胁下夹着青绉绢大氅。面如锅底,黑中透暗,剑眉阔目,狮子鼻,火盆口,大耳垂轮,连鬓络腮胡须,不甚长,烟熏的灶王一样,声音洪亮。大众一嚷说:“走,走,走。”将入屋中,一眼就看见了艾虎,站住不走了,净瞪着艾虎。本来艾虎爷也是个英雄的样儿,摘下头巾,穿着短袄,系着钞包,青裤子靴子,脱了衣服,连刀全放在桌子上,艾爷四方身躯,精神十足。

列公,这可是过了年到二月初旬了。书可是一段跟着一段地说,日子可不少了。定君山是冬至月十五,连盗彭启,假扮阴曹,画阵图,丢大人,就过了年。光阴荏苒,天气透热了,艾虎又是喝烧酒,故此更热,才脱了衣服。

两个对瞅,众人就怕要打起来。往里让着说:“走吧,上楼吧!”张豹有意到艾爷桌头儿这里一碰,酒壶倒了几个。艾小爷立起身来问道:“这是怎么了?”张豹答道:“二太爷没瞧见!”艾虎问:“你是谁的二太爷?”张豹听问,本看见艾虎心中就有点不服,成心找事,说:“你问我呀,巧啦,是你的二太爷!”艾虎说:“谁的?”张豹说:“你问就是你的二……”那个“太爷”二字没说出来,就听见嘣的一声,脑袋就见了鲜血。

原来艾虎手脚真快,侠义性情是一个样,别的还可,就是不叫骂。他说了一个“二太爷”又问的时候,那酒壶就到了手里头啦。“太爷”没说出来,嘣一下打上了,红光一现。

二太爷就急了,骂道:“好小子,咱们外头说来。”艾小爷说:“使得。”随后就蹿出去了。纵有众人,焉能拉得住?二人交手,张豹力大皮粗肉厚,脑袋破了不知道疼痛。但一交手,本领差得多了。艾爷暗笑,转了几个弯,一横身,使了个靠闪,张豹“哎哟,咕咚”一声,倒了半壁山墙相似。爬起来又打,艾虎得便,飞起一腿,分手剁子脚,张爷又“咕咚”倒于地上。起来又打,张爷用了个双风灌耳,艾爷使了个白鹤亮翅,双手一分,又一蹲身,扫荡腿扫上了,张爷又倒。这回不起来了,艾爷站着说:“你起来呀!”张爷说:“我不起来了。”艾爷说“怎么不起来了?”张豹说:“费事,起来还得躺下,这不是费事吗?”艾爷说:“我不打躺着的。”张爷说:“你不打,我可起去了。”艾虎说:

“对,等你起来再打。”张豹说:“不打了,输与你了。”艾虎说:“你什么法子使去!”张爷起来说:“你是好的,在此等等。”艾虎笑道:“我在此等你三年。“张豹跑了,众人才过来。

艾爷说:“谁往前来我可打谁,你们全是本乡本土,稳住了我,拉躺下打我。”过来二位老者说:“壮士,有你这一想,人心隔肚皮。你瞧瞧,我们这两个人像打架的不像?我七十八,他八十七。”艾虎说:“怎么样?”老者说:“方才这位姓张,他是个浑人,拿着你这个样,何苦和他一般见识!”艾虎说:“你看看,我们两个是谁招了谁了?”老者说:“你若有事办事吧!不用和他怄气。”艾虎说:“我说我等他么。”有一位老者说:“我们这位二太爷,他要来了,你是准赢他,但他必要带了打手来。他的徒弟好几十号人哪,那一个都是年力精壮,可就是有一样,师傅不明弟子浊,连他还不行呢,何况徒弟!再要来了,你把他先扔一个跟斗,骑上他说:谁要向前,要你师傅的命。他们就不敢向前了。你别瞧他那么大身量,就是打他,砍他,拿刀剁他,他全不怕,他就怕一样,就拍拧。你要一拧他,他就没有力气了。”艾虎一听,嗤的一笑,说:“好乡亲,你老人家贵姓?”老者说:“我姓阴。”艾虎说:“教给人拧人,真够阴的了。如此说来,你是阴二大爷。”张豹回到树林叫徒弟。原来艾虎看的那打把式的,就是张豹的徒弟。张豹叫喊:“徒弟们,跟着我去打架去。”众徒弟拿家伙,张豹提了一根木棍,直奔马家酒铺而来。必是一场好打。

怎么个好打,且听下回分解。

第五十回 张家庄三人重结拜 华容县二友问牧童

且说张豹上树林找徒弟。他本来没本事,谁还肯拜他为师哪?皆因有个便宜,拜他为师,跟他说本事,一家无论有多少口人,娶儿嫁妇,红白大事,吃喝穿戴,全是师傅供给。这个徒弟就挤破了门了。可有一样,得他如意才收,他不如意不要。总得像他那么浑,他才要哪!拜了师傅,家内就有了饭了。故此他的徒弟,连一个会本事的都没有。如今用着徒弟了,拿了家伙直奔马家酒铺。

原来艾虎受了阴二大爷的指教,少刻来了一人,蓝壮帽,蓝箭袖,薄底靴子,丝带围腰,白脸面,细条身分,来到跟前,众人说:“掌柜的来了。”他抱拳带笑说:“众位乡亲们,为我们两个点小事,劳累众位,实在使小可居心不安。方才在家中等候听信,家中人回去送信说:是那村夫又不知得罪了哪一位?”众人指道:“就是这位壮士。”马掌柜过来与艾虎施一礼,说:“刚才那个村夫,是我个把弟。得罪了壮士,小可特来替他赔礼。”艾虎说:“岂敢!尊公就是马大官人?”回答:“不敢,小可叫马龙。”艾虎说:“久仰双刀将的名气。”马爷说:“不敢,没有领教这壮士爷的贵姓?”艾虎说:“姓艾,叫艾虎,外号人称小义士。”马爷说:“这就怪不得了。此处不是讲话之处,请到楼上一叙。”艾虎一笑说:“无论你铺中摆的是什么刀枪阵式,姓艾的不敢进去,不算英雄!”马爷说:“不必多疑,我大胆也不敢。”艾虎哈哈大笑,公然往里就走,问道:“打哪里上楼?”马爷说:“打这柜后头。”仍然是艾虎当前,马爷在后,劝架的可没上楼,外面等着。马爷叫过卖献上茶来,就说:“方才听家人说,尊公拳脚高明,不知令师是哪一位?”艾虎说:“黄州府黄安县人氏,姓智,单名一个化字,外号人称黑妖狐,那就是我的恩师。辽东人,复姓欧阳,单名一个春字,称北侠,号为紫髯伯,那是我的义父。”马爷一听说:“原来侠义的门人,现今意欲何往?”艾爷说:“我如今跟随按院大人当差,奉差出去,到娃娃谷。”马爷说:“这是由何处而来?”艾爷说:“由晨起望。”马爷说:“要是由晨起望,道路可是走错了,这就是岳州府了。这位老兄,我那拜弟来了,别和他一般见识。我必要带他过来与你老磕头。”

言还未了,只听见说:“打,打,打! 他多半跑了吧?”双刀将马爷一拦说:“我好好带上他来与你老赔不是,千万可别下去动手。”双手把楼门一挡,不教艾虎下去。焉知晓艾虎早有主意,就把前面楼的小隔扇一开,往下一纵,正是打手骂的高兴,打半悬空中飞下一人,手中并不拿东西,大伙一害怕,往半壁一闪。艾虎脚踏实地,二太爷用木棍就打,说:“好小子。”艾虎往旁边一闪,跟着打手瞧出便宜来了,嗖的就是一棍。艾虎一翻身,伸手接棍,往怀里一带,把棍刁着说:“你躺下!”那人说:“使得。”艾虎也不肯结果他的性命,复返又和张豹交手。张豹本没多大本事,说:“好小子!”艾虎也并不答言,冲着后脊背,啪嚓就是一棍,张豹往前冲出好几步远去。艾虎往前一奔,一蹲身,扫荡棍,嘣的一声,张豹噗咚摔倒在地。艾虎过去用髁膝盖点住,众打手往上一趋,艾虎说:“你们谁不怕死,谁就往前来。”大伙嚷道:“撒开我师傅哇,撒开我师傅。”

正此间,双刀将马龙过来说:“大家不许动手!”众打手都不敢动。马爷往旁一望,并不过来劝解,为的是教艾虎打他几下出出气。原来艾虎受了高人的指教,并不打他,就在肋下拧了他几把。再瞧张豹,威风一点也没有了,一味的净嚷:“哎哟,哎哟! 使不得,使不得,你真损。哥哥过来劝劝来吧!”这马爷才过来说:“尊兄饶了他吧,看在小可面上。”艾虎这才起来,说:“便宜你这厮!”张豹直哎哟说:“谁教的你这法子,怎么你会知道? 哥哥你认得吗?”马爷说:“固然是认识。”张豹说:“认识你不早来劝架。”马爷说:“给你们见见,这是勇金刚张豹,是我的把弟,是个浑人;这是艾壮士爷,人家是侠义的门徒。你就行的了?”艾虎说:“我姓艾,叫艾虎,外号人称小义士,方才得罪得罪。”彼此对施一礼。张豹说:“我说我不行呢,你敢情是侠义的门徒,咱们得交交,不打不相与。”马龙说:“咱们大家还是上楼,走走走!”进铺内上楼。这些个徒弟,慢慢地暗散。了事的人一看,不用了事,没有给见面,自然两个人就和美了,也就慢散了。三个人上楼,马爷吩咐将请客的酒席摆将上来，让艾虎上座，马、张陪定。艾虎本就好饮，这就对他的势了。酒过三巡，张豹这才慢慢打听。艾虎看看这两个也不错，也没隐瞒，低声悄语，就将办理襄阳的事情，丢了大人，各处寻找，细说一遍。张豹答言说："我说哥哥，咱们哥两个，还用人家给见面吗？咱们爹爹死的时节，不是托付你管着我吗？我是个浑小子，你还不知道！我给你磕几个头，你别生气。"马龙说："别说了，你我的事教这位艾兄耻笑。"艾虎说："这个朋友倒是可交，准有一个亲兄弟，不能如此，也是无法。"张豹说："呔，你说我可交，你爱我吧，咱们交一交吧！我可是爱你。"马爷说："住了，你不会讲话。艾兄，你要是不嫌我们哥两个，咱们三人结义为友。"艾虎说："只要你们哥两个不嫌弃小弟，我是情甘意愿的。"张豹说："少时咱们家里拜把子去，咱们家里宽绰。"马龙说："就是。"

书不可重絮。这酒席吃到日暮沾山的时候，方才撤去。艾虎穿了长大的衣服，拿了自己的东西，同着张、马二位，出了马家酒铺，直奔张家庄。

到了那里一看，广亮大门，原来是众徒弟都在那里等候着师傅呢！张爷把他们叫过来，都给艾虎见了，说："你们要练把式，跟着你二太爷练吧。他是侠义的门徒，会的都是打人招儿。不像我教的你们，都是挨打的招儿。"艾虎说："算了吧！哥哥。"往里就走，果然是张百万，家里是阔庭房。落座献茶。吩咐预备香儿，后花园结义为友。弟兄三人一序齿，马龙岁数大，居长；张爷行二；艾虎行三，烧香结义，方誓愿有官同作，有马同乘，生死共之。烧完了香，挨次着磕头。弟兄们就整整地吃了一夜的酒。

第二天又留住了一日，艾虎惦念着寻找大人，不能久待，要奔娃娃谷。二爷约会马龙，三人一同前往。马龙推辞，又是买卖，又是家务，总得自己照应，不能同他们前去。张爷与艾虎，一同奔娃娃谷。马爷吩咐，千万不可闯祸。就此辞别了马龙，艾虎、张豹带了银两直奔娃娃谷。路过华容县，那是古郡三苗地面，远看山峰叠翠。天气已晚，道路不大分明。看见山坡上来了个牧童子，作歌而来。怎见得？有赞为证：

但见那晚烟垂照,更显得山峰叠翠。晚景之中,牧童遥吹短笛,那有宫商无腔调。映着那,新柳林,曲折径,风送声音调儿高。山水清幽成佳趣,百态风云难画描。宛转转,胜玉箫,方显出清中妙。片刻间,那笛声杳,牛背上,唱起山歌呀,好叫人,心动神摇。它说道:名也好,利也好,世人忙,忘却老。奔忙路,人怎逃?苦苦被名缰利锁何时了?多少英雄,难弃难抛!一年一度,离离荒草。古往今来,乱乱蓬蒿。争争战战,血溅荒郊。劳劳碌碌,颜色枯焦。浓浓艳艳,镜里花妖。休贪恋,粉骷髅,早作个计较。急寻个欢乐,百万斤,三千套,隐隐逸逸友渔樵。饮山泉,山歌好,食黄齑,谈中饱。居篱墙,茅屋小。又何须,防贼盗。闷来看,山儿高,月儿小,一阵阵清风香馥绕绕。春游那,柳与桃,横牛背,踏芳草。夏时节,莲舟好。更有耐寒菊,秋霜傲。向红炉。把枝木儿烧。一边唱,手擎鞭儿不肯抽,爱他的牛,空把鞭儿慢摇。二位爷,往前忙施礼,向着那牧子跟前问个根苗。

不知牧子说些什么言语,且听下回分解。

第五十一回 复盛店店东暗用计 绮春园园内看游人

且说艾虎和张豹听着牧童儿唱着山歌，看看临近，艾虎一抱拳说："借光了，我们上娃娃谷，走哪里？"牧牛童儿用手指正东，说："那就是华容县，可别进城，偏着荒奔南关，到南关直奔东南。南大东小，瞧见山口，再打听吧！"艾虎点头，道了个"借光"，二人直奔南关。

天气向晚，商量就在此处打店。路西有一个大店，叫复盛店。店中伙计让道："住了吧！天气不早了，别越过了宿头，我这房屋干净，吃食便宜。"张豹问："有上房么？没上房不住。"伙计说："西跨院上房三间。"艾虎说："二哥，咱们住了吧。瓦房千间，夜眠七尺，又不是自己的房屋。"张爷点头，便着伙计带路，到了西跨院，来到屋中。屋中倒也干净。打洗脸水，点茶。二人净了面，吃茶。伙计问道："二位客官贵姓？""姓艾。"伙计说："那位客官呢？"艾虎说："我家二太爷。"伙计说："我们是买卖生意，怎么玩笑哇！"张豹说："你什么东西，和你玩笑？只管打听打听，岳州府张家庄儿，谁不称我二太爷？"伙计说："你安顿着点！在你们那里，你称二太爷；在我这里，不能称二太爷，我们是买卖生意。"张豹气往上壮，就骂起来了。艾虎劝解。就有本店中少掌柜的，带着五六个人进了跨院，奔到屋中说："二位客官为什么缘故？想来是伙计得罪着你们了，我替伙计前来赔礼。二位气若是不出，今晚晌散他。"

艾虎瞧了这人，黄澄澄脸皮，细条身材，青衣小帽，作买卖的人样儿，说话有点尖酸的气象。艾虎说："不可，千万可别散他。情实是我二哥的不好，他一点不好也没有。"少掌柜的说："若非这位客人讲情，我一定不用你了。好好伺候二位客官。我方才听见是哪位姓张？"张豹说："我姓张。"店东问："官印是张豹吧？"张豹说："是，你怎么知道呢？"店东说："有老员外的时候，是专好行善，离着三五百里，谁不知道他老人家。他老人家归西去了。我们上辈还受过老员外的好处,以后正要报答。但不知道这位客官贵姓?”艾爷说:“我姓艾,没领教掌柜的贵姓!”店东说:“我姓贾,我叫贾和,字文辉。”艾爷说:“原是贾掌柜的。”彼此对施一礼。店东说:“二位欲何往?”答道:“上娃娃谷。”店东说着话,两眼不住地瞧着张豹、艾虎,遂说:“我晚间可没有工夫,不能奉陪二位,明天早起,暂屈二位尊驾,我有一杯薄酒奉敬,只求二位赏脸,千万不可推辞。”艾虎说:“我这事可是紧要。实在不敢领赏。”张豹说:“人家是个美意,不可辜负于他,吃了酒再走也不算晚。”店东出去,少刻,人家就给预备过酒饭来了。掌上灯火,用毕晚饭,撤将下去,开发饭钱、店钱,人家一概不要,自可明天早起再说。

一夜无话。清晨起来要走,店伙计拦住说:“我们店东有话说,教二位吃了早饭再走。”二位也就无法,只得等着,直等到巳正的时候,艾虎想酒饭,张豹也是觉着饿了。店东方才过来,吩咐一声备酒。顷刻间,摆列杯盘。饮酒之间,无非闲谈,讲论了些个买卖的事情。书中须要简洁,不可重絮。用完了这顿饭,已经晌午了。撤将下去,端上茶来。店东说:“二位,天气不早了,明天再起身了。咱们这里有一个可观的所在,同着二位去消散消散。”张豹问:“叫什么所在?”店东说:“离此不远,叫松萝镇,有人家一个大花园。本家姓窦,叫窦家花园,先前作官,后人穷了,花园子也散落了,度日还艰难哪,哪有钱收拾花园子。咱们南边有个地名叫新立店,有个财主姓崔,叫崔龙,外号人称镔铁塔。崔龙这个人先前保镖挣得钱,家成业就,又且此人钻干营谋,精明强干。他通知了窦家,把花园子典过来了。各处的点缀焕然一新。各处内用人卖茶、卖酒、卖饭,包办酒席,带卖南北的碗菜。可有一样,进门有一个拦柜,有人先问:你是游园哪,还是吃酒?若要用酒,先给银子,吃完了就走,就起一个名儿叫绮春园。每日游园请客、携妓带娼、弹唱歌舞的男女很多。咱们今日到那里看看,吃些酒去,倒也有趣。”艾小爷不愿意去,张二爷愿往。说毕起身,艾爷将自己银秤了二十两。三人同行,走到绮春园不远。游园人甚多,将到门外,就见横着一块大匾,蓝匾金字:“绮春园”三字。也有茶酒的幌子,东边墙上有块竖匾,是包办酒席,带卖南北的碗菜,上等海味官席。三人将要进门，后面追来一人说："掌柜的，有人找来了，正等着回去，少刻再来吧！"掌柜说："二位先生在里面等我，我少刻就来。"依艾虎不进去了，张二爷一定要里面看看去。艾虎无法，店东去了。

张、艾二位进大门，路西屏风门，将进屏风门，路南有个拦柜，柜后有一个大胖子看着，每遇有人进去，就问是游园还是吃酒？艾爷告诉说："我们吃酒。"胖子姓廖，叫廖廷贵，有人管着他叫廖货。

那店东掌柜的为何事请二位逛园来？有个缘故：此处开花园的，这个姓崔的是一个贼，现今不偷了，想作这个买卖，又有这个廖货，他出的主意，先银后酒，平秤是加一秤，若要交的银多，吃了要找回去，银子内中准有一块顶银，出门不换。贾掌柜上回交的银子不够了，苦苦的求他跟一个人去取，廖货再三不行，非留下了一件衣服方才叫走回去。要找人出出气。若要说官面上办的熟惯，没姓崔的熟惯。论打，他的人多，这口气只好忍着。可巧遇上张、艾二位，他又知道张豹有本领，还不知道艾虎的能耐。这是个主意，邀来游园，假若张豹一动气，一打就出了气了。因此，早定好了，后面有人跟着他。为的是他不露面，怕连累他，故此假告辞回去了。

张、艾二位将到门内，廖货要钱，艾爷就把秤的二十两银子拿出来。廖廷贵一秤完，说："这是十八两。"艾爷说："二十两。"回答："十八两。"张爷骂道："胖小子，那是二十两。"廖货说："十八……"两字还没出口哪，早被张二爷揪住，要把脑袋给拧下来。艾虎说："别动粗鲁，我使了二两，是十八两。"张豹说："别着他讹咱们哪！"艾虎说："为什么叫他讹咱们呢！本是十八两。"张豹说："胖小子，便宜你。"廖廷贵瞅着张豹就害怕，整个脸像烧灶一样，问："二位贵姓？好给你们吆喝下去！"艾虎说："我姓艾。"廖货说："艾爷，那位呀？"张爷说："二太爷。"廖货说："就是你们二位？"艾爷说："对。"二位离了柜台，往北一看，只见人烟稠密，游园的甚多。也有亭馆楼榭，树木丛杂，太湖山石，竹园荼蘼架，月牙河，抱月小桥，蜂腰桥，四方亭，抄手式的游廊，过廊过庭，平台万字亭。二人看了多时，真有四时不谢之花，八节长春之草。画栋雕梁，别有洞天。正是桃柳争春的时候，可惜二位也不懂得诗文,也不认识个字儿,就奔了流风阁来了。只听见管弦乱奏,弹唱歌舞,猜拳行令,乱乱哄哄,热闹非常。他们进了流风阁,就听见那边嚷道:"艾爷交银十八两,在流风阁请客。"流风阁的过卖答应:"知道了。二位哪位姓艾?"艾虎说:"我姓艾。"又问:"那位哪?"张豹说:"我叫二太爷。"过卖说:"我不问了。二位用茶用酒?"艾爷说:"要酒。"过卖答应说:"什么酒?"小爷说:"女贞陈绍上等酒席一桌。"过卖吆喝过去,不多一时,摆列上酒席,二位斟酒开怀畅饮。二人还等着贾掌柜来哪!

忽然间,打屏风外蹿进一人,挽着发髻,穿着蓝汗衫,蓝钞包,蓝中衣,薄底靴子,肋下夹着一件蓝大氅,里面裹着一口明亮亮的利刃,看不见脸面,皆因是他向正南。柜上的问:"这位还是游园哪,还是吃酒?"那人说:"我在这里等人行不行?"柜上说:"等人焉有不行之理。"那人一指,扑奔正西。这转脸来,见细眉长目,一脸的杀气。他扑奔赏雪亭,进得屋中,就把大氅往桌上一放。从外边又蹿进来一个,手中提着一个小黄口袋,拿着一口刀,把口袋往柜上一放,直奔廖廷贵。

若问来者何人,且听下回分解。

第五十二回 赏雪亭乔宾奋勇 流风阁张豹助拳

赞曰：

愿为大义捐生，不使名节败坏；

一时玉碎珠沉，留作千秋佳话。

绿珠者，晋石崇之妾也。绿珠姓梁，白州博白县人，生双角山下，容色美而艳。石崇为交趾采访使，闻绿珠美，以珍珠三斛换了回来，置之金谷园中。绿珠能吹笛，又善舞。石崇自制明君歌以教之，宠爱无比。晋赵王伦作乱，奸党孙秀正在骄横之时，访知绿珠为石崇爱妾，竟使人向石崇求之。石崇方宴乐，使者至，述其来意。石崇道："孙将军不过欲得美人耳，何必绿珠？"因尽出姬妾数百人，皆熏兰麝，披罗绮，浓艳异常，听使者选择。使者看了道："美俱美矣，但受命欲得绿珠，此非所欲得也。"石崇听了，因毅然作色道："此辈则可，绿珠吾所爱，不可得也。"使者道："君侯博古通今，察远见迩，岂不闻明哲保身，何惜一女子，而致家门之祸耶？"石崇道："但知保身，独不为保心计乎！可速去。"使者既去，而又复返道："今日之事，毫厘千里，愿公三思。"石崇竟不许，使者报秀。秀大怒，乃谮崇于伦，伦命族之。崇正与绿珠在楼上作乐，贼兵忽至。崇因顾谓绿珠道："我今为汝获罪矣！子将奈何？"绿珠因大哭道："君既为妾获罪，妾敢负君？！请先效死于君前。"石崇道："效死固快事，但吾不忍耳！"绿珠道："忍不过一时耳，快在千古！"遂踊身往楼外一跳，竟坠楼而死。石崇看见，含笑赴东市受诛矣！君子谓：绿珠情近于义。崇死后，不十数日，赵王伦败，将军赵泉斩孙秀于中书。闲言少叙，书归正传。

诗曰：

此去三径远，今来万里携。

西施因纲得，秦容被花迷。

所在青鹦鹉，非关碧野鸡。

豹眉怜翠羽，刮目想金篦。

且说瞧见先蹿进来的，是一脸的杀气。后来又蹿进来的这一个猛若瘟神，凶如太岁，喊一声如巨雷一般，手中提着一把刀，拿着小黄布口袋，往柜上一蹲。廖廷贵问："游园哪，是吃酒？"那人说："吃酒。"廖廷贵说："先银后酒。"那人说："口袋里就是银子。"廖货说："打开瞧瞧成色。"大汉说："不懂的。"廖货说："也得秤一秤。"大汉说："不懂的。"廖货说："金银不比别的物件，不叫看，不叫秤，怎么样呢？"大汉说："不叫看，不叫秤。"廖货说："到底多少分两？"大汉说："一百两。"廖货说："你说一百两，就是一百两吗？难道说瞧瞧还不行吗？"大汉说："你要瞧瞧，我先给你一刀，然后再瞧。"廖货说："不瞧了，你老贵姓，我好给你吆喝下去。"大汉说："祖宗。"廖货说："别玩笑，到底你姓什么？"大汉说："告诉你了你又问，我是祖宗；若再问，就给你一刀。"廖货说："祖宗祖宗吧，你找地方饮酒吧！"

艾虎一瞧这大汉，一转脸好生的凶恶，蓝生生一张脸面，两道红眉，一双金眼，狮子鼻，火盆嘴，一嘴的牙七颠八倒，生于唇外，连鬓络腮的胡须，红胡子乱蓬蓬，胸宽背厚，肚大腰圆，说话的声音太大，嚷声如巨雷一般。一转身满园子找人，就听先进来那一位说："贤弟，在这里呢！"张豹说："你看这小子，倒有个玩艺。"艾虎说："叫人听见那还了得，你还看不出来？这是拼命的样式。"张豹说："不要紧。"口中嚷道说："小子，你和人家拼命么？"那人站住不动身，瞅着张豹。艾虎就知道不好，是要闯祸。那人说道："你问谁哪？小子。"张豹说："我问你哪！蓝大脑袋小子。"那人说："好说呀，黑大脑袋小子，瞧着我们拼命吧！小子。"张豹说："打不过人家，二太爷帮着你。"那人说："祖宗一生不用人助拳。"张豹说："你这边喝吧，小子！"那人说："你那边喝吧，小子！"艾虎问："张爷，你认得人家吗？"张豹说："我不认得他。"艾虎暗道："这可是人有人言，兽有兽语，难得二人全不急。"

只见那边柜上吆喝下来："祖宗交银一百两，是碎铜烂铁。"那人走后，廖货打开一看，是碎铜烂铁，就知道这人是成心找晦气来了，派人疾速给东家送信，又派人给各屋送信说："所有你们在饮酒的，你们还瞧不出来吗？西屋内那位是找着拼命来了。掌柜的一来，就打起来了，不定是多少人命呢！可有一条，今天是我们掌柜的侍候了，全不要钱，所有柜上存的你们那些银子，明天再来取。"

你道这两个人是谁？先进来的那个就是华容县鱼行里掌秤的经纪头儿，此人姓胡，叫胡小记，外号叫闹海云龙。皆因上次同着卖鱼的上绮春园，吃酒交了十两银子，一秤就是九两，当着些卖鱼的，他们又是粗人，饭量又大。他们这酒饭又贵，吃秃露了，自己亲身到柜上，见廖货写账，碰了说："你们常买鱼，我见天在鱼市上掌秤，难道不认得我吗？"廖货说："不行，掌柜的有话，不论是谁，一概不赊。"叫跟人去取，说："柜上无人，要留东西。"因为这个打起来了，连卖鱼的全动手，把绮春园人全打跑了。东家掌柜的镔铁塔，带着四个教师，是独爪龙赵盛，没牙虎孙青，赖皮象薛昆，病麒麟李霸，四五十打手。众人一到，一场混打，胡小记等全输了，甘拜下风，各各带伤，并且还着人家留下衣服。

归到自己家中，第二天就没起炕，夹气伤寒，又重劳了，两三回好容易才好了。自己就想着，宁叫名在人不在，心一横，打算找崔龙和廖廷贵拼命。可巧今早来了一个朋友，把臂为交，生死弟兄。此人湘阴县人氏，姓乔，叫乔宾，外号人称叫开路鬼。到这望着胡小记来了，一问哥哥，因为何这般形容憔悴？胡小记把自己的事说了一遍。乔宾一听，愤愤不平，气的转身就走，被胡小记拦住说："你上哪里去？"乔宾说："我找他去，给哥哥报仇。"胡小记说："不行，人家人多。有意替我报仇，咱们两个人一同前往。你帮着我杀几人，你就走，什么你也别管，我出头打官司。"乔宾说："打官司我与他抵偿。我死了家里有兄弟，还有上坟烧纸的哪！"胡小记说："我惹的祸，怎么叫你出去偿命？助我一臂之力，就很是尽心了。"乔宾说："咱们先去吧！"一晃，乔宾就不见了，胡爷拿大氅裹上刀，望绮春园就赶，并未赶上。

原来是乔爷走到街上，遇见一个老头儿，地上摆着些铜片、铁圈、铅饼儿、钉子等物，旁边搁着一个抽口小黄布口袋，乔爷说："包元要多少银子？"老头儿看乔爷就害怕，听问得又古怪。说："你瞧着给吧！"乔爷就把那些个东西装在口袋里了。老头说："就是这么包元么，我一身一口，就指着这点东西，倒本度日。你这么包元我就饿死了！”乔爷说：“焉有那样道理。”摸了一锭银子，扔在地下，扬长就走。老头拾起，不知真假，叫换金铺看去了。

乔爷拿着碎铜烂铁到绮春园，硬说百两白金，焉知晓这是成心找事。将奔赏雪亭，瞧见张豹，也打心中爱惜，对骂不急。少时见了胡小记，彼此坐下，将刀“当”的一声插在桌子上，那里吆喝下来了：“赏雪亭祖宗，交银一百两。”他是各处单有各处的过卖，谁也不管谁的事情。活该这过卖倒运，姓吴，他叫吴常道。他管这个地方，看见这刀桌上一插，真是魂都吓冒了，听见叫：“滚进来！”就见那个过卖往地下一爬。乔宾说：“这是干什么？”过卖说：“不是叫我滚进来吗？”乔宾说：“你什么东西，走进来，四桌上等酒席一块摆。”过卖答应一声，往外就跑，说：“祖宗摆不下呀！”乔爷说：“把四张桌子并在一块。”答应使得，一齐摆上。顷刻之间，摆列杯盘，乔宾让张豹说：“黑小子，这边喝来呀！”张豹说：“不用让了，喝吧，小子。”再看这园内吃酒喝茶的，连游园的，净往外走，没有人往里走。各屋中一送信，这还不全走吗？全是上这里取乐来的，谁肯跟着蹚浑水，故此全走。惟有到张、艾这里一说，张二爷就骂：“我们找着这个热闹还找不着哪！你远着点，不然我们先拿你乐乐手。”过卖一听跑了。

再听外面，一阵大乱，嚷：“打！打！打！”艾爷就知道不好，说：“二哥，咱们走吧。”张二爷说：“不行，我应下人家了的！他不行，我还帮忙哪！”艾小爷说：“咱们又不认得，没交情，管那些闲事；倘若有人命，如何是好？”张爷说：“没交情帮个忙儿，就有了交情。”艾爷说：“插手就有祸，准有人命。依我说，别管的好。”张爷不听，众人就进来了。头一个就是镔铁塔崔龙，赵盛、孙青、薛昆、李霸带着三十多人都是短衣巾、靴子，人人拿着长短兵刃。崔龙问：“在哪里哪？”廖廷贵说：“在赏雪亭哪！”胡、乔二人早听见来了。乔宾一手先把过卖抓来举起，头朝下，叭嚓的一声，头碰柱脑髓迸流。张二爷叫：“好儿！说真的，摔的好！”艾虎说：“死了一个人，你老叫好儿，这是何苦？”又见那亭中的二人出来，每人一口刀，往上一撞，乔爷骂道：“好狗男女，今日祖宗要你们的命。”崔龙说：“丑汉有多大的本领，较量较量!”

原来崔龙与赵、孙、薛、李全是贼,养着许多打手,也怕有人搅闹花园。你道什么缘故?连加一秤,带找顶银,又不赊账,东西又贵,也怕有人不答应他,不然怎么衙门中,上下全熟悉,三节两寿,人情分往,永远当先。今日在家中坐定,有人报信说:“不好了,东家掌柜的快上花园子去吧!有人搅闹来了,得多带人哪!人家来的可不善。”那崔龙五个人,连打手全来了。进门一问,人家就摔死了过卖。二人提刀出来交手,五人一围胡乔,又叫:“打手上啊!”众打手一齐全上。张二爷骂:“好小子!你们有多少人?”一脚把桌子翻了个,碗盏全碎,拉刀出去,艾爷也出去。

不知如何,且听下回分解。

第五十三回　到花园为朋友舍命　在苇塘表兄弟相逢

且说崔龙五个人,就与胡小记、乔宾动手。本来艾虎与张豹就议论:"你看,与他玩笑的那个是输是赢?"张爷说:"准是他们两个输,他们人少。"艾虎说:"他们几个人是夜行人,故此这二位不行,不是黑门学的工夫。哎哟,更不行了,打手上去了。"张豹说:"可了不得啦,完了我这小子了。疼死了,想死人。"只听哗喇一声,桌子翻过来了。张豹拿刀出去,喊了一声:"小子们闪开,二太爷到了!"叱嚓喀嚓的乱砍,杀将进去,冲开一条道路。随后大伙仍然又裹上来。刚一围裹,就听见嗖地一声,打半空中飞下一个人来,大伙一瞅一怔。身量不甚高,虎头燕颔,手中这口刀上下翻飞。就是崔龙可以敌住艾虎,余者的全不行,也不敢向前。

你道艾虎为何打半空中下来?皆因是张二爷翻桌往外一跑,他就跟出来了。为的是卖弄卖弄这手工夫,叫他们瞧。往上一耸,在大众头上蹿将进去,这手叫旱地拔松,燕子飞云,嗖地一声,脚沾实地,把刀亮将出来,直扑奔向崔龙。

张豹看见老兄弟过来,心中十分欢喜。见人家有一个对一个的,有两个对一个的,是胡小记敌住了赵盛、孙青,乔宾敌住了薛昆、李霸,张豹他与这些打手就交了手了。常言一句俗语说:"矮子里选将军。"就算他的能耐有限,但与这些打手打起来,他的本领却比打手胜强百倍。顷刻间,也有带伤的,也有废命的,也有逃跑的,把打手打的不敢向前,直往后退。这场子可就宽绰了,张豹只顾与打手交手,在他背后嗖地一声,就是一刀。他如何躲闪得及?又不能招架,可见得是傻。好好好,要是错过,心地忠厚,这也就死了。艾虎虽然动着手,明知道二哥的本事有限,自己的心神一半在崔龙身上,一半在二哥身上,看这件事实在不平,心中暗暗的有气。他看着乔宾动着手跑啦!薛昆一转身,对着二哥身后就是一刀,早被艾虎一抬腿,就跺在薛昆肋下,哎哟一声,扑咚躺倒在地,当啷啷舒手扔刀。张豹这才看见,倒觉吓了一跳,摆刀就剁。薛昆使了鲤鱼打挺,闪开这一刀,分开打手,自己逃命去了。二爷要追,早叫李霸截住,二人动手。

原来乔宾不是跑了,杀开了一条道路出来。他看出来了,有艾虎一人,这些群贼哪个也不能逃命,他找仇人来了。

乔宾直奔南边柜,柜里头伙计瞧着势头不好,就都跑了,净剩下廖货一个人了。也是造就了的,这小子恶贯满盈。两个眼睛,直直的瞅着东家动手呢!旁边喝彩,他舍不得走,知道柜内有银子,又知掌柜的人多不能够甘拜下风,大肚子往前里一摊,正靠着柜往那边瞧。乔宾到他跟前,他没看见。乔宾用自己的刀顺着柜面,对准了他的肚子,就听见噗哧一声,正中在肚腹之上,说:"我给你放了泡吧!"噗咚,死尸躺倒。乔爷一扶柜,就蹿将过去,又剁了他几刀。也是他出主意,用加一秤,使顶银,种种的恶事,这算报应临头。

乔宾给哥哥报了仇,一转脸把天平桌的抽屉拉开,里头许多的银子。看见自己小黄口袋倒在地下扔着,把口袋拿起,把里头的碎铜烂铁俱都倒将出来,把天平桌里头一包一包的银子,俱都装在口袋里头,自己把钞包解下来,把口袋嘴儿扎上,裹在钞包之内,重新紧捆好。提了刀蹿出柜外,正遇见打手,往两旁一闪。胡大爷追杀赵盛、孙青,乔二爷挡住,正要截杀。两个人一歪身,嗖地全都蹿上房去。连胡小记带乔二爷,全都不会蹿房跳脊,干着急无法。自己转身回来,复又动手。乔宾与张豹两个人,围裹着李霸动手。胡小记帮着艾虎拿崔龙。李霸一瞧势头不好,三十六招,走为上策,虚砍一刀,撒腿就跑。后面追赶,见他一跺脚,贼人已经上房去了。二人对叫,"小子,咱们拿那个去。"二人返回来,崔龙不容二人动手,早就跑了,也就蹿上房去。除非艾虎一人,会高来高去。张豹说:"老兄弟,除非你会上房,别人都不会,你去追吧!"艾虎本不愿意追,想着又不是自己的事,何苦与他们作对!并且又有了几条人命,早走的为是。被张二爷一说,又不能不追,只得蹿上房去,追了不多时,复返归回,蹿下房来,大叫一声:"住手!看你们这些打手,俱是安善良民,雇工人氏,如今恶人一跑,我们也不跟你们一般见识。你们扔下兵器,才算安善良民。哪一个不服，来来来，咱们较量较量。”众人俱都抛下兵器，跪了一片，苦苦的哀求说：“我们俱是雇工人氏，谁敢违背他们的言语？”艾虎说：“既然这样，饶恕尔等，去逃命去吧！”打手听见此言，如同见了赦旨一般，大家一哄而散。满地上也有带轻伤的，也有带重伤的，也有死于非命的，横躺竖卧，哼咳不止。胡小记过来说：“我们两个不是他们的对手，看看落于下风，若非二位恩公前来助拳，我们二人就有性命之忧。请问二位贵姓高名，仙乡何处？”意欲跪下磕头，艾虎一把拉住说：“此地不是讲话之处，有话随我来说。”艾虎在前，三人在后，走够多时，只见后边有几个跟下来了。

你道是谁？原来是绮春园的伙计，瞧着事情不好，预先就出了绮春园，远远的望去，见掌柜的出来告诉说：“他们若是出来，暗地里跟着，看他逃到何处？回头好告诉我。我先上县衙门去告。你们先找地方。”故此艾虎出来，他们就跟下来，又被艾虎看见，说：“你们前头走着，我在后面断后。”即把刀亮将出来：“呔！你们这些人们，打算不要命了。谁跟着我们，一个不留，全杀你们。”大家回头就跑，还屡次回头看看，见艾虎仍在那里，看到难以跟着看他下落，连地方也不敢跟了。当个小差使，谁肯卖命？艾虎看不见他们，这才前来追赶大众。

天色已晚，前面黑忽忽一片苇塘。艾虎说：“瞧瞧这是旱苇呀水苇？”胡小记说：“旱苇。”艾虎说：“咱们里边讲话倒是个幽密的所在。”众人分苇塘，到了里面，大家用脚踹平一片地方。胡小记过来与艾虎、张豹行礼，乔宾也过来与艾虎行礼，冲着张豹说：“小子，方才难为你，爷爷给你行个礼吧！”张豹说：“起来吧，小子，不用与爷爷磕头了。方才要不是二太爷，你早就没命了。”艾虎瞪了二爷一眼。胡小记说：“未曾领教二位恩公，尊姓大名，仙乡何处？”艾虎说：“小可姓艾，单名一个虎字，外号人称小义士。这是我盟兄，行二，姓张，名豹，外号人称勇金刚。”胡小记说：“贤弟你原籍莫非杭州？”艾虎说：“你怎么知道？我正是杭州霸王庄人氏。”

列公，你道艾虎打开封府出首，六堂会审，认真假马朝侯，发配大名府之后，无论谁问，总不爱说出他是杭州的人氏来。自打到了卧虎沟，见沙伯父之后，再有人问，就说卧虎沟人氏。不然，怎么到了娃娃谷，说是卧虎沟的艾虎，险些没教甘妈妈要了性命！如今叫人指实了杭州，也不能不说了。

胡小记说："我说个人，你可认识？"艾虎说："看是谁咧？"胡小记说："卖茶糖的胡老。"艾虎说："那是我舅舅。"胡小记说："那是我天伦。哎哟，表弟呀！"不觉大哭起来了。艾虎说："你就是小记哥哥么？"原来艾虎四岁，父母相继而亡，跟着舅舅度日。那时过继给舅舅家，为是日后不去鱼行秤上做经纪买卖。胡老故去，艾虎年方六岁，又在叔伯舅舅之家长到十三岁，在霸王庄当茶童。知道有小记哥哥，就是不认识。如今一见，彼此全都伤心，复又与表兄行礼。将要问他们缘由，却见外边灯火齐明，人喊马嘶，只听到有人大嚷："在苇塘里哪！"

这一进苇塘，搜寻几位英雄，毕竟不知怎样，且听下回分解。

第五十四回　众好汉分手岔路　小英雄自奔西东

且说胡小记与艾虎认着表亲，悲喜交加。两个浑人听着发怔。张爷说："人家是亲戚，咱们也算亲戚。"乔爷说："算什么亲戚？"张爷说："你算我的小子。"答道："你算我的小子。"胡、艾二位一拦说："使不得，都不是外人，别开玩笑了。"艾虎问他们与花园子里有什么仇？胡小记将自己的事说了一回，就将乔爷叫过来，与艾虎、张豹见礼，说了名姓住处；艾虎又将张豹叫将过来，也就将名姓住处说了。就听外边一阵大乱，各人俱都抄家伙出来，被艾虎拦住，说等他们进来时节，再动手。就听外边说："准在里头哪！进去找去。"内中有人说："不能。六条人命，十二个带伤的，他们在此处？不定跑出多远去了！"那人说："依我说，进去瞧瞧的为是。"那人说："你们要愿意进去，你们就进去。依我说，咱们往下赶赶吧！"大家竟自去了。

四位又等了半天，外面没有声音，方才说话。艾虎说："你们意欲何往？"胡小记说："我在此处也住不了啦。"乔宾说："上我们湘阴县吧。"张豹说："我哪？"乔宾说："你回家，离着不远。可有一件，夜间走，白日住店。这本地面，好几条人命，必要派人四下里拿凶手。白日走，倘若遇上拿回来，就得与他们抵偿。我若知道还好，我若不知道，与他们抵了偿，实在太冤。"张豹点头说："我多加小心。可有一件，我舍不得咱们大家分手，这得何日才能见面呢？"乔宾说："我也是舍不得，不然咱们大家拜回把子，然后分手，日后见面也多亲近。可就是他们又是亲戚，也不好拜。"艾虎说："这也无妨，就是亲戚再拜回把子，古人也是常有的。"胡小记说："咱们就拜。"说毕序齿，胡小记是大爷，乔宾行二，张豹居三，艾虎是老兄弟，插了三根苇子当香，冲北磕了头，又大家按着次序磕了头。

胡大爷问："老兄弟，你意欲何往？"艾虎说："我上娃娃谷。"大爷说："什么事？"艾虎就如此这般、这般如此细说了一遍。乔宾说："要不然咱们一路走，遇不见官人便罢，倘若遇见，就大家拒捕。”艾虎说：“不好办，若是一两位还可，若是三四个同行，久讲究办案的，他就疑心，单走着留点神就有了，是公门应役的，难道咱们看不出他的打扮来？出了他这个境界，就好办置了。连我上娃娃谷还得绕路哪！”乔宾说：“既是单走，我给你们盘缠。”张豹说：“我的银子在复盛店，也不好回去取了。”乔宾说：“我这有的是银子。”就将钞包解开，口袋拿出。张豹说：“那个银子我们不要，净是碎铜烂铁。”艾虎也笑说：“除非是二哥你要，我们不使那个。”乔宾说：“你当还是碎铜烂铁哪，早换了。”打开一瞧，果然一包一包好银。说起来怎么开了廖廷贵的膛，怎么拿的银子。艾虎说：“既是这样，咱们大家带点。”说毕，分手。作别之时，再三嘱咐。乔宾说：“老兄弟，你上娃娃谷，也得绕路，何妨先在一路走呢？”艾爷点头。

再说张豹单走，到了第二日天明，找店住下，吃完早饭，饮了个沉醉东风，晚间又用了晚饭，给了店钱、饭钱，起身就走。晚间走路，都得多加小心。倒好，倒未遇上什么祸患。那日到家，先找的是马龙，见着马爷，就将绮春园的事细说一番。这马爷一听说：“你看看够多么险！你先在家里，多待几日别出门，小心外边有什么风声。”张爷也就依着他的主意。焉知晓欲要人不知，除非己莫为。这个风声就到了岳州府了。岳州府的知府，是个贪官，姓沈名叫沈洁，人给他起外号，叫审不清。他有个妻弟，姓怀，叫怀忠，叫白了，却管他叫“坏种”，倚仗着他姐夫是个知府，如同他坐着一样，在外边养许多闲汉，任意胡为，抢掳人家少妇长女，重利盘剥，折算人口，占人家田地，夺人买卖。讲文的打官司，不是他的对手；讲武的打架，没他人多。打一年前，他上张家庄去，就看上了这处宅子。前后瓦房，够五六百间，后花园借进去外头的活水，一言难尽，怎么个好法子。当时就要讹他。手下人告诉他，这家可不好办，银钱势力人情全有，可不是当玩的。这如今有一个坏鬼与他出主意说：“现在华容县绮春园六条命案，四个凶手逃走，内中有两个有姓的，有两个无姓的，一个黑脸，一个蓝脸。明天大爷去拜他去，先和他讲好，借他的房子一住，叫他搬家，这叫明借暗要。他必不肯给，可就说绮春园黑脸的就是他，他必害怕，就算得了。他若不答应，就把他锁来。就说他房子内存贼，这房子可垂手而得。”坏种一听大喜说：“此计甚妙，明天去拜。”

可巧坏种家有个家人姓张，叫张有益，家里不宽裕，两三辈子都受过张百万家里的好处。他听见这件事，赶紧着上张家庄，往张豹家中送信。张豹给了来人二两银子，嘱咐千万秘密。来人走了，派人与马爷送信，立刻把马爷请到，如此这般，和马爷说了一遍。马爷说：“坏种来了，我见他，说翻了，就给这一方除了害，就结果了他的性命。”张爷说：“我见他。”马爷说：“不用你见他，你太粗鲁。”主意定妥，净等次日到来。

第二天晌午的光景，坏种果然带许多人来。有人进来回话，马爷说请，家人出去，不多一时，坏种进来。马爷往外迎接，彼此两人见面，马爷细看此人面目，实为可恼。怎见得，有赞为证：

马大爷，到外边儿，见恶霸，至门前儿，勉强着身，施一礼，长笑颜儿，有失远迎，大爷海涵儿。这奸贼便开言儿，我是特意前来问好请安儿。看品貌讨人嫌儿，带一顶软梁巾儿，是蓝倭缎儿，全线卡，莲花瓣儿，镶美玉，是豆腐块儿；脑袋后，飘绣带儿，真是一团的奸诈更有些个难缠儿。穿一件，大领衫儿，看颜色，是天蓝儿，袖儿宽，皂锦边儿，上边镶，绣牡丹儿，崭崭新，颜色鲜儿，又不长，又不短，正可身躯，别名叫雨过天晴玉色蓝儿。葱心绿，是衬衫儿；系丝绦，在腰间儿，蝴蝶扣，风飘摆儿；足下鞋，是大红缎儿，窄后跟，宽脑盖儿，露着些，白袜脸儿，一寸底，青缎边儿，正在那福字履的旁边有些个串枝莲儿。瞧面上，骨拐脸儿，生就的，黄酱色儿，两道眉，不大点儿，是一对，眯缝眼儿，断山根，鼻子尖儿。见了人，就眨八眼儿。极薄的嘴，露牙尖儿，天生就，黄牙板儿，一张嘴就犹如放屁一般，臭气烘烘讨人嫌儿。两个耳，像锤把儿，黄胡子，八根半儿，细脖子，小脑袋儿，未曾说话就一龇牙，外带拱拱肩儿。惯害理，惯伤天儿，抢妇女，当是玩儿，什么叫王法，哪又叫官儿，仗势欺人，就爱的是银钱儿。

马爷勉强着身打一躬说：“怀大爷，小可有礼。”坏种说：“罢了。”请到书房落座献茶。坏种问道：“尊公贵姓？”马爷答：“小可正是马龙。”坏种说:“咱们两个素不相识,你把姓张的给我叫出来。”马龙说:“不敢相瞒,姓张的是我个拜弟,实没在家。”坏种说:“不见我不行,见我倒好办。”马爷说:“有什么话只管留下,回来我对他说。”坏种说:“简直的告诉你说罢,他的事犯了。他要出来见我呀,俺两个相好,我还可以给你拔弄拔弄;要是不出来见我呢,他祸至临头,悔之晚矣!还有一节,他住的这房子是我的。我两个人相好,从前也不好意思说。他已经住了二十多年了,我家里房子窄狭,住不开,该叫他还我房子了。”马爷说:“他这房子,我知道是祖遗。依我相劝,你要打算生事,可把眼睛长住了;你要讹人,须要打听打听,若欺负到我们这里来了,坏种,你不打算出去了。”坏种说:“咱们说不着。“往外就跑,跑到门外叫打手上。马龙将他一把抓住,举起来,头朝下一摔。

若问坏种的生死,且听下回分解。

第五十五回　空有银钱难买命　寻找拜弟救残生

且说坏种一瞧，马龙神色不好，要了个智儿往外就跑，叫打手上啊。马龙追出，抓住坏种的胸膛，一手抄腿举将起来，头颅冲下，只听坏种杀猪相似，苦苦的求饶。马爷说："要打，等你们一齐上。"打手们俱拿着些短棍铁尺，冲着马爷就打。马爷也会，就举着人迎接他们的兵器，急的坏种说："别打，别打，马大哥你饶了我吧！"众人谁敢向前，一齐说道："你撒开我们大爷吧！"马爷问："坏种，你还要我们的房子不要？"回答："不要了。"又问："当真不要？绮春园的事你还讹我兄弟不讹？"回答："不讹了。"马爷说："空口无凭，写给我一张字样。"恶贼说："我甘愿写给你们一张字样，永远无事。"马爷说："既然如此，叫家人取纸笔墨砚来，你会写字吗？"回答："会写。"马爷就把坏种砰的一声摔在地上，又砰的一声往他身上一坐。那坏种又兼着朝朝暮暮眠花宿柳，气脉虚弱，马爷往他身上一坐，身子又沉，又用了点气力，这小子如何禁受的住？就呜呼哀哉了。马爷还不知道哪！打手看见坏种唇如靛叶，龇着牙，翻着眼，一丝儿不动，就知是死了。大众也就溜之乎也了。马爷等着取纸笔墨砚来，叫道："坏种，你可写的清清楚楚。坏种说话呀，说话呀！你别是又要反舌吧？"又一叫坏种，这才低头一看，见他四肢直挺，浑身冰冷，用手一摸胸膛，一丝柔气皆无，这才知道他是死了。自己心中暗暗忖度：我结果人家的性命，待二弟出来，准是他不叫我出首；我结果的性命，怎么好叫他偿命？有了，我扛着尸首去报官去。将坏种往肩背上一扛，直奔岳州府而来。

这一路上，幼童老叟全围拥来看。说："可好了，给咱们除了害了。"一个传十个，十个传百个，百个传千个，顿时间，城里关外全嚷遍了。将进城门，离衙门不远，就听见后边嚷道："哥哥给我坏种。"马爷听，不好了。说："张贤弟，你回去罢，不必前来！"张爷并不言语，身临切近，伸手把坏种的腿往下一拉，扑通摔倒在地。马爷转头往肋一挟说："这是我坐死的，你抢什么呀?"两人彼此对争论。二位那个膂力也真大，对着那坏种也真糟，因他平日间把身子全空透啦，就听见砰的一声，把坏种折为两段，肝花肠肚，全流将出来，马龙张豹也全趴在地下，皆因用力太猛。移时二人爬来，一人拉着半截就走，满道跟着许多的狗。

你道这是什么缘故？是在生的时候，伤害了天理，死后这是报应循环，旁人替他们赞叹，既然这样是一人出首，怎么二人全来，这不是白白饶上一个吗？

到了衙门口，认得他们二位的甚多。马爷是个外面人，常给人了事，张豹是个大浑财主，故此二位衙门口全熟。这时，就有两个头儿出来说："二位把这个先扔下，请班房内坐。"两个人扔在大堂之前，就进了班房。马爷说："二弟，没你的事，你回去吧！"张豹说："马大哥，没你的事，你回去吧！"有一位先生进来说："原来是张员外，请在我屋里坐下吧！快过来，快过来！"焉知晓是他们的坏处。他们明知道，把官亲要了命了，这两个人前来出首，要叫他们走脱一个，老爷焉能干休？这比不得是民间事呢，故此怕的是睡多了梦长，省悟过来就不好办了，才将他们让在屋中，一壁说着话，一壁代书先生就将他们的供底取了去了。

其实，老爷早已知道了，太太也知道了。太太对着老爷哭了半天，我娘家就是这一个兄弟。沈老爷说："他真闹的不像了，我在书房内，常常劝他说，你若事情闹大了哇，就有人恨上，合着给你拼命，你就许有杀身之祸，不然就把我这顶纱帽闹丢了。他是老不听话，如今果然是杀身之祸，中了我的话了。"太太说："我娘家就这一个兄弟，纵然有点不是，也不当这样。他们这不是反了吧！王子犯法，还有一律同罪，何况是你的子民？我听见说，是两个人哪，求老爷作主，把两个人都给我问成死罪。就是两个人给我兄弟抵偿，他们都不配。"说罢又哭将起来。这位老爷有宗病，一则是耳软，二则是惧内。今天这还算好哪，倒是央求老爷。每回的官事，俱是由内吩咐出来，叫怎么办理就怎么办理，老爷不敢驳回。

有人进来回话,把两个人全看起来了。老爷吩咐升二堂伺候,整上官服,升了二堂,吩咐带了仵作,验勘尸身,沈知府直不忍观瞧。仵作回话:“此人被用力摔于地下,绝气身亡,并无别伤;死后两个人一争,争为两段。”沈不清又是惨痛,又是气愤,填了尸格,然后问了一声:“两个人可在外边看押?”答应一声:“是,已在外面看押。”房里先生把两个人的草供呈在堂上。老爷吩咐:“先带马龙来。”来在堂口,双膝点地。老爷说:“马龙好大胆子,无故要了怀忠的性命,快些招将上来。”马龙也并不推辞说:“要他的命是情真。”就将他怎么讹诈房子,带多少打手,种种不法的情由,以及自己怎么把他摔死的话诉说了一遍:“小人情甘认罪。”老爷说:“分明是你们两个人打死后,又将他尸身扯为两段。我且问你,你愿意两个人与他抵偿啊,还是一个人与他抵偿?”马龙说:“小人自愿意我一个人与他抵偿,没有我那个朋友的事,一人作的事一人当。”知府说:“要愿意一人与他抵偿,你就说路遇将他摔死,素来没挟仇,就叫你一个人与他抵偿,放了你的朋友。”马爷暗道:怎门也是死,不如这么应了吧!到底把二弟放出去。就说:“无挟仇,路遇将他摔死,没有我朋友的事,小人情甘愿意与他抵偿。”上头吩咐叫他画供,马爷随即就画了。谁知上了他的圈套,立刻钉镣收监,拿收监牌标了名字,叫押牢带下去。又把张豹带将上来。书不可重叙,也是照样问,也是照样招承。叫他认了这个死罪,放了朋友之罪。张豹更浑了,一个字也不认得,怎么说,怎么是,立刻叫他画供。他画了个十字,也是照样钉镣收监,立刻上司申文详报,暂且不表。

且说岳州府那些绅缙富户,举监生员,大小的买卖住户人家,连庵观寺院,有几位出头的,有几位卖力气的壮汉,搭着二人相识的,及岳州府城里关外,集厂镇店,各处花银子花钱,要与张、马二位打点官司。连赌博场,带烟花院,听其自己的心愿,攒凑银钱,除了他们眼中钉,肉中刺,从此没人讹诈,愿给多少就多少。不上三两日的工夫,银钱添了无数。可着岳州府衙门里外花银钱,打点仓印门号厨,连内里头丫环、婆子,连监牢狱解记押牢、院长、班头、官察、总领、牢头、狱卒、快壮皂、六房里的先生,俱用银钱买通,然后托人见知府,许白银五千两,买二位不死。赃官有意应承此事,奈夫人不许也是无法,所有管事的人束手无策。可有一样,二位虽收在死囚,是项上一条铁链,别的都是出水的家伙。一天两顿酒饭,无论什么人,瞧看两位,在狱门上说句话,自然就有人带将进去,指告明白。死囚牢的地方,官人还躲得远远的。列公就有说的,难道说也不怕他们串供?此时当差的,全都愿意有个明白人进来,串套口供,保住他们的性命。两个人不死,岳州府衙门里头外头,除了太太和老爷不愿意,剩下都皆愿意。此时早就把怀忠的尸骨装殓起来,请高僧高道超度。这都是太太的主意。可巧张豹有个家族兄弟叫张英,此人性烈,粗莽身矮,有个外号,人称他叫矮脚虎。前来探监,又约会些个朋友想截牢反狱,被马爷拦住,叫上武昌府,找艾虎送信。此人领了这句话,回到家中,拿了盘缠,直奔武昌府。

至于送信的事情,且听下回分解。

第五十六回　徐良上襄阳献铁　艾虎奔贼店救人

双调西江月：

盖世英雄，山西地面甚有名。行至乌龙岗，误入贼店中。猜破就里情，反把贼哄。李刘唐奚枉把机关弄。若不然，大环宝刀得不成。

且说艾虎同着闹海云龙胡小记、开路鬼乔宾三个人，整走了一夜。第二日早晨，找店住下，吃了饭，整睡了一日。如此的三昼夜，出了岳州府的境界了。艾虎着急说："准误了我的事情了。"与店中人打听，奔娃娃谷打哪里走？店中人说："问娃娃谷，岔着一百多里路哪！前边有个乌龙岗，由乌龙岗直奔西北。"再问上湘阴县往哪里走？人家指告的，是直奔正南。打店中吃了早饭，这白昼走也就无妨了。给了店饭钱，起身直奔乌龙岗。

正走间，过了一个村子，出了村口，看见村外一伙人，压山探海瞧着热闹。三位爷也就直奔前来，分开众人，看看什么缘故。见里边有一个妇人，约有三十多岁，穿着蓝布衫，青布裙，头上有一个白纸的箍儿。那妇人眼含痛泪，在那里跪着。有两个人年近七旬，手中拿着两根皮绳儿，两边绳儿上穿着二三百钱。妇人面前地下铺着一张白纸，上面书写黑字，艾虎乔宾俱不认识，叫大爷念念听听，胡大爷念道："告白四方亲友得知，小妇人张门李氏，因婆母身死，无钱置买衣衾棺椁，尸骨暴露，丈夫染病在床，病体深重，命在旦夕。小妇人不顾抛头露脸，恩求过往仁人君子，大众爷台，助资斧，一者置买衣衾棺椁，二则请医调治丈夫之病，永感再生之德，弃世的永感于九泉之下。"念到此处，不由的几位爷心中一动。这几位本来都是生就侠肝义胆，仗义疏财，见人之得，如己之得；见人之失；如己之失。那边一个文生秀士，叫声："童儿，打包袱取银。"取出两锭白金，交与两位老者。说："我有白金两锭，助于这位大嫂办事就是了。"二位老者接将过来说:“大奶奶,都是你这一点孝心感动天地,这才遇见这样的好人,冲上磕头吧! 请问,请问相公贵姓高名,仙乡何处?”这位相公说:“些须几两银子,不必问了。我乃是无名氏。”老者说:“不解,我们回去,好交待这位大奶奶的丈夫。”到是小童说出:“我们不是此处人氏,我们是信阳州,居住苏家桥。我们相公姓苏,叫苏元庆,上岳州府寻亲,打此经过。我们相公,这是路上,盘缠不多,在家里,三头五百两常常周济人,永远不说出名姓。”(此人在此处说出,到了《续小五义》上,三盗鱼肠剑,瞧破藏珍楼,请刘押司先生画楼图,周济义侠太保刘士杰的时节再叙说,此是后话。)总论好人,总有好处。艾虎等暗暗的夸奖。虽是念书的书生,会知道大丈夫施恩不求报。

此处原来靠着乌龙岗,那里有座黑店,开黑店的外号人称飞毛腿,姓高叫高解,是个大贼,结交着绿林中的五判官:黑面判官姓姚叫姚郝文、花面判官姚郝武、玉面判官周凯,风火判官周龙,病判官周瑞。还有金头活太岁王刚,墨金刚柳飞熊,急三枪陈正,菜花蛇秦叶;南阳府的伏地君王东方亮,紫面天王东方清,汝宁府太岁坊的伏地太岁东方明,陕西朝天岭王继先、王继祖;金弓小二郎王新玉,金龙、金虎,黄面狼朱英,神拳太保赛展雄、王兴祖等,都是八拜之交的弟兄。他在乌龙岗这里开着座黑店,手下踩盘子的山贼有一百号人。大家出去,东西南北分四路往店中勾人。也无论仕宦行台,来往客商,见了人就夸奖这店房屋干净,吃食便宜。进了这店,就不用打算出去。哪个小贼勾了来的,结果了性命,银钱财物有他一成账。寻常的时候,也没工钱月钱,店中饭食现成,吃完了出去勾买卖去。

这天可巧四个人在一处,也是瞧这个张门李氏来着,正遇上苏公子给这妇人银两。苏公子也是没出过门的人,童儿又呆,他把包袱打开,又把银袋子打开,这就算露了白了。并且银袋子也没包上,就说开了话了。内中就有一个小贼,看出便宜来了。那个就调侃儿说:“把合抱迷子伸托。”那个小贼,就打书童裆底下要捏银子,早被旁边一人看见,说:“你干什么的?”又说:“他是个贼,找地方把他锁上。”小贼撒腿就跑,那人就追,被小贼的伙计拦住。老头说:“大奶奶,咱们走吧!”拿着银子,笑嘻嘻地去了。旁边有人说:“相公把银包起来吧。”胡小记就问艾虎说：“他们所说的是什么言语，我们怎么一概不懂？”艾虎说：“你自然不知道，那是贼坎儿，你怎么会知道？”他说‘把合’，是瞧一瞧，‘抱迷子’是银子，‘伸托’是伸手。”胡小记说：“哦，就是了，他们是贼，不好了，相公要吃苦。咱们跟下去吧。”

猛然间，就听见吱哞哞吱哞吱哞河南小车响。一转身，看见一宗岔事。小车上两边有两个箱子，是黑油漆漆的，铜什件，也用黑油漆漆了，铜锁头也用黑油漆漆了。小车轮子全是用黑油漆漆的。前头有人拉着个纤绳，也是黑的；后头有人推着小车，也是黑的。后头跟个人，身高七尺，青缎壮帽，青绢帕拧头，正当中面门上，映出来一个茨菇叶儿，穿一件皂青缎的箭袖袍，青丝鸾带，墨色灰的衬衫，青缎窄腰快靴。往脸上看，黑紫的脸膛，两道白眉毛，一双虎目，垂大准头，四字口见棱见角，大片牙，乌牙根，大耳垂轮。未见髭须，正在年少。细腰窄臂，双肩抱拢一团，身上披青缎英雄氅，腰间挎刀，绿鲨鱼皮鞘，金什件，皂色挽手绒绳搭甩，明显着威风，暗隐着煞气。一看此人，好生古怪。

原来此人是山西祁县的人氏，徐庆之子，名叫徐良，字世常，外号人称山西雁，又叫多臂熊，云中鹤魏真的徒弟，天然生就侠肝义胆，好管不平之事，文武全才，十八般兵刃，件件皆能。高来高去，蹿房跃脊，夜行术的工夫，来无踪迹，去无影响。会打暗器，双手会打，双手会接，双手会打镖，双手会打袖箭，会打飞蝗石，会打紧臂低头花装弩，百发百中，百无一失，故此人称为多臂熊。山西雁的外号，可不是山西的大雁，当初列国时，跟随晋重耳走国的那些文臣武将，有称为山西雁的，故此他这个山西雁，比的当初古人。

此人虽是徐庆之子，父子的性情，大别天渊。徐三爷憨傻了一辈子，生了这么一个精明强干的后人。徐良性情，出世以来，无论行什么样的事情，务要在心中盘算十几回才办。圣人云：三思而后行，他够十思而后行。他出世以来，不懂得吃亏，什么叫上当。抬头一个见识，低头一个见识，临机作变，指东而说西，指南而说北，遇见正人，绝无半字虚言。先前徐三爷在家开着一座铁铺，因为打伤人命，逃出在外，如今荫出十座铁铺，得了点厮孩儿铁，打了些刀枪的胚子。有徐三爷信到家,三太太叫徐良上襄阳,一者跟随大人当当差,也是出头之日,也见见他的天伦。他活二十多岁,没见过天伦。徐庆走后才生的徐良。他是奉母命离了山西的地面,一路上推着刀枪的胚子,所过津关渡口,一句实话也没有。可巧走在此处,被艾虎看见。三个人对说:"这个人古怪!"胡大爷问艾虎:"你瞧,他们又说什么呢?"就听见小贼们说:"嚏嚏刚儿,肘托挑窑。"艾虎说:"'嚏嚏刚儿',是过去与那个相公说话;'肘托挑窑'是让去他们店里住去。此处必有贼店。我出主意,咱们一边戏耍戏耍他们,一边保护着这位相公,毁坏了他们这个贼店,也就给这一方除了害了。"胡爷问:"怎么戏耍呢?"艾虎说:"如此这般,这等这样。"

毕竟不知说出些什么言语,且听下回分解。

第五十七回　小义士戏耍高家店　山西雁药酒灌贼人

且说艾虎他们定好了主意。原来这四个贼贴上苏相公了，搭讪着对苏相公说："今天宿在哪里？"苏相公说："走路看天气说话。"小贼说："天也不早了，就宿在头里吧！这里有个高家店，房屋干净，吃食便当，你又是个念书的人，走也多走不了几里地，又没脚力。"苏相公说："承你们几位指教，哪是高家店？"小贼说："拐过弯就看见，就是这一座店。"就听见那边河南小车吱吱哞哞响，跟车的说话。按说徐良说话，可是山西的口音，这要写在书上，就不能按山西口音了。要论山西的口音，盆朋不分，敦东不分。不信诸位往山西看那里人说话。就说棚底下有一个大盆，到东边敦一敦。要叫山西人说，盆底呵有一怀大棚，得敦边东一东。要是打油，他告诉妈恼；要是买蜡，他就说妈油。再说前套《三侠五义》有段男女错还魂的节目，屈良、屈伸两个人说话，下面都要缀上山西的字音，这可不能，是何缘故？正续的《小五义》二百余回，尽是徐良的事多，若要徐良说的话，字字缀上山西的口音，看的反觉不明白，听的也觉发乱。倒不如还是洪武正韵，倒觉爽快。闲话少叙。

单提徐良嚷道："你们两个人实为可恼，还慢腾腾走呢！天气不早了，若要是赶不上道路，那还了得？比不得不要紧的东西，这个东西若不留神，要有点失闪，什么人担当的住？自然没你们的事，我要卖个家产尽绝，连我的命饶上，也不值人家这一箱子的东西。打算是闹着玩的，还不快走呢！"可巧又被小贼听见，又调侃儿说："合字招老儿把合，念奚决闷字，直咳拘迷子。"说的是："伙计，用眼睛瞧一瞧。'念奚'是山西人，'直咳拘迷子'是值好些个银子。"小贼就顾不得跟着苏相公了，一转身就奔了小车来了，搭讪着对徐良说话："掌柜的，你这是上哪里去的？"徐良说："你瞧我头上戴的，像掌柜的呀？身穿的像掌柜的？"小贼说："听你说话是山西人，山西爷们做买卖的多,你哪一行发财?”徐良说:“小买卖叫你们几位耻笑,我是保镖。”小贼说:“原来是达官爷。贵姓?”徐良说:“姓揍,叫揍人。”小贼说:“玩笑哇,你要揍谁?”徐良说:“戚谢邹俞的邹,仁义礼智信的仁,你们几位大哥贵姓?”一个说:“姓李的、姓唐的、姓刘的、姓奚的。”徐良说:“原来是李刘唐奚四位大哥,外不流糖溪。”小贼说:“咱们四个人怎么凑合来着?你别这么叫我们了。你保的什么镖?”回答:“红货。”又问:“什么红货?”回答说:“这箱子里头,有映青、映红、珍珠、玛瑙、碧玺、翡翠、猫儿眼、鬃晶、发晶、茶晶、墨晶、水晶、妖精。”小贼说:“你别混闹了,那有妖精呢?”徐良说:“真有拳头大的猫儿眼,盆子大的子母绿,两丈多长的珊瑚树。”小贼说:“你别顺嘴开河了,别的都可以,你要说是两丈多长的珊瑚树,这箱子共有多长,里头盛的下么?”徐良说:“你不知道,珊瑚子树是两丈多长,人家把他锯的一毂轳、一毂轳的装在箱子里头。”小贼说;“你今住哪个店里?”徐良说:“老西正没主意呢!道又不熟。”小贼说:“前边有个高家店,这个是顶好了,你这里头有要紧的东西,就更稳当。”徐良说:“李刘唐奚四位大哥,你们住哪里?”小贼说:“我们就住那里。”徐良说:“你们几位不弃嫌,咱们都住在一处!”小贼说:“敢情好了。”徐良说:“就是那么办了,咱们到那里拜个把子。”小贼说:“我瞧着你们这位,推车子也推不动了。我们替你搭着吧!”他们暗地里议论议论,说这个人说话可没准。咱们替他搭车,较量较量这个分量。真是好东西,必有分量。故此这才要替他搭车。

徐良说:“那可不敢劳动。”小贼说:“些须小事,那算什么!更不用推着,我们搭着就得了。”随即接将过来,往起一肩,分量不小。这几个小贼喜之不尽,以为是真正的好东西了,搭起来就走。山西雁后边跟随,拐了一个弯儿,就到高家店大门,上头有块横匾,没有字号,就写着高家老店。门内两边板凳上坐着十几个伙计,内中有两三个叫了一个“王”字,姓刘的就一使眼色,山西雁就明白了八九。复又说:“你们几位打哪里来?”小贼说:“我们上岳州府去。”店中伙计问:“这位是谁?”小贼说:“这是达官爷。”伙计问:“达官爷贵姓?”徐良说:“姓揍叫揍人。”伙计说:“别玩笑。”小贼说:“姓邹叫邹仁。是邹达官爷。”伙计说：“有三间东房。”他们就把小车搭到东房门口，徐良把箱子解下来，搭到屋里。是何缘故？徐良是怕他们撬开瞧瞧，说是红货怎么成了黑货了？

到了屋内，也不洗脸，也不饮茶，就要饭吃。要一桌酒席，五瓶陈绍酒。席摆齐，李、刘、唐、奚说：“我们可是点酒不闻。”山西雁说：“序齿是李大哥当先饮，第二盅才是我饮。”姓李的说：“我是点酒不闻，实在不能从命。”山西雁说：“你不饮我也不饮，咱们这酒就不用饮了。”姓李的说：“我这酒饮了就躺下。”徐良说：“对劲，我也是如此。”就把酒递过去。姓李的说：“你可饮二盅。”回答：“大哥饮吧！”小贼咬着牙，一饮而干，一歪身躺在炕上。姓刘的说：“我给达官爷斟上。”徐良说：“对了，你斟的你饮，连我女人给我斟酒，我还不饮呢！”强逼着这姓刘的饮了，也就躺下了。让唐大哥饮，任凭怎么让也是不饮。山西雁一回手，嗖地一声把刀亮出来，咚的一声，把刀往桌子上插，一瞪眼睛说：“老西将酒待人，并无歹意，若不饮，今日有死无活。要是序齿，你比我大，老兄弟，我绝不让他饮。”姓奚的说：“哥哥，你饮了吧！”姓唐的一饮而干，也就躺倒了。姓奚的说：“我可不给你斟了，你自斟自饮。”山西雁说：“我自斟自饮。”把酒斟上，一看此酒发浑，酒盅儿里头乱转。明知若是饮将下去，准是人事不省，说：“奚大哥，你替我饮了吧！”姓奚的说：“杀了我也不饮。”山西雁说：“你瞧我饮。”往前凑了一凑，一伸手，把姓奚的腮帮子捏住，拿起酒来往嘴里硬灌，哽的一声，还晃摇了一晃，一撒手翻身便倒。他把刀起下来要杀，就听见外面咳哟咳哟，徐良朝窗棂纸破损的地方往外一看，见外面来了个病人，就是胡小记，叫乔宾搀着。

装病全是艾虎的主意。艾虎叫大爷二爷远远等着，他跟着苏相公。见他们进店，伙计问他：“就是二位？”回说：“不错，可有上房？”伙计乐了，没有小贼跟着，他们就可以多分一成账。跟到上房打洗脸水，烹茶。少时问了问来历，问要什么酒饭？童儿说：“我们相公爷吃素，我的饭量小，我们吃这饭就是点染而已。”伙计说：“是。进我们这店里来，都是财神爷。相公吃素也容易，烙炸豆腐面筋。”童儿说：“我们一概不要。”伙计说：“吃什么呢？”童儿说：“有豆腐汤么？”

伙计说:“不好吃,就是老汤烩豆腐。”童儿说:“就是我吃两口就得了,拿馒头,有点好咸菜就行,你可别看我们吃得少,先说明白了,两吊钱酒钱。”伙计说:“照顾客人,我也不敢怠慢。不饮酒么?”童儿说:“不饮,先取馒头出来。”伙计到了灶上嚷道:“要碗豆腐汤,咳咳的迷字,先捡两碟馒头。”早被艾虎听见,回去教给了两个人。

胡小记躬着腰,乔宾搀着,哎哟哎哟就进了店里。伙计问作什么?回答说:“这是我哥哥,有病才好了。见了我一喜欢,要出来走走;走了一里多地,我叫他回去,他说还要走走;又走了一里多地,他还要走走,把个病也重劳了。我先同着他到店里歇歇,能走就走,不能走就住下,借你个地方坐坐。”大影壁前头有张桌子,两条板凳,胡小记在东边哼不断声,乔宾在西边看看上房,就问:“我们的菜得了没有?”答应:“就得。”伙计催着快作,不多一时,炒杓一响,伙计拿着托盘,把一大碗豆腐汤放在盘内,伙计单手一托,胳膊上搭着块代手,出了厨房。正走到胡大爷跟前,大爷哎哟呀哟一歪身,往地下一倒,拦在过卖伙计腿上,叭嚓哗喇,盘也扔了,碗也碎了。徐良看得明白。说话之间,嗖地一声,打房上蹿下一人。

若问来者何人,且听下回分解。

第五十八回 高家店胡乔装病 乌龙岗徐艾追贼

且说胡小记往下一倒，把店伙计腿一绊，往前一扑，撒手将盘子碗全打碎了。伙计一怔说:“这是怎么了?”乔宾过来说:“得了，瞧我这个哥哥，净给我惹事，该多少钱？连碗带菜我给。”伙计说:“有你给就行，可误了人家吃饭了。”乔宾说:“好人谁能够？人家不答应，我去见见去。”伙计瞧着乔宾，就有三分的害怕，既然是摔了，也就无法了，说:“当是我的时运背就算了。”乔爷把胡爷搀起来说:“你怎么会躺下？惹的人家叨叨念念的。”大爷说:“哎哟哎哟，我眼前一黑就躺下了。谁叨叨我和他拼命。”乔爷说:“算了吧，你上里边去吧，别又碰了人。”乔爷上东边坐着去了，胡爷换在西边。上房问:“汤得了没有?”伙计说:“得了，叫人家给碰了。”上房说:“要没得就不要了。”伙计说:“得了，这就得了。”他也是愿意早早的饮了躺下，买卖就妥当了，复又告诉柜上说:“照样再作一碗豆腐汤。”豆腐汤好作，搁上老汤，和上团粉，撒上蒙汗药，倒在碗内，搁在托盘上。灶上嘱咐小心点。伙计说:“病鬼挪在里头去了，难道好人还掉下凳子来么?”出门的时节，两手把着托盘，眼瞅着病人，走过了桌头，仍是单撒手托着盘子。他想着不怕了，那知道就听见“砰叭嚓、扑通、哗喇、嗷儿”的一声，明是乔宾掉下板凳来。砰叭嚓，是把盘子扔了;扑通，是伙计躺下了;哗喇，是碗摔碎了;嗷儿的一声，是先前摔的那碗豆腐汤，正有个狗在那里吃哪！伙计正爬在它身上，故此嗷儿的一声。(列位就说了，这个事太巧了。有句俗言:“无巧不成书。”闲话少叙。)伙计起来说:“哈哈，你们这可是存心，瞧见我这身油了没有？病人躺下我倒不恼，好人怎么也掉下板凳来？分明你是给我个跺子脚，不然我也躺不下。”过去抡拳就要打。你看乔宾爬在地下纹丝不动，胡大爷过来赔礼，哼哼不止地说:“你看我吧。”伙计说:“我看你，谁看我呀?”胡大爷说:“我兄弟他有个毛病，本是个浊人，禁不住着急，一急就犯羊角疯,这是为我又犯羊角疯了。”伙计说:“哪有那么巧,这是羊角疯,你别冤我,也别说,我过去瞧瞧去。”胡小记说:“哎哟哎哟,我这个兄弟,病犯上来,不怕前头是眼井,是道河,是火坑,他也就躺下了。”伙计说:“羊角疯我摸的出来,要是羊角疯,和死了的一样,浑身发挺,不过就是不凉。”过去一摸:“这是羊角疯,真是羊角疯!”

什么缘故呢?他这腿搬也搬不回来,拍也拍不动,笔直。伙计信了,其实全是假的,都是艾虎商量着,和他们闹着玩。他听见要碗豆腐汤,咳咳的迷字,就知道是要下蒙汗药。回来告诉他俩:“要下蒙汗药。伙计端过豆腐汤去,大哥在车子外边就装病躺下,把他豆腐汤碰撒;他要再作呀,二哥就装羊角疯,仍然碰躺下;他要是三回再作,我就进去。”

伙计连拍带搬,一丝不动。乔二爷一按力,他哪搬得动!又一按力,他更拍不动了。其实爬的那个暗笑,老不敢抬脸,伙计信以为实,说:“今天这个买卖真来的邪行!”灶上问:“又摔了?”伙计说:“可不是!再作一个吧。你瞧,这倒真是羊角疯,这不是搀起来了,又坐下了。再看更好了,先前是一个人哼哼,这次是两个人哼哼了。这个哎哟,那个哼咳;这个哼咳,那个哎哟,你们跑到这儿喊号来了。”上房屋里问:“豆腐汤得了没有?”回答:“得了,又教病人碰了,这就得。”上房屋里说:“我们不要了,得了你们喝点吧!我们不喝了,关门睡觉了。”伙计说:“瞧瞧,都是你们两个耽误我们买卖。”

又听后院有人说:“你们店里有人没有?”走过来一个人。这个伙计抱怨那个伙计:“你们是干什么的,进来人也瞧不见。”门上说:“没有人。”那个又说:“没有人,后院喊叫。”门上说:“没有人,怎么后院喊哪?我进去瞧瞧去。”这个何三拐过影壁来,听后院耳房里头嚷哪。到耳房一看,见一个壮士,岁数不大,穿一身青缎衣巾,壮士打扮,拿着皮酒葫芦蹲着饮酒哪。何三问:“你打哪里来?”艾爷说:“打我们那里来。”又问:“上哪去?”回答:“没准。”又问:“你怎么进来的?”告诉:“走进来的。”说:“我们怎么没瞅见?”回说:“你们眼神有限。”“饮茶呀?”“不饮。”“洗脸哪?”“永远不洗脸。”“吃饭哪!”“前面用过了。”“酒你是不饮呀?”“不饮!我这干什么哪?”“你是作什么来了?”“上你们店内睡觉来了。”“我真没见过你这和气人。”“你是少见多怪。”“那么叫我们干什么?”“我这酒无菜,你给我预备点菜。”伙计暗乐,只要你吃东西就行。“你要什么菜数?”“要豆腐汤。”“还要什么?”“我就剩这个大钱了。”伙计说:“可以。”出去嚷:“豆腐汤,咳咳的迷字。”艾爷叫:“走回来。”伙计回来,问:“什么事?”艾爷说:“要个豆腐汤,咳咳的迷字。”伙计就知道是黑道的人,说:“你是河字?”说:“我是海字。”又问:“什么海字?”回说:“比河大。”“我说你线上的。”回说:“是绳上的。”又问:“什么绳上?”回说:“比线预。”伙计就知道他不懂,说:“你方才说什么叫咳咳的迷字?”艾爷说:“你讲礼不讲礼?”回答:“怎么会不讲礼?你不讲礼到是有三。”艾爷说:“谁不讲,谁是个畜类。咳咳的迷字,是你说的?是我说的?你说完了我跟着你学的,我还要问问你,什么叫咳咳的迷字?”伙计一想,对呀,是我说的,倒叫他问住了。说:“告诉你吧,迷字就是多招胡椒面。”艾虎说:“巧了,我就是好吃胡椒面。”厨房里勺上一响,说:“得了,我给你取去了。”

不多时,拿来交与艾虎。伙计出去,走了五六步,就知道他准得躺下。又听屋里叫,转头回来,看他在那里舔碗哪!伙计满屋找,并无踪迹,以为是灶上忘记搁蒙汗药了。艾爷说:“好迷字,好迷字,给我再要一碗,多搁迷字,越辣越好。”伙计抱怨灶上一顿。灶上说:“我搁的不少。这回你瞧着他吃,他若不当着你吃,他必是泼了。”伙计也领会了这个主意,就把豆腐汤送来。艾虎说:“这回可咳呀。”伙计说:“咳咳的狠了。”艾虎故意装着拿起来就吃。伙计在对面站着。艾虎又装着怕烫,问:“你干什么呢?”伙计回答:“没事,伺候你哪!”艾爷说:“你瞧着我吃不下去。”伙计说:“是了,我走了。”把帘子一捺,走的没两步,一翻身回来,往里一探头说:“哈哈,你真鬼呀。”原来一掀帘,艾虎正往坑洞里倒哪。伙计说:“你倒是什么事?”艾虎噗嗤一笑,说:“实对你说了吧,是个‘河’字,我是好闹着玩。”伙计倒不得主意了,盘问盘问他吧,说:“真是‘河’字?”艾虎说:“可不是‘河’字,‘河’字线上的朋友,觅你们飘把子来了。景子外有号买卖,阻倒粘值,咳拘迷子,留丁留儿势孤,先搬点出,然后兑盘儿。”这是贼坎儿话,意思是:“伙计我们是一个道上的朋友,寻你们头来了。这号买卖银子多咧,在城外头东南上,我一个人势孤。我喝点酒儿,好见你们头儿。”伙计说:“我就知道你是行中人,你算冤苦我了。我给你言语声儿去吧。”艾虎说:“不用,我还有句话,你先给我带了去。你们寨主是什么万儿万儿?”可就是问姓。伙计说:“你不认的呀?”艾爷说:“闻名。”回答:“外号人称飞毛腿,叫高解。你要是初会呀,给拉号买卖,我们掌柜的准能做成。那人有多少买卖到手,你给多少是多少,你可想着我们点。你叫我带什么话?”艾虎说:“附耳上来。”这小子把脖子一伸,艾虎的刀就出来,往上一翻手,噗哧的一声就结果了性命。艾爷又叫:“店里头有人,倒是过来一个呀!”前面又来一人,进门就杀了。又叫:“倒是来个人哪!”一连三个全杀了。第四个跑了,嚷:“耳房里杀了好几个人了。”艾爷追出西院,一看前头十五六个人,拿着家伙一围上来,徐良也出来了。艾虎一转身,就倒了三四个。众人往后跑,叫:“寨主快出来吧!扎手。”艾虎、徐良跟着追杀。迎面高解带群贼挡住。

至于动手的节目,且听下回分解。

第五十九回　徐良得刀精神倍长　高解丢店丧气垂头

且说艾虎出来一动手，所有的事情，徐良全都看见，就打着主意助拳，倒不管李、刘、唐、奚了。自己蹿出屋外，也就拉刀，帮助艾虎往后就追。病人也好了，就拉刀往后追。到了后面，飞毛腿高解正在后边，同着小贼们排练哪！前头有人嚷："寨主快快出来吧！"他就提大环刀，把刀鞘放下，说："你们跟着我动手。"往上一撞，看见艾虎、徐良两个壮士打扮的人出来。单看徐良，难看的样子，黑紫脸，两道白眉。他喝道："你们两个人好大胆，敢在太岁头上动土。"二位一瞧，高解七尺多高，高挽发髻，宝蓝小袄，蓝裩裤，青绉钞包，薄底靴，面似瓦灰，两道直眉，一双小三角眼，高鼻梁，紫嘴唇，燕尾髭须，大耳垂轮，细条身材。手中这口刀古怪，轧把峭雁翎式，冷飕飕夺人的耳目，刀后头有一个铜环子，哗啷啷乱响。这口刀，瞅着就大不相同，乃是一口宝物。出于大晋赫连波老丞相所造，三口刀，一口叫大环，一口叫龙壳，一口叫龙鳞，专能切金断玉，无论金银铜铁一齐削，这样的宝物总得有德者受之，德薄者失之。那日有一位武进士公，骑着一匹马，挎着这口刀，住在高家店。用蒙汗药酒药倒，结果了性命，高解得了这口刀。有个老踩盘子的，姓毛叫毛顺，外号叫百事通，有能耐无运气，老看不起人。他告诉高解刀的出处，怎么的好法。为得这宝刀，高解立了回大会，聘请天下水旱的绿林，山林盗寇，海岛的水贼，定的是四月初八。是日只来了五六十号人，高解很扫兴。凭高解的声气不行，请不动天下绿林。毛二出的主意，教他那省爷台，就把那省大头目名字写上，自己名字列于下首，人家关系两下的情面，不能不来。这个主意定好，抓了个错处，他把毛二辞了，怕的是毛二会外边卖弄宝刀，故此把他辞了。这就是丧尽天良。他这口刀如何保守的住，刀一露面就被徐良看中意了。

前面胡小记、乔宾赶来，艾虎说："好贼人，大概你各处有案，不定害死过多少人了。今天是你恶贯满盈,快些过来受死。”言还未尽,乔宾说道:“你还同他叙话哪!”摆刀就砍。高解眼瞅刀到,把大环刀往上一迎,就听见呛啷当啷啷,把刀削为两段,跟着一个顺水推舟的架式,就奔了乔宾的脖颈。乔爷缩颈藏头,一弓腰躲过了,没躲过帽子。把艾虎吓了一跳,摆刀就剁。高解一翻手,冲着艾虎刀迎来,要削艾虎的利刃。艾虎可不受这手,他遇着好些位使宝刀宝剑的,专能逢避躲闪,总不叫宝刀碰在他的刀上,不求有功,先求无过。自己这口刀上下翻飞,神出鬼入。徐良暗暗夸奖,好俊身法,真受过名人指教,工夫实在到家。把自己紧臂花装弩拾掇好了,净等得便好打。高解吩咐手下人杀,众人往上一裹,胡小记也就蹿将上来,艾虎说:“大哥和群贼交手吧,这个交给我了。”

乔宾遇一个小贼,拿着一根大棍,迎面打将下来。乔宾用单臂膀一搪,崩的一声,虽然打上,乔二爷生来的骨壮筋足,竟不觉着疼痛。往外一挽手,就把根棍夹在肋下,往怀中一带,那个小贼扑通栽倒在地,二爷夺过棍来,冲着小贼脑袋一触,砰嚓一声,脑浆迸裂。他就抡起这根棍来,望着众贼乱打,越打地方越宽。高解始终削不了艾虎的刀,心中一发急躁,眼瞅着他手下这些个人东倒西歪,横躺竖卧,也有带重伤的,也有死于非命的。瞅着艾虎这一刀砍空,他把刀往上一举,盖着艾虎的刀,往下就剁。只听见“噗哧”的一声,一支暗器正钉在高解右手上,一疼一撒手,“当啷啷”一声,宝刀坠地。艾虎要过来捡刀,乔宾也看出便宜来了,过来捡刀。那知道打半悬空中飞下一人来,不偏不歪,正踹在他的脚底下,蜻蜓点水哈腰捡将起来,就追高解。

艾虎纳闷,方才在前院里帮着自己动手,到了后院里就不见了。如今又来了,打头好认,他就是这两道白眉毛,可不知是谁?原来是徐良,看见他这口宝刀,心中就爱上了。他站在高耸耸一块石头上,把紧臂花装弩拾掇好了,净等打他手背,比了又比,老没打出去,恐怕打了别人。这回对准“叭”的一声,正钉在高解右手背上。自己施展燕子飞云的工夫,类若打半悬空中飞下来相似,高解就跑。

徐良得了宝刀,心内不胜喜欢。艾虎也追下来了。叫:“大哥,你开发了他们这群人吧。”胡小记说：“呔，尔等们听真。方才这位是跟随按院大人办差的委员，我们都是奉大人谕出来拿贼。如今你们的头目，叫委员老爷追下去；你们要知时务，就把手中的兵器扔掉，才是安善的良民。哪一个仍然不服，来、来、来，较量较量。”答道：“我们都是好人。”大家跪下，苦苦一齐哀告。胡小记说：“你们可别走啊！等艾老爷回来，再听他吩咐。”也有暗暗的溜了的，也有假装着受伤的，一瘸一拐出门去了。

单提艾虎、徐良直赶飞毛腿高解。高解手背上钉着大枣核钉子，咬着牙拔将下来，仍然是跑。论腿底下真快，徐、艾二人绝赶不上。赶来赶去，瞧着头里有个大土岗子，就是乌龙岗。追的过了这乌龙岗，头里还有一道小土岗，直奔土岗。艾虎在徐良后，徐良说：“这位大哥，咱们不要这么追。这是我追他，你追我，追一天也追不上。你打那边追，我打这边抄近；或是你打这边抄，我打那边追，可就追上了。”艾虎一听好个主意！果然艾虎由北边一抄，徐良打这边一跟，绕过这一段小土岗儿，去一碰头，艾虎一瞧是徐良，徐良一瞧是艾虎，高解踪迹不见。二人纳闷，这是什么缘故？艾虎说：“这位大哥，你追的人哪？”徐良说：“真个是，瓮里走了鳖了！怎么把他追丢了。”又说：“这位大哥，随我来，倒要细细找找。”艾虎跟着，也是目不转睛地四下张望。就见徐良手中拿着刀，往土坡上“噗哧”一扎，往上一撩，里头是个黑忽忽的大洞，原来是贼洞呀！

各人都有个便道，在乌龙岗的头里。他这个小土岗，是拿砖砌的，留出一个洞门来，横担上一根过木，过木上钉上一领席子，洞门多大席子多大，熬一锅小米粥，倒在席子上，为是趁着粘糊把黄土撒上。这个土岗也是用黄土堆起来的，使人打外边一看，一点痕迹不露。高解自来有他的暗记，两边可是相通的。叫他们追的无法，钻在洞里，反由西边出来，逃窜性命。

徐良看出一点破绽，就是扎席子。他见了这黑洞，说：“这小子钻了狗洞了。”艾虎说：“待我进去捉拿。”徐良一把抓住说：“这位大哥，你好粗鲁。他在暗处，咱们在明处。他要打那边走了还好，倘若就在里边，咱们是甘受其苦。”艾虎点头说：“大哥言之有理。”二人复从西边一看,也是一个大洞,方才知道高解已逃命去了。这才彼此对问。艾虎说:“这位大哥贵姓高名,仙乡何处?”书不可重叙。徐良说了自己的姓名,籍贯,艾虎赶紧过来磕头说:“原来是大哥。”徐良又问艾虎,艾虎把自己名姓事情说了一回。彼此说起,可不是外人。艾虎又问徐良的来意,徐爷也就把推铁找天伦事说一番,又问了天伦近来的事情,艾虎也就告诉了一遍,二人就回来了。

到了店中,与胡乔彼此都见了,叫开了上房门,见苏相公,把暗地保护他的话说了一遍,苏相公致谢众位。徐良找了刀鞘儿,此时店中小贼全都跑的干干净净,随即找了个地方,就说他们几个俱都跟随大人当差的,奉谕拿贼,所有活着的、死着的都交地方官办理,连李、刘、唐、奚一并交官。几位议论,一路走一路问地方:“由此处奔武昌府,上湘阴县,打哪里分手?”回答:“前边有个黄花镇,东南是武昌,正南是湘阴。”艾虎说:“徐大哥,你在黄花镇等我,我到娃娃谷,得信回头找你。倘遇不见那位老人家,咱们一同上武昌。”次日艾虎起身找大人去了。

欲知后事如何,且听下回分解。

第六十回　朋友初逢一见如故　好汉无钱寸步难行

且说艾爷大众把乌龙岗事办完，苏相公与众位道劳，艾虎上娃娃谷，胡、乔、徐推着小车上黄花镇。本地面官审事验尸抬埋，将店抄产入官，暂且不表。

且说未定君山之先，跟大人的众位侠义，俱有书信回家。卢爷的信到陷空岛，丁二爷的信到茉花村。陷空岛卢珍接着天伦的信，回明了母亲。老太太将卢珍叫过去问话，说："你天伦的信，倒没提你五叔的生死么？怎么家人们都说五叔死了哪？你天伦如今年迈，五叔要是一死，他必然要十分想念。破铜网阵，你天伦要有些差池，那还了得！我意欲差派吾儿速奔襄阳，为娘放心不下。"卢珍说："差派孩儿上襄阳，娘亲放心不下，我到茉花村找我大叔问问，我大叔去不去？我大叔要去，我们爷俩个一同前往，娘亲意下如何？"老太太说："好，我儿急速前去，为娘在家听信。"卢珍随即辞了娘亲，到了茉花村，见了丁大爷，原来丁大爷，也见着二爷的书信，正欲前往，卢珍提了自己的事情，大爷很愿意，就叫他回到家中。他对老太太说明，拿着自己应用的东西，辞别了娘亲，到茉花村与大爷一路起身。

爷两个上路走了八里，忽然看见前面有个镇店。进了镇店一看，路北有许多人围着瞧看热闹。这爷两个分着众人，到里边看看。内中有人说："这可好了，茉花村大爷到了，别打了，了事的人来了。"一看，原来是一个饭铺，却是新开张，挂着大红的彩绸，有许多人拿着木棍在那里打人。看这个挨打的是个穷汉，穿着条破裤子，连打带撕，扯成粉碎。瞧这个大汉，站起来足有一丈一二，头发长长，挽起一个疙瘩揪儿，短的扎扎蓬蓬。他两道浓眉，一双怪眼可是闭着哪！狮子鼻，翻鼻孔，火盆口，栗子腮额，一嘴的歪牙，七颠八倒，生于唇外。通身到下，就和地皮一样黑。卢珍一瞅，就知道是个落难英雄。你道是谁，这就是彻地鼠韩彰的螟蛉义子。姓韩，叫天锦，外号人称霹雳鬼，乃是黄州府黄安县人。皆因是韩二爷书信到家,此人天生的浪漫,忠厚朴实,生就膂力过人,食量太大。他原本是万泉山的人,在打柴的韩老跟前,皆因父母一死,有几亩地,也叫他吃完了。瞧见谁家烟囱一冒烟,进去就吃人家饭去,不怕人家要打他,他吃他的。后来合村人冤他,叫他出去打杠子去,遇见官人把他办住,发边军,有人说合就完了。

这天又出去打杠子,打着公孙先生。先生瞧他是个好汉子,给了他一条明路,教他上白鹤寺。到了白鹤寺,遇见韩彰,蒋平出主意,叫韩彰认为义子。韩彰作了官,打发他回家。到家也无人缘,头一样说话就得罪人,二则饭量太大,又打发他上襄阳,带了许多银子,始终没有找到襄阳府去。忽然想起问路来了,见一人说:“站住,小子。”人家一瞧他这个样子,夜叉相似,说:“你要拦路打抢!”他说:“老子上襄阳,往哪里走?”人家说:“往西。”他一撒手,把人摔倒。他也不认的哪是西,走着走着,他想起来了又问,见着人抓住:“小子,站住!”把那人吓一跳,说:“我不欠你的。”他说:“老子要上襄阳,往哪里走?”那人说:“往北。”一撒手又把那人摔倒,爬起来就跑。照这样问路,走一辈子也到不了襄阳。银子花完了,帽子卖了,靴子换了鞋,衬衫带子全完了,直落的剩下了一条裤子,三四天什么没吃。大丈夫万死敢当,一饿难挨,两眼一发黑,肚子里乱叫,举目无亲,一想还是打杠子去吧!又怕坏了爹爹的名姓。“哎哟,有了,这个顶新的门面,我进去吃一顿饭,吃得饱饱的,没有钱他必打我,合着叫他打我一顿。我不说名姓,也坏不了爹爹的名气。”主意已定,进了饭铺。

新开张的买卖,人烟稠密,出入人太多,过卖就轰:“讨要吃也没眼力,说你在外头等着去吧!”他就坐在板凳上了。过卖说:“咳,你是干什么的?”他说:“你们这是干什么的?”过卖说:“我们是卖饭的。”韩爷说:“我是吃饭的。”过卖一瞧他这个样儿,哪有钱哪?说:“你吃饭要钱哪?”韩爷说:“钱多着哪!”过卖问:“在哪里?”回说:“咱们爹爹那里有银子。”过卖不敢担这个沉重,过去问了问柜上,柜上说:“自管叫他吃饭,东家有话,每遇没钱的强要写账,打他两三下子就好了,这就叫‘敲山镇虎’。”过卖得了这句话回来,问他:“吃什么呀?”回说:“吃饼。”过卖说:“饮酒?”回说:“不饮。”又问:“要什么菜?”回说:“炖肉。”又问:“要多少饼?”回说:“十五斤。”过卖说:“几个人吃?”韩爷说:“一个人,不够再要。”过卖说:“有饿眼没饿心,你几天没吃饭了?”韩爷说:“三天了。”过卖说:“要多少炖肉?”回说:“十五斤。”过卖说:“这炖肉不论斤,论碗。”“我要十五斤么!”“我给你一碗一碗的往上端,哪时够了我就算完。”“饼可要十五斤,烙成一个饼。”过卖说:“我们这不行,没那么大饼铛。”又问:“多大一张?”“半斤一张。”说:“那么烙他三十张吧！还是十五斤,你怎么算来呀!”“我给你往上端吧。几时吃饱了,几时算账。”往上一端饼和炖肉,各饭桌上不顾吃饭了,连楼上都下来了,瞧着韩爷吃饭。四张饼一卷,嘴又大,吃四五口剩一块,往里一填,一瞪眼,一龇牙,二斤饼就入肚了。一大碗炖肉,拿筷子一合弄,也不管肥瘦,一爬拉就完了,净剩汤。虽说吃了没十五斤饼,没十五斤肉,也差不许多的。过卖说:“你饱啦!”韩爷说:“将就了吧。”“给你算算账。”韩爷说:“不用算,给你十两银子吧。”过卖暗说:别瞧穷,真开通。“你把银子拿来吧!”“这会没有,你看我身上哪有银子?”过卖说:“你打算怎么样哪?”“告诉过你,我爹爹那里有银子,去取呀!”“哪里取去?”“上襄阳。”“我们不能上那么远去。”“你说不能上那么远去,可没法子了,那怎么办哪?”过卖说:“你说怎么办,咱就怎么办。横竖你没钱不行。”韩爷说:“非跟了去取,再不然你们就打几下吧,你们不是要打吗?”过卖说:“你存心卖打来了。”早有掌柜的过来说:“买卖冲你不作了,上门上门,打他!”韩爷往外就走,扑通躺在门的外头。伙计说:“他没走,躺在外头了。”掌柜的吩咐:“打他!”净是木棍,没有铁器,早就吩咐好了的了。净打下身,打的是一语不发,打着叫他央求,叫他叫。瞧热闹的人,如压山探海围上了。掌柜的是要个台阶下来就完了。

这么个时刻,正南上一乱,大官人卢珍外面进来。卢珍过去瞧韩天锦,问掌柜的来历。韩天锦睁眼一瞧,公子卢珍品貌不凡,粉融融的脸面,一身银红色的衣巾,肋下佩刀,武生相公的样,见他笑嘻嘻问道:“这位大哥为什么在此挨打?”韩天锦说:“我吃完饭没钱,他们就打我。他们说,打完了就不要钱了。”卢爷说:“大哥,你姓什么,哪里住?”韩天锦说:“我住在黄州黄安县,姓韩叫猛儿。”卢爷问:“我提个人,你认得不认得? 姓韩,单名一个彰字,人称彻地鼠。”韩天锦说:“哎哟,那是咱们爹爹。”卢珍说:“我再提个人,你认得不认得? 陷空岛卢大爷。”韩爷说:“那是我大大爷。”卢珍说:“原来是大哥,请上受我一拜,你怎么落到这般光景?”韩爷说:“一言难尽。你是谁呀?”卢爷说:“方才提陷空岛姓卢的,是我天伦。你不是韩二叔跟前的大哥吗?”韩爷说:“哎哟,你是兄弟。”卢爷说:“我给你荐个人,茉花村姓丁的,你听见说过没有?”韩爷说:“我的丁大叔,我的丁二叔。”卢爷说:“这就好办了。过来,你见见,这就是茉花村丁大叔。”丁大爷一瞧:“嘿,好样子,怪不得他们说长得凶猛,今日一见,果然是威风。这还没有衣服呢,要有了衣服,更是英雄的气象了。”韩天锦冲着丁大爷磕了几个头。丁大爷把他搀起来。卢爷说:“这就是我韩二叔跟前的韩大哥。”大官人拿出银子来,给了柜上钱。柜上再三不要,就给了伙计们作酒钱了。丁大爷带着韩天锦回家更换衣服,一同上襄阳。

欲知后事如何,且听下回分解。

第六十一回　因打虎巧遇展国栋　为吃肉染病猛烈人

且说韩天锦到了茉花村丁大官人家中,在外面等着给他拿出衣服来换上。虽然不合身体,暂且将就穿上。再叫人出去买办,买了合身体的衣服、头巾,靴子,带子,洗了脸穿戴起来,更是英雄的样子了。带着到里边见了见女眷,择日起身。起身的时节,多带银两。道路之上,为了难了,韩天锦睡觉不起来,叫不醒,怎么打他也不醒,故此就耽延了日期。这日往前正走,忽然间进了山口,到了山里头一看,怪石嵯峨,山连山,山套山,不知套出多远去才算尽。在山里头走路,倒也没什么坑坎,一路平且坦。大官人说:"此山我看着眼熟,好像百花岭,要是百花岭,咱们这块儿还有一门亲戚呢!"卢珍问道:"大叔,什么亲戚?"丁大爷说:"就是你展三叔的两个哥哥,一位叫展辉,一位叫展耀。二位皆作过官,只因奸臣当道,如今退归林下,守着祖茔。他们祖茔就在百花岭,此处可不定是与不是?"

正说话间,忽然一阵风起,这风来的真怪,冷飕飕的透体,并且里头带着些毛腥气。卢珍说:"大叔,别是有什么猛兽吧?"丁大爷说:"我正要说呢!大家留神,各处仔细瞧看。"韩天锦说:"哈,你们瞧,好大猫,大猫,大猫。你们这里瞧来吧,好大猫!"卢珍说:"大哥哥,那不是猫,是只老虎。"卢珍、丁大爷都看见在山峰缺处,一只斑斓猛兽,每遇要行走之时,把身子往后一坐,将尾巴乱搅,尾巴一动,自来的就有风起,不然怎么虎行有风呢?久入山的人,或采樵或打猎,都会看风势。不然卢珍、丁大爷见风起的怪,又有毛腥气,就疑有猛兽。真是:

> 风过处,有声鸣。转山弯,现身形。它若到,百兽惊。拷山王,威名胜。蹿深涧,越山峰。八面威,张巨口。将身纵,吐舌尖,眼如灯。龇钢牙,烈而猛。

真个是:云从龙来,风从虎去。卢珍说:"哥哥会上树不会?"天锦说:“小时打柴,什么树不会上!”卢珍说:“急速找树,不然山王一到,就没处躲避了。”天锦说:“我为什么躲避?还要把它抱住呢!抱回家去叫他们瞧大猫去。”正说话间,就见那只猛兽走动,蹿山跳涧,直奔前来了。大爷、卢珍早就藏于树后,隐避身躯,亮出兵刃,总怕猛兽前来,就顾不得韩天锦了。焉知韩天锦迎着猛兽前来,乍扎着两臂,笑哈哈地嚷道:“这来,大猫。大猫,这来!”头前有段山沟隔住,天锦蹿不过去,只可就在东边等这只老虎。那知这虎耸身就蹿过山沟,又蹿起一丈多高,对着韩天锦往下一扑。卢珍就知道,大哥这个祸患不小。焉知韩天锦也算粗中有细,见虎冲着他往前一扑,自己一躬腰,也就冲着它往前一扑。老虎扑空了,老虎的前爪一空,天锦就把老虎的后爪攒住,用平生之力抡起这只老虎来,望山石上一摔,只听见咔嚓一声响亮,那虎呜的一声吼叫。再瞧韩天锦,把虎脑袋上皮毛抓住一手,把尾巴根揪住,连踢带打,那虎是呜呜的乱叫。踢了半天,索性他把虎骑上,一只手抓住了脑门子,一只手打老虎眼,噗哧的一声打瞎了一只。一换手,又把那只虎眼也打瞎了,那虎就成了一只瞎虎。又打了半天,竟把那只猛兽打得绝气身亡。这虎可也不大,并且已经是带过伤咧!也是天锦的神力,这才将它打死。可把大官人与卢珍瞅了半天,连话也说不出来。暗道:天锦有多大的膂力!霹雳鬼见虎不动,说:“这个大猫不动了,我该抱去叫他们瞧去。”卢珍说:“不要,谁也不瞧那个。”

正说话间,就见西边山坡上有一个人嚷道说:“呔,那是我们的猫。”卢珍说:“我打着就是这,韩大哥管他叫猫哇,还有叫猫的哪!”瞧这个人身量不甚高,头上高挽发髻,身穿青缎短袄,腰紧钞包,青缎裾裤,薄底靴子。黑挖挖的脸面,四方身躯,粗眉大眼,声音宏亮。他说是他的大猫,随即跑下山来,走山路如踏平地一般。看看走到这段山沟,喊道:“那个大小子还我猫!”卢珍说:“哥哥给他吧!”韩天锦说:“便宜他,黑小子过来取。”那人说:“大小子,你给扔过来。”天锦就把那只虎抓起来。卢珍说:“哥哥扔不过去,山沟太宽,叫他过来取吧!”韩爷偏不听,一定要扔将过去。卢珍怕的是扔不过去,掉在山沟里头,不好去捡,又叫他人耻笑。韩爷哪里肯听,离山沟不远,提着这只虎悠了几悠,往前一跑,“嗖”的一声,竟自扔过去了。卢珍与大官人更觉着吃惊。那人说:“呔,我那是个活猫,这是个死猫,我不要,要我的活猫。”天锦说:“就是死猫,没有活猫。”那个说:“我要定活的了。”天锦说:“要活的你扔过来。”那人说:“使得。”“叭嚓”一声,照样又扔过来了。天锦提起来说:“就是这个,爱要不要?”“嗖”的一声,又扔过去。那人复又扔过来说:“没有活猫,你别走了。”韩天锦说:“可以,你过来,黑小子!”那人说:“使得,你那里等着吧!小子。”就见他顺着山沟,往南就跑。

不多一时,就在沟的东边,由南跑来。丁大爷看见两个人撞在一处,伸手要打。就见西北上有人嚷道:“少大爷又和人打架哪,员外爷来了!”那人说:“别打了,别打了,咱们员外来了。”一伙人看看临近,内中有一个员外的打扮,高声嚷道:“原来是丁大弟到了。”大官人告诉卢珍说:“这是百花岭,我们亲戚来了。”看看来到山沟,说:“大弟从何而至?你在那边略等,待我过去。”往南原有一个搭石桥儿,不多一时,来到面前。大官人过去行礼,早被展员外搀住,说:“怎么过门不入,什么缘故?”丁大爷说:“我连一个人没遇见,我看着像百花岭,正同我侄子这里说哪!给大哥见见。这就是卢大哥之子,他叫卢珍。这是你二叔。”卢珍说:“二叔父在上,侄男有礼。”展员外说:“贤侄请起,怪不得说将门之后,名不虚传。”大官人说:“呔,你也过来见见。”天锦说:“见谁呀?”大官人说:“这是你二伯父。这是韩二哥的义子,他叫韩天锦。”韩爷就跪下磕头,展二爷说:“这真是英雄的气象。我空有儿子,直不好给见。国栋过来见见,这是你丁大舅,过去磕头。”国栋给丁大爷磕头。展爷又说:“再给你卢大哥、韩大哥见见。”彼此对施一礼。展二爷往家中一让,大家一同前往,拐了一个山弯,就到了一所庄院。

进了大门二门,到厅房,落座献茶。员外问:“你们爷儿个意欲何往?”大官人就把始末根由细说一遍。又问卢珍文才武技,皆都是应答如流。展二爷叹息了一声:“大弟,你看人家儿子什么气象,看你那个外甥,方才你也见过,连一句人话都不会说。”大官人更觉叹息说:“我倒想要那么一个,还没有哪!哥哥别不知足了,有子万事足。”员外吩咐摆酒。虽在山中居住，倒也是便当。把酒摆好，吩咐请韩公子。谁知韩天锦不见了。哪里去了？家人说同着少大爷在西花园里吃烤虎肉哪！展员外说：“快把韩公子请来，人家比不得咱们家里大爷，吃那个东西，消化不动，请他这里饮酒来。”去不多时，回来说：“韩公子和少大爷，吃烤虎肉，吃的对劲，商量着要拜把子哪！我们一定要请，要把我们的脑袋拧下来。”大官人说：“既然那样，也就不叫他来了。他们二人对劲，倒很好。”然后大家用酒，直吃到二鼓方散。安排他们在西书房安歇，预备的衾枕，整整齐齐。霹雳鬼与打虎将，他们是一见如故。原来回来的时候，他们就岔了路了，把虎扛回来，吃开了烤虎肉。天锦本没吃过，起先吃着不得滋味，嗣后越吃越香，吃了个十成饱，人家与他预备茶，他都不喝，非饮凉水不可，把凉水喝了无数。大官人叫本家家人，把他找到书房，进门就睡。展员外也陪着在书房安歇。天到三鼓后，大家才安歇。天到五鼓，霹雳鬼大吼一声，众人一看，谁知天锦把眼睛一翻，四肢直挺。

若问什么缘故，且听下回分解。

第六十二回　打虎将有心结拜　卢公子无意联姻

且说人看不得怎么坚壮，都架不住生病。天锦天然生就了的皮糙肉厚，天然神力。虽生贫苦人家，究竟日后造化不小，烤虎肉就凉水，焉有不病之理？睡梦中就觉着内里头着火一般，大吼了一声，眼前一发黑，头颅一晕，复反躺于床上，把大家惊醒。灯烛未息，大家一看，见天锦眼睛往上一翻，四肢直挺，呼唤了半天，一语不发。众人一怔，展二老爷叫家人赶紧请大夫。

不多时请来，进书房与天锦诊脉。大夫说，就是停食，开了个方儿。大夫去后，天已光亮。抓了药来煎好，叫他吃将下去，拿被窝一盖，出了身透汗，立刻痊愈。就是一件，好的快，重发的快，什么缘故？病将一好，还是大吃大喝，别人拦挡不住。一顿就重发，又请大夫，又是一剂药就好。一连重发了六七次，可急坏了打虎将了，每天进来瞧看。卢珍也是着急，惦念着襄阳天伦的事情，心中烦闷。天锦哥病势老不能愈，又不能将他扔下走了。可巧国栋进来说："我大哥还没好哪？"卢珍说："没有呢！"国栋说："好容易交了个朋友，又要死；卢哥哥你会本事不会？"卢珍说："不会。"国栋说："你怎么不叫我丁大舅教教你。"卢珍说："我笨啊！"国栋说："你要爱学，我教教你。"卢珍说："可以，等等着，有工夫的时候跟你学学。"国栋说："咱们这就走，上花园子，我教教你去。"卢珍虽不愿意，也是无法，叫国栋揪着就走。无奈何，跟着到了花园子。

卢珍一想，也是闲暇无事，一半拿着他开开心。那个国栋本是个傻人，就把两根木棍拿来，说："我先教给你泼风十八打。"卢珍接过棍来，说："我可不会，咱们混抡一回，谁打着谁，可不许急。"国栋说："那是我净打你。"卢爷说："你打死我都白打。你要打着我，我倒跟你学；你打不着我，我才不跟你学。"国栋说："那么就打。"卢珍拿起棍来，见他也不懂得什么叫行门过步，劈山棍打将下来。卢珍用棍一支，国栋换手一点，卢珍斜行几步，往外一磕，撒左手，反右臂，使了一个凤凰单展翅，又叫反臂倒劈丝。听见“叭”的一声，正中在国栋的后脊背上。“叭叭叭”削出去好几步去，几乎没栽倒。国栋说：“唔呀，你别是会的吧？”卢珍说：“我不会，先就说明了，我不会。”国栋说：“再来。”卢珍说：“咱们就再来。”又是照样，两三个弯，仍然照样，受了一个扫荡腿，扑通一声，摔倒在地。卢珍微微一笑说：“兄弟起来。”国栋说：“我不用起来了，我给你磕头，你教教我吧！”卢珍说：“不会，我教给你什么？”国栋跪下不动窝，非教不行。他闹得卢珍无法，说：“是了，等着有工夫我教你。”国栋说：“咱们两个人拜把子，你愿意不愿意？”卢珍本不愿意，又一思想，倘若闹的到展二叔耳朵里去，凭人家这个待承，要不与人结义为友，也对不住人家。再说国栋也是个好人，这个把子也可以拜的，随即点头。国栋说：“就在这里拜。”折了三支树枝插在地上，两个人冲北磕头。卢珍大，就跪在太湖石前，说：“过往神祇在上，弟子卢珍与展国栋结义为友，从此往后，有官同作，有马同乘，祸福共之，始终如一。倘有三心二意，天厌之，天厌之！”磕了头。国栋跪下说：“过往神祇在上，弟子展国栋与卢珍结义为友，有官同作，有马同乘。这才是有打同挨呢！”卢珍说：“不对，没有个有打同挨，该当是祸福共之。”国栋说：“这才是有打同挨呢！”卢珍说：“没有这么句话。”国栋磕了几个头，转过来又与卢珍磕头。国栋说：“咱们这可就是把兄弟了。就是你作官，我也作官；你骑马，我也骑马；你吃好的，穿好的，我也吃好的，穿好的。”卢珍说：“对了，就是这么个讲儿。”国栋说：“倘若是有人见面就打我骂我，你当怎么样哪？”卢珍说：“你我生死之交，我的命不要了，必然要与你出气。”国栋说：“此话当真吗？”卢珍说：“要是假的，你别叫我哥哥了。果有这样人欺负你，我不与你出气，我是畜生。什么人欺负你，说吧。”国栋说：“这个人就在咱们院里住。”卢珍说：“必是恶霸。你带我去，要死的要活的，就听你一句话。若要将他要了命，还是我出去偿命，与你无干。道是姓什么呀？”国栋说：“就是我姐姐。”卢爷一听说：“呸！你胡说。我当是谁，原来是你姐姐，亏了你是与我说，要与别人说，叫人家把牙都笑掉了。你邀人打你姐姐，你还算人么？

趁早别往下说了。你再往下说，我就不认得你了，你我断义绝交。”国栋说：“你打算我这个姐姐像别人家的姐姐哪？她与别人不同，力气大，棍法精，拳脚快，刀法熟。我们动起手来，我总得跑；不跑，就得受他的打；并且不放走，给她跪着。叫姐姐，亲姐姐，饶了我吧，再也不敢了，这才叫走哪！见头打头，见尾打尾，我实无法了。各处找人帮我打她，总没有能人。我看着我天锦哥哥可以，他又病了。想不到哥哥你准能打他。有言在先，有人欺负我，你管，这你又不管我了。也罢，你爱管不管罢。你不管，我一辈子也逃不出来了，不如我死了，倒比那活着强。”

卢珍知道他是浑人，倘若真行了短见识，更不对了。无奈劝劝他吧，说：“兄弟，你想姐姐是外姓人，在家还能有多少日子，你再忍几年就得了。”国栋说：“你别管我了，我这就碰死，你去你的吧！”说毕又哭起来了。卢珍为难，心中想：有了，我冤他一回倒行了。我应着帮打，叫他把她诓来，我在山子后面蹲着。他叫我不出去，等他姐姐走了，我再见他，我说：“我睡着了。”自要哄他过了一日半日，我们一走就完了。想妥了这个主意，说：“兄弟，别哭了，我应了，帮着你打，还不行吗？”国栋听说道：“你管了？”卢公子说：“我管了。”国栋说：“我也不哭了，你真是我的好朋友。我去诓她去，你在山石后等着，我将她诓到此处之时，我叫‘救兵何在？’你在山子石后面出来说：‘好大胆！欺负我的拜弟，我打你这个东西！’你打他，叫她叫，不叫，还打。我也叫她叫，不叫再打，就给我出了气了。”卢珍说：“你快去呀！”国栋说：“你可得言要应典哪！不然我走了，你跑了，我救兵不在，那可害苦了我了。那可是她打的，明天去她还打哪！我可得死给她瞧。你要走了，我是个王八，我可不敢骂你。”卢珍无法，只有等着。

国栋的姐姐，乳名叫小侠，本是展辉之女。展耀就有一子，是国栋。大太太先死的，大员外后死的，病到十分，叫姑娘过来与叔父婶母叩头说：“从今后不许叫叔父婶母，就叫爹爹娘亲。你们夫妻可要另眼看这苦命的孩儿。”二员外夫妻说：“哥哥放心，我们待她，要与国栋两样心肠，我们不得善终。大爷，姑娘给什么人家？”大员外说：

“一要世代簪缨之后，二要人家善静，三要文有文才，四要武有武工夫，五要品貌端方，六要本人有官职。”二员外一听，就知道太难了，说：“大哥，若有一件不全，给不给？”大员外“嗷”的一声，咽了气了。大家恸哭发丧。办事将完，二太太又死了，也把事办完。姑娘带着两个小丫鬟，学习针黹，描鸾刺绣，早晚的舞剑，打袖箭，全是展家家传。国栋可不会，每遇姐俩交手的时节，国栋必败。姑娘比他强的多多，力气可没他大，用的巧妙，国栋输了，姑娘叫他求饶。每遇动手，回回如此。国栋忌上了小姐，本要邀天锦，天锦又病了。如今见卢珍又强多了，定好了计，自己到姑娘的院内叫阵。姑娘出来，短衣襟，手拿木棍，说：“你这几日没受打之过吧，又来了。”国栋说：“我拜了老师了。你不行了，快给我磕个头吧！我就饶了你。”姑娘大怒，二人交手不到十个回合，小爷就跑奔西花园子而来。姑娘在后，进了花园，与卢珍见面。

欲知后事如何，且听下回分解。

第六十三回　小爷败走西花园内　公子助拳太湖石前

诗曰：

城头叠鼓声，城下暮江清。

欲问渔阳掺，时无祢正平。

且说展国栋去到姑娘香闺绣户，以比棍为名，把小姐诓将出来，先比试了几下，败走西花园内。进月梓门，直奔太湖山石。姑娘在后面追赶。他冲着太湖石嚷喝说："呔，救兵何在，救兵何在？"姑娘一听，不敢前去。心中暗道：这孩子是不是外边勾了人来？倘若外边勾进人来，自己抛头露面，没穿长衣服，就是这样打扮，漫说是男子，连妇女们都不好意思见。倘若叫叔叔知道，数说自己几句，那时怎了？国栋本是一个浑孩子，他真许外头勾进人来，不如早早回避为是。国栋连叫救兵，回头又叫："姐姐，你怕了我了。是好的回来，我这有救兵，你敢来么？从此你就永不用和我夸嘴了。"姑娘听他这一套话，不觉的气往上一冲，又见国栋冲着太湖石叫了半天，并没人答应。自己忖度：别叫这个傻子诓我一句话，就把我吓跑了。国栋是个傻人，他在外面一嘲笑，我岂不被外人耻笑？

这些姑娘，都是骄傲的性情，何况她是一身的工夫，那性情未免更显着骄傲了。自己一反身，又追下国栋来了，说："你这孩子，这个打今天是没挨够哪！你叫什么救兵？若不叫救兵，我倒饶了你。今天冲着你这个救兵，连你带这个救兵给我跪下，我都不饶。"随说随追，国栋就跑，冲着太湖石大嚷："救兵何在？救兵快些出来，不然我要不好了。哎哟！救兵跑了，你可害苦了我了。"姑娘听着喊救兵喊得紧，又收住了步了。姑娘看太湖山石后，并无一人，又追，追到身临切近，国栋真急了，说："救兵再不出来，我可要胡骂你了。"姑娘说："今天你倒不要紧，我倒看看你这救兵，是项长三头，肩生六臂？"国栋又说："你不出来，连我姐姐都要骂你啦！"卢珍实忍不住了，本是装瞌睡，一听要骂，可就忍不住了；再听姑娘说话又太大了点，连国栋带救兵给她跪着，她都不饶。本来无心与姑娘交手，被这两句话一挤对，把卢公子的火，挤对的就发躁起来了。单手提那根齐眉棍，往上一抬身躯，朝对面一看，原来是一个十七八岁的姑娘，追赶国栋。她短打扮，头上乌云，有一块鹅黄绢帕罩住，并没戴定花朵，也没有钗环镯钏。穿一件玫瑰紫的小袄，葱心绿的汗巾，系腰双桃红的中衣。三寸窄小的金莲，一点红猩相似，粉面桃腮，十分的俊丽。手中提一根齐眉木棍。卢公子故意断喝一声说："呔，什么人？大胆敢欺负我的拜弟来。来，来，与公子爷较量三合！"姑娘猛然间，见太湖山石后显露一人，小姐立住脚。但见这位相公，头戴银红色武生巾，银红色箭袖，香色的丝带，靴子、衬衫俱被太湖石挡住。往脸面上看，粉融融一张脸，两道细眉，一双长目，皂白分明。鼻如悬胆，口赛涂朱，牙排碎玉，大耳垂轮，细腰窄臂，双肩抱拢。姑娘一照，羞了个面红过耳，拉棍回头就走。国栋在旁边说："救兵，打！打！打！别叫她跑了，快追打。姐姐，你可栽了跟斗了，就会欺负我，今天可叫人家追跑了，明日再别和我说嘴了。"姑娘出花园，回到自己的香闺绣户。国栋仍是后面追来，说："你敢上后花园里去吗？"姑娘回头叫："兄弟到我屋里来，我与你讲话。"国栋不敢进去，就在院里站着，拿根棍子，说："我就在这里等着你，你几时也给我跪下，我才饶你。"早有丫头接了棍，进去问小姐："怎么，今天大爷得了胜了？"姑娘说："你少说话，请大爷进屋里来。你告他，只管进来，不是诓着打他，有话和他说。"国栋方敢进来，说："姐姐，你不是诓到屋里打我去。"姑娘说："你只管进来，我有话和你说。"国栋到了里面说："姐姐，什么事？"姑娘说："兄弟那边坐下。"国栋说："什么事？姐姐，你说吧！"姑娘说："你我姐弟有什么仇恨？"国栋说："咱们没有什么仇恨。"姑娘说："既没有什么仇恨，你为什么叫外人打姐姐来。"国栋说："就为你屡次三番打的我实在难受，我老不能赢你，故此我才找了一个助拳的。他也不是外人，他是我的盟兄。"姑娘说："你我姐弟是亲姐们，你打了我也不要紧，我打你也不要紧。难道你竟把姐姐恨上了。好兄弟，你真不错，我真疼着了你了。我就是告诉爹爹去。我问问爹爹，你是哪里约来的人，我就是叫爹爹打你，我也打不了你。”说罢就哭，把国栋吓了个胆裂魂飞，就与姑娘跪下说：“好姐姐，千万可别叫爹爹知道，我再也不敢了。”他也明知，要叫他天伦知道，必把他打个死去活来，故此苦苦央求姐姐。其实姑娘是怕他告诉，故此拿厉害话把他威吓住，就省的爹爹知道了。倘若员外知道，数说自己一顿，是死是活，叔叔比不得婶母，婶母数说一顿不要紧。想着把傻小子安置住了就得了。不想外头，还有人泄漏。那卢珍虽然见着姑娘，见姑娘脸一发赤，回头就跑，国栋就追。卢珍哪里肯追，见他们姐弟跑了，把棍子一扔，奔东院来了。

回到屋中，看韩天锦的病势，已好到八九成。重发了好几次，都由食上之故。这也知道喝点粥了，看看痊愈，正对着大官人和二员外在里头讲话。少刻，大官人出来，进了书房。卢珍站起身来说：“大叔哪里去来？”大官人说：“上里边和你展二叔谈了会子话，看了会子闲书，要和我着棋，哪里我有闲心与他对弈？不然你上里边去，与你展二叔着两盘棋，到也罢了。”卢珍说：“叔父既无闲心着棋，难道说，侄男就有那样闲心？侄男恨不得这时就到襄阳，见着我天伦才好。”丁大爷这也就不便去了。丁大爷又过来看了看天锦，就见卢珍在那里坐着，忽然嗤的一声笑了。大官人问卢珍说：“你方才笑什么来着？”卢珍回答：“侄男并没笑。”丁大爷说：“莫非你有什么心事吗？怎么连笑你都不知道哪？”卢珍说：“侄男情实的没笑，必是叔父听错了。”大官人随即也就说：“大概是我听错了。”慢慢的察言观色，净看着卢珍，仍是如有所思的样子，待了半天，又嗤的一声笑了。大官人说：“这你可就不必隐瞒了，有什么心事，快讲上来。”卢珍情知隐瞒不住，就将拜把子，见着人家姑娘，一字不曾隐瞒地细述了一遍。丁大爷一听一笑，问：“你看见这个姑娘品貌如何？”就把卢珍羞的是双颊带赤，一语不发，只是低着头害羞。究竟是古时年间的人，这要到了如今，我国大清，不用叔伯父问，自己就要讲论讲论，再说是什么样的英雄。大官人忽然心想，顶好的一门亲事，我何不与他们两下里作个媒人。想罢复又到里边，面见展二员外，仍是落座献茶，大官人说：“我自从到了家中这些日子，未曾见着姑娘，倒是把外甥女请过来见见。”二员外点头，立刻把姑娘请到。启帘而入，一看姑娘，怎见得，有赞为证：

丁大爷，观对面。但只见，一启帘，进来了一位姑娘，貌似天仙。艳丽无双多俊俏，闺阁的女子，稳重端然。透出了，正色颜。绿鬓垂，珠翠鲜，麻姑髻，乌云挽，拟着个，碧玉簪。趁着那，珠儿又圆圆，翠儿又鲜鲜，花朵儿颤颤。穿一件，对领衫，衬衫上，绣牡丹，百褶裙，遮盖严。准定那，裙儿之下是对秀美的小小金莲。梨花貌，芙蓉面；桃蕊的腮，似把笑含。鼻形正，如悬胆，配着那，耳上环。樱桃口，真是一点，不点胭脂，红里透鲜。两道眉，似春山；皂白分，星眸显。见了那丁大爷道了一个万福，欲前不前。

丁大爷看见了甥女小霞，方与展二员外说道：“姑娘几载不见，长成人了。”二员外道：“姑娘，你也不认的你大舅了罗！”姑娘回答：“不认识了。”深深道了一个万福，归后去了。大官人复又问：“姑娘可曾许配人家?”展二员外说：“我哥哥的遗言，六件事全，方才许配，差一件事不给，故此耽误。”丁大爷问：“哪六件事?”回答：“一要世代簪缨之后，二要人家善静，三要文才，四要武技，五要品貌端方，六要本人有官。”丁大爷说：“我作个媒人，就是卢珍，可称世代簪缨，家里就是三口人，文才武技，你是问过的；品貌，你是瞧见了；这一到襄阳，跟着大人，拿王爷回来，何愁无有官作！”展二老爷一听，喜之不尽，说：“大弟，我见面就有意，可不知定过姻亲没有？今天大弟一提，焉有不愿意之理！就此定妥。”丁大爷身边带定一块玉佩，作为定礼，二员外收将起去。丁大爷对卢珍说明，就把卢珍带将进来，与二员外行了礼，以后岳父呼之。合家人皆知此事，都与员外爷道喜。

万事皆是个定数，非人力所为。此事若非天锦染病，断断也成不了此事。亲事定妥，韩天锦的病体痊愈，告辞起身，直奔襄阳去了。

全珍馆闯祸，俱在下回分解。

第六十四回　黄花镇小五义聚首　全珍馆众英雄相逢

且说卢珍定了亲事，韩天锦病体痊愈，爷三个起身，直赴奔襄阳暂且不表。

且说的是山西雁徐良，同着闹海云龙胡小记、开路鬼乔宾，与艾虎分手，定下在黄花镇相会。徐良叫人推着小车，直奔黄花镇而来。一路之上，晓行夜宿，饥餐渴饮。这日，到了黄花镇，进了东镇口，道："这里有座饭铺，字号就是全珍馆。门口有长条桌子，长条板凳。"开路鬼叫道："哥哥兄弟，咱们在此吃会子酒吧，肚内觉着饿了。"徐良点头，就将小车放在门外，叫他们就在这桌子上要吃食物件。迎着门摆着三角架子，上头搭着块木板，木板上搭着个帘子，帘子上摆着馒头、面、粽儿、包子、花卷。为的是：卖力气的苦人，担挑推车的到了，有现成吃食物件。并且，那边靠着门旁有一个绿瓷缸子，上头搭着块木板，板上有几个粗碗，缸内是茶。里面人吃饭、饮茶，走了把茶叶倒在缸内，兑上许多开水，其名叫总茶。每有苦人在外头吃东西，就饮缸里的总茶，白饮不用给钱。

三人进了全珍馆，直往后走。到最后面，后堂迎面一张桌子。三位谦让了半天，胡小记迎面坐了。过卖过来，问要什么酒菜。要了一盆子醋。然后胡小记、乔宾要酒，要上等的酒席一桌。不多一时，罗列杯盘，酒已摆齐。三位畅饮。

正在吃酒之间，忽然有一骑马的来到。见那人下了坐骑，有铺中人将马匹拉将过去。此人下马，直奔里边来。问铺中人："可有雅座？"掌柜的说："没有雅座。"又问："可有后堂？"回答："有后堂，叫人家占了。"说："可能够叫他们腾一腾？"铺中人说："那可不行，全都有个先来后到。"又问："就是一个后堂吗？"回道："有个腰门。"那人说："待我看看。"隔着一层栏杆，那人说："这倒也可以。"出去打马上取出一个绿布口袋来，叫他们涮了一把茶壶，抓上把茶叶，把开水倒上，拿了四个小茶缸儿，就在腰门靠着西边那张八仙桌上，叫过卖净了桌面，西面放了一张椅子。

不多一时，听外面一阵大乱，一个个撇镫离鞍。有铺中人把马匹接将过去，就在铺面前来回的遛马。有一位相公，许多从人伴当，直是众星捧月的一般。但见这位相公，戴一顶白缎子一字卧云武生公子巾，走金边，卡金线，绣的是串枝莲。两颗珍珠，穿着鹅黄灯笼穗，在两肩头上乱摆。白缎箭袖袍，绣的三蓝色的大朵团花。五彩丝鸾带束腰，套玉环，佩玉佩，葱心绿衬衫，青缎靴子。肋下佩刀，金什件，金吞口，轧把峭尖雁翅势，钢刀悬于左肋。细条身材，面如美玉，白中透亮，亮中透润，仿佛是出水的桃花一般。两道细眉，一双长目，皂白分明，鼻如悬胆，口赛涂朱，牙排碎玉，大耳垂轮，细腰窄臂，双肩抱拢，暗隐着一团威风杀气。众从人拥护着来到后边，问道："在哪里烹茶？"那先进来的从人说："茶已烹好，现在此处。"那位武相公也往后看了看，就在西边八仙桌上落座。吩咐："快些拿茶来，好生燥渴！"那人赶紧地答言："是！"就斟出四半缸儿茶来，由靴桶儿掏出一把扇子来，就把这茶用扇乱扇，把茶扇得可口，说："请相公爷吃茶。"

徐良与胡小记说："大概此人家中不俗，这是行上路，还有这么大的款式呢！"胡小记说："看着这样，定然不俗。"将把茶要往上一端，听着外边大吼了一声，进来一人。这一声喊，半悬空中打了雷相似，好诧异！进来一人，身高一丈开外，一身皂青缎的衣服，面似地皮，进门来扑奔后面，说："我渴哪！渴哪！"冲着山西雁而来。徐良告诉过卖说："你先张罗这一个料半的身量去！"过卖迎出去说："你是干什么的？"你道此人是谁，原来就是霹雳鬼韩天锦，同着大官人、卢珍，正走到黄花镇东镇口外，说："我渴了！"卢珍说："这是个镇，店里面必有卖茶的。咱们到里面去找茶铺。"韩天锦一人先就进来。公子就怕他闯祸，谁想还是闯祸。将进镇店，他就看见全珍馆了，直往里走，嚷渴。过卖迎住问他。他说："渴了，我要饮水。"过卖说："门外头有现成儿的，你要事忙，拿起来就饮，也不用给钱。"韩天锦听见，一扭头，他就看见那个武生相公人家那里的茶了。他只当那个茶，拿起来就饮。那过卖说是门口儿那个缸里的茶，是天锦听错，也是过卖没说明白。事从两来，莫怪一人。韩天锦拿起人家的茶来就饮，一连四碗，人家焉能答应。

毕竟不知怎样闹法，且听下回分解。

第六十五回　愣汉子吃茶夸好　莽男儿喝汤喷人

诗曰：

真人塞其内，夫子入于机。
未肯投竿起，惟欢负米归。
云中东郭履，堂上老莱衣。
读遍夫贺倚，如君弟者稀。

且说韩天锦问过卖，他说："外头有现成的茶，拿起就饮。"天锦一看北边是里头，隔着一段栏杆，这必是外头了。他一看四个小茶缸，四半碗茶，从人才把它扇凉了。他过去伸着大手就要端茶，从人一拦，说："你好生无礼！"这句话未曾说完，就被武生相公拦住，打算着来人把茶饮完，道个致谢，也就完了。只见来人嘴又大，碗又小，茶又少，端起来噶的一声，几碗茶就没了。一叭哒嘴，就咽下去。来人说："好啊！"又端起来一碗，一连就是四碗。饮完了，又说："好啊！"转脸要走，被武生伸手拉住，说："呔，你这厮好生无礼！"天锦说："怎么无礼？"武生说："你方才饮这个茶好不好？"天锦说："我直说好啊！"武生说："好便怎样？"天锦说："好了给柜上传名。"武生说："是我的茶，怎么好了给柜上传名？"来人说："好小子！"武生回答："你骂哪？"来人说："我没骂你，我骂这个小子哪！他说外头有现成的，拿起来就喝，叫人家损我一顿。我就是打他个狗养的！"过卖吓的是浑身乱抖，说："大太爷等等，咱们可不许矫情。我说外头，是门外头，西边有个绿瓷缸，瓷缸上有块板，板上头有个黄砂碗，拿起就喝，也不用给钱。谁叫你拿起人家的茶来喝，人家岂有不说的道理！"天锦说："到底是你没说明白！"言还未尽，抓起过卖要打。武生说："大个，我看你有点不讲礼，不用欺负他！来来来，咱们较量较量！"

正说话间，卢珍打外边闯将进来，随后大官人也到。原来是他们见韩天锦到黄花镇，踪迹不见，直找到西头，又打西头找回，方才找到全珍馆。卢珍高声嚷道:“哥哥要和人打架,千万可别动手!”连大官人也到,一问怎么个缘故? 过卖就将所有的情由述了一遍。卢珍拿好话安慰了过卖几句,说:“你看我吧!”转头又问了问天锦。天锦说:“他说的不明! 他说外头,也没说哪个外头,叫人家损了我一顿!”卢珍说:“到处里就是哥哥你闯祸! 坐着吧,我过去给人赔礼去。”便对武生道:“这位大哥在上,小弟有礼。方才是我无知的哥哥得罪了兄台,看在小弟分上。他把尊公的茶全都喝了,我们也不敢说是赔了,我再给阁下斟出几碗来晾着就是了。”武生连连赔笑说:“岂敢! 岂敢! 我倒透着小器了。”彼此对施一礼。卢珍告退,归到东边紧着武生相公那张桌子落座,教说了天锦几句。然后过卖过来。倒给天锦赔了个礼。然后要茶。天锦说:“什么也敌不住人家的茶好饮!”卢珍一笑说:“哥哥还会品茶哪!”天锦说:“什么话! 那真好饮呀!”山西雁徐良说:“你看这个人,那么大个,他会没喝过茶?”乔宾说:“看他有多时开过眼?”胡小记说:“别看他料半的身量,我一低脑袋,他就得躺下。那个武生相公倒是个朋友,说话也真通情理,可就不知道姓甚名谁?”再听那边说的话,更奇怪了。就说这茶,天锦直夸这茶好。卢珍说:“怎么个好法?”天锦说:“饮的嘴里呀,那么香喷喷的,苦因因的,沈都噜的,甜深深的。”卢珍说:“你是净饮过凉水,没有饮过好茶。过卖过来,把你们里头那顶高的雨前茶,照着那边的样子,烹一壶来!”不多一时,烹了一壶来。卢珍把三碗斟上,过去又让了让那边武生相公。头碗递给大官人,二碗递给天锦,然后自己端起一碗,说:“哥哥尝尝这个茶怎么样?”天锦把茶端起来,噶的一声,一叭咂嘴,又一裂嘴说:“差多,差多!”卢珍问:“怎么差多呢?”天锦说:“饮的嘴里不那么香喷喷的,不那么苦因因的。”卢珍说:“别说了,叫人家听见耻笑!”大官人说:“这茶就很好。”不多一时,来了一个人,提着一壶茶,放在桌案之上,说道:“我家主人听着这位爷夸奖我们这个茶好,原本是打我家乡带来的茶叶,果然此处卖的茶叶敌不住我们带来的茶叶好,这是我家主人孝敬爷们的,些须小事,望乞笑纳。”卢珍说:“素不相识,这如何使得! 净是韩大哥夸好,叫那位尊兄送过来,这怎么答人家的情哪! 回去见你家主人替我们道谢。”说毕,复又冲着相公桌上一谢。大官人也就谢了谢。韩天锦就先把茶斟起来,一饮,说:“大叔,兄弟,尝尝这茶,到底是真好!”卢珍也就点头。大官人也说:“好! 怪不得他夸奖。”

少刻,那边武生相公过来说:“饭已要齐,请诸位在那边一同吃一杯酒吧!”大官人、卢珍都说:“不陪! 不陪! 少时我们饭也就要来了。大家两便吧,尊兄先请。”

不多一时,叫过卖来,也要了一桌上等酒席,摆列杯盘。卢珍与大官人俱到武生相公面前让了一让,复返落座,大家吃酒。卢珍虽是这边吃酒,不住的净看着那边武生相公。但见那相公端起酒来,长叹一声,复又放下,心中如有所思。从人们劝解说:“相公总得吃饭,怎么连酒也不饮了?”勉强着要了两碟馒头,让相公吃。刚吃了半个,也就放下。又给要汤,相公言不要了。从人一定叫过卖强要了一碗汤,是木樨汤。不多时汤到,相公叫看茶来漱口。

忽然由外面进来一人,背着个包袱,一身墨绿的衣服,壮帽,肋下悬刀,面如熟蟹盖一般,粗眉大眼,直往里跑。进门来就嚷:“饿了,饿了,我饿了!”正是过卖张罗着卢珍那边摆齐,又到后堂张罗着胡小记的酒饭。徐良说:“你看,打外头来了个饿的。方才来了个渴的,这又来了个饿的,瞧他去吧!”过卖将迎出来,那人已经到了后堂,说:“饿了,饿了,瞧有什么吃的,快些拿来!”过卖说:“要现成的这里没有。外头有现成的,拿起来就吃,有忙事吃了就走。”可巧过卖又没说明,始终又没提门口的外头,又遇见了个浑人。那人一想,那个栏杆里头是里头,栏杆外头是外头。转身又看见武生相公那桌酒席,直奔前来,到桌案之前,他也不管好歹,就把方才端来的那碗热汤,端起来就要喝。又是碗清汤,也没有油,也不冒热气,这人端起来就喝。头一口咕噜一声咽将下去,烫得心腹生疼,似乎这二口汤就不用喝了。嘴急,又把二口汤喝在嘴里,烫的噗赤一声,一口汤喷出,正喷在武生相公脸上,头巾衣服等处,无一不有。人家是新开剪,头次上身,崭崭新的衣服全给油了。武生气往上一壮,用手一指,说:“那丑汉这是怎样了?”那人哎哟半天说:“你说怎样?”武生相公说:“你赔我!”那人说:“你还得赔我!”武生相公说:“我赔你什么?”那人说:

"赔我舌头!"武生相公说:"我的汤,谁叫你端起来就喝?"那人说:"那小子他叫我喝的!"过卖早就吓的抖衣而战,过来分证这个礼说:"我叫你在门口外头,有个三角架子,上头有个木板,木板上有馒头、面、粽儿,拿起来就吃,谁叫你喝人家这个来!"那人一听,羞恼便成怒,抓起过卖就要打。里面三位英雄不服了。开路鬼乔宾就要出来,被胡小记拦住。山西雁说:"该这位相公倒运。饮茶,犯小人;吃饭又犯小人。"韩天锦也有了气了:"怎么人家的东西他拿起来就是吃。"卢珍说:"哥哥,你别说了!只许你拿起来就饮,不许人家拿起来就吃吗?"那武生相公就是泥人,也有土性儿,喝道:"那个小辈不用和过卖发横,你就是赔我的衣服!"那人说:"你就赔我的舌头!衣服有价,舌头没价!索性我也不冲着过卖说了,赔舌头吧!"小子随说着,上头一晃,就是一拳。武生相公一伸手接住,腕子底下一腿,那人便倒,复又起来。里外众人哈哈一笑。那人恼羞成怒,亮出刀来。

不知两个人怎样较量,且听下回分解。

第六十六回　卢珍假充小义士　张英被哄错磕头

且说那人羞愧难当,摔了个跟斗,大家一笑,不由气往上一冲,把刀亮将出来,往前一趋,对着那位武生相公就剁将下来。武生相公往旁边一闪,正要拉刀,那人早扑通躺在地上。原来是卢珍赶奔前来,抽手把腕子接住,底下一脚,那人便倒。卢珍将他搀将起来,说:"朋友,你在这边坐。"那人说:"什么事! 你把我趟个跟斗,给我刀来!"那刀早被卢珍拿将过去,递与大官人了。卢珍说:"朋友,你别着急。人将礼义为先,树将枝叶为圆。咱们都是素不相识,你们两造里我俱不认的。天下人管天下人的事,世间人管世间人的事。那有袖手旁观,瞧你们动刀的道理? 故此将你让到这边。论错是哥哥你错了,也搭着过卖没说明白。你也该想一想,你也该看一看。就有现成的,那有成桌的酒席给你预备着? 你也当问问再吃再喝才是。知错认错是好朋友。哥哥,是你错了不是?"那人说:"我皆因有火烧心的事。我两个哥哥在监牢狱中,看看待死,上武昌府找人,去慢了,我两个哥哥有性命之忧。故此听那小子说外边有现成的东西,我拿起来就吃。那个人既是他的东西,他就应当挡我才是,为何等我喝到口中,他方说是他的? 还叫我赔他的衣服! 他就得赔我的舌头!"卢珍说:"你就是不论怎么急,吃东西总要慢慢的,不然,吃下去也不受用。别管怎么,看在小弟的分上,你过去给他赔个不是。"那人说:"你不用管了! 他与我赔不是,我还不能答应呢!"卢珍说:"事情无论闹在哪里,总有个了局。你方才说有要紧的事情,此事不了,你也不能走。依我相劝,你先过去与他赔个不是,别误了你的大事。"那人说:"你住口吧,趁早别说了! 我这人是个浑人,任凭什么人劝解,我也不听! 此时除非有一人到了,他说叫我怎么办,我就怎么办。"卢珍问:"是谁?"那人说:"除非是我艾虎哥哥到了,别者之人,免开尊口!"卢珍暗笑,自思:冤他一冤,此人既认得艾虎,必不是外人,复又问道:"你怎么认得艾虎?”那人说:“我不认得,我哥哥认的。”卢珍更得了主意,说:“你不认的艾虎,你贵姓?”那人说:“我姓张,我叫张英。上武昌府找艾虎哥哥与我托情。”卢珍说:“你不用去了。这才是恰巧哪!我就是艾虎,外号人称小义士,正打武昌府往这儿来。你要上武昌府,还要扑空了哪!”那人一听,赶紧双膝跪地说:“哎哟!艾虎哥哥,可了不得了,咱们家祸从天降!”卢珍说:“咱们无论有什么事情,全有小弟一面承当。你先把这件事完了,再办咱们的家务。”张英说:“此事怎么办法?我可不能给他赔不是!”卢珍说:“论近是咱们近,你要栽了跟斗了,如同我抢了脸的一般。”张英说:“若非是艾虎哥哥你派着我,别人谁也不行。你叫我磕一百个头我还磕哪!”卢珍说:“好朋友,你这少待。”原来大官人劝解那位武生相公,人家是百依百随,连身上喷的那些油汤,尽都搽去,又打来脸水,把脸上洗净。卢珍过去说:“看在小可分上,我将他说了几句,带将过来与尊公赔礼。”武生说:“屡屡净叫兄台分心,不必叫他过来了。”卢珍随即将他带将过去,张英说:“若非我哥哥叫我给你磕头,不然,你给我磕头,我还不答应呢!”赌气子跪在地上磕了几个头。人家武生相公更通情理,也就屈膝把张英搀将起来,说:“朋友,不可计较于我。”卢珍也就给武生相公作了个揖,拉着张英往他们这座位来了。大官人也就给武生相公施了个礼,就奔自己的座位了。

卢珍听见后面有人说:“此事办的好!”有个山西人说:“好可是好,就是有点假充字号。”卢珍瞅了他们一眼,暗道:“这几个人莫非是认得艾虎?”自己重新又与张英说话:“你先坐坐,咱们有现成的东西,你先吃点。”张英说:“艾虎哥哥,我吞食不下。”卢珍说:“你不可叫我艾虎哥哥,我不姓艾,我与艾虎是盟兄弟。我带着你去找他去,我有地方找他。”张英一听,大吼了一声,劈胸一把揪住卢珍说:“你冤苦了我了!你就是赔我的舌头,赔我舌头!”卢珍说:“你这厮好不达时务!”用手把他腕子刁住一翻,张英扑通就跪在地下,被卢公子拧住他的胳膊问他:“怎么这么不通情理?”忽听见后面山西人说:“不用打了!真正艾虎来了。”大官人说:“好,卢珍,撒开他吧,艾虎来了!”就见艾虎慌慌张张往里就走,说:“我看见小车,我就知道你们在这里哪!”一回头看见了大官人、卢珍,艾虎一怔说:“大叔从何而至?”大官人说:“我们的事,少时再告诉你。你先见见你这个朋友。”艾虎过来与卢珍行礼。卢珍说:“你不认的这是谁吧?”艾虎说:“不认识。”卢珍说:“这是韩二叔跟前的韩大哥。”艾虎说:“不是天锦大哥?”卢珍说:“是!”艾虎说:“只听说过,没见过。”随即过来磕头,说:“小弟艾虎与哥哥磕头。”天锦说:“起来吧,小子!”艾虎说:“怎么哥们见面就玩笑?”卢珍说:“韩大哥不可!这是欧阳叔叔的义子,智叔叔的徒弟。”韩天锦说:“艾兄弟,别恼我呀!这是我的口头语。”艾虎暗说:“好口头语!”复又问:“卢大哥,里边那位白眉毛的,你不认识?那是徐三叔跟前的,名叫徐良,外号人称多臂熊,又叫山西雁。”回头把里头几位叫过来。与大众见见。先给徐良见:“这是茉花村的丁大叔。”徐良过来磕头。大官人问了,才知是徐三哥之子。又与韩天锦、卢珍相见。又把胡小记、乔宾与丁大爷见了。复又与卢珍、韩天锦见了。徐良问艾虎娃娃谷的事。艾虎说:“全搬了家了,白跑了一趟。”艾虎又问卢珍:“怎么同韩大哥走到一块了?”卢珍就把奉母命,会同丁大叔,半路遇天锦打虎、养病以及方才抢人家茶喝的事情细说了一遍。艾虎一听净笑。

大官人说:“我们这到襄阳,也就晚了吧?艾虎你必然知道。”艾虎说:“什么事?”大官人说:“你五叔到底是死了是没死?”艾虎说:“你老人家还不知道哪!死了没有半年,也有几个月了,并且死的苦,尸骨无存!”这句话还未说完,卢珍就哎哟我的五叔哇,把气挽住了。大官人放声大哭说:“我的五弟呀,五弟呀!想不到你一旦间身归那世去了!”徐良在旁边也是落泪。艾虎也是凄惨。就见那边武生相公,呀哟扑通一声,摔倒在地。众家忙成一处,呼唤了半天,武生相公方才悠悠气转。大家这才把他搀将起来,坐在椅子上,哭的死去活来好几次。你道他是谁?这是白玉堂的侄儿,白金堂之子,名叫芸生,外号人称玉面小专诸。因为他事母至孝,玉堂的那身工夫是金堂所传,芸生这身工夫是玉堂所传。马上步下,长拳短打,十八般兵刃件件皆能。高来高去,蹿房跃脊,来无踪迹,去无影响。别创一格的能耐:会打暗器,就是飞蝗石,百发百中,百无一失。就是一桩,五爷会摆的西洋八宝螺丝，转弦的法子，奇巧古怪的消息，没教过芸生。芸生要学，五爷说："惟独这个艺业，我已经是会了，就算无法了。古人会什么，就死在什么底下的甚多，故此不教。"何尝不是会消息就死在消息的底下！芸生奉母命上襄阳，带着些从人到了此处，听艾虎说，方知叔叔的凶信。不然，怎么死过去了？揩了眼泪，过来见大官人说："原来是丁叔父。"跪倒磕头，自通了名姓。大官人一听，说："这可不是外人。"大家见了一回礼。艾虎问："这位是谁？"张英说了自己的事情。艾虎就要辞别大众，上岳州府救两个哥哥。

艾虎救哥哥这段节目，且听下回分解。

第六十七回　结金兰五人同心合意　在破庙艾虎搭救宾朋

诗曰：

英雄结拜聚黄花，话尽生平日已斜。
五义小名垂宇宙，三纲大礼贯云霞。
凭歌不属荆卿子，谈吐何须剧孟家。
自此匡王扶社稷，宋皇依归整中华。

且说张英在旁边，又是气，又是恨。瞧他们大家见礼，方知道这才是真正的艾虎哪。直等到白芸生见礼已毕，回到他那边换衣服去了。原来芸生大爷来的时节，就听见人说他二叔在襄阳地面故去了，故此就打家中把素服带来。如今这可知道叔叔已然故去了，家人把包袱解将下来，到全珍馆把包袱解开，拿出一顶青布武生巾，迎面嵌白骨。摘了那顶头巾，戴上这顶；脱了白缎子箭袖，换了青布箭袖，套上灰布衬衫，紧了紧青线带，有个青布靴子。那口刀是绿鲨鱼皮鞘，孝家不应例带，有个青布套儿把它套上。复返过来，与大众说话。再看芸生公子，更觉着好看了。俗言：男要俏，一身皂。这品貌与五爷相似。

说书的一张嘴，难说两句话。那边芸生换衣服，这边是张英告诉艾虎，就把绮春园分手到家，坏种讹房子，坐死坏种，马大哥和我哥哥收监，众绅士敛钱买他二人不死，赃官有意点头，太太的口紧，马大哥叫我找你上武昌府，一五一十细说了一遍。艾虎一听，肺都气炸，把脚一跺，咬着牙说："好赃官，我不杀你，誓不为人！"胡小记、乔宾也觉挂心，过来打听说："这就是三兄弟的胞弟吗？"张英说："不是，张豹是我叔伯哥哥。"艾虎带着张英与大众见了见。艾虎说："我可不能陪着上武昌府了，我先救我两个哥哥要紧。"大官人说："不可，艾虎去不得！现在监牢狱收着，你怎么去救？"艾虎说："全凭我这一身能耐，进了监中，开了狱门，有一得一。是凡打官司的全放将出来，给他个净牢大赦。然后我奔知府衙，是赃官满门家眷，杀他个干干净净，方消我心头之恨！”徐良说：“算了，兄弟，你别往下说了！那不是反了吗？”大官人说：“事缓而别图，你这孩子老是一冲的性儿。我给你出个主意，准保万全。咱们大家去罢，见了大人苦苦央求。就说这岳州府的知府，是怎么样宠信官亲，苦害黎民，你两个盟兄怎么样的不白之冤。若是论私，大人去封书，或是来二指宽的帖，管保无事。论官，行套文书，连知府都坏。”徐良在旁说：“兄弟，大叔这个主意很是。再说监牢也不易进去。古人云：事要三思，免了后悔。一冲的性儿，到了那里救不出来，岂不是徒劳往返！”卢珍在旁称善说：“贤弟，这是个好主意。你就依计而行吧。”艾虎心中虽不愿意，有大官人的话，也是敢怒而不敢言，自可委屈着答应，自己内里单有打算，就是张英心中不愿意。卢珍旁边说：“哥，你自管放心吃你的东西，这就不用着急了。监中二位哥哥，准保无事。”张英也就无可奈何，只得勉强坐下。

卢珍叫过卖把后边那一桌搬在前面，换了一个圆桌面，大家团团围住，添换了许多酒菜。就是芸生闷闷不乐，他们那桌酒席，那些从人吃用。从人也都换了缟素衣服。这边大官人打听襄阳的事情，又问了丢大人的情节。他对胡小记、乔宾说：“你们也不必回湘阴县了，咱们一同见大人去。再说破铜网也得用人。今天暂且住此处，明日起身。芸生不能一路走，他们有马。徐良单走，他们有小车走得慢。叫张英回去先送信，好叫监中人放心。”

安排妥当。芸生叫从人出去，在黄花镇打店。丁大爷一瞧他们这小弟兄们：芸生、天锦、徐良、卢珍、艾虎，虽则是高矮不等，都是将门之后，俱各虎视昂昂。丁大爷说：“我的主意，你们五个人正当结义为友。上辈是陷空岛的五义，你们若拜了盟兄弟，可称为是小五义。”这几个人无不乐从。

书要剪断为妙。大家饱餐一顿，就有芸生大爷的从人前来回话说：“店已打妥，由此往西路北，字号是悦来。”随即把这里残席撤去。四张归一，连外头推小车的饭钱也算在一处。给了饭钱、酒钱，大家出来，一直扑奔悦来店。马匹拉在马棚，小车推在上房的门口。众人进了上房,伙计打脸水,烹茶。复又告诉伙计,预备香案。

张英告辞,先辞别了大官人,复又辞别众人。众人要往外相送,都被艾虎拦住,一人送出。张英出了店外,就在店门东墙垛子旁讲话。张英叫道:"艾虎哥哥,你可务必要催着他们点才好哪!倘若大人文书去晚,我们那里臭文一到,两个哥哥性命休矣!"艾虎说:"二哥你好糊涂!他们事不关心,谁能等得去见大人?再说大人还不知下落哪!你在前边等我,咱们定一个地方相见。可不准什么时候,等他们睡熟,瞒了大众,我追赶于你。你说明在哪里等我?"张英一听,欢喜非常,说:"出此东镇口一绽地,正北有个双阳岔路,可走西北的那条路,别奔东北。过一个村,又是正南正北的大路。路东有个破庙,庙墙全都坍塌。此庙好认,对着庙门有一棵大杨树。我在那破庙中等你。"说毕分手,张英欢欢喜喜去了。

艾虎回店。香案已经摆齐。大家一序年庚:芸生大爷,霹雳鬼二爷,徐良三爷,卢珍行四,艾虎是大老兄弟。大爷头一个烧香,香点着插于香斗之内,跪倒身躯,磕头已毕,说:"过往神祇在上,弟子白芸生,与韩天锦、徐良、卢珍、艾虎结义为友,愿为生死之交。倘有三心二意,天厌之,天厌之!"二爷韩天锦也是照样将香点着,插在香斗之内,跪下磕了几个响头,说:"过往神佛记着:我叫霹雳鬼。"大官人说:"没有那么说的,说你的名字。"韩天锦又说:"不算,这说的不算。过往神佛记着:我叫韩天锦,小名儿叫猛儿,外号人称霹雳鬼。如今与他、他、他、他,"随说着,拿手指着大爷、三爷、四爷、五爷说:"我们拜把子,我要有狼心狗肺,我是狗养的!"大官人在旁说:"这都是什么话!他可真是个浑人。"三爷、四爷、五爷三个人论次序烧香磕头,说的言语,都与大爷一样。论排行又磕了一回头。众人给道喜,是大是小又行了礼。重新打店中要了酒饭,大家畅饮了一番。

吃到二鼓,艾虎头一个告辞。大官人一想这孩子是个酒头鬼,怎么他会告了辞了呢?哪里知道他有他的心事。大家饮毕,撤下残席。内中也有过了量的,也有不饮的,艾虎早就躺在东房内装醉。山西雁把艾虎拉起来往外就走。艾虎说:"三哥,你撒手,今天这酒已过量,你着我躺一会就好了。"徐良仍是拉着就走。至院落之中,找了个僻静所在，徐良说："五弟，你有什么心事？对我说来。"艾虎说："我没有什么心事。"徐良说："老兄弟，咱们如今可就比不得先前了。咱们一个头磕在地下，有官同作，祸福共之。你要有什么心事，不对我说明，就亏负了方才一拜之情。不是你看着那位张二哥一走，你心中不快？"艾虎说："不是。"徐良说："别者的人不告诉还可以，你可得告诉三哥，我好助你一臂之力。"艾虎终是怕他把话套出去告诉大官人，故此咬定牙关不说。徐良说："我问到是理，你不说我可就没法了。"随即来到屋中，当着众人，徐良也不提这事情，张罗大家安歇睡觉。

艾虎仍然还是醒着，听大家的动作。耗到天有四鼓，看看大家都已睡熟，假装着出去走动，下地先把灯烛吹灭。少刻，自己拿了自己的兵刃、包袱，系在腰间，把刀别上。出得外面一看，四下无人，蹿上墙头，飘身下来，这可就出来店外了。他一直的扑奔正东，出了黄花镇的东镇口，施展夜行术的功夫，鹿伏鹤行，一直的扑奔正东大路。走来走去，果然有个双阳岔路，一条是奔东北，一条是奔西北。直奔西北而来，前面有个村子，不肯进村，恐惊村中犬吠。绕村而走，仍然又归了正北的大路。走不上一里路，就见大道，远远望见了这棵大杨树。临近之时，在大道的东边有一破庙，周围的墙都塌陷了，山门没有了，发出的旋门瓮洞儿仍然还在。自己打算从这个瓮洞而入，又想打墙上进去。心中一犹豫，又听里边有人说话，一伏身躯，见两个贼人拿着张英的包裹、利刃。艾虎一见，气得肺炸，亮刀向前。

要问张英的死活，且听下回分解。

第六十八回 三贼丧命恶贯满 二人连夜奔家乡

诗曰：

为人百艺好随身，赌博场内莫去亲。
能使英雄为下贱，敢教富贵作贱贫。
衣衫褴褛宾朋笑，田地消磨骨肉分。
不信且看乡党内，眼前败过几多人！

且说艾虎到了破庙，打算会同张英连夜赶往岳州府救人。不料走在此处，见两个小贼由庙中出来。这两个人一调侃儿，艾虎懂得。听他们说："咱们越吊码，头一天到瓢把子这来。"说的就是他们两个人，头一天到他们贼头家混事。"遇孤雁儿脱条。"说的就是遇见一个人，在庙里睡觉。"揪了他的青字福字。"说的就是得了他的刀和包袱。"留了他的张年儿，不知道瓢把子攒儿里如何，总是听瓢把子一刚再箕不迟。"说的就是留了他的性命没伤，等见他们这贼头儿，听他们贼头儿一句话，再杀不晚。

两个人说着，扑奔正西。艾虎晓得，知道张英没死。进里头看看去，又怕这两个小贼去远。谅这两个小贼生出多大事来？他们必有贼头。二哥现在此处。一旦之间不能就死，跟下两个小贼，找他们"瓢把子"，在后边蹑足潜踪。两个小贼连一点形色不知。

你道张英因为何故汲汲乎没叫他们杀了？他与艾虎定妥破庙相见。他先来到破庙，看了看神像不整，供桌上只有一个泥香炉，往里一推，自己蹿上供桌，把包袱、刀摘下来，枕在头颅之下。看看上边的神像暗暗的赞叹：人也有不在时运中的，神佛也有不在时运中的。看此神像不整，心内惨凄，自己叹息着，就渺渺茫茫沉沉睡去。猛然间一睁眼，看见已经被人拿住二臂，拴牢。苦苦央求那两个人，执意不听，就把他的衣襟水裙撕去，扯了两半塞在口中，把佛柜撬起一头儿，将他压在底下，两个商量着才走，被艾虎听着。

原来这西边有个耿家屯,村口外头住着一个坐地分赃的小贼头儿。此人姓马,叫马二混,外号叫草地蛇。可巧打头天来了两个小贼投奔在这里,给他作买卖,也就是打杠子、套白狼这等事,高来高去,一概不会。他们一个姓曹,叫曹五;一个姓姚,叫姚智。两个人头天到这,天到二鼓才出去作买卖。可巧绕了个够,走了五六里地全没遇见一个孤行客。这才寻到二郎庙内,遇见张英。这叫打睡虎子。也皆因张英困的实系难受了,叫人捆上还没睁眼睛哪。然后口中塞物,压在佛柜底下,叫人拿着包袱和刀走了。

两个小贼直奔耿家屯的村口儿,路北黑油漆门上去叫门。里头有人答应,出来开门。把门开开,二人一同进去后又关闭。艾虎在于后边,容他们进来。这才蹿上墙头,见他们一直上里头院去了,才飘身下来,直奔二门。见他们一去已进上房屋中去了。自己站在窗帘之前,用吐津蘸在指尖之上,戳了个月牙孔,张一目眇一目往里窥探。见他们这个贼头儿长得也不威风,不到四十岁,黄脸面,细条身子,小名叫该死的,又叫倒运。二人把包袱打开,刀献上去。问了来历。姚智说:"我们今天刚到,也不知你这里什么规矩,人可拿住了,没有结果性命,听你个吩咐。"马二混说:"我这里向例要死的,不留活口。既是在破庙里,好极了!东南上有一个大土井,极深,上面有个石板盖儿,是三半儿拼成。把他杀了,揭开一块儿,扔在里头,极严密的个地方。天气尚早,你们哥们再辛苦一趟,结果了他的性命。也许再有买卖。今天这就是很吉祥的事情。"说毕,两个人又走。

艾虎早就蹿出墙外,暗地里等着。曹五拿着张英的刀,同着姚智出去。两个人以为是一趟美差,低头悄语,说着笑着,直奔破庙。刚进庙门,就觉着脚底一绊,哎哟扑通当啷,一个是叫髁膝盖点住他的后腰;一个是腿肚子叫艾虎打了一刀背。先把这个搭胳膊拧腿四马倒攒蹄捆住,口中一个劲求饶。艾虎哪里肯听,撕他的衣襟把他的口塞住。那一个哎哟哎哟的满地乱滚,就是站不起来。艾虎也把他捆上,撕衣襟口中塞住。把两个人提到南边塌了的墙根底下。两个人俱都头冲着北,胸膛贴地,口中塞物,言语不出。艾爷拿着张英的刀,进庙里头,去把张英在佛柜底下拉出来。口中塞物拉出,解了绳子。

张英作呕了半天,细一看是艾虎,双膝点地说:“艾虎哥哥救命之恩,我是两世为人,只顾等你。”艾虎说:“你不用说了,我尽已知晓。捆你的那两人,我业已将他们捆上,你要出出气,拿刀把他剁了。”张英说:“在哪里?”艾虎说:“在台阶底下南边塌墙那里。”张英提着一口刀出去:“哎哟!艾虎哥哥,你冤苦了我了!你杀完了,你又叫我杀!”艾虎说:“我没杀,我把他们捆上,放在那里了。”张英说:“你来瞧来!”艾虎出去一看,一怔说:“这是什么人杀的?”又一看说:“他们的脑袋哪里去了?”张英说:“你怎么倒来问我呢?”

艾虎瞧见东南有个黑影儿一晃,说:“不好,有人,随我追来!”张英跟着艾虎,直奔东南追。那条黑影好快,从后面又绕到前面。整整追了两个弯儿,始终未追上。艾虎心中纳闷,这是个人,怎么会追不上呢?再看那两个尸首,踪迹不见。艾虎吓了一跳,拉着便走出了庙外,奔了大道,直奔马二混家中来了。艾虎总思想着这个事,实是古怪,来到了贼头的门首。艾虎蹿上墙去,飘身下来,开了街门,让张英进来,在二门那里等候。艾虎直奔里头院,仍然到窗棂之外戳小孔往里观看。也不知那贼头往哪里去了,屋里连一个人影儿皆无,就见包袱仍然在那里放着。艾虎进来,把包袱拿上,转头出来,将到屋门,就见打房上吊下一宗物件,把艾虎吓了一跳!艾爷往后一抽身,细细一看,原来是打房上摔下一个人来。艾虎细看一瞧,原来是那个贼头儿。艾虎一拧身蹿在院落之中,先往房上一看,再一低头细看马二混,周身并无别伤,惟有脖颈之下津津的冒血。艾虎说:“奇怪!”走到二门把包袱交给张英说:“急速快走吧!此处有高人。”随即出了街门,二人奔正北。

张英问:“院子里面方才扑通一声响,是什么缘故?”艾虎说:“此处必有高明人,你是不懂。方才庙里这个事就奇怪得很!我们上贼头的家里去,那个死贼打房上吊下来,又不知是怎么个缘故?绝不是鬼!必有高明人看见咱们,咱们没有看见人家。我是没有工夫,我要有工夫,必在此处访访这个人。可惜有一点不到,这个死尸扔在院子里,本地面官担架的住吗?”张英说:“依你怎样?”艾虎说:“依我,离村口又远,又是孤零零的一处房子,放把火给他一烧就算没了事了。”张英说：“你说的后头了，你看那火起来了。”艾虎回头一看，果然烈焰腾空、火光大作。艾虎说：“这便是行家了！”随说随走。

到了第二天，用了早饭、晚饭，直到二鼓，才到张家庄，直奔张豹的家中。张英叫门，里面有人出来，见了艾虎，俱都欢喜，随往里走着。艾虎打听张、马的官司，家人告诉全好。这里有众绅士、财主、铺户攒凑的银钱甚多，就是不能买二位活命。”艾虎说：“我来就得了！”家人给预备酒饭。家人也知道艾虎脾气，就是好饮。有张英陪着，整整饮了多半夜。

次日吃了早饭，艾虎只身一人，叫本家给借来一套买卖人的衣服穿戴起来，辞了张英，有家人告诉明白道路。艾小爷离了张家庄的门首，进了城门，打听着监牢的地方，就知道在知府衙门的西边。看见缧绁的所在，直到监门，见横挂着一条铁链，那门儿是半掩半开。艾虎直到门前，把着门往里一看，不料被人一把抓住。

艾爷一惊，不知怎样，且听下回分解。

第六十九回　因朋友舍命盗朋友　为金兰奋勇救金兰

且说来到监牢狱的门首，往里一看，被人揪住了，说："什么人？找谁？"艾虎本穿着一身买卖人的衣服，就装出那害怕的样子来，说："我在这找人？"那个说："这个所在，也是找人的地方？"艾虎说："有个姓马，有个姓张的打死人了，我在姓马的铺子里头作过买卖，打算来瞧看瞧看，但我又不敢进去。"那人一听说："原来是瞧马龙、张豹的，早点言语。"艾虎说："可以见的着见不着？"那人说："你要瞧别人可不行！你要是瞧他们二位，现成有我们这块的缙绅富户，见好了我们头儿了，凭哪位来瞧，不认得，我们还管带着见，完了出来，还不用你花什么。"艾虎知会，就此一躬到地说："奉恳你老人家吧！"那人一回头，叫过一个小伙计来，说："带他瞧瞧张马二位去。"小伙计说："随我来！"艾虎跟着一躬腰，开了锁链子往里一走，奔正西有个虎头门，上头画着个虎头，底下是栅子门，正字叫作貔犴门。虽画着虎头，乃是龙种，是一龙生九种之内的一种。其性好守，吞尽乾坤恶人。要能悔悟的，或者是吞屈了仍然吐出来。不然怎么在监牢狱中，不是打官司进了貔犴门，尽都问成死罪！或有悔悟的，或有情屈的，仍然无事，可就应在貔犴这个性情上。靠着外边大门的旁边，一边五间东房；在貔犴门北边，有个狱神庙，约有半间屋子大小。那位伙计叫开了貔犴的栅子，进了貔犴门。门边，一边有三间东房，里面有人当差。再听里面铁链声响，悲哀惨切，直是鬼哭神号，声音惨不忍闻。顺着北边有个夹道，直奔正西，走到西头，并无别者的房屋，净是一溜西房，一间一个栅子门，没有窗户。那官人指告："尽北头那间是姓马的；尽南头那间是姓张的。你自己去看吧！我在外边等。"

你道什么缘故？别人瞧人，他必随着步步跟他，怕是串供。到了这案，他怕不能得的进来一位高明人，串供救了这两位的活命。大家全都愿意，故此叫艾虎一个人自己过去。

把着栅子门往里一瞅，就觉一阵心酸，只见马龙他蓬头垢面，脖颈之上一根铁链，当地有根柱子，穿在柱子上。柱子靠着一个小窄炕儿，这根铁链由炕沿上拉过来，锁在炕沿之上。靠着那边堆着上下手的刑具，每要过堂之时，就把上下手的刑具套上。每遇收监的时节，把上下手卸下来往那里一堆，又把他这一根脖链套住锁上。这是有钱有情见了头儿说好了。若不然，把他锁在炕沿上，站也站不起来，蹲也蹲不下，为是好挤钱，不花不行。这个不用十分刑具挤对，众人攒钱早经打点妥了。然而马龙心中总是不乐。要找着艾虎还好，找不着艾虎也是一死。自己坐在炕上正想此事呢，忽听有人低声叫他说："哥哥，小弟来也！"马爷抬头一瞅，是艾虎，说："呀哟，原来是我的艾虎！"虎字未曾说出，艾虎一摆手低声说："悄言！"马爷说："你从何而至？可见着张英了？"艾虎低声说："一言难尽！你今天晚间等着三鼓时分，我来救你。有话出去再说。"马龙点头说："你可要看事作事，要不行，就把你连上了。"艾虎说："你多点耐烦，等着吧。"说毕，艾虎出来。奔了南边，一听，那屋铁链声响，把着栅子门一瞅，原是张豹一个人抖着铁链子玩耍呢，竟没把这件事放在心上。艾爷暗道："这才是无心无肺哪！"低声叫道："二哥，千万别嚷！小弟艾虎来了。"张豹低声说："我算计你该来了！"艾虎说："你倒是好算计！"张豹说："可想主意救我出去？"艾虎说："白昼如何行得了！今日夜静三更，我来救你，不可高声。"张豹说："那些个难友听见也不要紧，我一骂他们全不敢言语了。"又嘱咐："你可早些来！"艾虎点头，撤身下来，又叫那人带将出来，一路把各处地方全都看明，晚间打哪里来，打哪里走。又与那人说："朋友，我送你一杯茶资吧！"那人说："咱们后会有期，你给我万两黄金我也不敢收。"艾虎深深地作了一个揖，扬长而去。

艾虎一直奔城门往张家庄来了。未到门前，早有家下人迎接，进了大门，入了庭房，从人献茶，更换了衣服。张英吩咐叫摆酒，正对了艾虎的意了。饮着酒，这才说怎么见了两位哥哥，说明此事今晚夜至三更搭救他们二位。张英问："今夜晚间可用什么东西？哥哥早早的吩咐下来。"艾虎说："别物件一概不用，只用两床被窝，可要里外粗布的。你们是怎么个打算?”张英说:“我这不怕,他绝不能把我拿去!”艾虎说:“也不行!他们在狱中无妨。差使要一丢,狗官必要寻找你们当族来了。倘若被他拿去,打了收监,那还了得?通知你们大族个信息,都要躲避躲避才好哪!再说,连你们这些个家下人都得躲避,不然,也许把你们拿了去。”家下人大家点头。又说:“所有的这些个东西,粗重的物件,就一概都不要了,你们大家分散吧。等着我们来的时节,见见你们大爷、二爷,你们大家就走吧!”众人说事不宜迟,收拾东西要紧。张英听了他这套言语,就给同族送信去了。

书不可重叙。交到二鼓之半,艾虎的酒已过量。张英说:“艾虎哥哥,回头再饮吧。”艾虎就把自己包袱拿将出来,把白昼衣服脱下来,换了夜行衣靠,头上软包巾,绢帕拧头,搓打拱手,三叉通口夜行衣,寸排骨头钮,青绉绢针包,青绉绢裙裤,青缎袜子,青缎鱼鳞靸,青绷腿,青护膝,把刀亮将出来,插入牛皮软鞘,鞘上自来裹着罗汉股装丝绦,把刀背于背后,胸腔双系蝴蝶扣,脊背后走穗飘垂,伸手拉过来掖于肋下,为的是蹿房跃脊利落。一抬胳膊,钞包抱腰,虽系了个顶紧,一点皱扭地方也没有。一回手,就把被窝两床,一卷卷了个小席卷相似,要了一根小细长绳儿,在被窝上一捆,余者的绳儿往上绕,往肩上一扛,说:“我告诉你们那事,可要记着!我要走了。”张英又给跪下,艾虎说:“二哥,可要记着!我要走了。”张英又给跪下,艾虎说:“二哥,你这是何苦!”随即出去。出了庭房,有机灵的从人往外就跑。艾虎说:“你是干什么?”从人说:“给你老人家开门。”艾虎说:“我向来不走门。”嗖一声,踪迹不见。蹿房跃脊出了张家的院落,直奔城门而来。

天已三鼓了。过了吊桥,已经路静人稀,直奔城墙而来。他找了个城墙的拐弯,把被窝放下,把绳子放长,系在腰间。由这拐弯登着城墙上去,爬着上头的垛,使了个鹞子翻身上去,从里面下去。把被窝扛起来,看了看四下无人,直奔监牢狱而来。到了狱门之外,静悄悄,空落落,比不得白昼了。两扇黑门一关,瞅着就有些个发忐忑。自己把被窝绳子一解,一床被窝折成四褶,把两床垛在一处,对着上头的棘针,往后退了数十步,使了个旱地拔葱,往上一蹿,把被窝搭在棘针之上,就便把身子往上一扑,把那一床接将下去,脚沾实地,扛着那个被窝搭在二道墙上。就见那门旁的一溜房子,靠着北边的并无灯火;靠着南边五间屋子有人说话。自己奔到房子那里,把窗棂纸戳了个窟窿,一看,里边是四个人说话哪。有个年老的说:“咱们吃的是阳间饭,当的是阴间的差使。”那人说:“此话怎么讲?”老者说:“白日里无事,到了晚晌上夜,没事便罢,要有事就有性命之忧。再说他们外头打更的,算什么差使?单会欺负咱们!总嗔着咱们接锣晚了,必要摆出个凶脸。我但有一线路,再不干这个!”正说着,四更锣到。艾虎上了房看着,暗说:“我来的甚巧,还有接锣之说哪!我要不知道这件事,就误了差使了!他们外头一嚷,我怎么救人?少时,总得把这几个人俱都捆上。再有锣到,我还得替他们接锣。”果然外面的锣到,当当的打了四更,里面由屋中出来打了四下。二人将要回屋,早被艾虎踢倒捆上,口中塞物。又进屋中把那两个照样捆好。出来奔二道墙,眼前一道黑影。

不知是谁,且听下回分解。

第七十回 艾虎求狱神实有灵应 徐良显手段弄假成真

诗曰：

莫逞凶顽胆气豪，身拘缧绁岂能逃。
棘针排列千层密，墙壁周围数仞高。
房设囹圄为禁狱，门涂貔犴作囚牢。
请看枷锁收监者，囚犯王家律一条。

且说艾虎把四个人捆好，口中塞物，把锣立在门旁，将外面的两个人提到屋中，放在炕上。四人彼此瞧看，就是话不能说。艾虎出来，就见眼前一阵黑风相似。自己爬伏地上再瞧，踪迹不见，心中好生纳闷。只好奔貔犴门而来。由北屋那里蹿将上去，飘身下来，也是六间屋子。那三间有人，那三间没人。有人的是两个人。艾虎进去，也把他们俱都捆上，口中塞物。复又出来，由北边夹道直奔正西。听见各处铁链声响，并有哭泣之声，凄惨之极。艾虎救哥哥的心盛，直奔死囚牢而来。到了马龙这里，听见咳声叹气。艾爷说："哥哥，不要忧心，小弟到了。"马龙低声叫道："贤弟纵然到了，我怎么能够出去？"艾虎说："这有何难！"话言未了，抬头一看，呀！怔了半天，话都说不出来了。什么缘故？看见那个栅子门上的锁头又大又沉重，自己又没带着投簧匙，这便如何是好？夜行人百宝囊中，应有投簧匙。前套智化盗冠，全仗着投簧匙。无论大小铜铁洋广的锁头都行。艾虎的夜行衣靠，是卢珍给作的。上辈的老人，本不叫他们小哥们偷盗，故此百宝囊中没有投簧匙。一着急，搬拧了半天，又拉出刀来撬了半天，一点动静也没有。又拍的那锁哗啷啷乱响，隔壁的难友听见问道："哎哟，你们那边什么事呀？怎么外头有人晃锁，必有缘故吧？难友儿有救星，想着我们哪！"马龙说："贤弟，不行了，你也就算尽到了心了。"艾虎说："不救得出哥哥去，我绝不出这个监牢狱！"艾虎暗自着急，越想越不好。临来的时候，三哥再三的问我，我执意的不说。

这如今要有他来,他的那口刀断这锁头不费吹灰之力。再说自己来这里踩道,竟自没看明这把锁头,莫非两个哥哥不应例有救?我救不了两个哥哥有什么脸面出这个地方!自可以刀横颈上!正在为难之时,忽然想起一件事来。每遇打官司的说:“狱神庙最灵。”自己也在开封府打过官事,应坐四十日监。监牢中一日也没待过,净在校尉所内。临起解发配大名之时,在狱神庙磕过一回头。如今何不哀告哀告狱神爷去?倘若狱神爷有灵有圣,也许有之。自己主意拿定,告诉马大哥:“小弟去去就来。”自己仍然扑奔正东,到了貔犴门的北边,找着搭被窝的地方,纵身蹿将上去,飘身下来,到了狱神庙,双膝点地说:“狱神爷在上,弟子艾虎在下。如今我有两个哥哥,一个叫马龙,一个叫张豹,两个人因给本地除害,结果了恶霸的性命,问成死罪。弟子前来把他们救将出去。不想栅栏门甚紧,不能搭救两个人出监。弟子叩求神爷有灵有圣,暗助弟子一臂之力,将他们救将去。重修狱神庙,另塑金身。”祷告完了,又磕了一路头。他又冲空中过往的神灵,正要往下许愿,只听见当当的锣声响亮,正是四更二点。自己赶紧奔到门那里,把锣拿起来,等着外边更夫冲着门缝打了四下,艾虎也当当打了四下。外头人说:“这还不差什么!你们醒着点,别等着我们到了这打完了,你们现爬起来。”艾虎也不言语,恐怕人家听出语声来。听着他们打更的去远,自己把锣仍然放下,复又到狱神庙,又祝告祝告:“若无灵应,就是一死。”自己仍打墙上蹿将进去,直奔死囚牢。没有到马爷那里,就见马龙在院子里站着哪。艾虎赶奔前来,问道:“哥哥,是怎么件事情?”马龙低声说:“兄弟我这里找你哪,你往哪里去了?”艾虎说:“我给你许愿去了。你是怎样出来的?”马龙说:“听见外头锁子哗啦一响,栅子门就开了。进来三尺多高的一个黑影儿,我叫了一声贤弟,眼前打了一道白闪相似,听哗啦一响,我一展眼,你来看我项上这个锁链子就断去了一半。我料着是贤弟你。再找,踪迹不见。又想,你必是往张贤弟那里去了。我上那边看了看,也是静悄的一点声音皆无。故此我在这纳闷。你是怎样除去外头的锁头?”艾虎说:“我怎么配哪!我是给你们二位大大的许了个愿心。你们出去以后,得便之时,重修狱神庙,另塑金身,这是狱神爷显圣。”马龙连连点头说：“使得使得，这个使得。”艾虎说：“你在此稍等，我看看二哥怎么样。”

去了一时回来说：“狱神爷没听明白，绝不能净管你不管他。咱们哥两个暂且出去，再在狱神爷跟前把话说明，自然二哥也就出来了。”说毕，两个人扑奔正东，来到墙下，将飞抓百练索掏出，把马爷便拴上。马爷仍然还带着脖圈上有三尺多长铁链，暂且无法，只可先叫他那么带着，等出去再说。艾虎先蹿上墙头，往上一导绒绳。导来导去，就把马爷提在墙头之上。由外墙皮翻将下来，艾虎也就蹿下墙头。马爷将腰中绳子解开，艾虎绕好收在囊中。待到狱神庙前，教马爷磕头。艾虎复又祝告狱神爷，又把张二哥的事情述说了一遍。仍是重修庙宇，另塑金身，复又望空祝告了祝告。然后，站起带着马爷到了那五间无人的屋子，把风门拉开，带着马爷到了里面。艾虎自己取出千里火来一晃，照见那边有一大炕，教马爷自己在炕上等着。艾虎说：“我把二哥救出，咱们一同出外头监墙。你可在这里等着，千万别溜离开此处。”马爷连连点头说：“你只管放心，我绝不能离此处。”艾虎随即出来，到了狱神庙，又磕了路子头，祝告了祝告。复又蹿进墙来，还没有到死囚牢哪，就听见二哥在那里嚷道：“你们谁要再嚷，我要把你们脑袋拧下来了！”艾虎一见，欢喜非常。立刻来到身旁，低声说道：“二哥千万不可高声。”张二爷一见艾虎，问道：“你把我救出来，你到哪里去了？”艾虎说：“你往这里来，我告诉你。”把他拉到东墙下，离那些难友们甚远。艾虎问：“二哥，你是怎样出来？”张豹说：“你怎倒来问我？你这不是明知故问？”艾虎说：“你告诉我吧，我还有话说。”张豹说：“听外面的锁头一响，栅子门一开，进来了三尺多高的一个黑影儿，我一问是谁，嗖地一声就在眼前打了一道立闪。一展眼的工夫，我这条脖链子就断了半截。你来看，这不是我这个脖圈还有三尺多长的铁链。我就出来找你。我一叫，那些打官司的人听见了，他们一嚷不要紧，要叫看差的听见，就不好办了。”艾虎听罢一笑说：“哥哥不是我救你的。连大哥带你都是狱神爷显圣。我给你们两个人许了一个愿心，重修狱神庙，另塑金身。出去之后，务必想着还愿。错过狱神爷显圣，那么大的锁头，这么粗的铁链，焉能断得了?"张豹说:"真灵！我明儿务必重修狱神庙,另塑金身。"又问:"大哥在哪里?"艾虎说:"现在这墙的外头,在五间屋子内等着你我呢!"张豹说:"我可不会上墙,这怎么出去?"艾虎就把绒绳掏出,张豹紧上腰,艾虎上墙,把张豹提到外头。张豹把绒绳解开,交与艾虎。狱神庙磕了一路头。到屋子里头找马龙,却踪迹不见。

若问马龙去处,且听下回分解。

第七十一回 丢马龙艾虎寻踪迹 失张豹义士又为难

诗曰：

无论龙韬与豹韬，徐良真不愧英豪。
众声况是称多臂，百战何曾损一毛！
斩铁岂须三尺剑，削金直借大环刀。
若非暗地来相助，怎得同盟脱虎牢？

且说艾虎带着张豹，到了屋中，寻找马龙不见，急的艾虎跺脚，暗暗地叫苦。张豹问道："大哥倒是上哪里去了？"艾虎想："大哥不是粗鲁人，我紧嘱咐千万可别离开此处，到底还是出去了，岂不叫小弟着急！"张豹说："你瞧我是个浑人，我都行不出那个事来，不怕拉屎撒尿也不离这个地方。"艾虎说："我去找他去，找了他你可别走了哇！"张豹说："我死都不出这屋子！"

艾虎出去，一直往南，过了那五间东房，知道那里头捆着五个人，马大哥说不能上那屋里。又顺着南夹道一直的往西，到了西面，又是死囚牢的后身，盖着五间木板房儿。靠里屋内有灯火半明不暗。艾虎把窗棂纸戳了一个窟窿，往里一瞧，见了一宗差事。就见四个人在炕上四马倒攒蹄捆着，嘴里鼓鼓囊囊，必然是塞着口哪，都翻着眼睛彼此看着，就是说不出话来。艾虎纳闷，这是谁干的事情？莫不成是马大哥看见这有人，他怕嚷嚷？

艾虎看毕，自个又奔了北边夹道，重新再奔貔犴门，绕了一个四方的弯儿。马龙的一点影色皆无。自个到屋中来告诉张豹，焉知晓张豹也不知去向了。艾虎一急，叫道："二哥哪里去了？"一晃千里火筒，屋中何尝有人！无奈收了火筒，转身出来，心中想着，到那屋中问问，那人是什么人捆的，便知分晓。刚到西头死囚牢的后头，将要进屋子去，就听外面已交五鼓。打更的到来，自己想着回来接锣。刚走在半路，就听见里面锣当当响了五声。艾虎吃了一大惊，这是什么人打锣哪？恨不得一时到了跟前看看才好。来到面前，远远的就看见了当啷把锣一扔，一个黑影一晃，艾虎就跟下来了。真快，艾虎追着追着，就不知追在哪里去了！自己站在那里发怔：两个哥哥好容易救将出来，俱都丢了。一想天已不早了，自己怎么办法？也就是一死，决不能自己一人出去！就哼了一声。忽听身后哈了一声。艾虎回头一看，身后立定一人。艾虎将要拉刀，那人噗嗤一笑，原来是三哥到了。艾虎羞的面红过耳，赶紧过去叩头说："你可吓着我了。不用说，种种事都是三哥办的。"徐良说："我在店中同你说什么来着？你执意不肯告诉我实话。我劝你未思进，先思退，你偏是一冲的性儿。我打算你有多大本事，原来就是求狱神爷的能耐。你们在店外说话，我就全都听明白了。你前脚出来，我后腿就跟出来了。你走的东边，我走的西边，还是我先到破庙。你打头进贼家里去，我在后窗户那里瞧着你到庙里头捆人。我在墙外头等着，你救张二哥去，我这里杀的人。我特意一晃悠，你追了我两个弯。我把两个死尸扔在土井，我就到了贼的家里，站在他们房上一笑。贼人出来，他往房上一瞅，在关节眼上我给了他一袖箭，拿绒绳拴上，把他系上房去。你打屋中出来，我把他扔下房去，教你纳闷。你们走在哪里，我跟在哪里。可惜你还踢了一回道，扮作个买卖样儿，你连锁头都没瞧见。要不是我跟来，老兄弟，你这条命还在不在？你这一走，人所共知，都知道你救他们来了。你要救不出去，头一件你先对不住我。我再三要跟你来，你偏不肯告诉我。要没有我这口刀，也是不行。我要不来，两个哥哥也救不出去，你也死了。从此往后行事，总要思寻思寻，胆要大，心要小；行要方，智要圆。"数说的艾虎脸似大红布一般，言道："哥哥，小弟比你太差，天渊相隔，不必说了，那贼头家里火也是你放的，这后头四个人也是你捆的。"徐良点头说："贼家里放火，省得叫地面官存案。后头四个人，不但是我捆的，我还帮着外面接锣哪！"艾虎说："哥哥你真乃奇人也！"徐良说："算了吧，我是白菜畦的畦！"艾虎说："你把两个哥藏在哪里去了？"徐良说："那个我可不知道！"艾虎说："你别叫我着急，够我受的了！"徐良说："随我来吧！"带着艾虎直奔东门的南边那五间房来了。

徐良在外边一叫，双刀将同着勇金刚在里出来。艾虎一看，两个人脖子上的铁链俱都不在了，就知道是徐三哥用刀砍断。艾虎一问："我的哥哥，你们真把我急着了！"张、马二位异口同音说："这位徐三哥说，是你们两个一块来的。他在外头巡风，你在里救我们。他说有查监的头儿过来了，暗查不点灯的屋子，必是看差偷闲多懒，吹灯睡了觉了。他要进来翻着，这还了得？他带着我们找了个有灯的屋子，外头若有查监的问，叫我们只管答应，说我们这四个人全醒着哪！他倒不进来。"张豹说："见了我也是这个话。我说我怕老兄弟着急，他说他给老兄弟送信去。把我们两个人项上铁链都挑去了。"艾虎复又给他们引见了一番。徐良说："天气不早了，咱们早些出去吧。"

到了外头，找着被窝地方，艾虎把飞抓百练索解开，徐良蹿上墙去，拿着绒绳，这边把马爷的腰拴好。徐良往外一看，并无行走之人。骑马式蹲在墙头，往上导绒绳；艾爷在底下一托，便上墙头，由外边系将下来。马爷解开绳子，徐爷又扔在里边，把张爷拴上，系上去，也是打外面系下来。张豹也把绒绳解开。徐良说："老兄弟，你不用绒绳可上得来？"艾虎说："三哥，不可！那我怎么上去？"徐良先下去，艾虎随后上去，就着蹿下来，脚沾实地，接过绒绳来。四个人鱼贯而行，直奔城墙的马道。

来到马道，是个栅栏门，用锁锁住。徐良把大环刀拉出来，把锁头砍落，开了栅栏门，大家上去，奔了外面的城墙。艾虎又把飞抓百练索扣在城墙砖缝之内，拿手按结实了，先教徐良下去，揪着绒绳打了个千斤坠，慢慢地松绒绳，松来松去，脚沾实地。马龙、张豹连艾虎一个跟着一个下去。艾虎把绒绳一绷，绷足了往上一抖，自来的抓头儿就离了砖缝，拉将下来，裹好收在囊中。

徐良说："我去取衣服了，咱们家中相见。"原来是他白昼的衣服在树林里树杈杈上夹着哪。艾虎同马、张飞步走到了张家庄。张家的家人远远的望着哪！见了主人，都过来道惊。艾虎说："有话家里说去吧！"连张英也迎接出来，给艾虎道劳。艾虎问："给我预备的怎么样了？"家人把酒菜端上来，艾虎已把衣服换好。马龙、张豹也就更换衣巾，落座吃酒。

艾虎问："你们往哪里投奔?"张豹说："上古城我们姑姑那里去。"叫家下人把东西分散，粗笨物件俱都不要。把家中细软金珠，包了几个包袱。所有文契账目，都交与张英。马爷告诉张英说："你明早告诉管事的，好好照应买卖地亩，我不定几年回来。"原来马龙家中无人，并且孤门独户，无所挂碍。少刻，就见徐良打房上蹿下来，进得屋中，说："老兄弟，你还饮哪！你看天到什么时候了？天光一亮，官人一来，谁也不用走了！"张英、张豹、马龙全过来给徐良道劳。徐良把他们搀将起来，说："你们还不快拾掇！"张豹答言："我们细软东西已经包好，其余叫家人分散，文书交与我兄弟收讫。我同着我马大哥，上古城县找我姑母去躲避。我们当族人等，明天俱都躲避躲避。"徐良说："好！马大哥的家务哪?"回答："俱已料理好了。"艾虎说："咱们大众起身，放火烧房。"徐爷方说："且慢！这是谁的主意?"艾虎说："我的主意。咱们走，房子不烧不是还便宜他们么？偏不能落在他们手里头！"家人跑进来说："官人来了！"

大家一惊，不知如何，且听下回分解。

第七十二回　大家分手官兵到　弟兄走路遇凶僧

诗曰：

古城迢递费追寻，颠沛流离苦不禁。
亲属此时相别面，故人何日再谈心。
皆因逃狱辞同里，急觅安巢隐密林。
待到南霄鸿脱网，依然云路寄回音。

且说艾虎要烧房，徐爷拦住说："这官司不一定，别说不回来了。见着大人，人情托好，叫知府官一坏，你们哥们仍是回家。这时烧了，那时再想置可就费了事了。不如此时暂且将门锁上，将来回家，总是咱们自己的房子。"马爷点头说："此计甚善。"

正说着，家人跑进来说："远远有马步队灯笼火把奔了这里来了。"徐良说："快锁门！"一抬腿，哗啦！艾虎那张桌子就翻了过了。艾虎说："这是怎么了？"徐良说："官兵都到了，你还慢慢的喝酒哪！官人到来，你我不怕呀，别人怎么走呢？"

这就各自背上包袱，出了屋中，把门锁上。大家出去，艾虎将大门锁上，自己跳墙出去，就看见西北灯笼火把，马上步下，扑奔前来。大家撒腿就跑，各奔东西。临分手各各嘱咐都要小心了。惟有徐良跑得甚快。仗着有一样好，连官带兵一到，先围大门，他们这些人就有了跑的工夫了。张豹、马龙奔古城，暂且不表。

单提艾虎与徐良奔武昌府的大路，又是白昼不走路，找店住下，晚间起身。走了两天，仍然是白昼走路。

这天正走到了未刻光景，远远看见一道红墙，听见里面有喊喝的声音说："好秃头！反了，反了！"艾虎说："三哥，你听里面有人动手哪！"徐良也就止住步了，果然又听见喊喝说："好僧人！"徐良说："不错，是动手哪！"艾虎说："我听出来了，是熟人。"两个人纵上墙去一看，原来是江樊。

因何江樊到了此处？有个缘故。前时二义韩彰收得义子螟蛉，名叫邓九如，救过包三公子。石羊镇会贤楼遇见包兴，将他带到开封府。念及他救过三侄男，他母亲又是为三公子废命，请先生连三公子带邓九如在一处读书。戊辰科得中，早晚净叫他在堂口听着问案。为是升出来的时节，堂口必然清楚。日限也多了，总央求着包公要在外头作作有司。包公知道他年幼，怕他不行。又苦苦的哀求包公保举他石门县知县。为是靠着颜按院甚近，先给按院去了一封信，究竟不放心，总要派个人保护他才好。开封府此时无人，就派了江樊保护他上任。包公深知江樊口巧舌能，临机作变最快，又有点武技学本事。他本是韩彰的徒弟，私下管着江樊叫江大哥，同桌而食。升了堂站堂听差，可算快壮班的总头儿。

领凭上任之时，包公嘱咐邓九如："文的不好办，到大人那里请公孙先生；武的不好办，大人那里有校护卫，可以往那里借去。有疑难案件，打发江樊与我前来送信。你到任的名誉好歹贤愚，我必然知晓。倘若不行，我急急把你撤回。"嘱咐已毕，邓九如辞行起身，领凭上任。所有一路上应用的，俱是包公预备。

一路无话。到任交接印信，查点仓廒府库，行香拜庙，点名放告，要学开封府势派。别处有司衙门鸣冤鼓都在大堂，怕有人挝鼓，还把鼓面扣上个薄箩盖子。他这不是，他把鸣冤鼓搭将出来，放在映壁头里，鼓槌挂在鼓上，每日派两个值班的看鼓。若有人挝鼓，一概不许拦阻。再者，永远升大堂办事，无论举监生员，作买作卖，贫富不等，准共瞧看。这一到任，那日升堂，就把所有的陈案尽都发放清楚。打的打了，罚的罚了，该定罪名的定了，当堂立听传人，该责放的放。整办了一天，这才办完。要按说才十九岁的人，有偌大的才干？究竟是鸟随鸾凤飞腾远，人伴贤良品格高。共总不到一个月的光景，奇巧古怪的案件，断了不少。巧断过乌鸡案，审过黄狗替主鸣冤。就把这一个清廉的名儿传扬出去了。地方上给县太爷起了个外号，叫做玉面小包公。

这天正是出差迎官接诏，带着江樊众人役等把公事办完，自己换了一身便服，叫江樊扮作个壮士的模样，叫别者的人回衙听差，叫江樊带上散碎的银两，留下两匹马。江樊拦阻了太爷几句，说是太爷升堂理事，见过的甚多，倘若被人识破，大大的不便。邓九如不听，江樊也就不敢往下讲了。看看天气不好，就游玩了两三个村子。到处人家都夸奖这位太爷实在是一位清官。

江樊催着回衙门，太爷趁着天气不好，要在外头住下。果然见前边树木丛杂，到近处一瞧，原来是个镇店。进了镇店，是东西大街，是个南北的铺户，很丰富的所在。就是一件，是铺户字号匾上，四个角上四个小字是朱家老铺，十家倒有八家皆是如此。走到东头路北，有个朱家老店，叫江樊前去打店。江樊下马，不多时回来说："客房全都有人住了，只有尽后面有一连八间正房，有两个两间，四个一间，没人住下。"九如说："倒也可以。"下了马，把马上包袱拿下去，交给店内伙计遛马。伙计带着，直到后边，就住那两间屋。打洗脸水，烹茶，俱都净了面。江樊给斟出茶来，传酒要菜，喝的是女贞陈绍。饭还未曾吃完，就把灯烛点上。嗣后来，要的馒头、汤，饱餐一顿，将残席撤去，连店钱、饭钱俱都算清。格外赏的酒钱，伙计当面谢过，又烹来好茶。

外面有人说话。到底是那屋内伙计出去，说："就是你们二位么？"回答："不错，就是我们两个。"伙计说："住一间，住两间？"那人说："住两间。"伙计说："就在这隔壁，这是两间。"随即把门推开，点上灯烛。二位进去，放下褥套行李，打脸水、烹茶。这两个人刚一进屋子，就打了个冷战。原来这两个人是亲弟兄，姓杨，一个叫杨得福，一个叫杨得禄。两个是乡下人，在京都作买卖。这是回家，住在这里。前头先说有房子，后又说没房子。这才把他们支在后边来了。伙计过来，问要什么酒饭。那两个人随便要了点菜。要的是村薄酒，要了三斤饼，两碟馒头。乡下人能吃，饱餐一顿，撤将下去，开发了店钱饭钱。

天到二鼓时分，嚷起来了，说："你们这是贼店，我们要搬家了，还给我们店钱吧！"店伙计过来说："客官别嚷！"住店的说："你们这个贼店！"伙计说："你怎么看着是个贼店？要是叫官人听见，我们这买卖就不用作了！"那人说："你就是给我房钱吧！我们不住了。"连邓九如带江樊都听见此事,也就出了屋子。伙计说:“要我给你们钱不难,你得说说是怎么件事情?”那人说:“你们这贼店如今闹鬼哪!必是你们害的人太多了。”伙计说:“你这更是胡说了！你只管打听打听,我们这个店里不死人。每遇有病的,病体已沉,必叫人或推着,或搭着,道路甚远的,也必推着搭着送回家去。或左右邻近的有亲戚朋友,必派人给他亲朋送信。我们这店内总没搭过棺材去。”那人说:“你说不闹鬼,你去屋里瞧瞧去!”伙计说:“这时还闹哪?”那人说:“不信？你进瞧去！我们刚吃完了饭,一歪身就见这蜡苗忽然烘烘的有一尺多高,并且蜡苗全是蓝的;不多时,蜡苗越缩越小,缩到枣核相似,我们可就歪不住了。我一瞧,也是害怕;我兄弟一瞅,也是害怕。忽然,又打八仙桌底下出来了一个黑忽忽的物件,高够三尺,脑袋有车轮子大小,也看不见胳膊,也看不见腿,出来冲着我们一扑,我们就跑出来了。亏了我们跑的快,要是跑的慢就完了。”伙计说:“这都是没有的事!”那人说:“你不信,你进去把我的东西拿出来。你一进去,那个鬼就在那里等着。”伙计又胆小,起先就毛骨悚然,又听这一说,如何还敢进去？邓九如说:“伙计不要为难,叫那二位搬在我们屋里去,我们搬在那屋里去。”

至于换房审鬼,俱在下回分解。

第七十三回　朱仙镇邓九如审鬼　在公堂二秃子受刑

诗曰：

正直廉明又且聪，无惭玉面小包公。
秉心不作贪污吏，举首常怀建百功。
断案能教禽兽服，伸冤常与鬼神通。
虚堂何幸悬金鉴，老幼腾欢万户同。

且说邓九如听了姓杨的那两个人的话，必然不虚。既是有鬼，准有屈情之事。所以出来私访，为的是要见着点什么事情才好。故此告诉他们，两下里换房。连伙计带那两个人全都愿意，惟有江樊不乐。若真要有鬼，惊吓着太爷，那还了得！过去谏劝，他也不听。叫江樊拿了自己的东西，搬到西屋里去。

邓九如在前，先进了那两间屋中，看见两间屋子当中，有个隔断，外间有张桌子，两张柳木椅子，里间屋挂着个单布帘子，里屋顺前檐的炕上有个饭桌，对面一张八仙桌，两张椅子，并没有什么差异的事情。连伙计带江樊俱都进来，伙计把他们东西扛出去，说："相公爷，你看哪里有鬼？"九如说："有我也不怕！"伙计出去说："你们二位看看，人家怎么没看见什么？你们必是眼离了。"那二人说："别忙，少刻再听。"太爷又叫伙计烹茶，找一本书来看看。伙计说："并没有什么闲书。"拿了一本《论语》来。

伙计出去，见江樊就靠着里间屋子门站着，不住地瞧着八仙桌底下。九如说："江大哥坐下。这出外来，这么立规矩还行！不然，你就在那边椅子上坐下。"江樊说："唔哟，我可不敢。我净瞧着这桌子底下，觉着总有点不对，我更不敢了，还敢在那椅子上坐着？"邓大爷一笑说："江大哥，你好胆小哇！心中无鬼，自然无鬼。既然不愿在那边，你在我这对面来坐。"江樊就答应了一声，过来给邓太爷斟上了一碗茶。

九如就把那书翻开一看。正翻在“务民之义,敬鬼神而远之”这一节上,忽听外面咯吱咯吱地直响。江樊说:“不好,来了!”往外一迎,说:“什么东西?”就听到哎哟、扑通一声,有一个人打外间屋里摔到里屋里来了。江樊吓得往邓九如这里一蹿,把刀就亮将出来要砍。细瞧,原来就是那个姓杨的。邓九如拦住问:“你上我们屋里作什么来了?”杨得禄说:“吓着了我了!”爬起来战战兢兢地道:“我同我哥哥眼睁睁看着闹鬼。似你这个人造化真不小!这么大个岁数总是你的福气大,就连一点动静没有。我过来,一者要和你说说话,二则间我倒要看看这鬼透着有点欺负人。我在外头瞧着,这蜡也不变颜色,也不闹故事,我将往里一走,叫他老这么一嚷,就吓了我一个跟斗。可真把我吓着了!”邓九如说:“不用分争,你先坐下。你看见就是这个八仙桌底下出来的么?”那人说:“可不是么!来了,来了!你看,这就来了!”就见他用手一指这个灯,大呼小叫说:“你看……看、看、看这个灯!”连江樊带邓太爷一瞅,这蜡苗烘烘地高起,足有一尺开外,慢慢往回缩小,小来小去,真仿佛个枣核一般,蓝瓦瓦的颜色,这屋中就越发暗了。江樊目不转睛地瞅着桌子底下。忽然间,就听见桌子咔嚓一声响亮,如同是桌底下倒墙似的出来黑忽忽的一宗物件。江樊一瞅,哎哟扑通摔倒在地。那个姓杨的,也是照样哎哟扑通摔倒在地。邓九如虽然不怕,也是瞅着有些诧异。见灯光一起,忽然一暗,打八仙桌底下滴溜溜的起了一个旋风,就把两个人吓倒。那旋风往姓杨的身上一扑。邓九如就下去把两个人搀架起来。就见那个姓杨的慢慢地苏醒,一歪身,就跪在了平地上,说道:“太爷在上,屈死冤魂与太爷叩头。”

邓九如一怔,怎么转眼之间,他就说是屈死的冤魂哪?这必有情由!随即问道:“有什么冤屈之事,只管说来。”那人跪在那里哭哭啼啼地说:“冤魂姓朱,我叫朱起龙,死的不明净,等太爷到此,我好伸冤告状。”邓九如问:“你是哪里人氏?死的怎么不明?只管说来,全有太爷与你作主。”回答道:“我是这小朱仙镇的人,此店就是我的,死后我的阴灵儿无处投奔,也没人替我鸣冤,今恰巧逢太爷的贵驾光临,到了冤魂出头之日了。”说毕,又哭哭啼啼。邓九如又问:“难道你就没亲族人等么?”冤魂说:“回禀太爷得知,我有个兄弟叫朱起凤,不提他还罢了,提起他来令人可恨,本待细说,天已不早,我有几句话太爷牢牢紧记:自是兄弟,然非同气,害人谋妻,死无居地。只求太爷与死去的冤魂作主就是了。”说毕,往前一爬,又是纹丝儿不动。

邓九如自己想了半天,不甚明白,就见江樊慢慢起来,翻眼一瞅桌子底下,什么也看不见了,再看太爷端然正坐。问了问邓九如,可曾见鬼?邓太爷说:“鬼,我倒不曾见。”就把姓杨的说的什么言语,连诗句告诉了他一番。江樊当时也解释不开。就见那个姓杨的复又起来,口音也就改变了,说:“相公你横竖看见咧?”问他方才事,他一概不知,抹头他就跑了。

邓九如与江樊商量了个主意,明日问他们伙计,他们必知晓。就和衣而卧。

到了次日,店中的伙计过来打了脸水,烹了茶。江樊说:“我们在这打早。”伙计答应,少时过来,问要什么酒饭?知县说:“天气还早些,你要没有事,咱们谈谈。”回答:“早起我们倒没有事。”又问:“你贵姓?”回答:“姓李行三。”又问:“你们掌柜的姓朱,尊字怎么称呼?”回答:“叫朱起凤。”又问:“朱起龙是谁?”回答:“是我们大掌柜的,死了。”又问:“得何病症而死?”回答:“是急心疼。”又问:“可曾请医调治?”回答:“头天晚好好的,半夜里就病,大夫刚到,人就死了。”又问:“可曾有妻、有子?”答道:“没儿子,净有我们内掌柜的。”太爷问:“妻室多大岁数哪!”伙计说:“你这个人怎么问得这么细致?直是审事哪!”九如说:“咱们是闲谈。”伙计说:“二十二岁。”又问:“必是继娶罢?”答道:“我们大掌柜的五十六没成过家,初婚。”

九如又问:“死鬼尸身埋在什么地方?”伙计说:“亏了你是问我,别者之人也不知道这细致。我们这有这么个规矩:每遇人死在五六月内,总说这人生前没干好事,死后尸骸一臭,众人抱怨,故此火化其尸,把骨殖装在口袋里,办事不至有气味。我们掌柜的就是这么办的,就埋在村后。”又问:“你们二掌柜的多大岁数?”回说:“今年三十岁。”又问:“与你们大掌柜的不是亲的吧?”回说:“你这个人问事,实在了不得!是一父两母。”又问:“他也在店中?”回答:“我索性告诉你细细致致吧！你多一半许没安着好心眼。我们二掌柜的，在隔壁开着一个楠木作，作着那边的买卖。我们大掌柜的一死，他得照料这边的事情。这边又有我们内掌柜的，他们虽是叔嫂，究属俱都年轻，不怕五更天，算完了账，他也是过那边睡觉。他是个外面的人，总怕外头有人谈论我们内掌柜的，就住在这后头。这里头隔上了一段墙，后头开了一个门出入，不许打前边走。还想着不好，我们内掌柜的又不往前走，我们二掌柜的给了她一千两银子，叫她跟娘家守节去了。这也都说完了，你也没有什么可问的了吧？”

伙计把话说完，邓太爷已明白了八九，又问：“你们二掌柜的楠木作，我家里有些个楠木家伙，俱都损坏了，叫他亲自去看看怎么拾掇。”伙计答应说：“很好，很好！我这就给你找。”随即就要饭，将把饭吃完，朱二秃子就来了。伙计带着见了见说：“这是我们二掌柜的。就是这位相公爷叫瞧活。”九如一见秃子，脸生横肉，就知道不是良善之辈。秃子与太爷行了礼，问：“相公贵姓？”回答：“姓邓。”又问：“在哪里瞧活？”回说：“在县衙旁。”秃子说：“你们二位有马，我有匹驴已经备好。听你们信，哪时起身？”邓大爷说：“这就走。”遂给了店饭钱，备上马，一齐起身，离了朱仙镇，直奔县衙门下马。叫起凤在外稍等，江樊使了个眼色，太爷入内换衣服。

欲知审秃子情况，且听下回分解。

第七十四回　白昼用刑拷打朱二　夜晚升堂闯入飞贼

诗曰：

犹是前宵旅邸身，一朝冠带焕然新。
升堂忽作威严象，判案还同正直神。
任使奸谋能自诈，讵愁冤屈不能伸。
清廉顷刻传宣遍，百姓欢虞颂祷频。

且说到县衙门口三人下马、下驴，太爷说掌柜在此等等，我里头瞧个朋友，少刻就来。秃子说："去吧。我这也有个朋友，在班房里当差使，正要排班伺候太爷。"大家退去，有几个头儿都让朱起凤说："二掌柜的，屋里坐，饮茶。"朱起凤说："众位哥们辛苦了！"自己到了那班房，叫小伙计接过驴来，自己去里边用茶。问："二掌柜的，什么事往这里来？"起凤说："来这瞧点活。"又问："在哪里瞧活？"回答："跟着那位相公瞧点活。"又问："就是方才进去的那位相公？"回答："正是。"头儿说："这倒不错，等着出来听话吧。"

少刻，里边梆点齐发，太爷升堂。朱二秃子忽听里面说："带秃子！"就有一个头儿过来说："太爷升堂了，带你进去！"就把铁链搭于脖颈之上。二秃子一怔，问道："这是什么缘故？"头儿说："我们不知，你到了堂上，就知道了。"接着，往上就带，喊喝的声音不绝。将秃子带到堂口，往上磕头。邓九如叫："抬起头来！你可认识本县？"朱起凤吓了个胆裂魂飞，原来叫瞧活的相公，是本县知县！自己心中有亏心的事情，自来的胆怯，又对着太爷，又问到病上。只听说："朱起凤，你把哥哥怎么害死，谋了你嫂嫂，从实招来！免得三推六问！"叫官人挑去铁链。秃子复又往上磕头，说："太爷在上，小的哥哥死了二年光景，至今我这眼泪珠儿还不断呢！再说我们一奶同胞，我怎么敢作那逆理之事？就求太爷口下留德，一辈为官，辈辈为官！这话要传扬出去，小的难以在外头交友。"邓九如将惊堂木一拍，说："唗！

好生大胆！我且问你，你哥哥得何病症而死？”秃子说：“乃是急心疼的病症，人要得急心疼必死。我哥哥得病不到半个时辰，大夫来到门前，我哥哥已经气绝，就打发医生回去了。”又问：“你是怎样谋你嫂嫂，从实招来！”秃子说：“太爷这句话，更是要小的命了！我嫂嫂立志守节，在店中我就怕有人谈论，故此给了她一千两白银，回到娘家。欲守欲嫁，听其自便，永不许她在店中找我。太爷如或不信，问我们近邻便知分晓。”太爷又问：“你嫂嫂她娘家姓什么？”答道：“姓吴。”又问：“她哪里人氏？”回说：“是吴桥镇的人。”又问：“给了你嫂嫂一千两银子，叫她回娘家，是什么人送去的？”这一句话把个朱二秃子问的张口结舌。旁边作威皂班，在旁边吆喝着，叫说：“快说！”朱二秃子说：“小的送去的。”太爷立刻出签票，吩咐拿吴氏。朱二秃子一拦说：“听人说她已改嫁别处去了，若要派人去，岂不是白跑一趟。”邓九如说：“你好生大胆！难道说她就没亲族人等么？”秃子说：“她们家都死绝了。”太爷叫道：“朱起凤，实对你说，昨日晚间住在你们店中，有你哥哥的鬼魂告在本县的面前，故此深知此事。你若不招出清供，岂能容你在此鬼混！不打你也不肯招认，拉下去，重打四十大板！”早有官人按倒揪翻，把他中衣褪去，重打了四十板，复又问道：“朱起凤，快些招将上来！”秃子仍然不招。知县又吩咐打了四十板，复又问道：“快把害你哥哥谋你嫂嫂的实情招将上来！”秃子仍然不招。太爷吩咐一声，将夹棍抬上来，当啷一声，放在堂口。秃子一见夹棍，就吓了个真魂出窍。这夹棍，乃是五刑之祖，若要用十分刑，骨断筋折。它却是三根无情木，一长两短，上有两根皮绳。当时二秃子不招，就把两腿套上当中，有一人按住当中那根长的，两个官人背着那两根皮绳往左右一分。上面叫招，秃子情知招出来就剐，回道：“无招！”就听见噶扎扎一响，好厉害！怎见得，有赞为证：

邓九如，要清供。打完了板，又动刑。夹夹棍，拢皮绳，两边当下不留情。真是官差不由己，一个背来一个拢。萧何法，共五宗，刑之首，威风耸。壮堂威，差人勇，为的是分明邪正真口供。噶吱吱响三木攒，一处共。穿皮肤，实在痛，筋也疼，骨也痛，血攻心，浑身冷，麻酥酥的一阵眼前冒了金星。铜金刚，也磨明；铁罗汉，也闭睛。人心似铁，官法无情。好一个朱二秃子咬定牙关总是不招承。太爷叫招，他怎肯应？又言又敲，浑身大痛。太阳要破，脑髓欲崩。哎哟一声昏过去，秃子当时走了魂灵。

把夹棍套在腿上仍是不招，吩咐一声，受用了五分刑。用了七分，用了八分，仍是不招。吩咐叫滑杠，就滑三下。朱二秃子心中一阵迷迷离离，眼前一黑就昏过去了。你道是，这夹棍若要用刑之时，先看老爷的眼色行事，吩咐动刑，老爷必有暗会儿。瞧老爷伸几个指头，那就用几分刑。十分刑到头，这一滑杠，可就了不得了。用一三五六的杠子在夹板棱儿上，通上到下一滑，哗喇喇喇，就这么三下，无论那受刑的人有多么健壮，也得昏将过去。朱二秃子一昏，差人回话说："气绝了。"吩咐说："凉水喷！"过来官人，拿着一碗凉水，含在口中，冲着朱二秃子噗的一声喷，朱二秃子就悠悠气转。上头问："叫他招！"差人说："他不招。"上头说："再滑杠！"江樊说："且慢。老爷暂息雷霆，朱二秃子身带重伤了，不堪再用刑具拷问。倘若刑下毙命，老爷的前程要紧。"上头问："依你之见？"江樊说："依我之见，把他先钉镣收监，明日提出再问。打了夹，夹了打，必有清供。今日不招有明日，明日不招有后日。想开封府相爷作定远县，审乌盆，刑下毙命，就是这么罢的职。老爷的天才……"邓九如点头道："说的是。"吩咐松刑，当堂钉镣，就标了收监牌，收在监牢。吩咐掩门退堂。

归书斋，太爷把江樊叫过去议论："昨日说的话，'自是兄弟，然非同气。'他们是兄弟，又不是亲的，这话对了。'害人谋妻，死无居地。'把他尸骨化灰，即是死无居地。这个害人谋妻，不是明显着，是朱起凤谋了嫂嫂，害了哥哥的性命，怎么他一定挺刑不招？莫非这里头还有什么情节？据我想，着夹打他不屈，江大哥替我想想。"江樊说："鬼所说的那四句话，据我想看，与老爷参悟的不差。不然，明日将他那个伙计传来，再把那伙计拷问拷问，说出清供，也许有之。再不然，有三两日的工夫，每日带朱二秃子上堂夹打，一个受刑不过，说出清供也许有之。"邓九如点头。

用了晚饭，邓太爷在书房中坐卧不宁。想起朱二秃子顶刑不招，不由得无名火往上一冲,吩咐一声,坐夜堂审问。顷刻传出话去,叫外头三班六房衙役人等,在二堂伺候升堂。立刻外面将灯火、公案预备齐备,老爷整上官服,带着江樊,升了座位。拿提监牌标了名字,官人把朱二秃子提到堂口,跪于公案之前。太爷复又问道:“朱起凤,快些招来!不然还要动刑,夹打于你。那怕你铜打铁炼,也定要你的那清供!”朱二哼咳不止,说:“太爷,小的冤枉!”旁边衙役作威叫说。忽然由房上蹿下一人,一身夜行衣靠。手中拿着一宗物件,刷刷一抖,堂外人俱倒于地,进屋中一抖,众人迷失二目,睁眼看时,人犯已丢。

若问夜行人来历,且听下回分解。

第七十五回　丢人犯太爷心急躁　比衙役解开就里情

诗曰：

身居县令非等闲，即是民间父母官。
一点忠心扶社稷，全凭烈胆报君前。
污吏闻名心惊怕，恶霸听说胆战寒。
如今断明奇巧案，留下芳名万古传。

且说太爷升夜堂审问，指望要他的清供。谁知晓打房上蹿下一个贼来，手中拿定一宗物件，使一个细长冷布的口袋，把白灰泼成矿子灰细面，用细罗过成极细的灰面子，装在冷布口袋里，用时一抖，专能迷失人的二目。江樊瞧着他进来，就要拿刀，被他一抖口袋，二目难睁。还要护庇老爷，只得先把自己双眼一按，净等着眼泪把矿子灰冲出，这才能够睁开眼睛。再瞅连老爷也是双袖遮着脸面，不能睁眼。也是眼泪冲出矿子灰，这才把袖子撤下。大家睁眼一看，当堂的人犯大概是被贼人抢去了。江樊暗暗地叫苦。太爷吩咐，叫掌灯火拿贼。大众点了灯笼火把，江樊拉出利刀，一同的捉贼，叫人保护着太爷入书斋去。江樊带领大众，前前后后寻找一遍，并无踪迹。

复又至书斋面见老爷。邓九如把大众叫将进去，问众人可曾看见贼的模样？大家异口同声说："小的们被他的白灰迷失了二目，俱都未能看见。"内有一个眼尖的说："小的可不敢妄说，微微看出一点情形来。"江樊说："你既然看出一点情形来，只管说来，大家参悟。"那人说："这个贼不是秃子，定是个和尚。"太爷问："怎么见得？"那人说："小的在二堂的外头，贼一下房，我往后一闪，他先把那些人眼睛一迷，我正待要跑，他又一抖手，小的眼就迷了。看见他戴着轻包巾，鬓间不见头发，想来不是秃子就是和尚。别人鬓边必要看出头发来，此人没有，小的就疑惑他不是个秃子就是个和尚。"江樊说："不错，你这句话把我也提醒了，我看着也有那么一点意思。"

知县就赏了一天的限期,叫他们拿贼,拿秃子和尚。到第二天出去,连秃子带和尚,把那素常不法的就拿了不少。升堂审讯,俱都不是。把那些个人俱都放了。又赏了一天的限,叫他们拿贼,仍然是无影无形。整整的就是数十天的光景,一点影色皆无。那些差人比较的实系也是太苦,索性不出去访拿去了,每天上堂一比。这天,打完了那个班头,将往堂下,一走一瘸一颠的还没下堂哪,就有他们一个伙计说:"老爷一点宽恩的地方没有,明天仍然还是得照样。"那个受比的班头就说:"九天庙的和尚——那是自然。"邓太爷又把他叫回去,问他:"你方才走到堂口说什么来着?"就把那个班头吓了胆裂魂飞,战战兢兢说:"小的没敢说些什么。"太爷说:"我不是责备于你,你把方才的话照样学说上来。"那名班头说:"乃是外面的一句匪言,不敢在老爷跟前回禀。"太爷说:"我叫你说的,与你无关。"班头复又说:"这是外面一句歇后语。说了前头的一句,后半句就知道了,故此谓之歇后语。小的说的是'九天庙的和尚',他们就知道是'自然'。缘故是离咱们这石门县西门十里路,有个庙叫九天庙,里头的和尚叫自然和尚,很阔,在外面结交官府,认的许多绅衿富户;穷苦艰难的,他也是一体相待,有求必应。故此高矮不等的人,皆都认识于他。就是前任的太爷,与他还有来往哪。"邓太爷听了这句话,沉吟半晌,叫他下去,从此也不往下比较班头了。吩咐掩门,一抖袍袖退堂。归后书斋内,小厮献上茶来。江樊总不离邓太爷的左右。邓九如又把江大哥叫来,说:"那个鬼所说的那四句,明显着情理,暗中还有点事情,我方才明白了。横着一念哪,就是'自然害死'。方才那个班头说:"九天庙和尚叫自然,此事难辨真假,咱换上便服,去到九天庙,见了和尚,察言观色,就可以看出他的虚实。"江樊说:"老爷,使不得!老爷万金之躯,倘若被他人看出破绽,那还了得?不然,我一人前去察看察看他的虚实,回来再作道理。"邓九如不听,一定要去。两个人前往,江樊也不敢往下拦阻,自可就换了便服。太爷扮作文生秀士的样子,随即叫人开了后门,二人行路出了城门,扑奔正西,逢人打听九天庙的道路。

原来是必由之路,直到九天庙前。只见当中朱红庙门,两边两个角门，尽都关闭。叫江樊到两边角门叩打，少刻，有两个小和尚开了角门，往外一看，问道："你们二位有什么事情，扣打庙门？"邓九如说："我们是还愿来了。"小和尚说："什么愿？"邓九如说："我奉母命前来还愿烧香。"那小和尚对这个小和尚说："哎哟，是了，老太太许的是吃雷斋，这方才上雷神庙还愿。"说毕，两个小和尚哈哈一笑，邓九如也觉着脸上发赤。本来这是九天应元普化天尊雷神庙，那有母亲许这个愿心的！也就憨着脸往里就走，叫和尚带路，佛殿烧香。见那个小和尚一壁里关门，一壁里往后就跑。太爷带着江樊到了佛殿，小和尚开了隔扇，把香划开，江樊给点着。太爷烧香，小和尚打磬。太爷跪倒身躯，暗暗祝告神佛，暗助一膀之力，辨明此案，每逢朔望日，庙中拈香。

烧香已毕，在殿中看了看佛像。出了佛殿，直奔客堂。正走着，就听见西北上有妇女猜拳行令，猜三叫五的声音。邓九如瞅了江樊一眼，江樊就暗暗会意。来到了客堂，小和尚献茶。江樊出去，意欲要奔正北。由北边来了一个小和尚，慌慌张张把江爷拦住说："你别往后去，我们这里比不得别的庙，有许多官府中的官太太、小姐。倘若走错了院子，一时撞上人家，我们师父也不答应我们，人家也不答应你。"江樊说："走，我管什么官府太太不官府太太呢！她若怕见人，上她们家里充官太太去。庙宇是爷们游玩的所在，不应例妇女们在庙中。"一定要往后去。那个小和尚那肯叫他往后去，两个正在口角，互相纷争之间，有一个胖大的和尚，有三十多岁，问道："什么事情？"那个小和尚就把江樊要往后去的话说了一遍。那个僧人就说："你怎么发横！别是有点势力吧，你姓什么？"江樊说："你管我姓什么！"那个僧人说："拿着你这个堂堂的汉子，连名姓都不敢说出？那个和尚说你，就是不说，光景我也看出个八九。你必是在县衙里当差的江樊。"一听就知道事体不好，无奈就先忍了这口气。此时要叫他们识破机关，老爷有险，那还了得！于是说："似乎你这出家人说话可也就太强暴了，谁与你一般见识。我就是不往后去也不大要紧，我还要看看，我们朋友大概也要走啦。"那个和尚一笑："走，大概够走的了吧！"江樊一听，更觉着不得劲了。急忙转回来，奔了客堂，与邓九如使了一个眼色，邓九如就明白八九的光景。正要打算起身，就听外边如巨雷一般，念了一声阿弥陀佛。忽然间从外边进来了一个和尚，身量威武，高大魁伟，面如喷血，合掌当胸说："阿弥陀佛！原来县太爷到此，小僧未能远迎，望乞恕罪。"邓九如说："师傅是认错人了，哪里来的太爷？"和尚微微的一笑说："实不相瞒，那日晚间，抢出我那个朋友来，就是小僧。我就知道太爷早晚必要前来寻找小僧。小僧久候多时了。"太爷将要折辩，僧人一阵狂笑，又说："我不去找你，你自来找我。分明是'天堂有路你不走，地府无门闯进来'。"吩咐一声左右："绑了，打！"外面来了许多小和尚，围裹上来，不容分说，过来就揪太爷。江樊一瞅地方窄狭，先就蹿在院内，把刀亮将出来。早有人给和尚拿了一条齐眉棍，就与江樊动起手来。

要问胜负输赢，且听下回分解。

第七十六回 知县临险地遇救 江樊到绝处逢生

词曰：

世上诸般皆好，惟有赌博不该。
掷骰押宝斗纸牌，最易将人闹坏。
大小生意买卖，何事不可发财。
败家皆由赌钱来，奉劝回头宜快。

我为何道这首西江月呢？只因那年在王府说小五义，见有一人愁眉不展，长吁短叹，问其缘故，他说："从前因赌钱将家产全输了，落得身贫如洗，来到京中，才找碗饭吃。今又犯了旧病，将衣服铺盖全都卖了。主人也不要我了，焉得不愁呢？"我便说道："老兄若肯回头，从今不赌，自然就好了。我还记得戒赌十二则，请老兄一听，便知分晓。"

破家之道不一，而赌居最。每见富厚之子，一入赌场，家资旋即荡散，甚至酿为盗贼，流为乞丐，卖妻鬻子，败祖宗成业，辱父母家声，诚可痛恨。彼昏然无知之徒，不思赌之为害，败家甚速，反曰：手谈消遣。夫世间何事不可以逍遣，而必欲为此乞丐之事，甘心落魄哉！在赌者意欲有钱，殊不知赌无常胜之理。既使胜多负少，而一出一入，钱归窝家，是输者固输，赢者亦终是输。况赌博之人，心最刻薄。有钱则甜言蜜语，茶酒奉承，万般款洽，惟恐其不来，迨至囊空，不独茶酒俱无，甚且恶言詈辱，并不容其近前。似此同一人也，始令人敬，终令人贱，能无悔乎？吾以为与其悔之于后，毋宁戒之于先。

戒赌十二则：

一坏国法。朝廷禁民于赌博尤严，地方文武官长，不行查拿，均干议处；父母姑息，邻甲蒙隐，俱有责惩。君子怀刑，虽安居无事，尚恐有无妄之灾，时时省惕。彼赌博场中，有何趣味？而陷身于国法宪网，以身试法，纵死谁怜？

二坏家教。父母爱子成立，叮咛告诫，志何苦也！为人子者，不能承命养志，而且假捏事端，眠宿赌钱，作此下贱之事，不知省悟，良可痛悼！故为子之道，凡事要视于无形，听于无声。若乃于父母教诲谆谆，全不悛改，背亲之训，不孝之罪，又孰甚焉！

三坏人品。人一赌博，便忘却祖宗门第，父兄指望，随处懒散，坐不择器，睡不择方，交不择人，衣冠不整，言语支离，视其神情，魂迷魄落，露尾藏头，绝类驿中乞丐，牢内囚徒。

四坏行业。士农工商，各有专业。赌则抛弃，惟以此事为性命，每见父母临危，呼之不肯稍释者，何况其他！迨至资本亏折，借贷无门，流为乞丐，悔之晚矣！夫乞丐人犹怜而舍之，赌至乞丐，谁复见怜，则是赌博，视乞丐又下一层矣！

五坏心术。大凡赌钱者，必求手快眼快，赢则恐出注之小，输则窃筹偷码。至于开场诱赌，如蛛结网，或药骰密施坐六箝红之计，或纸牌巧作连环。心照之奸，天地莫容，安有上进之日哉？

六坏行止。赌场银钱，赢者耗散一空，全无实惠；输家毫厘不让，逼勒清还。输极心忙，妻女衣饰，转眼即去；亲朋财物，入手成灰；多方拐骗，渐成窃盗。从来有赌博盗贼之称，良非虚语。

七坏身命。赌博场中，大半系凶顽狠恶之辈，盗贼剪拐之流，输则己不悦，赢则他不服，势必争斗打骂，损衣伤体。若与盗贼为伙。或被当场同获，或遭他日指扳。囚杆夹拶，身命难保。即或衣冠士类，不至若此，而穷年累月，暗耗精神，受冻忍饥，积伤肌髓，轻则致疾，重则丧身。揆厥由来，皆由自取。

八坏信义。好赌之人，机变百出，不论事之大小缓急，随口支吾，全无实意，以虚假为饮食，以哄脱作生涯，一切言行，虽妻子亦不相信。夫人至妻子不相信，是枉着人皮，尚可谓之人乎？他日虽有真正要紧之事，呕肝沥血之言，谁复信之！

九坏伦谊。亲戚邻友，见此赌徒，惟恐绝之不远，而彼且自谓输赢由我，与他何涉。正言谠论，反遭仇恨。以赌伴为骨肉，以窝家为祖居，三党尽恶，五伦全无，与禽兽何异？

十坏家声。开场之辈，均属下流；嗜赌之子，无非污贱。旁人见之必暗指曰:此某子也,某孙也。门楣败坏至此,毕竟祖父有何隐恶以致孽报?是生既招众人鄙贱,死后何颜见祖宗于泉下?

十一坏闺门。窝赌之家,那论乞丐、盗贼,有钱便是养身父母,甚至妻妾献媚,子女趋承,与淫院何异?好赌则不顾家室,日夜在外,平日必引一班匪棍往来,以成心腹。往来既熟,渐入闺阃,两无忌惮。所以好赌之人妻,不免于外议者,本自招之也。况彼既不顾其家室,青年水性,兼又有饮食财物诱之者,日夜不离其室,能免失身之患乎?

十二坏子弟。大凡开赌好赌之家,子弟习以为常。此中流弊无所不有,虽欲禁之,不可得也。故开赌好赌之子弟,未有不赌博者,平日之习使然也。夫既习以赌博,又焉望子弟之向上乎?且好赌之人,未有不贪酒肉而怠行业,故即其居室之中,尘埃堆积,椅桌倾斜,毫不整顿。抽头赢钱,尽数吃喝,吃之既惯,日后输去,难熬清淡,便不顾其廉耻,不恤其礼义,邪说污行,无所不为,男为盗,女为娼,不能免矣。戒之!戒之!戒赌十二则说完,奉劝诸公谨记。仍是书归正传。

诗曰:

特来暗访效包拯,清正廉明得未曾。
消息谁知今已漏,机谋在此是多能。
况无众役为心腹,空有一人作股肱。
不遇徐良兼艾虎,几遭毒手与凶僧。

且说和尚出来,认得邓九如,倒是怎么个缘故?情而必真。朱起龙死的是屈,因为五十多岁娶了一房妻子,他这妻子娘家姓吴,名叫吴月娘。过门之后,两口就有些个不对劲。何故?是老夫少妻。吴家贪着朱家有钱,才肯作的此事。夫妻最不对劲。她倒看着小叔子有些喜欢,又搭着秃子能说会道,不到三十的年纪。叔嫂说笑有个小离戏,久而久之,可就不好了,作出不贞不洁的事情来了。两个人议论,到六月间,二人想出狠毒之意。那晚间就把朱起龙害死,连秃子帮着,用了半口袋糠,朱起龙仰面睡熟,把糠口袋往脸上一压,两个人往两边一坐,按住了四肢。工夫不大,朱起龙一命呜呼!把口袋撤下,此人的口中微然有点血沫子浸出,吴月娘儿拿水给他洗了脸。一壁里就装点起来;一壁里叫童子去请大夫。大夫将至门首,妇女就哭起来了。随即就将大夫打发回去。朱家一姓当族的人甚多,人家到了的时节,恶妇早把衾单盖在死人的脸上。议论天气炎热,用火焚化。情真他们那里倒是有这个规矩。有人问起,就说是急心疼病症死的。这个又比不得死后搁几天才发殡,怕有什么妨碍,犯火期日,与什么重丧回煞等项,总得请阴阳择选日子。这个不用,自要一家当族长辈晚辈商量明白就得。就是本家人将死尸抬出去,抬到村后,有那门一个所在,架上劈柴一烧,等三天把骨灰装在口袋之内,亲人抱将回来,复反开吊办事。诸事已完,葬埋了骨灰,他们想着大事全完了。

吴月娘穿重孝守节,二秃子接了店中的买卖,绝不在店中睡觉,不怕天交五鼓,总要回到他铺中安歇。岂不想他的铺子与店一墙之隔,柜房与店的尽后头相连。吴月娘安歇的屋子也只隔着一段短墙,只管打前头过来,又可由后头过去。天交五鼓,仍然复又过去,朝朝如此。外面连店铺中并无一人知晓。以后还嫌不妥,叫人在店后垒起一段长墙,后面开了一个小门,为的是月娘儿买个针线等类方便。外人无不夸奖秃子的正派,岂知坏了事了。

这日,正对着月娘儿买绒线,遇着九天庙的和尚打后门一过,可巧被月娘看了他一眼。列公,这个和尚非系吃斋念佛跪捧皇经的僧人,他本是高来高去的飞贼,还是久讲究采花的花和尚,白昼之期,大街小巷各处游玩,哪里有少妇长女被他一眼看中,夜晚换了夜行衣靠,插单刀前来采花。他也看那个妇女的情形,若是正派人,他也看不中意,也不白费那个徒劳,就让来了,人家也是求死,别的是休想。那日看见月娘瞟了他一眼,早就透出几分的妖气。又对着月娘本生的貌美,穿着一身缟素。恶僧人看在眼内,到晚间换了衣服,背着刀,拨门撬户进来,正对着秃子也在这里,可倒好,并未费事,三人倒商量了个同心合意,自此常来。白昼秃子也往庙里头去,两个人交的很密。后来和尚出了个主意:终久没有不透风的墙,倘若机关一泄,祸患不小;不如把月娘送在庙中,就说把她送往娘家去了,给了她一千两白银作为店价,遮盖外面的眼目。其实送在庙中,那秃子喜欢来就来,和尚绝不嗔怪。

这日，正是和尚进城，走在县衙门口，就见朱二秃子的大葱白驴在县衙门口拴着。和尚一瞧就认得，心中有些疑惑。它是秃子常骑着上庙，故此和尚认得。正对着太爷升堂，又是坐大堂，并且不拦阻闲人瞧看，和尚也就跟着在堂下看了个明白。见秃子受刑，和尚心中实在不忍，赶紧撤身出来，找了个酒铺，自己喝了会子酒。自己想着，回庙见着吴月娘儿，可是提起此事好哇，还是不提此事好哪？再者这个知县比不得前任知县，两个人相好，自己就可以见县太爷，给托咐托咐。这个知县，一者脸酸，二来毫丝不得过门，倘若秃子一个受刑不过，连我都是性命之忧，自己踌躇了半天，无计可施。自可会了酒钱，出了酒肆，直奔城外。比及来到庙中，到了里面。他这庙中妇女，不是吴月娘一个人，也有粉头妓者，也有用银钱买来的，也有夜晚之间扛来的，也有私奔找了他来的，等等不一，约有二十余人，俱在庙内。这日，他回奔西跨院，众妇女迎接。他单把吴月娘儿叫到了一个僻静所在，就把朱二秃子已往从前之事，一五一十细说了一遍。月娘儿一听，不觉得就哭起来。复又与和尚跪下说，秃子待她是怎么样好法，苦苦的哀求僧人救秃子的性命。又说："怕秃子一个顶不住刑，我倒不要紧，还怕要连累了师傅，只要师傅施恩救了他的性命，他若出来，我准保他这一辈子忘不了你的好处。"说毕，复又大哭。和尚一者心软，二来也怕连累自己。正在犹豫，徒弟报道师爷爷到了。僧人迎出，原来是他的师叔。这个和尚是南阳府的人，外号人称粉面儒僧法都，前来瞧看师侄。叔侄见面，行礼已毕，让至禅堂，献上茶来。他问了师叔买卖如何？列公，怎么出家人问卖卖？本来全是绿林的飞贼，岂不是问卖卖！其实，净卖不买。偷了来就卖，几时又买过哪？回答："南边买卖不好，我们师兄弟四人俱都各奔他方，早晚你师傅还要上你这里来哪。"自然和尚他叫悟明，他有师弟叫悟真，他师傅叫赤面达摩法玉。还有两个师叔：一个叫铁拐罗汉法宝，一个叫花面胜佛法净。这些人们都在《续套小五义》上再表。悟明见师叔来了，他就把朱二秃子这些事情对着他师叔面前述了一遍。晚间用完了晚饭，就约了他师叔与他巡风。法都也就点头，彼此换了夜行衣靠。悟明带上灰口袋，本打算前去盗狱。不想到三更时分，进了城，到了狱门，当差的人甚多，都在那里讲究这位太爷性烈，夜晚间还坐堂审秃子哪。悟明听了，轻轻的回来告诉粉面儒僧。两个人就进了衙门，施展飞檐走壁之能，到了二堂，自然和尚下来抖口袋迷众人的眼睛，就把秃子背出去了。法都帮着出城，拿飞抓百练索绒绳拴上秃子，系上系下，到了外城找了个僻静的所在，砸了手铐脚镣，连项索尽都砸坏，换替背到庙中。秃子也不能与二人磕头道劳。法都拿出药来敷上，慢慢将养。月娘儿替秃子与二僧道劳。从此吩咐小和尚小心衙门的公堂，留神县官前来秘访，说了知县的相貌。不然，怎么邓九如一来，他们就知是知县？那个关门的小和尚，就给悟明他们送信去了。少刻出来，后面即给他预备着兵器哪。见面先说好话，后来叫小和尚拿。江樊把刀与自然和尚交手，他如何是凶僧的对手？他虽是二义韩彰徒弟，没学什么能耐，三五个弯就封不住和尚那条棍了，急的乱嚷乱骂说："好凶僧啊，反了！"并有些个小和尚也往上一围，江樊情知是死。忽然间，打墙上蹿下两个人来。

艾虎、徐良如何捉拿和尚，且听下回分解。

第七十七回　粉面儒僧逃命　自然和尚被捉

诗曰：

不信豪雄报不平，请看暗里助刀兵。
只因县令灾星退，也是凶僧恶贯盈。
贪乐焉能归极乐，悟明还算欠分明。
到头有报非虚语，莫向空门负此生。

且说庙中僧人，正在得意之间。江樊看看不行，自己就知道敌不住僧人准死。自己若死，如蒿草一般；保不住老爷，辜负包丞相之重托。到底是好心人逢凶化吉，可巧来了个小义士和多臂熊。二人听出庙里声音，艾虎认的江樊，随即两个人蹿下墙来。艾虎道："江大哥放心吧！小弟还同了一个朋友来哪。"江樊一看是艾虎到了，还同着一个紫黑的脸、两道白眉毛、手中一口刀、刀后头有个环子的汉子跳下墙来。那汉子跳下来就骂："好秃驴！忘八养的！"是山西的口音。艾虎见对面凶僧青缎小袄，青绉绢钞包酱紫的中衣，高腰袜子，开口的僧鞋，花绷腿，面如喷血，粗眉大眼，脸生横肉，凶恶之极。恶僧人一看艾虎、徐良，倒提劈山棍对着艾虎往下就打。艾虎一闪，拿刀往外一磕，僧人往下一蹲，就是扫堂棍。艾虎往上一蹿，凶僧撤左手反右臂，其名叫反臂刀劈丝。艾虎缩颈藏头大哈腰，方才躲过。徐良看看暗笑，老兄弟就是这个本事，自己蹿将上去，说："老兄弟，这个秃驴交给老西了。"和尚一看此人古怪，举棍就打。山西雁用力一迎，呛的一声，当啷，那半截棍就坠落于地。把和尚吓了个真魂出壳，掉头就跑。早被徐良飞起来一脚，正踢在和尚肋下，哎哟一声，和尚栽倒在地。艾虎过来，磕膝盖点住后腰，搭胳膊拧腿就把凶僧捆上。凶僧大喊，叫人救他。徐良一回手，在他脊梁上叭地一声，打了他一刀背。小和尚风卷残云一般，俱都逃命。依着艾虎要追，徐良把他拦住说："他们都是出家人，便宜他们吧！"

再见小和尚复又反转回来，围着一个胖大和尚，就是粉面儒僧法都。皆因他在西跨院同着那些妇女正自欢乐，见悟明出去不见回来。有小和尚慌慌张张跑将进来，说："师爷，大事不好了！我们师傅拿了知县，他还有一个跟人与我们师傅那里交手，打外头又蹿进来两个，全是他们一伙的。我师傅叫他们拿住了，你快去吧！"凶僧脱了长大衣服，提了一口刀直奔艾虎他们来了。小和尚本是跑了，见法都来，复又跟着法都，又要围裹上来。徐良一瞧，这个和尚虽然胖大，倒是粉白的脸面，往前扑奔。徐良说："好师傅，你是出家人，不应动气。本当除去贪嗔、痴爱，万虑皆空，没有酒色财气，这才是和尚的规矩，又何必拿着刀来和我们拼命？我们如何是你对手？你要不出气，我给你磕个头。"和尚将要说，磕头也不行！他焉知是计？岂不想老西这个头可不好受。就见他两肩头一耸，一低脑袋，哧的一声，和尚哎哟，还仗他眼快瞧见一点动静，由徐良脑后出来一闪身，虽然躲过颈嗓咽喉，噗哧一声，正中肩头之上，掉头就跑。这些小和尚就跟着跑下去了。粉面儒僧蹿上墙头，徐良并不追赶，掉头寻找艾虎来了。满地上小和尚横躺竖卧，也有死了的，也有带着重伤的。两个人会同寻找江樊，不知去向。

原来江樊瞧见艾虎、徐良进来，把那无能的小和尚砍倒几个，自己就跑出来了。明知道有艾虎一人足能将那和尚杀败，自己出来寻找老爷要紧。找来找去，并没见着。遇见一个小和尚，过去飞起一脚，就踢了个跟斗，摆刀要砍，说道："你说出那位老爷现在哪里，就饶你不死。"和尚说："我告诉你，饶了我呀！"江樊说："我岂肯失信于你，你说出来我就饶了你，你快些说来！"答道："在西跨院庭柱上捆着哪。"江樊果然没有结果他的性命，一直奔西跨院。一看，老爷果然在柱子那里捆着，三四个小和尚那里看守。看见江樊进来，恶狠狠的拿着刀扑向他们来，小和尚撒腿就跑。江樊也并不追赶，救老爷要紧。江樊过去解开了绳子，跪倒尘埃，给老爷道惊。邓九如用手搀起说："这是我的主意，纵死不恨，与你何干！我还怕连累了你的性命。你是怎么上这里来了？那和尚怎么样了？"江樊说："有小义士艾爷，还同着他一个朋友前来解围。要不是他们两个人，我就早死多时了。”邓九如问:“莫不是开封府告状的那个艾虎?”江樊说:“正是。”邓九如说:“我们两个人还怪好的哪!他坐监,我打书房出来散逛散逛正遇见他。在校尉所我义父那里,我们两个人一同吃的饭。他不认的字,还要跟学一学,怎么把眼前的字认的几个才好,很诚实的一个人。他是北侠的门徒,智化的干儿子。”江樊说:“不是,老爷记错了,他是智化的徒弟,北侠的义子。老爷看,来了!”

艾虎与徐良也是问了小和尚,找到西跨院。江樊要跪下给艾虎道劳,早叫艾虎一把拉住,对施了一礼,又与徐良见了见江大哥。艾虎说:“这是我徐三叔跟前的三哥,名叫徐良。”与江樊彼此见了礼。江樊又要与徐良道劳,也叫徐良搀住。邓九如过来说:“若非是二位到来搭救,我们两个早死多时。活命之恩,应当请上受我一拜。”艾虎一怔,搀住说:“你不是我韩二叔的义子吗?姓什么来着?”邓九如一笑说:“艾大哥,你是贵人多忘事,我叫邓九如。”艾虎说:“是了,你们二位怎么游玩到这里来了?”江樊就把他们怎么上任,怎么私访、审鬼、坐堂、丢人犯、解开歇后语、到庙中来遇见凶僧的事,细述了一遍。

艾虎听了说:“三哥,你看还是文的好,你我别说做不了官,即使做了官也算不了什么。看人家这个,出任就是知县!”江樊说:“少叙那个,和尚怎么样了?”艾虎说:“拿住捆好了。”徐良说:“我把他扛过来,看看是那个自然和尚不是?”

邓九如问艾虎从何处来?艾虎也就把自己的事说了一遍。邓九如说:“还有件怪事,方才他们大家把我捆上,推到这里来拴在庭柱上。这屋里头有许多的妇女,陪着那个白脸的和尚饮酒,还猜拳行令哪。就皆因那个和尚出去动手去了,这屋中许多妇女没见出门,她们全往什么地方去了?”艾虎说:“何不到屋里找找她们去!”同着江樊带老爷一齐到屋中,也没有后门,眼睁睁那酒席还在那里摆着,就是不见一个人影儿,连老爷也纳闷。江樊那样的机灵,也看不出破绽来。还是艾虎看见那边有一张床,那个床帏子乱动。艾虎用刀把床帏子往上一挑,见里面有两个人,将要把他们提将出来,一看是两个妇人,他就不肯去拉。叫:“江大哥,你把这两个提出来。”江樊就将她们随即捆上，带过来说：“这就是太爷，跪下磕头。”邓九如一看两个人俱在二十多岁，三十以内。太爷问：“你们都是干什么的？说了实话便罢，如若不然，即将你们定成死罪。”两个妇女往上磕头说：“我们都是好人家的子女，半夜间凶僧去了，把我们扛到庙内。本欲不从，怎奈他的人多，落了秃贼的圈套。”太爷说：“你们既是好人，本县放你们归家。可有一件，有个朱二秃子，他在庙中没有？”两个人连连答应说：“有，不但有朱二秃子，连吴月娘儿俱在此处哪。”太爷问：“现在哪里？”妇人说：“你看那边有一张条扇，是个富贵图，那却是一个小门。开开那个小门，里头是个夹壁墙儿。他们听见事头不好，俱都钻在那里头去了。我们也要钻到里头去，他们说没有地方了。故此我们才藏在床下里头。男女混杂好些个人哪。”老爷听了，随即叫江樊过去瞧。那一张画是一张牡丹，花旁边有个环子，虽是个门，可开不开。正要问那个妇人，就见徐良扛着和尚进来，把他地上一摔，扑通地一声，徐良随即说：“我全问明白了，他们这里头有个夹壁墙，连朱二秃子他们那一案都在这里哪。”忽然外面一阵大乱，进来许多人，各持兵刃。

若问来者何人，且听下回分解。

第七十八回　小爷思念杯中物　老者指告卖酒人

诗曰：

悟明作事太冬烘，淫妇收藏夹壁中。
自谓是空原是色，岂知即色即成空。
谋命图奸太不明，最阴究属妇人情。
奇冤自此从头洗，败坏闺中一世名。

且说徐良在外边问自然和尚，不说；拿刀威吓带伤的小和尚，倒是有一得一，将实话全都说出来了，故此徐良连那个假门他都知道。扛了自然和尚进来，正要献功，人家这里也都知道了。将要进去，外头却一阵大乱，进来了无数的人，各持单刀、铁尺，大众以为是僧人的余党。原来不是，是由衙门中来了一伙子马快班头。有老爷的内厮，一瞧天气不早，老爷无信归回，主管一着急，暗暗地就把马步班的头目叫将进来，就把老爷上九天庙的话细说了一遍。叫他们带着伙计去迎接老爷要紧。头目一听，也怕老爷有舛错，赶着带了伙计们急速出城，俱带着单刀铁尺。

到了九天庙，老远地就望见打里头跑出许多和尚来，焉敢怠慢？就叫伙计们向众人往前一闯。一看，有许多的僧人们，也有死于非命的，也有带着重伤的。问那个带伤的人："县太爷现在哪里，你们可知晓？"那人回答道："现在西跨院。"大众就奔西跨院而来。江樊、艾虎、徐良，大家往外一迎，见是马快班头，江樊这才放心。大众都过来见了太爷，给太爷道惊，给他们请罪。太爷说："于你们无干，这是我的主意。"复又过去，在那张画轴那里，把那个铜环子拧了半天。果然一转，那个门儿一开，这才看见夹壁墙。江樊使了一个诈语说："里面众妇女们听真，今日本处的太爷到此，就为的是朱二秃子、吴月娘一案，就将你们放去。倘若不献，拿到衙门里是一例同罪。"这句话不大要紧，就听见里面妇女们乱嚷。不多一时，连伺候她们的婆子,出来了二十多人。内中揪着一个妇人,就是吴月娘。大家一齐说:“这就是吴月娘。那个秃子可得你们爷们进去,我们拉不动他。”艾虎进了夹壁墙,不多时,就见他拉着他一条腿,提拉出来了。班头过来,将秃子锁上,把吴月娘锁上,又把两个人的二臂倒绑,待等回衙再问。同时,将那些妇女尽行释放,准她们把和尚那些东西,量自己的力气,能拿多少拿多少,不许再拿二趟。大家磕头,分散物件出门去了。

少刻,地方进来叩见太爷。江樊叫道:“地方出去,或马或车,找来给太爷骑坐。”地方出去,太爷叫听其那些带伤和尚自己逃命。受重伤不能动转的,少刻回衙打发人来给他调治。死了的,就在庙后埋葬。只罪归一人。跑了的和尚法都,案后访拿。太爷叫官人把悟明带回衙署审问。地方将车辆套来,请艾虎、徐良到衙中待酒。徐良说:“老兄弟,索性咱们作事作个全始全终,一半押解人犯,一半保着老爷,咱们要是一走,路上倘有舛错,岂不是前功尽弃了么?”艾虎点头道:“所有庙中东西,叫地方看守;倘若短少,拿地方是问。”押解着秃子、吴月娘、悟明和尚起身,出了庙门,直奔县衙。太爷叫艾虎、徐良一并上车,二人不肯。连江樊俱都地下走。一路之上,瞧看热闹之人不在少处。

书不重叙。到了衙署,老爷下车。三班六房伺候进了衙署。连艾虎、徐良让到书斋待茶。太爷立刻升堂,用刑拷问。三个人一字的不招,只好夹打了一回,把他们钉镣收监。太爷一抖袍袖退堂,掩门归书斋,陪着徐良、艾虎谈话,然后摆酒吃饭。用完了饭,直谈论了一夜,无非讲论些个襄阳故事,怎么丢大人,至今尚无音信的话说了一番。直等第二天早晨,二人告辞,他们还是上武昌的心盛。邓九如送了盘费银两,二人执意不要,让之再四,也就无法。邓九如、江樊送出作别。二人不上黄花镇去了,顺着大路直奔武昌。逢人打听路途,晓行夜住,渴饮饥餐,无话不讲。

这天,正往前走着路,一瞧前边是个山口,原来是穿山而过。进了山口,越走道路越窄,忽然抬头一看,正是桃花开放,满山遍野,香气扑鼻。艾虎说:“三哥你看这个地方多么可观,可惜不会作诗,要是会作诗更有了趣味了。”徐良说：“那个诗也是那么容易作的，哪里能文武兼全？要闹个艺多不精，还不如不会哪。”随说着，越走越往上去。到了上边极平坦的个地方，往四面无一处看不到。放眼往四面一看，粉融融俱是桃花，真似桃花山一般，把山都遮盖了。两人上山走的有些发躁，找了一块卧牛青石，暂且先歇息歇息。徐良说：“老弟，咱们歇着这个地方可不好。”艾虎说：“怎么不好？”徐良说：“四面全是沟，惟有这个地方孤孤零零的一个山头，专藏歹人的所在。我师傅对我说过，老兄弟不至于不知道吧！”艾虎哈哈一阵狂笑道：“三哥说什么歹人，要无歹人便罢，若有歹人，小弟正在闷倦，拿着歹人开开心才好哪！”徐良听了，把舌头一伸，说：“兄弟好大话呀，咱们歇歇走吧，我是怕事的。”

正说话之间，听见有人说：“哈，这个地方才好看哪！胜似西湖景。”艾虎说：“我二哥来了。”徐良说：“可不是么，他打那里来？”艾虎答言：“此处不是西湖，那里来的西湖景？”原来是胡小记、乔宾。黄花镇第二天丢了徐良、艾虎，大官人就知道他们两个人的事情，对大众一说，也就不便等着了，告诉推小车的，你们只管推着奔武昌路上，倘若要有人劫夺丢失了，找地面官告去，要不然，上武昌告诉大人去。芸生骑马单走，胡小记、乔宾不放心，告诉大官人，竟奔岳州府找下来了。二人到岳州，大街小巷，一上去就听到丢人犯的事吵嚷遍了。二人不敢停留，又不敢走华容县，绕着石门县，奔武昌走。在这里正好遇见大众，彼此见礼，各人对问说自己的心事，不可重叙。

忽然由西边上来了一位老者，提着小驴，还是个叫驴。老头年到六旬，穿着土绢大氅，回头把草纶巾摘下来当作扇子。那驴乱叫，老头说：“这种东西也是怪，每逢走在这里，你也歇歇来。我就叫你歇歇，要不，你心里也是不愿意。”他把驴身上的口袋抽下来，那驴又是乱叫。艾虎说：“众位哥哥看看好不好？”胡小记说：“真好。”艾虎说：“有点缺典。”胡小记说：“缺什么典？”艾虎说：“我常听我五叔爱说这句：‘有花无酒少精神，有酒无花俗了人。’可惜咱们这里就是有花无酒。这个地方，要有个酒摊可就对了事了。”乔爷说：“对，可就是短那么一个。”徐良说：“你是过于爱饮酒了。这个地方，你瞧瞧要有酒摊喝得么?”艾虎说:“只要有酒摊,也不管他喝得喝不得,我就要喝。要都像你,那就不用走路了。我还是过去打听打听去。”徐良说:“你打听我也不叫你喝,你怎么这样不知道进退!”艾虎真就过来与那位老者打听说:“你这个老人家,咱们这里哪有酒铺?”老头说:“你要喝酒么?”艾虎说:“正是。”那老头说:“哎呀！那可远了,离此约有四里多地,来回八九里地哪！我们这有个卖酒的,串着乡村卖,挑着个高挑子,上头也有酒,也有烧饼、麻花。”正说话间,西边一阵乱嚷。

不知是什么缘故,且听下回分解。

第七十九回 为饮酒众人受害 论宝刀毛二被杀

诗曰：

对酒观花总一般，赏花饮酒尽开颜。
不知误食盘中菜，犹当寻常作等闲。
客路前途望转赊，缘何乐酒又贪花？
个中幸有山西雁，假作迷离入贼家。

且说艾虎正与那个老者打听卖酒的，忽然西边一阵乱嚷，上来了许多人。山西雁一怔，原为是些个行路的，有七八个人。也有卖带子的，也有赶集的，也有扛着铺盖卷儿回家的。大家一齐说，好热天气，说道："咱们歇息歇息。"对着艾虎他们那边的那块石头就坐下了。把东西放在石块之上。也有本地人，也有山西人，也有乡下人，等等不一。就听那个山西人说："怎么这个地方这么些个桃花？"就有本地人说："没往这边来过吧？此处叫做桃花沟，故此这里的桃花甚多。"那人说："怎么这里也没有个卖酒的哪？"本地人说："有卖酒的，此时可不知道他过去了没有哪！我给打听打听。"那人说："敢情好。"就问那个老头儿说："咱们这里那个仁义子王三过去了没有？"老头说："没有过去哪。"那人说："给你打听了，还没过去哪。横竖不差什么，也就快来了。"那人说："怎么叫个仁义子王三哪？"那人答道："皆因是这个人作买卖公道，故此人叫他仁义子王三。卖酒、也有烧饼、馃子，还是货郎儿。少刻就过来，你再稍等等吧。"

正说之间，就听见有摇鼓声音。老头说："得了，来了，那不是他摇鼓呢！"果然听见摇鼓的声音。徐良早把艾虎叫将过来，不叫艾虎打听卖酒的。此处的酒，是万万喝不得的。艾爷虽然不愿意，也无可如何，净瞅着人家打听。自己想着卖酒的来了，看他们喝不喝；他们要喝了没事，自己喝了也就没事。那时再问三哥不迟。不多一时，就见山坡底下来了一个高挑卖酒的。老头说："这就是卖酒的王三来了。王三掌柜的,今天来得晚了。搁在这里卖吧,好些个人等着酒喝呢!”瞧这人卖酒的,三十多岁,蓝布裤褂,白袜,青鞋,花裤腿,高挽发纂,腰中蓝搭包,黄白脸面,粗眉大眼。他挑着一副圆笼,两边共是六层,扁担头有个钉儿。上来时节,把个长把鼓就挂在那钉儿上。老头告诉,他把圆笼放下,那边的人也就都过去了,争着说:“喝酒!”这个说,给我打二两;那个说,给我打三两,也有问酒价的。王三说:“别忙,别忙!等我打开圆笼,酒是五个钱二两,烧饼、馃子是五个钱两个。趸来的卖三个钱一个。你们这些人,我可记不清楚谁吃多少喝多少。可是自己记着,你们也不能吃三个说两个。全是靠天吃饭的人。谁也不能瞒心昧己,你们可是自己记。”那个本地人说:“错不了,我们都打集上来,全是买卖地儿。”这个说,我打四两;那个说,我打六两。王三说:“不行,没有那么大家伙。二两的壶,一两的碗,喝了再打。”大家乱抢一回。也有拿烧饼的,也有拿馃子的;也有在石头上喝的;有喝完了又来打的。

艾虎馋的直流涎沫,说:“三哥,你瞧见了没有?”徐良说:“少时到店内,有多少喝不了!何必单在这里喝呢?”艾虎说:“哥哥,我可不是不听你的话,这个景况难过!”徐良说:“我劝的你,爱听不听?”艾虎说:“死了我都愿意!你们还有不怕死的没有?”乔宾说:“我不怕死,来,看咱们哥两个喝去!”胡小记说:“我也不怕死。三哥怎样?”艾虎说:“不用问,他是向例不喝酒的。”艾虎过去说:“掌柜的,给我们打一斤。”王三说:“谁喝酒哇?你喝酒不卖。”艾虎说:“怎么,我不给你钱么?”王三说:“你凭什么不给我钱?”艾虎说:“我既给你钱,为什么不卖给我?”王三说:“我这个买卖,曲心不卖,曲心不卖。”艾虎说:“怎么说起哪?”王三说:“你们那个伙计刚才说,我听见了。说我这酒里头有东西,故此我就不卖给你。你们喝了这酒,万一要死了呢,我再跟着你们打人命官司去?”艾虎说:“谁说的?”王三说:“你们那个伙计。”艾虎说:“酒是我喝,他又不喝酒,我死而无怨。”王三说:“你可准不怕死,打多少?”艾虎说:“打一斤。”王三答道:“没有那么大家伙。”艾虎说:“有多大家伙?”王三说:“一两的碗,二两的壶,还是全叫人家占了,等着他们喝完了再说。”艾虎说:“那我可等不得。”王二说:“你等不得可没法。——有了,我这有个搁酒漏子的坛,你拿那个打吧,也装的下一抻酒,拿过去拿两个小碗匀兑着喝去。”艾虎说:“很好。”王三就把那个漏子拿起来,用屉子打酒,整打了十六屉。

徐良在旁说:“老兄弟,你可要小心!别人不拿这个坛子打酒,独你拿这个坛子打酒,预先把药下在坛子里,喝下去就悔之晚矣!”艾虎一听,想,这个情理不差,瞪了卖酒的一眼说:“哈哈!好,这酒我不要了。”卖酒的说:“不要不行,卖定了你了!”艾虎说:“你还要讲强梁吗?”卖酒的说:“我们小本经营,焉敢强梁!横竖你总得要!”艾虎说:“我偏不要,你便当怎样?”卖酒的说:“我自有主意叫你要。”说罢,他把酒屉子倒过来,拿那头竹把,下在坛子里,呼喽呼喽的搅合了半天,那酒是乱转,复倒过来,打在碗里一屉,他自己喝了;又打一屉,又喝了,说道:“你看看我这酒里有什么没有?要有什么,难道说我喝了还不死么!我这个人一生不做亏心事,你要屈我的心,不行,非把他洗明白了不可!酒里头要是有毒药,说话这半天也就发作了吧?”艾虎一见,连连的告错说:“是我错了。是我们这个朋友说的,我心里也乱猜起来了。是了,我少时多给你几个钱吧。”王三说:“你多给我一文钱,直顶到万两,我都不要!”随说着,又添了两屉酒。艾虎暗暗倒佩服这个人。就见有人过来说:“你不是有菜么?卖给我们点菜吃。”王三说:“菜可有,先不能卖呢。你看看这个乱!”那人说:“我们自己拿去。”王三说:“又不是成件的东西。”艾虎这里随即拿了些烧饼、馃子,说道:“你看看,我拿了几个?”王三说:“你这个人,白给你一百个你都不吃!”就见把后头的圆笼揭开,给那人拨菜。艾虎也就瞧了瞧,原来是一盘子炒咸食,一盘子青黄豆,招了点红萝卜丁儿,勾了点团粉,就叫豆儿酱。若论寻常,白给艾虎都不吃。如今见着这个山景儿,有了酒,对着这个菜,倒是个野趣,问道:“这个你卖几百钱一碟?”王三一笑说:“三个钱、两个钱、一文钱的全卖。”艾虎就拨了两碟,有乔宾帮着拿过去。再瞧那边人,他也买菜,你也买菜,也有打酒的。艾虎问:“三哥喝不喝”徐良回答:“不喝。”艾虎说:“吃烧饼不吃呢?烧饼、馃子、菜这横竖是可以。”徐良说:“这还可以，我吃点。”把烧饼掰开，把豆儿酱、咸食夹在里头。拿着烧饼，转着身面向北观花，说道：“你们饮酒赏花，老西吃烧饼赏花。我总看着这花是瞧一会少一会。”艾虎说：“你又不喝酒，你疑什么心？”徐良说：“你别理我，你只当我这里闹汗呢。”艾虎说：“三位哥哥，我怎直晕哪！”胡爷说：“别是真不好吧？”乔爷嚷：“哎哟！”扑通摔倒在地。艾虎也就身立不住了。胡爷他一个三哥没叫出来，也就躺倒在地。徐良说：“我又没喝酒，这是怎么了？”也趴在地下。

老头一笑说：“老三念西真仓啊！大家拾掇。”王三收家伙，老头把口袋搭在驴上，把三位的包袱系上，也就搭在驴上。把四位的刀，他都摘下去。单把徐良的那口利刀拉出来，看了一看，复又插入鞘中。笑嘻嘻说：“好买卖！这号买卖作着了。”大众说：“怎见得？”老头说：“少时你们就知道了。两个人搭一个，搭到家里去。”老头先下了西山坡，拉着驴出了西沟口，往南，他们起的名叫桃花村，进了篱笆门，将驴拴在桃树上。说：“有请瓢把子。”少时，寨主出来，叫病判官周瑞。出来问道：“毛二哥作了好买卖吗？有点油水吗？”毛二说：“你看看这个青子吧！”周瑞把大环刀拉出来一看，寒光灼灼，冷气侵人。毛二问：“此刀何名？”回答说：“不知。”毛二一论这口刀，就是杀身之祸。

欲知后来怎样，且听下回分解。

第八十回　杀故友良心丧尽　遇英雄吓落真魂

诗曰：

尤物招灾自古来，愚人迷色又贪财。

谁知丑妇闺中宝，更是齐王治国才。

这四句诗因何说起？皆因古往今来，佳人艳色，不是使人争夺，就是使人劫掠，看起来不如丑陋的好了。有句常言说的好："丑陋夫人闺中宝，美貌佳人惹祸端。"曾记得战国时，齐无盐还有一段故事。请列公细听，在下述说一遍。

钟离春者，齐无盐邑之女。齐宣王之正后也。生得白头深目，长肚大节，印鼻结喉，肥项少发，折腰出胸，皮肤若漆。无盐一邑，莫不知有丑女之名。欲嫁于人，而媒妁恐人嗔责，不敢通言。偶有见者，皆远远避去，人相传说，莫不以为笑谈。年至四十，尚未适人。有人戏之道："姑何不嫁耶！岂有待于富贵者耶？"钟离春道："不嫁则已，嫁则非大富贵不可也！"其人哂其妄言，复戏之道："大富贵人诚欲娶姑，但恐无媒耳。"钟离春道："自为媒未为不可也。"其人又戏之道："自为媒不几越礼乎？"钟离春道："礼不过为众人而设，岂能拘贤者耶？"遂将自穿的短褐脱下来抖一抖，去了灰尘，重新穿在身上；又用溪水，将黑铁般的一个面孔洗得干干净净；又将几根稀稀的黄发挽着盘龙髻，竟轻折着数围宽的柳树之腰，摇摇摆摆走到齐宣王宫之前，竟要入去。守宫的谒者看见，着实惊慌，忙拦住道："汝是何人？竟敢乱闯宫门！"钟离春因说道："妾乃齐国四十嫁不出去之女也。"谒者因戏问道："汝年四十嫁不去，皆因汝之容貌太美也。吾闻女子迟归终吉，汝宜家去，静坐以待之。到此何为？"钟离春道："妾闻君王之圣德，如日当空，无物不照，何独遗妾？故愿自献于王，欲以备后宫除扫。乞大夫为妾进传一声。"谒者听了，不觉大笑道："岂王之后宫，独少汝一美人耶？吾不敢传。"钟离春道："王叫你在此传命，妾欲见王而子不传，是子之罪也。传而王见与不见，则是王与妾之事也。子若必不传，妾则谨身顿首，伏于司马门外以待命。倘有他人见而报知于王，则子罪恐不辞。”谒者听说，不得已因报知宣王道：“宫门外有一奇丑女子，自言愿献于王，以备后宫之选。臣再三斥之不肯去，故敢上闻。”此时宣王正置酒于渐台之上，左右侍者甚众，听见谒者报之言，皆知是无盐丑女，莫不掩口而大笑道：“此女胡强颜至此！”惟宣王听了，转沉吟，暗想道：“此女闾阎市井中也没人娶她，敢来自献于寡人，必有奇异之处。”因叫人召她入去。因问之道：“寡人已蒙先王娶立妃配，备于位者不少矣，何敢复误天下之贤淑！汝女子乃欲自献于寡人。且闻女子久矣！不嫁于乡里之布衣，忽欲于万乘之主，必有奇能也，幸以告我。”钟离春道：“妾无能，但窃慕大王之高义耳。大王妃匹虽多，皆备色以事大王，未闻备义以事大王。故妾愿入后宫，以备大王义之所不足。”宣王道：“备义固寡人之所深愿，但善补之，不知汝有何善？”钟离春道：“妾善隐。”宣王道：“隐尤寡人之所喜，试即一行之。”钟离春因起立殿下，扬目露齿而上视，复举手拊膝道：“殆哉，殆哉！”如是者四遍。宣王看了不解其意，因问道：“隐固妙矣！寡人愚昧不能深测，还乞明教。”钟离春乃对道：“所谓隐者，不敢明言也。大王既欲明言，妾何敢于隐。所谓四殆者，盖谓君王之国，有此四殆也。君王之国，西有强秦之患，南有荆楚之仇，大廷无一贤人，而所聚者皆奸臣，王独立于上，而众人不附；且春秋已四十，而壮男不立，又不务众子，而务众妇，所尊者皆所好之人，所忽者皆所恃之人。今君王幸无恙耳，设一旦山陵崩驰，社稷不可知也。此非一殆耶？渐台五重，所聚者黄金也，白玉也；所设者琅玕也，笼疏也；所积者翡翠也，珠玑也，而不知万民已罢极矣！此非二殆耶？国所倚者，贤良也；而贤良匿于山陵。国所憎者，谄谀也；而谄谀满于左右；虽有谏者，而为邪伪所阻，此非三殆耶？饮酒聊以乐性情耳，乃沉酒于中，以夜继日，致使女乐俳优纵横大笑。外不能修诸侯之礼，内不能秉国家之治，此非四殆耶？故妾隐指四殆者，此也。”宣王听了，不觉骇然，警惕惊悟，乃喟然长叹道：“寡人奈何一迷至此哉！非无盐君之言，不几丧国乎？”因急命拆渐台，罢女乐，退谄谀，去雕琢；选兵马，实府库；四辟公门，招进直言，延及侧陋；卜择吉日，立太子，进慈母，拜无盐君为后。而齐国大治，皆丑女之力也。君子谓钟离春正而有辞。闲言少叙，书归正传。

诗曰：

自古英雄爱宝刀，削金切玉逞情豪。
流星闪闪光侵目，秋水泠泠冷挂腰。
壮士得来真可喜，奸徒遇此岂能逃。
物原有主何须强，显得奇人手段高。

且说桃花沟的寨主，就是五判官之中病判官周瑞，在此处坐地分赃。这个桃花沟地势太背，晚晌没人敢走，冬天连白昼人都少；官人往这里查得又紧，买卖又萧条。可巧毛顺由飞毛腿高解那里崩出来，到了桃花沟，见了周瑞，诉说："给高解出了个主意，他们掰了个智，把我崩出来。我不犯赖衣求食，才投在你这来了。多蒙寨主宽宏大量，不嫌我老而无用，收留于我。若非寨主待我这番好处，我也不能把我掏心窝的主意施展出来。"原来这个主意是他出的。

这王三不叫仁义子王三，他叫机灵鬼王三。余者的小贼，扮着走道的。王三酒里头没有蒙汗药，却是菜里头有两大盘子膨膨满满的，一边有蒙汗药，一边没蒙汗药。他们吃的菜没有蒙汗药，外人要吃，把盘子一转，使人也难以猜透，不但他们这几位小爷上当，受害的人多了。寻常撒出小贼，四个沟口看着，只要有人来就给他们送信。毛二拉驴，王三挑酒，众小贼妆扮行路赶集，作小买卖的。不但净是沟内，在左近的地方敢办这个勾当。不怕你不喝酒。老头子就问他了："你走过这里没有?"别人说："没走过这里。"他就说："这里有宗土产，叫桃花酒。若走桃花沟，必得尝尝桃花酒。桃花沟不喝桃花酒，枉在桃花沟中走一走。"使人就要尝一尝桃花酒是什么滋味。只要一饮，就上了当了。上当的人，不计其数。故此今天也是他们的恶贯满盈，遇见他们几位，艾虎又是个爱喝的。毛二预先倒不以为然是好买卖，嗣后见了这口刀，他知道是价值连城的东西，要在周瑞的面前卖弄卖弄，故此才问道："寨主爷可认识这口刀吗?"周瑞本人不认得，叫他益发笑说："寨主，这口利刀价值连城，世间罕有。若非寨主的德厚,万万不能遇见此物。"周瑞说:"这么一口刀,怎么叫二哥夸的这么好呢?"毛二说:"把你那口刀拉了来比一比。"周瑞就将自己的刀亮出来,毛二说:"你再剁一剁试试。"周瑞就着大环刀将自己的刀背一剁,呛啷一声,当啷啷,自己的刀头落地,倒把周瑞吓了一跳,然后哈哈一笑,夸道:"好刀哇,好刀!"毛二说:"不知道出处吧?"周瑞说:"不知。二哥知道,我领教领教。"毛二说:"出于大晋赫连播老丞相所作三口刀:一口大环,一口龙壳,一口龙鳞。全能切金断玉。实对你说,我就为这口刀弃了乌龙岗寨主,难道说高寨主立宝刀会,你不知道吗?"周瑞说:"那我怎能不知!"又问道:"你去了没有?"周瑞说:"我正病来着,我还真急呢!一者是连盟,二者我要开开眼。结果未能去赴宝刀会。就是这口物件吗?"毛二说:"正是此物。"周瑞说:"咱们可要立宝刀会了。"毛二说:"怎么落在这老西手里了?莫不是高寨主有祸,怎么也没见踩盘子的伙计报信哪?"

正讲论此事,大家回来,把四位小爷全扔在篱笆墙那里。王三把酒挑放下,也过来瞧刀。大家无不夸奖。寨主说:"今天这个买卖,不拘有多少东西,我都不要了。你们大家分散。我就要这口刀就得了。"毛二就有些个不愿意,说道:"怎么样寨主就要这口刀?"周瑞说:"正是我就要这口刀。"毛二说:"设若是你见着这口刀,你肯花多少银钱买?"周瑞说:"我要见着这口刀哇,花二千银子我都是情甘愿意的。"毛二说:"既然那样,就算你二千银子,把那些东西照着寻常算计明白,该当合算银价值多少,照样分派你的成账。这口刀,就算你二千两银子。"周瑞说:"那是何必呢?我不要你们的就是了。"毛二说:"不行!常言说的好,不能正己,焉能化人。你看着这口刀好,你就留下。设若是伙计们以后出去作买卖,看见好的东西不往回拿,就坏了你的事情了。我这个说话永远不为我自己,以公为公。设若你要不愿意,我拿出去就可以给你卖二千两银子,出去就能把它卖了。"这句话一说,就把病判官说了个红头涨脸,周瑞说:"二哥,你可太认真了。"毛二说:"我办事认真,可全不为己事。我也明知我这一生得罪人的地方,全在这个认真的上头。"周瑞说:"你看是谁?"毛二说:"我要看是谁,自己有分寸,那就不算认真了。"周瑞说:"今天我偏要和二哥讨这个脸。”毛二说:“不行！或是折价,或者我去卖刀。”周瑞说:“也不用折价,也不用卖去,只当是你的,我要和二哥讨这口刀。”毛二说:“不行！皆因众伙计有份的。要是我的,我可就送与寨主了。”周瑞说:“二哥真要了！小弟说了半天,你也叫我落不下台来。”毛二说:“那个我可不管。你是或要,或不要,速速说明,也搭着旁人没有解劝。”毛二素日间就不得人,也对着周瑞往日就强梁,周瑞又搭着也是气恼之间。有句俗言:“一个不摘鞍,一个不下马。”周瑞倚仗着得了一口宝刀,又想着这个劫夺人的主意,毛二已经给他出好了,一不作,二不休,除去了这个后患吧。毛二扭着个脸,也是气的浑身乱抖,就被周瑞磕嚓一刀,结果了毛二的性命。

当时间众人一乱。周瑞借着这个因由说:“这可是他找死！休来怨我。我与众位讨这口刀,众位想一想怎样?”大家说:“这是一件小事,寨主何必这般的动怒呢?”周瑞说:“哪一位不愿意,咱们就较量较量!”说话中间,把刀一扬,就听见噗哧,手背上中了一暗器;当啷啷舒手扔刀,吧嚓一声,面门上中了一块石头子儿,又听说:“好乌八儿的!”是山西口音骂人。众人一乱,徐良就蹿过来了。

你道徐良为何醒的这么快当?原来起先就没受着蒙汗药。他心神念全在那个卖酒的身上,一点破绽也没看出来,嗣后瞧他们一拨菜,可就明白了,那时就要动手拿他们。又想,凭着这几个小贼,作不出这样事来,必有为首的高明人。似乎这个主意,是人人得受。这个道儿不定害死过多少人了。满让我把这几个拿住,为首的跑了,以后仍然是患,不如我也装着受了蒙汗药的一般,他们为首的必然出来。那时再拿,未为不可。明知道菜里有药,特意说夹上烧饼,故意脸冲着外吃,若要面冲里,怕他们看出来是没吃。只是一件,瞧见艾虎他们躺下,都是漾白沫,自己要躺下嘴里没有沫子,又怕叫他们瞧出破绽,这也不管什么赃净,将自己口中涎沫咕哝咕哝了半天,也就是一嘴的白沫子,连喷带吐,往那里一爬,眯缝着眼睛瞧着。就是他们过来摘刀,自己犹豫了犹豫,刀要叫人摘了去,那可不是要的。总而言之,艺高人胆大,直不把这几个小贼瞧在眼内,且又上着紧臂低头花装弩哪,又搭着那几个小贼知道受了蒙汗药了,谁还把他搁在心上?

两个人抬着他就到了桃花村。可巧把他扔在紧靠着东边篱笆墙。他们都去看刀去了,索性就把眼睛睁开瞧着他们。自打得了刀,今天这才知道刀的出处,暗暗的欢喜。他早看出来周瑞要杀毛二,心里说:“这个老头子要死,也没那么大工夫救他。等他死了,我给他报仇。”果然杀了毛二。自己一低头,弩箭正打周瑞,过去捡刀拿贼。

不知后来如何,且听下回分解。

第八十一回 徐良用暗器惊走群寇 寨主受重伤不肯回头

诗曰：

未剿丑类恨如何，且住贼窝作睡窝。
旧系花装经再整，新硎利刃看初磨。
支更正可巡长夜，待旦还须枕短戈。
谁似徐良筹妙策，独操胜算益多多。

且说徐良对准了他的手背，一低头，弩箭出去，正中手背上。作了个鲤鱼打挺，往起一蹿，可巧手按着一块石头子儿。徐良一骂，周瑞一瞧，他叭的一声，正中周瑞面门之上。说时迟，那时快，徐良早就纵过去了，把刀就踹住了。周瑞把手甩着就跑了。有一个手快的贪便宜，他打算要捡刀去，早被徐良彭的一声，一脚踢出多远去了。这个人爬起来就跑。徐良说："追！"腾、腾、腾、腾，一步也没追，净是干跺脚。怎么个缘故呢？他怕要追他们，这三个人就叫人家杀了，永不作那宗悬虚之事，自己想主意怎么救那三个人。忽然又打后边跑过几个人来，周瑞拿着一双锏。什么缘故？他岂肯就白白的丢了他这个窝巢？周瑞把手背上的弩箭拔出来，把英雄衣上的水裙绸子撕了一条，裹上手背，拿了一双锏，复又过来拼命，说："好！山西人，我与你势不两立！"徐良一笑说："很好，老西在此等候。过来，咱们两个闹着玩。"就把周瑞肺都气炸，说："你这厮是哪里来的？"徐良说："老西还要问问你姓什么，叫什么哪！"回答："你寨主爷姓周，叫周瑞。人称为病判官。"徐良一笑说："你就是那病判官周瑞！"说："然也！"徐良说："你没有打听打听，老西我叫阎王爷！"周瑞说："你怎么叫阎王哪？"徐良说："我专揍的是判官！"周瑞气往上一攻，抡锏就打。徐良将大环刀往上一迎，只听呛当啷，把锏削为两段。周瑞掉头就跑，徐良说："追！"腾、腾的乱响，仍是不追。连那些个小贼全都跑了。容他们去远，徐良把胡小记夹起来，往北就走，走不远放下。又夹乔宾，又夹艾虎，就这么一步一步倒来倒去，把他们倒在后头院里去了。一看后头院里，五间上房，三间东房，三间西房。三间西房是兵器房，三间东房是厨房。徐良进去看了看，挂着整片子的牛肉，堆着整口袋的米面，一大坛子酒，还有许多干鲜水菜作料等等，无一不全。徐良打水缸里取了一瓢凉水，拿了一根筷子，用筷子把三个人牙关撬开，凉水灌下去。少刻苏醒过来，人人睁眼，个个抬头，齐说道："好酒呀，好酒！"老西说："几希乎没废了命，还好酒哪！"艾虎问："这是什么所在？"徐良就把以往从前之事，细说了一遍。艾虎说："三哥也没将他拿住吗？"徐良说："他逃跑了。"艾虎说："这个东西！怎么不把他追上呢？"徐良说："我要追他，你们三个谁管？倘若进来一个人，你们就废了命了。"胡小记说："咱们这些人都不及三哥的算计。"艾虎说："咱们趁早打算起身吧！"徐良问："上哪去？"艾虎说："起身，咱们得找镇店去，住店去。"徐良说："天已将晚，道路又不熟，准知哪里有镇店？离此多远路程？此处就是顶好的一个店房。也有米面，也有肉，干、鲜水菜全有。"艾虎说："当怕的你又不怕了！这是贼的窝巢，倘若他们夜间来了，睡觉如小死，岂不遭他们的毒手？"徐良说："叫我吓破了胆子了，他们还敢来？只管放心，敞着门，他们也不敢来！"连胡小记想着都有些不放心，又不敢多言。徐良说："把外头的包袱拿进来。"乔宾出去，把驴上包袱拿下来，搬在上房屋里。徐良说："咱们大家做饭。"

大家抱柴的抱柴，烧火的烧火。乔宾说："我抱柴到后头院里，一个大柴垛夹了四捆秫秸。"胡小记找着菜，就把牛肉割了一大块去切。徐良找了缸盆，倒上了有五六斤白面。艾虎就把大瓢哗啦啦地倒了六七瓢水，还要倒哪。徐良说："这是要吃什么？"艾虎说："我知道要吃什么呀？"徐良说："不拘吃什么，你倒那么些个水！"艾虎说："哟！稀了！"徐良说："你等着吃吧，瞧我的！你说是吃什么吧。切条、擀条、拉条；揪疙瘩、削疙瘩、把拉疙瘩；把鱼子，溜鱼子，贴把谷溜溜、饯鱼儿钻沙。你们说什么，老西全会作。"大众全笑了。艾虎说："这些个样儿，我们全没吃过。"胡小记说："你爱作什么就作什么吧。"乔宾说："你倒别瞧我这个样儿，我倒会。"艾虎说："你会作什么?”回答:“会吃!”大家又笑。真是徐良作饭。艾虎看见一大坛子酒,说:“这可是有福不在忙,我可该饮点了。”这就找碗要饮。徐良气往上一壮,把酒坛子抱起来往下一摔,叭嚓一声,摔了个粉碎。艾虎把嘴一撅,呼哧呼哧地生气。徐良说:“方才为饮酒,差一点没死了。瞧见酒又想要饮,总不怕死,实在馋的慌,爬到地下去饮!”艾虎瞅了他一眼,敢怒而不敢言。胡爷催着吃饭。大家饱餐了一顿,俱归上房屋中去了,把灯烛掌上。

艾虎说:“我是吃饱了就困,我要先歇着了。”徐良说:“睡觉,这个地方如何睡得? 睡着了,就是个热决。”艾虎说:“全依着你老人家说。我说住不得,你说住得了。我说睡觉,你又说睡着了是个热决。到底是怎么办才好哪?”徐良说:“我说在这住着,叫舍身诓骗他们,晚晌必来。咱们少刻四个人睡觉,东南西北占住四面。一个头朝北,一个头冲东,枕着头朝北的脚;一个头冲南,脑袋枕着头朝东的脚;一个头朝西,枕着冲南的脚;头朝北的,又枕着头冲西的脚。这叫罗圈睡。自己都别着刀,咱们的包袱搁在当中间,全别睡觉,装着打呼,往这么招贼,不怕。要是有睡着了的,把脚往上一抬,那个人也就醒了。贼要来了,慢慢的起来,下去就可以把贼捉住了。你瞧这个主意好不好?”胡小记说:“此计甚妙!”艾虎说:“三哥,你怎么想这个招儿来!就依着你这个主意。”果然就把门一关,把插管拉上。先前艾虎是净笑,嗣后,四个人装着一打呼,声音还真是不小,呼噜呼噜的。艾虎说:“这贼要是三更天来了还好,要是一个不来,把咱们这鼻孔都要抽干了。”大家笑成一阵,徐良说:“要是这么笑,可就把贼笑跑了。”艾虎说:“还是一个打了,接着一个打吧,不然,是准干。”真是一对一声,接连着打了。

始终不出徐良之所料。周瑞一跑,二次把锏削折,逃窜性命到桃花沟西沟口,躲在山洞里头,一捏嘴乱打呼哨。呼哨本是贼的暗令,慢慢地又聚在一处。王三也来了,说:“寨主刀也不要了吧!”周瑞苦苦地告错说:“众位兄弟,还得帮助我一膀之力。”王三说:“谁还敢助你一膀之力,毛二哥就是我们的前车之鉴! 谁还能辅佐于你!”周瑞说:“从此往后,不分什么叫寨主,什么叫伙计,作了买卖,平分秋色。”这才把大众说的心软。

周瑞回家探了一探，正瞧着徐良在厨房那里说：“那贼叫他吓破了胆子了，敞着门睡觉都不怕！”周瑞回去，把这话对王三学了一遍，还求王三给出个主意。王三说：“量小非君子，无毒不丈夫。夜至三鼓，大众凑齐，咱们大家前去。讲武，不是他们的对手。咱们把后院柴薪搬过去，堵门烧，烧他们个焦头烂面之鬼，风火中的亡魂。”大家说：“还是王三这个主意甚妙！这个桃花沟离镇店甚远，要找住户人家讨顿饭吃，没人肯给。只可是把他们烧死，得回桃花村，再打主意吃饭。”可怜他们要放火，连石钢火种都没有。现找左近的住户人家借来的石钢火。在山弯后等到三鼓，好去放火。将到二鼓之半，奔了桃花村来，由后篱笆墙蹿入。大众搬柴运草，未能放火。

欲知拿病判官周瑞这段节目，且听下回分解。

第八十二回 追周瑞苇塘用计 杀小寇放火烧房

且说周瑞等不死心，二次前来放火烧房。大众蹿进篱笆墙来，搬柴运草。周瑞堵着门口，把秫秸垛到四尺多高。焉知人家大众里头就防备着。究属柴薪，一搬挪总有响动。几位小爷在里头本是装打呼，听见外头一响，就吓了一跳，彼此把脚乱抬。徐良先就蹿下炕去，直奔屋门口。插管一拉，开门一看，秫秸码了四尺多高。被徐良一脚踢散，拉刀迸将出去。周瑞哪里敢交手，掉头就跑。直蹿出后篱笆墙去。徐良咬牙切齿，想着把他拿住，才解心头之恨，后面紧紧追赶。暂且不提。

且说艾虎、胡小记，乔宾三个人，把窗户一跺，蹿将出来，拉刀就剁。这些小贼，谁敢与他们爷们动手。再说人无头不行，鸟无翅不腾，没有周瑞，谁肯那么舍命！故此净想着是要跑，哪里跑得开？这几位如同削瓜削菜一般，霎时间杀得干干净净。原来遭劫的难躲，在数的难逃。别瞧杀的干净，还有漏网之人。艾虎等大家一看，没有人了，回到屋中等着三哥。暂且不提。

单说徐良追下周瑞，紧赶紧追，始终不舍，恨不得一时把他追上，结果性命，以与一方除害。焉知周瑞进西沟口，顺着边山直出北沟口。你道徐良为什么追不上他？皆因是周瑞道路熟，跑得固然是快，徐良道路又生，疑心又大，恐怕的是山贼把他带到埋伏里去。留神找着周瑞的脚踪迹，固然显慢，未能将他追上。出了北沟口，徐良着急，要是有了村庄，他扎将进去，这就不好找了。倒没有进村庄。前头黑忽忽的一片苇塘，眼瞅着病判官扎苇塘。徐良骂道："好忘八养的！进苇塘你打算老西就看不见你了！你往西北去了。"周瑞纳闷：这么高的苇子，我又蹲着身走，又是黑夜之间，他怎么瞧得见我哪？徐良又嚷："你往西北去，咱们两个在西北见！判官，你真是浑蛋！你不论东南西北，我都看得见你。走在哪里，上头那苇叶就动在哪里，咱们两个人西北见面!”周瑞就听见腾、腾、腾的脚步的声音,绕着苇塘,直奔西北去了。周瑞暗笑:“你说我是浑蛋,你比我更是浑蛋!我本来没留神上头的苇叶子,你虽看见也不该说出来。你说出来,就是把我提醒。你在西北等我,可我就不往西北去了。总是我命不当绝,他若看出来,一语不发,在西北一等我,若出去,准死无疑。”自己一转身,用脚尖找着地,慢慢地分着苇子,一步一步提着气,慢慢扑奔东南。

列公就有说的,桃花开放的时节,哪有这么高的苇塘?此处不是南边的地方,桃花开放,那苇子就够一丈多高,若要是水苇还高哪。闲言少叙。

病判官出了东南,他本惊弓之鸟,出苇塘眼似鸾铃一样,就见前边黑忽忽似乎蹲着一个人相仿。周瑞又不敢前去,他本看不很真,心想,必是自己眼花,等了半天,并无动静。别是个土堆儿吧?仗着胆子往前就走,看看临近,忽然站起来一蹿,说:“判官,你才来呀!老西久候多时了。咱们是死约会,不见不散。过来闹着玩吧!”这一下可把周瑞的真魂吓掉,这才知道是上了当了。

徐良那个聪明无比,遇事一见而明。他如可真往西北追他,岂肯说将出来?他特意地说往西北去,咱们往西北见吧!他明知道说出在西北见,周瑞绝不肯往西北去。他往西北跑,故意的跺脚;往东南来,一点声音皆无。往这里一蹲,尽等着周瑞。果然不出他的所料。见着周瑞他还不肯起去,尽容他往前来,蹿起来抡刀就剁。周瑞焉敢还手,掉头就跑,复又扎入苇塘去了。徐良说:“追!”眼瞅着苇梢乱动。徐良虽然跺脚,并不进去。因何缘故?他在暗处,自己在明处,进去总怕吃亏,又怕里头有水。徐良就是不会水。目不转睛,倒底瞧着那苇叶往哪里晃悠。看了半天,那苇叶一丝也不动。自己心中纳闷,一翻眼明白了。必然是周瑞藏在苇塘里面,不敢奔东南西北,怕的是苇叶一动,外边瞧见。徐良说:“周瑞里边等着,我在外边看着。咱们两个,看谁耗的过谁?”周瑞果然是进在里边不敢走啦,就蹲在里面,自己心中纳闷说:“怎么他那样好眼睛?我在里头蹲着,他会看见?且和他耗一会再说。那人诡计多端,别听他这一套言语。”忽然就听见外边说:“净这么耗着无意思!”揭石头子儿啦叭嚓叭嚓打进苇塘。冲着周瑞来了。周瑞一低脑袋,躲过去。复又瞧见一块一块直往里打。原来是徐良不准知道他在哪里蹲着,打了半天,也不知道是打中了没有打中?谁有些个心肠在此要他,我还是找众兄弟去要紧。临走还说了一句话:“我净和你耗着就完了!”

其实自己轻轻的就走了,按旧路而回。就见前边有一个人影儿乱晃。徐良微微一停步,前边那里叫:“徐三哥!”山西雁方知道是艾虎,回答:“老兄弟,有什么事?”艾虎说:“呵,三哥你上哪里去了?我们等急了你了!那几个贼,我们全打发他上他姥姥家去了。你这一个可拿住了没有?”徐良就把追周瑞进苇塘,往西北追,在东南等,使了什么诈语。拿石头子儿投,一五一十说了一遍。艾虎说:“可惜要有我,就追进去了。”二人回到篱笆墙里头,会定胡小记、乔宾,把那些个死尸连毛二都把他堆在屋内,把自己的包袱俱都拿上。依着乔宾说,把那个驴拉上,叫它驮着行李。徐良不让,说:“你知道他那驴是哪里抢来的?有本驴主瞧见,那还了得?咱们把它解开,叫它逃命去吧!”就用那小贼搬来的柴货,用火点着。小贼打算烧人家,没有烧成;人家倒把自己死后尸首烧了,也是他们恶贯满盈。顷刻间烈焰飞腾,火光大作。几位一看,天色微明,正好走路,也就不穿着桃花沟走了,未免也就绕了点道路,整走了一天,打尖用饭,也就不细说了。

到了晚间,走到一个镇店住店。稍微透早,艾虎奔武昌府的心盛,恨不得要连夜下去才好。依着徐良,就要在这个镇店住下才好。艾虎净说:“天早,再走几里。”也没打听打听哪里有店,公然就一直的往正南走下来了。走到天已昏黑,又无月色,几位觉着腹中饥饿。乔宾就说:“都是老兄弟你的主意,方才要住了店好不好!你看这赶不上镇店,昏黑夜晚,怎么个走法?”艾虎说:“你别抱怨我呀!我还想酒饮哪!”好容易这才遇见了一个人,跟人家打听打听哪里有店。那人说:“离此不远,有一个小山坡,上头孤零零有一棵大梓树,参天拔地,过去有一个小镇店,就叫孤树店。东西大街尽东头有一个大小店,穷富都可住。阔人单有房屋。穷人作小买卖、推车、挑担在外头。对着厨房,有一溜南房。大炕上住人,就是起伙小店。”几位打听明白,直奔孤树店而来。到了那个小山坡,果然看见那棵大树。过了山坡,穿那个孤树店,到了东头路北,有一个大店,字号是兴隆老店。门口两条板凳,店中客人大概也都睡了的了。店伙计问:“几位投宿吗?”徐良回答:“正是。可有上房?”伙计说:“没有上房了,有三间东房。”徐良说:“可以。”伙计带路,拐过映壁,伙计说:“掌柜的是山西吧,贵姓?”徐良说:“老西姓徐。”说到此处,就见上房的帘子一启,有个人往外一探头,把着往外一瞅,复又扭身回去。几位也没很留神,这就奔了东房去了。进了屋子,点灯,烹茶,打洗脸水。徐良看了看这个屋子,就有些诧异。就与艾虎、胡小记、乔宾说:“这屋子可透着有点奇怪!别是贼店吧?”艾虎说:“叫三哥一说,全成了贼了。”徐良说:“咱们方才进来,上房有一个人往外一瞅,看着可有些个奇怪。我自顾与伙计说话,没瞧见什么模样。这个地方,可空落,留些神才好!”忽然一瞅,有一宗诧事。

要知什么缘故,且听下回分解。

第八十三回　二强寇定计伤好汉　四豪杰设法战群贼

诗曰：

明明在上，顾畏民岩。

民之父母，民具尔瞻。

知县官职虽不大，却为民之上司，若要作威，不能爱民如子，一方皆受其苦，所以圣帝明王，于此独加小心。曾记唐史有段故事，听我慢慢讲来。

唐玄宗时，以县令系亲民之官，县令不好，则一方之人，皆受其害，故常加意此官。是时，有吏部新选的县令二百余人，玄宗都召至殿前，亲自出题考试，问他以治民之策。那县令所对的策，惟有经济词理都好，取居第一，拔为京畿醴泉县令。其余二百人，文不中策，考居中等，姑令赴任，以观其政绩何如。又四十五人考居下等，放回原籍，以其不堪作令，恐为民害也。还敕令在京五品以上的官及外面的刺史，各举所知的好县令一人，奏闻于上。既用之后，遂考察那县令的贤否，以为举主的赏罚。所举的贤，与之同赏；所举的不肖，与之同罚。所以，那时县令，多是称职，而百姓皆受其惠，以成开元之治。今之知县，即是古之县令。欲天下治安，不可不慎重此官也。闲言少叙，书归正传。

诗曰：

世事人情太不平，绿林豪客各知名。

何须定要倾人命，暗里谋人天眼明。

且说徐良到了屋中，各处细瞧，但见西屋里有张八仙桌子，桌子底下扣着一口铁锅，两边有两张椅子。徐良叫大家瞧，说："你们看，这有些奇怪。"三位过来一瞅，艾虎说："人家无用的破锅，你也起疑心。"徐良说："你看看这是新锅。"艾虎说："新买来的，要换旧锅，还没换哪，也不足为虑。"徐良说："老兄弟，搬开瞧瞧。"艾虎过去一搬，用平生之力，一丝也不动。艾虎复又将刀拉出来，欲要将刀插在锅沿底下，往起一撬，便知分晓。徐三爷不叫，说道："使不得！我用大环刀一剁，岂不省事！"艾虎说："哥哥的主意怎样？"徐良说："谁也不准知是贼店，无非看着这事情诧异。就是少时要来吃食，别吃菜，净吃他的馒头。那发面物件，绝没有什么毒药与蒙汗药。"胡小记说："既然不吃，就告诉咱们大家吃素，不要酒菜了。"徐良说："吃素。"他催着要素菜，公然就说大家全吃白斋。众人议论了会子。伙计进来，问几位爷要什么酒饭？徐良说："我们要多着的哪！你再给烹一壶茶来。"伙计去烹茶。徐良说："咱们要不用他的酒菜，再烹茶，也许给使上蒙汗药。"大家说："有理。"少刻，把茶烹了来。问道："几位爷们要什么酒饭，快吩咐，天不早了。"徐良说："你们这有馒头？"回答说："有。"徐良说："先端上五六斤来，我们先瞧瞧面好哇不好？面要不好，我们吃饼。"伙计说："咱们这里是玉面馒头。"胡爷说："你取来我们瞧瞧。"不多时，伙计端了一提篮馒头，热气腾腾，就放在当中，叫他留下。伙计又问："要什么菜？"徐良说："我们什么也不要了。"伙计说："怎么不要菜呢？"徐良说："你看不出我们来？我们都是吃斋。"伙计说："吃斋，咱们也有素菜，这里素菜还更好哪。"徐良说："是吃白斋。"伙计说："吃白斋连咸菜都不要，我给你点汤来。"徐良说："汤也不要。"伙计说："吃白斋的也有，怎么可巧四位全吃白斋？"徐良说："我们因得痨病，许的吃白斋，吃百日就好了。"伙计说："你们几位这个身子股还是痨病哪？"徐爷说："你可别瞧这个样儿！这都是叫白斋吃好了。前一个月，连道都走不上来。"伙计说："既然这样，什么都不要。少刻烹茶时候言语。"徐良说："你张罗别的屋内买卖去吧！"大家吃完，有的是这壶茶，喝了，把门一关，大家就在炕上安歇，也不脱衣裳。就有睡着了的，也有醒着的，也有盘着膝而坐，闭目合睛养精神的。伙计净过来问烹茶，就有五六趟。后来索性把灯烛吹灭，再来就说睡了觉啦。

天交二鼓，店中也就没有什么动静了。直到三鼓时候，徐良就把艾虎、胡小记叫醒。胡小记并未睡着，艾虎将即沉昏。徐良低声说："有了人了！"胡小记说："我也听见了。"艾虎说："现在哪里？"徐良说:“锅响哪。”三人慢腾腾的下来,直奔西屋内,八仙桌底下,就听见那个铁锅哗啦啦地一响。三位爷就把八仙桌挪开,椅子也就搬开,慢慢的往那里一蹲。你道为什么不叫醒乔宾?皆因他粗鲁,说话嗓音又大,故叫他睡去倒好。待了半天,就见那锅呼地的往上一起。徐良听见说过,艾虎是守着绿林的人,懂的。胡小记几时见过这个事情,就吓了一跳,几乎没有坐下。三个人暗笑。就见那锅左一起,右一起,起了好几次,嗣后,索性起来就不落下去了。打里头出来一个脑袋,黑忽忽的。胡小记过去就要抓,被艾虎拦住。出来进去好几次,后来有一个真人打里头钻出来,早被西山雁一把揪住,借刀使力往上一揪,刀到处,人头已落。把尸往旁边一丢。底下那个问:“哥哥上去了?”上面三位爷不敢答言,怕他听出语音来。又低声问:“哥哥上去了?看你这人,这么问你,连言语也不言语!”又一打哧问:“哧,他们睡了没有?”自己一赌气儿上来,被艾虎抓住往上一揪,一刀杀死。第三个上来,徐良一揪,没揪住,就听见里头咕噜咕噜的滚下去了。徐良说:“不行了,开门吧!叫乔二哥。”

你道这个贼店是什么人开的?这个人姓崔名豹,外号人称叫显道神。他这个黑店与别人不同,不是进来就死,看人行事。不怕住满店的客人,他总看着哪个有钱,得值当的,用蒙汗药把他蒙得过去,杀了。第二天,众客人都走了,然后就在后院掩埋。已经有几载的工夫,一点的风声没有,极其严密。可巧有绮春园的镔铁塔崔龙到来。皆因绮春园事败,六条人命,十几个带重伤的,叫艾虎追跑;又与赵盛、薛昆、孙青、李霸俱都失散,未能见面。自己舍了绮春园,又不敢回家,怕的是凶手跑了,他得打官司。故此连着夜走。也是白日住店,找了他兄弟崔豹来说了自己的事情。崔豹不叫他出门,就叫他在店后,一半张罗着店中的买卖。可巧这天,他正在上房屋中与他兄弟说话,听见伙计说:“你是山西人?”他可就看见徐良。徐良他虽不认的,他可认的艾虎、胡小记、乔宾。赶着把身子抽将回去,就与他兄弟把此事说明:“这是鬼使神差,该当我报仇,也是他们自投罗网。”苦苦央求他兄弟。崔豹说:“你我乃是同胞的兄弟,你的仇人即是我的仇人。到了咱们店中,他们就是笼中之鸟,釜内之鱼。就让他们肋生双翅,也不用打算逃脱罗网。”吩咐把尤三叫来。

不多时,尤三来到面前,见二位掌柜的。每遇店中要是杀人,用蒙汗药,由地道进房子,全是此人,他是管黑买卖的头儿,姓尤,叫尤福,行三,外号叫小耗子。崔豹把小耗子叫过来,告诉明白了大掌柜的事情。叫他嘱咐伙计用蒙汗药,晚晌要他们四个人的脑袋,尤三连连点头说:“这个事情交给我了。”转头就走。天到初鼓,复又回来说:“掌柜的,这四个人可不好办哪!”崔龙问:“怎么?”尤三就把他们先要两壶茶,又叫端馒头瞧瞧,不要菜蔬,吃白斋,竟把馒头留下,连咸菜全不要,后来再想给他烹点茶,都不要了,这个光景怕有点扎手哇!”崔龙说:“他总得睡觉。等他睡熟之时,由地道进去,无非是多加点小心,不怕不行。打令子全有我们呢!”尤三领了话出去,带了三个伙计,后院单有两间平台,打着灯笼,每人拿着一把刀。尤三拿着一个纸壳子作的脑袋,上头戴着一顶蓝毡帽,一根棍子上一个青包袱,插上这个脑袋,进了平台,打开地板,倒下台阶,走地沟。原来是个总地道,要往哪屋里去,就往哪里去。可是各屋里头全有一口铁锅。铁锅底上钉着一个铁环,一根铁链上面有个铁钩,勾住铁环,底下有橛子钉在地下,打外面万不能将锅揭开。不怕要是有人问下来,就说新买的铁锅。他们走在东屋那个铁锅的所在。叫他们拿着替身上去,摘了铁钩,把锅掀了几掀,支住锅,晃替身,一点动静没有,后来,人才上去。上去一个杀一个,第三个心里头就有点害怕。将一露头,徐爷一揪没揪住,他拼着命往下一仰,打上头滚下来了。尤三也不问什么缘故,掉头就跑,直奔平台上来,奔柜房找掌柜的说:“掌柜的,不好了!我们伙计连死了两个。人家有防备。”崔龙、崔豹两个人正在那里吃茶哪,一闻此言,甩去长大衣服,壁上摘刀,叫尤三齐人,操家伙往前院去。预备灯笼火把,操长短的家伙,大伙嚷喝着拿人。崔龙将到前院,就见徐良他们大众出来了四个人,连乔宾也就拿着利刀在那里骂哪:“好,你们是贼店哪!快出来受死吧!”刚一见面,胡小记、艾虎、乔宾就都认识崔龙,可不认的崔豹。见崔豹头上挽发髻,蓝绉绢小袄,蓝绉绢裩裤,青绉绢钞包,薄底靴,面似纸灰,立眉，小三角眼，尖鼻子，薄嘴唇，细长身子，手中拿着一口刀，撞将上来。

欲知大家动手拿贼的节目，且听下回分解。

第八十四回　崔龙崔豹双双逃命　义兄义弟个个施威

词曰：

可恨崔龙崔豹，终日设谋害人。
投宿入店命难存，多少银钱劫尽。
也是合该倒运，来了弟兄四人。
看破机关怒生心，欲把贼人杀尽。

且说徐良、艾虎、胡小记叫醒了乔宾，吊衣襟挽袖裤，刀鞘全别在带子里，把刀亮出来。他们开门蹿在院内，喊喝声音："原来这里是个贼店，贼人快些出来受死！住店的大家听真，他们是个贼店。"店中大乱。仗着这天住店的不大很多，前头起伙小店的人倒不少。前头小店里住的俱是些个穷人，更乱了。山东、山西、本地的人全有，俱是作小买卖的人。这个说："我丢了东西了，是个贼店。"那个说："不错，是贼店，我把裤子没了。"这个说："我裤子丢了，得赔我裤。你们去找。我出去找地保去，就是赔我裤子。"旁边那个人说："你赤着身怎么出去找地保去?"这个人复又一笑说："不用找了，我穿着哪！"这就有开店门的，还有乘乱拿着人家东西跑了的。

店中人顾不得这些事情，都帮掌柜的动手来了。众伙计也有四五十人。也有拿兵器的，也有拿叉耙、扫帚、大铁锨、棍子、杠子、切菜刀的。众人一围裹四位小英雄。艾虎抵住崔龙，胡小记抵住崔豹，乔宾打围，徐良打围。就听一阵吪嚓磕嚓，就把店中伙计的兵器削为两段，丁丁当当，那半截折兵器坠落于地。大众嚷："厉害呀，厉害！"就顾不得动手了。都打算逃窜性命。算好，连一个也没死。再少刻间，那些个伙计就连踪迹也不见了。就剩了六个人交手。内中单有个小耗儿在暗地里，此时正对着明亮亮的月色，他在那里黑影儿里藏着，捡了一块砖头，对准了徐良叭嚓就是一砖。只听见噗哧一声响，红光崩现，死尸腔栽倒。

列公听明白了,可不是徐良躺下了,而是尤三躺倒死了。山西雁瞧着周围那些人全逃跑了,就剩下崔龙、崔豹,自己掏出一只镖来,要打崔龙。一眼看见尤三,在暗处躬着腰,蹲着捡砖头要打。徐良暗说:“这只镖照顾了你!”容他砖头掷来,自己一闪,一反手噗哧正中咽喉,扑通躺倒在地。崔龙、崔豹一惊,看见尤三一死,手下人俱跑了,就知今天事败。两人抵住两人,已不能取胜,何况他们四个人一齐而上!又不肯败阵。若要一败,这店就得算人家的了。徐良嚷道:“你们两个人还不过来受死!”崔龙拔刀就剁。徐良用刀往上一迎,呛啷一声,削为两段,仍是当啷啷刀头坠地,崔龙吓了个胆裂魂惊,早被艾虎一刀剁将下来。崔龙缩颈藏头,大哈腰躲过了脖颈,躲不过头巾,只听见砰的一声,把头巾砍去了一半。此时也顾不得兄弟了,掉头就跑。崔豹一人慌成一处,那有心肠还与大众动手?虚砍一刀,也掉头就跑。将一转脸,叭的一声,面门上中了飞蝗石子,哎哟一声,疼痛难忍,噗哧,肩头上又中了一枝袖箭,恨不能肋生双翅逃出店外,只得蹿在房上跃脊而走。徐良、艾虎也是由房上紧紧追赶。胡小记、乔宾由门内追出,紧跑紧追。贼头向东南逃跑。论脚底下两个还是真真的不慢,徐良、艾虎竟追他不上。前边黑忽忽一片树林,两个人直奔树林而跑。按着规距说,逢林而入,遇灯而吹,这是夜行人的规距。若是行家追人,你只要进了树林,他就不追赶了。这叫穷敌莫追。这两个人就这么点想头,要按规距,他们就活了;不按规矩,他们就死了。将才窜进树林后边,四个人陆续着就到了。老西说:“人家进了黑忽忽的树林,按说这就不应例追赶了,这叫穷敌莫追。无奈一件,这时我要想着杀人了,我就不按情理不情理了。”嗖地往上一蹿。崔龙、崔豹听见说他不追了,稍微的放了点心。刚一缓气,就见他嗖的一声蹿进来了,把两个人吓的又跑。就听见崔豹说:“咱们扯花神凑子儿吧!”徐良不懂,穿树林紧追赶。远远看见一段红墙,檐前铁马阵阵,频摇惊鹊铃,就知道是个庙宇。追到庙前,踪迹不见。徐良伏身爬在地下,周围细看。艾虎赶到说:“三哥作什么哪?”徐良说:“我把贼追丢了?”艾虎说:“我知道地方。”徐良说:“你怎么知道地方?”艾虎说:“三哥,你可缺典,他们调侃儿你不懂的。他说扯花,就是走奔；神凑子，是庙。他们奔入庙去了。”徐良说：“我怎么没瞧明白？咱们等等胡大哥。他既然上庙内，庙里就有他们同伙的贼。等胡大哥他们来了时节，咱们进庙里去看看。”

不多一时，乔宾、胡小记赶到。两个人跑的喘息不止。他们本来不会夜行术的工夫，跑了这么远，怎么会不喘？艾虎就把怎么调侃儿，三哥追到此处怎么不见的话，说了一遍。胡小记问：“老兄弟，你打算怎么样？”艾虎说：“我同三哥进去瞧瞧。庙中要有同类之人，我们一并拿获。你们二人不能蹿房跃脊，先在外边等候。我们打里头追出来，你们在外头截杀。”徐良说：“奔在里头去，就是等候，也在庙里头等候，咱们也看看是什么庙。”四个绕在前边一看，朱红的大门，密摆金钉。石头上镌着字，是蓝底金字：“敕建古迹云霞观。”两边有两个角门，俱都关闭。胡小记问徐良说：“不然，叫开他的庙门，我们也就进去帮着你们一同搜寻去。”徐良说：“不好，深更半夜，又得惊动人开门。若要庙中有他们同类的人，一开门有声音，岂不惊动跑了呢！”庙前有两棵大树，大树旁有两块石头，就叫胡小记、乔宾在石头上等候。徐良与艾虎蹿上墙来。一看，好大个庙宇。头里有三条神路，内有三座石桥。有些个松柏树林，钟鼓二楼就是二道山门。两个人奔了二道山门，蹿上卡子墙去。往里一看，三四层佛殿，尽都是黑洞洞，惟独看看西北有灯光闪亮。艾虎就同山西雁两个人一前一后，就奔向灯光来了。看看临近，徐良低语与艾虎说：“这个庙这样的宽大，地面宽阔，房屋甚多，大略这两个贼不容易找了。”艾虎说：“咱们奔那个灯亮。那刚才你不是念的什么观吗，必是老道他们。要是和老道同类，必在老道那里躲避。如今和尚老道不法的甚多。”徐良说：“老兄弟，你别说，我师傅可就是老道。”说毕，两个人一笑，直奔西北。

到来原是个跨院，三间西房。两个人就由南边那个墙头蹿上房去，奔前坡把身子一伏，爬在房上，手搬瓦口，双足踹住阴阳瓦，伏身子往下一探看。里边灯光闪烁，并无一点声音。忽然见帘子一启，出来了一个小道童儿，头上戴着道冠，蓝布袍，白袜青鞋，面白如玉，五官清秀，见他说：“我们祖师爷打发我出来问你们，是哪里来的？下来吧。”当时就把艾虎、徐良吓了一跳，自己觉着脚底下轻巧，又并无踹破瓦，他怎么会听出来了？两个人暂且先不言语。小童儿又说：“你们到底是打哪里来的？祖师爷算出来了，知道你们来。下来吧！也不害你们。”徐良这才答言说：“下去就下去吧！老兄弟，咱们就下去见祖师爷去。”这两个人飘身下来。小童说：“就是你们二位吧？”徐良说：“不错，就是我们两个人。”问：“祖师爷现在哪里？”小童指告说：“就在这鹤轩里边。”就叫童儿头前引路。可见得真是艺高人胆大。

启帘而入，到了里边，迎面有张八仙桌子，上头有个四方乌木盘子，里头摆着个金钱卦盒。有一个十二元辰的盘子，有几个木头棋子儿，上头刻着字：“父母兄弟子孙官鬼妻财”这些个字样。还有几个长条木头上，画着单折交重。再见屋中摆列着许多经卷。由里间屋中出来一个老道，鹅黄的道冠，横别着金簪，穿一件豆青色的道服，斜领阔袖，通身到下，绣的是三蓝色的百蝠百蝶，周身镶宽片锦边，白袜青鞋，上背着一口宝剑，豆青挽手，绒绳飘摆，鹅黄丝绦拴住了剑匣，背于背后，胸前十字绊系蝴蝶扣，走穗飘垂。他生就一张冬瓜脸，两道宝剑眉，一对大三角眼，蒜头鼻子，四字口，一部花白胡须，大耳垂轮，身高八尺，脸生横肉，不像道家仙风的形色。见了艾虎、徐良，单手打稽首，念声无量佛说：“原来是二位施主。”徐良、艾虎也就一躬到地说：“原来是道长仙翁，弟子二人有礼。”老道说：“二位贵客请坐，小老道献茶。”就见他过去把金钱盒一摇，哼了一声说：“二位施主贵姓？”徐良说：“弟子姓徐。”艾虎说：“弟子姓艾。未曾领教道长仙爷的贵姓？”老道说：“贫道姓梁，叫梁道兴，匪号人称先知子。”徐良说：“原来是位高人。”老道说：“贫道何敢称高人！方才略占一数，你们不是四位吗？怎么来了两位呢？”艾虎看着徐良只是发怔，暗说：“遇见神仙了。”直是不住的瞅着徐良。徐良答道：“不错，我们正是四个人。庙外坐着两个人呢。”老道吩咐一声，叫小童把庙外二位请进来。不多时，就把二位请进来了。老道单手打稽首，口念无量佛：“未领教二位贵姓？”二人回答：“弟子姓胡，弟子姓乔。”徐良说：“仙爷既是先见之明，我们也不必隐瞒。是我们住在店中，那是个贼店。如今我们追下贼人来了。见他进到庙中，我们这才赶到庙内。被道爷算出。索性恳求道爷，占算占算，指引着我们将他拿住，与一方除害，岂不是妙哪！”老道说：“不难。”就把金钱卦一摇。

毕竟不知怎样指引，且听下回分解。

第八十五回　贪功入庙身遭险　巧言难哄有心人

诗曰：

乘车策马比如何，御者洋洋得意过。
不是其妻深激发，焉知羞耻自今多。

什么缘故？圣贤云：羞恶之心，义之端也，人皆有之。人有一时自昏，偶然昧却羞恶之良。或因人激发愧悔，自修做出义来的。这套书虽是小说，可是以忠烈侠义为主，所以将今比古。往往隔几回，搜讨故典，作为榜样。此段又引出一个赶车的来。

春秋时，齐国晏婴为相。有一赶车的，不知其姓名，其妻号为命妇。一日，给晏子赶车入朝，适到自己门前。其妻从门隙窥之，见其夫为晏子赶车，拥盖策马，意气洋洋，甚自得也。到晚，即速而归。其妻求去。

赶车的惊而问道："吾与汝夫妇相安久矣！何忽求去？"其妻回答："始妾以子今暂为卑贱，异日或贵显，故安之久，今见子之卑贱之日，倒自足自满，得意洋洋也。似此则卑贱终身，贵显无期，故我欲求去。"赶车的道："何以知之？"其妻道："妾观晏子身长不满三尺，若论其身为齐相，名显诸侯，不知当何如骄傲！何如满盈！乃妾观之志气恂恂自下，若不知有富贵者，则其意念深矣！若子身长八尺，伟然一男子，乃为仆御。若汝有大志，不知何如愧悔！何如悲思！乃妾观子之志气，则洋洋自足。洋洋自足，是以卑贱自安也。他何复望？是以求去。"御者听了，不觉羞惭满面，深深谢过道："请从此改悔，何如？"其妻道："晏子之过于人，亦此改悔谦冲之智耳。子信能改悔，则是能怀晏子之志，而又加以八尺之长，若再躬行仁义，出事明主，其名必扬矣！"御者甚喜，致谢其妻道："蒙贤妻教戒，始知进修有路。"其妻道："妾又闻，贱虽不可居，若背于义，则又宁居之。贵虽可为，若虚骄而贵，则又不可也。"御者感谢。自此之后，遂自改悔学道，谦逊常若不足。虽仍出为晏子赶车，而气象从容，大非昔比。晏子见之，甚是惊异，因诘问道："汝昔赳赳是一匹夫，今忽雍和近于贤者，斯必有故?"御者不能隐，遂以其妻之言实对。晏子听了，大加叹赏道："汝妻能匡夫以道，固为贤妇。汝一改悔，便能力行，亦非常人。"因见景公荐以为大夫，显其妻以为命妇。君子谓命妇不独匡夫，自成者，远矣！闲言少叙，书归正传。

诗曰：

道士须知结善缘，害人害己理由天。

佛门反作贼徒穴，口说慈悲是枉然。

且说胡小记、乔宾进来，俱都问了姓氏。彼此落座，复献上茶来。徐良索性就把这个说了，求老道给占算占算贼的下落。老道满口应承，并不推辞，就把金钱卦盒一摇，说："还有一件，几位施主，我要把他们占将出来，保你们一去就能拿住。可有一件事，我出家人慈悲为本，善念为缘，你们要拿住他之时，必须要劝他改邪归正，千万不可杀害他们的性命。你们要结果他的性命，岂不是贫道损了德了吗?"徐良说："既是有道爷这么说着，我们绝不杀害他的性命。要是劝解他不听，我们也把他放了，也不结果他们性命。"老道说："你们要是得着他们，也是在庙内。"徐三爷说："你得指告在哪地方？哪个庙内?"老道说："我这句话说出来，我就不妥。"徐良说："你只管说吧。你要怕我们把他杀了哇，我们起个誓。"这句话未曾说完，就见艾虎哎哟一声，扑通栽倒在地。徐良就知道是中了计了。徐良说："老兄弟，这是怎么了?"再看胡小记、乔宾过去一搀，焉知晓借着搀艾虎的这个光景，也就眼前一发黑，觉着腿一软，扑通，也栽倒在地。徐良急回手拉刀、掏镖。梁道兴手中的卦盒冲着徐良面门打来。徐良一闪，回手就是一镖，也没打着老道。老道蹿出屋门之外喊叫："二位贤侄快来!"徐良并不追赶他，净看着这几个人。

你道这个是什么缘故？这个老道，本是与崔龙、崔豹叔侄相称，他外号人称妙手真人，绿林的大手，与吴道成、肖道志、黄道安皆是师兄弟。他有两个徒弟，一个叫风流羽士张鼎臣，一个叫莲花仙子纪小全。崔龙、崔豹与张鼎臣换帖，没事也常往庙中来。这个老道虽是绿林,如今不出去偷盗窃取,就在庙中一半算卦、相面、画符、镇宅,若有在庙中投宿的官府客人,仍是结果他们的性命,尽其所有作了一号买卖。一年之中,也不定作着这么三号两号的,作不着也不定。

可巧这日晚间,崔家兄弟前来,见了老道,就把自己的事情述说了一遍,老道就叫他们往北边屋里去。不可声张。那些人要是追将进来,他自有道理。他们出去,就听见房瓦微然一响。暗把小童教好,叫他如此如此的说法。徐、艾二人进来,假说卦爻,说算出来是四个人,其实是崔龙说的。见了他们,净是一派的好话。其实茶中早下上蒙汗药了。追了半天贼,哪一个不渴?就是徐良单单的没饮。怎么个缘故?他一见这个老道脸生横肉,说话声音宏亮,虽然上了点年岁,究竟不像良善之辈。徐良总疑着那个贼在庙中哪,可又不能指实。瞧艾虎他们饮茶,就怕他要上当。到如今一看,还是不出他的所料。

见艾虎一倒,他就亮刀,就掏镖。给了一镖,如何能打着他!一回手,腾一声正打在隔扇之上。老道出去叫人,崔龙、崔豹两个人过来。徐良不敢出来,怕艾虎他们三个有伤性命。倒把他大环刀插入鞘中,把紧臂低头花装弩拾掇好了,预备了飞蝗石子、镖囊袖箭。三个人叫他出去。老道也脱了身上长大的衣,利落紧衬,手中提了一口宝剑。外边就骂:"山西人快些出来受死。"徐良说:"得了,道爷,你饶了我吧!出家人慈悲为本,善念为缘,是你说的不是?你慈悲我吧!不然,我给你磕个头。"梁道兴焉知是计,说:"我本要饶恕于你,我两个把侄的机关已漏,也是活该你们的天数已到,休要怨我。出来受死吧!"将说到死字,这个"吧"字还没说出来,见徐良一矬身像是要磕头的样子,一个低脑袋,噗哧的一声,正中在妙手真人的颈嗓咽喉。也是因为他受这一个头,把这一条性命就断送了,扑通,死尸腔栽倒在地。徐良又与崔龙、崔豹说:"还有你们二位,我也给你们二位磕个头吧!"这两个人眼瞅着一个头磕死了一个,如何还敢受他那个头?也不敢与他交手,明知他那口刀的厉害,撒腿扑奔正南就跑。徐良也不肯轻饶这两个人,二指尖一点,左手一指,右手一指,两枝袖箭,噗哧噗哧尽都钉在崔龙、崔豹身上,仗着一样好,打的不是致命的地方,两个人连蹿带蹦,逃窜了性命。徐良说:“便宜你这个王八养的!”

徐良总是为难,不敢离开这个所在。明知有凉水,就能把三个人救活。又不敢离开此处,过来一个人就把三个人性命结果。左思右想,一点办法也没有。忽然间看见对面黑忽忽有宗物件。对着天井口的西院看看,天色快亮。也去一瞅,欢喜非常,原来是有一个养鱼的鱼缸。进来取了茶碗,拿老道的衣服擦了个干干净净的,出来往鱼缸里打了一茶碗凉水,也顾不得脏净,回到屋中,见木盘子里现有竹签子,拿了一根,先把艾虎牙关撬开,将水灌下去。复又打了一碗,灌了胡小记,又灌了乔宾。不多一时,三个人腹中咕噜噜一阵乱响,俱都爬起来,呕吐了半天,转眼一瞅,齐说是:“怪道哇,怪道!”徐良说:“你们都起来吧。不怪!”艾虎说:“这个牛鼻子哪里去了?”徐良说:“不用说了,咱们是上了老道的当了。你就是别骂老道。”胡小记说:“咱们也真不害羞,累次三番上当,要不亏三哥,早死多时了!”艾虎说:“到底是怎么件事情?”徐良说:“茶里有东西,我是一点没饮。我看着那个老道脸生横肉,不像良善之辈,故此我没饮茶。”艾虎问:“他们哪里去了?”徐良说:“我把老道打发回去,崔龙、崔豹给了他们两枝袖箭。”如此这般说了一遍。

艾虎说:“我们已经醒过来,咱们庙中各处搜寻搜寻,还有别人没有?”乔宾同三位英雄出去,各处寻找了一番,对艾虎说道:“厨房之内有两个人在那里睡觉,俱都叫我捆上了。”艾虎一看,说:“这两个人俱有六十多岁了,看着也是老而无用的人。”徐良说:“那必是两个香火居士。若要是和尚庙中,与和尚使唤的就叫老道;要是老道庙中,与老道使唤的就叫香火居士,那必是与他们使唤着的人。把他两个提溜过来。”艾虎答应一声,出去不多时,就把两个老头提溜过来。扔于地上。徐良一问,这两个也不敢隐瞒,就把他们胡作非为,每遇到庙中投宿的,结果人家的性命,尸首埋在后院,以及老道还有两个徒弟,没在庙中这些个事细说了一遍。徐良说:“少刻把地方找来,你就将这个言语只管对你们太爷说明,准保没有你们的事情。不要害怕,我们是按院大人那里办差的。”两个人情甘意愿。

天光大亮,徐良就叫胡小记出去把本地地方找来。不多时,将地方找来,见了徐良、艾虎等,俱都行礼。少刻,就将跟随大人办差,怎么知晓这里有贼情,奉命办差的话说了一遍。地方一听,吓的胆裂魂飞,就知道自己这个祸患不小。徐良说:“我们也没工夫,还得办事去呢。就把此事交与你们本地面官就是了。这里还有在案脱逃的。若问赃证,就问这两个香火居士,他们俱都知晓。”地方官俱都听明白。徐良又说:“还有崔豹、崔龙的兴隆店,叫你们本地面官抄店拿贼。”说毕,他们大家起身。后来地方审案办差,就不细表了。

徐良与艾虎等大家起身,直奔武昌府的大路。走了几日,归了大道。晓行夜宿,饥食渴饮,亦不多表。

这日正走,打听说归了武昌府的管辖地面。打完了早栈,将出饭店,有人在艾虎背后叫道:“艾五爷上哪去?遇见你老人家这可就好了!”艾虎一瞅,不认识。此人二十多岁的年纪,大叶披巾,翠蓝箭袖,丝鸾带,薄底靴子,干伴的模样。艾虎说:“你是谁?我不认识你。”那人跪下磕头道:“五爷连小的都不认得了?我叫白福。”说着话,眼泪直往下落:“我家相公爷是你老人家的大盟兄。”艾虎说:“哎哟,是了!你快快起来!”白福起来,又与徐良、胡小记、乔宾磕头。徐良问道:“你们骑着马,怎么今日才走到这里?”从人说:“你们几位爷们别走了,到店里我有要紧话告诉你们。”爷们几位跟着白福到了店中,奔到五间上房。许多从人迎出来说:“你们爷们到了,可就好了。”挨着次序磕头。徐良叫他们起来,大家进屋中坐下,立刻叫店中烹茶。徐良这才打听说:“有什么话说,你家主人哪里去了?”白福说:“我家主人丢了好几天了,无影无形,不知去向。你们众位爷们看看奇怪不奇怪?”徐良问:“倒是怎么丢的?”那从人说:“这个话也就长了。头一天住在这个顺兴店,这个镇叫鱼鳞镇。第二天早晨起来,要起身,天气不好,闹闹的小雨,打了坐地尖自然就落程了。我家相公究属心中烦琐,吃完了饭睡了一觉。自己睡醒,就觉得身上倦懒。我们劝着他老人家散逛散逛。他自己出去的时候,连我们谁也没带。每遇出去,没有不带从人的时候,单单这天就是自己一人出去的。再说腰间带着一二两银子,一二百钱,就打那天出去,至今未回。

我们大家出去四下打听,一点影色皆无。”徐良说:“你家主人有什么外务没有?”回答:“一点外务没有。在家中不是习文,就是习武。永不只身一人出门。”艾虎说:“既然这样,咱们大家出去找找。谁要听见什么信息,俱在店中会齐时说。”胡小记点头。大家吃了菜,复又出来。单提艾虎,他是爱饮,找了个小酒铺,进去要酒。忽然进来一个醉鬼,把白大爷的事说出。

若问缘由,且听下回分解。

第八十六回　鱼鳞镇家人说凶信　三义居醉鬼报佳音

诗曰：

美酒从来不可贪，醉中偏爱吐真言。

无心说与有心听，话里妙寓巧机关。

且说艾虎到了小酒铺，他也不认得字，书中交代，三义居是个酒铺，不卖菜。艾虎随便坐下，要了两壶酒，酒菜就是腌豆儿、豆腐干。酒座不多，就有七八个人。艾虎为的是打听事情，出在茶馆酒肆中，暗暗听他们说些什么言语。也有说庄稼的，也有说买卖的。

忽然打外头进来一个醉鬼，身上的衣服褴褛，高挽着发髻，没戴头巾，穿着一件大氅，白袜青鞋，酒糟脸，斗鸡眉，小眼睛，断山根翻鼻孔，小耳朵，耗子嘴，两腮无肉，细脖项，躬躬肩，鸡胸脯，圆脊梁盖，红滑子脚，面赛姜黄，黄中透紫，借着酒的那个颜色，更紫得难看，进门来身躯乱晃，舌头是短的，说："哥们都有了酒了，这边再喝吧。过卖，闹两壶！"过卖说："大爷，你可别恼，柜上有话，你还不明白吗？上回就告诉你了，不赊。你说你有钱，喝完了没钱，我拿出钱来给你垫了。一共才几十个钱，可算不了什么。你说第二天给我，至今天一个多月了，又来喝酒，是有钱是没钱，我可没钱垫了，别叫我跟着受热！"醉鬼说："今天不但有钱，到晚半天还有银子呢！你先给我记一记，晚晌连柜上的前账都清了。"过卖说："那可不行！你上柜上说去，我担不住。"醉鬼说："二哥，庙里那个事我是准知道的，我下了好几天工夫呢！我全知底。不但那个事情，他们还捐着一个人呢！晚上我去了，不给我银子，我和他们弄场官司。别看他们有银钱势力，我有条命。"过卖说："你说下天文表来也不行。"艾虎听了，想道：捐着一个人，内中有因，不如我请这个人喝两壶酒，问他一问，倘若有了哥哥的下落，可也难定。遂说道："那个朋友，你喝酒，咱们哥俩一同喝。来，我请你喝两壶。"那人听了，笑嘻嘻地说："哥哥，咱们素不相识,我又不能作个东道,如何讨扰!”过卖说:“你不用拘着。”那人随即过来,就给艾虎作了一个揖,坐在对面。艾虎又叫拿两壶酒来,便问:“这位大哥贵姓?”回答:“姓刘,我叫刘光华,有个外号,叫作酒坛子。不瞒大哥说,我就是好喝两盅。”拿过酒来,他要给艾虎斟。艾爷不叫,这才自己斟上,喝了几盅。艾虎叫刘大哥,那人说:“不敢,你是大哥。你老的贵姓?”艾爷说:“姓艾。我方才听见你说,晚上就有了银子了。叫他记记,他们都不记。他们可真来的死相。”刘光华说:“我可真是该他们的。”艾虎说:“你晚上怎么就会有了银子了?”回答说:“艾大哥,你不知道此话,说出来可有些个犯禁。在咱这西边,有个庙,叫云翠庵,是个尼姑庙。里头有个尼姑,叫妙修,妙师傅。老尼姑死了,剩下这个小尼姑掌管云翠庵。她还收了两个小徒弟,叫什么我可记不清楚了。就不用问,她们那个长相,长的有多么好啦!净交我们这里绅衿富户大财主的少爷。庙也大,也乱腾的厉害。每天晚上,总有好些个人住在庙内各处。各处地方也大,房子也多。她带她徒弟应酬这些人,连这里官府还有去的哪。不但这个呀,那个尼僧还有本事呢,高来高去,走房如踏平地一般。按说,这话可说不得呀!她是个女贼,大案贼还常住在庙内哪!”艾虎说:“你怎么知道呢?”刘光华说:“我有个堂叔伯姥姥在庙内佣工,庙里头每天得点子吃的,就给我们家里拿的去。到我们家说住了话,就懒怠走啦,也是不愿意在庙里,怕早晚遭了官司,受连累;可挣的钱多,又舍不得。”艾虎说:“你方才说捐住人,是什么事?”刘光华说:“那更说不得!”连连摆手摇头。

艾虎又要了几壶酒。明知道他不肯说。多要几壶酒,灌醉了他,他就必然说出来了。左一杯,右一盏,苦苦地相让。刘光华本来就在别处已经喝够了几成了,这里又叫艾虎苦苦一灌,舌头更短啦,两个眼睛发直,心里总想着过意不去,怎么答报答报艾爷才好。艾虎看出这个光景来了,复又问道:“庙里头捐人到底是男是女?”醉鬼说:“女人也有,男人也有。女人可说不得,是我们本地有名人焉。这里头还有人命哪!男人也不知是哪里来的?咱们疑惑着是上那找便宜去了,原来不是,是管闲事去啦,给便宜不要。那个尼姑情愿将他留在庙中,他偏不肯,如今幽囚起来了。也有他的吃喝,就是出不来,非从了妙修不行。这个人长的本来也好看,大姑娘都没他长的好看。"艾虎想着,必是大爷。又问道:"刘大哥是亲眼得见的?"回答:"不是,我姥姥说的。"又问:"是个文人,是个武人?"回答说:"是个武的,能耐大着的哪!"艾虎一想,更是大爷了。

正问话间,忽然见外边有许多人哗哗笑,有宗奇事。只见一个人,身躯不到五尺,极瘦弱,青布四方巾,迎面嵌白骨,飘带剩了根半青绸子,袍儿上面着些个补丁,黄、蓝、绿什么颜色都有,一根旧丝绦看不出什么颜色来了,穗子全秃了,还接着好几节。青绸子中衣也是破烂,高腰袜子,袜腰吐噜到核桃骨儿上,一双大红厚底云履鞋。看脸膛如重枣一般,一双短眉,一对圆眼,黄眼珠自来的放光,准头小,嘴唇薄,两腮无肉,大颧骨,尖头顶,元宝耳朵。手拿着苍蝇拴,倒骑着一匹黑驴。大家瞧看,以为稀罕之事,故此大家笑他。到了酒铺,往里瞧了一眼。大家伙都瞧他,这才看出来都有了胡须了。他这胡子和他脸一个颜色,红不红黄不黄的。瞧他这个下驴真特别,倒骑着,一扶驴嗖的一声就下来了。艾虎那么快的眼睛,直没瞧见他怎么下的驴。可也不拴着驴。说话是南方的口音,说:"唔呀,站住!"驴就四足牢扎。他就进了屋子喝酒,叫过卖要酒。过卖说:"要多少?"回答:"两壶。"过卖先给他摆上咸菜碟,复又拿过两壶酒来,问道:"这驴不拴上点,要跑了呢?"回答说:"唔呀,除非你安着心偷。"过卖说:"我告诉你是好话,这街上乱。"那人说:"我这就喝完。"见他把酒拿起,他一口就是一壶。艾虎瞧着这个人特别,再瞧同他喝酒的那醉鬼趴着桌子就睡觉了,自己就知道这个骑驴的多半准是个贼。艾虎先把过卖叫来,会了酒钞,也不叫那个醉鬼。他净等着这个骑驴的出去,好跟将出去,看他奔什么所在。果然见这个骑驴的喝了两壶,又要了两壶,叫了一块豆腐干。叫过卖算账。过卖要算,他又拦住说:"我算出来了,四四一十六搭两个钱,一共十八个钱,明天带来吧。"过卖说:"今天怎么都是这个事呢?全是一个老钱没有就敢喝酒。"那个刘光华倒是认得,这个人却不知底细,又不知他家乡住处。这个骑驴的恼啦,说:"太不认街坊了!叫你记上你不记上。我驴丢了,赔我驴吧!”过卖说:“你的驴丢了,怎么叫我赔驴呢?”骑驴的说:“在你这里喝酒,万两黄金,你都该给照应着。”过卖说:“我明白你这意思了,我们这酒钱不要了,管把你也不要驴了吧?”那人说:“敢情那么好,要不咱们两便了吧。”艾虎过来说:“你们两个人不用争斗了,这个酒钱我付了吧。”过卖说:“得了,以后人家不敢在我们这喝酒来了。一个是请喝的,一个是抄酒账。”那个人说:“你不用放闲话。”艾虎说:“酒钱我付了,这个驴怎么找呢?”那人说:“我这个驴不怕的,丢不了。我是出来骗点酒喝。那驴到人家有牲口的地方,槽头上骗点草吃就得了。”只见他一捏嘴,一声呼哨,艾虎知道他九成是贼了。

不多一时,就见他那驴连蹿带跑回来了。过卖说:“难为你,怎么排练来着!”就见他一抱拳,也并不道个谢,也并不问名姓,说了声再见。艾虎也要一抱拳,一瞧那个人已经上驴去了。在驴上骑着呢。艾虎到了外头,过卖也到了外头。过卖成心戏耍他:“这回这个驴呀,你骑倒了!”那人道:“皆因我多贪了两壶酒,我醉了,我就是好喝一盅。我在家里喝醉的时候,倒骑了驴,是我儿子告诉我的。”过卖道:“好说呀,孙子。对了,原是这么骑着的是。”艾虎见他买了过卖一个便宜,他又把双腿往上一起,在半悬空中打了一个旋风,仿佛是摔那个一字连环岔的相似,好身法,好快就把身子转过去了,仍是倒骑着驴。

那驴也真快。艾虎追下去了。出了鱼麟镇西口路北,有座庙,见那个骑驴的下了驴,在门口那里自言自语地瞅着山门上头,说:“这就是云翠庵。”艾虎心中一动,原来云翠庵就在这里。见那人拉着驴往庙后去了。艾虎随即瞧了瞧庙门,也就跟到后边来了。到了庙后,见有一片小树林,过这一个小树林,正是一个大苇塘。找那个人,可就踪迹不见了。艾虎一阵发怔,纳闷,又没有别的道路,他往哪里去了?直到苇塘边上,看见那小驴蹄儿的印了,看着奔了苇子那里去了。离着苇子越近,地势越陷,驴蹄子印儿越看的真。顺着驴蹄子印,倒要找找他奔什么地方去了。一件怪事,这个驴蹄子印,就到这苇塘边上,再往里找,一个印也没有,往回去的印也没有,往别处的印也没有。艾虎纳了半天的闷,说:“这个人实在的怪道。”找了半天,也就无法了。按旧路而回，重新又到庙这里踩踩道，俱都看明，转头回店。

回到顺兴店中，徐良已经回来了，皱眉皱眼在那里生气。艾虎进去，说："三哥早回来了吗？"答道："回来了半天了。"艾虎说："三哥出去听着什么信息没有？"答道："什么也没有打听出来。老兄弟，你听着什么信息？"艾虎还未回言，胡小记打外边进来。艾虎说："又来了一个。"进门就问："大哥，打听着什么信息没有？"胡小记说："出去了半天，什么事我也没打听出来。"徐良说："必然是老兄弟打听着了。面上有喜色，必是打听着了！"艾虎把方才在酒铺遇见醉鬼泄机，看见骑驴的诧异的话，说了一遍。徐良欢喜，议论大家晚晌上云翠庵找芸生去。

欲知芸生怎样，且听下回分解。

第八十七回　白公子酒楼逢难女　小尼僧庙外会英才

诗曰：

英雄仗义更疏财，不是英雄作不来。

一生惯打不平事，救难扶危逞壮怀。

且说艾虎说了醉鬼泄机言语，又提起了骑驴的那般怪异，那身工夫，那驴怎么听话，怎么到了苇塘不见驴蹄子印，又说："三哥，你是个聪明人，你想想这是何许人物？据我看着，他不像个贼。"徐良说："不是个贼！万一是个贼呢？可惜我没遇见。老兄弟，你既给他会了酒账，怎么不问问他的姓名呢？"艾虎说："也得容工夫问哪！会了酒钱，他连个谢字也没道，就上了驴，闹了个故事，就走了。我跟到庙前，他那里念了声云翠庵。我到庙后就找不着了。"随说话之间，预备晚饭。乔爷也打外边进来。大众又问了乔爷。乔爷说："什么也没打听着，就看见了个倒骑驴的。"艾虎说："可听见说了些什么言语？"回答道："众人都说他是个疯子，并没听他说话。"徐良说："咱们大家吃饭吧，指望着乔二哥打听事，那不是白说。"大家饱食了一顿，候到初鼓之后，乔宾、胡小记看家；徐良、艾虎预备了兵刃，换了夜行衣靠，蹿房跃脊出去，直奔云翠庵而来。

一路无话。到了云翠庵，一位看了地势，随即蹿将进去。一看，里头地面宽阔，也不准知道是在哪里。过了二层殿，见正北上灯光闪烁，西北上也有灯亮。两个人旋展夜行术，奔了西北，却是一个花园。进了月亮门，见有两个小尼，一个打着灯笼，一个托着盘子，就听她们两个人低声说话。二位好汉暗暗的随在了背后，只听她们说："咱们师傅太死心眼了，人家执意不允，偏要叫人家依她，就在今天了。似乎这样男子也少，今天再不点头，就要废他的性命了。"前边一个太湖山石堆起来的山洞，穿那个山洞而过，到了一所房屋。外边看着灯火闪烁，人影摇摇。小尼启帘进去。二位好汉用指甲戳破窗棂纸，往里窥探明白。原来见芸生大爷倒绺着二臂在灯光之下,闭目合睛,低着脑袋,在那里发烦。旁边坐着一个尼姑,约在二十多的光景,身上的衣服华丽,百种的风流透着一派妖淫的气象。桌案上摆列些个酒菜,那个意思要劝大爷吃酒。大爷是一语不发。外边二位看这般光景,心中好凄惨。依着艾虎就要进去。徐爷拉住,不叫他行事莽撞。

列公,你道这芸生大爷何故到此?皆因那日未带从人,出了店门,自己游玩了半天。就在鱼鳞镇西口内路南找了一座酒楼,靠着北边楼上落座吃酒,要了些酒菜。把北边的楼窗开开,正看街上的来往行人,见有个二人小轿,后面跟着一个小尼姑儿。当时有些个人们瞧看,七言八语的说话。楼上可也就讲究起来了,过卖拦住说:“众位爷们喝酒,可别谈论这些事情。”众人被过卖一拦。虽不高声谈论,也是低声悄语的讲究。可巧芸生同桌一个人也是在那里吃酒,连连的叹息。芸生借此为由,就打听了打听,那人先叹了一口气说:“世间不平的事甚多了。”大爷就问:“怎么不平的事?”那人说:“方才那轿子里头是位姑娘,姓焦,叫玉姐。人家识文断字,是我们这的教官跟前的姑娘。教官死啦。剩下他们哥三个,一个老姑娘。这两个哥哥,一个叫焦文丑,一个叫焦文俊。焦文丑进学之后,家中寒苦,顾不得用功念书了,就教书度日,文法又好,学生又多,把个人累死了。剩下焦文俊,从小的时节就有心胸。他说他哥哥一死,不能养活老娘和妹子,出去非得发了财才回来呢。打十五岁出去,今年整五年未归。他们这有前任的守备,姓高。他有个儿子叫作高保,外号人称叫地土蛇,倚势凌人,家内又有银钱。有那位焦教官的时节,高守备亲自到他家求婚。焦教官知道他儿子不能成器,故尔亲事未许。到后来焦教官一死,焦文丑又一死,焦文俊又走了,知道她母女无钱,给她送了些个银钱去,作为是通家之好。怕她母女度日艰难,又送些个资斧。久而后可以再去说亲,就不能不给了。如若不给,就得还钱。明知她母女使着容易还着难,这亲事就不能不作了。焉知晓她母女更有主意,所有送去的银钱俱都璧回,执意的不受。又去提亲,仍是不给。可巧高守备死去了,过了百日的孝服。听说他们要抢人家这个姑娘,又怕不行。如今这个高保私通了云翠庵尼姑,他们定下的主意,要诓这个姑娘上庙，尼姑设计，叫高保强污染人家姑娘。此话可是个传言不实。方才你可曾见那轿子，里头就是姑娘。到了庙内准坠落他们的圈套。”芸生大爷不听则可，一听无名火按纳不住，天然生就的侠肝义胆最见不得人有含冤被屈之事，复又打听这个庙现在哪里。那人说：“就离西镇口不大甚远，坐北向南。”芸生又说：“这要真污染了人家这姑娘，难道就不会去告状去？”那人说：“要是真要如此，也短不了词讼。再说人家教官，还有好些个门生哪。你看来了，这就是那个地土蛇。”见有数十匹马，犹如众星捧月一般，都是从人的。当中有一位相公，戴一顶墨绿绣花文生公子巾，迎面嵌美玉，双垂青缎飘带；穿一件大红百花袍，斜领阔袖，虚拢着一根丝绦；白袜朱履，手中拿定打马丝鞭。黄白脸面，两道半截眉，一双猪眼，尖鼻子，吹火口，耳小无轮，印堂发暗，直奔正西去了。大家又是一阵乱嚷乱说，众人说：“去了，去了。此时没多事的人。若有多事的人，这小子吃不了兜着走。”芸生大爷立时把过卖叫将过来，会了酒账，又要会同桌那人的账，那人再三不肯。总共吃了几百钱，给了一两银子。过卖谢了芸生大爷。大爷复又与同桌那人说：“尊兄，咱们再见了。”自己下楼去了。

出离了酒楼，一直地奔正西。走到庙前，抬头一看，朱红的庙门，密排金钉。两边两个角门，俱都关闭。看正当中门上头，石块上刻着阴文的字，是：“古迹云翠庵。”忽然见东边角门一开，出来了许多人和马匹，原来就是高相公手下从人，他们大众回家。就见有两个小尼姑送出说：“明天也不用很早来接。”大家笑嘻嘻地乘跨坐骑走了。

小尼姑一眼看见白芸生，芸生大爷也瞅看小尼姑子。见她说：“众位，你们勒勒马吧，师傅出来了，有话和你们说哪。”那几个人，也没有一人听见，竟自扬长去了。那个小尼姑一回头说：“师傅，你瞧这个人。”见里面又一个把着门框，往外一探头，二目发直，看那个神思，就像真魂离了壳的一般，目不转睛，净瞅着芸生。大爷本来好看，一身青衣，青布武生巾嵌白骨，青布箭袖袍，灰衬衫，青棉线带子，青布官靴；面似美玉，细眉长目，皂白分明；垂准头，唇似涂朱，牙排碎玉，大耳垂轮，十七八岁。好似未出闺阁的幼女都没他长的体面、俊秀、清雅。那妙修本是个淫尼,几时见着过芸生这号男子!看了半天,早就神驰意荡。

芸生可也看见淫尼咧。见这么一瞧,芸生也有些个害羞意思,掉头要走。尼姑不肯叫他就走,说道:“阿弥陀佛!这位施主相公别走,请到庙中坐坐,小僧有件事情奉恳。”芸生的心内打算回到店中,夜晚再来,为的是那位姑娘,怕遭他们的毒手。倒是要解救女子,她反让我到她庙中,何不趁此机会去到庙中走走。于是答道:“不知道师傅有什么事情,快些说来。”尼姑说:“你先请到庙中。”芸生说:“倒是什么事情,先要说明,然后进去。”尼姑说:“尊公可认识字么?”芸生说:“我略知一二。”尼姑说:“我扶了一个乩语,请相公爷给批一批。”芸生说:“我不会乩语。”尼姑说:“念念就得了。”芸生说:“那还可以。”

芸生随着尼姑进了云翠庵,一直往后,直到西跨院,单一所房屋,启帘进去,到里面献茶。见那屋中糊裱干净,摆列些古董玩器,幽雅沉静。芸生说:“把乩语拿上来我瞧。”尼姑说:“我现在请乩。”叫小尼姑预备晚饭。果然晚间预备的丰盛席面,不必细表。

大爷饱食了一顿,预备好杀尼姑。直等到二鼓,并没见一人进来。芸生一看,原来是跨院门已经锁上了。四下一看,忽见墙头上刷的一声,一个人影,不知何故?

若问是谁,且听下回分解。

第八十八回　芸生为救人受困　高保定奸计捐生

诗曰：

自古尼僧不可交，淫盗之谋理久昭。

诡托扶乩诓幼女，谁知偏遇小英豪。

且说芸生自打吃完了饭，烹过茶来，点上灯，就不见有人进来。天有二鼓，自己出去一看，原来西跨院门已经用锁锁了。芸生暗道："这淫尼把我锁在这里，必没安着好意。就是这样的墙壁，如何当得住你公子爷！?"将要纵身蹿出墙去，忽见墙头刷一个黑影，随即蹿上墙头，再找踪迹不见。

你道那尼姑非是出去扶乩，她本与高保商量下的主意，是要与焦家的姑娘成亲。皆因玉姐儿是个孝女，老娘染病，遇在机会上，将她诓在庙中，强逼成了亲，焦家也就不能不给了。可巧这天，宁氏老太太染病，尼姑得信，立时亲身到了焦家。假说给老太太看病，说了些厉害言语，非得扶乩求药才行。可惜少大爷没在家，在家才行呢。旁边焦小姐问道："怎么得他在家里才行？"尼姑说："总得交正子时，在净室之中烧上香，设上坛，把神请下来，将药方开好，方许点灯。这求方的人，得在那里跪着。"玉姐说："就这个事，怎么单得我哥哥在家呢？"尼姑说："自然，要是小姐去也可，我怕你胆小害怕。"玉姐说："只要求着我老娘病好了，就是赴死去，也不怕。恳求老师父慈悲，咱们是几时扶乩求药？"尼姑说："姑娘果有这样的胆量，那可就在今朝。"玉姐连连点头。尼姑也没有在焦家吃饭，定下在庙内等她，就起身去了。

回到庙中，与高家送信。少时姑娘到，她把姑娘安置在东院，陪着说了会子话，叫小尼姑预备晚饭。少时，高相公到，她把高相公安置在北院。高相公家人走，她追出来，是叫从人往这里带银子，没赶上。可巧她遇见芸生大爷了。她把芸生大爷安置在西北跨院。先嘱咐好了，预备完了晚饭。她算着：先把高保安置楼上，再把小姐带上楼去，她的大事已完。再找芸生大爷来。

其实后院还有她两个相好的呢！皆是绿林的好汉。一个叫作碧目神鹰施守志。一个叫铁头狸子苗锡麟，又是久已相好，也在她这里住着。今日一见芸生，论品貌固然比他们强到万分。她打算白大爷是寻花问柳之人哪。

闲言少叙。到了天交二鼓，尼姑先见了高保，就问道："你吃过饭了？"高保说："吃过多时了。"又说："这件事可是我的中人哪！没有我，可不行吧！事毕之时，你怎样谢赏于我？"高保道："我给你修庙。"尼姑说："不行。"高保说："给你白银三千两。"尼姑说："银子倒是小事，还可往我屋中走走，大概没有得陇望蜀之心了吧？"高保说："妙师傅，我要忘了你，必不得善终！"尼姑一笑："一句戏言，何故你起这么重的誓！"回答道："我不是丧良心，又把良心丧的人。"妙修说："天已不早，我把你先送上楼去，可是不点灯。我冤那姑娘就说是请神，必要神仙走了，方许点灯。你就算是神仙，可不定是什么神仙！我把你带上楼去，趁着黑暗，我一躲避，你将她揪住，我就不管了。你可要紧记这个言语，事不宜迟，我同你前往。"二人说着，出了房门，打着灯笼直奔西院。到了西花园，走入西楼，上了楼梯，将高保安放在楼的后炕上。尼姑告诉他，你可别动。自己提灯下楼，又到东院。见了小姐问道："可吃过饭了？"小姐回答："吃过了。"尼僧说："天已不早，你我去吧。"姑娘点头，暗暗祝告神祇，但愿母亲病体痊愈，再来庙中还愿。跟着到了西院，直奔楼来。离楼不远，妙修说："到楼上可就得将灯吹灭，上边把坛具都设好。"小姐答应。

将到楼下，忽听上面哎哟一声，像是有杀人的声音，妙修说："什么！"姑娘吓的金莲倒退，颤兢兢地问道："上面什么声音？"尼姑说："别慌！你先在此等等。我去先看看去，多一半是神仙先到了吧。"小姐无法，只好点头。

尼姑入内由护梯上楼。剩下五六层儿，不提防一宗物件冲着自己打来，意欲躲闪，焉得能够？砰扑咚，正撞在自己身上。扑咚是摔倒，咕噜咕噜滚下楼来了。连灯笼顿灭。尼姑是一身的工夫，若非是冷不防,断不至于滚下楼来。她自己一挺身,蹿将起来了,也就不敢上楼,那个灭灯笼也不要了。跑出楼来,哪知道一找姑娘,也是踪迹不见。心中纳闷,这是怎么个缘故?将一发怔,耳后生风,嗖就是一刀。尼姑总是大行家,听得金刃劈风的声音来,她一闪身闪过,掉头就跑,大声喊叫说:“后头人快来吧!有了仇家了!”芸生哪里肯放。尼姑一想,自己主意错了,本来是喜爱芸生相貌,谁知是引狼入室。随跑随喊,不多一时,从后面来了两个贼:一个叫碧目神鹰施守志,一个叫铁头狸子苗锡麟。两个人提着两口利刀,蹿将上来,让过尼姑,就把芸生挡住。大爷一看,这两个人,一个穿黑皂褂,一个紫缎衣巾,俱都是细条身材:一个是面如刃铁黑中蓝,一个是灰色脸膛,一个是粗眉大眼,一个是一双眼睛绿盈盈的颜色,故此人称叫作碧目神鹰。

前文表过,二人俱与尼姑通好。就在这里住着。正打算上陕西朝天岭,他们与金弓小二郎王欣玉是盟兄弟。忽听前边一阵乱嚷。两个人亮刀出来。截住芸生大爷动手。三个人两口利刀交手二十多回合,不分胜负。这两个贼焉能是芸生大爷的对手。大爷往下一个败式,一回手,拍!就是一飞蝗石,正中苗锡麟的面门,他掉头就跑。净剩一个人更不行了,大爷虚砍一刀,蹿出圈外。施守志不知是计,抱刀就扎。白大爷一反手,拍!一块飞蝗石正中额角,鲜血直流,掉头就跑。大爷后边就追。

正要赶上,摆刀要剁。就听见嗖的一声,大爷见一点寒星,直奔面门,往旁一闪,当啷一声,那支金镖落地。原来是尼姑赶奔前来交手。未到跟前,遇施守志、苗锡麟脸上带伤,将他们让将过去。回手掏出一支亮银镖来,对着白芸生就是一下。白芸生正要追赶二人,嗖,眼前来了暗器,往旁边一闪身,那支银镖当啷啷落地。尼姑说:“哎哟,好负义郎!咱们两个人素不相识,把你让将进来,待你酒饭,却是一番的美意,谁叫你管我庙中的闲事!靠着你有多大本事,来来来,咱们二人较量。胜得了我手中这个兵器,不枉你也张罗会子。算得个英雄。”说罢往上一蹿,摆刀就剁。芸生往旁边一躲,拿自己刀往上一托,一敛腕。尼姑把刀往怀里一抽,芸生使了个劈山式,一刀剁去。尼姑左手还有件兵器,其名叫轮,是个扁钢圈子,里外有刃。

在圈子里头手拿之处，又有一个小月牙护手。芸生刀到，尼姑用单轮要锁芸生这口刀。芸生哪里肯叫她锁住。芸生受过明人的指教，乃是白五爷亲手所教，倾囊尽赠。家里又是富家。习文的时节书籍甚多，习武的时节兵器甚多。除了大十八般兵刃之外，还有些个意外的兵刃。有宗日月凤凰轮。可是双的。今天一见尼姑使的是一柄右手的刀，左手的轮。人家兵刃一到，她先用左手的轮，或是往外一磕，或是把人家兵刃套上。要是大枪、梅花枪等套上了枪杆，顺着枪杆往上一滑，她这个轮是里外锋芒的刀子，往上一滑，人家就得撒手扔枪，她的右手刀就跟上去了。若要把单刀套住，要想拿刀剁她的手，她这轮内有个小铁月牙的护手，就有这个护手挡住，也是剁不着手。故此这宗兵刃极其得力。可巧遇见芸生，知道这兵刃招数。有句俗言：单刀见轮莫要扎。

大爷与尼姑交手，总没叫她得刀。开打十几个回合，她就不是白相公的对手了。尼姑终是个女流，到底力软。顿时间，鼻洼鬓角热汗直流，就知道难以取胜，意欲要走。复见芸生剁了一刀，抱头就走。尼姑方才要追，芸生一反手，叭！就是一飞蝗石。尼姑会打暗器，也会躲暗器，微一缩头，石子蹭着头皮过去，尼姑就跑。芸生就追。尼姑越过房去，芸生也追上房。到了后坡，见她在院中站着，说：“这条命不要了！”芸生下房，扑咚坠落坑中。

若要知生死如何，且听下回分解。

第八十九回　文俊归家救胞妹　徐艾庵内见盟兄

光绪四年二月间，正在王府说《小五义》，有人专要听听孝顺歌，余下只可信口开河，自纂一段，添在《小五义》内。另起口调，将柳真人所传之敬孝，焚香说起，曰：

众人们，焚起香，侧耳静听。柳真人，有些话，吩咐你们。谈甚今，论甚古，都是无益。有件事，最要紧，你们奉行。各自想，你身子，来从何处？哪一个，不是你，爹娘所生？你的身，爹娘身，原是一块。一团肉，一口气，一点血精。分下来，与了你，成个身子。你如何，两样看，隔了一层。

且说那，爹和娘，如何养你？十个月，怀着胎，吊胆提心。在腹时，担荷着，千斤万两。临盆时，受尽了，万苦千辛。生下来，母亲命，一生九死。三年中，怀抱你，样样辛勤。冷和暖，饱和饥，不敢失错。有点病，自埋怨，未曾小心。恨不得，将身子，替你灾痛。那一刻，敢松手，稍放宽心？顾儿食，顾儿衣，自受冻饿。盼得长，请先生，教读文书。到成人，请媒妁，定亲婚娶。指望你，兴家业，光耀门庭。有几分，像个人，欢天喜地。不长进，自羞愧，暗地泪零。就到死，眼不闭，挂念儿子。这就是，爹和娘，待你心情。

看起来，你的身，爹娘枝叶。爹和娘，那身子，是你本根。有性命，有福气，爹娘培植；有聪明，有能干，爹娘教成。哪一点，哪一件，爹娘不管。为什么，把爹娘，看做别人？你细算，你身子，长了一日。你爹娘，那身体，老了一晨。若不是，急急的，趁早孝养。那时节，爹娘死，追悔不能。可叹的，世上人，全不省悟。只缘他，婚配他，恰似当行。却不想，鸟反哺，羔羊跪乳。你是人，倒不及，走兽飞禽。不孝处，也尽多，我难细述。且把那，眼前的，指与你听。

你爹娘,要东西,什么要紧?偏吝惜,不肯送,财重亲轻。你爹娘,要办事,什么难做?偏推诿,不肯去,只说不能。你见了,富贵人,百般承奉。就骂你,就打你,也像甘心!你爹娘,骂一句,斗口回舌。你爹娘,打一下,怒眼瞪睛。只爱你,妻与妾,如花似玉。只爱你,儿和女,似宝如珍。妻妾亡,儿女死,肝肠哭断。爹娘死,没眼泪,哭也不真。这样人,何不把,儿女妻妾、并富贵与爹娘,比较一论。天不容。地不载,生遭刑祸。到死时,坐地狱,受尽极刑。锯来解,火来烧,磨研碓捣。罚变禽,罚变兽,难转人身。我劝你,快快孝,许多好处。生也好,死也好,鬼敬神钦。在生时,人称赞,官来旌奖。发大财,享大寿,又有儿孙。到死时,童男女,持幡拥盖。接你去,阎罗王,也要出迎。功行大,便可得,成仙成佛。功行小,再转世,禄位高升。

劝你们,孝爹娘,只有两件。这两件,也不是,难做难行。第一件,要安你,爹娘心意。第二件,要养你,爹娘老身。做好人,行好事,休要惹祸。教妻妾,教儿女,家道兴隆。上面的,祖父母,一般孝养。下边的,小弟妹,好生看成。你爹娘,在一日,宽怀一日。吃口水,吃口饭,也是欢心。尽力量,尽家私,不使冻饿。扶出入,扶坐立,莫使孤伶。有呼唤,一听得,连忙答应。有吩咐,话一完,即便起身。倘爹娘,有不是,婉转细说。莫粗言,莫盛气,激恼双亲。好亲戚,好朋友,请来劝解。你爹娘,自悔悟,转意回心。到不幸,爹娘老,百年归世。好棺木,好衣被,坚固坟茔。尽心力,图永久,不必好看。只哀痛,这一生,何处追寻?遇时节,遇亡辰,以礼祭奠。痛爹娘,永去了,不见回程。这都是,为人子,孝顺的事。切莫把,我的话,漠不关心。

叹世人,不孝的,有个通病。说爹娘,不爱我,孝也无情。这句话,便差了,解说不去。你如何,与爹娘,较论输赢。譬如那,天生的,一茎茅草。春雨润,秋霜打,谁敢怨嗔?爹娘养,就要杀,也该顺受。天下无,不是的,父亲母亲。人愚蠢,也知道,敬神敬佛。那晓得,你爹娘,就是尊神。敬得他,仙佛们,方才欢喜。虚空中,保佑你,福禄加增。你有儿,要他孝,须做榜样。孝报孝,逆报逆,点滴归根。

训女孝歌:

宏教真君曰:妇女们,最爱听,谈今论古。又有的,最爱听,说鬼道神。我今日,有一段,极大故事。细讲来,与你们,各各听闻。我本是,一棵树,长条细叶。是当初,天和地,精气生成。这地下,植立起,一棵柳树。那天上,高悬着,一个柳星。过了个,几万年,凝神聚气。到唐朝,得遇见,孚佑帝君。我帝君,怜念我,诚心学道。就把我,度脱去,做个仙人。一棵树,如何有,这样造化?只缘我,心性灵,不昧本根。我无父,又无母,将谁孝养?早朝天,晚拜地,报答深恩。心思专,志向定,奉持原本。全凭我,一点诚,动了圣神。有师傅,就当我,严父慈母。几千年,力孝敬,无点懈心。成仙后,师傅教,多积功果。只要你,劝世人,孝奉双亲。有一人,能尽孝,将他度脱。不论男,不论女,许做仙真。我劝了,男和女,几千百个。都现在,蓬莱里,快乐长春。读书人,也有的,高官显职。女人们,都做了,一品夫人。我做下,劝孝的,这些功果,所以得,受封个,宏教真君。到而今,奉帝敕,宣扬大化。降鸾笔,演订就,一部孝经。读书人,明白的,讲求奥旨。俗人们,也有歌,唱与他听。只有你,妇女们,未曾专训。

说起来,你们想,最好伤情。你虽然,是一个,女人身子。你爹娘,养育你,一样苦辛。怀着胎,在腹中,谁辨男女。临盆时,一般样,受痛挨疼。怀抱你,何曾说,女不要紧。乳哺你,何曾的,减却一分。莫说你,女人家,无力孝养。你爹娘,待女儿,更费苦心。替梳头,替缠脚,不辞琐碎。教茶饭,教针黹,多少殷勤。严肃些,又念你,不久是客。娇养些,又怕你,嫁后受嗔。离一刻,恐怕你,闺房失事。缺一件,恐怕你,暗地多心。选高郎,要才貌,与你匹配。选门户,看家资,恐你受贫。聘定过,便思量,如何陪嫁。到婚期,尽力量,总不嫌心。舍不得,留不住,好生难过。割肝肠,含眼泪,送你出门。到人家,夫妇和,公婆欢喜。你爹娘,脸面上,许多光荣。有些错,一听见,自生烦恼。又增添，一世的，不了忧心。你生来，嫁谁家，都是定数。你如何，不遂意，便怨双亲。好过日，便说是，你的命好。难度日，骂爹娘，瞎了眼睛。待公婆，说他是，别人父母。待爹娘，又说我，已嫁出门。倒是你，女人家，两不着地。把孝字，推干净，全不粘心。哪晓得，女人家，两层父母。都要你，尽孝顺，至敬至诚。

你身子，前半世，爹娘养育。后半世，靠丈夫，过活终身。你公婆，养丈夫，就如养你。天排定，夫与妻，只算一人。你原是，公婆的，儿子媳妇。却将你，寄娘家，生长成人。嫁过来，方才是，人归本宅。这公婆，正是你，养命双亲。既行茶，交过礼，多少费用。请媒妁，待宾客，几番辛勤。爱儿子，爱媳妇，无分轻重。原望你，夫和妇，供养老身。为甚的，好儿郎，本是孝敬；娶了你，把爹娘，疏了一层？纵不是，你言语，离他骨肉；也缘他，钟爱你，志气昏沉。你就该，向丈夫，将言细说。公与婆，娶我来，辅相夫君。第一件，为的是，帮你奉养。你如何，反因我，缺了孝心。这才是，妇人们，当说的话。这才是，爱丈夫，相助为人。为什么，乘着势，大家怠玩。渐渐的，把公婆，不放在心。他儿子，挣得钱，你偏藏起。私自穿，私自吃，不令知闻。怕公婆，得些去，与了姑子。怕公婆，得些去，伯叔平分。只说你，肯把家，为向男子。那知道，你便是，起祸妖精。薄待了，公与婆，一丝半粒。你夫妇，现成福，减了几程。受穷苦，受病痛，由你唆出。犯王法，绝子嗣，是你撮成。你看那，庙中的，拔舌地狱，多半是，妇女们，受这苦刑。更有的，放泼赖，胁制男子。使公婆，每日里，不得安宁。公婆骂，才一句，就还十句。打一下，你便要，溺水悬绳。这样人，自尽了，阴司受罪。就不死，也必定，命丧雷霆。

我劝你，闺女们，听从父母。说一件，依一件，莫逞性情。起要早，睡要晚，伺候父母。奉茶水，听使唤，时时尽心。在家中，无多日，还不爱敬。到那时，嫁出去，追悔不能。我劝你，媳妇们，认清题目。方才说，你原是，公婆家人。你丈夫，常在外，做他生理。公婆老，要望你，替他奉承。老年人，饭不多，菜要可口。旧衣服，勤浆洗。补缀停匀。莫听信，俗人说，不见公面。

为儿媳，当他女，不比别人。不时的，茶和汤，亲手奉上。难走动，又何妨，扶起行行。有东西，买进来，思量养老。向公婆，送过去，不得稍停。只要你，公与婆，心中欢喜。那管他，接过去，送与何人。敬伯叔，爱姑娘，和睦妯娌。公婆喜，这媳妇，光我门庭。孝公婆，你爹娘，也是欢喜。这便是，嫁出来，还孝生身。况且你，替丈夫，孝顺父母。你丈夫，也敬奉，丈母丈人。况且你，尽了孝，作下榜样。你儿媳，也学着，孝顺你们。说不尽，妇女们，孝顺的事。望你们，照这样，体贴奉行。

昨日里，《女孝经》，才演一半。那喜气，就传到，南海观音。宣我去，奖赏了，加个佛号。又教把，菩萨事，劝化你们。这菩萨，原做过，妙庄王女。生下来，便晓得，立意修行。菩萨父，见女儿，一心好道。百般的，教导她，要做俗人。谁知道，我菩萨，心坚似铁。只思想，一得道，度脱双亲。到后来，父王病，十分沉重。我菩萨，日共夜，备极辛勤。叩天地，祷神明，不惜身体。因此上，感动了，玉帝天尊。霎时间，坐莲台，金光照耀。居普陀，施法力，亿万化身。千只眼，广照着，十方三界。千只手，掌握着，日月星辰。佛门中，这菩萨，神通广大。历万古，发慈悲，救度世人。有妇女，能行孝，不消礼忏。到老去，便许她，进得佛门。岂不是，极简便，一桩好事。劝你们，莫错过，这样良因。

诗曰：

孝义由来世所钦，同心兄妹善承亲。

山穷水尽疑无路，柳暗花明又一村。

且说尼姑明知不是芸生的对手，除非智取不行。在她的西北房后，有一个陷坑。坑的上面，暗有她的记认。芸生可哪里知道，自可就飘身下房，正坠落坑中。大行家要是从高处往低处一摔，会找那个落劲，不能摔个头破血出。慢慢往起再爬，爬起往上再蹿，那就费了事了。这一摔下去，一挺身，一跺脚，自己就可以蹿得上来。芸生捡刀，往上一跃，脚沾坑沿，早教碧目神鹰一把揪住，底下一腿。大爷蹿上来，脚尚且未稳，教人揪住一腿，焉有不倒之理？铁头狸子过来摆刀就剁。芸生明知是死，把双睛一闭。

等了半天没事，睁眼一看，原来是被尼姑拦住。妙修说："别杀他！我还有话问他呢。"瞅着芸生道："你这个东西，敢情这么扎手哪！咱们这个事情，多一半是闹个阴错阳差，那个高相公多一半是教你给结果了吧？"随说着话，碧目神鹰就把芸生倒绺了二臂。芸生说："我并不知什么高相公不高相公，一概不知！"铁头狸子问尼姑："到是怎么件事情？"尼姑就把焦小姐与高相公始末原由的事，说了一遍。施守志说："既然这样，咱们就一同去瞧瞧去。"尼姑吩咐，把陷坑盖好，将芸生四马倒攒蹄捆上，扛将起来，直奔西院。

尼姑叫人掌起灯火来。一找那个姑娘，不知去向。前前后后各处搜寻，并没影相。复又进楼，拿着灯笼奔到护梯，见高相公被杀死，尸腔横躺在护梯之上。淫尼又觉着心疼，又觉得害怕。怕的是人命关天，又得经官动府。再说他的从人明明把他送在庙中，明天早晨还要来接人。有了！我先把他埋在后院，明早从人来接时节，我就说他早晨已经出去了。这焦玉姐的事不好办。人家明知上庙求乩，人家要问我何言答对？人家是女流，又不能说她自己走了。有了！我问问这个相公："可是相公你贵姓？"芸生说："我既然被捉，速求一死，何必多言。"尼姑说："难道说，你不敢说你的名姓！你那心眼儿放宽着点，且不杀你。那到底姓什么？我也好称呼你呢。"芸生说："某家姓白。"尼姑说："白相公，你到底是怎么件事？这个高相公是你杀的不是？焦小姐你知道下落不知？你只管说出，我绝不杀害于你！"芸生说："你既然这样，我实对你说，我在酒楼吃酒，旁边有人告诉我，焦家姑娘、高家的相公，被你这尼姑用计，要污染人家的姑娘。我实实不平，要救这个姑娘。正要庙前观看地势，晚间再来。不料被你将我诓进庙来，假说瞧乩，将我锁在西院之内。晚间我正要蹿墙出来，有一个人影儿一晃，我就跟将下去。你们在屋中说话，连那个人带我，俱都听的明白。你送那个姓高的上楼，他随后就跟进去了，我在外边看着。你带着那姑娘看看的临近，他就把姓高的杀了。你上楼的时节，他可就蹿下楼来了。他过去就背那个姑娘。我以为他也不是好人，原来他是姑娘的哥哥叫焦文俊。他把他妹子背着回家去了。"尼姑一听，怔了半天。焦文俊这孩子，怎么练会了这一身的本事,这可也就奇怪了!

原来这个焦文俊,自十五岁离家出去,又没带钱,遇见南方三老的一个小师弟。这三老,一位是古希左耳,一位是仓九公,一位是苗九锡,这是南方三老。仓九公有个师弟,名号人称神行无影,叫谷云飞。他见着焦文俊,就收文俊作了个徒弟。五年的功夫,练了一身出色的本事。寻常在他师傅跟前说他是怎么样的孝心,不在家中,怎么不能尽孝,时时刻刻怎样惦念老娘。他师傅才打发他回来,给了他二百两银子,叫他到家看看,仍然还叫他回去,功夫还未成。可巧这日到家,正遇见他的老娘染病,见妹子又没在家里,母子见面大哭。问他妹子的缘由。老娘就把扶乩的事情说了一遍。他有些个不信,就换了衣裳,晚间直奔尼姑庙来了。到了庙中,就遇见这个事情。他起先以为芸生不是好人,嗣后方知芸生是好人,并未答话,就把他妹子救回去了。

单提的是庙中之事,芸生说出这段事情,尼姑倒觉着害怕。就叫两个贼人,帮着她把高相公的尸首埋在后院。到了次日,再议论怎么个办法。她单把芸生幽囚在西院,是死也不放芸生。吃喝等项,是一概不短,全是她给预备。芸生那是什么样的英雄,一味净是求死。

光阴荏苒,一晃就是好几天的工夫。芸生实在无奈,求生不能,求死不得。这日晚间,又预备晚饭,尼姑也在那里,随即说:“说在今日晚间,你要再不从,就说不得了,可就要结果了你的性命。”芸生仍是低着头,一语不发。又叫小尼姑重新添换菜,要与白大爷同桌而喝。白大爷哪肯与她同饮。小尼姑端来的各样菜疏,复又摆好。尼姑把酒斟上,说道:“白相公,你这个人怎么这样痴迷,不省悟,我为你,把高相公的性命断送了,我都没有工夫与他报仇去。他家下人来找了几次,我就推诿说不知道他哪里去了。人家焦家姑娘叫人救回去,人家吃了这么一个亏,就算不肯声张,早晚必是有祸。你我咱们两个人是前世宿缘,我这样央求于你,你就连一点恻隐之心都没有?可见你这个人,心比铁还坚。世间可也真少有。”芸生说:“胡言乱语,休在你公子爷跟前絮絮叨叨。公子爷岂肯与你这淫尼作这苟且之事!”尼姑一听,气往上一冲说:“你这厮好不达时务!”将要往前凑，就听外边说："好淫尼，还不出来受死，等到何时！"尼姑一听，就知道事情不好。又不准知道外头有多少人。一着急，把后边窗户一踹，就逃窜去了。

山西雁徐良和着小义士艾虎来了半天的工夫，净听着芸生大爷到底怎样？听了半天，真是一点劣迹也没有！外边二人暗暗夸奖：也不枉这一拜之情。这一叫早把小尼姑吓的钻入床底下去了。徐良、艾虎蹿入屋中，先过来与大爷解了绑，搀起芸生，溜了一溜，自己觉着脸上有些个发烧。艾虎他们也顾不得行礼，先拿这个淫尼要紧。芸生也跟着蹿将出来，当时没有兵器，可巧旁边立着一个顶门的杠子，芸少抄将起来，一直扑后边。就见尼姑换短衣襟，同着两个贼人，各持利刃扑奔前来。当时大家就撞成一处。徐良说："这个尼姑，交给老兄弟了。这几个交给我了。"艾虎点头，闯将上去。艾虎暗道："三哥真机灵！他不愿意和尼姑交手，叫我和尼姑交手。我尽管应着，我可不和尼姑交手。"随答应着他，可就奔了碧目神鹰来了。白芸生手中拿了顶门杠，就奔了铁头狸子苗锡麟。苗锡麟摆手中刀就往下剁。芸生这根顶门杠子，本来是沉，用平生的气力往上一迎，只听见当啷一声，把刀磕飞。往上一拍，叭嚓一声，就结果了苗锡麟的性命。尼姑一急，冲着山西雁就是一镖。徐良说："哎哟，了不得了！"没打着，又说："老西不白受出家人的东西，来而不往非为礼也！"嗖的一声，将她那只镖，照样打回。把尼姑吓了个胆裂魂飞，仗着躲闪的快当，若不然，也就叫自己的原镖，结果了自己的性命。原来是尼姑打徐良，叫徐良接住，复又打将回来。尼姑就没有心肠动手了，举刀就剁。两个人绕了两三个弯，不提防教徐良的刀剁在她的刀上，呛啷一声，削为两段，刀头坠地，尼姑转身就跑。徐良就追。越过房去，徐良跟着到了后坡，往下一蹿，坠落坑中。尼姑搬大石头就砸，叭嚓一声，砸了个脑浆迸裂。

要知端底，且听下回分解。

第九十回　三侠客同走劝架　二亲家相打成词

诗曰：

侠骨生成甚可夸，同心仗义走天涯。

救人自遇人来救，暗里循环理不差。

且说艾虎正与施守志交手，两口利刃上下翻飞，未分胜负。白芸生捡了铁头狸子的那口刀，也就蹿将上来。两个人并力与施守志较量。论碧目神鹰，艾虎一人他就抵敌不过，何况又上了一个，他焉能行得了？自己就要打算逃窜保命，奈困一宗，二个人围住他，窜不出圈去，闹了个脚忙手乱。当时刀法也就乱了，好容易这才虚砍了一刀，撒腿就跑，一直扑奔正西。过了一段界墙，前边两堆太湖山石，眼瞅着他就在太湖山石当中蹿将过来。艾虎在前，芸生在后，自然也得在太湖山石当中过去。艾虎刚往西蹿，只听东北有人嚷道："别追！有埋伏。"这句话未曾听完，艾虎已经掉下去了。芸生几乎也就掉将下去。回头一看，原来是个陷坑。艾虎坠落坑中，站起身来，往上一瞅。芸生上面答言："难道老兄弟上不来吗？"艾虎说："行了。"自己往上一蹿，脚登坑沿上。问："大哥，那贼何方去了？"回答："早已跑远了。"艾爷大怒："便宜这厮！咱们去找三哥去。"

复又回来，遍找不见。徐良忽然由墙上下来说："你们二位可好，我两世为人了。"艾虎、芸生问："什么缘故？"回答："我自顾追尼姑，一时慌张，没看明白，坠落坑中。那尼姑真狠，举起一块大石头要砸我，坑沿上有一个人，也不知是谁，由尼姑身后将尼姑踢倒，自来那石头正砸在尼姑的脑袋上，头颅粉碎。我上来时节，那人不见了。我也没看见人家，也没与人家道道劳，就奔这里来了。你们将那两个贼都杀了没有？"二人道："我们打死了一个，追跑了一个。"又将艾虎如何坠在坑中的话，说了一遍。列位就有说的，原来徐良没死。他若死了，如何还算"小五义"？

再说尼姑到底是谁人将她要命？可就是艾虎看见倒骑驴的那个人。他又是谁人哪？就是前文表过的神行无影谷云飞。因他徒弟回家，自己暗地跟下来了，看他到家，是真孝顺假孝顺。暗地一瞧，是真孝顺，又有救他妹子这一节。自己并没见徒弟之面。去到庙中，要把尼姑杀了。白昼见着街上酒铺中有个醉鬼，先在那边，就没赊出账来，他就把尼姑庵中的事听了一遍。又到这边酒铺中来，自己见着艾虎，一瞅就奇怪，故意又喝两壶酒。细看艾爷的情性，方知不是贼。会了酒钱并不道谢，晚间到庙中，净在一旁，看着他们动手。徐良掉下坑去，自己过去，用闭血法把尼姑一点。淫尼一倒，石头砸在自己脑袋上，脑髓迸流。自己仍然又奔前院，见艾虎他们追下贼去，自己也远远的跟着。见贼过太湖山石，拿胳膊一跨太湖石，往南一飘，身蹿在正西等着艾虎，他就看出破绽来了。自己想着提拔艾虎，报答他这两壶酒钱，嚷道："前头有埋伏，别过去！"说迟了一些。谷云飞见尼姑一死，自己就算没有事了，由此起身。下套《小五义》上，金鳞桥辨明奇巧案，救白芸生、范仲淹，误打朝天岭的内应，巧得貘皮铠，皆是后话，暂且不表。

且说的是徐良、艾虎、白芸生他们弟兄三位，不知施守志的去向，就把庙中的婆子、小尼姑找在一处，告诉她们一套言语。小尼姑连婆子等，都跪在地下求饶她们的性命。芸生说："我教给你们一套言语，就不杀害尔等。"大家异口同音，都嚷愿意。芸生说："明日你们报到当官，就提你们这里的庙主，结交贼匪，暗地害死高保。苗锡麟与尼姑通奸，施守志因嫉奸砸死尼姑，杀死苗锡麟，此贼弃凶逃走。当官不信，你们就把埋葬高保的地方，指告诉明白。按着这套言语，回禀当官，自然就保住了你们的残生。如若不依着我们的言语，明晚我们大众前来，结果你们的性命。"大家点头，情甘意愿。芸生又说："所有尼姑的东西，你们大家分散。当官要是问着，你们就说俱被施守志盗去。"大家千恩万谢，都感几位爷的好处。

白芸生、徐良、艾虎三个人，一看天气不早，就此起身，回到店中，仍是蹿房跃墙下来。手下的从人俱都在店中等候。来到屋中，大家见礼、道惊、打听。芸生把自己的事情俱都说出。连胡、乔二位都赞叹说："公子都受了这样苦处！"徐良说："明天五更就起身，不管他们此处的事情了。"书不可重叙。到了次日，给了店饭钱。有骑马的，有步行的，直奔武昌府而来。众人奔武昌，暂且不表。

说书的一张嘴，难说两家的话。这一丢大人，蒋平、智化解开了沈中元的贯顶诗，各路分散着寻找大人。先说可就是艾虎的事情，这才引出小五义结拜、盗狱等项，也不在少处。找大人有走夹峰前山的，有走夹峰后山的，有上娃娃谷的，在路上俱各有事，可是说完了一段，再表一段。这个日限相隔不了多远。

先提北侠、南侠、双侠，离了晨起望，晓行夜宿，饥餐渴饮，无话不说。这日，正往前走着。前边黑忽忽一片树林，树乃庄之威，庄乃树之胆，倒是很好的个村庄。三位爷就穿村而过，是东西的街道。他们由西向东，正遇在东村口，围绕着许多人。虽然三位寻找大人的心盛，究属是天然生就侠客的肝胆，遇事就要瞧看瞧看。分开众人进去，原来是两位老者，揪扭着相打。二位老者，俱过六旬开外，并且全是头破血出。还有几个年轻的，俱都掠胳膊、挽袖子在旁边，气哼哼地，欲要打吧，又不敢。旁边有几位老者说："你们亲家两个，还有什么不好说的事情！打会子也当不了办事。"口里说着，却不过去拉。

丁二爷平生最是好事，说："欧阳哥哥，咱们去劝吧。"北侠说："二弟知道是什么事情，咱们过去劝劝去？"丁二爷说："我过去问问去。"北侠一揪没揪住。二爷就过去，在两个老头当中，伸单胳膊一擦；又把这只手打底下伸进去，往上一起，就见两个老头自然撒开了两只手。二爷又揪住两个老头儿的腕子，往两下里一撑，老头儿一丝儿也不能动转了。两个老头，直是气的浑身乱抖。那个老头说："尊公，你是干什么的？"二爷说："我们是走路的。"老头说："你是走路的，走你的路！你揪着我们为什么事情？"二爷说："我平生好管闲事，我问问你们，因为何故？我给你们分析分析。"老头说："我们这个事情不好分析。非得见当官去不成！"二爷说："我非要领教领教不可。"那个老头说："你撒开我，慢慢告诉你。"南侠、北侠也就过来说："二弟，你撒开人家，有什么话再说。"二爷这才撒开。

大众一瞧，这三位爷这个样儿：一个像判官，一位傲骨英风，一位少女一般。旁边人们说:“得了,你们亲家两个告诉人家吧。”二爷说:“贵姓?”那位老头说:“我姓杨,叫大成。我有个儿子叫杨秀。这个是我们的亲家,他姓王,叫王太。他有个女儿给了我的儿子,我们作了亲家。前番他接女儿住娘家去,我就不教他接。众位,你们听听,咱们俱都是养儿女的人,还有姑娘出阁,不许往娘家来往的道理吗?可有一个情理,我们这个儿妇,她的母亲死了,我们亲家翁净剩了光棍子一个人。我说他想他女儿,教他上我这瞧瞧来。他一定要接回家去,又便当怎么样呢?他要接定了,不接不行,我也不能深拦,就让他接回去了。可也不知道,他又将他女儿给了人家了或是他又卖了,他反而找到我家来,不答应我。”北侠一听,就知道不好,要是不伸手,可也就过去了;要一伸手,得给人家办出个样子来。那个姓王的说:“这位爷台贵姓?”二爷说:“我姓丁,排行在二。”老头说:“丁二相公爷,你想我待女儿,我焉能行出那样事来。我接,他就不愿意。我接到家里住了十二天,就把她送回来了。我这几日事忙,总未能来。今天我有工夫,我来瞧看瞧看我这女儿。不想到此,他胡赖。是他把我女儿卖了,倒是有之。不然,就是给要了命了,还是尸骨无存。我活这么大岁数,这条老命不要了,与他拼了吧。”丁二爷此时就没有主意了,净瞧着北侠。

欧阳爷暗笑,你既然要管,又没有能耐了。北侠上前说:“王老者,你们两亲家,我可谁也不认识。我可是一块石头往平处放。你说你送你女儿,可是送到你们亲家家里来了吗?”杨大成说:“没有,没有!”王太说:“我这女儿不是我送来的。是我女儿的表兄,姓姚,叫姚三虎,素常赶脚为生,他有个驴,我女儿骑着她表兄这个驴来的。”北侠说:“那就好办了,找她这个表兄就得了。”王太道:“不瞒你们几位说,我女儿这个表兄就是一身一口,跟着我过。自打送他表妹,直到如今没回家。”北侠问他:“他把他表妹送去没送去,你知道不知道?”王太说:“焉有不送去之理。”北侠说:“那就不对了。你总是得见着她这表兄才行呢。倘若他们半路有什么缘故,那可也难定。”一句话,就把王太问住。杨大成说:“是他们爷们商量妥当,半路途中把我们儿妇给卖了。”说毕,二位又要揪扭。北侠拦住说:“我有个主意。你们这叫什么村?”杨大成说:“我们这叫杨家店。”又问姓王的:“你们那里叫什么村?”王太说:“我们那村叫王家陀。”北侠说:“隔多远路?”王太说:“八里地。”北侠说:“隔着几个村庄?”王太说:“一股直路,并没村庄。半路只有一个庙。”北侠说:“你们二位不用打架,两下撒下人去遍找。十天限期为度,找不着,我们在武昌府等你们,上颜按院那里递呈字去,上我们大人那里告去。我们就是随大人当差的,到那里准能与你们断明。”两家也就依了这个主意。三位便走。连本村人都给三位道劳。三人离了杨家店,一直走了三里多路,天上一块乌云遮住碧空,要下雨。紧走几步,路北有座大庙,前去投宿避雨。这一进庙,要闹个地覆天翻。

欲知后事如何,且听下回分解。

第九十一回　在庙中初会凶和尚　清净林巧遇恶姚三

诗曰：

义婢从来绝世无，葵枝竟自与人殊。

全忠全烈全名节，真是闺中女丈夫。

或有人问余曰："此书前套，号《忠烈侠义传》，皆是生就的侠肝义胆。天地英灵，何其独钟斯人？"余曰："忠义之事，不但男子独有，即名门闺秀，亦不乏其人。又不但名门闺秀有之，就是下而求之奴婢，亦间或有之。"昔周有天下时，卫国义婢葵枝有段传序，因采入《小五义》中。

卫国有一官人叫作主父，娶妻巫氏，夫妻原也相好。只因主父是周朝的大夫，要到周朝去作官，故别了巫氏一去三载，王事羁身，不得还家。

这巫氏独处闺中，殊觉寂寞，遂与邻家子相通，暗暗往来。忽一日，有信报主父已给假还家，只在旬日便到。巫氏与邻家子，正在私欢之际，闻知此信十分惊慌。邻家子忧道："吾与汝往来甚密，多有知者。倘主父归而访知消息，则祸非小。如何解救？"巫氏道："子不须忧，妾已算有一计在此。妾夫爱饮，可得毒药制酒一尊，等他到家，取出与他迎风，他自欢饮，饮而身毙，便可遮瞒。"邻家子喜，因买毒药付与巫氏。

巫氏因命一个从嫁来的心腹侍妾，名唤葵枝，叫她将毒药浸酒一壶藏下。又悄悄吩咐她，等主人到时，我叫你取酒与他迎风，你可好好取出斟了奉他，倘能事成，我自另眼看待。葵枝口虽答应，心下却暗暗吃惊道："这事怎了？此事关两人性命。我若好好取出药酒，从了主母之意，劝主人吃了药酒，岂不害了主人之命？我若悄悄说破，救了主人之命，事体败露，岂不害了主母之命？细细想来，主人养我一场，用药害他，不可谓义；主母托我一番，说破害她，不可谓忠。怎生区处?”忽然想出一计,道:“莫若拼着自身受些苦处,既可救主人之命,又不致害主母之命。”算计定了。

过了数日,主父果然回到家中。巫氏欢欢喜喜,接入内室,略问问朝中的正事,就说:“夫君一路风霜,妾闻知归信,就酿下一尊美酒在此,与君拂尘。”主父是个好饮之人,听见说有美酒,欣然道:“贤妻有美酒,可快取来。”巫氏忙摆出几品佳肴,因叫葵枝吩咐道:“可将前日藏下的那壶好酒烫来,与相公接风。”葵枝领命而去。去不多时,果然双手捧了一把酒壶,远远而来。主父看见,早已流涎欲饮。不期葵枝刚走到屋门首,哎呀的一声,忽然跌倒,将酒泼了一地,连酒壶都跌扁了。葵枝跌在地下,只是叫苦。主父听见巫氏说,特为他酿下的美酒。不知是怎生馨香甘美,思量要吃,忽被葵枝跌倒泼了。满心大怒,先踢了两脚,又取出荆条来,将葵枝揿倒,打了二十,犹气个不了。巫氏心虽深恨,此时又怕打急了,说将出来,转忍耐住了,又取别酒奉劝主父,方才瞒过。

过了些时,因不得与邻家子畅意,追恨葵枝误事,往往寻些事故打她。这葵枝甘心忍受,绝不多言。偶一日,主父问葵枝闲话。巫氏看见,怕葵枝走漏消息,因撺掇主父道:“这奴才甚是不良,前日因你打她几下,她便背后咒你,又屡屡窃我妆奁之物。”主父听说,愈加大怒道:“这样奴才,还留她作甚!”因唤出葵枝,尽力毒打,只打得皮开肉绽,痛苦不堪。葵枝只是哭泣哀求,绝不说出一字。

不料主父一个小兄弟,尽知其事。本意不欲说破,因见葵枝打得无故,负屈有冤,不敢明诉,愤愤不服。只得将巫氏之私,一一与主父说了。主父方大惊道:“原来如此!”再细细访问,得其真确。又惭又恨,不便明言,竟暗暗将巫氏处死。再叫葵枝道:“你又不痴,我那等责打你,你为何一字也不提?倘若被我打死,岂不屈死了你。”葵枝道:“非婢不言。婢若言之,则杀主母矣!以求自免,则与从主母之命而杀主人何异!何况既杀主母,又要加主人以污辱之名,岂为婢义所敢出?故宁甘一死,不敢说明。”主人听了,大加感叹敬重道:“汝非婢也,竟是古今之义侠女子也!淫妇既已处死,吾当立汝为妻,一以报汝之德,一以成汝之名。”就叫人扶她去妆饰。葵枝拜伏于地,苦辞道："婢子，主之媵妾也。主母辱死，婢子当从死。今不从死而偷生，已为非礼。又欲因主母之死，竟进而代处主母之位，则其逆礼又为何如？非礼逆礼之人，实无颜生于世上。"因欲自杀。主父叹息道："汝能重义若此，吾岂强汝。但没个再辱以婢妾之理。"因遣媒议嫁之，不惜厚妆。诗书之家，闻葵枝义侠，皆羡慕之，而争来娶去以为正室。

由此观之，女子为贞为淫，岂在贵贱，要在自立名节耳。闲言少叙，书归正传。

诗曰：

佛门清净理当然，念念慈悲结善缘。
不守禅规寻苦恼，焉能得道上西天。

且说三侠离了村口，走了三里多路，天气不好，恰巧路北有个庙宇，行至山门前去叩打。不多一时，里面有人把插管一拉，门分左右，出来了两个和尚。和尚打稽首道："阿弥陀佛！施主有什么事情？"北侠说："天气不好，我们今天在庙中借宿一夜，明天早走。多备香灯祝敬。"那和尚道："请进。"把山门关上，同着三位进来，一直地奔至客堂屋中，落座、献茶。又来了一个和尚，咳嗽了一声，念道："阿弥陀佛！"启帘进来，三位站起身来一看，这个和尚说道："原来是三位施主，小僧未曾远迎，望乞恕罪。陀弥陀佛！"北侠说："天气不好，欲在宝刹借宿一夜，明日早走。多备香灯祝敬。"大和尚说："哪里话来！庙里工程，十方来，十方去，十方工程十方施。这全都是施主们舍的。"北侠一看这个和尚，就有点诧异，看看他不是个良善之辈。晃晃荡荡，身高八尺有余。香色僧袍，青缎大领，白袜青鞋。可不是个落发的和尚，满头发髻，掰开日月金箍，箍住了乱发，原来是个头陀和尚。面赛油粉，印堂发赤。两道扫帚眉，一双阔目。狮子鼻翻卷，火盆口，大耳垂轮。胸膛厚，臂膀宽。腹大腰顸。有了胡须了，可是一寸多长，连鬓落腮，大胡子圈后，人给他起名儿叫罗汉髯。那位罗汉长的这样的胡子来！闲言少叙。

单说和尚问道："三位施主贵姓？"三位回答了姓氏。惟独展南侠这里说："吾常州府武进县玉杰村人氏，姓展名昭，字熊飞。"和尚上下紧瞅了展南侠几眼，然后问道："原来是展护卫老爷！"熊飞说："岂敢，微末的前程！"和尚说："小僧打听一位施主，你们三位必然知晓。姓蒋，蒋护卫。"展南侠说："不错，那是我们四哥。"北侠说："那是我们盟弟。"丁二爷说："我们全都是玉契相交。"和尚说："但不知这位施主，如今现在哪里？"北侠一翻眼皮说道："此人大概早晚还要到这里来呢！"和尚哈哈哈一笑说："早上这里来，可是小僧的万幸！"北侠说："怎么认识蒋四哥？"和尚说："听别人所言。此公是文武全才，足智多谋之人。若要小僧会面之时，亦可领教领教。"北侠说："原来如此。"问道："未曾领教师傅高名。"和尚说："小僧名法印。"大家一齐说："原来是法师傅，失敬了。皆因天气不好，进来的慌张，未曾看见是什么庙。"和尚答道："敝刹是清净禅林，但不知三位施主用荤还是吃素？"北侠一听，就知道这个庙宇势力不小，说："师傅这里，要是不吃酒，不茹荤，我们也不敢错乱佛门的规矩。要是有荤的，我们就吃荤的。"和尚说："既是这样。我即吩咐徒弟告诉荤厨，预备上等的一桌酒席。"和尚又道："我这东院里还有几位施主，我过去照应照应。少刻过来奉陪。"大家异口同声说："请便。"和尚出去，直奔东院去了。

少刻，小和尚端过菜来。七手八脚，乱成一处，摆列妥当。小和尚说："若要添换酒菜，施主只管言语。"随即把酒斟上。这时天气也晚了，即刻把灯掌上，他们就出去了。北侠看见那个小和尚出去，复又往回一转身，看了他们一眼，透着有些神色不正，见他们毛毛腾腾。北侠看着，有点诧异。又见杯中酒发浑，说："二位贤弟慢饮。你们看看这酒，怎么这样发浑？"二爷说："多一半这是酒底子了。"北侠说："千万可别喝。我到外头去看看。头一件事，我见这个和尚长的凶恶，怕是心中不正；二则小和尚出去，又回头一看，透着诡异；三则酒色发浑，其中必有缘故。"丁二爷还有些个不服，到底是北侠久经大敌，见事则明。展爷说："你出去看看，我们这等着你回来，一同的吃酒。"

北侠出去。这客堂是个西院，由此往北，有一个小夹道。小夹道往西，单有一个院子，三间南房。从一个大后窗户，见里头灯光闪烁，有和尚影儿来回地乱晃。北侠也不以为意。忽听见前边屋内帘板一响,有一个醉醺醺的人说话,舌头都短了,说:“众位师兄们,我学着念阿弥陀佛!”众小和尚说:“快快,走出去！你腥气烘烘的,别管着我们叫师兄。”那人说:“我腥烘烘的,难道说比不过你们这一群葫芦头么!”小和尚说:“我们是生葫芦头！你再瞧瞧,你不是葫芦头,你干什么还去干什么去吧！你还是去赶脚去!”北侠听到此处一怔,想起杨家店子来了,两亲家打架,说那王太的女儿是她表兄送往婆家去了,至今音信皆无,她表兄可就是个赶脚的。这些和尚说他是赶脚的,别是那个姚三虎吧？北侠就把窗户纸戳了个窟窿,往里一看。见这个人有三十多岁,穿着一件旧布僧袍,将搭骼膝盖,粗短白袜青鞋,黄中透青的脸膛,斗鸡眉,小眼睛,薄片嘴,锤子把耳朵,其貌甚是不堪。剃的光光溜溜的头,喝的醉醺醺的,脸都喝紫了。只听他和那小和尚们玩笑说:“我是新来的人,摸不着你们的门。”小和尚说:“那是摸不着你的门。”醉汉说:“我要拉屎,哪里有茅房?”小和尚说:“你别骂了,快走吧！就在这后头,往西南有两间空房,后身就是茅厕。”那人说:“我方才听见说,有开封府的,宰了没宰呢?”小和尚说:“快滚吧！你不想想这是什么话？满嘴里喷屁!”连推带搡,那个人一溜歪邪,真就扑奔了后院。

北侠暗道:“这个和尚,准是没安着好意了。我先把这个拿住,然后再去办那个和尚。”先前奔庙的工夫,阴云密布,此时倒是天气大开。北侠先奔了西南,果然有两间空房关闭着双门。北侠用宝刀先把锁头砍落,推开门往里一看,屋中堆着些个桌椅凳。北侠撤身出来,见那人看看临近。北侠过去,把他脖子一掐,往起一提溜,脚一离地,手足乱蹬乱踹。北侠就把他夹在空房里头,慢慢又将他放下。解他的腰带,四马倒攒蹄,把他寒鸭浮水式捆上。北侠拉刀出来在他脑门子上蹭、蹭、蹭,就这么蹭了他三下。那小子可倒好,不用找茅房就出了恭了。北侠说:“你要是高声喊叫,立时要了你的性命！我且问你,你可是姚三虎吗?”那人说:“我正是姚三虎,你老人家既认识我,就饶了我吧!”北侠说:“你既是姚三虎,这个事情可就好办了。我此时也没有工夫问你。”随即撕他的僧袍,把他的嘴堵上。北侠出来,把屋门倒带。复返回来,直扑客堂。

来到之时,启帘进来一看,展爷正在那里为难。丁二爷躺倒在地,受了蒙汗药酒。北侠一怔,问道:“展大弟呀！二弟这是怎么了?”展爷说:“自从兄长去后,我劝他不用喝。他说他腹中饥饿,要先喝盅,头一盅喝下去没事,又连喝了两盅,他就昏倒在地,人事不省。我也不敢离开此处。哥哥怎么去了这么半天?”北侠就把遇见姚三虎的话,说了一遍。展爷一听说:“这可真是想不到。可不知道这个姑娘怎么样,在哪呢?”北侠说:“我没工夫问他。恐怕你们等急了！咱们先办和尚的事情。”展爷说:“有凉水才好把丁二爷灌活了。”北侠说:“这不是一碗凉茶！把这个凉茶灌下去可就行了。”展爷用筷子把丁二爷牙关撬开,将冷水灌下去。顷刻之间。腹内一阵作响,就坐起来了,呕吐了半天,站起身来问:“大哥,二哥,是怎么个事?”南侠就把他受蒙汗药的话说了一遍,北侠也把遇见姚三虎的事说了一番。依二爷的主意,立刻就要找和尚去。北侠把他拦住说:“他既用蒙汗药,少刻必来杀咱们。来的时节,再把他拿住细问情由。大概他是各处有案,不定害死过多少人了！先拿住和尚,去了一方之害。然后再办王太女儿之事。”展南侠点头说,此计甚妙。就把灯烛吹灭了,等着和尚。不多一时,就听见外边有脚步的声音。北侠把两扇隔扇一关。两个小和尚进门,跌倒被捉。

不知小和尚说出些什么言语,且听下回分解。

第九十二回 丁二爷独受蒙汗药 邓飞熊逃命奔他方

诗曰：

酒中下药害群豪，欲报前仇在此遭。

谁知机关先看破，凶僧又向远处逃。

且说这个和尚在庙中，不一定是见人来就结果了性命，皆因他听见是展南侠，才起了杀人的念头。什么缘故呢？此僧姓邓，叫邓飞熊，外号人称金箍头陀。他师傅叫铁扇仙吴道成，与梁道兴等是师兄弟。在前套上拿花蝴蝶的时节，被蒋四爷一刺扎死在铁仙观的，就是邓飞熊师父。他本找的是蒋平，与他师傅报仇。如今见不着蒋平，知道这是蒋平的至友盟兄，杀了他们，也算给师傅报仇。故此，教小和尚备酒之时，就下了蒙汗药。把三位蒙将过去，他好下手。工夫不大，他就派了两个小和尚，拿着刀来结果这三位的性命。

不料就是一人误受蒙汗药，还灌醒过来了。两个小和尚一到，启帘见两扇隔扇关闭，用力一推。北侠一闪，整个的二人爬倒在地。北侠过去，同双侠把他们捆将起来。用刀一蹭脑门子，这两个小和尚要嚷。北侠说："要嚷！立刻就结果你们！二人要说出实话来，就饶你们不死。"两个小和尚说："若要饶了我们二人的性命，问什么就说什么。"北侠说："你们那个大和尚害死过多少人？"小和尚说："没害过多少人。用不着我们师傅害人，庙周围香火地甚多，足够用度。你们与我师傅有仇。"北侠说："素不相识，怎么来的仇？"小和尚说："我们师爷爷死在那位蒋四老爷之手。"北侠问："你们师爷是哪个？"小和尚说："就是铁仙观的铁扇仙吴道成。"北侠说："是了。我再问你，那个姚三虎是怎么件事情？"小和尚说："他是个赶脚的。我们师傅嘱咐过他，若有少妇长女长得体面的，教他驮到庙里来。他总也没有给驮来过。那日驮着一个少妇，教我们师傅在庙外看见了，把他叫住，说是他的表妹。我们师傅把他诓进庙来。不想那个少妇自己一着急，一头碰死在佛殿的台阶上了。他也出不去了。把他那个驴子——我们师傅的主意，也剀着吃了。他也不敢出庙，我们师傅给他落了发，他也算当了一个和尚。”北侠一听，暗暗欢喜，随即撕他衣襟，将他口塞上了，说道：“我也不杀害于你，待等事毕之时，留你们当官对词。”就把两个人提起来，放在里间屋中床下。

二爷说：“咱们找和尚去。”北侠说：“依我等着他来。”二爷说：“那可等到几时！”展南侠也愿意找去。北侠只得同着两个人，出了客堂。只见东院内灯火齐明，一听有妇女的声音。到了东院，南北下有一段长墙，靠着南边有一个小门。三位爷蹿上墙头，就见院内五间上房，窗棂纸上看得明白，有许多妇女，俱都在里边划拳行令，猜五叫六的。二爷受了蒙汗药，这肚子气无处消散去，见了这般光景，气往上一冲，飘身下去，大骂：“奸贼和尚，还不早些出来，等到何时？”金箍头陀邓飞熊听见，就是一怔，立刻甩了长大衣襟，里头利落紧衬，把他那对开口僧鞋登了一登，墙壁上摘下护手钩来，大喊了一声说：“你们在外边等等！”靠着西边墙上挂着一个大木鱼，上边挂着个木鱼槌。就将那个木鱼槌梆梆的敲了一阵，他才蹿将出来。北侠、南侠、双侠已经下了墙头，在院中等候。先听屋内梆声乱响，然后将帘子一启。这就是贼人胆虚，他怕人在门的两旁等着他。他若一启帘子就出来，岂不怕受人家的暗算了。故此先扔出一个小桌子来，听听人在哪里，他方敢出来。等他蹿在院中，他焉知道这几位全是正大光明、光天化日的英雄，岂能暗算于他。他到院中，看见三位，正东、正西、正南，明晃晃两口宝剑、一口刀都亮将出来，在那里等着交手呢！

金箍头陀一个箭步，先奔二爷那里去了。他以为他手中这对护手钩无敌，又情实他的本领也好，并且这个双钩，是兵刃里头最厉害的兵器。不管你是什么样长短家伙，讲的是勾、挂、劈、砸、扎、缩、斜、拿八个字。护手钩所惧者，双单梢子虎尾，三节棍，九节鞭，十三节鞭。除此之外的兵器，见钩就得八分输。可惜如今遇见这三位宝刀宝剑，也是活该。他奔了丁二爷去了。二爷本就是一腔的怒气，还没地方消散去呢，破口骂道：“好凶僧，往哪走！”和尚用单钩往上一迎。二爷把宝剑往上一扬，只听见呛啷一声，把邓飞熊真魂都吓走了。亏得好是他先递的钩。他要容二爷把宝刀先剁下来,他必拿钩一锁,连人都劈为两半。这柄钩不像样儿了,直是峨眉枝子上带着口小宝剑。丁二爷用了一个白蛇吐信,凶僧不敢拿他的钩勾了。他又往展爷那里一蹿,闪开了,这才躲过这一宝剑。他想拿着半截钩一晃展爷,然后再拿那柄好钩往上一递。焉知晓展南侠用巨阙剑往上一迎,呛的一声,把这半截钩又削去了一段,就势一坐腕子,奔了他的脖颈。邓飞熊哪里敢还招呢!大闪腰,一低头,躲过脖颈,未曾躲过金箍,呛的一声,连日月金箍带这些发髻都给砍下来了。又把凶僧唬的魂不附体,暗暗想道:他们都是哪里找来的这些兵器?

外边一阵大乱,原来是庙中小和尚听见木鱼一响。这是他们清净禅林里头的暗号,十方大院里头若有事才砸这个木鱼呢。木鱼一响,就拿着兵刃,预备打架动手,一齐而上。这才大家陆续前来,直奔着东院紧走,方到小门这里,只听众和尚一嚷说:“拿、拿、拿,拿呀!拿呀!”往前一闯,就把大众围上。邓飞熊净想着要跑,他弃了南侠,就奔北侠。又大杀了一阵,想道:“北侠使的是口刀,这口刀不至像宝剑那样的利害,打算要从北侠这里逃窜。”北侠使了个野战八方藏刀式,恶僧剩了一柄钩,撞着北侠,往上一递。北侠使了一个托鸡式,往上一迎,就听见呛的一声,把钩连峨眉枝子削去了半截。邓飞熊暗道:“他们哪里找来的这些兵器?”急中生巧,说声招家伙。北侠以为是暗器,原来是他把半截峨眉枝子扔将过来。北侠微微一闪身,他就从北侠旁边窜过去了。

北侠是心慈之人,他不忍杀害小和尚,他打算日后也出家当和尚。微一耽误工夫,邓飞熊业已跑远。北侠说:“闪路!”只听磕嚓磕嚓一阵乱削,随就追下凶僧来了。直奔后边,见凶僧奔后院,有五间上房,五层高台阶,蹿入屋中去了。北侠不肯往屋里追,怕有埋伏。自已蹿上房去,到了后坡。原来那凶僧屋中有后门,由后门出去,直奔后墙,有堆乱草蓬蒿,他由乱草蓬蒿那里蹿上后墙。北侠并不追赶,教他去吧。也是活该他的命不当绝。此人应当在后套《小五义》中,丧在徐良的手内。

北侠回来,见展南侠已经开发了这些小和尚。皆因北侠去后,展爷说:“你们这些个好不达时务！还不把兵器快些扔了！仍然不扔兵刃,你们一个也不用打算逃生!”小和尚听见此话,一个个全将兵器扔下,一齐跪倒求饶。展爷说:“我恕了你们罪名,可不许逃窜,就在此处等候。”众小和尚应允,一声情甘意愿。就有那机灵的,暗暗逃走;有那些痴愚的,仍然在此处等候,一步儿也不敢挪。大概逃走的极多,待北侠回来,已经开发了这些小和尚。小和尚他们大伙又给北侠磕了一阵子头。北侠问小和尚:“你们可知道,姚三虎驮来的少妇碰死台阶石上,尸骸现在埋在哪里?”内中有一个人说:“埋在后头院大楸树底下。”北侠说:“你们出去找地方去。”又叫人把姚三虎搭过来。可巧一个小和尚没死,就有几个带伤的,只当姚三虎死了呢!又叫人去客堂里边,把床底下两个小和尚搭来。北侠教把两个小和尚口中塞的物件拉出来。绑他们的带子解开。说:“你们也不必害怕,也不用跑。无非另请住持,你们仍然在庙内。”众小和尚无不欢喜。又把屋中那些妇女尽都放了。北侠说:“俱是良家的妇女,无非被和尚抢来。你们大家,有亲戚的投亲,有故的奔故。你们自己的东西,仍然还是自己拿着。”这一句话呀,积了大德了。这些妇女们磕了一路头,打点她们的行囊包裹,大家拾掇利落,就此起身。

不多一时,地方进来。他也俱都不认识。有人给他引见了,说:“这是颜按院那里展护卫大人,奉大人谕出差。”就把庙中已往从前之事,细说了一遍,又说:“你派你们伙计,一边上杨家店子,一边上王家陀,把杨大成、王太找来。”又把姚三虎的事情说了一遍,地方一瞅认的,说:“姚三,你作的好事!”展爷问地方:“你叫什么?”回答道:“小的叫王福儿。”立刻大众到了楸树底下,看了又看,果有个埋人的土印。复又回来。地方找伙计给王、杨两家送信。那天的晚饭,就是小和尚给预备的。天交二鼓,王、杨两家全到。路上早已把这个事听明白了。进门来,先给北侠等磕了一路头。北侠带着他们到后边,看了看埋人的所在。两家恸哭了一场。

书不可重叙。到了次日,展南侠说:“为人为到底,我同着他们上衙门走一趟。”北侠说:“展大弟,只是你多辛苦了。”展爷说:“这有何妨!”押解着姚三虎,带着几个年老的和尚,整去了两天,展爷才回来。北侠问道:“怎么样了?”展爷说:“见了县台,说明此事。县台另派住持僧人,将姚三虎定了绞监候的罪名。庙中小和尚仍然不动,不追前罪。庙中香火地二十顷变卖,立节烈坊,埋葬杨王氏。准其杨家再娶,杨、王两家不许断亲。无论什么人家女儿,过门后认为义女。当堂批断金箍头陀邓飞熊,案后访拿。”北侠听了大乐。少刻,本县的县太爷派四衙前来,奉县太爷谕,带着本庙的方丈,查看庙中有多少物件,多少香火地的文书。查看明白,见县太爷回说。三位爷见他们一来,告辞起身。大家送出庙来。又走了一天,猛然间尘沙荡漾,土雨翻飞。又是一宗诧异之事。

若问什么缘故,且听下回分解。

第九十三回　夹峰山施俊被掠　小酒馆锦笺求情

诗曰：

到处为人抱不平，方知三侠是英雄。

数杯薄酒堪消渴，山望夹峰足暂停。

且说众位离了清净禅林，晓行夜住。那日正走之间，见前面黑巍巍、高耸耸、密森森、叠翠翠一带高山阻路。北侠问道："二位贤弟，这不知是什么山？"丁二爷说："别是夹峰山吧？"北侠说："能这么快就到了夹峰山？他们说到夹峰山，就离武昌府不远了。"忽然打那边树林中出来了一位樵夫，挑了一担柴薪。他头戴草纶巾，高挽发髻，穿蓝布裤褂，白袜靸鞋，花绷腿，黑黄脸面，粗眉大眼，年过三旬。展爷过去，抱拳说："这位樵哥请了。"那人把柴担放下，说："请了。"展爷说："借问一声，这山叫什么山？"樵夫说："这叫夹峰山。"展爷说："这可是奔武昌府的大路？"樵夫说："正是。"展爷说："借光了。"樵夫担起柴担，扬长而去。

他们三位看见前面有一伙驮轿车辆。驮子马匹走的尘土高飞。绕山而行，又走了不远。丁二爷看见道北里一个小酒馆，说："二位想喝酒不想？要想酒喝，咱们在此处吃些酒再走。"北侠百依百随，展爷也愿意歇息歇息。北侠说："很好，咱们吃杯酒再走。"就奔酒铺而来。到了铺中，原来是个一条龙的酒铺。直奔到里，靠着尽北头一张桌子三条板凳，三人坐了。伙计过来说："你们三位吗？"丁二爷说："不错，我们三个人。"伙计说："我们这可是村薄酒。"二爷说："村薄酒就村薄酒，可是论壶？"伙计说："不错，论壶。"丁二爷说："先要三壶。"伙计答应，拿过四碟菜来：一碟卤豆儿，一碟豆腐干，一碟麻花，一碟白煮鸡子儿，外带盐花儿。二爷说："就是这个菜数？"伙计说："就是这个菜数。"二爷说："没有别的菜数。"伙计说："没有别的菜数。本是乡下的酒馆，就是这个菜数。"北侠说："就吃这个吧！要吃荤的,上店内吃去。"二爷说:"就是吧。"少刻,把酒烫来,每人一连喝了三壶,终是没有什么菜数,商量着也就不喝了。打算会了酒钞,就要起身。忽然慌慌张张打外头跑进一个人来。三位一看,那个人手拿着头巾,岁数不大,二十上下的光景。面有惊慌之色。身穿蓝袍,白袜青鞋,面白如玉,五官清秀,眼含痛泪。进了酒铺,二目如铃,口说道:"我渴了,哪里有凉水? 我喝点。快着! 快着!"过卖说:"在家伙隔子后头,有大白口缸,缸内有一个瓢子,拿瓢子舀了水自己喝去。"说毕,用手一指。那人直奔缸去,将要舀水。北侠见他神色忙迫,必然是远路跑来,倘若跑的心血上攻,肺是要炸的;若要喝下冷水去,炸了肺,这一辈子就是废人了。北侠用手揪住说:"你别喝冷水,我们这里有茶。"那人说:"不行,热茶喝不下去。我渴的难受。我喝水还得报官去哪! 我们相公爷连少奶奶,带姨奶奶和婆子、丫鬟,驮子马匹,金银财宝,全教给他们抢了去了!"北侠问:"什么人抢去?"回答说:"是山贼。"又问:"山贼在哪里?"回答:"就是这个夹峰山,有山大王,连喽兵,把我家少主人掠去。"北侠又问:"你上哪里去?"回答说:"我去告状。"北侠说:"你上哪里告去?"又回答:"我打听属哪里管,我找他们这里州县官去。他得好好地与我拿贼。不然,他这官不用打算着作了。"北侠笑说:"你们有多大势力,本地州县官给你们家作哪!"那人说:"我可不是说句大话,襄阳太守是我们少爷的岳父;长沙太守,是我们少爷二叔父。"北侠说:"你家相公是施俊,施相公么?"那人瞅着北侠道:"不错,我少主人是施俊,施相公。你怎么认得?"北侠一惊说:"有个艾虎,你听见说过没有?"那人说:"那是我们艾二相公爷。此时要有他老人家可就好了! 你老人家知道他在哪里不?"北侠说:"你放心,有我哪! 艾虎是我的义子,我听他说过,与你家少主人结拜。你叫什么书童儿?"书童说:"我也听见我们施相公说过,艾二相公爷的义父是北侠爷爷。"

原来书童就是锦笺,因在长沙遇难,有知府辨明无头案。假金小姐丫鬟,邵二老爷的主意,就与公子成亲。后来才与金大人那里去信。正是父女、母女在黑狼山下相认。以后到任,王夫人带着金牡丹与老爷说明,要上长沙见见那金小姐是谁,金知府也就点了头,叫她母女带了婆子、丫鬟等到长沙，佳蕙就上了吊了。多亏锦笺报与相公爷知道，方才解将下来。也对着金小姐宽宏大量，倒是苦苦地解劝。又是邵二老爷的主意，真的也在此处完婚。有百日的光景，施大老爷来信，病体沉重，急急的回家。若要来晚，大老爷命就不保。故此施俊、金小姐金牡丹、佳蕙一同起身，好在小姐与佳蕙不分大小；佳蕙也好，不忘小姐待她这个好处。三个人十分和美。驮子上有许多的黄白之物。这个驮轿坐的是金牡丹，那个驮轿是佳蕙，马上是施俊。引马是书童儿锦笺。将到山口，有锣声响。不多一时，寨主喽兵全出来了。寨主大醉，三四十喽兵出山口，就把书童儿吓的坠马，装死不动。见喽兵赶驮子上山，连相公俱都被捉。锦笺就跑，跑不甚远，口干舌燥，奔了酒铺求口水喝，被北侠揪住一问方知。书童儿也知道北侠，急忙跪下与欧阳爷叩头。又问："那二位是谁呀，爷爷？"北侠笑道："说这孩子真聪明！也罢，与你见见。这是茉花村的丁二爷，这是常州府展护卫老爷。"锦笺与二位叩头说："三位爷爷，求你们三位搭救我主人，不知行与不行？你们三位若肯看着我们艾相公爷，能格外恩施，要全将我们相公、少奶奶救出来。不但我，就是我们家的老爷，一辈子也忘不了几位爷爷的好处。"丁二爷先说："你也不用去报官。我也不是说句大话。勿论那山贼寇，顶生三头，肩生六臂，有姓丁的一到，准能把他那山寨碎为齑粉！"立刻就把过卖叫来算账，急给了酒钱就催着南侠、北侠起身。欧阳爷拦住说："不可。"随叫过卖问道："伙计，我问你这座山可是夹峰山不是？"过卖说："是夹峰山。"北侠问："此山有多少山贼？"伙计说："这座山先前一个山贼也没有。如今日子不多，有了山寇。听人说，有三个山王寨主，喽兵共有四五十人。可也不伤害过往的行人，也不抢男掠女，也不放火杀人，也不下山借粮。山上可是有贼，这一方没报过案。"丁二爷说："你们别是一手儿事吧？这里现有他家的相公、少奶奶连婆子丫鬟都抢上山去了。你还说不劫夺人！"过卖说："爷台你真会说，我们这小铺多了没有，正开了三四十年，与山贼同类，早就教官人办了，能到如今？"北侠说："你不用听我们二爷的。我问你，这山上寨主姓什么，你知道不知道？"过卖说："我们要说出来，更是一手儿事了。"北侠说："你不必多心,我向你打听打听。”伙计说:“我们这里是个酒铺,在此喝酒的,常提他们。听人家说,大寨主叫玉面猫展熊飞。”这三人听了大笑,问道:“怎么是玉面猫展熊飞,这二寨主哪?”回答说:“叫彻地鼠韩彰。”三人听说叫彻地鼠韩彰,问:“三寨主哪?”回答道:“三寨主不大记得了。”丁二爷说:“这可不能不管这个事了。”展爷说:“你们不管,我也得要管。不然,这事到了京都,我应该奏参。”给完了酒钱,多给了些伙计的零钱。三位出来,带着锦笺。书童暗喜,想着相公有了救星了。水也没喝,也不渴了,跟着就走。拐了两山弯,北侠叫他带路找山口。书童答应。正走之间,见太阳西垂,东边一片松柏树,对着日色将落的时候,照定松树,碧英英的好看。耳边忽然有人念声无量佛:“原来是三位施主,贫道稽首。”三人闻声四顾。见一段红墙,有个朱红的庙门。高台阶上站定一位老道,看着有些奇怪:穿一件银灰色的道服,银灰色的丝绦,银灰色的九染纯阳巾,迎面嵌白玉,双垂银灰色飘带。蹬一对双脸银灰道鞋,白布袜子,手拿拂尘,面如美玉。两道细眉,一双长目,皂白分明,五形端正,唇似涂朱,牙排碎玉,大耳垂轮,三绺短髯,细腰阔背,精神足满,透出了一派的仙风道骨。他念了声无量佛。北侠一见,暗暗的就有几分喜爱。见他念了一声佛,说:“三位侠义施主,焉有过门不入之理。请在小观吃杯茶。”北侠听那人称三位侠义,只当认得丁、展二位。丁、展二位以为老道认得北侠哪。三人对猜,故此全是异口同声说:“道爷请了。”老道再三苦让,三位也就点头进了庙门。

直奔鹤轩,连锦笺也进了屋子。三间西房,迎门一张佛桌,悬着一轴纸像,是一位纯阳老祖。桌上有五供,铜香炉内有白檀。三位落座。道爷在对面相陪,言道:“未能领教三位施主贵姓高名,仙乡何处?”欧阳爷自思:“原来老道全不认得,假充熟识。”北侠说:“道长爷,若问弟子,我乃辽东人氏,复姓欧阳,单名一个春字,人称北侠,号为紫髯伯。”道爷一听,又念声无量佛:“原来是欧阳施主,小道人久闻大名,如雷贯耳,皓月当空,自恨无福相见。今日得会尊容,实是小道的万幸!无量佛!这位哪?”展爷说:“小可常州府武进县玉杰村人氏,姓展名昭,字是熊飞。”老道大笑说:“原来是展护卫老爷,可称得起朝野皆知,远近皆闻,名昭宇宙,贯满乾坤。今日光临小观,蓬荜生辉。无量佛！这位呢?"丁二爷说:"我乃松江府华亭县茉花村的人氏,姓丁,双名兆蕙。"道爷说:"原来是双侠！贵昆仲之大名,谁人不知,哪人不晓,名传天下,四海皆闻。今日三位大驾光临,真是小道之万幸！无量佛!"唤小道献茶。北侠问道:"弟子未能领教道长仙爷的贵姓?"老道说:"小道姓魏,单名一个真字。"北侠说:"莫不是人称云中鹤魏道爷就是尊驾?"老道回答说:"正是小道的外号。"北侠说:"原来是魏道爷。弟子也是久闻大名,只恨无福相会,今日在观相逢,是我等不幸中之大幸矣!"说毕大笑,暗看展、丁二位。一眼就知道沈中元与他是师兄弟。他在此处,不必说沈中元定在他的庙内,掩藏着了大人的下落。

到底真相如何？且听下回分解。

第九十四回　夹峰山锦笺求侠客　三清观魏真恼山王

词曰：

双侠性情太傲，南北二侠相交。
扶危救困不辞劳，全仗夜行术妙。
今日偏逢老道，亦是当世英豪。
夜行术比众人高，鹤在云中甚肖。

且说北侠听了是云中鹤，不觉暗暗欢喜。知道沈中元与他是师兄弟，他寄居在此庙，沈中元必在庙中。纵然他不在此处，老道必知他师弟的下落，可就好找了。暗与二位弄了一个眼色。丁、展二位也想，在这里了。

北侠又问道爷说："我久闻你们贵师兄弟是三位哪。"老道叹了一声说："施主何以知之？"北侠说："你们三师弟，与我们弟兄们都有交情。与我们蒋四弟、白五弟偏厚，故此久闻大名。方才说过，今日见着道爷是我们的万幸！我等正有一件大事为难哪！见着道爷，可就好办了。"云中鹤说："我可先拦欧阳施主的清谈。就为我们这两个师弟，我才云游往山西去了一次。整整的住了十几年的工夫，交了个徒弟，并且不是外人。"北侠问："什么人？"回说："就是陷空岛穿山鼠徐三老爷的公子。我见着他在铁铺门外。此人生的古怪，黑紫脸膛，两道白眉毛，连名字都是贫道与他起的，叫徐良，字是世长。我想当初马氏五常，白眉的最良，故此与他起名字。如今武艺不敢说行了，十八般兵刃与高来高去，夜行术的工夫与暗器，又对着他天然生就的伶俐，现今在山西地面很有些个名声，人送了一个外号，叫山西雁，又叫多臂熊。自己生来挥金似土，仗义疏财，倒有些个侠义肝胆。"北侠等三位听了大喜，说："徐三爷一生天真烂漫，血心热胆，忠厚了一辈子，积了这么一个精明强干的后人。"

南侠问："道爷由山西几时到此？"道爷说："到此三清观半载的

光景。住在这座小观,我是总不出门,方才心中一动,得到庙外,正遇三位。实是有缘。”丁二爷问道:“你虽不出门,你必知晓师弟在于何处？要在你的庙中,都不是外人,自说出也无妨碍。”魏道爷说:“我方才说过,是为我两个师弟走的。如今可不是我推干净,自打我到庙中,并没见着我的师弟。慢说在庙中,就是连面也没见。若有半字诓言,必遭五雷之下。”北侠急忙拦住说:“道爷不可往下再讲了。”魏真说:“我倒要与众位打听打听,我们那下流的师弟,作的是什么事情?”北侠说:“看你这个人,不是不诚实人,又与我们徐三弟是亲家,若非如此,可是不能告诉与你。”魏真说:“我师弟若要作出大不仁的事来,我必要当着众位之面,将他处治,诸位可就知晓我这个人性如何。”说毕,北侠就将沈中元之事,一五一十地细述了一遍。云中鹤一听,愣了半天,说他罪犯天庭,早晚将他拿住,准是剐罪。又问说:“我们三师弟近来如何?”北侠说:“他倒好了。”一提如今改邪归正的事情,魏老道点头说:“这还算知时务的哪。”

北侠又说:“别者不提。魏道爷你在此庙,不是也有一半月了?”回答:“半载有余。”欧阳说:“常言一句说的好,大丈夫床下,焉许小人酣呼!”魏真说:“欧阳施主,何出此言?”北侠说:“你在庙中闭门不出,你也不曾听见有人说你这个对面山上的贼人吗?”云中鹤道:“施主此话差矣！对面山上,虽然有贼,并不杀人放火,不下山借粮,不劫夺人。”北侠听了大笑说:“好个不劫夺人！大约着是没钱的不劫!”魏真说:“贫道敢画押,他们要敢劫人,我愿输三位一个东道。”北侠说:“好。”就把锦笺叫过来说:“道爷问他。”魏真便问书童。书童就把以往从前细说了一遍。魏老道觉着面上发赤。三位侠客净笑。道爷说:“三位不必笑。贫道言语不实,少刻我到山上看看。如有此事,若不杀了这三人,贫道誓不为人!”北侠说:“他们是个山寇,道爷你如何管的了哪！不劫人,山中吃喝什么?”老道说:“你们三位不知,那个大寨主,是我的拜弟。我教他们占在山上,等着遇机会之时,入营中吃粮当差,也是好的。将相本无种,男儿当自强。”北侠问:“大寨主与你是拜兄弟?”老道回答:“正是。二三寨主不是一拜,他们三人一拜。”北侠问:“道爷你与玉猫展熊飞是一盟?”魏真说:“欧阳施主何出此言?”北侠说:“大寨主不是展熊飞吗?”老道说:“这是什么人说的?”北侠说:“我们听着酒铺中的传言。”老道说:“这就是了。”丁二爷问:“他倒是姓什么?”回答:“姓熊,叫熊威,外号人称玉面猫。”丁二爷说:“玉面猫熊威,玉猫展熊飞,这个音声不差什么。必是外头人以讹传讹。”南侠说:“那个彻地鼠,大概也不是韩彰了。”回答:“不是。叫赛地鼠韩良。”北侠说:“这也是以讹传讹,彻地鼠韩彰,赛地鼠韩良,音声不差什么,故此传讹。”又问:“那三寨主叫什么?”道爷说:“叫过云雕朋玉。他们大爷,我们一拜。因何缘故?山中先有一个贼头,有三十多人,劫他们三个人来着,教熊威杀了贼头。那些个小贼跪着求三位为寨主。熊威不肯,朋玉愿意,三人就为了寨主。我那日知道,要将他们哄开此处,不想见面,他们苦苦地在我跟前央求。我看着此人倒是一派的正气,应了我几件事情:不借粮,不劫人等。可是我管他们山中的用度,故不敢违我的言语。我许下他们三个,倘若有机会,教他们与国家出力。”北侠说:“如今劫人必有情由。”老道说:“今日必要看看此事,要真,必杀了三个小辈。”

北侠暗想:“老道自己去,上山没人见着,知道他们背地里说些什么?要去,自己同着他去方妥。”想毕,说:“道爷要上山,我与道爷一路前往,如何?”老道听了,说:“甚好。贫道与欧阳施主一同的上山。”锦笺在旁说:“三位爷爷,天已不早了,工夫一大,可怕寨主把我家的相公杀了。纵然就是到了山上,人死不能复生,岂不悔之晚矣!”老道说:“童儿放心。他们要敢杀了你家相公,我杀他们三个人与你家相公偿命,绝不能在你跟前食言。”锦笺也不敢往下再说了。

道爷备晚饭给大家吃了。吃毕之时,点上了灯火。童儿又说:“天不早了。”丁二爷说:“欧阳兄同着道爷去。”北侠点头。丁二爷说:“既是兄长同着道爷去,我们哥两个在庙中等候,也没什么意思,不如一同前往。”北侠就有些个不愿意。怕的是与老道初逢乍见,闻名这个云中鹤,夜行术工夫很好。倘若要走上路,老道兴许较量脚底下的工夫如何。倘若赢了他便罢,要是输给他,一世英名,付与流水。所以踌躇的就是这个,不愿意教丁二爷一同前去,说道:“二弟与展大弟,你们二位就不必去了。”展爷本就不愿意去,听着北侠一拦,正合本意。丁二爷不答应,一定要走。他倒非是要去。他惦记着与老道比试比试脚底下夜行术的工夫如何。北侠也就不能深拦了,对着老道在一旁说:“有他们二位一同前往,岂不更妙。”老道的意见,也是愿意与他们三位比试比试夜行术的工夫。故此紧催趱着他们二位一同前往。说毕,大家拾掇。

老道回到里间屋中,更换衣巾,少刻出来,北侠一看,暗暗吃惊。什么缘故?是老道换了一身夜行衣靠,这身夜行衣靠与众不同。别人夜行衣靠皆是黑的,惟独魏真这身夜行衣靠是银灰的颜色,身背宝剑。怎么老道是银灰的衣靠?就是他这个云中鹤的意思。在他这衣服袖子底下,有两幅儿银灰的绸子。不用的时节,将它叠起来,用寸排骨头纽将它扣住。若用之时,将两幅绸子打开,用手将绸子揝住,从山上往下一窜,借绸子兜风之力,也摔不着,也系不着。要有一万丈高可不行,无非是人窜不下来的,他就可以窜的下来。说他这双手一抖,两片绸子一扇,与两个翅膀儿相仿,对着他银灰的颜色,类若一只仙鹤,因此就送了他这么一个外号。北侠见人家是夜行衣靠,自己是箭袖袍、薄底靴子,论利落输给人家了。

二爷一瞅,老道也背着宝剑,他就有些个不愿意。他也并不知老道那是一口什么宝剑,他也不知道天外有天,人外有人,自己就知道各人祖传的那口宝剑,横竖天下少有。就把自己的那口宝剑,拉将出来,说:“道爷,你也是使剑,我也是使剑,你看看我这口剑,比你那剑如何?”说毕,就将自己那口剑递将过去,教老道一看。北侠就瞪了二爷一眼,南侠也觉着心中不愿意。人家一个出家人,这何苦,考较人家作什么?云中鹤更觉得不悦了,心中暗道:“你我彼此初逢乍见,我哪点待你们也不错,为什么拿宝剑考较我,什么缘故?”微微的冷笑,用手接过来一看,冷森森的寒光,灼灼夺人的眼目。并不用问,老道就说出来了,说:“此剑出在战国时节,有个欧冶子所铸。大形三,小形二,五口剑。此乃是头一口。其名湛卢,切金断玉,好剑哪,好剑!”二爷说:“魏道爷可以。”魏真说:“不定是与不是?”似乎一口剑没盘住人家,就不必往下再问了。二爷接过自己的剑来,又把展南侠的拉将出来,递与老道去看。道爷接剑一笑说:“怪不得二位成名。这两口宝剑,世间罕有,称得起是无价之宝。此剑与方才阁下的那口剑,是一人所造。这是小形二第二口,其名巨阙,也是善能断玉切金。"二爷见人家说出剑的来历,叫出名色,觉得脸上发赤,把宝剑接来,交与了展爷。二爷暗想:"这个老道善能识剑,我把欧阳哥哥的拿来,大概就把他考问住了。"随即就将北侠的亮将出来,交与老道。北侠大大不乐。二爷又说:"道爷,你看看这把刀怎么样?"魏真说:"此刀出在后汉,魏文帝曹丕所造,共是三口。这口刀纹似灵龟,其名就叫灵宝。还有一口刃似冰霜,其名叫素质。还有一口彩似丹霞,其名叫含章。这三口刀,俗呼又叫七宝。小道无知乱谈,不知是与不是?"北侠连连点头说:"道爷真乃广览多读,博学切记,名不虚传。"老道微微一笑,就把自己的那一口剑从背后拉将出来。这一亮剑不大要紧,就把下回书白菊花故事引出来了。

要问老道宝剑如何,且听下回分解。

第九十五回　出庙外四人平试艺　到山上北侠显奇才

词曰：

自古能人不少，个个皆要虚心。
能人背后有能人，到处自当谨慎。
谈剑几乎被困，夜行又不如人。
幸有北侠技艺深，才使老道相信。

且说老道把自己宝剑拉将出来，说道："无量佛！丁施主请看，小道这里有口宝剑。"丁二爷一瞅，老道的这口宝剑也是光华夺目，冷气侵人，寒光灼灼。二爷吃惊不小，知道老道这口宝剑，也是无价之宝。自己连刀带剑考问了人家半天，老道一一应答如流，说的是一丝儿也不差。老道又有这么一口宝剑。若要接将过来，说不出剑名，岂不被他人耻笑！暗暗的一急，就鼻尖鬓角见汗。无奈，只可叫道："欧阳哥哥，你看这口宝剑如何？"

北侠心中暗道："这都是你招出人家来了。你若不考问人家，人家必不考问于你。这就叫打人一拳，防人一脚。此时若有智贤弟在此，无论什么刀剑，他俱都认识。如今你把老道招将出来，我可实实不行。"丁二爷一瞧北侠摇头，即知道不好。又向展爷说："你看此口剑如何？"展爷并不用手接将过去，只是微微的冷笑说："好剑哪，好剑哪，好剑！此可真是宝物。"老道说："请问此剑，虽微末之物，可有个名色没有？小道在施主跟前领教领教。"丁二爷此时急的站立不住，张口结舌，这时候恨不得有一个地缝儿都钻了。展爷看他这般光景，心中不忍，连忙说："道爷，此剑在道爷手中，是一口哇，是两口？"老道一听，就知是大行家。老道说："就在小道手中一口？"展爷说："此剑乃雌雄二剑。此是一口雄剑，其名叫皤红。还有一口雌剑，其名叫紫电。既不在道爷手，可曾见过没有？"老道说："虽然不在小道手，见可是见过，提起来话长。当初那时节，相爷上陈州放粮的时候，在陈州看过一次。这天白昼之时，铡了安乐侯庞昱，到了夜晚三更时分，我亲身去到公馆，到底要看看这位阴阳学士怎么样的忠臣。将一到里面，看见东房上一个人，上房上一个人，包公在屋中端然正坐，另一番的气象。就听上房上的那人说：‘好清官！’转头就走。我随后就追。追来追去，追至一个树林，他窜将进去。我在后面跟随进去。原来是一个坟地。那人扭转身躯，问道：‘什么缘故，追赶于我？’后来我们两个谈论起来，他可是个绿林。这人极其好，姓燕，叫燕子托，就是陈州人。他有口紫电剑。”展爷说：“这么些个年的事情，想不到说到一家来了。那日晚晌，东房上爬着的就是我。我在暗地里保护着包大人。就听见正房上头说道：‘好清官！’西房一人追赶下去，不知是谁，直到如今还纳闷呢！但不知这个燕子托，此人还有没有？”云中鹤说：“此人早就故去了。”展爷问：“他的后人如何？”老道说：“他的后人，大大的不肖。此人叫燕飞，有个外号，人称叫烛影儿，又叫白菊花，一身的好工夫。双手会打镖，会水。在绿林之中任意纵横，到处采花。不拘哪里采花作案，必要留下他这个白菊花的记认。”展爷听毕，说：“道爷，这剑早晚必要归你的手中。这乃是宝物，总得有德者居之，德浮者失之。似燕飞这样不肖之子，如何在他手中长久的了。”老道一听，说：“贫道也不能有那样的福分。”列公，这一段论剑的节目，一者为显出云中鹤之能，二则为引出白菊花，为下文的伏笔。还是闲言少叙。

丁二爷此时也觉着心中好过了。他想着我们三个人，横竖没有被你考问住。他倒把老道恨上了，说：“天气不早了。”催趱着起身。老道把宝剑收入匣内。锦笺给大家磕头，教众位搭救他家主人。老道教小老道看家。并不用开山门，几位都是越墙而出。到了外边，看见山了，可是望山跑死马。走了不多的一时，丁二爷就急了，上前道：“咱们这么走，得几时到了山？不如咱们平平地画上一个道，谁也不许过去，全是施展夜行术。”

于是拉齐了，吧的一跺脚，一齐按力走。不上二里，已经就把丁二爷、展南侠丢在后头，北侠就觉得脸上发烧，暗暗说道：“不教你们两个人来，一定要来，输给人家老道了。”尽管北侠心中难受，脚底下仍然是不让。可又不把老道丢多远，总赢着了他一步，也不多也不少。老道想着，依然赢着那两个，就算赢着北侠了。他们净仗着狐假虎威，以多为胜。一看一步，一按劲就过去了。无奈一件，可就是过不去。他见北侠一慢，这里气往下一砸，脚底下一按劲，心想着就要过了北侠。焉知道北侠是久经大敌之人，已经三个输了人家两个，自己怎么也是不肯教他越过去。这一气跑了有四里地。再回头瞧看展南侠，看不真切了。北侠假装着歇歇带喘说："道爷，我可不行了。我这肉大身沉，论跑实在不是你们的对手。输了，输了。实在不行了。"云中鹤说："欧阳施主，算了吧，还是我输了。"道爷见他嘴中嚷输了，脚底下不止，仍然是跑。老道也跑的歇歇带喘，这才把步止住说："欧阳施主，我不行了。"北侠见他收住步了，自己这才收住步说："不行了，可把我累坏了。道爷，咱们在这里歇息歇息。"

云中鹤揩了揩脸上汗，缓了半天，这才缓过这口气来，暗暗地佩服北侠。待等丁二爷、展南侠到，展爷说："道爷好精工夫，我弟兄二人实在惭愧惭愧。"老道说："哪里话来！要论工夫，还是欧阳施主。"北侠说："道爷不要过奖了。"老道说："这是夹峰后山。若要走头里，奔寨栅栏门甚远。若要由此处登山而上，极其省路。可不知欧阳施主，你走山路如何？"北侠说："我就是怕山。"说的个云中鹤欢喜非常。暗道："平坦之地，虽然输给北侠，设若山路赢将回来，也转转面目。"北侠一看，说："没有道路，如何上得去？"云中鹤说："无妨，我在前边带路。"北侠只好点头说："道爷，你可慢慢地走。"老道指了南侠他们的道路，顺着边山扑奔寨栅栏门。暂且不表。

单说北侠、云中鹤。老道在前，北侠在后。见云中鹤嗖的一下，蹿上约有八尺多高。回头叫着欧阳施主，北侠慢慢的一步一步往上爬。说："这还了得！又没个道路，没有安脚的地方，如何上的去？"云中鹤一听，更觉得喜悦了。随走随叫，后来直听不见声音了。云中鹤知道已将北侠离远。自己蹭蹭地直往上爬。十程爬了约有七程了，他料着北侠爬了连二程没有，又大声叫道："欧阳施主！"忽听他脑门子上头有人答话说："魏道爷，我在这呢！你怎么倒在底下。我反倒走到你头里了呢！"云中鹤翻眼往上一瞅，就见北侠离着他总有十丈开外，暗暗忖着："他怎么上去的呢？哎呀，我上了他的当了！别人说过他是两只夜眼。他如果生就两只夜眼，我如何是他的对手！"北侠那里说："都是魏道爷你出这个主意，咱们走山走得我口干舌燥。这个酸枣树上有干酸枣儿。我在这里吃哪，甚是解渴。道爷你上这里来吃点儿，解解渴。"云中鹤说："我不行。"

论走山，云中鹤没有个敌手。可巧遇见北侠了，北侠这爬山本领是在辽东地面练的。那里的贼聚众就抢，一遇官人就跑，往大山大岭上跑。一过山岭，就是好人。北侠作守备的时候，衙门后头有座大山，见天早晚净练跑山。练的跑山如踏平地一般。官也不作了。如今魏真拿跑山赢北侠，如何行得了。再说北侠是三宝护身：一世童男，宝刀，夜眼。云中鹤是二宝护身：一世童男，一口皤红剑，不是夜眼。

两个人到了一处，一同再往上走。北侠又告诉道爷："叫着我点儿。"魏真不信了。到了山顶，北侠特意叫魏真瞧瞧他这个眼力如何，手搭凉棚，往对面一看说："那边黄琉璃瓦，是什么所在？"老道说："你把黄琉璃瓦都看见了，真是夜眼。那个就是玉面猫熊威的后寨，是他妻子住的所在。"北侠一听，一皱眉说："既是玉皇阁，怎么又说是他妻子住的所在？"魏道爷说："这件事情，那个兄弟实在的办错了。皆因熊贤弟上庙中去，一日没回山。赛地鼠韩良他想着，有喽兵，又有他嫂嫂在前寨，男女混杂，实在不便。他就将玉皇阁的神像派人搬出去，扔在山涧。把玉皇阁拾掇了一个后寨，教他嫂嫂在那里居住。待我送我盟弟回山，他已经把那事都办妥当了。待我看见之时，我说：'你这是一个大错处。'我劝我盟弟，断不可教我弟妇居住。据我看着，他们日后要遭横报。"北侠说："这个人也就太浑了！"不然，怎么后文书二盗鱼肠剑时候，在团城子里头，先死了个玉面猫熊威，又死了个赛地鼠韩良。此是后话，暂且不表。

说的是二位随说随走，过了一道小山梁，就到了后寨。云中鹤说："咱们不可打此处进去。因何缘故？这里有弟妹居住。"北侠说："你在前边引路，你说从何处走，我就跟着你何处走。"两个人贴着西边的长墙，一直朝正南走了半天。云中鹤说："由此处进去。"两个人蹿上墙头,往里一看,并无行走之人。飘身下来。云中鹤在前,北侠在后,直到了聚议分赃庭的后身。云中鹤用手一指,低声说:“到了,就是此处。”两个人蹿上房去,一跃脊,蹿在前坡。二位爬伏在房上,伸手把住了瓦口檐头,双足一踹,两脚找着了阴阳瓦栊。往下探身一看,天气已热,正看见屋内三家寨主:居中的是玉面猫熊威,七尺身躯,一身素缎衣襟,面若银盆,细眉长目,鼻直口阔,正居中落座,到有一团的威风;上垂手一人,青缎衣襟,身躯六尺。面赛姜黄,立眉圆眼,上形小,菱角嘴,已经酒到十分,就是赛地鼠;再瞧过云雕朋玉,身矬短小,可是横宽,一身墨灰的衣裳,面似新瓦,粗眉大眼,狮子鼻,火盆口。他那里嚷说:“二哥,你作的都是什么事情?要教老道知道,咱们全都得死!再说,这里头有妇女,咱们哥们也不要这个名器!”赛地鼠说:“又没难为妇女,交给嫂嫂了。要爱他们,就留下使唤。要不爱她们,就将她们放下山去。”正说间,由后边跑过两个人来嚷说:“寨主爷,可别杀那个相公!是咱们的恩人。”

若问是什么恩人,且听下回分解。

第九十六回　熊威受恩不忘旧　施俊绝处又逢生

诗曰：

曾见当年鲁母师，能无失信与诸姬。
拘拘小节成名节，免得终身大德亏。

凡人立节立义，全在起初。些须一点正念，紧紧牢守，从此一念之微，然后作出大节大义来，使人钦敬佩服，皆有所矜式。不信，引出一位母师来，列位请听。

母师者，鲁九子之寡母也。腊日岁祀礼毕，欲归私家，看看父母，因与九子说知。九子俱顿首从母之命。母师又叫诸姬，嘱之道："谨守房户，吾夕即返。"诸妇受命。又叫幼子，相伴而归。既归，阅视私家事毕。不期这日天色阴晦，还家早了。走至闾门之外，便止不行。直等到天色傍晚，方才归家。不期有一鲁国大夫在对门台上看见，大以为奇。因叫母师问道："汝既已还家，即当入室。为何直挨至傍晚，方才归家？此中必有缘故。"母师答道："妾不幸夫君早卒，独与九子寡居。今腊日礼毕事闲，因往私家一视。临行曾与诸妇有约，至夕而返。今不意归早。因思醉饱娱乐，人之常情。诸子诸妇在家，恐亦未能免此。妾若突然入室，使她们迎侍不及，坐失礼仪，虽是她罪，然思致罪之由，则是妾误之也。故止于闾外，待夕而入。妾既全信，诸妇又不致失礼。不亦美乎？"鲁大夫听了，大加叹赏。因言鲁穆公，赐母尊号曰"母师"，使国中夫人诸姬皆师之。君子谓母师能以身教。闲言少叙，书归正传。

诗曰：

熊威不枉负英雄，遇得恩情尚报情。
纵作山王为叛逆，亦知德怨要分明。
大仁大义说施昌，贿买亡徒不死亡。
始识救人人救我，好心肠换好心肠。

且说劫夺了施俊的驮轿车辆等，不是熊威与朋玉的主意，都是韩良一人的主意。皆因酒吃的过量，无事之时，常有喽兵蛊惑：为山王寨主，应当论秤的分金，论斗的分银，寨主讲究吃人心麻辣汤。韩良就记在心里了。

他们三位得了山寨之时，山中原有些财帛。熊威的主意，大家都分散了。又遇着老道，不教他们下山借粮。两气夹攻，山中就苦了。老道往山上供日用，也是三四十人吃饭，固然很丰富，纵有些个银钱，慢慢的也就垫干了。这日韩良大醉，就把施俊劫上山来。可有一样好处，不许喽兵污辱人家的妇女。就把女眷交与后寨服侍夫人，由她们大家作一个使唤人，听后寨使唤。所有男子，都捆将起来，等着挖心吃麻辣汤。

皆因后寨夫人吴氏，见着金氏娘子品貌端正，是一团的正气。问明了家乡姓氏籍贯，赶着就把金氏娘子搀于上座，自己倒身下拜。把金氏娘子吓了一跳，又细问她的情由。

原来玉面猫熊威他先前作的是镖行买卖，皆因是与本行人闹了口气，立志永不吃镖行。后来自己落魄，病在店中，衣不遮体，食不充饥。店中伙计与他出了个主意，在武昌府卖艺。每天总剩十几串钱，就在三四天的工夫，也换上衣服了，也存下钱了。那日又出去卖艺。本处的地方与他要钱，他给二成账，地方不答应，要平分一半；还不是净分当日的，并且要平分那前几天的钱。彼此口角分争，三拳两脚把地方的那条小命送归西天去了。这一结果了地方的性命，如何是好？又走不了。可巧遇见兰陵府的知府，施昌施大老爷卸任坐轿走过那里，看见熊威的体态，问了从人，当时没教他们交县。晚间教老家人重贿了狱卒，打点了上下手，让熊威自己越狱出来。临行老家人还赠了他十两银。他又问老家人的名姓，问了老爷的原籍，并且问老爷跟前几位公子，都叫什么名字，日后好报答活命之恩。自己冲着老爷那里磕头谢了恩，又给老家人磕了头，方逃命去了。到后来居住此山，他的家小焉能不知。

可巧这日问起金氏来。金氏看着这个压寨夫人也是一团的正气。金氏就将自己婆家、娘家姓氏籍贯，说将出来。吴氏一听，方知是恩人到了，自己参拜了一回。复又打发婆子急与寨主爷送信。婆子急忙出来，找着喽兵告诉明白。喽兵飞雁相似的往头里跑，喊道："寨主爷，别杀那位公子！那是恩人。"

总论万般皆由命，半点不由人。其实论施俊被捉，直到天有二鼓，有多少都死了。皆因韩良要杀，朋玉劝了一回，熊威又劝了一回。打算着等二寨主醉躺下了，大寨主与三寨主要把那些人俱都放下山去。不想喽兵报道："是恩公。"当时熊威也不知道是什么恩公。把喽兵叫到跟前细问。喽兵就将后寨夫人的话，学说了一遍。熊威一听，哎哟一声，把手一摆，喽兵退出。自己站起身来，出了聚议分赃庭，奔到捆人的那里，喝叫喽兵把从人解开，自己与施公子亲解其缚，请入庭中，让于上座。倒把施公子吓了一愣，不知什么缘故，说道："我本该死的人，为何寨主优待？"熊威说："我惊吓着恩公，我就该万死。"施俊终是不明白，倒要细问。熊威就将在兰陵府受了施老爷的活命之恩，诉说了一遍。施俊这才明白。可见是，但得一步地，何须不为人。施俊又问自己的妻子现在何处？熊威说："现在后寨。"赛地鼠韩良、过云雕朋玉，也就过来见礼。韩良又与施公子赔礼，身躯晃晃悠悠地叩头说："要早知道是恩公，天胆也不敢。求恩公格外施恩恕罪。"施俊赶紧用手搀将起来，说："哪里话来，若非是尊公，咱们大家还不能见面呢！"寨主又叫人重新另整杯盘。

房上的二人俱都听得明白，撤身下来找了个僻静的所在。云中鹤说道："欧阳施主，你可曾听见了？"北侠说："我俱都听见。"老道说："咱们这就不必打房上下去了。"北侠说："怎么着？"老道说："咱们也打前头寨栅门过去。"云中鹤带路，二人直奔寨栅门而来。暂且不表。

单说的是庭中大家饮酒，张罗施公子和从人的酒饭。赛地鼠韩良喝的是沉醉。此时正是天色微明，忽然进来了一个喽兵说报，山下来了一伙人，破口大骂，伤了我们三个伙计，特来报知寨主。赛地鼠韩良说："待我出去看看，这是哪里人，好生大胆！"熊威说："不行，贤弟你酒已过量了。"过云雕朋玉要出去。熊威说："贤弟，千万小心着。"朋玉说："不劳大哥嘱咐。"随即壁上摘了一口刀，带了十几名喽兵，出了寨栅门。呛啷啷的一阵锣响，到了山口平坦之地。一瞧，前边果然有许多人，破口大骂。朋玉将到，那人掉头就跑。细听全是山西人的口音。朋玉纳闷，哪里来的这些人骂人的。

忽然显出有本领的来了。头一个紫缎六瓣壮帽，紫缎箭袖袍，薄底靴子，面如紫玉，箭眉长目，三绺长髯，提着一口刀，扑奔前来。身背后又闪出一人，青缎箭袖袍，青扎巾，薄底靴子，黑挖挖的脸面，半部胡须，手中提着一口刀。还有一个白方面，一部短黑髯，粗眉大眼，也有一口利刃。还有一人，未长髭须，三十多岁，带着一口刀，可没亮将出来。也是一身青缎衣巾，黄白脸面，两道细眉，一双长目，垂准头，薄嘴唇，细腰窄臂，双肩抱拢，一团足壮。还有一个大身量的，九尺开外，腰圆背厚，肚大胸宽，青缎六瓣壮帽，青箭袖袍，皮挺带并铁搭钩，三环套月，系着一个大皮囊，里面明显着十几只铁錾，㟙着一个亚圆长把大铁锤，面赛乌金纸，黑中透亮，粗眉大眼，半部刚髯。还有一个大黄胖儿，也提着一口刀。还有一个人面赛淡金，一身墨绿的衣巾，也拿着一口利刃。原来是钻天鼠卢方，穿山鼠徐庆，黑妖狐智化，大汉龙滔，铁锤将姚猛，愣大汉史云、胡烈，大众前来。

若问众位怎么个来历，且听下回分解。

第九十七回　钻天鼠恰逢开山豹　黑妖狐巧遇花面狼

词曰：

凡事不可大意，饮酒更要留心。
低声下气假殷勤，一片虚情难认！
粗人不知是假，智者亦信为真。
一朝中计毒更深，何不早为思忖！

且说卢方、徐庆、智化等，这日由晨起望，与北侠等分手，一路之上，寻找大人，到武昌府会齐。前文说过，说书的一张嘴，难说两家话，何况好几路事。再说各路找大人的这些人，路上俱都有事。

单说他们走夹峰前山的卢方、徐庆、黑妖狐智化、龙滔、姚猛、史云共六个人，离了晨起望，扑奔夹峰前山。走了两日。这日正往前走，忽见前面一个山嘴子，传来锣声一响，呛啷啷啷。大众等立住身躯观看，山寇约有四五十号喽兵。青布短衣，襟腰系钞包，青布裤子。有靸鞋，有薄底靴子的，高矮胖瘦不等。当中有两杆皂色的纛旗，上有白字，用白绸子挖出字绷在旗子之上，如同书写的一般。一个是开山大王，一个是立山大王，两杆旗下，闪出两匹马来。

瞧这两家大王，好看：青铜盔，青铜甲。绿罗袍，狮蛮带。青铜搭钩，三环套月。胁佩纯钢，两扇绿缎征裙，五彩花战靴。牢扎青铜镫鱼踏尾，三折吊挂，前后护心镜。肇甲绦九股攒成。背后护旗，双插雉鸡翎，胸前搭用一对狐裘。面如生蟹盖，红双眉，金眼，翻鼻孔，火盆口，胡须不大甚长，如同赤线相仿。提一口岣嵝古月象鼻刀，胯下一匹艾叶青骢兽，鞍韂鲜明，披挂威武，铃鬃尾乱摆，蹄跳咆哮，尾巴倒撒，嘶溜溜的吼叫。再看这个，镔铁盔，镔铁甲，皂罗袍，狮鸾带。跨下一匹黑马，手擎三股托天叉。往脸上一看，面赛烟熏，长了一脸的白癣。骑一匹坐骑，闯将上来，说：“此山是我开，此树是我栽，要打山前过，留下买路财。”

智爷接过来说:“管保是牙崩半个说不字,一刀一个土中埋。我告诉你,咱们都是线上的合字儿。”徐庆大吼一声,说:“没有那么大工夫,与这小子说这些闲话!”蹿将上去,就要动手。两个贼,一个横刀,一个托叉,大吼一声说:“黑汉,少往前进!通上名来,好在寨主爷的刀下殒命!”徐庆说:“小寇听真,你老爷山西祁县人氏,铁岭卫带刀六品校尉之职,穿山鼠徐三老爷就是我老人家。莫不成你们两个鼠辈,也有个名姓吗!”两个山贼一听,说:“原来你就是穿山鼠徐庆!”徐三老爷说:“然也!”贼又说:“你们这里可有钻天鼠姓卢的?”卢爷闻听,一个箭步蹿将上来,说:“某家就姓卢。两个鼠寇可认得你卢大老爷!”两个贼人又问:“你们这里可有翻江鼠姓蒋的?”徐庆说:“你四老爷未来,上别处去了。”贼人又问:“可有彻地鼠姓韩的?”徐庆说:“你不用絮絮叨叨,过来受死吧!”贼人说:“徐三老爷,不必如此!我们问明白言语,还有好心献上。”依着徐庆要动手,智爷把他拦住说:“三哥不必如此。问问他还有什么好心献上。”随即说:“二位寨主,你们还有什么好心献上,快快说来。”山贼问:“尊公贵姓?”智爷说:“也不用絮絮叨叨,我都告诉你们。那个黑脸的人,称铁锤将飞錾大将军,他叫姚猛。那个白方面短黑髯的,他叫大汉龙滔。那个黄脸的叫愣大汉史云。我姓智,单名一个化字,外号人称黑妖狐。”就见两个山贼彼此一瞧。这个说,我的哥哥;那个说,我的兄弟。你我可等着了。见两个人镗啷啷,扔刀的扔刀,扔叉的扔叉,全都是滚鞍下马,一撩开甲,双膝点地,冲着六位磕头说:“小寇二人,在山中等候众位老爷们的大驾。”

智爷一瞧,就是一怔,事情来的古怪。徐庆哪管青黄皂白,说:“起来吧!两个小子,你不劫夺我们了哇,我们也不杀你。”智爷说:“等等,三哥有话问他们。”三爷说:“对,你问问这两个小子吧。”智爷问:“二位寨主贵姓高名?”一个说:“小寇姓冯,叫冯天相,匪号人称开山豹。这是我拜弟,他姓侯,叫侯俊杰,他有外号叫花面狼。”智爷说:“你们有什么好心献上?”那贼说:“你们几位不是寻找大人?我们连大人带沈中元的下落俱都知晓。说将出来,求几位老爷作个引线之人,我们情愿弃了高山,归降大宋。就是与众位老爷们牵马随镫,也是情甘意愿。”智爷说:“你既知晓我们的来历,我们也不必隐瞒于你。正是各处寻找大人。你说出大人的下落,要弃暗投明,我们焉有不作引线之人的道理?你们就说,眼下沈中元现在哪里?”两人异口同音说道:“此处不是讲话之处,请众位老爷们到山上,我们备一杯薄酒,慢慢再讲。”徐庆说:“好啊!咱们到山上喝他们个酒儿,这有了大人的下落,咱们也就不忙了。”智爷说:“且慢。人心隔肚皮,就凭这么一句话,咱们就上山去?咱们地理不熟,倘若中了他们的诡计,那还了得!”徐庆说:“凭这两个小子,他们敢吗?除非他们不要脑袋了!”智爷说:“你可别说呀!等我问问。”随叫道:“冯寨主,这座山叫什么山?”冯天相说:“叫豹花岭。”智爷说:“我且问你们二位,丢大人你们怎么会知道?这里头必有情节。”冯天相、侯俊杰一同说道:“有情节。没有情节,我们焉能知晓!实不瞒众位,我们先前就在王府,皆因王爷宠幸着镇八方王官雷英,别人是谁他也没看到眼内。他净瞧上镇八方雷英了,可就待别人有限。我们弟兄二人,这个性情如烈火一般,自己就暗暗地不辞而别,离了王府,到了这个豹花岭。我们也是怕遇见大宋的官人。我们要是不住此山,遇王府人也是祸,遇大宋人也是祸,无奈之何,暂居豹花岭。忽然这日,沈中元到。是我们旧日的朋友,焉有不让上山来的道理。我们以为他还在王府呢,原来他也不在王府了。他提怎么害了邓车,弃暗投明没投上。这么一口气,他把大人盗将出来,显显他的手段。他把地方安置妥当,连大人带他姑母,然后用车一并接来。先前一听,我们是浑人,怕是有祸。说我们这山狭小,教他上夹峰山去。后来一想,不如就此机会,拿了沈中元,救了大人。我们岂不是有进献之功呢!后来就告诉他,只管把你姑母大人接在此处。有你这足智多谋的人,料亦无妨。他也就点了头了。如今他去接大人与他姑母去了。我们正要往官府去送信,怕赶不及。可巧你们众位老爷们到了,这是活该大人的福分不小。这是已往从前的事,我们不敢隐瞒众位爷们。”

徐庆说:“智贤弟,你看这里头还有什么假潮吗?”智爷说:“据我看来,不妥。”冯天相说:“你们几位不必疑心。本来素不相识,你们老爷们这一想:人心隔肚皮。你们几位要不愿上山,我们也不深让。

你们就在这临近地方，找一店住下。他几时把大人接到，我们就把他捆上，连大人一并送去。可就显出我们的真心来了。可别离此太远。我们请着大人，押了沈中元。倘若教官人遇见，就把我们办了。我们吃罪不起。”徐庆说：“智贤弟，也不必多疑了。你要不去，我就去了。有不怕死的随我来，一同上山。”智爷说：“谁也不怕死，没有怕死的人。咱们就一同上山。”徐庆说：“我看他们也没什么诡计。纵让他们有什么诡计，谅也无妨。要在山上，我叫穿山鼠，也没他们什么大便宜。”智爷说：“既是三哥这么说，咱们就上山。”开山豹、花面狼两个人一齐说：“众位老爷们要犯疑猜，可就不必上山了。”徐庆说：“我们没有疑猜之处。你们就前边带路吧。”

两个山贼把马交与喽兵，捡了兵刃，前边带路。进了寨栅栏门，直奔分赃庭。到了里面，大家落座。两个寨主一旁侍立。智爷说：“你们还不卸了甲胄吗？两个答应一声，出去卸了甲胄，换了一身便服，复又前来伺候。

喽兵献上茶来。智爷让他们坐下，两个谦让了半天，方才落座。徐三爷不管三七二十一，拿上茶来就饮。龙滔、姚猛、史云也就端起了茶盏。智爷冲着徐庆使了个眼色，徐三爷他哪里懂得！智爷不好当面明拦，又怕错疑了人家寨主，岂不叫人家耻笑吗？又一想，他们几个人，不怕教山贼蒙将过去。有自己同卢大哥，足是他们两个山贼的对手。想毕，也就不拦他们了。

看他们喝了，又要。一点奇异的地方没有。卢爷也就喝了一碗。徐庆说：“你们有酒没有？”山王说：“酒倒是现成，我们不敢预备。”徐庆说：“有菜呀？”侯俊杰说：“菜也有，恐怕众位老爷们疑心，不敢预备。”徐庆说：“我不怕。我看得出人来，你们两个行不出那个狗娘养的事来。谁不怕死，谁跟着我喝酒；谁疑心，教谁饿着。”冯天相说：“徐三老爷，真称得起是侠义肝胆，格外的慷慨。”随即叫喽兵摆酒。不费吹灰之力，顷刻间罗列杯盘。徐庆就问：“谁喝，谁不喝？大哥喝不喝？”卢大爷心中也是有些犯疑，说道：“三弟既然要喝，咱们就喝。”卢爷知道智贤弟足智多谋，回头问了问：“智贤弟，你喝不喝？”智爷说：“既然是三哥说喝，咱们就大家喝。”龙滔、姚猛也说：“喝！”

徐庆总还算粗中有点细，说："两个寨主，你们喝不喝？"两个人说："喝，我们焉有不喝之理。"徐庆一想，他们喝，就更不怕了。

冯天相、侯俊杰两个人，执壶把盏，先给卢大爷把酒斟好，然后慢慢的都把酒斟起。两个山贼侧坐旁陪，端起酒杯一让道："两个人可是斗胆说，众位还是有些疑心。"徐庆见他们面面相觑，不端酒杯，连自己也不敢喝了。两个山寇一笑说："世间可没有这个情理，哪有我们先喝的道理。我们要是不喝，众位终是疑猜。"徐庆说："对了。你们要是一派的好意，酒里头没有什么缘故，你们就先喝。"瞧这两个人一喝，大家俱都欢喜，全都把酒端将起来。智化总是不喝，瞧着菜蔬。两个山寇复又把各样菜蔬，俱都尝了一尝。大家更觉放心。每遇上来的酒菜，必是山寇先吃。二人大乐说："你我这可算脚踏了实地了。"两个人先醉，别个人也就没有疑心了。连智爷也搭讪着喝起来了。独他喝不到四五杯酒，六位英雄一齐翻身栽倒。

若问什么缘故，且听下回分解。

第九十八回　二贼见面嘴甜心苦　大家受骗信假为真

诗曰：

淑女何妨赘宿瘤，采桑不自妄贪求。

闵王特遣人迎聘，致使齐宫粉黛羞。

人负天地之气以生，妍媸各异，万有不齐。无论男女，不可以貌取人，总以忠孝节义为是。闺阁之中，具忠孝节义者，有一采桑之宿瘤女，因并列之。

且说齐国有一宿瘤女者，齐东郭采桑之女，闵王之后也。生来项有一大瘤，故人皆叫她作宿瘤。这宿瘤为女子时，父母叫她去采桑，忽遇齐闵王出游于东郭，车马甚盛。百姓皆拥于道旁观看。独宿瘤女采桑如故，头也不抬，眼也不看一看。闵王在车上看见，甚以为怪。因使人将宿瘤女叫到车前，问道："寡人今日出游，侍从仪仗缤纷于路，百姓无少无长，皆停弃了所作之事，拥挤于道旁观看。汝这女子，难道没有眼睛，怎么只是采桑，略不回头一看，此何意也？"宿瘤女答道："妾无它意。但妾此来，是受父母之命，叫妾采桑；未尝受父母之命，叫妾观看大王也。"闵王道："虽受父母之命采桑，但汝一个贫家女子，见寡人车骑这样盛美，独不动心而私偷一视乎？"宿瘤女道："妾虽贫，妾心安之久矣。大王虽贵，千乘万骑，于妾何加？而敢以私视动其心乎！"闵王听了，大喜道："此奇女也。"又熟视其瘤而曰："惜哉！"宿瘤女道："大王叹息，不过憎妾之瘤也！妾闻婢妾之职，在于中心，属之不二，予之不忘。大王亦念妾中心之谓何？虽宿瘤何伤乎！"王听了益发大喜道："为贤女也！不可失也！"遂欲后车载之。宿瘤女因辞道："大王不遗葑菲，固是盛心，但父母在内，使妾不受父母之教而竟随大王以去，则是奔女也。大王宫中，粉白黛绿者何限，又安用此奔女为哉！"闵王大惭道："是寡人之失也。"因遣归。复使使持金百镒，往家聘迎之。父母惊慌一团，就要瘤女洗沐而加衣饰。

瘤女道："已如此见王矣，再要变容更服，王不识也。请仍如此以往。"竟随使者登车而去。

闵王既归，先夸于诸夫人道："寡人今日出游，得一圣女，已遣使往迎，顷刻即至矣。一至，即尽斥汝等矣。"诸夫人听了皆惊怪，以为这个女子美丽异常。众皆盛饰，惶惶等候。及使者迎至，则一敝衣垢面之宿瘤女子也。诸夫人不禁掩口而笑，左右绝倒，失貌不能自止。闵王亦觉不堪。因回护道："汝辈勿笑，此特不曾加饰。夫饰与不饰，相去固十百也。"宿瘤女因乘机说："大王何轻言饰也。夫饰与不饰，国之兴亡皆系焉。相去千万，犹不足言。何止十百耶？"闵王笑道："恐亦不至此。汝可试言之？"宿瘤女道："大王岂不闻性相近，习相远乎？昔者尧舜与桀纣，皆天子也。能饰以仁义，虽为天子，却安于节俭，茅茨不剪，采椽不斫，后宫妃妾，衣不重采，食不重味，至今数千岁，天下归善焉。桀纣不能饰以仁义，习于骄奢，造高台深池，后宫妃妾，蹈绮縠，弄珠玉，意犹不足，身死国亡，为天下笑。至今千余岁，天下归恶焉。由此观之，饰与不饰，关乎兴亡，相去千万，尚不足言，何独十百。王何轻言饰也！"

诸夫人听了，皆大惭愧。闵王因而感悟，立瘤女以为后。令卑宫室，填池泽，损膳减乐，命后宫不得重采。不期月之间，化行邻国，诸侯来朝。宿瘤女有力焉。及女死之，后燕遂屠齐，闵王逃亡而被弑死于外，君子谓宿瘤女通而有礼。闲言少叙，书归正传。

词曰：

愚人最易诓骗，英雄偶尔糊涂。
三杯两盏入迷途，最怕嘴甜心苦。
幸有人来解救，不致废命呜呼！
诸公且莫恨贼徒，总是一时粗鲁。

且说两个山贼一派的假意，哄信了大众。惟有智化精明强干，诸事留神。明知山贼降意不实，仍是坠落他们圈套之中。若论两个山寇相貌，生的是外拙而内秀。到底是怎么个缘故呢？这两个人情实与小诸葛相好。再说自打丢失大人，直到如今，也没说明沈中元是怎样盗去。

列公，有句常言是，坐稳了听书，别看什么节目。说了一个头绪，就不提了。相隔个三日五日，十天八天，再要提起之时，必要清清楚楚分解的明白。事情虽然是假，理却不虚。沈中元就为的是同神手大圣邓车行刺泄机，徐庆、韩彰不能作引见之人，自此一阵狂笑说："咱们后会有期。"一跺脚，扬长而去。

此事怀恨在心，自己就上了信阳州。他有个盟兄姓刘，叫刘志奇，是信阳州的押司先生。他们两个人一拜，与他盟兄讨一个迷魂药饼儿。这位先生的迷魂药饼从何而得也？是韩彰救巧姐，拿卖穿珠花的婆子，当场搜出七个迷魂药饼，被刘押司作了三个假的，和着四个真的，当着官府一齐入的库。沈中元知晓此事，与他盟兄借了一个迷魂药饼，还应许着还他。自己又到了姑母那里，与他姑母借了一个熏香盒子，自己就奔了襄阳。

那天晚间，换了夜行衣靠，奔到上院衙，捆了大人跟班的，问大人的下落。这可就是展南侠他们盗彭启那日晚晌，跟班的教贼捆上，展爷没追上的就是他。其实早已问明，知道大人在武昌府哪。次日就打襄阳奔了武昌府。到公馆去了两次，没能下去。那日公孙先生看着大人，可出了规矩了。天有五更，他把大人盗得出去。用了迷魂药饼，按住大人的顶心。迷迷糊糊盗将出去，就奔了娃娃谷，到他姑母那里。连他姑母一齐的起身，把大人用车辆装上，按住迷魂药饼，大人人事不省。早晚给点米汤灌得下去，度过了三关，不至于死。甘妈妈不答应，教他把大人送回去。他说，明了他的冤屈，就送回去。到了豹花岭，遇见两家山寇，本要上山。甘妈妈不教，皆因是有甘兰娘儿，已经许配人家了，乃是有夫之妇，若要教人家知道，人家不要了。故此没上山。侯俊杰他们可知道沈中元盗大人一切事情。可也是沈中元说的，说不住此处，上长沙府朱家庄，还到夹峰山瞧看玉面猫熊威。这两个山贼就应下沈中元了："他们五鼠、五义，必要找大人，若从此经过，我们必把他们拿住，与你报仇。"

这么说下走的。可巧冯天相听喽兵一报，就疑惑是找大人的人。下山一见，果然不差。他们早把计策定好了，拿他们假话诓他的实话，就约上山来了。先前喝酒的时节，酒菜之中，并没有蒙汗药。原定的计策,等着第二顿酒肉才下蒙汗药哪。后来一看,连机灵人都不疑心了,不如早早地把他们制服了就行。两家寨主一装醉,再上来的酒就有蒙汗药了。智爷也是终日打雁教雁啄了眼睛。这叫:智者千虑,必有一失;愚者千虑,必有一得。

冯天相说:“这六个人一齐全躺下了。咱们是把他们结果了好哇,还是与沈大哥送个信,教他自己报仇好哪?”侯俊杰说:“咱们山中有的是地方,把他们几人捆起来。派人赶紧追沈大哥去。他要走的慢,还许在夹峰山呢;他要走得快,到了朱家庄。咱们这里奔长沙也不甚远。此时若把六个人一杀,日后见了他,说是给他报了仇了,哪是凭据?你告诉他说,六个人怎么扎手,怕他不能深信。依我说,总是与他送信的为是。”大寨主点头说:“贤弟言之有理。”

立刻叫人把六位二臂牢拴,押在后面。后面有五间西房,放在屋中。侯俊杰说:“净捆二臂不行。这点药力一散,他们对克了绳子,岂不都跑了吗?”大寨主说:“对,还是你想的周到。”随即派人,就把六位都是四马倒攒蹄、寒鸭浮水式捆将起来,搭在后面,放在五间西厢房内,把房门倒带。到了前边,见二位寨主回话。打外进来一了个喽兵的头目,说:“二位寨主爷在上,小的可是多言。就是他们四马倒攒蹄那么捆着,也许克断了绳子。咱们这里有的是人,何不派两个人把守他们,岂不更妙。”寨主一听,也倒有理,有的是人,说:“就命你再带上一个人,你们两个人看守。难道说还不行吗?”喽兵点头。这人出去,自己挑人去看守着六位。暂且不表。

单说聚议分赃庭,重新另整杯盘,两个人畅饮,越想越是得意。直吃到天交二鼓,二人酒已过量,越想这个主意越高兴。焉知晓乐极生悲,忽听外面大吼一声,骂道:“山贼,人面兽心!”侯俊杰、冯天相两个人一听,吓了个胆裂魂飞。回手壁上抓刀。好一个愣徐庆窜将过来,摆刀就剁。你道这徐庆因为什么事出来?

六位本是人事不省,忽然一睁眼睛,全都是四马倒攒蹄捆着。前边有一个人给道惊说:“大老爷、三老爷请放宽心。小的在此。”徐庆说:“你是谁?怎么我听不出来。”那人说:“我是胡烈。”卢爷说:“哎哟,你是胡烈,在此作甚?”那人说:“小的实出无奈,在此当了一名喽兵的头儿。”

这个人可就是在前套《三侠五义》上，白玉堂盗三宝，回陷空岛，展爷上卢家庄拿他去，展爷吊在陷险窟，又打陷险窟把展爷扔在通天窟，改名叫闭死猫，在通天窟里头见着郭彰，郭彰说他的女儿教白五员外抢来了，到次日展爷见白玉堂，想着辱骂他一顿，白五爷不知道抢姑娘之事，一追问，是胡烈、胡奇办的。五爷把胡奇叫进去杀了，放了郭曾姣（郭彰之女），胡烈赶下去了，又被茉花村的人把他拿住，大官人押解着他交于五员外，五员外拿自己的名帖，把他交松江府边远充军。他自己逃回，不敢归陷空岛，就在此处当了一名喽兵，如今熬上了一个头儿。可巧今天见着他家大老爷、三老爷教人诓上山来，自己又不能泄机。可巧把他们六位幽囚起来，自己得了手了。上去一回话，明向着寨主，暗里要搭救六位。

寨主给他派了一个伙计，他先把伙计杀了。然后把六位的兵器暗暗地偷出去。仗着山贼喝的大醉，也就不管他拿什么东西。他想着，都是自己人，还怕什么。胡烈暗暗提了一壶凉水，拿了一根筷子，撬开了牙关，俱都把凉水灌将下去。不多一时，俱都还醒过来，徐三爷一问，胡烈说了自己的事情。卢爷很嗔怪他在此当了喽兵。智爷在旁劝解说：“不是当了喽兵，咱们几个焉有命在！”随即把绳尽都解开，一个个俱都站起身来。胡烈说：“我也都不认得众位。”智爷说：“也不用见了，这时也没有那工夫。你给我们找点家伙来！”胡烈说：“全都在这里呢！”

大家把兵器拿了起来。智爷本打算大家商议商议。三爷那个脾气如何等得，撒脚往前就跑。来到聚议分赃庭，大吼了一声就骂，窜进庭去，摆刀就剁。冯天相一抬腿，把那桌酒席冲着徐三爷一踢。只听见哗喇喇的一声，全翻于地上，碗盏家伙全摔了个粉碎。徐三爷一刀剁在桌子上，溅了一身油汤酒菜。也搭着自己使的力猛，刀教桌子夹住，一时抽不出来。眼看着侯俊杰把刀摘下，奔了过去。徐三爷一急，急中生巧，一抬腿，一踢桌子，这才把刀抽出来。眼睁睁侯俊杰的刀到了，徐爷将要躲闪，就听见叭嚓一声，打外边进来了一只飞錾。原来是飞錾大将军随后赶到，给了一飞錾。侯俊杰躲过了颈嗓咽喉，没躲过肩头,只听见砰一声,正中侯俊杰肩头。哎哟一声,转头就跑。冯天相摘下刀来,往外一闯,早被三爷拦住。当时黑妖狐智化、卢大爷等,俱堵住门了,不用打算出去。

若问二贼的生死如何,且听下回分解。

第九十九回　豹花岭胡烈救主　分赃厅二寇被擒

诗曰：

乳母不忘旧主人，携持公子窃逃身。

堂堂大节昭千古，愧煞当年魏国臣。

魏乳母一妇人竟知大义，不至见利忘恩。以魏之故臣较之，乳母胜强万万，不啻有天渊之隔。皆因天性使然，非强制而能。势利之徒一见，应当羞死。真妇人中之义士也。余广为搜罗，因并录之。

魏乳母者，魏公子之乳母也。秦破魏，杀魏主，恐存魏子孙以为后患。因使人尽求而杀之，欲以绝其根。已杀尽矣，止有一公子遍求不得。因下令于魏国道："有能得魏公子，赐金千镒。若藏匿者，罪灭其族。"不期这个公子，乃乳母抱之而逃。已逃出宫而藏匿矣。

忽一日，遇见一个魏之故臣，认得乳母。因呼之道："汝乳母也，诸公子俱已尽杀，汝尚无恙乎？"乳母道："妾虽无恙，但受命乳养公子，而公子不能无恙，为之奈何？"故臣说："吾闻秦王有令，得公子者赐千金；匿之者罪灭族。今公子安在？乳母倘要知道，献之可得千金。若知而不言，恐身家不能保也。"乳母道："吾逃免一身足矣，焉知公子之处。"故臣道："我听得人皆传说，此公子旧日，实系乳母保养，今日又实系乳母窃逃。乳母安得辞为不知？"乳母听了，不禁唏嘘泣下道："妾既受命，无论妾实不知，妾虽知亦终不敢言也。"故臣道："凡为此者皆有可图也。使魏尚有可图，秘而不言可也，今魏国已破亡矣，族已灭矣，公子已尽诛矣！母匿之尚为谁乎！况且失大利而蒙大害，何其愚也？"乳母听了，唏嘘泣下，因哽咽而说道："夫为人在世，见利而反上者，逆也；畏死而弃义者，乱也。持逆乱以求利，岂有人心者之所忍为？且受人之子而养之者，求生之也，非求救之也。岂可贪其赏、畏其诛，遂废正义，而行逆节哉！妾日夜忧心者，惟恐不能生公子，岂至今日乃贪利而令公子死也！大夫魏臣也，胡为而出此言?”遂舍之而去。因念城市不能隐,遂抱公子逃于深泽。

故臣使人尾之,因以告秦军。秦军追及,争而射之,乳母以身蔽公子,身着数十矢,遂与公子俱死。报知秦王,秦王嘉其守志死义,乃以卿礼葬之,祠以太牢。宠其兄为五大夫,赐金百镒。君子谓乳母慈惠有节,因称之曰节乳母。闲言少叙,书归正传。

诗曰:

才把贼人杀却,行行又入贼窝。
绿林豪客何太多!偏是今时甚夥。
也有生来贼命,也有图的吃喝。
也有事出无奈何,到底不如不做。

且说二贼,一个是带伤,一个是出不去,在屋中乱转。屋内又有愣史、徐庆,嘴里是骂骂咧咧的,手中这口刀是神出鬼入。别看人浑,蹿进跳跃,身体灵便。这两个山贼如何行得了。他们两个是占山为王的。要讲动手跨上马,掌中长兵器,那可行了。若论蹿房跃脊,一概不会。侯俊杰一着急,上椅子一脚,哗喇一声,把后窗户踹了。就打里头往外一窜,扑通一声,就摔倒在地。

什么缘故?是在后窗台上,有两个人在那里等着呢。一个是胡烈,一个是愣史。胡烈准知道他们这山贼有多大能耐,料着他抵敌不住,必打后窗户逃跑。他就拉着史云往后一拐,问道:“大哥你贵姓?”史云说:“我姓史,叫愣史。”胡烈也瞧着他没有什么多大本事,身量可不小,说:“咱们哥两个在这等他。他一看不能打前门出去,必打这走。”史云拉出刀来,在窗台这一蹲。胡烈抓了两把土,也在窗台蹲下。果然侯俊杰磕嚓把窗户一踹,往外一窜。胡烈刷喇就是一把土,侯俊杰把眼睛一眯,整个的摔倒在地。史云过来,扑的一声,打了他一刀背。贼人哎哟一声,搭胳膊拧腿就把他四马攒蹄捆上。又在这一等,再等第二个贼人出来。

冯天相也打算要打后窗户出来。听见外头哎哟一声扑通,他就料着后边必是有人,他就不敢打后窗户出来,要打前门走,又走不了。自顾两下,一犹豫,步法就错了。早被穿山鼠徐三老爷一腿,踢了个跟头,扑通一声,摔倒在地,镗啷啷舒手扔刀。智爷说:“留活的。”徐三爷过去，髁膝盖点住后腰，放下自己的刀，搭胳膊拧腿，四马倒攒蹄捆将起来。徐三爷说："捆上了，你们大家进来吧。"众人这才进来。

外边胡烈说："我们这还拿了一个哪！"智爷叫提溜进来。史云就打踢碎的窗户那里，将他提溜进来。一撒手扑通一声，往里一摔。他也由窗台那里进来。胡烈也由那里进来。

智爷叫道："胡庄客，他们这山中那些喽兵，各安汛地。"虽与二家寨主动手，两个寨主未能出屋子，也未能传令，故此喽兵也未能前来帮着他们动手。此时与胡烈一说："这些喽兵便当怎样？"胡烈说："我们大老爷、三爷肯施恩不肯？"卢爷说："施恩怎么样？"胡烈说："大老爷饶了他们大家的性命，就是施恩。若要不施恩，我把他们聚在一处，结果他们大家性命。"卢爷还未答言，智爷就接过来说："胡庄客，你还不知道你们大老爷那个性情吗？挥金似土，仗义疏财，最是宽宏大量，不忍杀人。你就出去把他们找来吧，我有套话说。"胡烈说："出去要找他们就费了事了。"随便拿了一面铜锣，呛啷呛啷呛啷的打了三遍。就听一阵乱嚷："大庭的号令！"不多一时，喽兵俱已到齐。胡烈说："咱们这里寨主，已经被我们开封府的众护卫老爷们拿住了。"众喽兵一听，一个个面面相觑。智爷过来说："你们众喽兵大家听真，我们都奉开封府的特旨，抄拿山贼，拿住了你们头目。打算着要开活你们大众。要是不服的，找死的，你们只管抄家伙，咱们较量较量。"喽兵一听，这才扑通通全跪下，异口同声求饶。智爷说："你们可不许撒谎。我说出几件事情来，任凭你们大众来挑。你们是愿意回家务农，是愿意在山当喽兵，是愿意投营当差？回家务农，我指引你们回家务农的道路。在山当喽兵，我指引你们在山当喽兵的道路。投营当差，我指引你们投营当差的道路。"大家异口同音说："愿意当差。我们梦稳神安，比喽兵胜强百倍，祖坟不至于给刨了。"

卢爷问："智贤弟把他们打发到哪里去？"智爷说："我先把他们打发到君山去。"随即叫着喽兵说："我写一封书信，把你们荐在君山，教飞叉太保钟寨主收留下你们。"众喽兵说："我们不愿当喽兵了，情愿入营吃粮当差。"智爷说："你们焉知这里的事。君山已经降了大宋,但等襄阳大事办毕,可着君山寨主皆是作官,君山喽兵是吃粮当差。”大家喽兵一听,各各欢喜,就在山中居住。喽兵预备饮食。

那两个山贼,到次日也不结果他们的性命,也不把他们交在当官。就把他们在豹花岭的后头,有个极深的山涧,搭在那里,咕噜噜扔将下去,那是准死无活,然后回来叫胡烈拿了文房四宝,取八行书连皮子,浓墨填笔,一挥而就,写毕封固停妥。皮面上又写了钟寨主亲拆。然后交给喽兵一个头儿。所有豹花岭里面的东西物体,金银财宝,给喽兵大家分散。又算整整的拾掇了一天,只等第二日起程。

到了次日,也有找来小车子的,也有找来扁担的,也有背上包裹的。顷刻间,大家告辞起身。推车、挑担、肩扛、背负,离了豹花岭,履履行行,直奔君山去了。暂且不表。

且说卢爷大众。智爷道:“这个所在,直不给后来的贼人留着这个窠窠。此处离着住户人家甚远,大哥依小弟主意,放把火给他烧了吧。”卢爷说:“贤弟言之甚善。”将才出唇,大汉龙滔、姚猛、愣史、胡烈这几个,就忙成一处,抱了柴薪,点着了前前后后一烧。穿山鼠徐三爷可换了山贼的一套衣服。因为什么独他换了山贼一套衣服呢?皆因是他那身衣服,教山贼一踢桌子,撒了一身油菜的汤。故此他才换了山贼一套衣服。闲言不必多叙。自己拿了自己本人的物件,大众出了寨栅门,前后的火就勾上了。可巧来了一阵大风,这火越发大了。火借风力,风助火威。霎时间,磕嚓嚓砖飞瓦碎,喀崩崩柱断梁折。好厉害!万道金蛇乱窜,火光大作。常言说的好,水火无情,一丝儿不差。几位爷就不管山中的火堂了,直奔武昌府的道路。晓行夜住。

那日天气已晚,看见黑巍巍、高耸耸,山连山、山套山,不知套出有多远。前边有个小小的镇店。进了西镇店口,见人一打听,原来这就是夹峰山。找店住下,用了晚饭。头天就打发了店钱饭钱,第二天为的起来就走。将到四更多天,徐三爷就睡不着了。他要是睡不着,谁也不用打算睡。他一醒就嚷嚷,叫人说:“起来,起来,天不早了。该走了!”谁要同他住店,他仿佛是个王爷,说走就走,说住就住,说吃什么就吃什么。

这天四更多天起来，大家拾掇起身。店钱头天已经开发清楚，叫开店门，伙计不开。问："怎么不开？"回答："太爷有谕，不教开。"徐三爷说："告诉你们太爷，说祖宗到了，一定要开。"伙计说道："因为时候太早，怕爷们路上遇贼。"徐三爷说："放你娘的屁！如若再不开，把你脑袋拧下来。"伙计想："这个事不好惹，给他开开吧。"徐三爷这才欢喜。大家出来，一直扑奔武昌府的大路。可是得绕着夹峰山前山道路走。细一听更鼓的声音，起早了。同着智爷说："智贤弟，你看店里这个小子不开门，他说有贼。咱们要是遇见贼，不是贼倒运吗？"走在边山，三爷有点自负。智爷说："三哥，别把话说满了。老虎还有打盹时候呢！设若咱们走在树林，有个闷棍手抽后就是一棍，你敢准说躲闪的开吗？"徐三爷说："也不敢说躲闪的开，横竖他打着有点费事。"智爷说："走吧，别忙同三哥说话。实在难说。人家常言说的好，明枪易躲，暗箭最难防。"这一个"防"字没说出来，被徐三爷一把揪住，低声说："有贼！你可念道出来了。"智爷一瞧树林之中，黑忽忽一片。智爷一分派，教鱼贯而行，大家小心。徐庆高兴，他要走在前头。卢爷等一个跟着一个。看看临近，徐爷这才看得明白。总是夜行人眼光足，看着他们在树林内，一个个探头缩脑，呼啦往外一闯。徐三爷一看是件诧异事，实在的奇怪。

若要问有什么奇异之事，且听下回分解。

第一百回　智化放火烧大寨　喽兵得命上君山

词曰：

常言道的甚好，穷寇不可深追。
追来追去惹是非，落得一时后悔。
明枪尚能躲闪，暗箭容易吃亏。
慢凭技艺逞雄威，前路埋伏可畏。

且说智爷与徐三爷，正谈论着起早了，怕遇见贼。正说之间，竟遇见了。徐庆说："我在前头，我打发他们。"看看临近，见他们呼啦打树林窜将出来。徐三爷把刀一拉，那伙人撒腿就跑，异口同声嚷道："好山贼，意狠心毒，稳住了我们，又来杀我们来了。"徐庆一听山西的口音，徐庆有个偏心眼，遇见山西人有难，他念同乡的分上，就要解救，故此往前一跑，大吼了一声说："你们是干什么的？怎么说我们是山寇！我们可不是山寇。你们到底是什么人？"那伙人说："我们可也不是山寇。我们是被山寇害的。"徐庆说："你们是怎么被山寇害的？咱们是同乡，我救你们。我叫徐庆，铁岭卫带刀六品校尉徐三爷就是我。"那伙人说："我们打长沙府驮来的少公子，教山贼劫上山去了。我们和他要我们那牲口车辆驮子，说：'你们劫人，我不恼。横竖是把我们的牲口给我们啊！'他们赶着牲口上山口，还要杀我们。同他们说好话，央求他们还不行呢！"徐庆说："呔！咱们山西人不央求人！央求人家挫了三老爷的锐气。"驮夫说："后来我们就骂上了。"徐庆说："对了。"驮夫又说："我们一骂，他们拿刀就追。"徐庆说："你们呢？"驮夫说："我们就跑。"徐庆说："跑什么？"驮夫说："不跑不是热决了吗！"大众一看徐三爷话出来的厉害，又闻名，全都跪下求徐三爷救命，给他们向山贼要回牲口驮子车辆。智爷过来一问说："方才你们说那个少公子是谁？"驮夫提起始末根由：人教贼劫上山去。他们不给车辆，驮夫想寻当官去告，走在此处，天晚不敢前进，又怕遇见歹人，在这树林中待一夜，天亮再走，不料遇见众位爷，爷们救命吧。

智爷一听说："三哥、大哥，劫的这不是外人哪，这是咱们艾虎的把兄弟。一者冲着艾虎，得救他；二则，我想此处离武昌不远，沈中元许在山上。"卢爷说："有理。"智爷又冲着驮夫说："你们大众不用净磕头。你们前头带路，把我们带到山口。你们堵着山口乱骂。"驮夫说："不行。我们堵着山口一骂，他们会下来杀我们。"智爷说："不碍。有我们呢！"驮夫说："有你们可就没有我们了。"徐庆说："你们只管这么办吧。你们去诱阵，我们杀贼。"驮夫说："我们把他骂出来，你们可出去呀！要不出去，就把老西害苦了。"徐庆说："我们不能行出那样事来。走吧！"一个个往山口乱跑。

不多一时，到了山口。大家都会在一处，教驮夫骂。驮夫跳着脚大骂。驮夫一骂，喽兵就听见了，说："还是昨日那一伙驮夫。"下来了十几个喽兵，举着刀一威吓，驮夫转身就跑，说："可了不得，又来了！我的太爷。"往两边里一分。徐庆就蹿上去了，直是闹着玩一样，喀嚓磕嚓，仿佛削瓜切菜一般，杀了几个。另外几个回头就跑。徐三爷就追，说："鼠寇毛贼，慢走！你徐三爷今天务必把山寨击成齑粉。"智爷嚷："别追了，别追了！"徐三爷回来。仍是教驮夫乱骂："好忘八儿的，该死的山贼！好好的把车辆牲口送下来，不然，老爷杀上山去，杀你们个鸡犬不留。你们就打算着会欺负老西，以为老西无能为，老西有能为！"

正骂之间，忽听山上呛啷啷一阵锣响。没等山贼喽兵下来，老西就跑起来了。看看临近，来了一家寨主，带着数十名喽兵。喽兵一字排开，每人拿着兵器，有双刀的，有单刀的。看这家寨主，身量不甚高，横宽，丝鸾带，薄底靴，提着一口刀。他身临切近，大吼了一声："你们是哪里来的？这些小辈，前来受死！"徐三爷未能上去。早教龙滔蹿将上去，刷的一声就是一刀。山贼躲过。紧跟着又是两刀，又是一脚。从此往后，他把老招儿又施展出来了：三刀夹一腿，三刀一左腿，三刀一右腿，老是三刀一腿，不换样术。慢说是个山贼，就是前套说书上花蝴蝶，叫他砍的也是手忙脚乱。两个人没分胜败。

姚猛在旁瞧着说:“拿这小子不用两个人。你退下来,交给我。”龙滔往下一退,姚猛往上一蹿,亚圆大铁锤双手一举,骑马式一蹲,在那边一等,纹丝不动。过云雕也不敢过去,不认得他这个招儿。按说锤打悠式,他这不是,他这是两手举着锤把,那边一等。朋玉想着教他过来先动手。按着武技学说,见招使招,见式使式,他不认得人家这个招术,他就不敢先动手。这个使锤的永远不会先动手。两个人对耗着。耗急了,姚猛说:“你过来呀,小子!”朋玉说:“你过来吧,小子!“姚猛说:“你过来吧,我永远不会先过去。”朋玉一看,他就是个笨架子,也许什么不会,自己先给他一下试试,把刀一剁,瞧着不好,往回再抽,变换招术。焉知道刀离顶门不远,竟自不躲,自来一坐腕子,用平生之力,要把姚猛劈个两半。焉知姚猛胆子有天来大,小眼光也真足,刀离着顶门有一寸多远,双手把锤往上一撩。就听见镗啷,那口刀嘤的一声,就腾空而起,待半天的工夫,才坠落下来。震的朋玉单臂疼痛,撒腿就跑。连姚猛带龙滔追赶下去。智爷叫:“别追!”这两个人哪里肯听,苦苦的追赶,总打算着把他拿将回来。

姚猛在前,龙滔在后,朋玉不敢往山上跑。他要往山上跑,怕的是把两个人带上山去,只可顺着边山,扑奔正北去了。真如同惊弓之鸟一般,带了箭的獐鹿相似,恨不得胁生双翅。紧跑紧追,朋玉会夜行术的功夫,这两大个,身量高、腿长、过步大,可也追不上。可也离的不大甚远。究属这两大个气量真足,跑上连喘都不喘。朋玉知道不好,想了想,量小非君子,无毒不丈夫。姚猛就瞧着他往前跑的好好的,往前一栽。

姚猛往前一蹿,抡锤就砸。哪知道他一弯腰说:“看宝贝。”就见黑忽忽一宗物件奔了面门,意欲躲闪,焉能那么快。只听见嘣嚓一声,正中面门。把姚猛吓了一跳。也不知是什么物件,打在脸上又不甚疼。后头的龙滔收不住脚了,前头的姚猛手捂着脸一蹲。龙滔正打身上栽过去了。朋玉是什么法宝?是脱下一只靴子来扔出来了,正中姚猛的面门,不然,怎么瞧着黑忽忽的一块打的不疼。可把姚猛吓了一跳,又对着龙滔打他身上栽了一个猫儿跟头。朋玉回身瞧见龙滔躺下,又没有刀,不能剁他,只可掉头还是跑。

姚猛说:“你索性把那只靴子祭出来吧!”站起来就追。龙滔也就随后赶下来了。又瞧着朋玉往前一栽。这回姚猛也就透着大意了。见他一回手,嗖一件暗器打将出来。仗着姚猛身足眼快,一歪身,原来是只镖。姚猛虽然躲过,嘣的一声,正中龙滔肩头。仗着一宗好,冲着姚猛打的;姚猛身躯比龙滔高一尺,冲着姚猛脖颈打去,姚爷一闪,龙滔在后又离着远些,镖也没有那么大力气了,虽中在肩头,也不甚要紧。遂将镖抛弃于地,按了按伤处说:“哥哥在前头,我在后,你瞧得见,我瞧不见,你躲得开,我躲不开。咱们两个并肩追赶吧! 别这么一前一后了。”

二人复又追赶。原来是个浑人,他竟会打暗器。他这暗器是自己出的主意,先扔靴子,使人无疑。后打镖,十中八九。想不到靴子打着姚猛,镖倒没打着。想着要再往外发暗器,又怕劳而无功。焉知晓他这一镖惹出祸来了。姚猛骂道:“山贼,狗娘养的! 打算着就是你会暗器。你瞧瞧二太爷的这个錾子!”说毕,冲着朋玉镗啷啷打将出来。没打着,打着就不是这个声音了。这镗啷啷,是在山石上头出来的声音。

再说暗器是打暗中来,他这是直嚷,我这里有铁錾子。再者前番说过,他的錾子有准头,如今连打五六錾也没打着朋玉。此时是动手,寻常是打着玩儿。那个坦然不动心,这个越慌越打不着人,故此白打了几只。二人追贼,一拐山弯,扑通一声,两个人一齐坠落下去。

二人掉在坑中,不知生死。且听下回分解。

第一百一回 龙姚追朋玉贪功受险 智化遇魏真奋勇伤刀

诗曰：

豪情一见便开怀，谈吐生风实壮哉。
滚滚词源如倒峡，须知老道是雄才。
初逢乍会即相亲，旷世豪情属魏真。
论剑论刀河倒泻，更知道学有原因。

且说这龙滔、姚猛两个，本是浑人，对着山贼也不明白。前头已经说过，是贼都有他得力的地方，怕是遇见扎手的，或是官人，或是达官，或是真有能耐的人，他们抵敌不过，就把人带到有埋伏地方去了。埋伏之地，总在树林深处。预备犁刀、窝刀、绊腿、扫堂棍、梅花坑、战壕等。自要刨得深，上头搭上蒲席，盖上黄土，留下记认。不留下记认，带路的就掉下去了，过云雕朋玉为什么没上山，顺着边山而跑呢？就为把他带到埋伏里头去。镖虽打出去了，打的人也不重，自己几乎中了人家的錾子。因此，咬牙切齿，愤恨之极，把他们带入埋伏里头来了。

两个人自顾贪功心盛，一拐山弯，足下一软，扑通通就坠落下去了。两个人生就的皮粗肉厚，骨壮筋足，虽摔了一下，不大要紧。爬起来，拿刀的拿刀，拿锤的拿锤，就往上蹦。至大蹦了三尺多高，照样脚踏实地。他们在底下乱骂，上头过云雕也是乱骂，说："你们两个人上来！"姚猛说："你下来！"朋玉是没有兵器。忽然想了个主意，拿石头往下砸。这两个人就要吃苦。

还是这句话，说书的一张嘴，难说两家话。自从朋玉那兵器一飞，喽兵早就飞也相似报到上边分赃庭去。正是赛地鼠韩良，在桌子上睡觉；玉面猫熊威陪着恩公说话。忽然打外边进来一个喽兵说："启禀大寨主得知，大势不好了！山下原来是那些驮夫，勾来了许多人，实在扎手。头一个与我家三寨主，未分胜负；又过来一个使锤的，与我家三寨主刚一交手，就把三寨主刀磕飞，特来报知！”大寨主一摆手，喽兵未即退出。急又进来一个喽兵说：“报三寨主败阵。”熊威又一摆手，说：“恩公在此替我看守山寨，待小弟出去看看是什么人。”早把施俊吓的浑身乱战，他本是官宦公子出身，几时又给贼看过大寨！又怕有官人进来，把他拿去，浑身是口，难以分辩，玉石皆焚。

单说玉面猫熊威，掖衣襟，挽袖袂，拉出一口刀来。大寨主下山，又透着比三寨主有点威风了。锣声阵阵，出了寨栅门。到了平坦之地，正听着“忘八儿的！忘八儿的！”老西们在那里大骂呢。驮夫见喽兵一露面，往两边一分就跑下去了。头一个就是卢爷，撞将上来，先把自己的胡须挽起来，抖擞老精神，摆刀就剁。智爷在旁边暗暗地夸奖。这家寨主，与展南侠的品貌相似。再瞧这路刀上下翻飞，本来卢爷的刀法就好，两个并未答话，就战在一处。

穿山鼠徐三怕大哥上点年岁，战不过这家寨主。和山贼交手，也不论什么情理二字。按说可没有两个打一个的。这是拿贼，哪里还论那些个。徐庆上去，熊威也不惧。这口刀腾避、躲闪得快，便往上就递刀，还是紧手招儿。卢、徐要是含糊一点，也就输给他了。智爷是真爱熊威，自己又想着正是用人之际，不如将他拿住，劝解他归降，岂不又多添一人。想毕，也就蹿上去了，将刀一亮，说：“山贼休走！”

忽然打半山腰中飞下一个人来。智爷以为就是他们的伙计，也就不奔熊威去了。他也并没有看明白是什么人。他就瞧着穿一身白亮亮的短衣襟，又是空着手儿，刚一脚踏实地。智爷随用个劈山式，这刀就砍下去了。见那人往旁边一闪，回手就把二刃双锋宝剑亮将出来，盖着智爷的刀。只听得呛啷一声，就把智爷的刀削为两段，把智爷吓的是胆裂魂飞。紧跟着用了个白蛇吐信，直奔智爷的脖颈而来。智爷焉能躲闪，就把双眼一闭等死。忽听半空中传来人声：“魏道爷，使不得！是自家，是自家！”说得迟，那时可快呀！魏道爷把宝剑一抬，智爷就得了活命。

原来云中鹤、北侠绕边山扑奔寨栅门而来。他们离寨栅门不远。听锣声阵阵，望见是玉面猫熊威出来。下面有山西人叫骂。云中鹤同着北侠,就不奔寨栅门了,找着山边的道路要下去。未能到下面,就看着他们交手。先一人,后两人,又上来了一个,共是三个人与一个人交手,难以为情。云中鹤急了,也并没有和北侠商量。自己就蹿将下来,削了智爷的刀。把宝剑跟将进去要杀。听北侠言,道爷把剑往回一抽,念了声:"无量佛。"

北侠也就蹿将下来。那边的玉面猫教徐三爷踢了个跟头,也教北侠拦住说:"自家人,休得如此!"卢爷阻住徐庆,不教杀他。彼此凑在一处,惟独智爷扔了自己的刀把,他上下打量了打量魏真,听他念了声无量佛。见他是个老道,自己暗暗一忖度,别是云中鹤吧?要是他,我这个跟头可不小!

北侠叫道:"大家见见。"与魏真见过面。卢大爷又说:"徐三爷,你们二位不认得吗?"徐三爷说:"没见过。这位道爷是谁?"北侠笑道:"三弟,你们要不认得,可就叫人耻笑了。这就是徐贤侄的师傅。三弟,你还没见过面哪。"徐三爷一听,说:"原来你就是魏道爷呀!我可疏忽了。见过家信,我也知道小子与道爷学本领。听说小子与你一样,一点儿也不差;你也一点儿没藏私。好小子,真有你的!难得你们都一个样。"北侠说:"三弟,你说的是什么话呀!全连了宗了。"魏道爷一听,说:"真不错,我们都成了你的儿子了。"智爷说:"道爷,你别听他的。我三哥梦着什么说什么。"徐三爷与老道行了一个礼说:"亲家你别怪我,我说话一点准头没有。我是个浑人。"魏道爷又是气又是笑,怪不得他们家里说过,三爷是个浑人。又有大家在旁说了徐三爷一顿。三爷就此与魏道爷玩笑。

魏道爷、北侠与智爷、卢爷、史云等众人见了一番礼。卢爷又把胡烈叫来,给大众行礼。道爷又与熊威和北侠、智爷等大家见了见礼。熊威问:"道兄长,怎么认得列位?"道爷回答:"也是路遇,提起来才知不是外人。"熊爷说:"既不是外人,请到山门,什么话慢慢地细讲。"智爷说:"这也都不是外人,我们那里两个人,追下你们一个人去了。你们派一个人,我这派一个人,好与他们送一信。"熊威点头,叫来了一个喽兵头目。卢爷也把胡烈叫来,说道:"你二人快去迎接追下去的二人,叫他们千万不可动手,都是自家人。"两个人答应而去。

众人上山，看了看已到寨栅门，就遇见南侠、双侠二人。云中鹤与玉面猫熊威与他们三位见过了礼，对叙了些言语，不必细表。

丁二爷说："这个后山敢是不近哪。"一找徐庆，不知去向。原来是叫那些驮夫把他截住了，说道："三老爷，你给我们要车辆怎么样？"三爷说："跟着我上山，去跟他们要去。"驮夫说："我们不敢上山。"徐庆说："有我呢。"驮夫不敢来。三爷又把熊威叫住："你作件好事吧，把他们这驮子车辆给他们吧！"熊威说："那个驮子车辆我不能不给他们。再说，那是我的恩人的东西，焉有不给之理。"徐庆说："你们还怕什么！"驮夫方敢上来，还是半信半疑。仗着胆子上来，到了上边，熊爷吩咐喽兵待承驮夫酒饭。驮夫这才将心放下来了，信以为实，准知道并没害他们的意了。

少刻间，进了分赃庭。施俊正在那里害怕呢，一见他们回来，这才放心。又见进来许多的人。智爷先过来见施俊，先把自己的事情说明。施俊赶着行了礼，说："是智叔叔么？"智爷与北侠等都见过了礼。这才彼此大家谦让座位。施爷再也不肯坐上座。却是何故？只因都是盟弟的叔叔、伯父，他如何敢坐上座。让了半天，大家按次序而坐。残席撤去，重新另换了一桌。大家彼此正要用酒，忽然间，大汉龙滔、姚猛、过云雕朋玉，连胡烈一同进来了。喽兵归防地去了。

原来龙滔、姚猛正在坑中，朋玉拿石头乱砸倒不要紧，他们可以在里头躲闪。好在姚猛皮糙肉厚的地方，打上几下也不要紧。朋玉在外头打不死这两个人，干着急，一点法子没有。忽然急中生巧，想起一个主意来。浑人原来也有个浑法。自己到了南边。挑了一块石头，约有三四百斤重，用尽平生之力，把这块石头运过来了。运到坑沿，搭讪着说话，想把他们二个人诓到坑沿边来，纵然砸不死两个，也砸死一个，那可就好办了。他把石头放下，奔到坑沿搭讪着与他二人说话。叫道："两个小子，我劝你们一件事情，你们愿意不愿意？"龙滔说："好矬小子，你劝我们什么事？"朋玉说："你过来，我告诉你。"龙滔说："你把我诓过来，要拿石头打我们。"朋玉一拍巴掌说："你看我有石头没有？我劝你们归了我们夹峰山吧。我是喜欢你们两个。

如不然，山上喽兵一到，就要了你们两个的命了。”龙滔听出便宜来，说：“你教我们降你，得把我们拉上去。”朋玉说：“你二人准降，我就把你们拉上来。”龙滔说：“我们准降。拉上我们去吧！”朋玉说：“等着我解带子。”朋玉一转脸，将石头搬起来，照他们二人头顶正要打下。

也是活该龙滔、姚猛两个人命不该绝，五行有救。要是胡烈与喽兵晚来一步，纵然不死，也得砸个骨断筋折。忽听背后喊声震耳，朋玉回头一看，只见胡烈与喽兵急急跑到，口内叫说：“寨主爷，休伤他二人的性命！是一家之人。大寨主有令，不教动手。”到了跟前，胡烈与朋玉见了，对着学说他们大寨主的事情，胡烈也对着坑内学说了一遍。然后胡烈将带子解下，先把龙滔救上来。又扔下带子去，龙滔与胡烈两个人把姚猛提将上来。胡烈叫龙滔、姚猛与朋玉见了见礼以后，三人说道：“不打不相交。”这三个人真相亲相近。不必细表。

一路上，捡刀拾枪，依旧路而回。来至寨门，进了寨栅门，到了分赃庭。熊威与众位见过，彼此对施一礼，也就落座。智爷叫龙滔、姚猛与魏真见礼，又与大寨主见了一见。见毕，云中鹤说：“你们几位在此更好，贫道有件事情奉恳众位。”智爷说：“有话请讲。”魏真说：“我这三个盟弟，情愿弃暗投明，改邪归正，求你们几位作个引见之人。”大家连连点头说：“使得，使得。”智爷说：“我们大众与白五爷报仇，打算请道爷出去一力相助，不知道爷肯从不肯？”魏真道：“无量佛！”徐庆说：“不用念佛了！亲家，你总得出去，没有你不行。”忽听打外面窜进一人，扑通摔倒在地。众人一看，好不诧异。

若问来者是何人，且听下回分解。

第一百二回　北侠请老道破网　韩良泄大人机关

词曰：

最喜快人快语，说话全无隐藏。
待人一片热心肠，不会当面撒谎。
三国桓侯第一，梁山李逵最强。
夹峰山上遇韩良，真是直截了当。

且说大家正在各说其事，北侠和智爷他们分别讲了路上看见的事情，又问施俊的来历根由。施俊就把他家里天伦染病，携眷归固始县的话，说了一遍。施俊又打听了一下艾虎的消息。

正说话之间，忽然打外边进来一人，扑通爬倒在地。众人一瞧，一怔。南侠、智爷等皆不认得。喽兵过去，赶紧将此人扶将起来，掸了掸身上的尘垢，他就在这边坐了。再瞧玉面猫熊威、过云雕朋玉，羞的面红过耳。就见他说："哥哥新来了这些人，也不给我见一见，都是谁呀？"后来玉面猫说："贤弟，你今天多贪了几杯。明天早起再见吧，你仍然在外面歇息去吧。"赛地鼠韩良哪里肯听。虽然他坐在那里，还是身躯乱晃，他总说他没醉。一回头瞧，挨着他就是龙滔、姚猛、史云，随即问："你们几位大哥是打哪里上哪里去呀？"这浑人不管那些个，有什么说什么。龙滔等说，打襄阳上武昌。赛地鼠韩良哈哈一笑说："你们上武昌干什么？"回答说："我们上大人那里去，给大人请安去。"醉鬼一笑说："你们说别的还可以，要说给大人请安去，这话我不信。大人准……"说到这准字，往下没说出来，就教熊威接过去了，说："你糊糊涂涂的还不外头睡觉去，还要说些什么！"过云雕朋玉说："你睡觉去吧，二哥，别胡啧了！"智爷早已听出十有八九，内中有事，说："寨主们不必拦他，我们倒对脾气。我要同着这位哥哥谈谈。"一回头叫龙滔："这边坐着。"他倒奔了那里去了。玉面猫熊威说："千万可别听他的话，他是个疯子。不用听他的。"智爷说：

“不用管我们的闲事。”冲着韩良又说：“兄弟，你没有我岁数大。”韩良说：“差多着的呢，你是哥哥。”智爷说：“这咱们就在一块作官了。”韩良说：“什么？”智爷说：“已说明白了，你们弃暗投明，改邪归正，有开封府的护卫老爷们保举你们作官。”韩良说：“教什么人去提说。”智爷说：“见大人。”韩良说：“大人在哪里？”智爷说：“在武昌府。”韩良说：“武昌府有大人吗？”就见玉面猫颜色都变了，说：“可别听他的。他喝的大醉，又是个疯子。”又说：“二爷还要说什么？”智爷说：“我已经说过，你不用管呢。任凭他说出什么话来，与他无干。方才这位贤弟说的话中有因。我索性说说，我们把大人丢了，正在各处寻找大人呢。既是这位贤弟他知道的确，只管说出来。知情举者，可免一身无祸。你只管说吧。”云中鹤在旁说：“这个事怎么连我都不知呢？”北侠暗想：“黑狐狸精，真有道儿。”大家催着说。

赛地鼠韩良可就说：“你们丢了大人，知道什么人盗去不知？”智爷说：“我们知道是沈中元。”韩良说：“对了。”智爷说：“我们可不知他把大人盗在什么地方去了。”韩良说：“在我们这住了一夜。他姑母，他表妹都在后头跟我嫂嫂住着。车上拉着大人，他们如今上长沙府朱家庄。那里有兄弟二人，一个叫朱文，一个叫朱德。方才你们说见大人，哪有大人呢？”

玉面猫说：“好，你知道的真不错。众位老爷，我们都该着什么罪过吧！与盗大人的结交来往。”智爷说：“大宋的规矩：家无全犯，儿作的儿当，爷作的爷当。除非你们帮着动手，那就没的说了。现今既然有了下落，咱们谁去迎请大人？”北侠说：“我去。”南侠说：“我也去。”双侠、智爷全去。过云雕朋玉说：“你们认得吗？”智爷说：“我们到那里现打听吧。”过云雕朋玉说：“我跟你们去，我带路。”卢爷说：“我也还要去呢。”智爷说：“你们不用去。去这些人干什么？”卢爷说：“我们在武昌府等。”智爷说：“对了。你们在武昌府候等。”

智爷又冲着寨主说：“这些个喽兵，熊爷问问他们怎么样？”随即叫道，问明众人，异口同音说：“全都愿意弃了高山，跟随大人当差，恳求老爷们指一条明路。”智爷告诉熊威说：“君山如今受了招安，把喽兵打发那里去。等着万岁爷有旨的时节，俱是吃粮当差。”熊威大喜。智爷叫拿文房四宝,写了书信,交与熊威说:“你们二位拿着书信,携着宝眷,扑奔君山。君山后面也有女眷,叫钟大哥把你宝眷安置妥当。你们就在那里听我们的信息。我们到了襄阳,定必要去请你们去。魏道爷的事,咱们是一言为定了。”道爷说:“白日之时,穿着这一身衣服也实在是难,你们打发个人去庙内,把我道袍取来。”熊威打发喽兵到云清观去取道袍,随即把锦笺带来。等取道袍穿上,就不细表了。

施公子也等第二天,还是教驮夫拾掇车辆、驮子起身。金氏辞别了后寨的夫人,送了许多的东西物件,赏了后寨婆子丫鬟。后寨夫人亦送了金氏些个物件,也赏了金氏婆子丫鬟银两。二人拜为干姊妹,从此洒泪而别。到外边,上了驮轿车辆。施俊在前边辞别大众,熊威瞅着施俊走,总有些个放心不下。对大众说:“我恩公这一走,前面还有几座山,如今都有许多强人,万一有失,如何是好?”智爷说:“不然,熊贤弟你就送他去,教韩贤弟他们同喽兵保着嫂嫂亦未为不可。”熊威说:“我二弟糊涂,倘若到了君山,说的不明,又怕教钟寨主挑眼。”赛地鼠韩良说:“不然,我保着恩公去。你嫌我说不明白。”云中鹤说:“这倒使得。”智爷也说使得。韩良自己嵎了刀,拿了银两,辞别大众,保着施公子,一同起身。云中鹤说:“咱们到武昌府再会,我要先走了。”钻天鼠卢方,穿山鼠徐庆,大汉龙滔、姚猛、史云、胡烈一同起身,辞别大众说:“到武昌府见。”众人并不往外相送。

喽兵头目,大家拾掇包裹等等,用骡马驴牛驮着。也是雇来的驮轿,教夫人坐上,先打发喽兵头目,陆陆续续下山去了。粗糙东西,一概不要。大家一议论,放火烧山。顷刻间烈焰飞腾。北侠、南侠、双侠、过云雕朋玉,扑奔长沙府。熊爷保护着家眷上君山。

再说赛地鼠韩良,保护着施俊上固始县。走不甚远,就到前面一带树林,穿林而过。有几人打树林出来,还是书童眼快,说:“相公爷,那不是艾二相公吗!”施俊一瞧,何尝不是。头一个就是艾虎。还有徐良、胡小记、乔宾,他们办完了尼姑庵的事情,晓行夜住,正走在此处。忽见前面来了些个驮子、驮轿、马匹,见马上的相公下了坐骑,艾虎一瞧,是施大哥。告诉徐良、胡小记、乔宾说:“是我盟兄。”

过来与施俊磕头问好。遂说:“我有几个朋友,来给见一见。这是陷空岛我徐三叔跟前的,也是行三,叫徐良,外号人称山西雁,是我盟兄。这是施公子,叫施俊,也是我盟兄。你们二位见见。”彼此对说了些谦虚的话。艾虎又让盟兄胡小记、乔宾和公子相见。施公子又把韩良叫过来,与艾虎等四人也见了一见。艾爷又过去打驮轿上见了嫂嫂。

前边有个镇店,彼此俱在此处住下。到店中,住了五间上房,五间南房。五间上房住了金氏、丫鬟等,五间南房施公子与小爷居住,配房从人居住,驮夫等俱在外边。在店中洗脸、烹茶,用晚饭。艾虎问施俊:“从何而至?”施俊就把家中天伦染病,打长沙府回家,路过夹峰山被掠,又遇见大众等人,说了一遍。

徐良一听,原来自己师傅在云清观,离此不远,要往云清观见他师傅去。施俊说:“也起身上武昌府去了。”徐良说:“大人有了下落,也就好办了。大概我师傅也是找大人去。”施俊说:“说来也是。”徐良说:“咱们大家也上武昌府吧。”施俊冲着艾虎说:“艾贤弟,有件事我打算奉恳。”艾虎说:“咱们哥两个,怎么说出奉恳二字来了。什么事?哥哥说说。”施俊说:“韩兄他们大众本是奔君山,又怕我道路上有失。贤弟若要无事,你同着我们走上一趟,如何?”艾虎连连点头:“使得,使得。”一夜晚景不提。次日给了店钱、饭钱。徐良、胡爷、乔爷奔武昌。韩良追熊威奔君山。艾虎保着施俊,路过卧牛山。

一段热闹节目,且听下回分解。

第一百三回 力举双兽世间少有 为抢一驴遭打人多

词曰:

为人居在乡里,第一和睦为先。
谦恭下气好周旋,何至落人恨怨。
才与东邻争气,又同西舍挥拳。
强梁霸道恶冲天,到底必遭灾难。

且说艾虎保着施俊,扑奔固始县。暂且不表。

单说蒋四爷同着柳青扑奔娃娃谷,一者找大人,二来打他师娘。离了晨起望,直奔娃娃谷。离晨起望不远,还是君山的边山呢,就见山坡上有一个小孩子,长的古怪,身不满五尺,一脑袋的黄头发。身上穿着蓝布袄,蓝布裤子,赤着双足,穿着两支蓝靸鞋,生的面黄饥瘦。两道立眉,一双圆目,两颧高,双腮窝,鹰鼻尖嘴,梳着双抓髻,腰中别着个打牛的皮鞭子。山坡上约有数十只牛,黑白黄颜色不等,也有花的。只见这两头牛闷的一声,往一处一撞,原来是二牛相争,头碰头嘣嘣地乱响;角搅角,也是嘎楞楞乱响。蒋爷说:“老柳,不好啦!那个病孩子要死。”柳青一看,这个小孩子过去,往两个牛当中一插手,揪着两个牛角,说:“算了吧,两小厮瞧我吧!”蒋爷看着这孩子瘦小、枯干、体弱,那莽牛有多大力?常说牛大的力量。别说这个孩子,就是自己夹在当中,也不是要的。好奇怪,这孩子揪住了牛角,那牛眼睛瞪圆,闷闷的乱叫,干用力,撞不到一处。这孩子就说:“你们要不听话,我要打你们了。”蒋爷说:“这个孩子的膂力,可实无考较了。老柳哇,你看这两个牛你能支持的住么?”柳青说:“不行,我可没有那么大的膂力。这孩子真怪,怎么这么大膂力呢?”蒋爷说:“可不知他是什么人家的。此子日后必然不凡。如果真要是像韩天锦那个样子,也不足为奇。可这是真瘦真有力气,不愧是神力。要有工夫,我真想问问这孩子在哪里居住,叫何名姓。”柳爷说:“谁管那些事情，走咱们的吧。"蒋爷点头。两个人也就走了。

走不甚远，穿了一个镇店。过去此地方，却是南北的大街，东西的铺户。正走在北头，见一个人骑着马，有十八九岁，歪戴着翠蓝武生巾，闪披着翠蓝英雄氅，薄底快靴，手中拿定打马藤鞭，面赛窗户纸，青中套白，白中套青，五官略透着清秀。后头有几个从人，都是歪戴着籓巾，闪披着衣裳，俱在二十来岁。跟着马乱跑，迎面吆喝："走路之人，别撞着我们，少爷来了，都闪一闪。"

可巧由小巷口出来了一个小孩子，拉着一匹大黑驴，粉嘴粉眼，四个银蹄子。一眼就被这个武生相公看见了，回过头来叫了一声："孩子们，好一个驴呀！给大爷抢过来！"从人答应一声，就过去拦住路口，说："小子，站住！把这驴还我们吧。"那个孩子说："凭什么给你们？"这许多的恶奴过去，不容分说，伸手就将驴拉过来了。那个小孩子说："抢我呀！"恶奴说："我们的驴，丢了一个多月了。你还敢拉出来。我们大爷积德。不然，就拿你送到官府内，当贼治你了。"那个孩子哪能肯给。架不住这边人多，上去就是一个嘴巴。又过来几个恶奴，就有拉腿的，就有拧胳膊的，七手八脚，打了一顿。这孩子是直哭直嚷说："众位行路的，救人哪！"蒋爷将要过去。再说蒋爷行侠作义的，天然生就侠肝义胆，如何见得这个光景！

忽见由南往北来了数十头牛，牛上骑着三个小孩子，内中就有那个瘦孩子，大大咧咧地赶着牛。这个拉驴的小孩子一眼看见了，说："大少爷，有人抢咱们的驴哪！"那个孩子跳下牛背来说话，还是个大舌头，说："谁敢抢咱们的驴！他可不要脑袋了？"那孩子说："你快来吧，他们要抢着跑了！"蒋爷就知道，夺驴的这个苦吃上了就不小哇！他回头告诉那人。那个赶着牛走过去了，一把拉住。就听见扑通扑通的躺下了好几个。他叫着那个拉驴的孩子说："你拉着回家，不要告诉爹爹。"那几个躺下的爬起来，就告诉那个骑马的去了，说："大爷，看见了没有！那个愣小子来了，敢是他们家的驴？"马上那个人说："他们的驴，教他们家拉去了吧。这可不好意思要了。上辈都有交情，怎么好意思为一个毛驴变脸，走吧，走吧！"为是当着瞧热闹的，弄个智儿好走。焉知晓那个瘦孩子不答应，过来把马一横，说：

“小子，你为什么讹我们的驴?”马上的人说：“兄弟……”底下的话还没出口，瘦孩子说：“谁是你兄弟？我是你爷爷!”那人说：“别玩笑，咱们上辈真有交情。”瘦孩子说：“今天你不叫我爷爷，不教你过去!”马上的那人真急了，一横心想着：“要了他的命吧!”用力一抽马，那马往前一窜，就冲着这个瘦孩子去了。蒋爷一瞅，知道他躲闪不开，就听叭的一声，蒋爷倒乐了。原来马冲着过去，他用左手向着马的眼睛一触，马往外一拨头，他又右手冲着马脖子叭的一声，那马嘶溜溜叫唤起来，一看，马脖子教他打歪了。他冲着马的膝寸子，横着踹了它一脚，马扑通栽倒，就把那人的腿压住了。这个过去一抓，蒋爷知道那个小孩子的力量不小，过去准会打死他。怎奈这马上摔下来的那个人，倒不生气儿，反苦苦的哀告，一味的求饶，兄弟长，兄弟短，说了无数的好话。那个孩子说：“非得叫我爷爷，我方饶恕与你!”这个也好，就叫了他两声“爷爷!”才撒开手说：“便宜你，以后别讹爷爷的驴了。”

从人过来，揪着马的脖鬃，才把那人的腿抽出来。他一瘸一颠，走到铺子门首，找了个坐物坐下，只在那里生气。那个马，也是不能走啦。又见瞧热闹的围着，纷纷议论。柳爷说：“咱们是走，还是住在这里?”蒋爷说：“我要住在这里，管这个闲事。依我料，此事绝不能善罢干休，必有后患。咱们又没有工夫。”柳爷说：“咱们走吧，天气可不好哇！大雨来了。”果然二人行不到二里之遥，天就阴云密布。蒋爷说：“快走吧。”天不好，又走了不远，点点滴滴雨就落下来了。只见道北有一座广梁大门，暂避一避，打算着要不住雨时节，就在这家借宿一宵。

正在此处盘算，猛见打里头出来一位老者，年纪六旬开外，头戴杏黄员外方巾，身穿土绢大氅，面如紫玉，花白胡须。后面跟着两个从人。却说蒋爷性情到处是和气的，问道：“老员外爷，在家里哪。我们是走路，天气不好，暂且在此避一避。”员外一笑说：“这算什么要紧的事呢？里边有的是房屋，请二位到里边避一避吧。”蒋爷说：“我们不敢打搅员外。”员外一定望里让，蒋爷和柳青就搭讪着谢了一谢，随员外进来了。

一拐四扇屏风，一溜南房。启帘来到屋中，员外叫人献上茶来。蒋爷心内暗道："别看人家可是乡村居住，很有点样式。"又见有个外书房，屋里头幽雅沉静，架儿上经、史、子、集。彼此分宾主落座。员外问："二位贵姓高名，尊乡何处？"柳爷说："在下凤阳府五柳沟人氏，姓柳，单名一个青字。"蒋爷说："小可姓蒋，名平，字是泽长。"那位员外一听，慌忙站起身来说："原来是贵客临门，失敬失敬。此处不是讲话之所，请二位到里边坐。"又重新谦恭一会，随着又到了里边庭房。叫从人献茶。蒋爷就问："员外贵姓？"员外说："小可姓鲁，单名一个递字。"蒋爷说："怎么认识小可？"员外说："久仰大名，只恨无缘相会。我提个朋友，二位俱都认识。"蒋爷说："哪一位？"鲁员外说："此人在辽东作过一任副总镇，均州卧虎沟的人氏，人称铁臂熊。"蒋爷说："那是我沙大哥。我们认识。"员外说："我们一同辞的官。"蒋爷说："我再提两位，大概你也认识。"鲁员外说："是谁呢？"蒋爷说："石万魁、尚均义。"鲁员外说："那是我两个盟兄，俱已辞官了。到如今直不知道他们飘流在何处？"吩咐一声，摆酒。蒋爷说："来此不当讨扰。"员外说："酒饭俱以现成，这有何妨？还有大事相求呢！"真是个便家，不多一会，摆列杯盘。不必细表。

酒过三巡，慢慢谈话。蒋爷说："方才大哥说有用小弟的所在，不知是何事相派？"鲁员外说："四老爷有几位门人？"蒋爷说："一位没有。"鲁员外说："我有个小儿，实在愚昧不堪，恳求四老爷教导于他。"四爷说："那有何难，只是一件，我的本领不佳。"员外说："你不必太谦了。"蒋爷说："何不请来一见。"员外吩咐从人说："把公子叫来。"

从人答应一声，不多一时，从外边走进一人。蒋爷一瞅，就是一怔。却是何故？这就是方才力分双牛的那个小孩子。员外叫过来说："给你蒋四叔行礼。"见他作了一个揖。员外大怒说："你连磕头都不会了！"这才复又跪下磕头。蒋爷用手一搀说："贤侄请起。"鲁员外又教他与柳爷行礼，说："是你柳叔父。"柳爷用手扶起。蒋爷说："贤侄叫什么名字？"就见他特特了半天，也没有说清楚了。蒋爷暗笑："我要收这么一个徒弟，可教人说我把机灵占绝了。"员外在旁见他说话结巴。只气的要打他。蒋爷把他拦住。还是员外说："他叫鲁士杰。"到后套《小五义》上,小四杰出世,四个人各有所长的本事。下文再表。

单言蒋爷见他站在一旁,却又把衣服更换了,不像那放牛的打扮了。蒋爷说:"方才我这个贤侄在外头闯了个祸,大哥可知么?"这一句话不大要紧,鲁士杰一旁听见,颜色改变,吓的浑身乱抖。员外问:"士杰,你外边闯下什么祸了?"士杰哪里肯说。蒋爷一想,很觉着后悔,说:"大哥别责备他,一责备他,小弟脸上不好看了。"员外说:"到底是什么事,要教他说明,我绝不责备他。"蒋爷说:"可不怨他的过错,代我替他说明吧。"士杰说:"四叔叔,你不用说;说了,我就要挨打。"蒋爷说:"我给你说,焉能教你挨打。"

蒋爷就把夺驴之事,对着鲁员外细说了一遍。员外一怔,说:"可不好,这个人家可不是好惹的。既然惹着他们的少爷,大概不能善罢干休!"蒋爷说:"他们是何许人物?"员外说:"大概是个贼。"蒋爷说:"那还怕他倚官倚私?倚官,我是皇家御前水旱带刀四品护卫之职,这是倚官办。或倚私办,别看我没有文书,护卫之职应当捕拿盗贼。这个人姓什么,叫什么?他是怎么回事?哥哥你说吧。"

员外说:"此人就住在我家东边。我们这村子就叫鲁家村,我们姓鲁的甚多。他们住东鲁家村,我们住的叫西鲁家村。"蒋爷说:"他们也姓鲁?"鲁爷说:"不姓鲁。他们姓范,叫范天保,外号人称闪电手。"蒋爷说:"他这外号就是贼。难道他还敢任意胡为不成?"员外说:"他倒不任意胡为。只他的两个妻子可恶!"蒋爷问:"他这两个妻子也有本事?别是女贼吧?"员外说:"是两个跑马卖解的大姑娘。先娶的叫喜鸾,人家本不卖,指着她挣钱。皆因范天保有钱,他给人家金银财宝,应着明媒正娶,这才娶过来了。过门之后,就养了一个儿子叫范荣华,小名叫大狼儿。又十数年,跑马卖艺的又教了一个女儿,他又看上了这个。就是二房,这个叫喜凤。花费多少银子、金子,应着老头老婆养老送终。也在他们家里住着,也出去卖艺。大狼儿到了十六七岁,因戏弄邻家的妇女,给人苦打了一顿。当日晚间,那家被杀一二个人。左近的地方,无头的案不少哪。官人在他门口栽赃,总没破过案。对着他父亲,衙门里头又熟。今日咱们家的孩子,打了他家的孩子,他岂肯善罢干休。今晚间必来。”一回首,叫着士杰说:“我年过六旬,就是你一个,你倘若被他们暗算了,你叫为父是怎样过法?”士杰说:“特、特,爹哇,他们要来,我拧、拧、拧他们的脑、脑、脑袋。”蒋爷说:“他们今夜晚要是不来,是他们的造化。他们要是今夜晚来的时节,有我同柳贤弟,将他拿住,或是结果他的性命,以去后患,也给此一方除害。”柳爷答言说:“连我都听着不服。真要有此事,咱们还不如找他家里去呢!”蒋爷说:“那事也不妥。他不找咱们来便罢;他若是找了咱们,那可就不得了,结果了他的性命。”

鲁员外又问:“这个徒弟你要不要哇?”蒋爷说:“怎么不要呢?好意思不要哇!”员外叫士杰:“还不过去磕头!”士杰真就立刻爬在地下,咕咚咕咚磕了一路头,也不知道磕了多少个,员外说:“四弟,这可是你的徒弟了。”蒋爷说:“我这个徒弟,你要打算着教的他像我这么机灵不成啊。”员外说:“还用像你,只要你教他稍微明白点就得了。”这也是闲言,书中不必多表。

说话之间,天已不早,就在庭房内安歇。员外要陪着二位,也在庭房内作伴。蒋爷不让,说:“你今天先在后面吧。万一后面有点动静呢,也好给我二人送一个信。”鲁员外也就点头,到后边去了。嘱咐了女眷们把门户关闭严紧。若有什么动静,急速喊叫,不可错误。书不重叙。天交三鼓,外边一响,蒋爷二位出来拿贼。

要知怎样拿法,且听下回分解。

第一百四回　翻江鼠奋勇拿喜鸾　白面判努力追喜凤

词曰：

自来治家有道，不可纵子为凶。
妇人之言不可听，劝着吃亏为正。
日日为非做歹，朝朝任意欺凌，
不思天理学公平，难保一家性命。

且说鲁员外归后安歇，保护着他的家眷。那屋里要有什么动静，就叫他们嚷嚷，不可出来，把家人也都嘱咐好了，都预备下灯火兵器。

蒋爷打洪泽湖丢了分水峨眉刺，永不带兵器。无论哪里用着时候，现借十八般兵刃，哪样都行。今晚间与员外借了一口刀，一问士杰，什么也不会，问他："难道说没有跟着家里学过吗？"他说："学过了五天，挨了十一顿打，就不教了。"因何缘故？是头天学了二天忘，白日学的晚晌忘。一忘就打，末天晚晌挨了两顿打。员外一赌气，不教了。下文书蒋爷教了他八手锤，外号叫赛元霸，成了一辈子名。这是后话，暂且不表。晚间嘱咐明白，别管有什么事，不许他出去。也是浑孩子，初鼓后躺下就睡了。

天交二鼓，蒋爷与柳青拾掇利落，别上刀，吹灭灯烛闭上门，盘膝而坐。闭目合睛，吸气静养，等着捉贼。

天到三鼓，忽听院落之中哐啷一响，就知道是问路石的声音。两个人戳窗棂小月牙孔往外一瞅，由东边卡子墙，唰！下来了一条黑影。

蒋爷拿胳膊一拐，柳爷悄悄地把门一开，把刀亮将出来。看准了是那女贼。蒋爷在柳爷耳边告诉他一套言语。柳爷点头，正对着女贼要奔窗户这里窥探，迎面蹿将上来，就是一刀。那女贼真利便，好快，直是折了个反跟头相似，就到当院之中了。虽是晚晌，柳爷眼光儿也是看的顶明白。

那女贼一块青绢帕把发髻扎了个挺紧,穿着一件绑身的青小袄,青汗巾子煞腰,青中衣,窄窄的金莲,蹬着软底的弓鞋,并没戴着钗环,粉白的脸面,必是蛾眉杏眼,背后勒刀,腰间咕咕囊囊有个囊,可又不是镖囊。一个反跟头蹿在当院,柳爷一个箭步跟上,又是一刀。女贼也把刀拉将出来,由此交手。此时天已不下雨了,满天星斗。柳爷暗暗夸奖女贼,三寸金莲,蹿蹦的真快,刀刀近手,神出鬼入。柳爷本领也不弱,女贼终是胆怯,怕柳爷叫人。人要一多,她走着就费事了。虚砍一刀,往下就败,直奔东墙而来。柳爷一追,女贼一回手,叭一流星锤。柳爷看见是暗器,一闪身,没躲开,嘣一声,正中肩头。柳爷哎哟把身子往下一蹲,女贼把流星往回一收,用手抓住,蹿上墙头,往下一飘身子。噗就是一刀,女贼哎哟一声,由墙上摔将下来。

原来是蒋四爷与柳爷耳边说了几句话,就是这个言语。不然,怎么柳爷动手,蒋四爷不见呢?蒋爷预先蹿出墙外,在那里蹲着,等着她必由之路。而且知道打哪里进去,必是打哪里出来。预先就在那女贼进去的地方一等,等她往墙头一蹿,蒋爷就看见了,她往下一飘身,蒋爷往上一起,一反手,叭就是一刀背。刀背正打在迎面骨上,漫说是个女贼,就是男贼也禁受不住。这还是蒋爷有恩典,拿刀背打的。要是拿刀刃一砍,双腿皆折。把她打下墙来,蒋爷嚷:“拿住了!”柳爷也蹿出来了,虽然肩头上受了她一流星锤,打的不重,又是左肩头。柳青飘身下墙,问:“四哥怎么还不捆?”

蒋爷是行侠义的,最不爱捆妇女。再说,要是四马攒蹄,总得抬胳膊拧腿。四爷只是把她打下墙来,用脚将她刀踢飞,在旁边蹲着看着。一者女贼没刀,就不要紧了;二来腿带重伤,一站起来,又扑通一躺。不多时柳爷就出来了,蒋爷叫他捆人。柳爷把她恨入切骨,抬胳膊拧腿就把她捆将起来,提溜着由垂花门而入。

那日晚间,蒋爷的主意,不叫关垂花门。柳爷把女贼提溜到上房屋中。她是苦苦求饶。柳爷索性撕衣襟,将她口中塞物,仍然把门对上。柳青说:“四哥,我还受了她的伤哪。”蒋爷说:“你受了什么伤了?”柳爷说:“她一败,我一追,受了她一流星。”蒋爷说:“在什么地方?”柳爷说:“在左肩头上。”

正说话间，听着院里咳嗽一声，原来是鲁员外。交三鼓之后，哪里睡得着？自己拾掇利落衣襟，预备下刀索。没什么动静，自己出来。走到院中咳嗽了一声，试试蒋爷睡了没有。一咳嗽，里头一答言，把员外让将进去，把千里火一晃，叫员外看看这个女贼。低声就把如此如彼的话说了一遍。蒋爷说："你不是说他们家里，连男女都是贼吗？少刻还有来的。你先在后边等着。要是来一个，拿一个；来一对，拿一双。"员外点头，归后去了。他们仍把门关上，只是虚掩。

两人复又坐下，静听外边。天交五鼓，听问路石吧哒一响。蒋爷拿胳膊一拐，柳爷忽听后夹道蹬、蹬、蹬有脚步的声音。蒋、柳二人开门出去。原来是前头跑着个女贼，后头追的是鲁员外。

你道这两个女贼，可是鲁员外说的不是？正是，分毫不差。皆因闪电手范天保作了些好买卖挣了家，成了业。但可也没弃了绿林，就在此处居住。果然是先娶的喜鸾，又买的喜凤。喜鸾给他生了一个儿子，爱如掌上明珠一般，娇生惯养。这溜街坊邻舍，从小儿小孩们，谁要打了范大狼，范天保倒不出去。不是他娘出去，就是他妈出去——他管着喜凤叫妈，与邻居吵闹，就是男子，也打不过天保这两个女人。男子常有带伤的，打遍了街巷，谁也不敢惹。大狼越大，越不好了。街坊有少妇长女的，直不叫他进门。也有闹出事来，与他告诉的。晚晌家中就是无头案，也有告状的，可是永远没破过案。

这天可巧大狼为抢驴，被鲁士杰将家人也打了，马也打坏了，算央求着他没挨着打。回到家中，与他娘、妈一哭，饭也不吃了，叫给他报仇。不然，他活不了啦。他娘说："教你练，你老不练。你若要练会了本事，如何当面吃苦。"大狼给他娘、妈磕了一路头，求他娘、妈断送士杰的性命。喜鸾、喜凤俱都应承了，哄着叫他吃饭。养儿不可溺疼，这就是溺疼之过。也是他们恶贯满盈。大狼他娘、妈把此话告诉了范天保。天保犹豫，说："鲁家可不是好惹的呀！再说咱们与鲁家，素常怪好的。他们那是傻小子，必是咱们这个招了人家了。不然，我去见见众贤去。叫他责备责备他那儿子，何苦动这么大参差。"原来鲁递号叫众贤。喜鸾把脸一沉说："我的儿子，不能出去叫人家欺负去！为死为活，都是为的我那儿子。命不要了都使得，也不能叫我那儿子出去栽跟头！现在咱们的马，叫他们打坏了；现在咱们家人带伤，倒给他赔不是去！你怕他呀！我今天晚晌去，我要不把他这个孩子剁成肉酱，誓不为人！”说毕，气的浑身乱抖。不然，怎么说家有贤妻，男儿不作横事。范天保又是惧内，可巧喜凤在旁说：“这事不用你管，有我们姐两个，绝给你惹不出祸来。”又是激发的言语。究属总是善有善报，恶有恶报。鲁家要没有蒋平、柳青在那里，鲁家满门有性命之忧。

天交二鼓之半，先是喜鸾去的。天保与喜凤饮着酒等着。左等不来，右等也不来。天交五鼓，喜凤放心不下，说道：“大爷，我去看看姐姐去吧。天气太晚，鲁老头子也会点本事，别是与我姐姐交了手了吧。”天保说：“不然，我去。”喜凤说：“不用。还是妾身前往。”说毕，脱去长大衣服，摘了簪环首饰，绢帕蒙头，汗巾煞腰，换了弓鞋，背后勒刀，挎上流星囊，蹿房跃脊出去，直奔鲁家而来。蹿上了东墙，吧哒问路石往下一扔，一无人声，二无犬吠，飘身下来。不先奔房屋，先找她姐姐。顺着东墙根，施展夜行术往前。早见打腰房之中，蹿出一个人来。提着一口刀，扑奔喜凤。就是鲁员外。那鲁员外回到他的屋中，那里能睡？不时把着窗户往外瞧。看见贴着东墙一条黑影，提刀追去。喜凤转头就走，老头子追了一个首尾相连。喜凤一扭身，撒手流星，叭叉一声，鲁递栽倒在地。喜凤回身抽刀就剁。

若问鲁员外生死，且听下回分解。

第一百五回　鲁员外被伤呕血　范天保弃家逃生

词曰：

放目苍崖万丈，拂头红树千枝。
云深猛虎出无时，也避人间弓矢。
建业城啼夜鬼，维扬井贮秋尸。
樵夫剩得命如丝，满肚南唐野史。

且说喜凤本是卖艺出身，专会打流星，百发百中。一根绒绳上头拴着个铁甜瓜头儿，打将出去，往回一拉，又接在手中，百发百中。

论本领鲁员外本会的是在马上使长家伙，冲锋打仗，对垒厮杀。要论平地高来高去的能耐，本不甚佳。再说又是夜晚之间，眼光不大很足，对着喜凤一跑，他打算是喜凤不敢和他交手了。追到前院将要叫蒋爷帮着拿贼，只见喜凤一扭身，他本是弓着腰追，亏他把身子往上一挺，不然流星正中面门。他胸膛之上中了流星，哎哟一声，撒手扔刀，扑咚躺在地下。喜凤抽刀，将要杀下，就听见她身后嗖的一声，一阵冷风相似。别瞧喜凤是个女流之辈，工夫也算到家。没有回头，就听见了，往前一弯腰，闪开了蒋爷的这一刀，然后两个人交手。此时柳爷也蹿上来了，两个人围住了喜凤。

真难为她，一口刀遮前挡后，究属不是柳爷、蒋爷的对手。看看天色微明，喜凤一想，天已将亮，难以逃走。又想姐姐大概凶多吉少，不料鲁家竟有防范，这个人是谁呢？卖了个破绽，蹿出圈外，直奔垂花门跑。蒋爷就追。女贼蹿出门外，蒋爷到门内，叭一跺脚，打算追将过去。喜凤嗖就是一流星。可巧遇见机灵鬼了，蒋爷早就知道她要发暗器，将身往门旁一躲，流星打出，蒋爷用刀一绕，往怀中一带，咔嘣一声，把绒绳拉折。喜凤吓了个胆裂魂飞，撒腿就跑。柳青往下就追。

蒋爷返身回来，先看了看鲁员外，来到跟前一瞧，见他闭目合睛，哼哼不止。蒋爷把他搀起来了。鲁员外负着痛,眼前一阵发黑,又觉口中发甜,“哇”,就是一口鲜血吐将出来。蒋爷喊叫他们的家人:“快来人呀!”这才有人出来,众人一路乱喊叫拿贼。蒋爷说:“你们不用嚷,有人拿贼。把你们老爷搀在屋中,我去给你们拿贼。”

蒋爷可就去追柳青了。工夫虽然不算大,竟不知他们往那方去了?忽然听见东边有犬吠的声音,就往正东追赶。追来追去,瞧见前边有点影色。尽力一追,就追在一处了。喜凤实无法了,往家中就跑。由西边墙儿进去,柳爷跟将进去。蒋爷说:“小心点!”柳爷见蒋爷一来,胆子更壮起来了。女贼进了自家院子,把嘴一捏,一声呼哨,嚷道:“风紧。”忽然间打上房屋中出来一人,手提着一口刀,迎将上来,挡住柳青。蒋爷也就上来,男女四人交手。闪电手说:“好生大胆,黉夜入宅,是合字么?”蒋爷说:“鹰爪。”范天保就知道大事不好了。自己问了一声合字,问的是贼不是?蒋爷说鹰爪,是办案的官人。每是贼遇官人,自来就惧怕三分。范天保要准知道蒋爷和柳青两个人,还不至于十分的害怕。料着要是官人,绝不能就是两个,必有他们伙计。一来天色已然大亮,想走恐怕有点费事。自己一想,三十六招,走为上策。告诉他妻子说:“扯滑!”喜凤也说:“扯滑。”蒋爷追喜凤,柳爷追范天保。

出了他们的院子,不敢由平地跑,遇有住户人家的地方,蹿着房,越着墙,打算要逃窜保命。自己跑着,回头一看,柳爷是紧紧的追赶,死也不放。看看红日东升,见前边白茫茫一带是水。柳爷一看,蒋四爷不在,暗暗地着急。自己一想又不会水,他必然奔水去。这一奔水,白白将他放走,岂不可惜!追着就有些泄了劲了,可又不能不追。追到河边,见范天保也是顺着河沿直跑。心中暗一忖度,莫不成他也不会水?也许有之的,要是他不会水,那可是活该了。自己一高兴,把足下平生之力施展出来,紧紧一跟着,死也不放。果然他不奔着水走。柳爷就得了主意了。

忽然打芦苇当中出来一只小船。他高声嚷道:“那只小船,快把我渡过去吧!后边有人追我哪。快快,把我渡过去!”柳青嚷叫!“别渡他!千万可别渡!他是个贼,我们这里正拿他呢!”范天保说:

“我是个好人,他是个歹人;他抢了我的东西去,他还要结果我的性命!”船家也并不理论,冲着前来。离码头不远,范天保蹭一个箭步,就蹿上船去。柳爷干着急,又嚷说:“船家可千万别渡他!要渡他,连你都是一例同罪。”船家说:“我们为的是钱,不管什么贼不贼的。只要有钱给,我们就渡他。”柳爷也就没了主意了,站在岸上发怔。

见那只船到河心,不走了。船家说:“有句俗言,你可知道,船家不打过河钱,拿船钱来。”范天保说:“船钱是有,到那边还能短的下你的?你只管把我渡过去,短不下你的船钱。”船家说:“你不给钱,我把你渡回去。”范天保说:“可别渡我回去。到了那边,我要没有钱,把我这衣服都给你,难道还不值吗?”船户说:“你这等等。”放下竹篙进了船舱。少刻出来说:“怪不得岸上有人说你是贼呢!过河你都不给钱。到了那边,你准把我们杀了,你自己一跑。活该,这可是到了你的地方了。大概你久已有案,你不定害过多少人呢!我打发了你吧。”见船家一抬腿,一兜范天保的腿,扑通一声,范天保就躺在船上。船家并没费事,打腰间取出一根绳子来。原来进船舱就是取绳子去了。这范天保也不急忙的起来与船家交手。船家不慌不忙,把他捆了个四马倒攒蹄,拿起他的刀来要杀。天保苦苦的央求。柳爷看了个挺真,高声嚷道:“船家你别杀他,把他给我吧!我把他交在当官,也省得你杀他,也给本地圆案。”船家说:“我不管那些事,你若是要他,你替他给我船钱。”柳青说:“你太小气了。我不但给你钱,还要给你银子呢!”船家往回就撑船,柳爷在码头等着。船临切近,柳爷上船,见船家拿竹篙一点,嗤的一声,这就出去了多远。柳爷说:“你往哪里去?”船户并不答言,将船直往西撑。柳爷说:“你是要怎么着哇?”只跟船家说话,范天保把柳爷连节骨揝住,往怀里一带。柳爷不提防,扑通一声,摔倒船头。就用那根绳子把柳爷四马倒攒蹄捆上。柳爷方知中他们计了。

原来这个船家,是范天保的族弟,叫范天佑。皆因他生了一脑袋的黄头发,本是个水贼,也不是海岛中的江洋大盗。冲着他这个头发,外号人称他金毛海犬。就在这里安着个摆渡,遇着有倒运的,或早或晚,也作些零星散碎的买卖。不能糊口,又好吃喝嫖赌,无所不为,常常净找范天保去。范天保来的财也不正,到是常周济他兄弟。今日自己一想无处可跑,就直奔这道河来了。看看快到芦苇之处,范天佑早就看见。这作贼的两只眼睛鸾铃相仿,早已瞧见范天保叫人追赶。故此把船撑出来了,把他哥哥接上船来。虽然高声地说话,却低声地调侃儿。这个叫作舍身诓骗。不然,怎么说拿绳子捆,并没费事;他也没起来与船家较量,就老老实实地叫捆上了。其实他爬在船头,把手脚凑在一处,拿手举着绳头,并没系扣,净等着把柳爷诓下来好拿他。果然真把柳爷诓上去了。船家直撑船,柳爷和船家说话。就是那根绳子预备捆柳青的,把柳爷拉倒,范天保把柳爷四马倒攒蹄捆上。

范天佑这才问范天保,是怎么个情由,叫他追的这般光景。范天保就将大狼儿叫鲁士杰打了,喜鸾怎么去的,喜凤怎么找的,鲁家有防备,叫人追下来,从头至尾,把话学说了一遍。

范天佑不听则可,一听气往上一壮,说:“我大嫂嫂准叫他们祸害了。先拿他给我大嫂嫂抵偿!”说毕,就将柳爷的刀拿起来要杀。范天保说:“兄弟,略等片刻。问问他你嫂嫂的下落再杀。我问你是何人?”柳爷说:“我也不必隐瞒。我姓柳名青,人称白面判官,你妻子如今被捉,现在鲁家。你要肯放了我,我去为你妻子讲情,两罢干戈。你若不肯,就速求一死。”天佑说:“谁听你这一套。”摆刀就杀,嘣的一声,红光崩现。

若问柳爷生死如何,且听下回分解。

第一百六回　娃娃谷柳青寻师母　婆婆店蒋平遇胡七

诗曰：

年年垂钓鬓如银，爱此江山胜富春。

歌舞丛中征战里，渔翁都是过来人。

且说柳爷还想着说出喜鸾的事情来，打算人家把他放了。那知道天佑非杀了他不可。刚一举刀，谁知有人在天佑的腿上嘣的就是一刀，哎哟一声，扑通掉在水中去了。呼隆的一声，蒋爷一扶船板，就着往上一跃身躯，冲着天保嗖的一声，刀就砍下来了。范天保瞅着打水中蹿上一个人来，对着天佑砍去，天佑掉下水去。再看蒋爷已蹿上了船，迎面用刀砍来，天保一歪身，也就沉落水中去了。

蒋爷这才过来，把刀放下，给柳青解绳子，说："柳贤弟受惊，你怎么到船上了？"柳爷把他自己事说了一番，就问："四哥，你从何处而来？你要不来，我命休矣！"蒋爷说："我追那个妇人来着。我看着你们往这里来了，走到此处，却瞧不见你们。我也顾不得追那个女的了。后来我看见你在船上，叫人家把你捆上。我有心下水，又怕叫他们瞧见。我打那边蹿下水去，慢慢到了这，我贴着船帮上来，给了那厮一刀。便宜那两个东西吧。我有心要追他们去，你在船上，比不得旱地，怕你吃了他们苦子。"柳爷说："别追他们，这三面朝水，一面朝天的地方，我可是真怕。"说毕，蒋爷撑船，仍然又回码头。下了船，蒋爷把身上的水拧了一拧，也就不管那只船飘在何处，听他自去吧。两个人回奔鲁家，看看的临近，有鲁府上家人远远的招呼说："我们在这里寻找你老人家哪。你老人家怎么落了这么一身水？"蒋爷把自己的事，细说了一遍。到了鲁员外家中，来至庭房。鲁爷先拿出衣服来叫蒋爷换上，不合身躯，衣服太长，先将就而已。打脸水献茶，吩咐摆酒。

酒过三巡，鲁员外与蒋爷讲论这个女贼怎么个办法。蒋爷教了鲁爷一套主意，先摆布她。把地方找来，叫他们把女贼押解送到当官，然后自己亲身到衙署，把她告将下来，必要拿人，索性到她家中，先把她儿子连家人一并拿住，以为见证。左近地面既有无头案，这赃证必在他的家中。只要找着一个人头，这算行了。你要不行，我替你去办。鲁员外说："四弟稍在我这里住三五日。我要办不了的时节，四弟还得帮着处理。"蒋爷点头。比及找了地方的伙计，约了乡长，找了里长，派人去拿了大狼儿，拿了几个家人送到当官。说到此处，就不再重叙了。

县官堂审讯，派人下来抄家。后院搜出六个人头。家宅作为抄产，抄出来的物件入库。六个人头传报苦主前来识认。重刑拷问喜鸾。重责大狼儿八十板，一夹棍全招了。质对她母亲。喜鸾无法，全推在闪电手范天保、喜凤身上。叫他们画供，大狼儿、喜鸾暂为待质，出签票赏限期捉拿范天保、喜凤，连拿范天佑，待等拿获之时，一并按例治罪。家人雇工人氏，当堂责罚。鲁员外拿女寇有功，暂且回家。后来本县县太爷赏赐鲁家一块匾额，上题"急公好义"四个字。本县留鲁员外住了一宿，次日回家。

鲁员外见蒋爷一一告明此事。蒋爷说："还有要事，意欲告辞，我又放心不下。"鲁员外说："所为何事放心不下？"蒋爷说："我们走后，怕范天保去而复转。"鲁员外说："四弟公事在身，我这里自有主意。多派家下人晚间打更，晚间叫你侄子跟着我那里睡觉。若有动静，我把他叫将起来。"蒋爷说："等着我们襄阳之事办完，我再把我这个徒弟带去。"员外说："我是难为四弟一件事，这孩子可是不好教哇！"蒋爷说："我能教，交给我吧，你别管。"用完早饭，告辞起身。鲁员外送路仪，蒋爷再三不受。连徒弟都送将出来，就此作别。蒋爷向鲁员外打听，哪里是奔武昌府的道路，哪里是奔娃娃谷的道路，鲁员外一一指告明白。傻小子与蒋、柳二位又磕了一路头，这才分手。

蒋、柳二位，直奔娃娃谷来了。路上无话。至娃娃谷，直至甘婆店。柳爷一瞅，果然墙上写着甘婆店三个字。蒋爷说："走哇。"柳爷说："不可，你先把我师母找出来，我才进去呢。"蒋爷说："老柳，你这个人性实在少有。你师母开的店，你还拘泥不进去。瞧我叫她——

亲家呀，小亲家子！”随说随往里走，随叫小亲家子。柳青瞧了个挺真，打旁边来了个人，拿着长把条帚在那里扫地。听着蒋爷叫小亲家子，未免得无明火起。把条帚冲上，拿着那个帚把，望着蒋爷后脊背就是一打帚把。亏了蒋爷是个大行家，听见后脊背叭一声，往旁边一闪身，一低头，嗖嗖的就是几条帚把儿，蒋爷左右闪躲。柳爷说：“该！幸亏我没进去。”蒋爷连连地说：“等等打，我有话说。”看那人的样儿，青衣小帽，四十多岁，是个买卖人的打扮，气得脸面焦黄，仍是追着蒋爷打。他一下也没打着。蒋爷这里紧说：“别打了。”那人终是有气。蒋爷窜出院子来了，问道：“因为何故打我？”那人说：“你反来问我！你是野人哪！”蒋爷说：“你才是野人呢！”那人说：“你不是野人，为什么跑到我们院子里撒野来！”蒋爷说：“怎么上你们院内撒野？”那人说：“你认的我们是谁？跑到我们院子里叫小亲家子！”蒋爷说：“谁的院子？你再说。”那人说：“我们的院子，这算你们的院子？”蒋爷说：“谁的院子，你们的院子？凭什么是你们的院子？”那人说：“你们亲家姓什么？”蒋爷说：“我们亲家姓甘。”那人说：“姓甘，姓甘的是你们亲家？姓甘的早不在这住了。我们住着就是我们的地方。你不是上我们这撒野吗？”蒋爷说：“你说的可到有理！无奈可有一件，你们搬将过来，为什么不贴房帖？再说，你是个爷们，什么还写甘婆店！”那人说：“我们刚过来拾掇房子哪，还没有用灰将它抹上呢。”蒋爷说：“也有我们这一说。就不会先拿点青灰把它涂抹了吗？倒是嘴强争一半，没有理倒有了理了。”那人气的只是乱颤。

柳爷实瞧不过眼了，过来一劝说：“这位尊兄不用理他，他是个疯子。”连连给那人作揖。那人终是气的乱颤，说：“他又不是孩子，过于狡诈。”柳爷说：“瞧我吧。我还有件事跟你打听打听。到底这个姓甘的，是搬家了？”那人说：“实是搬了家了。”柳青说：“请问你老人家，他们搬在什么年在？”那人说：“那我可是不知。”柳爷复返又给他行礼，深深一躬到地说：“和你老人家讨教、讨教，实不相瞒，那是我的师母。我找了几年的工夫，也没找着。你老人家要知道，行一个方便。”那人说：“我要是知晓，我绝不能不告诉你。我是实系不知。”柳青听说不知，那可也就无法了，又问了问：“她们因为何故搬家，尊公可知?”那人说:“那我倒知晓。因为她们在这住着闹鬼。本来就是母女二人,胆子小,也是有的。”柳爷暗道:“她们娘两个胆小,没有胆大之人了!”柳爷说:“尊公贵姓?”那人说:“我姓胡,行七。”那人也并没有问柳爷的姓氏。柳爷与他拱了拱手,同蒋四爷起身。胡七瞅着蒋四爷,终是愤愤不乐,也就进门去了。

柳爷见不着师母,心中也是难过。蒋爷见不着甘妈妈,心中也是不乐,又闹了一肚子气。正走之间,遇见一位老者,蒋爷过去一躬到地说:“请问你老人家,上武昌府走哪股道路?”那人说:“两股路,别走正东,走正南的道路。看到了水面,一水之隔,就是武昌府。”蒋爷抱拳给人家道劳。那人扬长而去。

柳青接着也告辞。蒋爷说:“你往哪里去?”柳爷说:“彭启拿到了,送到君山是定了,就单等与五爷报仇了。”蒋爷揪着,死也不放说:“那可不行,你一个人情索性作到底。等到把大人找着,给五弟报完仇,我绝不拦你。”柳爷说:“我暂且回去。大人有了下落,我再来。只要去信,我就来。”蒋爷说:“那可不行。”揪住柳爷死也不放。柳爷无法,随到水面。一看人烟甚稠,船只不少。蒋爷说:“哪只船是上武昌府的?”立刻就有人答言。有个老者在那船上说:“我们就是武昌府的船,是搭船哪,是单雇?”蒋爷说:“我们单雇,上去就走。”那人向后舱叫了一声:“小子出来。”忽听后面大吼一声,出来一看,此人凶恶之极。上船到黑水湖,就是杀身之祸。

要知端的,且听下回分解。

第一百七回　蒋泽长误入黑水湖　白面判被捉蟠蛇岭

词曰：

凡事须当仔细，不可过于粗心。
眉来眼去要留神，主意还须拿稳。
莫看甜言蜜语，大半皆是哄人。
入人圈套被人擒，休把机关错认。

且说蒋爷雇船是行家，一问上武昌府的船，自然有顺便的就答言了。船上这位老者出来可和善，这位年轻的可是凶恶，说："二位上武昌府，请上来瞧船。"蒋爷说："我们瞧船干什么？"那人说："船与船不同。这不是那破烂船只，上船就担心。"蒋爷说："到武昌府多少钱吧？"那人说："管饭不管菜，二位，五两银子。"蒋爷说："不多，不多。你们要遇见顶头风，可就贴了；遇见顺风，还剩几个钱。"老者说："原来你是个行家，请上船吧。"柳爷瞅着这个船家发怔，暗暗与蒋爷说："这个船家可不好哇！"蒋爷嗤的一笑说："老柳，你这是多此一举，黑船不敢与他们这船贴帮。你且记：雇船，离码头或上或下，有一两只，此是黑船，万不可雇也。"

二位搭跳板上船，老者问："二位贵姓？"蒋爷说："我姓蒋，这是盟弟，姓柳。船老板贵姓？"老者说："姓李，我叫李洪。"蒋爷说："那个伙计呀，是什么人？"管船的说："那是我侄子，他叫李有能。"遂说道："二位客官，方才已经言明，我们管饭不管菜，趁着此处是个码头，或买肉买酒，快去买。少刻要开船了。"蒋爷说："你们给我们买去。"老者说："咱们这有人。"柳爷把包袱打开，内中有一个银幅子。打开银幅子，哗唧一声，露出许多银子来。也有整的，也有碎的。蒋爷瞪了他一眼，拿了点碎的，叫有能去买。李洪拾掇船上船篷桅绳索。不多一时，有能买了回来。蒋爷说："剩下的钱文，也不用交给我们了。"少刻间，把锚索提将上来，撤了跳板，用篙一点，船往后一倒，顺于水面。这且不提。

单言蒋爷与柳青在舱中说："柳贤弟，你是个精明强干的人，怎么这点事情你会不懂的。"柳青说：什么事？"蒋爷说："水旱路一样，你把银子一露，这就算露了白了。穷人他有个见财起意，今天晚晌睡觉，就得加份小心。"柳爷说："咱们给他那银子不要了，咱们下船吧。"蒋爷说："我是多虑呀！"柳爷说："你是多虑，我是害怕三面朝水，一面朝天。你敢情不怕？咱们下船吧。"蒋爷说："无妨，有我哪。"柳爷说："没事便罢，有事就是我吃苦。"焉知晓他这一回，苦更吃大了。柳爷说："你瞧，他们这是干什么呢？"连蒋爷一瞅，也是一怔。是何缘故呢？他们两个水手，在那里嘀嘀咕咕的，两个人交头接耳，不知议论什么事情。柳青说："咱们这还不下船？"蒋爷说："下船干什么？这两个小厮真个要起不良之意，就是活该他们恶贯满盈了。可怨不上咱们。"柳青说："你看他们，又嘀咕什么呢？"蒋爷一看，果然又在嘀嘀咕咕的。那个年幼的皱眉皱眼，咬牙切齿，意思是一定要这么办。那个老头儿摇头摆手，那意思是不叫他办。蒋爷说："柳贤弟，不怕。有我哪！他们不生别念便罢，他们要生别念头，就有前案，结果他的性命也不算委屈他们。晚晌睡觉，多留点神。"柳青终是不愿意，也是无法。

正走之间，忽然见前面水中生出两座大山，当中类若一个山口相似。再看，好诧异。见那水立时改变了颜色，类若墨汤儿一般。蒋爷一瞅，一怔。叫道："船家，这到了什么所在了？"船家说："这是黑水湖。"蒋爷说："把船靠岸吧。"船家说："什么缘故？"蒋爷说："我们不走黑水湖。"船家说："因为什么不走黑水湖？"蒋爷说："你不用问我们，我们不走黑水湖。黑水湖惯出强人。"船家说："若要是道路不安靖，我们也不敢走。只管放心吧，不像前几年了。"蒋爷说："不管像不像，我们不走。"船家说："已经到了这了，不走不行了。"蒋爷说："你绕远都使得，多走个一天半天的不要紧。"说话之间，已到了黑水湖口了。船家说："二位客官只管放心吧，这就进湖口了。"蒋爷也就不拿这事搁在心上，总是艺高人胆大。柳青也就无法子了。

若论使船，上水橹，下水舵。至黑水湖，抢上水才能进得了湖口。

抢上水是最难橹的，总得有力气。水都归在湖口，往外一流，水力甚猛。摇橹的得一口气摇进去才行。如若在半路力气不加，船就顺下流，又出了湖。所以，抢上水最难。若有能行的，正在二十五六岁的光景，哗哗哗的，尽力抢着上水，往湖口里一摇。

这只小船将进了湖口，就听见东山头呛啷一阵锣响，打上头叭哒叭哒扔下许多软硬拘钩来，搭住了船头。众喽兵一叫号儿，往里就带。蒋柳二位看了个挺真。见这些喽兵，一个个蓬头垢面，衣不遮身，满脸的污泥，漫说靴子，连利落的鞋袜都没有。直是一群气丐花子，三分像人，七分像鬼。

何为叫软硬的拘钩？就是铁拘钩。可是五个，上头挂六尺长的铁链，铁链那边是极长的绒绳，好打山上往下扔。若要瞧见船只进了湖口，他们就用软硬拘钩往下一扔，拘钩尖扎住船板，众喽兵一叫号儿，往近一拉，拉着一跑，直奔东山边去。

蒋爷看着这个景况，早就蹿出舱来。蒋爷懂的这个事情，一出世十四岁，净守着水贼，水面的事情无一不晓，无一不知。他们这船家叫送礼，和贼勾串，每遇载上有钱财的客人，必得要送到他们这里来。水贼作了买卖还分给他们成账。船家又不担不是。蒋爷一生恨透了这些人了。蒋爷往外一蹿，就奔有能去了。有能吓的也不敢摇橹了，被蒋四爷拦腰一抱说："我恨透了你们这种东西了。咱们水里说去吧。"只听扑通一声，两个人俱都坠落水中去了。把后头那搬舵的，吓的是：身不摇自颤；体不热汗流。蒋爷说他们送礼，说屈了他们了，他们也不是贼船。皆因李有能所为的此事，想省二百多里的路程。依着李有能主意，要抢湖穿湖而过。李洪不叫，李洪说："近来湖中走不得，我听见人说，连客人带船带船家都走不了。"李有能说："不怕，到底近二三百里地呢。设若抢过湖口去，岂不省些路程；就是抢不过去，船只也不碍。近来抢湖口的甚多，都没有遇见什么事情。"那老者起初就执意的不叫穿湖，后来才依他说的。他们嘀嘀咕咕的就是为这件事情。进得湖口，搭住船只，李洪焉有不害怕的。柳青一见这个景况，也是害怕。要是在旱路，也就不要紧了。柳爷一瞧，把个使船的抱入湖中去了。自己把衣裳一掖，袖子一挽，亮出刀来。蹿出船舱，刀杀铁链呱啦啦的声音，一丝也克不动，又够不着绒绳。不然怎么说是软硬拘钩呢？硬拘钩净是铁链，多少丈长未免分两太重。要是软拘钩，净是绒绳，遇刀就断。故此用的是软硬拘钩。刀剁铁链剁不动，剁绒绳胳膊够不着。急的柳爷在船上跺脚，骂道："病夫哇，病夫！你可害苦了我了。"见喽兵往东山边上拉着一跑，哗啷一声，那船一歪，在水中一半，在山坡上一半，把柳爷几希乎没摔下水去。

柳爷借力使刀就着往岸上一蹿，这可得了手了。喽兵本来就有几天连饭都没吃，又没有兵器，岂不是甘受其苦。挨着就死，碰着就亡。扔下拘钩，南北乱窜。柳爷追上，就要了他的性命。不多时，打山上跑下一个人来，身高六尺，头挽发髻，没有头巾。身穿破袄破裤，直看不出什么颜色来。足下的靴子绑着布烂的像钱串，面赛地皮。拿着一口刀，饿的连说话的力气都没有了。柳青也看见他，肺都气炸了，骂道："山贼，过来受死！"那山寇摆刀就剁。觉着眼前一黑，往前一栽，柳爷倒省力就结果了他的性命。

你道这山中为什么这么穷呢？有个缘故。常说一将无谋，累死千军；一帅无谋，挫丧万师。山中大寨主是个浑人，众人跟着他受累。若论此人，身高丈一，臂力过人，使一双三棱青铜节肘刺，天真烂漫，人事不通，名叫吴源，外号人称闹湖蛟。他不晓得绿林的规矩，把船家伤了。

论说水贼不伤船家，旱贼不伤驮夫，这才是规矩。他一伤船家，船家要一通信，他就没有买卖了。饿了几天，连寨主皆是一体。好容易报有船到。喽兵下去，又报扎手。叫四寨主聂凯出去，又报聂凯被杀。吴源亲身出来到湖。此湖叫黑水湖，岭叫蟠蛇岭。吴源下了蟠蛇岭。柳青一见山贼来得凶恶，摆刀迎头一剁。吴源看见，一闪身，一脚就把柳青踢倒。吩咐喽兵连船家一并绑上，将他们煮了，大家饱食一顿。

若问柳青生死如何，且听下回分解。

第一百八回　蟠蛇岭要煮柳员外　柴货厂捉拿李有能

词曰：

自古英雄受困，后来自有救星。
人到难处想宾朋，方信交友有用。
当时救人性命，一世难忘恩情。
衔环结草志偏诚，也是前生造定。

且说柳爷活该，运气有限，遇到黑水湖现在这种饿贼，半合未走，叫人踢了个跟头，叫喽兵连船家一并捆上，要大煮活人。柳爷暗暗的净恨蒋平，要不是病夫，怎么也到不了这里。人活百岁终须死，大丈夫生而何欢，死而何惧？真个要叫人煮死，作了什么无法的事了？自己出世的时节，在绿林日子不久，也没作过伤天理的事。至刻下，到了冬令，舍棉袄，舍粥饭。再说修桥、铺路、建塔、盖庙宇，绝不吝啬银钱。为的是以赎前愆，怎么落了这么一个结果？山贼叫人将柳爷搭上山去，抱柴烧火煮他，还有的说："把他的衣裳脱下来，给大寨主穿。"此刻也不知道蒋四爷哪里去了？

焉知蒋四爷把水手抱下水去，一翻一滚的出了黑水湖口。蒋爷一撒手，那水手打算要往起一翻，哪知道在水里头更不是蒋爷的对手。蒋爷顺着后脊背往上一伸手，把他脖子一捏，要把他浸在水底。右手闭住了自己的面门，怕水手一回手把他抓住。那水手头颅朝下闭着嘴，死也不肯张口。一张嘴，那水就灌到肚子里来了，非淹死不可。蒋爷真有招儿，左手捏住了脖子，右手用力一勾水手的肋条，水手一难受，一张口，水就灌进去了。这一下就把他灌了八成死，才把他提溜上来。解他的带子，把他四马倒攒蹄捆上。将他放在阻坡的地方，脑袋冲下，自来他哇哇的往外吐水。蒋爷就知道他死不了啦。遂喊叫地方，就听见那里远远的有人答言说："来了，来了。"看看临近，蒋爷一看此人身量不高，四旬开外，说："你就是此处地方？"回答："正是。"蒋爷说："你们这里什么地名？"回答说："叫柴货厂。"蒋爷说："你叫什么名字？"地方说："我叫李二愣。"蒋爷说："我们雇船上武昌府，船家与贼人勾串，把我们送进黑水湖来。还有个朋友此时尚不知道生死呢！我把个船家在水中拿住，大概久已有案。你把他先送到当官。"地方说："你在哪里将他拿住的？"蒋爷说："在水中拿住的。"地方说："在水中拿住的我管不着。"蒋爷说："你管不着连你一同送下来。"地方一听，吓了一跳，就知道蒋四爷口气不小，必有点势力。回道："你老人家先别动气，我们这是差使。水有水地方，旱有旱地方。各有专责，谁不错当谁的差使。"蒋爷说："我偏叫你送。"地方说："你老贵姓？"蒋爷说："姓蒋，名平，字泽长，外号人称翻江鼠，御前带刀水旱四品护卫。"地方爬下就磕头说："原来是蒋四大人，你拿过花蝴蝶。"蒋爷说："你怎么知道？"地方又说："还有北侠，二义士爷，龙滔，夜行子冯七。"蒋爷说："你怎么知道？"地方说："那我可全知道。"蒋爷说："你怎么知道的？"地方又说："实不相瞒，我实实告诉你老说吧。"

"四老爷！我们这里到了夏天，搬出张桌子来，在柳阴之下，说这个拿花蝴蝶：你老怎么相面，怎么叫他们识破了机关，怎么你老挨打，北侠同二义士爷来，大众群贼怎么甘拜下风，你老在水内怎么拿的花蝴蝶，说的热闹着哪。"蒋爷问："谁说的？"地方说："是你的一个朋友。"蒋爷问："我哪个朋友？"地方说："庄致和。"蒋爷说："庄先生他这时在哪哟？"地方说："就在这北边胡家店。"蒋爷说："伙计，你把庄先生找着，你说我在这呢！"地方说："西边就是我的屋子，四爷到我家去吧。"地方就要扛着水手，蒋爷说："我扛着他吧。"遂扛将起来，地方头前引路。到了他那房前，也没院墙，共是两间。开钩搭启帘进去，蒋爷把水手往地下一摔，扑通摔在地下。正在黄昏之时，地方点上灯。蒋爷说："你找去吧，可叫庄先生给我带衣服来。"

地方去不多时，就听外边咳嗽一声，说："原来是蒋四老爷贵驾光临。"启帘进来，就要行大礼。蒋爷把他搀住说："庄先生不可。"庄致和问："四老爷一向差使可好？"蒋爷说："托福，托福。"庄致和说："恩公先换上衣服，有什么话然后再说。"蒋爷脱湿的换干的。这个庄致和，可就是《三侠五义》上，二义士大夫居与他会酒钞的那个庄致和。白日会的酒钞，晚间救的他外甥女。不然怎么见蒋爷以恩公呼之。湿衣服地方应着给烘干。庄致和说："此处不是讲话之所，咱们上店里去说话。"蒋爷点头。把地方叫过来，蒋爷在他耳边，如此恁般、恁般如此说了一遍。地方连连点头。庄致和说："走哇，咱们上店里去。"蒋爷一同起身，出了屋子，直奔胡家店。

走着路，庄致和说："四老爷到这有什么事？"蒋爷就把以往从前说了一遍。庄致和说："这位姓柳的，在黑水湖哪？"蒋爷说："这个时候不出来，还怕他凶多吉少哪。"庄致和说："不怕，你这个朋友活着更好。要是死了，报仇准行。"蒋爷说："哟，这个仇怎么个报法呀？"庄致和说："我们亲家是十八庄村连庄会的会头。"蒋爷说："你们什么亲家？"庄致和说："我这话提起来长。我姐姐死了，我姐夫也死了，我那个甥女韩二，恩公救的那个，也出了阁了。给的就是这个开店的胡从善之子，名叫胡成。如今跟前都有一个小女儿了。"蒋爷听着，赞叹说："真是光阴荏苒。"庄致和说："我再告诉恩公说吧，我们这个胡亲家，店中没人写账，把我找来与他写账。他的地亩甚多，我帮着他照料照料地亩。后来商量着，我们亲家给我说了一门家眷，我也不想着回原籍作买卖了。我如今跟前有了个小女儿，整整的两生日，三岁了。"蒋爷一听，连连点头说："人有什么意思，长江后浪催前浪，一辈新人赶旧人。"随说着就到了胡家店门首了。

早有胡掌柜的出来迎接。旁边点着灯火，见面之时，有庄致和给两下一见。胡掌柜要行大礼。蒋爷赶紧把他拦住，携手揽腕，往里一让，来在柜房落座，献茶。蒋爷打听了打听买卖发财，掌柜的说："岂敢。"胡掌柜问了蒋爷的差使，吩咐摆酒。蒋爷说："来此就要讨扰。"蒋四爷上坐，庄先生相陪，胡掌柜的坐在主位。酒过三巡，然后谈话。胡掌柜问："听说四老爷的朋友怎么还在黑水湖中哪？"蒋爷就把上武昌的话，船家怎么送礼，细说了一遍。

掌柜的说："我们这叫柴货厂，共有十八个村子，地方极其宽大。买卖住户甚多，烧锅、当铺、估衣店都有，黑水湖中的贼，先前常出来借粮。我们外头被害不少。后来我们十八个村子，立了个连庄大会。

按着地亩住外拿钱，制买刀枪器械。他们出来，就和他们拼命。”蒋爷问：“他们出来没有？”回答：“出来过。连和他们打了三仗，把他们杀败了三回。再也不敢出来了。”蒋爷说：“他们怎么那么穷？”店东说：“他们把船主伤透了，是船家都不敢走黑水湖。二者他们不敢出黑水湖，一出来我们这里就打他们。单行人出来，不打。净有上咱们这买东西的，两下里公公平平的，咱们也不欺负他们。他们也不敢发横，故此他们山中，连衣食都没有了。我到庙上撞起钟来，约十八庄的会头，有你老人家挑哨，咱们大家进去要你老这个朋友。给了便罢，要是不给，就和他讲武见，直把他平了。”蒋爷说：“不可，不可。掌柜的有这番美意，足感盛情。只有一件，倘若交手，刀枪上无眼，伤损一条性命，我担架不住。”胡从善说：“无妨，我们这里立下了规矩。与贼交手，要是废了命，看家里有多少口人，或有儿或无儿，有兄弟没兄弟，父母在不在，按条例给抚养，死多少人也不怕。”蒋爷说：“不行，你们是本村，我是外人。论私，伤一条命，我担架不起；论官，更不应例了。有一件事，求求掌柜的就得了。”胡从善问：“什么事？”蒋爷说：“你给预备一匹好马，找个年轻力壮二十多岁的人，我写封信，叫他连夜奔武昌府，能人全在武昌府呢。”胡从善说：“在武昌哪个地方？”蒋爷说：“在颜按院那里呢。”胡从善说：“颜按院，在哪里？”蒋爷说：“在武昌府。”胡从善哈哈大笑说：“好一个在武昌府，随蒋四老爷吩咐吧。在武昌府更好。”

蒋爷说：“等等，这里头有事，我听出来了。怎么个情由，你告诉我吧。”胡从善说：“四老爷不告诉我实话，我们就告诉四老爷实话？”蒋爷说：“大人丢了，你必知道下落。”胡从善说：“这就是了。叫什么人盗去知不知道？”蒋四爷说：“知道，叫沈中元盗去。”胡从善说：“知道他盗去哪？”蒋爷说：“可不知道盗到哪去，你必知道情由。”胡从善说：“沈中元有姑母在娃娃谷开甘婆店，母女娘儿两个，忽然间店中闹鬼，急卖房子。我兄弟胡从喜贪便宜，要买她这房子。自己银子不够，叫我给他添几十两银子。我不叫他买，咱们不与妇女办事。若是她有男子出来写字才办呢。后来她说有男子，有她娘家的内侄，姓沈，叫沈中元。他出来写的字，我们才把这事办了。我兄弟把这房子买过去。”蒋爷心中说：“他也不必言语了。”

蒋爷随问：“后来怎么样呢？”胡掌柜的说：“原只写字的这么一面之交。前日晚间，有三更多天了，忽然外面有人叫门住店。咱们这里说，没有房屋，全住满了。那人说，与掌柜的相好。问他姓甚名谁，回答叫沈中元。你们把门开开吧，实没地方，我们在院子里头待一夜都行了。我们车上有女眷，夜深不好往前走了。谁叫掌柜的有交情呢。伙计可就和我商量，本没交情，若要见面，店钱不好要了。我没见他，就叫他住了西跨院三间西房，不但店钱饭钱给了，还给了许多的酒钱。这都不要紧，我晚晌取夜壶去，可把我吓糊涂了。正是姑母娘两个口角分争呢。他就说起来了，车上拉着大人，他要住在豹花岭。他姑母不叫，说他表妹给了人家了，人家知道，就不要了。始终还是在夹峰山住了一夜。如今上长沙府朱家庄朱文、朱德那里去了。我过去一摸大人，正在车上躺着哪。夜壶没顾得拿。官人要在我店内把他拿住，我也就剐了。好容易盼到五更天，他才起了身，我方放心。”蒋爷一听大人有了下落，欢喜非常，忽然想一起条妙计。

不知什么主意，且听下回分解。

第一百九回　地方寻找庄致和　店中初会胡从善

诗曰：

人生如梦春复秋，半是欢娱半是愁。
入画云烟空着相，穿梭日月快如流。
才看少妇夸红粉，又见儿童叹白头。
惟有及时行善好，莫教作恶枉遗羞。

且说蒋四爷听了胡掌柜的一套言语，不意之中，得着大人的下落。老柳虽然生死未定，大人要紧。仍然还与店中掌柜的借笔砚写书信，求胡掌柜的找一匹马，找一个年轻之人上武昌府送信。书不可重叙。

这时已经天亮，撤去残席。打上脸水，烹上茶来。忽听外头一阵大乱。外头伙计赶紧往里头跑，说："掌柜的，大事不好了！有人扰闹咱们的饭铺。他们几个人进门要吃东西，咱们刚挑出幌子去，他们就要菜蔬。回答没得哪。他们说先要酒饮，刚把酒给他们端上去，又要咸菜。也不坐下，走动着饮。左要右要，一连要了五六遍了。他们也有醉了的，他把伙计抓住说，还没有饮呢，怎么就打这个马虎眼哪！"掌柜的一听，气的肺都炸了，说："我出去。"蒋爷一拦："不可。人非圣贤，谁能无过。也许你们错了，也许他们错了。"伙计说："我们不能错，这是早晨头一次卖酒，那能伙计们错了呢？每天晚晌，酒壶上架子，酒壶底朝上，壶嘴朝下，里头一点酒也没有。打架子上拿下壶来，头一次打酒。他说是个空壶。"蒋爷说："这个不用打架，问短了，比打短了强。"伙计说："怎么问呢？"蒋爷说："我教的你们个法子：拿一根筷子，撕一块纸，沾在筷子头上，往酒壶底上一戳。纸要湿了，就是他们错记；要不湿，就是拿的空壶，是你们的差错。知错认错，是好朋友。"伙计一听说："这个是好主意。"往外就跑。

待了半天的工夫，伙计带着满脸血痕进来了。蒋爷说："你这是怎么了?"那人说:"这伙人不说理。"蒋爷说:"我那个主意没使吗?"伙计说:"使了,不但是纸湿了,壶里还可倒出酒来。那人便恼羞成怒,给了我个嘴巴,这血,是我在墙上撞破的。前头可不好,大伙要拆这铺子哪,还算有一个上年岁的好,在那里劝解呢。"蒋爷说:"待我出去看看,什么人欺负到咱们这里了?"掌柜的说:"我去,咱们一同前往。"店中还有好些个伙计,都捋胳膊挽袖子。

原来他们店外头有个饭铺,前头有门面,里头卖饭座,这半边通着店里。叫伙计带着路,伙计高兴,暗暗欢喜,净掌柜的还是不行,有翻江鼠蒋四老爷在这里,这可不怕他们了。大家跟随出来,单有一个带路的说:"往这门来。"蒋爷还未到门口,就听见骂骂咧咧。伙计有好事爱打架的,紧紧跟着蒋四爷,想着见面就是打。赶他见着,也真作脸,瞧见人家,就给人家跪下了。伙计们也泄了劲了。闹了半天,原来不是别人,是钻天鼠大义士卢大爷,穿山鼠徐庆,大汉龙滔、姚猛、史云、胡烈。这几个人由夹峰山起身,走柴货厂。也打算着穿湖而过。打半夜里听着徐庆的主意,就起了身了。走在此处,又饥又渴,要吃的又没有。这几个人,除了卢爷那一个人,都不说理。到了这饮酒,他们记错了,拿了人家个错,硬说人家拿上来的是空壶。对着伙计,又拿着筷子往壶里一蘸,纸条全湿,更恼羞成怒了,伸手就打,把伙计头也撞破了,桌子也翻过了。史云抱着柱子要拔,把椅子也摔碎了,过去要拆人家铺子。那个要拉家伙,才被卢爷拦住。蒋爷一瞧是他们,说:"自家,自家,别动手!"蒋爷给卢爷行礼,又给三爷行礼。然后他们过来,给蒋爷行礼。史云过去,给四爷磕头。

蒋爷一瞧,胡烈也在其内。蒋爷说:"你是个充军人,你怎么也来了?"胡烈与蒋爷磕头,把自己的事说了一遍。蒋爷一翻眼睛,想了一想,此人有这番好处,正在用人之际,只好留下他。回头就引胡掌柜、庄致和,与他们大家全见了一见。掌柜的说:"此处不是讲话之所,先到柜房说话。"伙计们带伤的,算甘受其苦了。

大众来到柜房落座,献茶。蒋爷说:"你们几位来的凑巧。"就把自己的事情,说了一番;又把黑水湖柳爷的事,提了一提;还说有件喜事。卢爷问:"什么喜事?"蒋爷说:"大人有了下落了。"徐庆说:"早知道了。你还知道的晚了呢!”蒋爷说:“三哥你们怎么知道?”卢爷就把他们一路上夹峰山的各种事情,细说了一遍。蒋爷这才知道:北侠、智化等迎请大人去了;在豹花岭亏了胡烈救了他们性命;把云中鹤也请出来。蒋爷说:“这下可好了。有人请大人去了,咱们大家去救老柳去。”卢爷说:“那是总得去的。老柳是咱们请出来的,设若有性命之忧,对不起侄男弟妇。”胡掌柜说:“你们几位吩咐吧,要有用着我的地方,兵刃器械这里都有。”蒋爷说:“非兄台还不行哪!”

正说之间,忽然打外面绑进两个人来。地方那里吩咐,叫给四大人跪下。蒋爷一瞧,原来是那船家:一个李洪,一个李有能。他们见了蒋四老爷,苦苦求饶说:“我们有眼如阇,实不知道是大人。我们身该万死。”蒋爷说:“可恨你们与山贼勾串,不知害过有多少人!从实说来,饶恕于你。”李洪说:“回禀大人,我们要是与山贼勾串,为什么山贼要把我们煮了?”蒋爷说:“你们在船上嘀咕的是什么?”李洪说:“这不是我侄在这?所怨的是他,贪图着少走路程,一定要走黑水湖。我再三拦他,他不听。我这条性命,几乎没丧在他手内。”蒋爷翻眼想了想,这个情理一点不错,随说:“我们那个朋友呢,生死怎样?”李洪说:“如今作了大王了,若不是他老人家,我还不能得逃活命。这可是他叫我出来揽买卖进黑水湖。不但不伤我们的人口船只,要抢了坐船的客人,还分给我们二成账。焉知道我刚一出黑水湖,假要雇船的人就将我诓下来,问明白了我们姓名,把我绑起来。”原来蒋四爷同着庄致和往这里来的时节,与地方说了几句话,就是这个言语。叫地方找伙计在水面那里看着,如要打黑水湖里面出来船只,问明白了,只要是李洪就绑了他,故此才将他拿到。

蒋爷说:“这也是柳贤弟的主意,他必然知道我在外头,咱们就给他个计上加计。”庄致和说:“何为叫计上加计?”

蒋爷说:“胡掌柜的,你给我们找两只船来。我们这有一只,一共三只船。你叫你们十八村连庄会聚点子人来,叫他们在外头嚷助我们一臂之力。给我借口刀来,给我预备十几条口袋,里头装上虚拢物件放在船头,作为是米面。他们山上没吃的,见了米面,必来劫夺。再叫李洪说,载进米面客来了。他必信以为真,那就好办了。”李洪点头。胡掌柜的说:“我这就去约会人,拿刀,预备口袋去。”蒋爷说:“就手给借几身买卖人的衣服来。”胡从善说:“有的是衣服。我一齐办去。”徐庆说:“这么点事,还用费那么大事。咱们大家上山还不行!”蒋爷说:“三哥,你就别管了。”胡从善去不多时,就把衣服取来,船只也到,人也约会了,刀也拿来,口袋也装在船上。把那些买卖人的衣服披在身上,把李洪、李有能解开放了,叫他们拾掇船只去。李有能的衣服,一日一夜,自己也就干了。蒋爷衣服也干,换上自己衣服,大家出来上船。有许多人,胡掌柜的都给见了。这就是十八村的会头。见黑水湖外,压山探海一片,俱是十八庄的人在那里嚷哪。大家上了船只,直奔黑水湖。

本离黑水湖不远,紧摇橹。头一只船将进黑水湖口,李洪嚷:“山上大王听真,现今有米面客人进了黑水湖口了。”东山头立即一阵锣鸣,把软硬拘钩扔将下来,搭住船只,往里就拉。那两只船,也不用拘钩搭,自己就进来了,直奔东山坡。头一只船一到,二只三只一齐全到。船上人把衣服一甩,全都拉刀,扑通扑通跳下船来。喀嚓磕嚓乱砍喽兵。喽兵东西乱窜,早就报上山去。依着徐庆,要往山上追,蒋爷把他拦住。

不多一时,就听见蟠蛇岭上,如同半空中打了个霹雳相似。山王大众,三分像人,七分像鬼。卢爷头一个蹿上去,摆刀就砍。吴源用双刺往外一崩,当啷一声,震的卢爷单臂疼痛,手心发烫,撒手扔刀。吴源单刺一跟,只听见崩的一声,鲜血直蹿。

若问卢爷生死,且听下回分解。

第一百一十回 定计装扮米面客 故意假作山大王

词曰：

几见花开花谢，频惊云去云来。
误人最是酒色财，气更将人弄坏。
看破红尘世界，快快回转头来。
一心积善却非呆，乐得心无挂碍。

且说柳爷怎么会作了大寨主？总论命不当绝。寨主本已将他连船家捆好，搭在分赃庭里头，叫喽兵坐锅，就要煮了。寨主说："你我三四天的工夫，什么也没吃。今天连喽兵，大家虽不能饱餐一顿，也到底吃点东西。"喽兵大家欢喜，抱柴烧火。柳爷倒不恨寨主，恨的是蒋平。大声嚷骂："病夫泽长，我就是把你告到阎王殿前，我这条命断送在你手里了！"喽兵过来，将要动手。听屋中有家寨主说道："且慢动手，我听着像是熟人的声音。"那人蹿将出来，柳爷一看，就知道死不了啦。

此人是谁呢？原来是邓彪，外号人称分水兽。就是前套《三侠五义》里劫江夺鱼的那人。展南侠比剑、联姻之后，他把茉花村的鱼夺了；大官人来与他辩理，他给大官人一叉。丁二爷在后头把他拿住了，交给卢员外；卢爷拿自己的名片子，交松江府把他充了军了。他去不到半年，逃跑回家，走到凤阳府，病在招商店中，看看待死，银钱衣服一概尽行没有了，人家店中问他有个亲人没有？要是离此不远，店中给送信，倒是有人瞧看瞧看。邓彪说："我这里倒有个人，不定他照应我不照应我？"店中问："姓什么吧？我们听听。"邓彪说："五柳沟姓柳，柴行的经纪头。"店中说："你认得柳员外？"邓彪说："我不认得就说了吗？"店中说："你只要见面，认得他就行。那个人挥金似土，仗义疏财。"店中送信，柳员外亲身来到，请大夫，还店账，雇人服侍他的病，直等到病好，还给了几十两银子的路费。他受了柳员外的活命之恩。嗣后到了黑水湖，遇见闹湖蛟吴源，混水泥鳅聂宽，浪里虾聂凯，他们就凑在一处了。吴源大寨主，他二寨主，聂宽三寨主，聂凯四寨主。如今听见是柳员外的声音，他这个活命之恩怎能不报？邓彪过来亲解其缚，搀起来，纳头便拜。柳爷把他搀住，说："因为何故，在此山中？"邓彪就把已往从前之事，细述了一遍。

邓彪把大家请到聚议分赃庭，与吴源一见。又与聂宽见。聂宽过来，给柳爷磕头。柳爷赶紧扶住。吴源一问邓彪与柳爷什么交情？邓彪就将前者怎么救自己活命之恩，说了一遍。又提柳爷也是绿林的人。夸奖柳爷什么本领。与吴源一商量，就请柳爷为大寨主。柳爷不肯，邓彪说："柳员外不用推脱了，你救这些个生灵吧。"柳爷说："此话从何说起？"邓彪说："我们这一山的俱是浑人，连一个认识字的都没有。你老人家是足智多谋，只要调动着这山上有吃有穿的，岂不是救了这一山的性命。"吴源揪着柳爷按于上位说："柳大哥大寨主，我们大家参拜你。"柳爷说："要叫我为大寨主不难，可着山上喽兵，连众寨主都得听号令。如要违者，立斩。我要为了大寨主，总得叫这山上丰衣足食，论秤分金，论斗分银，也不枉作了这场寨主。"吴源问道："我们俱是个浑人，我先打听打听怎么叫这山上丰衣足食？"柳青说："妙法多极了。像你们这是给山王现眼呢。"吴源一笑说："来，把船家杀了，请新寨主。"柳青说："使不得，就这一件事，你们就错大发了。水路上作买卖，万不可伤船家。伤了船家，使船的与使船的俱都通气，大家一传言，就全不敢走这了。一不走这，就断绝了买卖了。一断绝买卖，大家岂不就苦了吗？"吴源说："怎样办法？"柳青说："解开船家，带上来。"船家上来跪下，柳青说："你别害怕，明天放你下山。只管去揽买卖，揽进买卖来分给你们二成账。"船家千恩万谢，天光一亮，就下山去了。柳爷明知蒋四爷在外头那里，释放船家，分明是叫他与蒋四爷送信。

忽然第二天，喽兵进来报道："启禀众位寨主得知，前边来了三只大船。船上头放着许多口袋，大概是米面。"吴源说："这是新寨主的造化。"柳爷说："出去细细查看，快些回报。"又进来一名喽兵报说："前者放的船家，渡进来了米面客人。"分水兽邓彪说："这是新寨主哇,饭进来了。”

柳爷一摆手,那个还未能出去,又进来一个报说:“启禀众位得知,那些个米面客人是假扮的。客人甩了他们那衣服,杀了我们伙计好几个人。要杀上山来哪!寨主早作准备才好。”柳爷说:“吴贤弟,把那些人俱都给我拿上山来。”吴源答应得令,就摘他这一对青铜刺,喽兵早已退出,吴源也就随后绕蟠蛇岭而下。见大众高矮不等,头一个就是钻天鼠卢方,他紫面长髯,摆刀就砍。怎么卢爷先过来呢?皆因卢爷见山贼过于凶猛,一丈一二的身躯,赤着背,穿着破裤子,赤着足,形如鬼怪一般。卢爷的刀一到,就叫青铜刺往外一磕,刀就拿不住了,当啷一声,刀被磕飞。青铜刺往上一跟,卢爷就闭了眼啦,知道躲闪不开。噗哧一声,红光崩现。吴源大吼了一声,如巨雷一般。那位说了,多一半是卢方死了。卢方要是一死,《续小五义》里渔樵猎三枪一刀破铜网,是什么人去?

那么,噗哧一声,红光崩现,是谁呢?是吴源受了伤啦!皆因是卢爷刀一飞,大伙一怔。倒是浑人手快,飞錾大将军一飞錾,正中吴源右肩头之上。吴源也真皮糙肉厚,大吼了一声,将左手那柄青铜刺往右肋下一夹,伸手把右肩头那錾子拔将出来,抛弃于地,用手按了一按,那血也就不流了。吴源重新又把那柄青铜刺一提。徐庆蹿将过来,劈山式刀往下就杀。吴源用双刺搭十字架,往上一接刀,当啷一声,用双刺的钩儿一咬。徐三爷的刀背,用力往下一压,刀被人家锁住了。他往回里一抽,力气不敌吴源,拉不回来,就知道不好。吴源用力往上一崩,徐三爷也就撒了手了,一个前步蹿开。吴源不追,怕的是又受飞錾。

龙滔过去,三刀夹一腿,倒把吴源的气壮上来了,手忙脚乱。三刀一腿,吴源直没见过这招儿,一赌气,双刺一挂,当啷,龙滔舒手扔刀,转头就跑。

姚猛过来,仍是不先动手打人,双手举着长把铁锤,净等人家兵器到他才还手。吴源瞅见姚猛,就像半截黑塔相仿。瞧着他又不上来动手,在那里等着,是什么缘故?等了会子,姚猛急了,说:“大小子,还不过来受死!”吴源只得过来,用双刺往上一点,是个虚招儿。

姚猛那里懂得，用锤往外一磕。人家把双刺往回里一抽，复又一扎。蒋爷在旁边瞅着，一闭眼，就知道姚猛没有命了。焉知姚猛造化不小。锤虽则一空，总是他胆大眼快，见吴源刺又到，一着急，急中生巧，使了个来回，往前一抡，可就抡到刺上了。当啷一声，吴源就觉出锤沉力猛来了。吴源说："黑大汉，我真爱惜你，不忍断送你这条性命。依我相劝，你降了寨主吧，不然就悔之晚矣了。"姚猛说："放你娘的屁！"又一交手，吴源使了个丹凤朝阳架式，把那柄刺搁在姚猛的脖子上，可把大众真吓着了，把姚猛也吓着了。吴源说："饶你不死，降不降？"姚猛一哈腰，蹿开说："再来，小子！"吴源说："你这厮太不识时务！寨主爷饶了你，你知道不知道？"说毕，往上要蹿。胡烈、史云直不敢上去。

蒋爷蹭一个箭步，蹿将上去。本是借的一口刀，分量尺寸全不合式。他叫姚猛下去，用手中刀一指吴源说："山寇，我看你堂堂一表人才，为什么作山寇？你若弃暗投明，我保你上大宋为官，岂不光前裕后，显亲扬名！"山贼一哈腰，这才瞧见了蒋平。一瞅，哈哈的大笑说："你也口出狂言！你是什么人，通上名来，我先听听。"蒋爷说："姓蒋名平，字泽长，小小外号叫翻江鼠。"山寇一听，说："哎呀，你就是翻江鼠蒋平吗？"蒋爷说："不错，大丈夫行不更名，坐不改姓。"山寇说："好，蒋平，正是寻找你，这些日子怎么也没找着。今日你可想走不能了！父兄之仇，不共戴天。"蒋爷说："你先等等动手。你姓甚名谁？咱们两个人素不相识，怎么会有父兄之仇？"回答道："我姓吴，我叫吴源，外号人称闹湖蛟。我哥哥坐镇洪泽湖，人称镇湖蛟吴泽。辖管天下水中的绿林，叫你结果了性命。各处寻你，今天才相逢，可是冤家路窄，非生食了你的心肝，绝不独生于世。"语言未了，一个箭步，蹿将过来，使了个孤雁出群的架式。蒋爷明知与他走个三合两合的，绝不是他的对手。不如与他水中较量。

蒋爷见吴源一蹿过来，自己抽身就跑，说道："贼人，要讲较量，咱们是水中较量。我看看你水中的本领如何？"吴源说："你是翻江鼠，我正要会会你水中的本领如何？"蒋爷一听，就有点暗暗吃惊。他要和他哥哥本领一样，我就非死不可。是什么缘故？原来在洪泽湖遇吴泽的时节，蒋爷不是他的对手，多亏苗九锡父子助力。苗九锡之子名叫苗正旺，外号人称玉面小龙神。到下套《小五义》五打朝天岭的时节，非此人不行。这是后话，暂且不提。

且说蒋四爷到了水面，哧的一声扎入水中去了。呼隆往上一翻。再瞧吴源也就到了湖边，往下一纵，呼隆往上一翻，踹水法露出上身，双手一顺三棱刺，一踹水，哧的一声，就奔了蒋四爷来了。蒋爷一个坐水法，往水底下一沉，睁开二目，看着吴源。心中暗道："看他能睁眼睛不能？他要在水中能睁眼视物，我占八成得死。他在水中不能睁眼视物，我就可以结果他的性命。"蒋爷把一双小眼圆睁，瞅着山贼。就见他也使一个坐水法，往下一沉，双手一捧青铜刺，把一双怪眼一翻，在水中找蒋四爷。蒋爷瞅得见他，他原来一翻眼也瞅得见。蒋四爷见他一踹水，直扑奔过来了。蒋四爷不敢与他交手，深知道他那个臂力过猛。只得在水中分水，东冲西撞，一味净是逃命的架式。吴源哪里肯放！蒋爷走在哪里，他追在哪里。蒋爷一想，不敢和他交手，净跑也是无益于事。常言一句说的好：逢强智取，遇弱活擒。忽然想起一个主意来了。

要问是什么主意，且听下回分解。

第一百一十一回　柳青倒取蟠蛇岭　蒋平大战黑水湖

词曰：

世上般般皆盗，何必独怪绿林？
盗名盗节盗金银，心比大盗更狠！
为子偏思盗父，为臣偏要盗君。
人前一派假斯文，不及绿林身份。

且说蒋四爷与吴源水中交战，岸上的胡烈、愣史他们追杀喽兵，把那些饿喽兵追的东西乱窜。大汉龙滔、卢爷、徐三爷捡刀。

败残的喽兵跑上山去，报与众位得知："我家大寨主与那些人交手，把他们兵器俱都磕飞。"柳爷说："聂贤弟下山，把这些人给我拿上山来！"聂宽不敢答言。分水兽邓彪说道："大寨主不知聂贤弟旱路的本领有限，若要捉拿这些人，我愿前往。"柳爷把眉一皱说："靠着米面客人有多大本领！再说吴弟也都把他们的兵器磕飞了，如赤手空拳一样，聂弟还拿不了来？我不愿为寨主，就是这个。难道说我还不如你们的韬略？还是你当大寨主吧，我不管这山上的事了！"说的分水兽邓彪羞的面红过耳，赶紧一躬到地说："从此再也不敢了。"混水泥鳅说："寨主不必动气，待我出去。"随即提了一口刀出去。不然，这个节目怎么叫倒取蟠蛇岭？是柳爷在那里头以为内应。他们在外往里杀，柳爷在里头使招儿，这就为倒取。明知这米面客人是蒋爷，不知道那些人是从何处搬来助拳的？怎么搬来的这么快呢？

混水泥鳅出去的越忙，越死的快当。有一喽兵进来报："聂寨主被他们杀死。"邓彪说："如何？他是陆地本领差，待小弟去与他报仇。"柳青说："不想我一句话，要了聂贤弟的性命。还是我与他报仇。"邓彪也就不敢往下再说了。柳青他那口刀，已然是有人给他搬进来了，如今还是拿着他自己的兵器。邓彪也拿着自己兵器。柳爷问："干什么拿兵器？"邓彪说："跟着寨主爷去。"柳爷说："贤弟，是你与他报仇，还是我与他报仇呢？”邓彪说：“还是寨主与他报仇。兵器我不得不拿。”柳爷说：“这么几个米面客人还值得两个人出去？我也不是说大话，今天索性叫你瞧瞧我这本领。你不用拿刀。”邓彪暗想：“近来寨主怎么这么大脾气呢？”却也无法，受过他活命之恩。只可就不拿兵器。

柳青吩咐一声，齐队下山。那队那能齐呢？只可绕着蟠蛇岭往下一走。到了平川地，就看见众位。分水兽邓彪想不到有陷空岛人，一瞅，类若是胡烈。胡烈叫道：“那不是邓大哥吗？”这句话未曾说完，扑通一声，分水兽就躺在地下了。原来是柳青在前，邓彪在后，走着走着，柳青一回手，就在邓彪的前胸上，使了一个靠山。只听扑通一声，分水兽邓彪就躺在尘埃。柳爷搭胳膊拧腿先把他捆上，纹丝不能动。然后拿刀威吓众喽兵：“来来来，哪个不服，咱们就较量较量！”话言未了，那些喽兵跪倒蟠蛇岭下，苦苦地求饶。柳爷随即开发说：“那边是开封府的老爷们，过去就饶恕你们。”众喽兵过去跪倒尘埃，往上磕头，一齐说：“我们都是安善的良民被他们裹来，不随就杀，贪图性命，不得不从。见众位老爷求施恩就是了。我们都不是当喽兵的。”说毕，大家磕头，直是一群乞丐花子。卢爷瞧着也不忍，说：“便宜尔等，饶恕你们性命。仍是各归防地去吧。少刻，拿着闹湖蛟在分赃庭相见。”

卢爷一瞅，有一个人在旁边跪着。一瞧是胡烈。卢爷明明知道他是给分水兽邓彪讲情，竟不理论于他。过来与柳爷说：“贤弟受惊了。”柳爷过去行礼说：“众位解救我活命之恩……”徐庆说：“自己哥们，哪说的着！”柳爷问：“我们山中那大个呢？”卢爷说：“在湖中与老四交手呢。”又问：“后出来那小的呢？”徐庆说：“叫我宰了。”说的可就是混水泥鳅聂宽。不然，怎么说出去的忙，倒死的快，一见面，就叫徐三爷结果了他的性命。此就不细表，一句话说过去。有话即长，无话则短。

再说柳爷问卢爷：“怎么来的这么巧？”卢爷把自己的事，将长将短，对着柳爷说了一遍。又说：“柳爷在山中怎么脱的活命？”柳爷这才一回手指着分水兽邓彪说：“大爷难道不认的他吗？”卢爷一看说：

"好,他也作了山贼了。今天非要他的性命不可!"柳爷说:"大哥,别要他的性命。要非此人,我焉有命在!你要了他的性命,我不算是负义之人吗?"分水兽说:"大老爷、三老爷,我实出于无奈,才在山上。柳员外知道我的事情,我不敢回家,怕叫老爷们生气。我走在黑水湖,叫他们截上山来。吴源爱惜我,要与我结义为友。明知不是伴,无奈且相随。占住此山,得便之时再想个脱身之计。不料山中清苦,连饭都没有。我劝他早晚之间散伙。可巧柳爷来到。就求大老爷、三老爷格外施恩,饶恕于我。"卢爷旁边还跪一个人呢,可就是胡烈,早在旁边跪着呢。说道:"大老爷、三老爷也知晓,我们两个人是盟兄弟,我二人皆是一招之错。二位老爷既肯恩施格外,饶恕于我。还求二位老爷开天地之恩,饶恕我盟兄。"又有柳爷在旁边苦苦解劝,卢爷这才点头,连徐三爷也说:"饶了他们吧。"柳爷叫胡烈去把邓彪解开,过来与卢爷、徐三爷磕头。徐三爷给邓彪与大众见了见。邓彪又过来给柳爷道劳,又奔到卢爷跟前说:"我家四老爷与贼交手吗?"卢爷说:"正是在水中交手呢。"分水兽说:"我四老爷力气敌不住那个人的臂力。此处现有我与胡烈,何不下水中去帮着四爷。不然,悔之晚矣了。"卢爷说:"不用。你还不知道你四老爷那个水性,还用你们帮着!就在此处歇望吧。"邓彪一听,诺诺而退,静看着水面。

吴源往上一翻,哇呀呀的吼叫。忽又往水中一沉。再看他往水中一扎,哗的一声,那水就是一片血水相似。只见吴源在水中扎下去了。卢爷以为是蒋四爷在水中没有命了。就见吴源再往下一扎,又往上一翻,嘴里头骂骂咧咧,东瞅西看,找不着蒋四爷。复又扎在水内。卢爷也瞧不见蒋四爷上来,以为必是死在水里头了。再见吴源复又上来,吼叫的声音各别。卢爷见他上来,整整的三次。蒋四爷一面未露。再瞧黑水湖如红水一般。你道是什么缘故?蒋爷要死在水中,还是那话,就不用破铜网了。

皆因蒋爷在水中一瞧,贼人的水性甚好,又能在水中睁眼。蒋爷直不敢和他交手。若是叫他拿青铜刺挂住自己,就得撒手。要是再抛了兵器,更不是他的对手了。忽然想起个主意来,就是这么一招儿,行就行咧,不行就完啦。净瞧他这眼力要比自己看的远,就输给他了。要比自己看的近,就赢他了。怎么就会试出他的眼睛远近?蒋爷和他绕弯,围着他绕圆圈,越绕越大。先离七八尺。吴源抱着青铜刺,瞪着两只眼睛看他。他绕在哪里,拿眼光跟在哪里。蒋爷一踹水,哧的一声出去了两丈开外。吴源还瞅着他。蒋爷暗暗的心里着急。若要三丈开外,自己就瞧不见。焉知晓只在两丈四五,吴源就不行了。蒋爷就知道自己能赢了他了。吴源还心中纳闷哪,暗暗道:"你和我绕弯,难道说你还跑得了!你跑到哪里,我老瞧着你往哪里去。"他可忘了:远啦,瞧不见了。他见蒋爷一踹水往南去了,他瞧不见对手。他也踹水往南。蒋爷望着西北去了三丈,往上一翻,他以为蒋爷必是翻上去了。趁着他往上翻的时节,蒋爷一踹水扑奔前去,就打他脚底下往上一钻,抱着刀往上一扎。扎在哪里?噗哧一声,正扎在脚心上。对着山贼往下一蹬水,蒋爷往上又一扎,两下里一凑。蒋爷往回里一抽刀,又一踹水,哧的一声,就是三丈的光景。吴源露出上身,怎么会不嚷呢?又往水中一扎,水面上就是一道子红。吴源到水中仍是不见人。再往上一翻,整整的三次,吴源虽勇,也禁受不住。复又上来,将把身子露出水面。蒋爷的刀冲着肚脐之上,噗哧一声,扎将进去。

要问吴源的生死如何,且听下回分解。

第一百一十二回　闹湖蛟报兄仇废命　小诸葛为己事伸冤

诗曰：

枫叶萧萧芦荻村，绿林豪客夜知闻。

相逢何必相回避，世上如今半是君。

且说蒋四爷屡次扎了吴源几刀，贼人本是一勇之夫，扎了几刀，也就没有多大力气了。蒋爷瞧着赢了，容他上来，自己一踹水，也就上来。刀由吴源肚腹之中扎将进去，噗哧一声，大开膛；哗喇一声，肠肚尽都出来。自己口中含住了刀背，腾出两只手来，夺过吴源手中那一对青铜刺。可叹吴源顺水漂流下来。蒋爷一见吴源就爱上了，可不是爱上他这个人，是爱上他这一对青铜刺，如今得将过来，心满意足。为是好应他这节目：洪泽湖丢刺，黑水湖得刺。岸上众人瞧见，这才放心。

蒋爷到岸，给柳爷道惊。柳爷抱怨了他几句说："我这条命，又几乎没丧在你手里。"

蒋爷直给柳爷赔礼。邓彪过来，与蒋爷磕头。邓彪又把他的事情，述说了一回。蒋爷也不深分里责他。一听黑水湖外，嘈嚷的声音甚众。

原来黑水湖外大家助阵，一片嘈嚷的声音，听不甚真切。蒋爷立刻叫三只船出黑水湖，将十八庄会头，连庄致和俱请将进来。蒋爷把自己身上衣服拧了一拧说："此处不是讲话的所在，咱们上山去。"众人点头。

大家一齐上蟠蛇岭。所有喽兵俱都跪在一处，接候众人。蒋爷说："你们大家俱都不愿当喽兵？"喽兵异口同音说："全不愿意了。"蒋爷说："你们暂且先在此处，事毕，都安置你们一个去处。"喽兵一齐磕头。蒋爷直奔分赃庭，进了屋中一看，一无所有，穷苦之极。蒋爷冲着邓彪说："你们这个寨主，倒作了个丰衣足食。"邓彪说："四老爷别骂人了。”不多一时,喽兵进来报道:“现有柴货厂众位会头老爷们到。”蒋爷说:“请!”不多一时进来。尽是些绅衿富户,买卖读书之人。大家相见,都与蒋四爷道劳。彼此落座。

惟有胡从善、庄致和见蒋四爷身上衣服水淋淋的,心中不忍,叫人取衣服与蒋四爷换上。蒋四爷说:“等等,净我这一身衣服可不行。我要与你们化个缘。从此山贼一没,你们十八庄连庄会一散,历年中打地亩里少抛费多少银钱!我这一次化你们几个钱也不要紧。”大家异口同音说:“行得了。你是作什么用?”蒋四爷说:“你们出去,可着这里的喽兵,多少人,预备多少套衣服、头巾、鞋袜、中衣,免得这一群花子的形象。再说米面、肉腥、菜蔬,够我们吃两天的就得。再给喽兵预备点路费,够他们上岳州的盘缠就得。”众人连连点头,这就去办理。

蒋爷择定了五六人查点喽兵数目,起身出去。蒋爷借的那口刀也叫他们带去。众人出去,仗着此处有的是估衣铺、当铺——前文表过,大家凑兑头巾、衣裳、鞋袜。用船载了米、面、酒、吃食等项。又用船只载了银钱,直进黑水湖。喽兵看见,无不欢喜。大家搬运下去,衣服等项,俱都堆在分赃庭前。先给蒋爷换上,次与邓彪换上,然后大家穿戴起来。也是机灵的先抢新鲜好点的穿上。些微痴傻的,也就落后。落后也是知足的,到底是有衣服有饭吃。分完了,就抱柴烧火,连会头带蒋爷等,俱在分赃庭吃酒,过了整整一天的光景。

次日,可就商量着起身了。

忽然喽兵进来回报:“我们有三个远探伙计如今回来了,老爷们赏给他们衣服不赏?”蒋爷问:“他们也愿意不当喽兵?”喽兵回话:“他们都愿意改邪归正,就求老爷们一并施恩吧。”蒋爷说:“把他们叫进来。”那三个人进来,在当中往上一跪。蒋爷说:“你们是远探的喽兵么?”回答:“正是。”蒋爷说:“探得什么事情?”回答:“没探出别的事情来。就知道大人回武昌府,穿湖而过。”蒋爷说:“哪个大人?”回答是:“颜按院大人。”众人一怔。卢爷问:“老四,这是怎么回事?”蒋爷说:“没有旁的事,必是欧阳哥哥把大人请回来了。”卢爷说:“要是大人在此处经过,可就省了事了。咱们就着见见大人。”蒋爷又问喽兵:“你们打听的准吗?”喽兵说:“准也不大很准,横竖大人回武昌,准是大人吧。”蒋爷说:“你们吃了饭,换上衣裳,带着盘费,倒是打听大人带着什么人,从何而至?为什么缘故?打听明白,再来回话。”喽兵说:“是。”随即出去,换上衣裳,吃了饭,拿上盘费,再去打听。

不多一时,就回来了,又进来报道:“我们打听明白来了。是大人带着公孙先生上武昌府私访,如今归回。有武昌府的知府护送,离黑水湖不远了。看看就要进黑水湖口。”

蒋爷说:“还有什么人?”喽兵说:“并无别人。”

卢爷说:“这又奇怪了?”蒋爷一翻眼说:“啊,是了。我明白了。”卢爷说:“你明白了什么?”蒋爷说:“这个不是公孙先生。”卢爷说:“不是公孙先生是谁呢?”蒋爷说:“这个是沈中元。”卢爷说:“怎么见得是沈中元呢?”蒋爷说:“准是沈中元。这是他和大人说明白了,大人饶了他了。他以为是没了事了。大人饶了他,咱们不饶他,以为硬人情托好了。”卢爷说:“你打算怎么样?”蒋爷说:“少时来了的时节,我先把他扔到水里,涮他一涮。”卢爷说:“小心大人见罪呀!”蒋爷说:“什么罪呀?此时正在用人之际,咱们把他杀了,大人绝不能把咱们杀了。我也不怕他师弟听着恼。他太不是了!枉叫小诸葛了。”柳青说:“你把他杀了,也不与我相干。病夫,你不用混拉扯人。”

蒋爷将分水兽邓彪、胡烈叫来,就把自得来的铜刺每人一柄,附耳低言如此这般,叫他们出去办事。后又把远探喽兵叫过来说:“你们在黑水湖看着,大人一到,疾速报与我知。”复又把那些喽兵的头目叫过来说:“你们查点查点,那软硬拘钩还够数目不够数目?”喽兵说:“回禀四老爷得知,自有富余的。我们伙计不够数目了。”蒋爷说:“怎么不够数目?”回答:“叫老爷们杀了几个,又饿了几天,刚一吃饭,撑坏了几个。”蒋爷说:“他们死去,那尸身怎么样了?”回答:“俱已把他们掩埋在蟠蛇岭下。”蒋爷说:“好。”

胡从善、庄致和说:“大人看看将到,我们怎么样?”蒋爷说:“你们瞧个热闹。有我哥哥他们几位迎接大人,你们瞧瞧涮人的。你们瞧见过涮人的没有？没有瞧见过，这回叫你们瞧瞧吧。”卢爷说：“老四，你可慎重着点。”蒋爷说：“无妨，大哥你瞧热闹吧。”喽兵进来报道：“大人船已到黑水湖口。”蒋爷说：“大家出去迎接大人。”

蒋爷这一料，料的实在是不差。沈中元打从把大人盗将出去，全仗着刘志奇的迷魂药饼儿迷住大人，又卖了娃娃谷的房子，乘三辆车奔长沙府。一辆车是大人，一辆车是他表妹，一辆车是沈中元与他姑母。路过豹花岭，甘妈妈不叫住山贼那里。来到夹峰山，一者玉面猫是师侄，又有家眷，这才在那里住了一晚晌。次日起身，过胡家店还可以，倒是个店口哇。奔长沙府到了朱文、朱德家里，可巧哥两个都没在家。仗着是真有交情，就在朱家住下。甘妈妈说：“再要不把大人唤醒过来，我就要出首了。把你送将下来。”沈中元应着，晚间就把大人还醒过来。甘妈妈这才点头。

到了次日，吃完早饭，在书房里给大人起了迷魂药饼儿，后脊背拍了三巴掌，迎面吹了一口冷气，大人还醒过来了。一看是个书房景象，旁边跪着一人。大人一瞅，一怔。见他翠蓝头巾，蓝袍，丝鸾带，薄底靴子，没有佩着刀，白面无须，五官清秀。大人问：“这位壮士是谁？请起来，有话慢慢讲来。”沈中元跪而不起，说：“罪民身该万死，万死犹轻。有天大的冤屈，无处申诉，夜晚间施展匪计，将大人盗在此处。为鸣罪民不白之冤。见大人天颜，如拨云见日。说明罪民之冤屈，虽死也瞑目。”大人说：“无论你有什么罪名，我一概赦免，有话起来说。”沈中元磕了头起来，旁边一站。

大人叫他坐下，再三不肯。大人问他的姓氏，有什么屈情，慢慢说来。沈中元说：“罪民姓沈，叫沈中元，匪号人称小诸葛。先在王爷府，非是跟着王爷叛反。罪民料着大宋必然派人捉拿王驾千岁，罪民在府中好得他的消息。大人特旨出京，不想白五老爷这么年轻，一时荒疏竟误中他们的诡计，为国捐躯，丧于铜网。罪民只恨无有帮手，那时节，但有一个心腹之人，也就刺杀了王爷，与五老爷报了仇。可巧王爷派邓车行刺，罪民明与他巡风，暗地保护着大人，一者拿住刺客，以作进身之计。不料大人那里，徐、韩二位老爷，把他追将出来，追来追去，不知他的去向了。那时罪民暗地跟随，在旁边嚷道：

'邓大哥,桥底下可藏不住你!'竟有如此者,好几次。罪民明是向着邓车,暗是向着徐、韩二位老爷,又说:'邓大哥,小心人家拿暗器打你。'这才把韩二老爷提醒,用袖箭将他打倒,将他拿住。罪民料着,必要问问罪民泄机的缘故。不想他怕罪民投在大人跟前,说出拿邓车的来历,岂不露出二位老爷无能了吗?罪民实非为功劳,只要与五老爷报了仇,免了罪民与叛逆同党之名,好保住合家,免遭灭门之祸,此就是罪民平生的志愿。不想二位老爷忌妒,不肯引进罪民,得见大人之面。这一来不要紧,耽误了与五老爷报仇之事,可全在徐、韩二位老爷身上。实系无法,不能得见大人天颜,这才夜晚间施展小计,将大人驾请到长沙府。"这就是已往从前之事。

他怎么叫小诸葛呢?直冲着大人心眼。谁要说五老爷这个年岁死的可怜,无非一时的荒疏,坠在铜网之内,大人就把谁喜欢透了;谁要说五老爷情性总是眼空四海,目中无人,他去是自找的,他就把谁恨透了。小诸葛知道大人的心思,所以大人恕了他的罪名,叫他扮公孙先生,知会了长沙府,作为大人巧扮私行,访查恶霸来了。邵邦杰闻知大人现在此处,会同总镇大人,合城文武官员,预备轿马,见大人投递手本,送大人回武昌府。到水路换船,进了黑水湖。喽兵拿拘钩搭船,沈中元出舱。蒋爷把沈中元抱下水去。

若问沈中元生死如何,且听下回分解。

第一百一十三回　众喽兵拨云见日　分水兽弃暗投明

诗曰：

规谏从来属魏征，太宗何竟望昭陵。

自此台观全拆毁，感念高皇不复登。

或有问于余曰：《小五义》一书，纯讲忠孝节义，以忠冠首，大概直言敢谏谓之忠，委曲从事则不谓之忠。余曰：不然。直谏固谓之忠；或有事不便直谏明言，必委曲以寓规谏，终使君心悔悟，顿改前非，此不谏之谏，更有胜于直谏者，不忠直焉能作出此事来。唐时有一魏征，可为证据。

唐太宗贞观十年，皇后长孙氏崩，谥为文德皇后，葬于昭陵。太宗因后有贤德，思念不已。乃于禁苑中起一极高的台观，时常登之，以望昭陵，用释其思念之意。一日，引宰相魏征同登这台观，使他观看昭陵。魏征思太宗此举欠当。他的父皇高祖，葬于献陵，未闻哀慕。今乃思念不已，至于作台观以望之，是厚于后而薄于父也。欲进规谏，不就明言。先故意仔细观看。良久，对曰："臣年老眼目昏花，看不能见。"太宗因指所在，叫魏征看。魏征乃对曰："臣只道陛下思慕太上皇，故作此观，以望献陵。若是皇后的昭陵，早已看见了。"太宗一闻魏征说起父皇，心里感动，不觉泣下。自知举动差错，遂命拆毁此观，不复登焉。

太宗本是英君，事高祖素尽孝道。偶有此一失，赖有直臣魏征婉曲以进善言。太宗即时感悟，改过不吝，真盛德事也。

又唐史上，记太宗时的大臣，只有个魏征能尽忠直谏。太宗也极敬重他。一日，闻魏征所住私宅，只有旁室，没有厅堂。那时正要盖一所小殿，材料已具，遂命撤去与魏征起盖厅堂。只五日就完成了。又以征性好俭朴，复赐以素屏、褥杖几等物，以遂所好尚。征上表称谢。太宗手诏答曰："朕待卿至此，盖为社稷与百姓计，何过谢焉。"

夫以君之于臣，有能听其言行其道，而不能致敬尽礼者，则失之薄；亦有待之厚，礼之隆，而不能谏行言听者，则失之虚；又有赏赐及于匪人，而无益于黎民国家者，则失之滥，而人不以为重矣。今观太宗之所以待魏征者，可谓情与文之兼至，固宜征之尽忠图报，而史书之以为美谈也。

闲言少叙，书归正传。

词曰：

五义皆为好汉，蒋平真是能员。
水里制伏沈中元，莫把病夫错看。
任尔诸葛能算，猛然擒你下船。
腹内满饮山下泉，才显翻江手段。

且说大人到了弃岸登船的时节，坐了三号太平船。知府总镇在第二只船上，文武小官在第三只船上，护送大人的兵丁们，就在旱岸上行走。进黑水湖，谁也想不到贼人有这么大胆子，敢劫夺钦差大人。刚进湖口，就听见呛啷啷一阵锣鸣，叭达达就把软硬拘钩搭住船只，往近里拉。

小诸葛一着急，打官舱里蹿将出来，喝道："好山贼，现有钦差大人在此！"回手就要拉刀，一瞧错了，自己扮的是文人模样，哪里来的刀呢？正一着急，见打船旁呼隆一声，有人由水中蹿出来，如水獭相似把住船沿，把沈中元拦腰一抱，说："咱们两个人，水里说去吧。"大人看了个逼真，是蒋护卫。大人高声嚷道："护卫千万不可与沈壮士无礼！"话言未了，早听见扑通一声，打水漂相似。

原来，蒋爷把人都安置好了。他自己却换了短衣襟，也没拿刀，就到了蟠蛇岭下，看见大人那只三号太平船进了黑水湖口，桅杆上有一面大黄旗子，被风飘摆，行舒行卷。上面是朱书的"钦命"两个字，墨书的"代天巡狩按院大人颜"。蒋爷一吩咐喽兵，他就蹿下水去，容他们拘钩搭住就走。蒋爷蹿上船头，拦腰一抱，就蹿下水去。到了水中，蒋爷把手一撒，沈中元就如坛子灌水，满了为止，净剩下饮水的工夫了。蒋爷把他往肋下一夹，拢住了他的手，踹着水绕过了一个山湾。蒋爷知道把他灌满了，提溜上来。大人也看不见了，有什么话慢慢再和他说。

沈中元水饮的有八成光景,眼前发黑,心似油烹,耳内如同打阵雷的一般。蒋爷解他的丝绦,把他捆上。蒋爷骑马式将他骑上,伸双手打他两肋下往上一拥,哇哇的往外一吐,吐的干干净净。

蒋爷一撒手,把自己身上的水拧了一拧,对着沈中元一蹲,叫道:“武侯诸葛亮卧龙先生!可惜了你这个外号,你怎么配呢!你冤苦了人家卧龙先生了。你怎么配!”沈中元说:“我本不配,是大家抬爱。我早就说过不配。”蒋爷说:“你为我二哥、三哥有一点不到之处,得罪于你,就怀恨在心,你就行了这么一个法子,五条性命几乎没有断送在你手中。一计害三贤就够受的了。你这叫一计害五贤:武昌府的知府池天禄,在他地面上丢个大人,他得死;我二哥,保大人是他的专责,得死;玉墨丢了老爷,得死;两位先生得死。这是立刻得死的,余者沾衔的还不定死多少呢!你挑礼你得挑明白了,那才是英雄呢!再说,我听见我哥哥说你道了姓名,我赶着就上树林找你,沈壮士长,沈壮士短。可也不知你听见哪,也不知你是去远咧,可也不知是成心不理我。你不想想,你把大人盗走了,显显你的能耐,不想我们担的住担不住!你就是把大人说合了,央求得大人点了头。你必是能说呀!你又是王府的人,你必是说能破铜网,能拿王爷。再说我们老五死的怎么苦,你怎么给他报仇。捡着我们大人爱听的说一说,这个就把你赦了。你哪知道大人赦了,蒋四老爷不赦,趁着在这大人瞅不见,我先把你宰了给我二哥报仇。我宰了你,我们大人绝不能把我宰了。”

小诸葛一听,心中说:“我早就算计下这个病鬼不好惹。如今遇上他了,这也无法。”想到此间,双睛一闭,一语不发,就是等死。

正说之间,听见噔噔噔的跑过两个人来,是卢方、徐庆。徐三爷嚷道:“大人有话,老四可千万别杀他。”蒋爷说:“谁说的?”三爷说:“大人。”蒋爷说:“你才实心眼哪,这会大人瞅着吗?他害咱们二哥几乎没死了!他央求了大人,大人饶了他。咱们不能饶他!咱们先把他杀了。我去见大人去,就说你们送信来时,我已经把他杀了。我去上大人那里请罪去!三哥你带着刀呢,是你杀呀,是我杀?”徐三爷说:“我杀。”徐庆他本是个浑人,蒋四爷说什么,他就听什么,摆刀就剁。蒋爷可又把他拦住说:“咱们要杀他,也叫他死的心服口服,别叫他死的不服。——姓沈的,生死路两条:你是要死,你是要活?”沈中元说:“大丈夫生而何欢,死而何惧?”蒋爷说:“你到底是愿意死愿意活?我有意救你。”沈中元说:“我愿意死我还不弃暗投明呢。”蒋爷说:“你要是愿意活,依我个主意,你就活了。”沈中元问:“什么主意?”

蒋爷说:“你见了我二哥,我给你说情,也不枉你弃暗投明。也别管真假,你总是给我们老五报仇,也不辜负你这点好意。就是有一样,知错认错是好朋友。你见了我二哥,给我二哥磕个头,一天云雾全散。打这起谁也别计较谁。我二哥这个脾气,非叫他顺过这口气去。凭爷是谁,说也不行。有这一个头,怎么好,怎么好,赶常了,你就知道了。”沈中元说:“你快些住口!若要给别人磕头还倒罢了。要是给你们五鼠五义磕头,这是我一辈子短处。二义韩彰,他还不到了有人的去处,讦调于我。再说,我无论作了是什么样的官职,也洗不下这个羞惭去了。”四爷说:“什么羞惭!你这个头贵重,我这个头贱。我给你磕一百,你给我二哥磕一个。一百折一个,还不行吗?我可是为息事罢词。打这就给你磕头了!”说毕,蒋爷也真拉的下脸来,就双膝点地。沈中元说:“等着等着,这么磕了,可不算。”蒋爷也就站起来了。沈中元说:“你还捆着我。再说,你这给我磕头,谁瞅见了?我给他磕的时节,是众目之下。怪不得人说你足智多谋,这又是你的主意!”蒋爷噗哧一笑说:“你疑心过大。咱们这么办,等你给我二哥磕的时候,我再给你磕头,你看着,管保行了吧!”沈中元说:“肯那么着吗?”蒋爷说:“来,我先给你解开。君子一言既出,驷马难追。这话以后绝不提了。”

随即给他解开绳子,彼此把身上水拧了拧。蒋爷说:“过来,给你们见过。这是我大哥。这是我们三哥,你是认识的。”徐庆说:“老四,他不给我磕头?”蒋爷说:“凭什么给你磕头?你还应当给人家磕头呢!”徐庆说:“哎哟,我还应当给他磕头!我们两个折了吧。”又见打那边来了人了,一拐山环就到了。这个人说:“千万可别杀沈壮士！叫我送信来了。”

原来是大人船进黑水湖，看见是蒋四爷把沈中元提溜下去了。大人叫蒋护卫，没有拦住，早就下去了。少刻，后头文武官员的船只俱到。船上水手忙成一处，大伙找家伙保护大人要紧。此时由东岸上也有船只到了。大家都上官船找大人的主管回话。大人亲身把守官舱。卢爷大众过去请罪。大人说：“于你们何罪之有？这沈壮士已然赦过他了。卢校尉，徐校尉，千万告诉蒋护卫，可别杀沈壮士。”得大人谕下，船直奔东南去了。

文武官员上船，给大人道惊。大人说：“何惊之有？”复又派人前去，叫本地面武职官追赶上去，千万别杀沈壮士，大人已经赦过了。那人去不多时，同着蒋四爷回来。等那人到时，蒋爷已经把话说好了。蒋爷也应着当众给沈中元磕头。沈中元也应着当众给韩磕头。蒋爷给他解了绑缚，跟这里来的时节，那人也就到了。一提大人说不叫杀沈壮士，蒋爷说：“没有杀。既然有大人谕，我们焉敢杀他。大人谕要下来晚一点，可就不好了。”沈中元心里说：“我就知道他们这五鼠五义里头，这个瘦鬼不好弄。这才叫雨后送伞。”

蒋爷说：“这位老爷贵姓？什么前程？”那人说：“我是守备，姓王，叫殿魁。”蒋爷说：“王老爷。”那人说：“老爷贵姓？”蒋爷说：“姓蒋，名平，字是泽长，排行居四。”那人说：“原来是蒋四老爷。失敬，失敬！”蒋爷说：“岂敢，岂敢！”随说着随走，将一拐这个山环，就看见大人的船只了。那些个喽兵正打船上摘软硬拘钩呢。蒋爷说：“不好！有了刺客了。”忽见打西山头上，嗖的一声，蹿下一个人来，回手拉兵器，准是要行刺。

要问来者是何人，且听下回分解。

第一百一十四回　蒋泽长水灌沈中元　众乡绅奉请颜按院

词曰：

矫若云中白鹤，羡他绝妙飞行。
忽然落下半虚空，能不令人发怔。
宝剑肩头带定，人前念佛一声。
热肠侠骨是英雄，到处人皆钦敬。

且说蒋爷同着那人刚一拐山环，就瞅见半山腰内一个人蹿将下来，蹿在大人船上。蒋爷一嚷刺客，卢爷撒退往前就跑，徐三爷眼快，说："站住吧，大哥，不是外人。"卢爷也就噗哧一笑："可吓着了我了。"敢情是他把大人也吓着了。你瞧，无缘无故，打半悬空中飞下一个人来，银灰九梁巾，道袍、丝绦、鞋皆是银灰颜色，除了袜子是白的；肩背二刃双锋宝剑，面如满月相似，五官清秀，三绺短髯。他回手拉宝剑，念声"无量佛"。大人也不知道老道从何而至，一瞧那意思，不是个行刺的。见他一回手就要拉双锋宝剑，喝说："尔等们这些喽兵，好生大胆！"将摆剑要剁。船舱之中说："道师兄，你且慢，大人现在此处，你要作什么？"赶着出来，双膝点地，给云中鹤魏道爷磕头。

你道云中鹤从何而至？自打夹峰山说明了帮着大众破铜网，定襄阳。回到庙中，把自己应用物件全都带好，将庙中事安置妥当，离了三清观，直奔武昌府。正走到柴货厂，看见湖口里面浩荡荡的大黄旗子飘摆。上写着"钦命""代天巡狩按院……"，山头遮挡，往下就看不见了。自己心中一忖度，必是颜按院大人吧。忽听里面呛啷一阵锣响，意欲奔黑水湖，没有船只又进不去；上黑水湖西边那座山看看，又没有山道。仗着老道常走山路，山头却又不高，把衣裳一掖，袖子一挽，竟自走到上面去了。往下一看，正是喽兵在那里导绒绳哪。东岸上站着好些个人。看又不像山贼的样儿。看那旗子，可不是颜按院大人吗！自己一着急，飞身蹿将下去，念了一声"佛"，拉宝剑要断软硬拘钩。

此时白面判官柳员外打里边出来,说:“给师兄叩头。”魏道爷一问:“师弟因为何故到此?”弟兄约有十七八年没有见面,见面觉着有些凄惨。柳青说明了自己的来历。魏道爷点头。正说话之间,就听见岸上有人叫亲家,原来是穿山鼠徐三爷到。魏道爷一瞧沈中元,水鸡儿一般。还有一个也是水淋淋的衣服,可就是蒋四爷。

大家上船,云中鹤俱一一的单手打稽首,念声无量佛。徐庆同他见蒋四爷。见礼已毕。蒋爷复又给魏道爷行了一个礼说:“我听三哥说,请了魏道爷来,帮着我们大众与我五弟报仇。慢说我们感念道爷的这一番好处,就是死去的我们五弟,在阴曹地府也感念道爷的功德。”徐三爷在旁说:“你瞧你这絮絮叨叨的,也不知是作什么!自己哥们,那用那些个话说。”云中鹤念声无量佛说:“贫道既然点头,敢不尽心竭力。”

沈中元在旁双膝跪倒说:“师兄,你老人家一向可好?小弟沈中元与兄长叩头。”云中鹤念声无量佛,说:“你今年岁数也不小了,比不得二十上下的年纪了,也应当奔奔正途才是。你想想你所为的都是什么事情?我为你们两师弟,远走他方,云游天下,皆因有这个师兄弟的情分。一人增光,大家长脸;一人惭愧,大家惭愧。按说弟兄们廿载光景,未能相逢。弟兄们见面,怎么我就数说你一顿?皆因你作事不周,连劣兄脸上也是无光。”沈中元说:“小弟早有弃暗投明之心,不得其门而入。事到如今,改邪归正,不必兄长惦念了。”

正在他们说话之间,里边传出话来说:“大人有请蒋护卫。”卢爷叫蒋爷换上衣服,蒋爷就进去面见大人。给大人行礼,给大人道惊,在大人跟前请罪。大人又把沈中元的缘由,说了一遍。大人深知蒋爷是伶牙俐齿,派蒋爷与沈中元、韩彰两家解和。蒋爷点头。大人然后又问:“打半山腰中飞下来的那个老道是谁?”徐三爷回话,如何回得明白,向来又不懂得说官话,一张口就不成文:“回禀大人得知,他是我小子,是我儿子的师傅,我们是亲家。”大人瞪了他一眼,话就更说不上来了。又说:“我回话大人听不明白,问我哥哥吧。”他也想着说的不是滋味了,推在卢爷身上。卢爷接过来,这才把始末缘由说了一遍。大人方才听明白。原来老道是沈中元、柳青的师兄。被众人请出来帮着定襄阳，破铜网，与五弟报仇。大人方才看见老道有些道骨仙风的气象，自己一忖度，此人是请出来的，不可慢待。况又是徐校尉的亲家，便立刻吩咐有请魏道爷。魏真进了船舱，与大人行礼。大人赶紧站起身形，抱拳带笑说："魏道爷请坐。"上下一打量，魏真好一番的气象，怎见得，有赞为证：

颜大人，用目瞧。见此人，好相貌。入玄门，当老道。看身材，七尺高。九梁巾，把头皮罩。素带儿，脑后飘。迎面上，有一块无瑕美玉，吐放光毫。穿一件，灰布的袍；系一根，细丝绦，在腰间，来回绕。蝴蝶扣，系得牢；相衬着，灯笼穗儿，被风摆摇。白布袜，腰儿高。银灰的鞋，底儿薄。行不偏，走正道。背后背，无价宝。二刃双锋，是一口利刃吹毛。看先天，根基妙。看后天，栽培得好。地格圆，天庭饱。二眉长，入鬓角。看双睛，神光好。土形正，双腮傲。耳轮厚，福不小。唇似涂朱，还有三绺胡须相配着。这老道，真奇妙。不修仙，不了道，不爱钱，不贪钞。暗隐着威，面带着笑，喜管不平事，专杀土棍豪。每遇那，污吏赃官、奸夫淫妇不肯饶。

大人看毕，暗暗夸奖，叫人与道爷预备一个座位。魏道爷那里肯坐，让至再四，方才落座。与众位打了个稽首，念了一声无量佛。大人说："本院久闻魏道爷之名，方才又听卢校尉等所说，魏道爷肯出来拔刀相助。待等事毕之时，本院奏闻万岁，必然要声明魏道爷之功。"云中鹤说："小道无能，无非听着言讲五老爷死在铜网，被奸王所害，实在凄惨。小道也是一腔不平之气，焉敢称为拔刀相助。众位老爷们前去破铜网，小道有何德何能，不过巡风而已。"大人说："魏道爷不必太谦了。"

正说话间，就见一宗诧事，那船忽悠忽悠直奔东山边而来，把大众吓了一跳。

怎么这船自己走起来了呢？大人问："什么缘故？"蒋爷知道底下有人，转身蹿入水中，才把胡烈、邓彪叫将出来。原来是蒋爷预先叫他们两个，拿着青铜刺，容拘钩搭住船只往里拉的时节，叫他们用刺挂住船底,往里就带。两个人扎在水中,用刺挂船,嗣后,怎么也挂不动了。缘故是拘钩不拉了,两个人如何挂的动?这才用平生之力,慢慢忽悠忽悠的也就奔了东山边了。蒋爷下去,把他们拉上来。到了上面,才能告诉,不可能在水里头说话。蒋爷就把水灌沈中元,大人到了的话,说了一遍。随后带着两个人到了船上,放下青铜刺,与大人叩头。说明了他们的来历,大人收留下来,叫他们跟着当差。

大人又问:“你们大众如何到的此处?”蒋爷就把寻找大人,误入黑水湖,杀了山寇,饶恕了喽兵的话,说了一遍。又说,岸上那些人,都是十八庄的会首。大人说:“既然他们献了些衣服,又预备了吃食,也俱是为国有益的好百姓,应当请来一见。”蒋爷这才下去把那些乡绅们请将上来,俱与大人叩头。大人倒说了些谦虚的言语。那些人请大人上柴货厂暂且歇马,明日起身。大人不肯,众人跪着不起来。大人出了个主意,就在山中聚义庭中住一夜,明日再走。大众只可点头。就此请大人下船,上聚义庭。

众乡绅派人出去治办上等的海味官席几桌。也皆因柴货厂地势宽阔、繁华,要是背乡,也不能这么便当。

蒋爷、沈中元、邓彪、胡烈俱都换上衣服,众喽兵跪接大人。众人到了聚义分赃庭中。晚间由外边厢酒席备到,连知府带总镇大人,文武大小官,以至外边兵丁等,还有蒋四爷等,连众会头带喽兵,大家饱餐一顿。席间,把君山归降大宋,回禀了大人一遍。又把盗彭启假扮阴曹画阵图,回了大人一遍。大人问:“画阵图有些个日子,大概也就画齐备了吧?”蒋爷说:“这日限也不少了,大约也画齐备了。”就此回明大人,把喽兵也打发上君山去,待等襄阳用人之际,再调他们上襄阳。大人也就依着蒋爷的主意。蒋爷叫分水兽邓彪取纸笔墨砚去。分水兽说:“四老爷你怎么又来取笑我们,这哪有纸笔墨砚呢?”这才用知府带来的文案,叫他们预备着。蒋爷亲笔写了书信,封固停妥。一夜晚景不提。

次日清晨,大人打发文武官员,俱都免送,回衙理事。大家一定要送,说至再四,这才不送了。连兵丁们俱都叫他们回去。早饭又是十八庄会头预备。早饭用毕,山中也没有什么物件,喽兵也不用分散。蒋爷仍穿上自己的衣服，带上一对青铜刺，请大人下山。余者众人保护，放火烧山，为的是贼要再来了，没有住处，自然也就存留不住了。顷刻间烈焰飞腾，万道金蛇乱窜。喽兵带着书信、盘费银两，直奔君山，暂且不表。十八庄会头要送大人一程，大人拦住。大人谢了他们。后来大人上京交旨，奏闻万岁。天子一喜，还赐了一块匾额，赞美他们村庄的义气。大家上船，大人在官舱中见火光大作，点头叹息：烧毁房屋，伤害有多少生灵！蒋爷早派听差的前去给武昌府送信。

内中单有柳青要见他师母去。蒋爷不愿意，说："待等破完了铜网，索性你把这一个整人情作完了，再见不迟。"柳爷说："趁着此处离长沙府不远，我去看看。我实在是想我师母。你只管放心，我绝不能半途而废，我不是那样人物。你们先走，随后我奔襄阳，绝不能误事。"这一说，云中鹤也要去，由沈中元带路。蒋爷一想不得，他们师兄弟凑在一处，睡多了梦长。万一不奔襄阳，便把他们怎么样呢？有了，我同着他们一处去就无妨了。就此回明白大人，四位一同起身，奔长沙府。

这一到长沙府，火焚郭家营。且听下回分解。

第一百一十五回　双锤将欺压良善　温员外惧怕凶徒

词曰：

世上豪杰不少，巾帼亦有须眉。
救人急难扶人危，竟出闺阁之内。
不是姻缘匹配，强求必定吃亏。
要擒恶霸将双锤，女中英雄可畏。

且说大人回武昌不表。蒋爷上长沙也不提。

单说是南侠、北侠、双侠、智化、过云雕朋玉直奔长沙府。到了郭家营，过云雕朋玉认得。总是不巧不成书。自从小诸葛沈中元他们走后，本家有事，前文已经表过。王官雷英上长沙府郭家营，聘请双锤将郭宗德。这双锤将可就在长沙府。皆因此人臂力过人，受了襄阳王的聘请了。这人生就的臂力真大，虽不能说有万夫不当之勇，要论这一对双锤，实在是力猛锤沉。可惜他这样的本领，只是一件，叫他妻子误了一世的英名。

这就是那句话，大丈夫难免妻奸子不孝。他娶妻花氏，实在的不是个东西。郭宗德家中一贫如洗，他是个武夫，饭量最大。他交了一个朋友，叫崔德成。这个崔德成家大业大，就是孤身一人，尚未婚娶。皆因花氏不是个东西，那崔德成又有银钱，妇人嫌这宗德又穷，贪图了人家银钱，就把丑事作出来了。崔德成拿着银钱，叫郭宗德作买卖。这个买卖一多了，郭宗德也就作不过来了。又找了领东的开了许多铺户，又拾掇了自己的房舍。前后东西共是四个大院子。后院拾掇的花园子里，盖了一座大楼。花氏起的名字，叫合欢楼。后花园中有些个奇花异草，太湖山石，竹塘等项。家业一大，双锤将的名气也传扬出去了。

双锤将不叫双锤将了，改送了他一个外号，叫了个赖头龟。大人还不好意思叫他，小孩子可不管那个。他在前边走着，小孩子就在后边叫:“咳咳咳,赖头龟哪,上哪去呀,吃了饭了没有?”他瞧了那孩子一眼,也无非是干鼓肚子生气。那孩子更讨人嫌,又说:“赖头龟,你发了财了,你不是上我们家里讨饼子吃的时候了。”这个人一想,再要是孩子凑多了,更不好办了。真是!那些孩子聚在一处,唱起来了:“赖头龟,赖头鼋,丢了人,有了钱。”他要追赶着打他们。他们就跑了。自己一想不是事,不久要跟着王爷打军需去了,又不能携眷;要把家眷搬到襄阳去,又舍不得这片事业。再说崔德成公然就在他们家里住着,也不回崔家庄了。总得想一个法子,怎么把他推出去才好呢。

这天忽然生出一个主意来,把崔德成请到书房内,两个人喝着茶闲谈。赖头龟说:“兄弟,你这不是事。凭你这个家当,这样事业,打这么一辈子光棍,算怎么个事情?圣贤说过:不孝有三,无后为大。非得说一个不行,早晚我给你为媒说一个。”崔德成说:“不要。别辜负了哥哥的心。”郭宗德说:“你为什么不要?”崔德成说:“媒人叫我赶出去的许多。因何缘故?再醮的,不要;非品貌好了,不要,我总不相信媒人的话。”郭宗德说:“难道说这一方就没一个品貌好的么?你要什么样的?”崔德成说:“非得像我嫂嫂那品貌才行。还有一个,不行了。”郭宗德问:“是谁,怎么不行了?只要你看得中意,我就能给你去说。”崔德成说:“那日清明上坟插柳的时节,看见温家庄温员外家有个女儿,温暖玉,称得起美貌双全。我见了她一面,神魂恍惚,直到如今,我总有些个思念。可惜人家是有夫之妇了。”双锤将说:“只要你看着如意,有夫之妇,她也得给咱们。”崔德成说:“她要是给的无能之辈,还有你这一说。他给的是朱家庄朱德家,那如何行得了?”双锤将说:“你只管放心吧。后天咱们就办事,要是不给咱们,还会抢哪。若办妥了,兄弟你在哪办?”崔德成说:“要是妥了,我就在这办。”

赖头龟听了,虽不愿意,也是无法。有句俗言:宁借停丧,不借人成双。无奈可有一件,吃了人家的口软,使了人家的手软。自盖房屋,不敢说不行。崔德成虽说此话,也没有搁在心上。仍然告辞,上合欢楼去了。

双锤将把家人叫将过来,吩咐备办了八盘子花红彩礼,叫人备上马匹,自己换了新衣服穿上,出了房门,乘跨坐骑,带上从人,直奔温家庄。到了温员外门首,双锤将撇镫离鞍下了坐骑。从人前去叫门。里边有人答言:“什么人叫门?”从人说:“开开吧,我们大爷来了。”正是温员外出来开门,一看就是一怔。他知道双锤将是一恶霸,素无来往,到门必没有好事。

温员外只好满脸陪笑,一躬到地。双锤将将要行大礼,说:“老伯在上,侄男有礼。”温员外说:“岂敢,好兄弟,请到寒舍待茶。”说毕,往里一让,厅房落座。温员外问道:“驾临寒舍,有甚贵干?”双锤将说:“侄男闻听老伯有一千金令爱,我有个盟弟,此人大大有名,提起来大约老伯也知道,就是崔家庄崔德成。侄男作个冰人,可称得起是门当户对。”温员外连连摆手说:“辜负贤弟一番美意,我的小女已然许配人家了。”双锤将说:“老儿,你太不知进退!好意前来说亲,你竟自拿这般言语推托我。后天前来迎娶。孩子们,把定礼放下。”温员外把双锤将一拦:“且慢,我的女儿许配朱家庄朱德为妻。倘若不实,小老儿情愿认罚。”双锤将手一抖,温员外扑通摔倒在地。他竟自扬长而去。

温员外放声大哭,皆因是安人已经故去了,就是自己带着女儿度日。女儿已经给了朱德,郭宗德硬下花红彩礼,不从吧,人家势力真大;从了吧,也得朱家答应。

乡村有点事情,街坊邻居尽都知道。早有邻居过来探问。温员外就把始末根由,对着大众说了一遍。众人七言八语,有说打官司的;有说找人打架,打完了和他打官司的。

温员外就依了这个主意。邻居散去,温员外到了后面,把此事对着女儿述说一遍。姑娘是个孝女,跟随天伦,温习儒业,熟读《列女传》,广览圣贤文。口尊天伦:“女儿累及你老人家了。他明天一来,女儿我就速求一死。”温员外说:“女儿先别行拙志,为父去到朱家送信。要是死,也是破着我这一条老命,先与他们拼了。我儿可千万别行拙志。”暖玉说:“孩儿死也不这么死,我还有个主意。”说毕,姑娘痛哭。员外劝解了一番,出来找了邻家二位老太太伴着姑娘,怕小姐行了拙志。

员外复又出来，离了自己门首，直奔朱家庄而来。到了朱家庄上，直奔朱德家中。

家下人等见了老员外来，说："老员外爷，两眼发直，莫非有什么事情哪?"温员外说："祸从天降，请你们大爷来了。"说着话，往里就走。从人说："我们大爷没在家。"员外也并没听见，直奔厅房落座。温员外说："请你们大爷。"从人说："方才禀过员外爷，我们大爷没在家。"员外说："请你们二爷。"从人说："我们二爷也没在家。"那边从人也说："我们大爷、二爷都没有在家。"两边从人异口同音说："没在家。"温员外放声大哭，说道："苍天哪！苍天哪!"从人问道："老员外何故这么恨天怨地?"老员外说："咳，我们闭门家中坐，祸从天上来!"那从人一个个瞅着，纳闷说："老员外到底是什么事情呢?"温员外对着朱家从人，一五一十细说了一遍。

从人说："员外爷来的不巧，前三两天还行呢！有我们大爷、二爷、把兄弟沈大爷在这里的时候，这样的恶霸有一千也拾掇了。"老员外说："怎么这么不巧，你们大爷、二爷到底上哪去了?"从人说："上南乡取租子去了。"老员外说："要给送信，明天晚上回的来，回不来?"从人说："回不来。要是连夜赶骑着快马可行咧!"温员外说："烦劳你们哪位辛苦一趟，总是大爷来才好哪！我们姑老爷尚未过门，说话有点不便。"

正说话之间，见老太太从外边进来。甘妈妈一生是个直率的脾气。皆因朱文、朱德没在家，沈中元保着大人走了，娘两个还在这里住着，静听沈中元的信息，搬在哪里，好奔哪里。忽然听见前边哭哭啼啼。甘妈妈在后窗户那里听着，有听见的，有听不见的，就听见说："硬下花红彩礼，无论怎么样，后天抬人。"听见这两句话，她亲身过来了。进了厅房，从人说："这就是我们这里住的甘老太太到了。"员外问："哪位甘老太太?"从人说："这是我们大爷、二爷、沈大爷的姑母，眼下在我们这住着呢。要不怎么说前几天来好呢。沈大爷是有本事的，要论势力人情，我们这里有按院大人，可惜如今都走了。此时就是给我们大爷送信，也是无益。"温员外也是无法。

此时,甘妈妈进来,员外与甘妈妈行了个礼。甘妈妈与员外道了个万福,让温员外坐下。甘妈妈也就落座,问:“老员外,到底有什么事情?咱们大家议论议论。谁叫我在我们老贤侄这住着呢!”温员外又把自己的事述说了一遍。甘妈妈咳了一声说:“这个事,要是我们侄儿在这就好办了。等等,我给你算计算计。是找我们侄子容易呀,是找本家大爷、二爷容易?我们侄子是上武昌府,本家大爷、二爷是上南乡。”

正说话之间,忽听外面有人声。甘妈妈一回头,听见后窗户那里有人叫说:“妈呀妈,你老人家这里来。”甘妈妈说:“老员外,暂且请坐,我女儿叫我哪。”说毕,转头出来。

温员外仍与从人讲话,说:“你们家大爷、二爷上南乡去,离这有多远哪?”从人说:“远倒不远,一百多里地。大概也就在这一半日回来。凑巧今天兴许回来。”温员外那个意见,就打算给大爷、二爷送信为是。

正说话间,甘妈妈从后面过来,也是皱眉皱眼,甘妈妈也添了烦了。员外说:“甘妈妈请坐。”甘妈妈说:“员外请坐。”从人问:“妈妈到后面作什么去来?”甘妈妈咳了一声说:“员外,方才是我女儿将我叫到后面去了。我女儿一生好管不平之事。她要见着不平事,就要伸手去管。老员外这件事情,她要替你们出气。”员外说:“姑娘小姐,怎么能够替我们出气?”甘妈妈说:“实不相瞒,我养活的娇儿,练了一身本事。明天叫你的女儿躲避躲避,她去替当新人,待下轿之时,亮出刀来,杀他们个干干净净。”员外说:“那可使不得!”话言未了,忽见朱文打外边跑将进来。

此人一来,不知端的如何?且听下回分解。

第一百一十六回　朱文朱德逢恶霸　有侠有义救姑娘

且说姑娘叫过甘妈妈去，同她娘一说，她要替人家暖玉小姐去，暗带短刀一把，下轿之时，杀个干干净净的。妈妈一拦她，不叫她去，她就要行拙志。妈妈也是无法，故此到前面与温员外说这套言语来了。温员外也是为难。甘妈妈也是着急。温员外说："那如何使得！"

忽然朱文慌慌张张，手中拿定打马藤鞭，从外边跑将进来。温员外从人赶着给大爷跪下磕头，说："大爷从哪来？"大爷也不理论那些从人，过来先给温员外行了个礼。从人冲着甘妈妈说："这就是我们家大爷。——大爷，这就是沈大爷的姑母。"朱文过来，与甘妈妈行礼说："姑母，你老人家到得孩儿家中，可巧我们哥儿两个没在家，慢待你老人家。"甘妈妈说："哟，我们在这打扰你们。"

朱文心中有事，不能净自陪着甘妈妈。一回头奔了温员外来。温员外伸手一拉朱文手，放声大哭说："贤戚，我们祸……"那个祸字底下的言语尚未说出，朱文接过来说："你老人家不用说了。侄男从你老人家那里来。听见赶集的说，我赶紧到了你老人家家里。听见隔房两位老太太说，你老人家上我们这里来了。"温员外说："好恶霸，欺我太甚了！"朱文说："老伯自管放心，我这就写呈字，长沙县还不行，我知道长沙县与赖头龟换帖，告他往返徒劳，非长沙府不行。你老人家不必忧心。我们两家较量较量。搬不倒郭宗德，我誓不为人。"甘妈妈说："哟，贤侄且慢。刚才我女儿听见此事，她一定要替她温大姐姐坐这一次轿子，暗藏短刀一把，待等下轿之时，杀他们个干干净净。"朱文连连摆手说："姑母，这件事万万使不得。我这个表妹可许配人家没有？"甘妈妈说："早已许配人家了，还是侠义的门徒。"朱文说："倘若要叫人家那头知晓，姑娘可担了不是了。再说，为我们家的事情，我天胆也不敢，实系担架不住。"甘妈妈也就没法了。

朱文立刻写呈子,说:“老伯暂且在我家听听,我前去递呈子、听信息。”员外点头。朱文本是文秀才,朱德是武秀才。写呈子朱文不费吹灰之力。外头备了两匹马,带着一名从人,直奔长沙府。事逢凑巧,长沙府知府不在衙署,送按院大人去了。一打听,回来的日限不准。这个事又等不得,后天就要抢人,如何等得了。只可转头回来,再作主意。他这无名火是霸道火性,往上一冲,举家性命都顾不得了。

朱文离了长沙府,正走长沙县,到了长沙县衙署的门首。心中一动,想着自己这个事是理直气壮,他们虽然是把兄弟,难道说他们就把这门亲事断与赖头龟不成。再说,我先在他这里递了呈子,他与我办不好此事,我再去府衙门告,也不算是越诉。想毕,就下了坐骑。从人说:“大爷,到这里告他可不好哇!难道说你老人家不知道他们是把兄弟吗?”朱文说:“你知道什么!少说话。”从人也就不敢多言了。所带的呈子,是到知府那里递的呈词,到县衙也就用不着了。

朱文一直扑奔大堂,正对着这位太爷升二堂理事呢。朱文打算要挝鼓,忽见打里边出来两个青衣,刚一见朱文,笑嘻嘻赶奔前来说:“这不是朱相公吗?”朱文点头说:“不错。”青衣说:“很好,倒省了我们的事了。”朱文问:“什么事?”青衣说:“我们太爷派我们去请你老人家去。”朱文说:“好,我正要见见你们老太爷呢。你就给我回禀一声。”当即同着青衣进去。

知县姓吴,名字叫天良。原来双锤将片子早就到了,随着五百银子,托付吴天良买一贼,攀告朱文、朱德是窝主。吴天良暗地里叫官人通知犯罪的贼人,一口将朱文、朱德攀将出来,说他们是窝主,给贼人消赃。暗地办好,知县升二堂,带贼上来审讯。贼人就把朱文、朱德招将出来。叫他画了供。出签票拿朱文、朱德。

官人领签票出去,正遇上了朱文。故此就把他带将进来,面见知县。朱文身施一礼说:“学生朱文,与父母太爷行礼。”知县把公案一拍说:“好个大胆朱文,枉是圣人的门徒,聚贼窝赃。现有人将你供招出来。”当即会同教官,革去了他的秀才,暂将他钉肘收监。朱文在堂口百般叫骂,狗官长,狗官短。知县把耳朵一捂,退堂归后去了。把天良一灭,就得了纹银五百两。这可真是无天良了！外边的从人一瞅主人钉肘收监,自己把马拉过来,骑着一匹,拉着一匹回朱家庄去了。一路无话。到了自己的门前下马,进了院子,往里就走。一直扑奔厅房,正对着温员外在那里等信呢。甘妈妈先瞧见,这从人就把已往从前的事情,对着甘妈妈述说了一遍。温员外一见,还是不行,倒把朱文饶上了。忽然又从外边跑进一个人来说:"大爷在家里没有?"从人说:"怎么件事?"那人说:"可不好了,咱们二爷叫郭宗德诓到他们家里去,收在空房里头了。"众人一听,又是一阵发怔。

原来赖头龟抢人这个事传扬遍了。这朱德刚打南乡回来,也是带着一名从人,他是武夫,好走路。正遇见有人讲论,可巧叫他遇上了。过去一打听,人家说明天瞧抢人的,就叫朱德听见了,又过去细细的一打听,可巧人家不认得朱德,一五一十就把这个事告诉他了。

朱德立刻带着从人,奔郭家营。不用说,见了郭宗德要破口大骂:"好赖头龟！你敢抢二爷没过门的妻子?"刚见着他的从人就气冲冲地说:"你快把赖头龟叫出来!"从人哪里敢怠慢,立刻传话。不多一时,赖头龟出来,满脸陪笑说:"原来是朱贤弟。"朱德大骂说:"你什么东西！你和我呼兄唤弟。"郭宗德说:"兄弟,你今天是带了酒了。不然,我一还言伤了咱们的好交情了。"朱德说:"赖头龟,你要再说和我有交情,我要胡骂了!"赖头龟说:"我就问你一句话,你是怎么了?"朱德说:"你反来问我是怎么了？凭什么在温家庄硬下花红彩礼!"赖头龟说:"你听谁说我在温家庄硬下花红彩礼?"朱德说:"这是人所共知。"赖头龟说:"咱们可千万别受了人家的煽惑呀！你是听谁说的,你把这人拉来咱们对对。不然,咱们一同到温家庄问问此事。再说,温家庄住户人家甚多,把花红彩礼下在什么人家了?"朱德说:"就是温宏,温员外他们家里。"赖头龟说:"这就更好了。你先把气消消,我换上衣服,咱们一同去问问。要果有此事,你要怎么罚我,就怎么罚我。再说温员外家姑娘给了兄弟你,我也知道。放定的时节,我还去道喜去哪。怎么我能行的出那样事来！再说,我也有家小,我还能再娶一个不成。"

朱德被他这一套话说的，自己倒觉着有些个舛错，必是自己没把事情听明白，大略着他也不敢。双锤将说："你先到我家饮碗茶，把气消一消，咱们访听访听，这个话是谁说的。你要饶了这个人，我也是不饶！"往里一让，朱德说："这倒是我莽撞了！亏了是你宽宏量大。不然，咱们得出人命。"郭宗德说："我要与你一般见识，我对得起大哥吗！"

二人往里一走，进了广梁大门。往西一拐，四扇屏风。刚一进去，两边有人蹲着，扯着绳子往起里一站，绊住了朱德的脚面。朱德往起一蹿，跌的更重。从人过来，将他五花大绑。朱德破口大骂说："好小子，暗使阴谋，不敢和你二太爷一刀一枪地较量较量。"双锤将说："朱德，今天把你拿住，为的是叫你瞧着明天，把你这个妻子给我把弟娶来。都叫你瞧着，拜天地，入洞房，合卺交杯。到次日生米做成熟饭，也不要你的性命，把你一放。你们哥们有法尽管使去，或讲文，或讲武，随你们的便。"朱德大骂。赖头龟说："把他嘴塞上。"朱德一急，一抬腿，叭的一声，就把家人踹出多远去，哎哟扑通，爬伏在地，还醒了半天，才缓过这一口气来，几希乎没有死了。郭宗德说："这不得，把他四马攒蹄捆上。"从人把他按倒，口中塞好了物，叫人把他搭在后边，扔在空房子里头。也不用看着，把门锁了。双锤将这里搭棚办事。衙门里信也到了，把朱文收了监了。暂且不表。

单说跟朱德的这个从人，飞也似地往家跑。到了家中，见甘妈妈连温员外带伙伴们，就把二爷的事，对他们述说了一遍。众人目瞪口呆，一点方法无有。温员外净哭。甘妈妈劝解也是无法。只好就按姑娘那个法子去做。除了那个法子，别无主意。

正在束手无策之间，忽然从外边蹭蹭蹭蹿进几个人来。头一个青缎衣巾，黄白脸，细条身材。第二个碧目虬髯，紫衣巾。又两个宝蓝色的衣服，还有个身矬矮小的。五个人倒有四个拉兵器的，往厅房里头就跑。温员外以为是双锤将他们人到了，吓得整个儿掉下椅子来，爬起往桌底下就钻。倒是甘妈妈别瞧是个女流之辈，毕竟开过黑店，胆量不小，说："你们这是哪里来的一伙人哪，清平世界，朗朗乾坤，白昼入人家的宅舍，难道说反了不成！"原来是南侠、北侠、双侠、智化、过云雕朋玉大众前来。

什么事情往里就跑？有个缘故。皆因是众人走着，遇见天气不好，耽误了三两日的光景。看看快到朱家庄，智爷就问明了朋玉，朱文、朱德他们家在进庄第几个门。朋玉告诉明白。到了门首，智爷一扭嘴，使了个眼色，连朋玉也不知是怎么个意见。大家拉兵器，乱往里蹿。原来是智爷怕沈中元得信跑了。故此进来的极速。连朋玉也就跟将进来，直进厅房，并没一点影色。对着甘妈妈一问，朋玉说："这就是那位甘妈妈。"智爷把刀插入鞘中说："亲家，我且问你，你内侄那里去了？快些说将出来，好保你们母女没事。如其不然，连你都大大的不便。"甘妈妈说："你是什么人，管我叫亲家？"智爷说："我不说，大约你也不知。我姓智，单名一个化字，外号人称黑妖狐。这是你们干亲家，这就是北侠。"甘妈妈说："可了不得了，原来是二位亲家到了！二位亲家恕我未能远迎，望乞恕罪。"北侠说："岂敢。"朋玉过来与甘妈妈磕头。因何缘故？他与沈中元是联盟把兄弟，不能不过来磕头。甘妈妈说："你们来的凑巧，我正有点为难事。"智爷说："别的话等等再说。我们是请大人来了。你先说你内侄在哪呢？"甘妈妈说："你们请大人来晚了。大人，我内侄早送回去了。"智爷说："这不是当要的呀！"甘妈妈说："这焉能撒谎。要撒谎，我婆子也担当不住。"智爷细细一问，她就把大人怎么吩咐文武官员，怎么护送的事细述了一遍。

北侠还有些不相信。智爷听着，里边没有什么假潮。甘妈妈又问说："蒋四老爷没来？"智爷说："没来。"甘妈妈说："病鬼可把我冤苦了。今天你们二位亲家，咱们可是初会。一见就不像病鬼他那个诙诙谐谐的。"智爷说："怎么？"甘妈妈说："我倒是和你们打听打听，我们这位姑老爷到底哪个是真正的艾虎？我把自己的女儿给了人，到底不准知哪个是真正姑老爷！"智爷说："你先见的那个不是，后见那个才对呢！你先见的那个是个大姑娘，女扮男装，卧虎沟沙大哥的女儿。"甘妈妈说："等着见了病鬼再说。"智爷说："你没瞧明白你女儿，还是个二房。"甘妈妈说："那可不行。"智爷说："这是人间的大事，有个日期管着，先定的就是头一个。后定的就是二房。先定的就是假艾虎,那是我欧阳哥哥下的定礼。他又拿着那块玉佩,定了你的女儿。你算算谁先谁后。”甘妈妈把脸一沉,一语不发。智爷说:“给你见见,这是展护卫老爷,这是丁二爷。”甘妈妈道了个万福。甘妈妈回头把温员外打桌子底叫了出来,与大家见了礼。甘妈妈把温员外的事也对大众说了一遍。忽见打外头闯进一伙人来,众人一怔。

要问来者是何人,且听下回分解。

第一百一十七回　甘兰娘改扮温小姐　众英雄假作送亲人

词曰：

世事无非是假，谁知弄假成真。
本是沙家女钗裙，巧把兰娘眼混。
自从结为秦晋，无暇着意追寻。
今朝才遇做媒人，能不一一访问。

且说甘妈妈对着南侠、北侠、双侠、智化、过云雕朋玉，一提郭家营的这个恶霸双锤将郭宗德，先前怎么穷，后来大阔，全是崔德成的银钱，怎么硬下花红彩礼，要抢温员外家女儿，这里本家朱文、朱德弟兄两个，一个是收了监了，一个是在郭家营的空房子里头幽囚起来了。

大众一听，头一个就是丁二爷好事，说："这不是要反吗？你告诉我他的门户，我去找他去！"北侠说："你先坐坐，等着我们亲家说完了，咱们大家议论个主意，还能不去吗！"丁二爷这才落座。甘妈妈说："不然，我怎么说你们几位来的真巧呢！"北侠说："智贤弟，你出主意吧。"智化还没有说主意呢，温宏冲着大众双膝点地，说："众位老爷们大驾光临，实在是我小老儿的万幸。"智爷说："老翁你先请起，有话咱们大家计议。"

老头将要起来，忽然闯进几个人来。智爷一拍巴掌说："咳，我的臂膀来了。"又把温员外吓了一跳，原来是云中鹤魏真，小诸葛沈中元，白面判官柳青三个人过来。与甘妈妈磕头说："师母，你老人家一向可好？想死孩儿们了！"甘妈妈见三个人给她磕头，魏真、柳青两人问好。甘妈妈说："你们起去。"就觉着心中一惨，不禁凄然泪下。她想起自己没儿，还有这么两个徒弟，一个内侄。回思旧景，又想起九头狮子甘茂，那样健壮的身体，倒故去了，更觉着心中凄惨。魏真与柳青看着师母有廿载的光景不见，如今相貌透着老了，也觉着凄惨。按说见面，当是一喜，此时倒是悲喜交加。甘妈妈问两个孩儿：“你们在外这几年可好？”两个人异口同音说：“托师母之福，倒也平平。”

蒋四爷单单过来说：“小亲家子，这一向可好？”甘妈妈说：“病鬼别挨骂了。”云中鹤着着实实的瞪了他一眼。甘妈妈说：“今天人们都在此处，咱们三头对案的说一说：病鬼你冤苦了我了。”蒋爷说：“你先等等，我见完礼，有话咱们再说。”蒋爷与大众见礼。先见北侠，然后智爷与他行礼，过云雕朋玉不认识，南侠、北侠给指引，连温员外都见了一见。北侠问蒋四爷见大人的事，蒋四爷就把黑水湖的事，述说一遍。北侠这才放心。

智爷把温家庄的事，如此如此告诉了蒋爷一遍。蒋爷说：“怎么办呢？”甘妈妈说：“病鬼说完了话了没有？”蒋爷说：“完了。”甘妈妈说：“你给说的媒，这是怎么件事？到是哪个是真的，哪个是假的？”蒋爷说：“当着你徒弟在这，我要冤你，对不起你徒弟。”甘妈妈说：“你还不冤我哪，拿大姑娘愣算爷们！”蒋爷说：“是你自己瞧的呀！是我一定叫你给的？你叫我作个媒人，保人。我那时说过，作媒不作保。准有一个艾虎。那就不算冤你。头一件我对得起柳贤弟，对不起人的事我不作。这准对得起你们娘们，怎么如今你倒和我找起后账来了？”北侠说：“你们就不必分争了，大概这也是夙世的姻缘，月下老人配就的，非人力所为。”甘妈妈说：“算了吧，你长肉去吧！咱们管管人家朱家横事，行了吧？”蒋爷说：“那焉有不行之理！智贤弟，你打算怎么办？”甘妈妈说：“还有件事哪，我这个女儿她还要去哪！”就把兰娘儿的话学说了一番。

蒋爷说：“不用姑娘去了，比不得先前没人。这已经有了人了，还叫姑娘出头露面的干什么！”只听见后窗户那边叫：“妈呀妈。”甘妈妈出去不多时，回来说：“方才我女儿把我叫出去，她还是愿意替人家姑娘去这一趟。不叫她去，她就行拙志。不瞒众位老爷们说，我那女儿，养得太娇，这可是怎么好？我和二位亲家商议商议，这事情是怎么办法？我那姑娘太傻，若要是不傻，叫她去她都不去。谁家有姑娘替人家当新人去！她可不是傻是什么！”智爷说：“欧阳哥哥说句话吧。这以后过了门，两口子性情可不差什么。”北侠说：“智贤弟，你出个主意吧。我是艾虎的义父，我不敢出主意。久后一日艾虎要不答应，我担不住。”智爷说：“欧阳哥哥，你可会推干净。”北侠说：“不是推干净，我这义父不敌你这师傅。”蒋爷说：“智贤弟，你为难欧阳哥哥干什么！依我说，你们哥两个，无论谁出个主意，艾虎也不能不答应，这是一。二则若姑娘不会本事，性情还骄傲呢；况说会点本事，脾气更骄傲咧。她有这一身的功夫，大家再保护着，大约也没有什么舛错。不如叫她去就得了。我这可是多说。”智爷说：“去就去吧。”大家点头。甘妈妈也乐了。

蒋爷说：“咱们就把这个主意商量停当。温员外先把他的女儿藏起来。咱们可各有个专责：欧阳哥哥去救人；展大弟等事完上县衙去要人；魏道爷、柳贤弟你们哥俩前后巡风；沈贤弟，你表妹你姑母千斤重担全交给你一个人，瞧着那时事要不顺，就亮刀杀人。咱们有个暗令，击掌为号。亲家你可看着姑娘，别叫她拜天地。作为姑娘的奶母，随随步口，别离开姑娘。再说上轿之时，不叫点灯火，说叫人家瞧了，今天干不好。余者的人，作为送亲的。”蒋爷这么一分派，就把这一件大事派妥当了。温员外先给大众行了一路礼，待等事毕之时，一齐给大众道劳。蒋爷先叫温员外回家，好让姑娘放心。也好叫姑娘拾掇拾掇，明天上亲戚家躲避着去。头天不提。

到次日，北侠、南侠单走，柳青单走。问明白了郭家营的道路，前去上郭宗德家门口踩道。

甘妈妈与兰娘，早有蒋爷分派着，叫朱家的家人雇了二人小轿两乘，送往温家庄。到温家庄停轿，去扶手下轿。温员外迎接出来，一躬到地，往里一让。轿钱外边已经开发了。将到里面，暖玉迎接出来，要行大礼磕头。甘妈妈拦住说：“哎哟，我干女儿。”从此，温暖玉认甘妈妈为干娘，与兰娘儿为干姊妹。让到温小姐的香闺绣户，重新与甘妈妈、兰娘儿行礼。兰娘儿搀住说：“你净磕头也是无益于事。”温员外进来说：“外边轿子到了。”温小姐与甘妈妈、兰娘儿洒泪分别。

小姐去后，外边有人进来说：“沈爷大众到。”甘妈妈出去迎接，让到前厅落座。先献茶,后摆酒。都是甘妈妈张罗。蒋爷说:“亲家,你怎么张罗我们哪,咱们都是帮忙。”甘妈妈随道:“如今本家姑娘我认为干女儿了。”蒋爷说:“应当道个喜儿才是。”不多一时,温员外进来张罗大家酒饭。蒋爷问:“把姑娘送下了?”员外说:“正是。”后面与甘妈妈、兰娘儿预备酒饭。用毕之时,蒋爷叫给找衣服,或买卖人的,或长工的,预备好了,静等第二天晚间使用。暂且不表。

且说的是朱家庄北侠等,分头踩道,到了双锤将家门首。好恶霸,悬灯结彩,听里面刀勺乱响。瞧看明白,几位使了个眼色,归奔朱家庄来。到朱家门口,进了朱家厅房,重新落座。大家议论怎么个办法。云中鹤说:“他这有的是从人,叫从人暗里探望。再说,郭家营离这里不远,打听着哪时有信发轿,咱们大家再去不迟。”果然派从人探望。天到初鼓,从人回来。大家起身,一直扑奔郭家营。到了郭宗德门首北头东墙脚,蹿将出去。北侠、南侠、双侠一直扑奔正西。云中鹤、白面判官扑奔西北。

单提北侠前去救人。也不知朱德现在什么所在,仗着自己是两只夜眼,走到太湖山石,四下观瞧。忽见那边破房子里,有一个灯笼儿一晃,两个人打着灯笼往前去。嘴里头抱抱怨怨地说:“拿住他杀了就得了,何用又给他吃的?再说,明天事完,他出去一准是有事。”那个说:“你知道什么!这叫成心羞辱他。少时拜堂的时节,还提溜出来,叫他瞧着哪。明日赶事毕,把他一放。这人要出去,不能像咱们,出去了苟延岁月还活着。这个人火性是大的,出去就得死。不然,咱们给他什么,为什么连吃都不吃。”随说着,扑奔正南去了。

北侠以为必是在这个屋中。遂击掌。南侠、双侠也到。南侠回手拉七宝刀,把锁头一点,哗啷一声,锁头脱落。把门一开,内中果有一个人在那里,四马倒攒蹄捆着。北侠一看,就知道是朱德。过去解了绳子,把口中塞物拉出来。见朱德爬在地上,一丝儿也不动。丁二爷问:“怎么了?必是受了伤了吧!交手来没交手哇?”朱德摇头。北侠说:“二哥,他这是捆了两天,捆的浑身麻木,搀起来走走就好了。一点别的伤症也没有。”丁二爷说:“我搀起来溜溜他。”北侠说:“没有那个工夫,你背他走吧。”展爷听了这句话,一伸手,把朱德背将起来。拿钞包兜住他的下身，展爷在自己胸前系了一个麻花扣儿。哪怕就是撒手，他也掉不下去。朱德双手又拢住展爷的肩头说："众位恩公！我也都不知道是谁？"展爷说："全上你家去再说吧，此处没有讲话的工夫。"北侠说："二弟走哇。"丁二爷说："我不去了，我在这里瞧热闹哪。"北侠嘱咐："二弟小心着。"竟自出东墙去了，一直奔朱家庄。暂且不表。

单说云中鹤、柳青奔在后面，瞧见有一座高楼，里面灯光闪烁。他们用飞抓百链索搭住了上面，二人导绒绳而上。到了上面，起下了飞抓百链索，直奔西边房屋。到了窗前，用舌尖吐津，把窗棂纸戳了个小孔，往里一看，是一男一女。书中暗交代，男的就是崔德成，女的就是郭宗德之妻。摆着一桌酒席，两个人对面吃酒。男的是文生公子的打扮，女的是妖淫气象。郭宗德之妻说话，惨悲悲的声音说："兄弟，这就好了。今夜洞房花烛，燕尔新婚，这就得了。今晚这酒，是离别酒。从此个月期程，一年半载，还能到为嫂这里来一次不能？"崔德成说："嫂嫂只管放心。要忘了嫂嫂，必遭横殛。"妇人说："你们这男子说话，专能够随机应变，说的时节，实在好听，转过面去，就是两样的心肠。"崔德成说："嫂嫂待我一番的好处，铭刻肺腑，永不敢忘。别看这时，这是我哥哥苦苦相逼，叫我成家办事。挤对的实在无法了，我这才指出温家的姑娘来了。我本是推托的言语，不想他竟作出这么一件事来。"妇人说："轿子是走啦，少时就抬到。既不愿意，早些说明才是。这明明是你在我跟前撒谎。"崔德成说："嫂子，叫你看着，抬到了我也不下去拜堂。"妇人说："你准口能应心吗？"崔德成说："我要是有半句虚言，叫天打雷劈，五雷轰顶。"妇人说："你就是不下去拜堂不行，人已然是搭在家来了。你早有这个心思，对我说明，我也就把肺腑话说出，咱们两个就作个长久的夫妻了。你又不肯说出来，我也就不肯说出来。"崔德成说："咱们这个长久的夫妻，你不用打算，就是朝朝暮暮的在这个楼上，我都放心不下。"花氏说："你这叫多此一举。"崔德成说："多此一举好吧。一下要叫他撞上，那可不是当要的呀！"花氏说："我告诉你说吧，我要没有那个拿手哇，那个乌龟王八小子早就找上咱们门来了。若非有了拿手，他就能这样不闻不问的吗！”崔德成说：“什么拿手哇？拿手，什么拿手也不行！”花氏说：“这个意思，你是怕他？”崔德成说：“我怕他。你先把这个拿手告诉我，我就不怕他了。”花氏说：“我有意要告诉你，怕的是咱们不能长久，这是何苦哪！”崔德成说：“好嫂子，你告诉我，我听听，你要不放心，我对天盟誓！”花氏说：“我要说出这个话来，可有干系呀！他那条命在我手心里捏着哪，我要叫他活，他就活；我要叫他死，他就得死。”崔德成说：“你说说，是什么拿手！”妇人说：“你真要瞧，给你看看。”就见打箱子里头拿出一件东西来，交与崔德成。那厮拿过来一看，说：“可惜，可惜，我要早知道有这物件哪，咱们两个人长久夫妻就准了。”

魏道爷与柳爷听外边一阵大乱，大吹大擂，鼓乐喧天，声如鼎沸。

欲知如何大闹郭家营，且听下回分解。

第一百一十八回　合欢楼叔嫂被杀　郭家营宗德废命

诗曰：

可笑奸淫太不羞，时时同伴合欢楼。
风流哪晓成冤债，花貌空言赋好逑；
梦入巫山终是幻，魂销春色合添愁。
任他百媚千娇态，露水夫妻岂到头！

词曰：

害人即是害己，不外天理人情。
众侠一听气不平，要了恶霸性命。
大家计议已定，分头各自潜行。
一时火起满堂红，烧个干干净净。

且说云中鹤魏真，同着柳爷在楼上，听见奸夫淫妇所说的这套言语，又见有一宗物件就能要他的性命。什么东西这么要紧？也要看看虚实，就见打箱子里头拿出来，是极微小的东西。见崔德成接过去，在灯光之下一瞅，如同珍宝一般。魏真、柳爷俱没有看明白是什么东西，再说，它又是藏着。妇人净乐。此时可就听见外头大吹大擂，必是他们到了。

云中鹤一指，柳爷就把薰香盒掏出来，把堵鼻子的布卷给了云中鹤。两个自己堵上了。两个拿千里火，点着薰香，把铜仙鹤脖拉开，将薰香放在仙鹤的肚内。等到香烟浓了再把仙鹤嘴对准了窗棂纸的窟窿，手把仙鹤的尾巴来回一拉，那烟一条线相仿，直奔了花氏。花氏忽然闻见一股异味清香，就往鼻孔里头一吸。不吸还要躺下哪，何况往里头一吸？说：“兄弟，你闻闻这是什么气味？”崔德成也就一体的闻见，也纳闷说：“这是什么气味？”言还未毕，两个人一齐扑通扑通摔倒在楼上。两个人一倒，柳爷收了薰香盒子，把窗棂推开，进来先拿崔德成看的那东西是什么。魏道爷拿起来一看，说：“无量佛！”

柳爷说:“师兄,那是什么物件?”魏真说:“这可是活该。今日咱们这里,无论杀多少人,是白杀。连地面官都不担疑忌。”

你道这是什么物件?原来就是襄阳王府打发雷英送来的那封信,约他造反。花氏得着这封书信,如同珍宝一般,收藏起来。她与崔德成两个暗地之事,她也知道不定哪时要教郭宗德撞上,就是杀身之祸。并且郭宗德常拿言语点缀花氏,花氏预先就有些个害怕。嗣后由于得了这封书信,花氏常拿言语点缀双锤将,说:“无瑕者可以治人。”郭宗德屡次和她讨这个书信,她不给,故此双锤将也就不敢深分的与他们较量这个事了。如今这书信老道得着了,今天郭家营无论杀多少人,那被杀的就全算是王爷的一党了。

忽听外边杀声阵阵,就知方才有大吹大擂的声音,必然是花轿到了。这时也就该动手了。云中鹤将书信带好说:“师弟杀那个,我杀这个。”果然磕嚓的一声,就把淫妇的性命结果。老道也杀了崔德成。猛一抬头,见窗棂纸照的大亮。知道前边火起。他们这里也拿灯,把可以引火的地方点着。两个人蹿出了楼窗之外。合欢楼一着,楼下的丫鬟、婆子就慌成一处了。

再说前头,娶亲应是新郎官自己亲身迎娶。惟独这个娶亲的事情,各处各乡俗,一处一个规距。到了他们那里,新郎官迎接新人。双锤将打发人,连他自己也请崔德成数十余趟,竟不下楼,说他有点身子不爽,只好由郭宗德替他迎娶。既不是本人,也不能十字披红、双插金花,马上挂了他两柄锤,带了三四十打手,远远瞧着,以防不测。要是没动静,就不叫他们露面。带了四个婆子,跟着轿子到了温家庄。温员外出来迎接。郭宗德下马,与温员外行礼道喜。众亲友彼此的行礼道喜,往里一让。让进厅房落座。温员外故意把事再问:“到底是什么人要娶我的女儿?”双锤将说:“是我的把弟崔德成。”员外说:“今天他不来,是什么缘故?”双锤将说:“皆因今天早晨起来,身体不爽,不能前来迎娶。本当改期,又怕误了今天这个好日子。故此侄男替他迎娶,待等回门之日,再与老伯叩头。”温员外也就点头说:“还有一件事情,今天这个日子,我也瞧了。好可是好,就是不宜掌灯火,少刻上轿之时,我屋里不掌灯火。到了你们那里,洞房里还能不点灯火吗？就是那一盏长命灯。灯火千万不要多，多了与他们无益。”双锤将哪里把这些个事放在心上，也猜疑不到有别的事情。他还说哪，多承老伯的指教。吩咐一声，把轿子抬进来，放后面，请新人上轿。

不多时，婆子慌慌张张跑出来了，说：“大爷，他们这新人上轿的屋里，连个火亮也没有。别是不得吧？”双锤将说：“什么不得呀？”婆子说：“不是个瞎子，就是秃子，不是驼背，定是个瘸子，准是个残废人吧。不然，不能不点灯。”双锤将说：“你们知道什么！少说话，预备去吧。”婆子答应，诺诺而退。不多时，轿子抬出。双锤将告辞，大吹大擂，轿子直奔郭家营。送亲的陆陆续续，大吹大擂，也就跟下来了，其实都是暗藏兵器。来到自己的门首，双锤将下马进了院中。轿子抬将进来，请崔德成拜堂。有从人说：“二爷不拜堂，吩咐新人先入喜房。”蒋爷一听，这下可对了劲了。有用功夫的时候了，更好了。甘妈妈把轿帘打开，仗着盖着盖头，穿着大红的衣服，甘妈妈搀着她，为的是挡着她那个刀，怕人家瞧见。她们直奔喜房。送亲的皆在棚里落座，摆上酒席，大吃大喝。酒过三巡，就划拳行令，都是智爷、蒋爷的主意。智爷装的乡下人，仍像前套书上盗冠的时节，学了一口的河间府话，划拳净叫满堂红。有陪座的客问他：“怎么净叫满堂红？”回答：“你老连满堂红都不知道吗？少刻间，拿着个烛，往席棚上一触，火一起来，就是满堂红。”那人说：“别说这个丧气话。”智爷说：“可有个瞧头。”那人说：“可别教本家听见哪。”智爷说：“听见怕什么！我这就点了。”他冲着喜房一喊：“怎么还不点哪！我这就点哪！”行情的亲友以为他醉了，也不理他。那边蒋爷也嚷上了，说：“点哪，是时候了！点吧！”

喜房里头，打姑娘进了屋子后，甘妈妈就把里间屋帘一放，拉了条板凳迎着门一坐，凭爷是谁也不准进去。姑娘自己把盖头揭了，拉出刀来，绑了绑莲足，蹬了蹬弓鞋，自己拧绢帕把乌云拢住，耳环子摘将下来，刀也往旁一放。只听得婆子和甘妈妈分争说：“我奉我们大爷的命，叫我们伺候新人。你这么横拦着不叫我们见，是怎么件事？”甘妈妈说：“我们姑娘怕生人，让她定定神，然后再见也不晚。

你们还能见不着?”婆子说:“我先进去张罗茶水去。”甘妈妈说:“你要进去,你一个人进去。换替着进去倒可。”婆子说:“我给姑娘张罗茶去。”甘妈妈就把饭凳一撤,帘子一启,那人进去嚷道:“哎哟了!”这个“了”字未说完,就听见噗哧,又跟着扑通一声。甘妈妈知道结果了一个性命。外头的婆子也有听着诧异的,也要进去瞧去。甘妈妈问:“姑娘得了没有?”兰娘儿说:“得了。”这个婆子将要进喜房,甘妈妈一抬脚,踹了婆子一脚,婆子就整个的爬在喜房里头去了。兰娘儿手中刀往下一落,又死了一个。本家婆子的伙伴就急了,说:“这位老太太,你是怎么了? 怎么把我们的伙伴踢一个大跟头?”甘妈妈说:“我告诉你,这还是好的哪。”婆子说:“不好便当怎么样?”甘妈妈抄起板凳来,冲着那个婆子叭就是一板凳,哎哟扑通,摔倒在地,纹丝不动。新人蹿将出来,手拿着一把刀,把门口一堵,谁也不用打算出去。甘妈妈脱了长大衣服,原来来的时候,腰内就别上了两把棒锤。本来她什么本事也不会。兰娘儿本事都是甘茂教的。甘妈妈虽上了年纪,却仗着有笨力气,拿棒锤冲着婆子,叭一下,脑浆迸裂。对着里外一乱,这么一嚷,屋中的顷刻尽都杀死了。

外边人一乱,送亲的甩了长大衣服,拉兵刃把桌子一反,哗啦哗啦,碗盏家伙摔成粉碎。拿起灯来,往席棚上一触。蒋爷就嚷:“姑娘快出来,别叫火截在里头。”那些个陪客也有死了的,也有爬下的。厨役端着一盘子菜,冲着他们头儿的脑袋就倒了去了。烫的头儿直嚷嚷说:“叫你去救火,你怎么往我脑袋上倒呢!”还是头儿明白,端起一盆子油往火上就浇,轰的一声,厨师傅全都是焦头烂面。姑娘出喜房,东西两个院子,都嚷成了一处。

这西院里是厨房、喜房、席棚,可巧双锤将在东院里,听见西院里乱嚷,出来一看,烈焰飞腾。听见人说,连新人带送亲的都在乱杀人哪。郭宗德才知道中了他们计了。赶着拿锤往西院就跑。没有到西院,就撞上了。撞上就交手。头一个过云雕朋玉。刀往下一剁,单锤往上一迎,就听见当啷的一声,就把那口刀磕飞。跟着那柄锤就下来了。朋玉仗着手快,早预备下了,叭就是一镖,双锤将拿那柄锤往下一压,当啷一响,那只镖撞落在地。朋玉腾出工夫来,也就躲开了。

紧跟着就是兰娘到。甘妈妈在后头，沈中元紧跟着甘妈妈。双锤将大吼了一声："好丫头！你们定的好诡计！别走，今天务必要你的性命。"沈中元知道兰娘儿不是他的对手。沈中元蹿过去，就是一刀。双锤将一挂。沈中元如何吃那个苦子，始终没有叫他把刀震飞了。转了五六个弯，火就大了。沈中元无心动手，甘妈妈、兰娘儿已经出去了。这边是智爷蹿上来一刀。蒋爷也蹿上来了。火是直扑。行情的这些人死了无数，又没有兵器，又是害怕，就是迷昏了的，扎到火堂里去的，也有出去找不着门又回来的。总而言之，遭劫好躲，在数的难逃。蒋爷说："老沈，出拨扯活火，都看看快烤的慌了。火太大，我们走吧！"郭宗德正要拦住。

忽见迎面上来一人。双锤将上下一打量：三十来岁，一身的缟素，面如白玉，五官清秀，手中两刃双锋宝剑。郭宗德用锤一指说："好小子，你们都是哪里来的这些强人！"丁二爷哈哈一笑："我们倒是强人！你清平世界抢人家的姑娘。别走，受我一剑！"双锤将哪里瞧得起丁二爷，身量又不高，长相又不恶，兵器又不沉，只一口菲薄的剑。丁二爷并没告诉他名姓，就往前一蹿。双锤将单锤已然举起来，对着丁二爷顶门，往下就砸。丁二爷往旁边一闪身，用剑一试他的锤把，只听见呛咚呛一声，早把锤柄削折；咚一声，锤头落地。双锤将成了单锤将了。吓的他掉头就跑，不敢往西，有火。又见东院火也起来。只得一直扑奔正北。迎面上忽然听见说："无量佛！"

这一遇见老道，生死如何，且听下回分解。

第一百一十九回　卧牛山小豪杰聚会　上院衙沙员外献图

词曰：

侠义勤劳恐后，武夫踊跃争先。

画成卦象几何天，特把阵图来献。

勉励同心合意，商量执锐披坚。

大家聚会院衙前，演出英雄列传。

且说双锤将郭宗德出世以来，没有见过这个样的宝物。那么粗的锤把，呛啷一声，锤头落地，吓得不敢往西，直奔正北。一看正北，合欢楼烈焰飞腾，火光大作。他一瞧大楼一烧，这可真动了心了。本是一个穷汉出身，全仗着他女人挣了个家产业，就连铺子带买卖，这一下子全完了，怎么会不疼!?

可巧迎面之上，站着一个白人。细瞧是个老道，念声“无量佛”，拿着一口二刃双锋宝剑，也是耀眼争光，夺人眼目。他心中暗忖道：“刚才遇见那么一口宝剑，难道这口和他那个一样？不能吧？”自己使了个单凤朝阳的架式，锤打悠式往下一拍，老道往旁边一闪身子，宝剑往上托，就听见呛咚，和前番一个样，呛！削折了锤柄，咚！是锤头落地。丁二爷到脑后摘巾，嗖就是一宝剑。双锤将大哈腰，真是鼻子看着沾地，这才躲过去了。

刚往上一起，叭！腮颧骨上钉了一镖。过云雕两镖未能结果他的性命，赖头龟仗着皮糙肉厚。锤脑袋是没有了，净剩下两根铁擀面杖了，舍不得扔它，把两锤柄并在一只手中，一只手往外拔镖。往南一跑，不行。有丁二爷堵着哪。往北跑，又有云中鹤、柳爷堵着哪。东西两边是墙，他又不会高来高去，这才叫身逢了绝地。并且还有过云雕朋玉，也不管打的着打不着，他还得留神暗器。地方又窄狭，一着急，拿着手中的铁把打将出去。蒋四爷说：“好了，撒手锏扔出来了。”如何打的着！魏道爷往旁边一跃身躯，几希乎没有打着柳爷。

柳爷也往旁边一闪，可就闪出道路来了。赖头龟从这个空儿里蹿出去了。蒋爷说："要跑！"魏真说："跑不了！还是拿镖打他。"过云雕朋玉真就拿镖打他。自然郭宗德听见说暗器二字，总得留神。他净留神过云雕朋玉的暗器，没想到云中鹤一回头，早就把镖打手中一托，等着赖头龟一回头，噗哧一声，正中颈嗓咽喉。扑通，死尸腔栽倒在地。众人一喜。

蒋爷说："咱们也快走哇！不然，前后火勾在一处，咱们也跑不出去，也就成了焦头烂面之鬼，烽火中的亡魂。"众人说："有理。就此快走吧！"一个个扑奔正东。到了正东，一个个越墙出去。眼瞅着火光大作。

智爷说："今天晚间，这个人命不少哇。"柳青说："智爷这么有能耐，今夜死了这些人，能叫地面官不背案？"智化说："我可没那个能耐。你有那个能耐吗？"柳青说："我就能够，再多些也无妨。"智爷说："我领教领教。"柳青说："我们这得了点东西，也是活该！"就把得了这封书信的言语，述了一遍。智爷说："这可是活该！书信现在哪？"云中鹤说："现在我这里。"智爷说："那就得了。"云中鹤说："你瞧不瞧？"智爷说："回头有多少瞧不了！何必这时候瞧，去吧！"随说随走。就听后面乱嚷；又是起的火，又是救火的人。救火的人抬着救火的物，敲着锣到这一瞅，说："是他们家还用咱们救火？赖头龟行阵雨就得了。"大家一半取着笑，一半各自归家去了。

云中鹤魏真、白面判官柳青、黑妖狐智化、蒋四爷、丁二爷、过云雕朋玉等，大家归奔朱家庄。看看来至门首，早有许多人在门前张望，连温员外俱到门首。朱德叫南侠、北侠背将回来，到了家中庭房之内，展爷解开了搭包，朱德细问名姓，展爷把已往从前细述一遍。朱德跪倒磕头道劳。

少刻，甘妈妈亦到了，两乘轿子由沈中元保护回到朱家庄。朱德跪下，与母女两个磕头道劳。兰娘道个万福，将要说话，甘妈妈说："有话里头说去。"又与沈爷道劳。沈中元说："自家哥们，如何提着道劳呢！"往里一走，温员外倒要给甘妈妈、兰娘儿磕头。甘妈妈说："你的女儿是我的干女儿；我的女儿也是你的干女儿，她如何担架的住呢!”算施了个常礼。又与沈中元道劳。到了里边,见南侠、北侠。就有一件,兰娘儿回来,就得归后面去,可不能见北侠。都有甘妈妈与北侠说明白了,等着过门以后再见。此话暂且不表。

家下人进来报道:“众位老爷到了。”连温员外俱迎接出去。看见由西边奔出门首来,有家下人指引着朱德,冲着大众一跪,温员外也就在一旁跪下。内中有蒋四爷说:“此处不是讲话之所。”智爷道:“里边去吧,有什么话里边大家再议。”进来更换衣巾。朱德、温员外挨着次序道劳。一会吩咐摆酒,大众落座。朱德、温员外每人敬三杯酒,然后叙话。

云中鹤就把书信拿出来,叫大伙瞧看一回。内有智爷、蒋四爷给展爷出了个主意,也不用上县衙那里去,公然就上知府衙去。展爷说:“知府送大人尚未回来,此刻不在衙中。去也是往返徒劳。”蒋爷说:“我叫你去,你只管去。我们和知府大人一同分的手。大人吩咐文武官员回衙,不必护送。我们到了此处,难说他还到不了衙署!”智爷说:“行了,明天早起,就是这么办。”天气不早,残席撤去。

甘妈妈归后安歇。温员外也在此处,大家盹睡。天交大亮,大家净面吃茶。展爷拿了书信,带本家一名从人,也没有马匹,辞别了大众,直奔知府衙门。书到此处,就不细表。看看快到铜网阵的节目,焉有工夫净叙这个闲言。

到知府衙门,见知府说明来历。随即将五爷书信交与知府。知府立刻行文调朱文一案,带信去叫知县听参。随即将朱文带回知府衙门见知府,展爷当面谢过知府。知府命展爷将朱文带回朱家庄,见大众,给大众磕头道劳。

智爷叫甘妈妈上襄阳,到金知府衙门,找沙凤仙、秋葵一同回卧虎沟。甘妈妈点头,大众起身,让朱文、朱德一同前往。蒋爷说:“大人正在用人之际,岂不是后来出头之日!”朱文、朱德自愧无能,执意不去。兄弟二人给众位拿出许多银两,以作路费。大众再三的不受。大众一走,然后甘妈妈、兰娘儿一同上襄阳、温员外回家,也把女儿接将回来。知县被参,另换新知县。郭家营郭宗德家房屋地亩,以作抄产。所有的死尸掩埋。崔德成家内无人,并无哭主。诸事已毕。

单提大人有众多人保护，上了太平船。大人摆手，叫文武官员个个回衙署，护送兵丁一概不用。就是大众保护大人到武昌府。北侠、南侠俱都上大人的船只。上船见大人请罪。早有人与池天禄送信。武昌府知府池天禄闻报，会同着二义韩彰、公孙先生、魏昌、卢大爷、徐庆、龙滔、姚猛、史云、徐良、韩天锦、白芸生、卢珍、丁大爷、胡小记、乔宾等，准备迎接。原来他们这些人，是芸生先到的。骑着马，马快，先到了武昌府见二义韩彰。后来的是丁大爷、韩天锦。卢珍带着一车子铁器。二义韩彰把铁器暂且入库。随后又到徐良、胡小记、乔宾。见二义韩彰，各说来历。就不细表了。

这日远探来报，大人归武昌。一个个整官服迎接大人。知府带领同城文武官员，出了武昌府府城门外，一同来到水面，迎接大人，请大人下船。二义韩彰、公孙先生、赛管辂魏昌、池天禄、玉墨见大人道惊请罪。大人就把沈中元的事，说了一遍。众位何罪之有？然后大官人带着白芸生、韩天锦、卢珍、徐良、闹海云龙、胡小记、乔宾见大人。大人连丁大爷都不认得。有二义韩彰，挨着次序一一的把他们出身之事，说了一遍。大人见这些人高高矮矮，相貌不同，也有白面书生，也有丑陋的豪杰，见他们虎视昂昂，搓拳摩掌，各各全有不平之气，恨不得此时与襄阳王打仗才好。大人见这番光景，不由地欢喜赞叹。与老五报仇，正在用人之际。岸上预备着骑马，大人弃舟登岸。后面这人是拥拥塞塞，直奔上院衙门。大人轿子后走，玉墨的引马在前。后边就打起来了。

什么缘故？认得的都见礼，不认得的，或韩彰或智爷或蒋爷给见见，单单的有韩彰与徐良见他父亲，令人看着难过。未见之先，徐良就紧打量他天伦。自己听着娘亲说过，是怎么个样式，并且早托咐下韩二伯父了。天伦要是来了，叫他给见见。韩二爷说："三弟，给你们爷两个见见。这是你儿子，你不认得？"徐三爷一听，一怔。徐良过去说："天伦在上，不孝的孩儿与你老人家磕头。"徐庆说："起来吧，小子。"用手一拉，徐良上下紧这么一瞅。卢爷说："三爷，好造化。"徐庆说："小子，给你与众位见见。这是你大大爷。"徐良过去说："伯父在上，侄男有礼。"卢爷用手一搀："贤侄请起。"徐庆说："给你二大爷见过了?”徐良说:“见过了。”徐庆说:“这是你蒋四叔。”蒋爷说:“你们哥几个,瞧瞧三哥,憨傻了一辈子,积下了这么一个好儿子,真不愧是将门之后。”徐庆说:“叫你哥们耻笑我。”蒋爷说:“怎么?”徐庆说:“人家的孩子,都水葱儿似的。瞧我们这孩子这个相貌,看他这个样子,就没造化。”蒋爷说:“据我看着,更有造化。”徐三爷说:“你们哥们瞧着这孩子,像我的儿子不像?可是我打家里出来的时候,他娘身怀有孕。今年算起来,整是二十余年,正应这孩子的岁数。我瞧他这个相貌,可不像我的长相。这么两道不得人心的眉毛,有点不像;可就是这嘴像我的四字口。”蒋爷说:“三哥,你还要说什么,胡说八道!”卢爷说:“你再胡说,我就给你嘴巴了。”语言未了,就听那边嚷起来了。

二义韩彰一脚将小诸葛沈中元踢倒,上前去用手一揪胸膛,回手就要拉刀。云中鹤扭项一看,念了声无量佛,说:“这是怎么样了?”蒋爷看见,叫大爷、三爷把二爷拉开。蒋爷亲身过去劝沈中元。小诸葛沈中元微微的冷笑说:“你就是这个能耐,姓沈的不惧。”韩二义说:“你把大人盗去,要我们大家的性命。你如今还敢把大人送回来!韩某与你誓不两立。”说毕,也是哼哼地冷笑。蒋爷劝沈中元说:“沈贤弟,咱们可是君子一言既出,如白染皂。先前咱们是怎么说的,今日可到了。刚才只顾见我们徐侄男,还没有容我说哪,你们就闹起来了。还是看我。”徐良也不知是什么事,先给师傅磕头,给师叔磕头。蒋爷一套话,安置住了小诸葛。

再劝二义韩彰说:“二哥,你不是了。沈爷把大人盗走,可是他的不是。你和三哥,你们不是在先,他的错处在后。我这个人,一块石头往平处里端,没亲没厚。拿邓车准是你们哥两个拿的吗?人家弃暗投明,说出来王府人特来泄机。你们不理人家,故此他才一跺脚走的。他才把大人盗将出去,诉他不白之冤。这可是他的错处。他把大人盗出去,诉明了他的冤,他可不管咱们担架的住担架不住。再说起来,他弃暗投明,口口声声说的是与咱们老五报仇。冲着这一手,也不该和人家相打。再说起来了,问短了比打短了强。”韩彰说:“我不能像你那两片嘴,翻来覆去。我们两个人誓不两立,有他没我。”蒋爷说:“二哥你可想,人家师兄弟都是请出来的,给咱们老五爷报仇。得罪了一个,那个也就不管了。二哥,杀人不过头点地,我横竖叫你过的去就完了。”韩二义说:“怎么叫过的去?你说我听听。”蒋爷说:“我把他带过来,给你磕个头。这就是杀人不过头点地。他磕头也是头颅点地,把脑袋砍下来也是头颅点地。”韩彰说:“他肯磕吗?”蒋爷说:“人家哪肯磕!我央求人家去吧。”韩二义说:“只要他磕,我就点头。”

蒋爷复又转身与沈中元说:“刚才我二哥得罪你,就是我得罪你。咱们在黑水湖说的言语,到如今还算不算?”沈中元说:“你算,我就算。”蒋爷说:“我没有什么不算的。磕头哇,我先给你磕一百,换你一个。我先说给你磕头,是在山环呢。你不愿意,你要在众目之下,这可是众目所观。”沈中元说:“你真给我磕吗?”蒋爷说:“要是说了不算,除非是脸搽红粉。我这个人,是个实心的人。人家说什么,我也当永远不假。”随说着,他就屈膝跪倒,嘴里仍然还说着:“我这个人是个实心眼,磕一百,你们可计数。”刚要一磕,小诸葛想着他不能给磕,哪知道真磕。沈爷也是一半过意不去,就说了一句谦虚话,说:“算了吧,不用磕了。”蒋爷就站起身来说:“这可是你说的。我这个人是实心认事,说的哪就应的哪。人家和我说,我也信以为实。说了不算,就是个妇人。你可是不叫我磕。该你给我二哥磕了。”沈爷心里说:“这个病鬼,真坏透了。我说了句谦虚的话,他就不磕了。”问蒋爷说:“你这算完了?”蒋爷说:“不是你不叫我磕了吗!我这个人实心认事。说了不算,脸上就搽红粉。”沈中元说:“你真厉害透了。我索兴给你二哥磕吧。”

蒋爷带着过来说:“二哥,可别的话没有,我把沈爷带来给你赔个不是,错可是你在先哪。人家可不是怕咱们哥们,人家是念着死鬼老五。为的是给老五报仇。”沈中元一屈膝说:“别怪乎小可了,前番盗大人是我的不是。”说毕,将要磕头。蒋爷在旁说:“就这么受人家的头,咱们还怎么称得起是侠义?”韩二义也觉着不对,又有蒋爷在旁一说,也就一屈膝说:“事从两来,莫怪一人。先前是韩某的不是。”蒋爷说:“从此谁也不许计较谁,一天云雾全散。”众人俱是哈哈一笑。

此时对面慌张张跑来一人，说："众位老爷们，大人有请。"众人这才回奔公馆。到了公馆，见大人，把君山的花名呈上去，叫大人阅看。大人看毕，择日上襄阳。池天禄又把武昌的公事回了一回。书不可净自重叙。

到了第三日，预备轿马起身。文武官员护送。到了弃岸登舟的时节，叫他们文武官员回衙理事。众文武官员辞别了大人。大人的船只奔襄阳。路上无话。直到襄阳，弃舟登岸。早有预备的轿马，是金知府预备的。文武官员俱各免见，上院衙投递手本。大人独见金知府，问了问襄阳王的动静如何。金知府说："这几日王府倒消停，不见什么动静。"问毕，知府退下。暂且不表。

单说大人到上院衙下轿入内，主管二爷迎接大人。将到屋中更换衣巾。忽然有众侠义围绕着一人，原来是铁臂熊沙老员外，背着一宗物件，有人带着见大人行礼。回明大人，阵图画得清楚，请大人过目观看。

欲知破铜网阵详情，且听下回分解。

第一百二十回　看图样群雄明地势　晓机关众位抖威风

诗曰：

看明图样问如何，陡觉威风比昔多。

况有君山来助阵，管教叛逆倒干戈。

且说大人回衙，众英雄保护。忽然沙老员外背图而入，大众见沙大哥见礼，解下包袱来，回禀了大人。带着沙员外要见大人。孟凯、焦赤也进来了。皆因三位由晨起望起身，乘跨坐骑而来。焦、孟二人在外边拴马，马已拴好，随落进来，与大众见礼。也带着一同见大人。来到屋中，沙、焦、孟一同向大人叩头。大人问说：“阵图怎样？”回答：“阵图画齐，请大人过目。”

沙、焦、孟站起身来，出里间屋子，来到中庭，把包袱打开。一看阵图，见是一张大纸。所画的阵图连形象俱写的是蝇头小楷。按着是木板连环八卦，连环堡。按八面八方，八八六十四卦，三百八十四爻。每面一个大门，内里套着七个小门。靠北有一个楼，叫冲霄楼，三层儿，按三才，底下有五行栏杆，外面有八卦连环堡。各门俱有小字写着是什么卦，什么卦，吉卦、凶卦俱写的明白。冲霄楼前有两个阵眼，一个纸象，一个纸犼。一个天宫网，一个地宫网。冲霄楼下面盆底坑，盆底坑上面十八把大辘轳，挂住了十八扇铜网。按东南西北，有四个更道，地沟内有一百弓弩手，俱用毒弩。十八扇网，单有十八根小弦，有一根总弦，两根副弦，直通到木板连环之处。正南有一火德星君殿。在火德星君殿的拜垫底下，就是总弦的所在。乍看谁也看不明白。大人看了半天，也看不明白。大人说：“众位都与我五弟报仇。本院实在看不明白。你们众位请看吧。定到那时要破铜网，备一桌酒席，本院论次序每位奉敬三杯。”大人说毕，退下。大人归大人屋子。

大家都要争着看阵图。蒋爷说：“咱们认的字往前，不认的字的往后。”公孙先生说:“我可不行。我虽认的字,不懂铜网之事。你们请看。”赛管辂也要退下。蒋爷说:“你别走。你是王府的人,你帮着我们参悟参悟。”魏昌这就不能走了;智爷是进去过的,小诸葛是进去过的,直参悟了一天,这才明白了。看毕,对成卷起来,用晚饭。这才细问沙老员外:“彭启怎么样了?”沙爷说:“仍把迷魂药饼儿给他按上,路、鲁二位看着他。早晚还是给他米汤饮。”智爷说:“很好,千万留他这个活口。”当日晚景不提。

到了次日,将要拿阵图瞧看,忽有官人进来说:“回禀众位老爷们得知,外面现在君山飞叉太保钟雄求见。”大众往外迎接。到了门外,一见飞叉太保,大家见礼。还有亚都鬼闻华、神刀手黄受、金铛无敌大将军于赊、金枪将于义、玉面猫熊威、赛地鼠韩良,大家又见了礼。有认得的,有不认得的。不认得的,有智爷给挨着次序一见。问大人的事,智爷就把大人的事如此恁般的说了一遍。又问钟雄:“你们这是由君山来吗?”钟雄说:“正是。有黑水湖的喽兵,夹峰山的寨主,到我那里。我一算这个日限,大人必到襄阳。近来家人谢宽,训练了二百名喽兵。我把他们俱都带来。带来四家贤弟,连熊贤弟他们二位。我嫌几百人进襄阳城,怕的是招摇。有谢宽带领着他们扎了个小行营,在小孤山的山内候信。要用他们的时节,去信就来。”蒋爷带着他们先见见大人。带着进去见大人,回明大人,下了个请字,把钟雄带将进来。钟雄见大人双膝点地,大人欠身吩咐:“搀住。”可见得是念书的尊贵。再者,他是一个山王寨主,又知道他文中过进士,故此赏了他个脸面。大人以为钟雄乃管理水旱二十四寨的大寨主,必是五官凶恶,谁知晓他竟是个文人的打扮,青四棱巾,迎面嵌白骨。皆因是身无寸职,例不应冠嵌白玉,故钉了一块白骨。双垂青缎带飘于脊背之后,翠蓝袍,斜领阔袖,白袜朱履。面如白玉,五官清秀,三绺短髯。大人一瞅,暗道:“说他文中过进士倒像,说他武中过探花不像。”慢腾腾地起来,大人赏了他个座位。再说神刀手黄受、金枪手于义、亚都鬼闻华、金铛无敌大将军于赊,大人一见,眼泪几乎没落将下来。因何缘故呢?是金枪手于义与白玉堂相貌不差,大人回思旧景,想起五弟来。玉面猫熊威、赛地鼠韩良刚要磕头,大人一摆手，蒋爷就把他们带出来。

钟雄问："什么缘故？"蒋爷就把于义相貌和五爷一样，大人瞧见于义，就想起白五弟来了的话，说了一遍。钟太保说："这就是了。"然后献上茶来。

大家仍然还是看阵图。蒋爷说："咱们大家打算着几时去破网？"智爷说："方才我看了看历日，明日就好。趁着艾虎没来。艾虎要来了，那孩子脾气不好，一准要去。要不叫他去，不是偷跑，就是行拙志。我的徒弟，我还不知道。"蒋爷说："要是那样，咱们可就早破铜网。他来了赶不上，他可也没法了。"正说话间，忽听见哈哈一笑说："一步来迟，就赶上不了。我五叔疼了会子我，我杀王府一个贼，就是给我五叔报了仇了。"大伙一瞧，是艾虎进来。这一进门，艾虎这头真是磕头虫儿一样，给大伙这么一磕。回头一看，全在这里呢，就是短他了。磕完了，有不认得的，给他们见了一见，对施礼完毕。也有人给他磕头的，就是大汉史云。行完礼，艾虎就奔了阵图去了。也不顾说话，也不问人家。人家要问他，瞧他两眼发直，也不敢问。智爷说："你这孩子又不认得字，怎么净往前凑呢？你认得字吗？"艾虎说："我不认得字，我瞧一瞧图样，明天好去。"蒋爷问人："外头站的两人是谁？是跟你一块来的不是？"艾虎说："我忘了。哥哥进来见见，不是外人。"

这两个，一个是勇金刚张豹，一个是双刀将马龙。皆因艾虎保着施俊路过卧牛山，艾虎些微落点后，施俊叫山寇拿上山去了。艾虎一追，驮子拐山口，听不见驮子那个欢铃儿响了。刚到山口，又有喽兵下来了，要劫艾虎。叫艾爷一怒，倒追了他们一个跑。正追之间，寨王上来，艾虎一瞧，是熟人。

若问是谁，且听下回分解。

第一百二十一回 卧牛山下巧逢故友 药王庙前忽遇狂徒

诗曰：

卧牛山下罢干戈，一路凭他保护多。
更遇东方凶太岁，英雄到处有风波。

且说艾虎一看山王，认得是熟人，不由得就有了气了。冲着山王说："二哥，你怎么干这个呢？"勇金刚张豹一瞧是老兄弟艾虎，过去行礼。行礼已毕，跟着上山。到了分赃庭，见双刀将马爷。艾虎过去行礼，马爷把他搀住，说："想不到老兄弟你来，你怎么走到这里呢？我们正要找你去呢！"艾虎说："这话说起来长了。你先把施大哥放了。"回答："哪个施大哥？"艾虎说："就是固始县的施大哥，是我盟兄，联盟的把兄弟。"马爷说："兄弟，我不叫劫，你一定要劫，你瞧瞧，劫出祸来了没有？解开去！"赶紧就把施俊解开。艾虎过去给哥哥道惊。施俊又受一大险。进分赃庭，大家一见，双刀将说："后边现有闲房，叫嫂嫂就在后边闲房里住吧。公子就在前面。"张爷请罪，把施俊让在上首正中落座，叫摆酒。后门这里，叫喽兵扎住。凭爷是谁，不准往后去。施俊就在前面，与大众各自讲述各自之事。

艾虎把自己的事，述说了一遍。艾虎问："张爷、马爷，你们想起什么来了，占山为王？"马爷说："你们一走，我们的事发作了，几乎没有叫官人拿了去。还亏的是些个喽兵，把我们救下了。没有这些喽兵，此时我们大概也就完了。占在栖身之所，等着找你。"艾虎说："找我怎么样呢？"马爷说："找你见大人，给求一求。"艾虎说："得了，咱们一同前往。大哥弃了山寨吧。"大家整饮了一夜，方才席散。第二早晨，叫喽兵收拾，装驮子下山。马爷写了一封书信，叫喽兵奔君山。所有的东西大家一分。

金氏上了驮轿，小义士、马龙，张豹护送施俊上固始县。这一路上，并没有什么舛错。到了固始县，回汝宁村。到家中，金氏下驮轿车辆，仆从丫鬟搀架，先见公爹。施俊也进来见天伦。本来施大人病休沉重，已经卧床不起，忽然一报少爷、少奶奶到了。施大人一高兴，叫家人搀将起来。见施俊带着金氏、佳蕙，三个人给老爷磕头。老爷一喜欢，病若好了一半。

其实通俗说叫抖机灵，正字叫回光返照。什么都有个回光返照。人要是病的卧床不起，忽然爬起来了，要点水饮，或是要点吃的。眼睛也睁开了，舌头说话也利落了，留神吧，那可就快了。还有一宗，比方家内点的油灯。看看要灭，屋里也发了暗了，灯苗也小了，必然就叫快添油。说快着点吧，没有油啦。拿油的还没到哪，必是紧催。灯忽一亮，拿油的说那里头还有油呢，瞧这不是顶亮吗？话犹未了，灭了，这也叫回光返照。太阳落的时节，已经落将下去，东边反倒一亮，这也叫回光返照。闲言少叙。再说施俊在天伦跟前，所有自己的事情，回禀了一番。遇凶险的事情一概没提。后来把艾虎带将进去，给见了一见。

到了次日，金氏向家中婆子们打听说，左近的地方太岁坊，紧对着就是小药王庙，甚灵。她就想去与公爹讨一灵签，全凭着自己的虔心，使公爹病体痊愈，也是有之。她对施俊一说，施俊不叫去。究竟是大人家的气象，不叫妇女们上庙烧香还愿。这是一个最无益之事。金氏苦苦地说，施俊又想着他妻子是一点的诚心，又怕烧香惹出祸来，就与艾虎、张豹、马龙一说此事。艾虎说："哥哥，我可是多言。这里我嫂嫂的一片孝心，要能感动神佛也是有的。我听见说，开封府包相爷的夫人，为太后老佛爷三乞天露。把香案设上，自己一想不行了，已经露结为霜了。李氏夫人立志，求不下天露来，就死在香案之前。后来果然这一点诚心，惊动天地，古今盆中，竟把露水求下来，后来凤目重明。那时可也是一点诚心。这番要感动神灵，也是有之。要是怕我嫂子遇见匪人，现有我弟兄三人跟随，还怕他何来！"艾虎这一套言语，说的施俊心中愿意。张豹说："要有人瞧我嫂嫂一眼，我把他脑袋拧下来。"施俊说："既然这样，用完早饭之后，三位就辛苦一趟。"

果然用完早饭，里头传出信来。三位爷预备跟随轿子。金氏换了一身布衣荆钗上轿。明知后面有三位爷跟着。到小药王庙月台之前下轿，艾虎等就在角门那边一站。果然西边有一溜西房。廊子底下有张八仙桌，坐着一个恶霸。跟着也有二十多个打手。看那个恶霸，戴一顶红青缎子员外巾，大红袍，上下三蓝色的牡丹花，看不见靴子，有桌帷遮着；面如油粉，浓眉怪眼，暴长胡须，不大甚长，在那里坐定。他一见金氏下轿，一眼就瞧见了。告诉他手下的从人说："过去抢她！"有个从人叫王虎儿，内外的都管，说："使不得！二太爷，这个人要是一动，可就是马蜂窝。"你道这个人是谁？这就是太岁坊伏地太岁东方明。仗着他手下人多，各处里传言说："小药王庙甚灵。"故此这方就传开了这个灵了。其实他净要看烧香还愿的少妇长女。只要有几分姿色，被他看上，他就要抢。可巧今天他瞧上金氏了，也打算要抢。早被王虎儿拦住了，说："二太爷，抢不得！这是金徽金知府的女儿，邵邦杰邵知府的媒人，施昌施大老爷的儿妇，你想想抢得吗？这还是一件小事。你看那角门边站着那三个老虎似的哪，都是跟来的。跟着的那三个就是不好惹的。"伏地太岁翻眼一瞧，就吓了一跳。并且张豹那里还直骂说："再要近瞧，二太爷过去，可就要把你两眼睛挖出来了！"东方明一扭头说："孩子们，我这两天耳朵有点上火，什么都听不见。"众人说："好哇，上点火，少闹点闲气。"马龙也是直拦张豹，不叫他惹事。等着金氏求完了签，拿了签帖，给了香钱，赏了缘簿。婆子搀着上轿，放轿帘抬起来就走。张豹大嚷："便宜这小子。"这才走了。

艾虎上襄阳的心急，恨不得立时就走了才好。到家中见施俊，第二天告辞。施俊不叫走，叫多住几日。艾虎不肯，一定要走。施俊拿出二百银子的路费来，艾虎不肯受。说："我们这盘费甚多，要没有，还不拿哥哥的吗？"就此告辞起身，直奔襄阳，赶着去破铜网阵。

不知到襄阳怎样，且听下回分解。

第一百二十二回　小义士起身离固始　旧宾朋聚首上襄阳

诗曰：

匆匆别去为谁忙？顷刻天涯各一方。

不是英雄留不住，心中惟计上襄阳。

且说艾虎同着马龙、张豹，把施俊护送到家，住了两日，艾虎一定要起身告辞，施俊也并不远送。几位爷起身，路上也就无话了。

晓行夜住，饥餐渴饮。到了襄阳，至上院衙。艾虎叫他们进去，他们不肯。艾虎一定要叫他们进去，在大庭之外等着。哪知道艾虎进去不出来了，一问外边两个人是谁？艾虎这才叫他们进来。到了里边，给大众一见，说明了来历。艾虎说："几时去破铜网？"智爷说："几时你也别打听，不许你去。"艾虎说："师傅，我五叔疼了我会子。好师傅，你叫我去吧。"蒋爷说："明天再说吧，不用忙。"仍然又把阵图参悟了半天。

到了次日早晨，大人亲身给预备着酒饭。所有破铜网阵的人，无论大小老少，每人面前三杯酒，都是大人亲身给斟。大众说："吾等何德何能，敢劳大人给斟酒？"大人说："不必太谦了。"又预备一桌酒席，把白五老爷古瓷坛请出来，供了一桌酒席，烧钱化纸，奠茶奠酒，暗暗地祝告："但愿吾弟阴灵有感，早助大众成功。"众人也过来磕了一路头，俱都是暗暗落泪。然后大家落座吃酒。大人说："你们众位吃酒，本院不久陪了。"大人归到里间屋内去了。

大家饮酒议论。蒋四爷说："咱们商量，今天晚晌都是谁去？"这句话未曾说完，就听见我去，我去，我去，我去。除非智爷没说要去，剩下的全都要去。蒋爷嗤的一笑说："这些个人全去，上院衙净剩下大人一个人。咱们去破铜网，王府里倘若差一个人来，不利于大人。咱们纵然把铜网破了，大人也没有了，谁担架的住！总得留看家的要紧。按武侯兵书说，未思进，先思退。重新再商量吧，谁去，谁不去?”飞叉太保说:“吾等由君山到此,也不敢造次讨差,不敢说办起大事。些须小事,我等万死不辞。若要用兵,我们由君山带了二百名喽兵,现在小孤山扎定。要用他们时节,大人早吩咐,好把他们调来助阵。”蒋爷一听道:“钟兄,我们这里破铜网之人,绰绰有余。只怕晚间一动手,杀的王府人东西乱窜,怕他们逃出城外。烦劳寨主哥哥带着二百名喽兵,过了海河吊桥,把襄阳城四面围住。就是西面要紧,倘若有越城而过者,务必要将他们拿获。”飞叉太保一听,微微的一笑说:“四大人,刚才吩咐我们在城外头等贼,小可钟雄带领喽兵在城外等候拿人。城内若有用人之处,还有我四个兄弟。城内若没有什么事情,我们就一并出城去了。”蒋爷说:“寨主哥哥可不必多心,城里城外皆是一样。”钟雄说:“既然这样,我们就出城去了。”跟着又笑嘻嘻的说:“我们这就要告辞了。”蒋爷吩咐,叫拿上盘缠,欢欢喜喜而走。大家送将出去,由此抱拳作别。他们离了上院衙,直奔小孤山走。在路上,于义、闻华、黄受皆不愿意,说:“寨主哥哥,你可全明这个道理?”跟着又说:“什么道理?”回答:“这分明是怕咱们降意不实。咱们何苦在他们这里赖衣求食?还是回咱们山中,作咱们的大王去吧。”钟雄把脸一沉说:“五弟,你还要说些什么?要在山寨上,当着喽兵说出此话,就叫惑乱军心。”于义也就诺诺而退,不敢多言。他们奔小孤山,暂且不表。

单说上院衙钟雄走后,北侠责备蒋爷行的不是。蒋爷说:“那人宽宏大量,绝不能挑眼。”接着说:“谁去,谁不去,早些商量明白。”云中鹤念声无量佛说:“小道不但是去,还要在四老爷跟前讨点差使。”蒋四爷道:“你说呢。”魏道爷云中鹤说:“我情愿去至王府,到火德星君殿破总弦,不知行不行?”蒋爷说:“破总弦还非你不行哪!得了,破总弦是魏道爷的事。”卢爷说:“我可去。”韩彰说:“我可去。”徐庆说:“我去。”南侠、北侠、双侠、沙老员外、孟凯、焦赤、白芸生、卢珍、徐良、韩天锦都说:“也去。”艾虎说:“我也去。”蒋爷说:“不行。徐良有他父亲关心,得去。卢珍为他天伦上几岁年纪,白贤侄与他叔父报仇,也正应当去。韩天锦也不用,头件不会高来高去,不该去。再说艾虎,你师傅,你义父,你还有什么不放心的地方;讲武艺,讲韬略,还用你挂心！就是徐良、卢珍、芸生他们虽去，也不叫他们身临大敌。也就是在木板环之外，各把占一个方位。若有王府之贼打那方逃窜，就把那方把守之人按例治罪。”智爷说：“连我还不去哪，看家要紧。”蒋爷说：“对了，连我还不去哪。”北侠又说：“艾虎小小的孩子，此处有你多少叔伯父，你单单的往前抢，你准有什么能耐？”艾虎敢怒而不敢言，诺诺而退。只因一说艾虎，大家也不敢往前抢了。白面判官柳爷说：“我……”下句没说出来，叫蒋爷用胳膊一拐，他也不敢往下说了，说：“我也看家。”小诸葛沈中元说：“我……”下句也没说出来，叫智爷也是拿胳膊一拐，不敢往下说了。余者的众人，更不敢往下说了。蒋爷、智爷说：“我们看家，看家要紧。”艾虎心内难受，酒也懒怠喝了，觉着一阵肚腹疼，自己出去走动去。

到了西房，有个月亮门，北边一片乱草蓬蒿。走动了半天，将要出乱草蓬蒿，忽见打外头蹿进一个人来。艾虎一瞧，是师傅。进了西院，东瞧西看，也不知道是看什么。瞧了半天，忽然对着外头一击掌，打外头进来一个人，一瞧不是别人，是沈中元。自己心中一动，他们什么事情？艾虎就在乱草蓬蒿里一蹲，倒要听听他们说些什么。沈中元问：“什么事情？把我搭出。”智爷说：“论有交情，就是咱们两个厚。我听见说，你要和他们一同破铜网，我故此拉了你一下。我问你，有宝刀没有？”沈中元说：“我没有宝刀。”智爷又说：“有宝剑没有？”沈中元说：“更没有了。”智爷说：“咱们哥两个对劲。一人增光，大家长脸；一人惭愧，大家惭愧。不立功便罢，立就是立惊天动地的功。”沈爷说：“什么惊天动地之功？”智爷说：“我问问你，王府的道路熟哇不熟？”沈中元说道：“那是熟。”智爷说：“咱们进王府去，奔冲霄楼三层上，把盟单盗下来。可是你给我巡风，盗可是盗，我可不要功劳，见大人时候，就说是你盗的。我要要一点功劳，叫我死无葬身之地。”沈爷说：“怎么你起誓来咧？”智爷说：“我把话说明，咱们彼此都好办。我是早已和你师兄说明白了，拜他为师哥。我是出家当老道。咱们把盟单盗回去，一睡觉，等着明天他们把铜网破了，王爷拿了。问他们，王爷造反有什么凭据？到时，咱们把盟单往上一献，岂不是压倒群芳，出乎其类，拔乎其萃！这比跟着他们破铜网不强吗？要奏事，总得把咱们这个奏在头里呢！可千万法不传六耳。”焉知道已传了六耳了。说毕，两个人就走。

艾虎在那里净生气，心里说：“好师傅！有好事约人家，自己又不要功劳。净知道说我。你们盗盟单，瞧我的吧，不容你们去，我先去。”

将要分乱草蓬蒿出来，又打外头蹭蹿进来一个人，艾虎赶着又把身子一蹲。见是蒋四爷，往里张望了半天。一回头，又进来一个，是白面判官柳青。艾虎心里说：“都是这么约会。”柳青问：“蒋四爷，我说要跟着破铜网，怎么你不叫去，是什么缘故？”蒋爷说：“你是我请出来的，我要不叫你立点惊天动地的功劳，我对不起你。”柳青说：“我又不愿作官，我要什么功劳？”蒋爷说：“你不要利，难道说你还不要名！你跟着破铜网，不过随众而已。奏事的时候，必是宝刀、宝剑破铜网，不能单把你的名字列上。我拉扯你立一件大功。”柳青说：“我要同你一处去，又该我吃苦了。”蒋爷说：“这可不能咧。他们破他们的铜网，咱们去咱们的。我知道王爷睡觉的地方，叫卧龙居室。咱们去到卧龙居室，仗着你的熏香，咱们把王爷盗出来。你瞧瞧是奇功一件不是？可千万法不传六耳。”柳青很是愿意。两个人定妥了主意，才走开。艾虎越想越有气。他们净会说我，有好事全不找我。我自有主意。

不知什么主意，且听下回分解。

第一百二十三回　小义士偷听破铜网　黑妖狐暗算盗盟单

词曰：

背后窃听实话，心中才释疑团。
多谋纵有计千端，难免门徒偷瞰。
计议私探消息，商量独盗盟单。
立功何事把人瞒，竟自楼头受难。

且说艾虎在蓬蒿乱草之间，听见他们说偷破铜网阵之事，心中暗想："师傅是与沈中元盗盟单，四叔是约柳青盗王爷。我两件事我一个人全办了。我办完了，回上院衙睡觉。等着明天早起，我问问他们这盗盟单、盗王爷的事怎么着，法不传六耳，先叫我听见。看你们有什么脸面！"自己主意已定，又等了半天，这可没有人了，自己出来，到了前庭。

刚一到前庭，智爷一怔说："艾虎上哪去来呀？"艾虎说："我走动去来。"智爷一翻眼说："啊，你走动。你上西院去走动去来？"艾虎说："我没上西院。"智爷说："你不能没上西院，你必是上西院去来。"艾虎说："我是去拉屎，没上西院。一定说我上西院，你要不信，你跟着去瞧瞧去。"蒋爷说："你是上西院里拉屎去来？"艾虎说："这个拉屎怎么也犯起私来了？"因何缘故？人怕有亏心的事情。智爷、蒋爷见艾虎先前是皱眉皱眼，这趟进来是喜笑颜开，二人就猜着八九的光景。

等着吃毕了晚饭，二鼓之半，大众换衣裳。有夜行衣的，全换夜行衣靠。没有夜行衣的，全是随便衣服。这一套书，北侠换过两回夜行衣靠。头一次是拿花蝴蝶，这一次是破铜网。智爷告诉沙老员外连焦、孟二位，把住王府门口。白芸生、卢珍在王府的东墙儿，墙里墙外一个。一见王府之人，或拿或杀，不许私离岗位。徐良在王府的正北的北墙外头。北侠、南侠、双侠、卢方、韩彰、徐庆、云中鹤魏真等，智爷都在耳边告诉了几句言语,大众依计而行。大人亲身出来,给破网的人一躬到地。所有不走的人倒多。智化、蒋爷、柳青、沈中元、丁大爷、艾虎、大汉龙滔、姚猛、史云、分水兽邓彪、胡烈、韩天锦、马龙、张豹、胡小记、乔宾,过云雕朋玉、熊威、韩良都是不走的人。

单提北侠等,来至王府后身,一个个蹿上墙头,飘身下去,直走木板连环。到木板连环外头,云中鹤说:“我可要往南去了。你们可别忙着进去,不是别的,我那里总弦断不了,你们要进去,岂不涉险?离此处有半里地远哪,千万可别忙!”北侠说:“是了,道爷你多辛苦吧。”道爷点头,一直扑奔正南。

走了真有半里之遥,才到火德星君殿东边。五间东房,并无灯火。西面五间西房,灯光闪耀。戳窗棂纸往里窥探,两个王官,十名兵在此上夜。魏真撤身下来,直奔佛殿。到了佛殿,宝剑亮将出来,一点锁头,微然有点声音。把锁斩落,推隔扇进去。佛龛里边,神像看不真切。有前头的黄云缎幔帐,正当中有一个海灯,照彻的大亮。佛柜上古铜五供。佛柜前有一个四方的拜垫,拿黄云缎包着。魏真将隔扇闭好,把拜垫搬开。下面有四块大板。把四块大板搬开,放在四面。怕他们有人进来,把板盖上,故此放于四面。

云中鹤拿自来火筒一照,类若井桶子一般,又是一级一级的台阶。云中鹤拿剑点一点,迈一步;点一点,迈一步。走来走去,直到平地。一晃千里火,地面宽阔。南至北足够五丈,东至西足够五丈。正当中一根铁柱,两旁两根副柱。共有三个大轮子,俱比车轮还大。每个轮子有两个拨轮,一个管轮。两边有个大皮条。东边有九个小轮子,西边有九个小轮子,就是挂十八扇铜网的小弦。总柱上有一个铁拨拢子,上头四个铁滑子,有一个钢搭钩。这根总弦,就在铁滑子铁拨拢子上绕着。这一根弦绕回去,类若两根弦一般。还有两根副弦,在半腰中挂定。单有柱子、轮子、滑子挂定。还有一个发条相似的在正当中有个塔子上绕着。魏道爷拿着双锋宝剑,对着那总弦一剁,呛啷一声,呱哒呱哒哒,那根总弦断下去了。

还要断那副弦,就听上面口子把井桶子围满。众人异口同音说:“拿!”魏道爷顾不得了,回身上去。

上面的人全是长枪。把枪尖扎将下来，嚷："拿人！"魏道爷不慌不忙，上台阶用宝剑一转，枪尖全折。自己往上一蹿，那些个兵丁挨着就死，撞着就亡，连两个王官都未能逃命。先结果了神偷皇甫轩，后结果了神火将军韩奇。魏道爷一想，总弦一断，就不必再下去了。再把上头的海灯用宝剑挑碎。仗着这二十二人俱死在火德星君殿内，自己出殿，仍把隔扇关闭，直奔木板连环而来。

道爷走的是正南离为火，把两扇大门用剑点开，里头套着七个小门：火山旅、火风鼎、水火未济、山水蒙、风水涣、天水讼、天火同人。蹭一个箭步，就蹿进天火同人一个门去了。两边地板一起，上来两个人，一个叫出洞虎王彦贵，一个叫小魔王郭进，与老道动手。老道先杀了一个，后杀了一个。老道蹿乒字势当中，念了声无量佛，说："原来是王府造反的人，就是这样本领。"脚踏乒字势，一直扑奔正北，直奔冲霄楼。

北侠、卢爷早到了。这六个人分开，一个宝刀后头带一个人，一口宝剑后头带一个人。北侠与卢爷，由正西兑为泽进来的。卢爷知道老五误入的是雷泽归妹。卢爷也要打雷泽归妹走。大门一开，看的是泽水困、泽地萃、泽山咸、水山蹇、地山谦、雷山小过、雷泽归妹，进七个门。北侠先蹿将进去，随后卢爷举着把刀也就进来。

刚一进小门，就见两地板一起，蹭蹭蹿出两个人来，口中嚷道："什么人？敢前来探阵！"原来这两个，一个是一枝花苗天禄，一个是柳叶杨春。苗天禄拿刀，北侠往上一迎。杨春乘虚而入，就是一刀。北侠闪躲不开了，飞起来一腿，正中杨春肋上，扑通躺在卢爷面前。卢爷摆刀就剁。只听磕嚓一声，劈为两段。又听噗哧，也把苗天禄扎死。

北侠说："大哥走吧。"卢爷这才走。一直扑奔正北。奔了两个圆亭，一个叫日升，一个叫月恒。远远的就看见一个石象，一个石犼。将要扑奔正北，正南离为火，老道闯将进来，会在一处。就听正东方骂骂咧咧，是徐三爷同定展南侠。展爷是一语不发，净听着徐三爷他一个人不住口的骂。正北上，丁二爷、韩二义由坎为水进来，走水火既济卦。展南侠进的是震为雷，走的雷风恒。大众会在一处。

原来看阵的就是四个人，被卢爷、北侠、云中鹤所杀。大众直奔冲霄楼，脚踏卐字势当中，跳着黄瓜架样式走。一看两边石象、石犼，当中两根铁链搭在冲霄楼上。卢爷用手一指那个石犼说："我五弟就从此处吊将下去，我也由此处下去。"北侠说："那倒可以。可别打一处下去，两处里分着。"徐庆说："我也打那边下去。"展爷说："我也打那边下去。"这边是云中鹤、北侠二个人，两下里彼此全把兵器扎上，击掌为号。叭一拍巴掌、蹭蹭蹭大众往上一蹿。两边的石象、石犼，呱啦啦上头的铁链往下一落，翻板自来往下一翻，大众急拿脚一找网，一反网往下一翻，众位仍然是半悬空中，翻身脚找盆底坑儿。七位全有智爷教明白的：抱刀往下，脸朝外。三鼠在使宝刀宝剑的身后，也是面向着外，手中都拿着兵刃。净瞧更道地沟里头，往外出人。

天宫网、地宫网一起类若钟表开闸的声音，哗啦啦啦十八扇铜网，按说一齐都起来。这把总弦一破，可就不行了，起落的不齐了，可也有的起来的；可也就有不起来的；可也有起来，叭达往后一仰，又躺下了的。皆因是断总弦，没断十八根小弦、两根副弦。若要一齐全断，十八扇网连一扇网都不能起来。这虽起来，就不能齐了。下面的金钟一响，声音也是不齐。每时咚咚直响三阵，此时又打三下，又打两个。再不然，等半天他又响一阵，参差不齐。

铜网的样式，前文说过，二指宽铜扁条上，有胡椒眼儿窟窿，全有倒取钩，上尖下方的式样，底下的横铁条上，挂石轮子两个，由盆底坑上往下一滚石轮，极其快速。如今所有滚下来的网，咔嚓磕嚓遇宝刀、宝剑削成好几段，是下来的全碎了。不动的网，他们也就不管了。北侠说："大伙蹿上盆底坑儿，把住更道地沟。"东西北俱是两个人把守地沟门，惟独正南北侠一人把守。

忽然出了一宗诧事，要问什么缘故，且听下回分解。

第一百二十四回　众豪杰坠落铜网阵　黑妖狐涉险冲霄楼

词曰：

弹指几朝几代，到头谁弱谁强？
人间战斗迭兴亡，直似弈棋模样。
说甚英雄豪杰，谈何节烈纲常。
天生侠义热心肠，尽入襄阳铜网。

且说北侠听金钟一响，是一百弓弩手。有一个头儿，是圣手秀士冯渊拿着梆子，提着一条长枪，听见金钟一响，就由更道地沟上边下去。大众听梆子的号令，刚出正南，上更道地沟门。正遇着北侠，拔刀就剁。冯渊听见刀声，往前一蹿，扭头一瞅，是北侠，他是认得的。立刻双膝点地，苦苦求饶，什么大爷，什么爷爷、大爷祖宗、师傅、大叔、二大爷、义父、爸爸，全叫到了。北侠空有刀剁不下去。冯渊又叫："你老人家肯饶了我。我就算计着你们老爷们该来了，小子在这正等着呢。别看你们老爷们尽管把铜网削碎，你们也不知道王爷在什么地方？盟单在什么所在？我愿作向导。你愿收我个徒弟，就是徒弟；愿收我个干儿子，就是干儿子；愿收我个孙子，就是孙子。"北侠一想也是，正短这么一个向导，说："起来，我饶恕于你。"冯渊说："你老倒是认我个徒弟，是儿子，是孙子？我好称呼你老人家。"北侠说："你可是真心吗？"冯渊就跪在那里起誓说："过往神祇在上，我要有虚情假意，叫我死无葬身之地。"北侠说："起去吧。"冯渊说："我倒是称呼什么？"北侠说："我已经有了义子，收你为徒弟。"冯渊复又就地给北侠拜了四拜，叫了两声师傅。北侠答应，叫冯渊起来。冯渊答应，乐的是手舞足蹈，说："师傅，我先献点功劳。我一打梆子，弓弩手全出来，你可就杀人。可别叫箭钉在身上，钉在身上就死。"

他在这里梆梆梆一打，一百弓弩手听见梆子一阵乱响，大家出来，这个更道地沟最窄，并肩站不下两个人，只可一个跟着一个走。

门儿又矮,出来一个,再出来一个。出来一个杀一个,出来两个宰一双。第三的被杀,第四、第五的回去,不敢出来了。东西北共杀了九个。南面的听见冯渊投了降,连一个也没出来。谁要把着一瞅,弩箭就射。

上头一阵大乱。是王官雷英,金鞭将盛子川,三手将曹德玉,赛玄坛崔平,小灵官周通,张保,李虎,夏候雄带了些王府的兵丁,辞别了王爷,到此瞧看。进了木板连环,奔冲霄楼末层,进了五行的栏杆,到冲霄楼里头,脚蹬着大铁篦子往下瞧看。雷英一瞅铜网,尽都损坏。跺足捶胸,暗暗的叫苦。

按说在冲霄楼铁篦子上头,往底下瞅,瞧不见底下的事情,在前文可就表过。再者,铁篦子上四个犄角,单有四个大灯,昼夜不息,故此看得明白。雷英看见冯渊投降。雷英咬牙切齿大骂。底下冯渊听见,也是破口的大骂。他本是个南边人,未说话先叫唔呀唔呀的,骂道:“唔呀,混账王八羔子,吾跟着我师傅拿你们这些叛逆之贼来了,还不快些下来受缚。”金鞭将等大家问雷英主意怎么办。雷英说:“略展小计,管叫他死无葬身之地。”吩咐兵丁,先把一百弓弩手撤回。后搬柴运草,拿火把他们烧死。破着这座冲霄楼不要了。王府柴草甚多,顷刻间,全把柴草运将进来。把软柴薪在灯上点着,顺铁篦子窟窿往下一扔。这一下可了不得了,下面人全吃了苦了。这火全冲着头颅就下来了。个个用手中的刀把拉,连躲闪带用脚把拉,工夫甚大。足下的软底靴鞋全要烧着。大众乱嚷。

冯渊偷着往地沟里一看,说:“这可好了,他们走了。咱们出地沟吧。”叫冯渊带路。冯渊在前,一个个都跟随着奔南边这个地沟。走到南头一看,不好了,把大板子盖上了。这还不算,上头压上石头,弓弩手在上头坐着。赶着出来,又奔正东,也是不行。照样四面全绕到了,全是不行。这火就更大了。徐庆嚷道:“死鬼活着的时候机灵,我们都为你前来报仇,你下阵雨也好哇!”冯渊说:“一阵雨也流不到这里来。”丁二爷说:“这可好了,他们不往下扔火了。这还有点恩典,他们往下扔生柴薪呢。”老道说:“更不好了,底下这都是火,扔下来的是生柴薪,全勾在一处。一阵风一鼓,大众全都是焦头烂面之鬼。这眼睛全睁不开,尽是黑烟。”大众在此受困,暂且不表。

单说蒋爷,容他们破网的人走后。拉了柳青一把,两个人出上院衙,奔王府后身。正遇徐良,蒋爷就说:“怕里头人少,我们看一看动作。”徐良也不能管。二人直奔王府后墙,蹿将下去。绕木板连环,进奔西南。柳爷问蒋爷:“你们怎么知道王爷住处?”蒋爷说:“我是听见魏昌说。”有个月亮门,进月亮门内,有北房。屋中有灯火,赶奔前来,戳窗棂纸,见王爷在后虎座里半躺半坐。手中托着一本书,当住面门,就见露着花白的胡须。两个王官面向里,靠着落地罩花牙子站着。叫柳青使薰香,拿了堵鼻子的布卷把鼻子堵上。把薰香掏出来,香点着,将仙鹤嘴戳在窗户窟窿里头,一拉仙鹤尾,屋中香烟就满了。蒋爷说:“你因为什么还不收起来?”柳爷说:“没薰过去呢!”蒋爷说:“那么些烟,还薰不过去!难道咱们外边说话他听不见?”柳爷说:“怎么不躺下呢?”蒋爷说:“两个王官靠住搁子了。”柳爷说:“王爷怎么不扔书?”蒋爷说:“你不用疑心,跟我进去吧。”蒋爷掀帘栊就往里走。柳爷将薰香盒子收了,在后跟着。蒋爷进去往前一扑抓王爷,把王爷的胡须抓掉了。这才瞧见王爷是假的傀儡头,衣帽靴子都是真的。再回头一看,两个王官也如此。

原来是雷英的用意。自打长沙府回来,他父亲提了蒋爷的事情,不叫他保王爷了。从此与他父亲反脸,愤愤而出,保定了王爷了。有消息地方加上消息,没有消息地方安上消息,故此蒋爷上当。脚底下呼啦啦一响,赶着撤身回来,早就登到翻板上了。扑通扑通,两个人坠落下去。原来底下有四个王官,把他们四马攒蹄捆上。柳青怨恨蒋平,闭目合睛等死,王官拉刀要杀。暂且不表。

且说智爷拉小诸葛出上院衙,直奔王府后身。看看临近,由树林蹿出一个人来,原来是山西雁,说:“智叔父、师叔,你们也是打接应去吧?”智爷说:“你怎么知道?”回答:“我蒋四叔刚过去。”智爷说:“同着柳爷吧?”回答:“正是。”智爷说:“咱们准是要走到一处。”沈爷说:“不行,他们去也是白去,上不去楼。”徐良要跟着进来,智爷把他拦住。二人奔将进去,进奔木板连环。走坎为水,进的水火既济,脚踏卐字式,直奔冲霄楼,进五行栏杆,都是沈中元带路。智爷要掏飞抓百链索，沈爷把他拦住。沈爷奔到柱子后头，把一尺二寸长的一个大铁篦子一搬，自然打上头呱啦啦放下一个软梯来。二人这才上去。到了上面，又把软梯卷上去。又上三层，也照样。往正南上一看，王爷兵丁如蚂蚁盘窝一般。智爷说："咱们不管他们的闲事。"直奔隔扇，连锁头都没有锁，一推就开。晃千里火一照，上面有个悬龛，下面一个佛柜。晃着火看着柜上，有古铜五供，柜面子上有一大道横缝。智爷问沈爷："这里怎么有个缝子？"沈爷说："那是干裂。"智爷说："油漆的东西，哪有干裂，别有消息罢？"沈爷说："没有。"智爷叫沈爷巡风，自己蹿将上去。将要直奔悬龛的底梁，就从那缝子出来了两个扁枪头子，噗哧一声，智爷一抚肚子，咕咕摔在楼板乱滚，说："我的肠子叫他们扎出来了，在外搭拉着呢！"沈爷一急，进来一看，原来里头有两个上夜的。一个金枪将王善，一个银枪将王保，开佛柜后门蹿出来。王善叫兄弟杀那个。沈爷一急，与王善交手。听那边磕嚓一声，沈爷就知道智爷被杀了。王善一喜说："兄弟行了吧。"智爷答言说："得了。就剩下你啦。我学那古人盘肠大战。"王善没躲闪开，早被智爷一刀杀死。沈爷问智爷："怎么样？"智爷说："没有扎着我，把我百宝皮囊扎了两个窟窿。"沈爷说："吓着我了。"智爷把百宝皮囊解下来，问沈爷："还有消息没有？"沈爷说："你不必问我，我直不敢说了。要怕有埋伏，我上去吧。"智爷说："还是我上去吧。你给我巡风。"沈中元在外边巡风，仍是智爷上去。仍拿千里火一照，蹿上佛柜，拿刀紧贴楼板，把上头的黄云缎佛帐用刀削将下来，就看见了盟单匣子。回手把刀插入鞘中，把千里火放在旁边，伸手一够盟单，够不着。自可就爬在悬龛的底板上，伸双手把那个盟单匣子两边的两个铜环用手一揪，哧的一声，从上面吊下一把月牙的铲刀来，中在智爷的腰上，当的一声，智爷把双睛一闭……

若问智爷生死和破铜网阵的节目，仍有一百余回，随后刊续套出版。

此处先将大节目暂为开载于后：众英雄脱难；襄阳王逃跑宁夏国；智化盗盟单，因为让功，暗走黑妖狐；专折本入都，颜大人特旨进京陛见；山西雁追贼；开封府双行刺；大闹天齐庙；九尾仙狐路素真出世；小五义朝天见主，见驾封官；北侠特旨出家，大相国寺教刀训子；庆历爷丢冠袍带履；潞安山琵琶峪拿白菊花、拿火判官；周龙棍打太岁坊；神鬼闹家宅；南阳头盗鱼肠剑，二盗鱼肠剑，三盗鱼肠剑；白沙滩打擂拿伏地君王；东方亮劫囚车闹法场；开封府丢相印；北侠归三教寺，收徒弟，救难妇；白菊花行刺；北侠兵破姚家寨；群贼夺陷空岛，累死卢方、哭死徐庆；复夺陷空岛，五打朝天岭；三抢天峰山；失潼关；钟雄挂帅，打宁夏国，拿获襄阳王。俱在续套《小五义》上分解。

图书在版编目(CIP)数据

小五义/(清)石玉昆著.—长沙:岳麓书社,2019.9
(中国古典小说普及文库)
ISBN 978-7-5538-1110-9

Ⅰ.①小… Ⅱ.①石… Ⅲ.①侠义小说—中国—清代
Ⅳ.①I242.4

中国版本图书馆CIP数据核字(2019)第066687号

XIAO WU YI

小五义

作　　者:[清]石玉昆
责任编辑:曾　倩
责任校对:舒　舍
封面设计:浙江有观文化创意有限公司
特约插画:田刚强

岳麓书社出版发行
地址:湖南省长沙市爱民路47号
直销电话:0731-88804152　0731-88885616
邮编:410006
岳麓书社网址:www.yueluhistory.com

2019年9月第1版第1次印刷
开本:890mm×1240mm　1/32
印张:17.5
字数:487千字
印数:1—6 000
ISBN 978-7-5538-1110-9
定价:39.00元

承印:湖南天闻新华印务有限公司